SÉRIE NOIRE
Collection créée par Marcel Duhamel

MARIN LEDUN

LEUR ÂME AU DIABLE

GALLIMARD

L'auteur a bénéficié, pour la rédaction de cet ouvrage,
du soutien du Centre national du livre.

© Éditions Gallimard, 2021.

À Fernand Aubert

« J'espère que nous avons amorcé quelque chose, que ces flambeaux de la liberté – sans distinction de marque – briseront le tabou qui frappe les femmes vis-à-vis de la cigarette, et que notre sexe continuera à faire tomber toutes les discriminations. »

BERTHA HUNT, *31 mars 1929, New York.*

« — Pour la troisième fois, je vais vous reposer la question. Les cigarettes sont-elles cause de maladie ?

— C'est mon impression très générale, pas du tout informée, sans aucune espèce de volonté délibérée d'affirmer quoi que ce soit de manière scientifique... Je n'ai pas connaissance d'un savoir spécifique, de ce que je considère comme une preuve tangible dans un sens ou un autre, mais mon impression générale, formulée de façon assez approximative, c'est que fumer la cigarette pourrait déboucher sur certaines maladies. [...]

— Donc si je vous soumets à un test où il faut répondre par vrai ou par faux... Vous êtes professeur ? Vous avez passé beaucoup d'examens et vous en avez fait passer beaucoup, exact ? Donc si je vous soumets au test du vrai ou faux, en vous demandant de répondre c'est vrai, c'est faux ou je ne sais pas... Je vous propose de choisir entre ces trois réponses. Voici la question, docteur LaMotte, les cigarettes sont-elles cause de maladies, et entraînent-elles par conséquent un accroissement des dépenses de santé ?

— Je serai obligé de vous répondre : je ne sais pas. »

LYNN R. LAMOTTE, *déposition dans l'affaire*
« Texas vs American Tobacco », 27 septembre 1997,
Bates LAMOTTEL092797, p. 45-46.

PREMIÈRE PARTIE

BRAQUAGE

28 juillet 1986 – 9 novembre 1989

1

Le Havre, 28 juillet 1986.

Les deux camions-citernes Renault G230 apparaissent à 2 h 02 sur la route départementale qui relie Harfleur à Gainneville. Ils sont chargés d'ammoniac liquide jusqu'à la gueule – douze mille litres chacun. Sur leurs flancs, en lettres blanches sur fond bleu, le logo de la société Yara, surmonté d'un drakkar stylisé.

Leurs phares aveuglent une fraction de seconde le conducteur de la Lancia Delta de couleur blanche qui les attend en bout de ligne droite, kilomètre 48, au milieu de la chaussée, tous feux éteints. À son bord, trois hommes suréquipés, cagoulés et armés. Combinaisons militaires, gilets pare-balles modèle Y en kevlar, gants de cuir, lunettes et demi-masques de protection respiratoire. Deux à l'avant, un sur la banquette arrière.

Rien n'a été laissé au hasard.

À l'entrée d'Harfleur, la D6015 ne dessert qu'une poignée de bâtiments industriels qui n'ouvrent pas avant le lever du jour. À cette heure-ci, elle est déserte. Un halo orangé trop faible pour percer l'obscurité illumine le ciel au-dessus de la zone portuaire du Havre, à l'ouest, dix kilomètres à vol d'oiseau. Pas de lampadaire ni de maison isolée, aucune intersection sur une portion de cinq kilomètres, un mur de végétation d'un côté de la route, un profond fossé de l'autre. Aucune échappatoire possible.

Le site est idéal à tous points de vue.

À l'instant précis où le deuxième camion-citerne dépasse la borne kilométrique 47, lancé à plus de quatre-vingts kilomètres à l'heure, une Renault 9 beige stationnée sur le bas-côté démarre et lui emboîte le pas. Trois hommes à l'intérieur également, même équipement, même détermination.

2 h 05, la Lancia allume ses feux de détresse pour signaler sa présence. Le chauffeur du camion-citerne de tête fait des appels de phares et freine sèchement pour éviter la collision. Surpris, son collègue met un coup de patin et braque le volant pour éviter de l'emboutir. Son train arrière chasse, il perd le contrôle du poids lourd qui glisse sur une vingtaine de mètres avant de piler brutalement. Le chauffeur est projeté en avant. La ceinture de sécurité lui coupe le souffle et l'empêche de traverser le pare-brise. Son moteur toussote à deux reprises, puis il cale.

Les occupants de la Lancia, en première ligne, ne cillent pas. La vision de deux engins de plus de vingt tonnes chacun projetés à pleine vitesse dans leur direction est pourtant impressionnante. Le pare-chocs du premier camion-citerne s'immobilise à trois mètres seulement des portières latérales dans un couinement suraigu de plaquettes de frein. Le front du chauffeur heurte le tableau de bord. La violence du coup le laisse à moitié groggy. La Renault 9 vient se placer en travers de la route de façon à couper toute possibilité de retraite. Coordination impeccable.

Il y a un bref instant de flottement.

Une rafale de vent balaie la scène et disperse la forte odeur de gomme brûlée dans son sillage. L'air se charge d'électricité quand les portières de la Lancia et de la Renault 9 s'ouvrent simultanément. Quatre cagoulés sortent des habitacles et brandissent des armes de poing semi-automatiques et des pistolets-mitrailleurs Uzi. Leurs mouvements sont parfaitement synchronisés. Ils se répartissent les deux camions et grimpent à bord des cabines.

— Changement de programme, les gars!

Abasourdis, les chauffeurs écarquillent les yeux sans comprendre ce qui leur tombe dessus. Une coupure larde le crâne du plus âgé. Du sang lui coule sur la tempe et dans le cou. L'autre, grand et sec, essaie toujours de recouvrer son souffle.

Les assaillants les extirpent sans ménagement de leur siège et les tirent jusqu'au coffre de la Renault 9 dans lequel ils les enferment, puis ils prennent leur place au volant des camions-citernes.

Fin de l'étape numéro un.

Soulagé, le conducteur de la Lancia soupire. Il relève son masque en grognant.

Il s'appelle Anton Muller. Trente-deux ans, un mètre quatre-vingt-cinq, quatre-vingt-dix kilos, corps d'athlète, cheveux courts et regard bleu acier.

Les cinq autres cagoulés sont sous ses ordres.

Muller actionne le poste CB mobile et vérifie la fréquence. La ligne crachote. Une voix grave résonne dans le haut-parleur.

— On arrive, déclare Muller avant de couper la communication.

La Renault 9 ouvre la voie, suivie des deux camions-citernes. La durée du trajet est estimée à moins de cinq minutes. Muller surveille leurs arrières dans le rétroviseur de la Lancia. Il est en contact permanent avec ses hommes par le biais de l'émetteur radio. Il ne lâche pas son chronomètre des yeux.

Le convoi atteint le lieu du transfert à 2 h 16. Muller a choisi l'endroit avec soin. Il s'agit d'une carrière désaffectée dont l'entrée n'est visible ni de la route ni du premier hameau situé à deux kilomètres de là. Quatre chauffeurs les y attendent, avec une 205 Peugeot blanche et deux camions-citernes immatriculés aux Pays-Bas au nom de la société Vita Trucks.

Le premier, un Iveco Turbostar d'une capacité de dix-huit mille litres, est déjà en place. Des tuyaux de raccordement sont disposés de part et d'autre, prêts à être tirés.

L'opération est délicate. Le chef d'orchestre Muller la supervise par signes. Tous les hommes, chauffeurs et cagoulés, se taisent et observent ses moindres gestes avant de passer à l'action. L'ammoniac est un produit hautement explosif. Le mot d'ordre est : *Suivez mes consignes à la lettre et tout se passera bien!*

Muller claque des doigts.

Deux cagoulés armés retournent monter la garde à l'entrée de la carrière en trottinant, au cas où un importun se pointerait. Les autres hommes s'agitent. Ils alignent les camions, placent le bras de chargement au-dessus de la cuve de l'Iveco, branchent les tuyaux et s'immobilisent. Muller s'avance. Il sort un mètre de la poche de sa veste et prend le temps de mesurer l'espace entre le haut du réservoir et le sommet du tuyau. Il procède à quelques réglages, reprend des mesures, inspecte les soupapes de sécurité et le compresseur du système réfrigéré, puis il fait le tour du camion pour procéder à des vérifications visuelles d'ensemble. Satisfait, il lève le pouce de sa main droite à l'intention de ses hommes. Ces derniers ouvrent aussitôt les vannes pour transvaser l'ammoniac.

Même prudence pour le deuxième camion-citerne, un Volvo 250 de capacité plus modeste, mêmes consignes, mêmes vérifications minutieuses.

Muller ne relève le pouce qu'une fois la cuve pleine. Personne n'a parlé, aucun riverain ne s'est manifesté, aucune lueur de phares n'est venue percer l'obscurité sur la route en contrebas.

À 3 h 56, les quatre chauffeurs enfilent une tenue de parfait camionneur Vita Trucks et grimpent au volant. Muller distribue papiers en règle, billets et plan de route. Leur objectif est une plateforme de stockage portuaire de la société European General Tobacco, surnommée « Big T » comme *Big Tobacco*, située aux Pays-Bas, à Bergen op Zoom. Huit à neuf heures de trajet avant transfert, direction Sydney et les usines de production de cigarettes d'Australie par un porte-conteneurs affrété sous pavillon panaméen qui n'attend qu'eux pour prendre la mer.

Muller dit :

— La même somme à livraison.

Les types comptent le fric, l'empochent prestement en multipliant mentalement la somme par deux, et affichent leur plus beau sourire, celui qui signifie *Tout ce que tu veux, mon pote! C'est un plaisir de faire affaire avec toi!*

Muller leur serre la main et tapote la portière.

— La voie est libre.

Les chauffeurs ne se font pas prier. Les moteurs tournent, les boîtes manuelles grincent. L'Iveco Turbostar démarre le premier. L'autre, plus léger et plus rapide, empruntera un itinéraire différent. Pas de communication entre eux jusqu'à destination.

Les chauffeurs de Muller atteignent la départementale, mettent leur clignotant, qui à droite, qui à gauche, et disparaissent dans la nuit.

La pression descend d'un cran. Muller réprime un bâillement. Il ne se déconcentre pas pour autant. Il consulte sa montre. 4 h. L'ensemble de la manœuvre a pris deux minutes de moins que prévu. Les chauffeurs des deux camions braqués sont enfermés dans le coffre de la Renault 9 depuis près de deux heures.

Muller remet sa cagoule, rafle un Uzi et fait signe aux hommes encore présents de le suivre à l'arrière, semi-automatiques en main. Il ouvre le coffre. Soudain, le grand sec bondit en grognant, se précipite sur lui, poings en avant, et lui arrache sa cagoule. Pris au dépourvu, Muller se protège le visage du bras pour parer les coups. Surpris, les cagoulés armés tardent à réagir.

Le chauffeur dévisage Muller une fraction de seconde, puis il le bouscule sans ménagement et détale en slalomant.

Muller reprend aussitôt ses esprits.

— Laissez-le partir, je sais où il crèche.

Il désigne deux cagoulés, leur donne une adresse au Havre.

— Pas de coups de feu. Vous le serrez et vous me le gardez au chaud, c'est tout. Je m'occupe du deuxième et je vous rejoins.

Il ramasse sa cagoule et se retourne. Ses hommes sont penchés au-dessus du coffre, pétrifiés. Une odeur âcre de vomi et d'urine sature l'air. Muller s'avance pour jeter un œil. Le chauffeur numéro deux baigne dans une flaque de sang. Lui se tient parfaitement à carreau. Et pour cause. Il est mort.

Sonné par la nouvelle, Muller recule d'un pas. L'un des cagoulés montre du doigt le crâne du chauffeur. Une protubérance violacée lui déforme la tempe et une partie du front.

— On n'y est pour rien! Il était déjà comme ça quand vous avez ouvert.

Muller comprend. Il secoue la tête :

— Hémorragie cérébrale.

Il s'adosse à la voiture pour réfléchir. Muller savait que ce moment arriverait dans sa vie. Celui où vous devez prendre la bonne décision. Il s'est toujours demandé quel genre d'homme il serait ce jour-là, comment il réagirait. Le moment était venu.

Muller a encore deux bonnes heures avant l'aube. Il mesure le travail accompli et la portée de ses actes à venir. Il peut encore rattraper le coup et sauver sa peau.

Il se redresse en soupirant et déclare :

— C'était un accident.

Les trois cagoulés acquiescent en silence et se détendent un peu.

Muller se plante devant eux :

— J'aurais sincèrement aimé que les choses se passent autrement, les gars.

Il brandit alors le pistolet-mitrailleur Uzi et les abat à bout portant d'une rafale en plein visage. Il n'hésite pas, sa main tremble à peine. Les balles lacèrent leurs cagoules et s'y enfoncent comme dans du beurre. Les types n'ont pas le temps de riposter. Ils s'affaissent sur le sol comme des pantins désarticulés.

Muller les dépouille ensuite de leur matériel militaire. Il fourre le tout dans le coffre de la 205 Peugeot, récupère un jerrican vide et un bout de tuyau qu'il utilise pour siphonner le réservoir. Il dispose les cadavres à l'avant et sur la banquette arrière de la Renault 9. Il les asperge d'essence avant d'y mettre le feu. Il renouvelle l'opération pour la Lancia et les deux camions vides. L'instant d'après, les flammes lèchent les drakkars peints sur les citernes et s'élèvent dans le ciel, perçant la nuit d'une gigantesque lueur orangée.

Le moteur de l'Iveco puis sa cuve explosent en premier. L'orange vire au blanc. La température ambiante s'affole.

Muller balance sa cagoule dans le brasier, balaie le sol du regard pour s'assurer qu'il n'a rien oublié, puis il s'installe au volant de la 205 et quitte les lieux sans un regard en arrière.

Le fuyard s'appelle Guérin. Il vit dans un studio qu'il loue au-dessus d'un bar, en périphérie du Havre, à la limite de Sanvic. C'est probablement un brave type, un honnête travailleur, mais il n'a pas les bons réflexes. Au lieu de disparaître dans la nature, de se planquer ou de foncer chez les flics, sa première réaction a été de rentrer chez lui faire sa valise.

Guérin a couru comme un dératé à travers champs et dans la zone industrielle. Il connaît les lieux par cœur. Il a semé ses poursuivants, qui se sont ensuite rendus à l'adresse indiquée par Muller. Ils ont défoncé sa porte et l'ont neutralisé alors qu'il enjambait le rebord de la fenêtre pour s'enfuir. Ils l'ont attaché sur une chaise et l'ont cogné avec méthode jusqu'à ce qu'il cesse de gueuler. Ils ont ensuite contacté Muller sur le poste CB mobile et ont sagement attendu.

Muller pénètre dans le studio à 5 h 12. Il verrouille la porte derrière lui et tranche la gorge de l'homme qui lui a ouvert. Le deuxième est assis sur le canapé, face à leur prisonnier. Il ne lui oppose aucune résistance et s'affale sur le côté, la tête posée sur un coussin comme s'il était assoupi.

Guérin n'émet pas un son. Effaré, il fixe le sang qui s'écoule à gros bouillons par la plaie béante. Une estafilade de plusieurs centimètres coupe son arcade sourcilière en deux, sa pommette droite est tuméfiée et sa chemise déchirée.

Muller avise le téléphone à cadran, sur la table basse.

— Qui as-tu appelé avant qu'ils arrivent ?

Guérin ne répond pas. Muller renifle.

— Hélène ?

Guérin lève les yeux sur lui, surpris. Muller sourit. Guérin secoue la tête.

— C'est elle qui vous a filé l'itinéraire des camions ?

Muller hausse les épaules.

— Que lui as-tu raconté ?

Guérin n'entend même pas la question. Il lorgne maintenant du côté du couteau que Muller essuie sur la veste du mort.

Muller s'interrompt et lève la lame pour l'inspecter à la lumière du lustre, puis il glisse le couteau dans l'étui qui pend à sa ceinture et passe dans la cuisine pour se laver les mains et s'asperger le visage d'eau froide. Il prend soin d'essuyer ses empreintes avant de revenir dans le salon. Là, il vide le contenu de la valise de Guérin sur le parquet et en dresse l'inventaire. Sous une pile de chemises et de caleçons à carreaux, un portefeuille, un agenda et une enveloppe de papier kraft retiennent son attention.

Le portefeuille contient un bulletin de salaire plié en quatre émis par la société Yara le 27 juillet 1986 et deux billets de cinquante francs. Muller empoche le bulletin et laisse le liquide. L'agenda ne révèle qu'une série de noms et de numéros sans intérêt. Il vole dans les airs rejoindre le tas de vêtements par terre. Muller ouvre l'enveloppe. Guérin se dandine pour tenter de défaire ses liens.

Muller exhibe à présent une demi-douzaine de polaroïds dont l'unique héroïne est une femme dénudée d'une vingtaine d'années, allongée sur le canapé du studio dans des positions langoureuses et explicites. La jeune femme fixe l'objectif d'un air déterminé. Muller reconnaît au premier coup d'œil la petite amie de Guérin, Hélène Thomas, l'étudiante qui bosse en alternance comme secrétaire au siège parisien de la société Yara et qui lui a fourni une copie de la feuille de route des deux camions-citernes, un mois plus tôt.

Muller agite les photos.

— J'emporte ces photos de la belle Hélène, si ça ne te dérange pas.

— Je vous en supplie…

Muller empoche les polaroïds. Il décroche le téléphone, compose un numéro de mémoire et laisse sonner trois fois avant de couper la communication. Il tire une chaise, allume la radio et s'installe tranquillement à côté de Guérin.

Un speaker revient sur l'arrivée du Tour de France. La veille, Greg LeMond est devenu le premier cycliste américain à remporter la course, dans un temps record. L'homme d'affaires Bernard Tapie clame haut et fort à l'antenne qu'il l'a soutenu depuis le début et que LeMond a gagné grâce au Français Bernard Hinault qui a été le plus fidèle des équipiers. La France entière se marre.

Cinq minutes plus tard, le téléphone sonne. Guérin fait un bond. Muller coupe la radio et saisit le combiné.

— On a eu un problème.

Il hoche la tête deux fois pendant que son interlocuteur parle, puis il lui dicte l'adresse, écoute à nouveau, avant de conclure :
— Comme vous voulez.

David Bartels frappe à la porte peu après midi. Il porte un costume gris anthracite, une cravate discrète et des Weston. Il affiche l'air contrarié de celui qui a dû annuler un rendez-vous important.

Muller et Guérin sont en nage. Le studio empeste la transpiration et la mort, la température intérieure frôle les 30 °C. Bartels dédaigne Guérin et indique les deux macchabées du menton.

— C'est quoi, ça ?

Muller hausse les épaules et désigne Guérin.

— Il s'est défendu. Nous n'avons pas été assez de trois pour le maîtriser.

Bartels opine et dévisage le chauffeur, comme s'il prenait conscience de sa présence. Il allume une Chesterfield et balaie la pièce du regard pendant que Muller lui résume à sa manière les évènements de la matinée. Guérin écoute malgré lui.

Bartels écrase son mégot sur le rebord de la table basse.

— Rien d'autre ?

Muller lui tend le portefeuille et l'agenda. Bartels les inspecte d'un œil distrait. Muller récupère le mégot et le fourre dans sa poche. Pendant ce temps, Bartels empoche les deux billets de cinquante.

— Quelqu'un d'autre est au courant ?

Bartels ne connaît pas l'existence d'Hélène Thomas. Il ne sait pas qu'elle est l'informatrice de Muller chez Yara pour l'itinéraire des camions. Guérin ignore que Bartels n'est pas au courant. Muller aimerait que cela reste comme ça.

Il ment :
— Non.

Guérin baisse les yeux. Bartels sonde un instant Muller et finit par hocher la tête. Il retire sa veste et sa cravate, les dépose sur le dossier d'une chaise, remonte les manches de sa chemise et s'allume une Chesterfield.

Guérin se redresse subitement. La corde qui le maintenait attaché gît au sol. Muller empoigne son couteau par réflexe. Guérin bondit en rugissant, renverse Bartels et fonce sur Muller tête la première. La cigarette de Bartels vole dans les airs et retombe sur le carrelage en faisant des étincelles. Le souffle coupé, Muller lâche son arme, bascule en arrière et chute lourdement contre le buffet. Guérin se précipite vers la porte. Bartels se redresse et repère le couteau aux pieds de Muller. Il le saisit, s'élance à la poursuite de Guérin et lui plante la lame dans la carotide. Le type s'immobilise, puis s'affaisse lentement.

Bartels lâche le manche, extirpe un briquet de sa poche et doit s'y reprendre à trois fois pour rallumer une cigarette. Muller feint d'ignorer les tremblements qui agitent sa main.

Bartels ramasse ses affaires et disparaît dans la salle de bains. Lorsqu'il réapparaît enfin, impeccable, les cheveux tirés en arrière, il ne tremble plus. Muller a récupéré le couteau, effacé leurs empreintes, ramassé les mégots et rattaché Guérin sur la chaise.

Bartels contemple le spectacle.

— Je peux compter sur ta loyauté ?

— Il va falloir reconsidérer ma prime de risque, dit Muller en le raccompagnant jusqu'à la sortie.

L'appartement d'Hélène Thomas est situé dans un quartier tranquille de Bagnolet, à proximité de la mairie des Lilas. Le soleil flirte avec les toits des immeubles avoisinants. Des cris d'enfants jouant au ballon dans une rue adjacente lui parviennent. Un parfum de glycine et de saucisse grillée flotte dans l'air.

Muller est lessivé. Cela fait plus de trente-six heures qu'il n'a pas dormi. Il a roulé toute l'après-midi. Il s'est débarrassé des armes de ses hommes et des gilets pare-balles dans la Seine, a garé la Peugeot au coin d'une rue au hasard et a jeté les clefs dans une bouche d'égout, puis il a terminé le chemin à pied.

Il étire ses muscles endoloris et se décide à entrer dans le hall. Il inspecte les boîtes aux lettres, grimpe deux étages et presse la sonnette.

Hélène Thomas passe la tête. L'iris de ses yeux est d'un vert profond.

Muller tente de forcer le passage et tombe sur un os. La chaîne de sécurité est enclenchée. La jeune femme repousse vivement le battant d'un coup sec, mais Muller glisse son pied dans l'ouverture avant qu'elle lui referme au nez et fait sauter la chaîne d'un coup d'épaule dans la porte. Hélène Thomas l'accueille à coups de griffes. Muller la saisit par le bras et l'entraîne jusqu'à la pièce principale avant de la jeter sur le canapé. Là, il sort les polaroïds récupérés chez le chauffeur, les balance sur la table basse et brandit un revolver. Hélène Thomas les ignore, le regard rivé sur l'arme.

Muller déclare :

— Guérin est mort.

Elle roule des yeux.

— Je ne dirai rien.

Muller ricane.

— Quelqu'un d'obstiné pourrait faire le rapprochement entre toi, Stéphane Guérin et Yara, puis entre toi et le braquage. Tu sais très bien que je ne peux pas prendre ce risque.

Elle renifle avec dédain.

— Personne chez Yara ne sait que nous sortions ensemble. J'ai juste photocopié un bout de papier.

Muller secoue la tête.

— Écoute, j'ai eu une journée compliquée.

Hélène Thomas se passe la main dans les cheveux.

— Je ferai ce que vous voulez.

Muller grimace. Il avise une chaise, retire du bout des doigts une poussière imaginaire sur le dossier et s'assoit pour évaluer la situation, l'arme sur les genoux. Il jauge la jeune femme un moment, se dit qu'elle a du cran. Il pèse le pour et le contre jusqu'à parvenir à une conclusion satisfaisante, puis il se lève.

— J'ai peut-être quelque chose pour toi.

Il empoche le revolver.

— Tu peux les garder, si tu veux, ajoute-t-il en désignant les photos.

Hélène Thomas y jette un coup d'œil rapide, le regard vide de toute expression. Elle les déchire et se redresse crânement.

— Le passé, c'est le passé.

2

Carquefou, 3 septembre 1986.

Le ventilateur du service comptabilité est en panne. Les fenêtres ouvertes en grand ne laissent passer qu'un mince filet d'air brûlant. L'inspecteur de police Simon Nora a dû retirer sa veste pour travailler.

Les archives clients et fournisseurs qu'il épluche depuis deux jours sont d'un ennui mortel. Elles livrent leurs secrets au compte-gouttes. L'employée de la SEITA chargée de l'assister n'en mène pas large. Le café dont elle l'abreuve lui file des aigreurs d'estomac.

Nora est un professionnel. Levé à 6 h et couché à 22 h. Il démarre une tournée des cinq sites de production de la Société nationale d'exploitation industrielle des tabacs et allumettes avec quarante-huit heures d'avance.

La machine à cigarettes françaises tourne à plein. Trois cent vingt-sept salariés dans les locaux de Carquefou, deux cents millions de francs de bénéfice annuel dans les poches de l'État, une mine d'or. De quoi justifier deux semaines à temps complet de la vie d'un policier de la brigade financière de Nanterre.

Une usine de traitement du tabac au Havre, deux centres de recherche à Bergerac et Fleury-les-Aubrais, et deux usines de production de cigarettes, l'une à Riom dans le Puy-de-Dôme et la deuxième, la plus importante, dans la périphérie de Nantes.

Un sacerdoce : des milliers de kilomètres en train et en voiture de location, des sandwichs mangés sur le pouce et des nuits interminables dans des hôtels de seconde catégorie.

Consignes avant son départ. Son supérieur, l'officier de police judiciaire Richard, l'a coincé dans l'ascenseur entre le neuvième étage et le rez-de-chaussée :

— Tu as été choisi parce que tu es novice dans le service. Tu es novice et tu es une sangsue. Tu ne lâches jamais rien parce que tu dois faire tes preuves. Ne nous déçois pas.

L'inspecteur Nora est payé pour ça : écouter sa hiérarchie, siroter du bout des lèvres un café de merde, mal dormir et décrypter pour la brigade financière des tableaux comptables.

Son billet aller-retour Paris-Nantes en deuxième classe a été réglé rubis sur l'ongle par la sous-direction de la lutte contre la criminalité organisée et la délinquance financière, son employeur depuis le 1er février dernier.

Le motif est une plainte pour impayé déposée fin août par la société Yara contre la SEITA.

Les faits : le 4 décembre 1985, un camion-citerne de bon ammoniac est braqué près de Clermont-Ferrand. Rebelote le 18 janvier 1986, aux environs de Limoges et, dans la foulée, le lendemain, au nord de Nantes. Rien pendant trois mois, puis les braquages s'enchaînent aux Pays-Bas entre le 16 avril et le 3 juin, à la sortie de Sluiskil, la plus grande usine européenne de production d'ammoniac, à la frontière franco-belge et près de Belfort.

Dans chaque affaire, le modus operandi est le même : les camions de la société Yara sont interceptés par des hommes cagoulés lourdement armés, les chauffeurs sont neutralisés en douceur, les camions sont incendiés, les chauffeurs ne voient rien, ils n'entendent rien, ils ne savent rien, et l'ammoniac s'est volatilisé.

Jusqu'au dernier braquage en date.

Lundi 28 juillet dernier, deux camions-citernes estampillés Yara ont été retrouvés brûlés aux environs d'Harfleur, chacun transportant douze mille litres d'ammoniac *made in France* vers l'usine de Carquefou. Quatre cadavres carbonisés sont dégagés des carcasses encore fumantes dont celui de l'un des chauffeurs, plus trois autres cadavres dans un studio du Havre dont celui du deuxième chauffeur.

Tout est détaillé dans le rapport de police que Nora a sous les yeux : les balles de 9 mm dans le crâne des braqueurs, les casiers longs comme le bras des cinq cagoulés, les voitures calcinées retrouvées à proximité, le cadavre du chauffeur allongé dans le coffre, les traces de pneus de deux autres camions-citernes identifiées sur les lieux, l'enquête dans une impasse.

Sept morts au total, ça fait tache.

Même si, en vérité, Nora s'en fiche.

Il se fiche des braquages et des morts – ça, c'est le boulot de la criminelle. Il se fiche de l'ammoniac. Il se contrefiche de Yara et des états d'âme de ses dirigeants. Il n'est pas là pour juger qui que ce soit. La justice française est faite pour ça. Nora est dans le camp de ceux qui appliquent la loi.

Lui, ce qui l'intéresse, ce sont les causes et les conséquences dissimulées.

Les usines de Yara fabriquent à grande échelle tout un tas d'immondices chimiques telles que de l'ammoniac, de l'urée, des nitrates, des produits azotés, ainsi que de l'acide phosphorique et des phosphates. Leur principal client : l'agriculture intensive moderne, celle du rendement et des gros profits, dont les producteurs de tabac et les cigarettiers, parce que sans ça, les plantes pousseraient trop lentement et les clopes auraient un goût de paille séchée.

Or, aucun cagoulé ne braque les convois de phosphate ou de nitrate.

Pourquoi ?

L'employée qui lui sert son expresso connaît sa leçon par cœur. Elle est aussi calée en ammoniac qu'elle est nulle en café. Elle est passée à côté d'une vocation de chimiste. Elle lui explique tout, en long, en large et en travers. Elle pèse chacun de ses mots :

— L'ammoniac est une denrée abondante et stratégique.

Les usines de « recon » fonctionnent comme des usines de pâte à papier ou des labos d'héroïne. « Recon » comme reconstitution. Des feuilles de tabac sont écrasées et transformées en pâte dans d'énormes cuves, puis transformées en plaques de 3,70 m de large qui, après séchage, sont aspergées de nicotine et de divers arômes et conservateurs. En cuisine tabagiste, c'est ce qu'on appelle le sauçage. De l'ammoniac y est ajouté pour favoriser la transformation des feuilles et rendre la fumée moins acide. Le résultat est un arôme sucré délicieux qu'on nomme *american blend*, davantage chargé en nicotine. Le résultat, c'est tout simplement le tabac blond, celui qui est fumé par des centaines de millions de consommateurs dans le monde.

Voilà pourquoi l'ammoniac est précieux.

Comme il fallait s'y attendre, les comptables de la SEITA ont cherché à faire traîner pour indemniser la société Yara en compensation des stocks partis en fumée, au motif que les sept braquages n'étaient pas de leur fait et ne relevaient pas de leur responsabilité.

Bien sûr, l'argent n'est pas le problème. Les sept morts non plus. Le problème, c'est le manque à gagner à court terme et la perte de parts de marché. Car les fumeurs n'attendent pas. Ils se comportent comme des junkies impatients, en manque de leur dose quotidienne. Si leurs cigarettes blondes ne sont pas disponibles, ils se rabattent sur une autre marque. Chaque camion-citerne brûlé, ce sont des millions de cigarettes que les Français ne fument pas aujourd'hui et qu'ils achètent à la concurrence.

Évidemment, les avocats de Yara ne l'entendent pas de cette oreille. Ils soupçonnent une manœuvre de leurs concurrents visant à déstabiliser le marché ou une magouille financière de la SEITA, peut-être même une entente entre la SEITA et l'un de leurs concurrents pour faire baisser le prix de l'ammoniac. Qui sait? Ça s'est déjà vu. Ils portent donc plainte, huit mois après le premier vol d'ammoniac. C'est là que Nora et la brigade financière interviennent.

Quelqu'un en voudrait-il à Yara?

Une entité capable d'organiser sept braquages avec le matériel, la logistique et les méthodes de professionnels, et, pour ce faire, susceptible d'assumer sept morts violentes.

Nora s'étire et se frotte les yeux. L'employée lui sert un autre café. Nora décline. Il n'apprendra plus rien ici. Il referme le carnet de commandes qu'il était en train de consulter et ramasse ses affaires. L'employée fait mine d'être contrariée. Nora a une idée dont il se garde bien de lui parler.

Fin d'après-midi, une cabine publique, quai Malakoff, à deux pas de la gare de Nantes. Une 4L blanche a embouti un plot en béton, à dix mètres de là. Le pare-chocs est plié, de la fumée s'échappe du capot relevé et un liquide brunâtre se répand dessous. Son propriétaire, un type filiforme en bleu de travail, s'active autour de l'épave. Il est dans tous ses états parce que le klaxon est bloqué. Des badauds hilares s'amassent autour de lui et lui prodiguent des conseils pour résoudre son problème.

Simon Nora est obligé de crier dans le combiné pour se faire entendre. Son interlocuteur se prénomme Patrice. Il est le responsable des livraisons de la société bordelaise Vita Trucks qui assure le stockage et le transport des matières premières pour le compte du Belge European G. Tobacco, le numéro deux du tabac en Europe. Et le principal concurrent de Yara en France.

Nora cherche à savoir si Vita Trucks a subi le même type de pertes en ammoniac que Yara sur la même période. Patrice joue au con. Il a effectivement entendu parler de la terrible tragédie qui affecte ses amis de chez Yara. Sa voix tremble d'émotion :

— Grâce à Dieu, nous n'avons jamais eu aucun mort à déplorer parmi nos employés en près de quinze ans d'activité! Les règles de sécurité sont drastiques chez Vita Trucks.

Nora insiste. Patrice s'excuse. Il serait ravi de collaborer avec la brigade financière, mais il n'est pas habilité à répondre aux questions qui concernent la stratégie d'entreprise.

Nora hurle :

— Passez-moi le directeur, dans ce cas.

Patrice tousse.

— Il est en réunion téléphonique.

— Je peux attendre.

— Il en a pour longtemps.

— Un responsable, alors.

— En réunion téléphonique également.

Nora conserve son calme.

— Je me permets d'insister.

Patrice se racle la gorge.

— Je suis désolé, inspecteur.

Nora lui raccroche au nez sans attendre la suite. Il consulte sa montre, 16 h 45. Il a encore le temps d'attraper son train.

Devant lui, le propriétaire de la 4L a enfin trouvé comment couper le klaxon. Le type entreprend de pousser sa voiture sur le trottoir pour dégager la rue, laissant derrière lui une flaque irisée d'huile de moteur. Les badauds s'écartent sans lever le petit doigt.

Nora compose le dernier numéro de sa liste, celui du standard de la société Logista, spécialisée dans le transport de cartouches de cigarettes pour European G. Tobacco. Cette fois-ci, il change de méthode. Il se présente brièvement et répète plusieurs fois les termes « enquête importante », « Logista » et « brigade financière ». Il prend soin d'éviter d'évoquer Yara, la SEITA ou même European G. Tobacco.

Le préposé à l'autre bout du fil lui demande de patienter, puis un déclic retentit dans le combiné, suivi d'une sonnerie. Un assistant décroche et lui demande de patienter à nouveau, le temps de le mettre en relation avec un certain David Bartels, directeur d'un cabinet de conseil parisien nommé Fox & Reynolds Consulting.

Bartels est un homme chaleureux et disponible. Son ton volontaire contraste avec celui de Patrice, le responsable des livraisons de Vita Trucks.

— Inspecteur Nora, quel plaisir !
— Et vous êtes ?

Gloussements exagérés de l'intéressé :

— Où avais-je la tête ? Je ne me suis même pas présenté.

Bartels enchaîne avec enthousiasme. Il représente les sociétés Logista et Vita Trucks depuis près d'un an. Il sera heureux de répondre à toutes ses questions, dans la limite de ses compétences. Il ponctue chacune de ses phrases par un petit rire irritant. Il le remercie ensuite d'avoir pris la peine de l'appeler en personne, il s'excuse, une réunion importante, puis il lui repasse son assistant avec qui Nora convient d'un rendez-vous.

La communication n'a pas duré plus de deux minutes. Nora n'a pas pu terminer une seule phrase, mais il est à bout de souffle.

On frappe à la vitre. Nora fait volte-face et se retrouve nez à nez avec le propriétaire de la 4L. Le type a le teint rougeaud et les mains pleines de cambouis. Nora sort de la cabine en évitant avec soin tout contact physique.

3

Paris, 12 septembre 1986.

David Bartels resserre le nœud de sa cravate et allume une cigarette.

Du fric, du fric, du fric. Comme s'il en pleuvait. L'année 1986 est à marquer d'une pierre blanche. Le chiffre d'affaires de la société de conseil qu'il dirige, Fox & Reynolds Consulting, a explosé. Les commandes de son principal client, European G. Tobacco, la deuxième plus grosse société de tabac en Europe, sont à la hausse. L'avenir est radieux. Toutes les planètes sont alignées pour des bénéfices records.

La nomination de Jacques Chirac au poste de Premier ministre en mars dernier est une véritable bénédiction pour les affaires. Ce type est une publicité vivante pour le tabac. Il est pour la liberté d'entreprendre. Mitterrand et lui forment un duo de choc. Le yin et le yang, unis pour une même révolution en faveur de l'argent roi.

Le 20 février, La Cinq, une nouvelle chaîne de télévision privée voit le jour. Le 1er mars, lancement officiel de TV6, une chaîne musicale, avec neuf émetteurs couvrant 7,6 millions de consommateurs potentiels de tabac. Le 14 mai, Chirac annonce devant l'Assemblée nationale son souhait de privatiser TF1. Les candidats se pressent, du groupe de BTP Bouygues, épaulé par l'homme d'affaires Bernard Tapie et le groupe Robert Maxwell, à Hachette. Avec ces gens-là, le président Hervé Bourges entend bien faire de TF1 une grande chaîne populaire. Ce qui signifie, en creux, davantage d'émissions sportives, autant d'opportunités de placement de produits pour les cigarettiers que Bartels représente.

Le 25 août, Gauthier, le président-directeur général d'European G. Tobacco, l'unique client de Fox & Reynolds Consulting, l'a invité en personne sur son yacht privé, à Sainte-Maxime, pour lui dire tout le bien qu'il pensait de son travail.

Aller-retour en TGV première classe. Un chauffeur en costume l'attendait à la gare de Saint-Raphaël. Un maître d'hôtel leur a servi du Perrier-Jouët Belle Époque à volonté dans des flûtes en cristal. Le buffet débordait de crustacés et de fruits exotiques.

Gauthier a réajusté le col de sa chemise taille XXL. La Rolex en or à son poignet et son sourire carnassier hurlaient son désir de gagner encore plus d'argent.

— Nous comptons sur toi, David.

— Vous pouvez.

— Les mois à venir vont être décisifs pour l'industrie du tabac. Nous avons de nombreux défis à relever depuis la loi Veil et la montée des associations antitabac.

— J'en suis bien conscient.

Gauthier s'est rapproché de lui, lui a tapé sur l'épaule et lui a chuchoté, sur le ton de la confidence :

— Nous entrons dans une ère nouvelle.

— Je le crois aussi.

— Nous sommes en guerre.

— Et nous sommes prêts.

— Le marketing est notre nouvelle arme de persuasion massive.

— Ça ne fait aucun doute.

Gauthier a bu son verre et désigné de l'index un point situé au-dessus d'eux.

— Plus *ils* chercheront à interdire nos produits ou à en réglementer la consommation, plus *ils* seront sur notre dos et sur celui des consommateurs, plus nos services marketing deviendront puissants. Nous devons changer les règles du jeu si nous voulons en rester les maîtres.

— Assurément.

— C'est pourquoi, désormais, nous ne vendrons plus uniquement des cigarettes.

Bartels a écarquillé les yeux.

— Quoi d'autre, alors ?

— Du rêve, mon cher David. Du rêve et de la liberté.

Bartels a applaudi des deux mains. Gauthier a fait un signe afin qu'on leur resserve du champagne. La gorge en feu, Bartels a sifflé la moitié de sa flûte.

— C'est exactement ça, monsieur. La liberté.

— Un jour, nos produits seront l'un des derniers espaces de liberté de la population de ce pays.

— Fumer, c'est être libre.

— Exactement !

Gauthier lui a administré une claque dans le dos. Du champagne s'est renversé sur sa chemise. L'employé a sabré une deuxième bouteille et s'est précipité pour refaire les niveaux. Les yeux de Bartels brillaient comme ceux d'un enfant devant un gros jouet. Les bulles lui faisaient un effet du tonnerre.

— Fumer, c'est être libre ! a répété Gauthier.

Bartels a surenchéri :

— Nous sommes libres.

— Nous sommes libres de fumer autant que nous le voulons ! Libres d'être heureux, libres d'être comblés, libres de nos choix, libres de notre corps ! Je veux que ce soit notre slogan au cours des trois prochaines décennies, nom de Dieu !

Bartels est sur le pont. Il a dû mettre les bouchées doubles. La Ligue contre la fumée de tabac en public a décidé d'intenter un procès à European G. Tobacco France et à TF1 parce qu'en juin, durant la Coupe du monde de football à Mexico, des images avaient fait apparaître à la télévision des affiches publicitaires en faveur de trois marques appartenant à European G. Tobacco.

La Ligue n'est pas seule dans la bataille. Deux jours plus tôt, le Comité national contre le tabagisme, Alternatives tabac et l'Office français de prévention du tabagisme déposent à leur tour une plainte contre European G. Tobacco. Eux réclament l'interdiction d'une campagne publicitaire en faveur d'une marque de cigarettes blondes, dont le slogan leur semble directement adressé aux jeunes : *Une blonde, le goût de l'indépendance ?*

Les actes d'accusation sont des ramassis de conneries. Mais la Ligue et le CNT sont soutenus par de nombreuses personnalités publiques. Ce sont des organismes sensibles. Personne n'ose les attaquer de front.

Bartels doit donc surfer entre légalité et illégalité.

Il adore ça.

La société European G. Tobacco qu'il conseille produit et vend des cigarettes sur le marché européen. Elle dispose pour cela d'une armée de soldats répartis sur tout le territoire : des agriculteurs qui font pousser le produit, des ouvriers à la chaîne en usines qui transforment les feuilles de tabac en cartouches, des chimistes pour les additifs, des camionneurs qui livrent matière première et cigarettes, des commerciaux sur le terrain qui persuadent les buralistes de remplir leurs rayons des marques European G. Tobacco, des avocats d'affaires pour les procès, des scientifiques brillants qui opèrent dans l'unité « recherche et développement » et un imposant service publicité et marketing pour diffuser la bonne parole dans les médias et sur les dizaines de milliers de panneaux d'affichage qui jalonnent les routes de l'Europe.

La tâche de Fox & Reynolds Consulting et de David Bartels est de mettre de l'huile dans les rouages, à tous les niveaux de la machine, au gré des attentes d'European G. Tobacco sur le secteur géographique français.

Par tous les moyens.

D'une certaine manière, Bartels est un facilitateur. Il simplifie la circulation de l'information entre les différents services d'European G. Tobacco. Il fluidifie les rapports entre l'industriel et l'appareil politique et législatif contraignant qui régit la production et la consommation de tabac. Il dégrippe quand c'est nécessaire. Il anticipe les évolutions de l'arsenal législatif. Il capte l'air du temps. Il le modèle, au besoin.

Ce qui inclut par exemple le versement de pots-de-vin, la corruption, les malversations financières et toutes formes de chantage. Ou le braquage de camions-citernes acheminant l'ammoniac de la concurrence.

Bref, Bartels s'assure que tout le monde puisse fumer et faire fumer en paix.

Bartels excelle dans ce domaine.

Son travail de lobbyiste officiel consiste à user de ses réseaux politiques pour rendre la vie d'European G. Tobacco plus épanouie. Il passe ses journées pendu au téléphone avec ses amis du ministère de la Santé, du secrétariat à la Jeunesse et aux Sports et de l'Assemblée nationale. Il prend des nouvelles. Il fait des promesses. Il fait envoyer des fleurs à leurs femmes. Il organise des dîners ou des fêtes aux frais de sa société. Il distribue des petits cadeaux. Il cherche le talon d'Achille de ses amis et de ses ennemis. Il y en a pour tous les goûts : des places à un tournoi de tennis, un déjeuner avec une star de cinéma, une invitation à une soirée privée avec des célébrités, un badge d'accès VIP pour le prochain concert de David Bowie ou la tournée 1987 de Madonna. Pour ça et pour le reste, European G. Tobacco lui a alloué un budget quasi illimité.

Bartels active également ses réseaux dans les médias. Il connaît personnellement deux des présentateurs vedettes de TF1. Il leur fait une lèche d'enfer pour qu'ils invitent sur leurs plateaux ses amis du cinéma, de la musique, du sport et de la politique. Il rayonne sur la place parisienne. Il manigance pour que tout ce petit monde se rencontre, s'affiche, vende du rêve, de la liberté et rende inaudible la plainte déposée par la Ligue.

Le but est de faire diversion. Éviter les procès lorsque c'est possible. Multiplier les recours en justice si nécessaire. Et créer un climat médiatique et politique confus autour du tabac à l'échelle nationale. Pourquoi ? Parce qu'European G. Tobacco marche sur le fil du rasoir. En 1986, les problèmes de santé que posent la production et la consommation de tabac attirent de plus en plus l'attention de l'opinion publique, donc des consommateurs de tabac. Fini le temps où l'on distribuait des cigarettes gratuitement aux militaires et où certains médecins conseillaient aux femmes de fumer pendant leur grossesse pour se détendre. Et pour que la cigarette reste une affaire rentable.

La *santé* est devenue en peu de temps un enjeu majeur du business. Bartels doit donc défendre les intérêts de son client, dans les travées du Parlement ou dans les couloirs des chaînes de télévision, mais il lui faut également attaquer sur un terrain qui lui était jusque-là peu familier : la science.

Bartels est un consultant polyvalent. Il s'adapte donc. Depuis plusieurs mois, il est mandaté par European G. Tobacco, en partenariat avec son comité scientifique, pour soutenir financièrement le plus grand nombre possible de programmes de recherche en lien avec le tabac et ses effets sur la santé.

C'est un travail de longue haleine.

L'idée consiste à soutenir la science et à l'étouffer. Il s'agit de dépenser plus pour promouvoir la cigarette que pour en étudier les effets sur la santé.

Un laboratoire de recherche travaillant sur la dépendance à la nicotine manque de financements ? Pas de problème, Fox & Reynolds Consulting dispose d'un budget recherche et développement conséquent. L'agence est prête à mettre de l'argent sur la table, pour peu que l'on puisse prouver de manière *rigoureusement scientifique* que la nicotine n'est pas la seule cause de la dépendance au tabac, et que la théorie de la dépendance à la nicotine sert surtout les intérêts pécuniaires de l'industrie pharmaceutique en empêchant la science d'avancer pour trouver d'autres causes. Sous-entendu : le mal, c'est les autres. Nous, vendeurs de cigarettes, ne sommes que de braves commerçants.

Le génie, là-dedans, consiste à savoir utiliser la *bonne* science pour faire diversion et pour gagner du temps, histoire de pouvoir dire : *Vous voyez, nous sommes des gens responsables, regardez toutes les recherches que nous finançons !* À cet effet, il faut identifier et recruter des scientifiques pour le compte de Fox & Reynolds Consulting. Afin de mieux les contrôler. Ou de préférence les corrompre, lorsque c'est possible.

C'est la partie la plus délicate de l'affaire, car elle ne peut pas se faire au grand jour. Bartels a donc chargé son homme de confiance, Anton Muller, un mercenaire avec qui il est en cheville depuis l'affaire de l'ammoniac, de faire un peu de prospection pour lui.

Bartels est optimiste. Muller est un type efficace. Il s'est attelé à la tâche avec zèle et discrétion. Une fois par semaine, depuis deux mois, c'est le même rituel.

Ce vendredi 12 septembre 1986 ne déroge pas à la règle. Bartels décroche :

— Bonjour, Anton.

— Bonjour.

— Comment vont nos affaires, depuis la semaine passée ?
— Comme sur des roulettes.
— Vous aimez les expressions toutes faites, Anton.
— Autant que les affaires qui roulent.
— Soyez plus précis, je vous prie.
— J'ai dressé une liste des chercheurs français qui considèrent que la science ne doit pas être un frein à la liberté d'entreprendre et aux affaires. Il y a encore du boulot, mais je crois que nous sommes dans la bonne direction. Je vous ai adressé un mémo détaillé qui doit à présent être sur votre bureau.

Bartels le feuillette rapidement.

— Je vous remercie, Anton ! Vos suggestions sont passionnantes.

Il le referme.

— Continuez sur cette voie et tenez-moi au courant.
— À demain.
— À demain, Anton.

4

Anderstorp, Suède, 14 septembre 1986.

Un spectacle hallucinant : le Grand Prix de moto de Suède. Sophie Calder en prend plein les yeux et les oreilles. Au cœur du paddock, au milieu du Team Big Tobacco. Trois jours presque sans dormir. Près de soixante-douze mille spectateurs, une ambiance de folie pure. Les moteurs de 500 cm^3 montés par les meilleurs pilotes mondiaux rugissent dans les stands en attendant de s'élancer sur le circuit.

Sophie Calder pour l'état civil, Valentina tout court pour le boulot. Elle roule des hanches depuis huit ans. Après des débuts comme simple mannequin dans des happenings sur des hippodromes ou des tournois de tennis de seconde zone, Valentina dirige aujourd'hui Live-Events, une petite agence de cinq salariées, spécialisée dans l'évènementiel sportif. Elle couvre essentiellement le circuit amateur et pro MotoGP, particulièrement rémunérateur. Elle vend ses services et son ambition dévorante aux plus offrants. Sa hargne est son meilleur atout professionnel. Elle a bâti à mains nues un mur blindé entre elle et le reste du monde.

Les pilotes aux combinaisons de cuir moulantes grimpent sur leurs gros engins. Ils carburent au mix super-éthanol et à la testostérone. Malgré le froid, des farandoles de jeunes femmes aux tenues minimalistes et aux yeux de biche gravitent autour d'eux. Elles brandissent des parapluies à l'effigie de leurs sponsors pour capter l'œil des photographes.

Valentina a travaillé dur pour être là. Elle a avalé toutes sortes de couleuvres pour que ses filles et elle soient invitées sur le circuit. Elle a dû ravaler sa fierté plus d'une fois.

Mais la chance, ou le hasard, finit toujours par pointer le bout de son nez.

Six semaines auparavant, un dénommé Muller s'est présenté à son agence. Un colosse avec des cicatrices sur les bras. Dans son secteur d'activité, c'est le genre de type qu'on espère voir débarquer un jour et qu'on redoute en même temps.

Il a dit :

— J'ai du travail pour toi.

Il a dressé alors une liste alléchante de courses d'envergure mondiale auxquelles elle pourrait participer. Il a évoqué des noms de pilotes célèbres. Elle a fixé ses tarifs. Ils ont convenu d'une rémunération nette par fille à plus de deux mille francs par jour. Elle a demandé où et quand. Il est resté évasif. Valentina n'est pas née de la dernière pluie. Elle sait que les contes de fées n'existent pas.

Muller a saisi le dossier d'une chaise, l'a tirée au milieu de la pièce et s'est assis en secouant la tête. Valentina a fait claquer ses talons aiguilles et s'est plantée devant lui.

— Quelle est la contrepartie ?

Il a souri et lui a indiqué la fenêtre. Elle s'est exécutée. Une Peugeot 305 stationnait devant l'entrée de l'allée qui mène aux locaux de l'agence. Côté passager, une gamine d'une vingtaine d'années.

Elle s'est retournée vers Muller. Ses mains tremblaient. Elle s'attendait à un gros paquet d'emmerdes. Malgré tout, elle a trouvé le courage de poser la question qui lui brûlait les lèvres.

— C'est quoi, ça ?
— La contrepartie.

Il a appelé la gamine pour faire les présentations. Celle-ci ne portait aucune trace de coups. Elle semblait sereine. Elle ne donnait pas du tout l'impression de le craindre. Valentina s'est un peu détendue mais le nœud qu'elle avait dans le ventre n'a pas disparu. Muller a simplement dit :

— Hélène, voici Valentina. Elle va veiller sur toi comme sur la prunelle de ses yeux, te trouver du boulot, un petit appartement en ville et me passer un coup de fil toutes les semaines pour me donner de tes nouvelles.

Il a alors fourré une épaisse liasse de billets dans la main de Valentina qui l'a refusée.

— Pourquoi est-ce que je dois veiller sur elle ?

Il a levé son index devant ses lèvres et a fait : « Chuuut ! » Elle a pris le fric. Il a salué Hélène d'un hochement de tête et il a pris congé.

Comme promis, il a téléphoné la semaine suivante. Et encore celle d'après. Et ainsi de suite. Une enveloppe contenant d'autres billets, glissée dans la boîte aux lettres, a suivi chaque appel.

De son côté, Valentina a respecté les termes du marché. Le potentiel d'Hélène ne lui avait pas échappé. Il lui manquait une fille. Elle a décidé de la prendre en main. Elle l'a relookée des pieds à la tête. Elle l'a initiée aux prix moto amateurs, aux tournois de golf régionaux, aux courses hippiques de seconde zone. Elle lui a enseigné le métier et l'a engagée à l'essai dans son agence. Hélène n'était pas loquace dès qu'il s'agissait de Muller, mais elle lui a obéi au doigt et à l'œil. Elle a accepté ses pourcentages et n'a pas rechigné quand certains types rajoutaient un ou deux billets pour qu'elle leur tienne compagnie après les courses.

Les semaines ont défilé. Valentina a continué d'enchaîner les plans merdiques. Ne voyant rien venir de plus lucratif, elle s'est étonnée :

— Et notre affaire ?

Muller est resté stoïque :

— J'y travaille.

Il a raccroché. Le lendemain, il s'est pointé à l'agence en milieu de journée pour lui annoncer qu'il pouvait la mettre en contact avec un consultant d'envergure œuvrant pour European G. Tobacco.

— David Bartels, Fox & Reynolds Consulting, c'est *le* client que tu cherchais depuis toutes ces années, Valentina.

Elle a aimé qu'il l'appelle par son pseudo. Dans sa bouche à lui, ça sonnait comme un compliment.

— Qu'est-ce que je dois faire ?

— Il s'agit d'un rendez-vous d'affaires avec un type qui bosse dans les chevaux et le golf, un certain Morin, je crois que tu l'as déjà rencontré.

— Plusieurs fois.

Muller a opiné.

— Morin fera les présentations. Pointe-toi au Heat Bar de l'hippodrome de Vincennes et laisse faire Bartels.

— Quand ?

— Début octobre. Je te donne la date dès que les détails sont réglés.

— C'est tout ?

Il a ri.

— Putain, avec lui, ça suffira amplement !

5

Bordeaux, 17 septembre 1986.

Le TGV orange vif flambant neuf entre en gare à 17 h 15 dans un sifflement de freins bloqués. Le quai grouille de retraités pressés et de représentants de commerce. Deux employés de la SNCF s'égosillent au milieu d'un groupe d'écoliers surexcités.

Simon Nora se faufile jusqu'à la voiture sept. Un couple enlacé bloque la porte. Le type promet en geignant qu'il la rejoindra dans quatre jours, cinq au maximum. La femme affiche une cinquantaine d'années. Elle couve Nora du regard et se laisse peloter les fesses par son petit ami sans le quitter des yeux. Il feint de l'ignorer et attend patiemment qu'ils aient fini de roucouler pour entrer à son tour.

Les sièges de deuxième classe sont étroits, ça empeste la cigarette et la climatisation distille un air glacial qui contraste avec la moiteur des trains régionaux qu'il a l'habitude d'emprunter. Nora s'installe dans le carré central, côté couloir. En face de lui, un cadre fringant, attaché-case en cuir noir et chemise saumon. Il retire sa veste, la plie avec soin et la glisse dans le compartiment au-dessus de sa tête, puis il étale sur la tablette le dossier Yara et les notes qu'il a compilées ces dernières semaines.

Silence ouaté dans la rame. Le train se met en branle. Une

voix crachote des mots d'accueil dans le micro et signale l'ouverture du wagon-bar. On tape sur l'épaule de Nora. Il tourne la tête. La femme qui bloquait l'entrée brandit un billet qui indique que sa place est à côté de lui, côté fenêtre.

Elle minaude :

— Je suis désolée de vous déranger.

Le ton de sa voix dit précisément le contraire. Nora se lève pour la laisser passer. Il y a une secousse. Elle manque de tomber et se rattrape à son appui-tête. Leurs visages se frôlent. Elle aperçoit le logo du ministère de l'Intérieur sur ses papiers. Elle saute sur le prétexte pour engager la conversation.

— Vous êtes policier ?

Nora referme son dossier. Il lui répond qu'il travaille pour la brigade financière de Nanterre. Il s'intéresse aux malversations d'un industriel européen dont il doit taire le nom. L'affaire est confidentielle. La femme écarquille les yeux. Elle est très impressionnée. Elle en fait des caisses. Elle sort un paquet de Dunhill mentholées de son sac à main et lui en propose une. Nora décline poliment. Il se détourne, rouvre son dossier et se plonge dans la biographie comptable passionnante des transporteurs d'ammoniac franco-hollandais. Il dort à poings fermés lorsque son train entre en gare Montparnasse, à 19 h 50. Le contrôleur le réveille. La femme a disparu.

Sur le parvis, l'atmosphère est tendue. Des sirènes de police résonnent dans les rues adjacentes avec une fréquence anormale. La rangée de téléphones publics est prise d'assaut.

Nora se rend jusqu'à la station de taxis. Des grappes de touristes et de voyageurs hébétés se pressent auprès des rares véhicules disponibles. Nora demande à l'homme qui fait la queue devant lui ce qu'il se passe.

— Vous n'écoutez pas la radio ? répond le type. Des dingues ont fait péter une bombe devant chez Tati. Il y a des morts et des dizaines de blessés !

Nora se fige.

— Tati ?

L'autre le regarde comme s'il était stupide ou fou à lier.

— Tati, le magasin… Bon sang ! Vous débarquez de quelle planète ?

Avenue du Maine, vue imprenable sur le chaos indescriptible qui règne dans le quartier. La plupart des commerces ont fermé de bonne heure. Simon Nora a finalement réussi à dénicher un taxi. Enfoncé dans son siège, il assiste à un ballet incessant d'ambulances, de fourgons de police, gyrophares allumés, et de voitures de télévision.

Les mots « bombe » et « terroristes » reviennent en boucle sur les lèvres du chauffeur et dans le poste de radio. Les ministres sont sur les dents.

Les gens ont peur. Les gens sont incrédules. Les gens s'en foutent. Les gens se demandent si le métro sera quand même ouvert demain matin.

Le taxi traverse la capitale jusqu'à la porte de Pantin. À l'angle de la rue Eugène-Jumin et de l'avenue Jean-Jaurès. Nora règle sa course. Le chauffeur prend son billet du bout des doigts et file sans demander son reste.

Nora grimpe les escaliers quatre à quatre jusqu'au cinquième. Ses chats se faufilent en miaulant entre ses jambes tandis qu'il gagne le salon. Sur le buffet, une lettre de la voisine qui les nourrit en son absence. La feuille est glissée sous la photo encadrée de ses parents en train de s'embrasser à l'occasion d'une fête de famille. Nora allume la télévision, puis il déplie le mot et le parcourt distraitement tandis que résonne le flot anxiogène des informations.

Même scénario dans le poste qu'à Montparnasse, quarante minutes plus tôt, en plus inquiétant. Version Bernard Rapp, cravate bleue, costume gris, logo d'Antenne 2 et slogan racoleur incrusté en gras en bas de l'écran : **ATTENTAT TRÈS LOURD BILAN.**

Ouverture des informations nationales. « Un nouvel attentat à Paris. Il y a au moins cinq morts et cinquante blessés dont onze sont gravement touchés. La bombe visait le grand magasin populaire Tati, dans le quartier de Montparnasse. Pour le moment, pas de revendication… Ce mercredi 17 septembre 1986, cela fait cinq cent quarante-quatre jours de détention pour Marcel Carton et Marcel Fontaine… Il y a toujours sept otages français détenus au Liban… » La voix de Michel Perrot se superpose : « Quelques minutes seulement après l'explosion, des images exceptionnelles filmées par une équipe de la télévision coréenne. » Voix chargée d'émotion : « Des dizaines de victimes allongées, ensanglantées… Des témoins hagards. Un véritable climat d'affolement… La cible des terroristes, Tati, fréquenté par une clientèle populaire, et ce mercredi surtout des femmes et des enfants… » Reprise par le présentateur vedette Bernard Rapp : « Je ne vois que deux mots : horreur et écœurement. »

Nora se rend dans la cuisine. Il ouvre un placard où il déniche une boîte de pâtée pour chats et des raviolis Panzani.

À son retour dans le salon, le bilan s'est alourdi à sept morts. Rapp précise que l'engin a explosé à 17 h 20. Il se trouvait placé dans une poubelle municipale fixée au sol sur le trottoir à environ deux mètres cinquante des vitrines. Il insiste sur la distance. Il la répète trois ou quatre fois comme une incantation magique. Lancement d'un discours du président Mitterrand, en déplacement officiel en Indonésie, qui réaffirme qu'il faut « combattre le terrorisme sans merci ».

Les raviolis sont infects. Mitterrand a connu de meilleures prestations. Les chats rejoignent Nora sur le canapé en ronronnant. Rapp reprend le décompte des morts, des blessés et des hypothèses, puis s'interrompt brusquement. Le téléspectateur croit à une mauvaise nouvelle supplémentaire. Michel Perrot est en direct. Le Premier ministre vient de convoquer un conseil de sécurité. Perrot a réussi à mettre la main sur Jacques Chirac qui répond à une brève interview, la clope au bec. Nora éteint le téléviseur.

Lundi matin, locaux de la société Fox & Reynolds Consulting. Un hôtel particulier niché au cœur du 7ᵉ arrondissement, cour pavée, restaurants étoilés à proximité, discrétion assurée. Nora est à l'heure.

Renseignements pris, David Bartels n'est pas un inconnu. Vingt-neuf ans, diplômé d'HEC et de l'ENA, Bartels est ancien assistant parlementaire, devenu conseiller ministériel puis « dircab » auprès du socialiste Alain Calmat à la Jeunesse et aux Sports, dans le gouvernement Fabius à partir du 4 avril 1985. Il disparaît ensuite des couloirs de l'État et réapparaît quelques semaines plus tard à la Chambre du commerce et de l'industrie pour y déposer les statuts d'une société de conseil. Le voilà propulsé chef d'entreprise et lobbyiste pour le compte d'European G. Tobacco.

Nora s'annonce. Une secrétaire en tailleur noir l'invite à le suivre dans un dédale d'escaliers et de couloirs. Elle progresse avec grâce. Dans chaque pièce qu'ils traversent, un téléviseur retransmet en sourdine des publicités pour les marques de tabac vendues par European G. Tobacco.

David Bartels l'accueille à bras ouverts.

— Inspecteur, il faut fêter ça !

Nora le dévisage, interdit.

— Ils ont arrêté Fouad Ali Saleh ?

— Je vous demande pardon ?

— Le commanditaire des attentats de la rue de Rennes devant le magasin Tati.

Bartels grimace brièvement, l'air compatissant, *Quelle tragédie humaine !*, puis il balaie tout ça d'un revers de la main comme s'il s'agissait du passé et que le passé ne l'intéressait pas. Il retrouve alors son sourire et entraîne Nora jusqu'à son bureau. Il lui tend une photo sur laquelle on voit un pilote au volant d'une formule 1 de l'écurie Williams.

— Nigel Mansell.

Nora hoche la tête. Bartels lui reprend le cadre des mains et le remet en place, à côté d'un cendrier ouvragé en cuivre. Il contourne son bureau et s'assoit.

— Mansell est un as. Il a remporté hier le Grand Prix automobile du Portugal pour l'écurie Williams. Et ce n'est pas fini !

Bartels poursuit :

— Nous soutenons Mansell depuis ses débuts.

— Nous ?

Sourire amusé de Bartels qui ne répond pas. Nora avise une chaise et s'assoit à son tour, sans y avoir été invité. Sur les murs, des dizaines de photos encadrées mettant en scène les amitiés du jeune consultant. Des célébrités, des hommes politiques, des artistes à la mode, des actrices, tout un tas de personnalités en vue dont Nora a déjà lu le nom dans certains de ses dossiers. Sous verre, comme un trophée, la une du quotidien *Libération* du 16 janvier 1986, titrée « Les jeux du risque », surplombant les portraits du patron du Paris-Dakar, Thierry Sabine, et du chanteur Daniel Balavoine, morts dans un accident d'hélicoptère. À l'écart, un cliché avec le président Mitterrand l'intrigue particulièrement. On y voit Bartels, debout à sa droite, aux côtés de deux jeunes hommes.

Bartels suit son regard.

— Deux camarades de promotion à l'ENA, dit-il. Un jeune militant socialiste et un inspecteur des finances. Leurs noms ne vous diraient rien.

Nora lui rend son sourire amusé. Il se demande par quel miracle il a pu passer en dix jours de la fadeur des livres de comptes de la société Yara au démonstratif mur des célébrités de Fox & Reynolds Consulting. Il se dit qu'il fait un métier formidable.

Le téléphone noir qui trône sur le bureau se met soudain à sonner. Bartels l'ignore et fixe Nora. La sonnerie cesse comme s'il l'avait ordonné par la seule force de la pensée. Il s'adosse à son fauteuil et croise les bras.

— Parlons plutôt de la raison de votre venue. Que puis-je pour vous ?

Nora se penche vers lui.

— Je me le demande aussi, figurez-vous.

Le sourire de Bartels s'élargit. Nora lui adresse un clin d'œil.

— La brigade financière travaille d'ordinaire avec les services comptables et les établissements bancaires, rarement avec des consultants. Or, c'est avec vous que l'on m'a mis en contact lorsque je me suis intéressé aux activités de la société Logista en matière de transport de cigarettes. Je suis intrigué. D'où ma présence.

Bartels allume une cigarette.

— Les sociétés Vita Trucks et Logista sont mes clients. Elles sont également des filiales du groupe European G. Tobacco qui, lui aussi, est mon client. Dans ce cas précis, disons que mon travail consiste, entre autres, à centraliser les appels en lien avec des problèmes juridiques, communicationnels ou techniques et à trouver des solutions, dans la limite de mes compétences.

— J'en déduis que vous pouvez me dire pourquoi l'ammoniac de Yara se fait braquer depuis huit mois et non celui de ses principaux concurrents, Logista et Vita Trucks, les sociétés que vous représentez.

Bartels lève les mains au ciel.

— Comment le saurais-je ?

— Vous n'avez pas d'avis là-dessus ?

— Je devrais ?

Nora caresse le bord du bureau du bout des doigts.

— Vos clients pourraient s'inquiéter de savoir dans la nature des pros du vol d'ammoniac doublés de criminels, non ?
— Ils s'en inquiètent, inspecteur.
— Et ?
— Et mon métier consiste à les rassurer.

Nora sort un petit carnet de sa poche. Il le feuillette en prenant son temps. Bartels observe ses gestes d'un regard impassible. Nora finit par trouver ce qu'il cherche. Il referme le carnet dans un claquement sonore.

— J'ai également une question plus personnelle.
— Je vous écoute.
— Comment devient-on aussi vite responsable des relations publiques de l'un des plus gros industriels du secteur du tabac après avoir été conseiller ministériel à la Jeunesse et aux Sports ?

Bartels décroise et recroise les bras.

— Cette question entre-t-elle dans le cadre de votre enquête ?
— Simple curiosité.
— J'imagine que mes clients me font pleinement confiance et qu'ils apprécient mes compétences à leur juste valeur.
— Ou vos relations.

Bartels ne relève pas. Nora change de sujet. Il désigne du menton la une de *Libération* sur le mur.

— Vous connaissiez Balavoine ?

Bartels jette un coup d'œil attendri à la coupure de presse encadrée.

— Pas personnellement. J'aurais beaucoup aimé. Ce drame nous affecte tous.

Il pince les lèvres. Il a l'air réellement sincère.

— J'étais en contact avec Sabine, poursuit Bartels. Je l'ai rencontré plusieurs fois en 1985 quand je travaillais au ministère. Un type absolument fantastique. Très, très professionnel. Je me suis laissé dire que la ministre de la Santé, Michèle Barzach, qui se démène dans les dossiers de la catastrophe de

Tchernobyl d'avril dernier et du sida, serait favorable à une nouvelle dérogation à la loi Veil en faveur du Paris-Dakar, pour autoriser la publicité pour le tabac à la télévision. À titre exceptionnel, cela va sans dire. Sabine et Balavoine sont morts, mais la course et leur combat humanitaire doivent perdurer, coûte que coûte, n'est-ce pas ?

Nora ironise :

— Une sorte d'hommage posthume.

Bartels se raidit.

— Je ne saisis pas le sens de votre remarque.

— Je crois que si.

On frappe, deux coups secs. La main sur la poignée, la secrétaire au tailleur noir passe la tête sans proférer un mot, placide. Bartels la congédie, puis il se lève et regagne la porte pour signifier que leur entretien est terminé.

Nora l'imite. Bartels l'attend sur le seuil du bureau, sa cigarette aux lèvres.

— Vous fumez ?

— J'ai la chance de ne jamais avoir commencé.

Sourire amusé de Bartels.

— Vous avez raison, le plus dur, c'est de s'arrêter.

6

Paris, 7 octobre 1986.

David Bartels est un esprit brillant. Il compense sa jeunesse et son manque d'expérience par une imagination sans bornes. Il défend, il attaque et il construit. Bartels est un hyperactif. Son truc à lui, c'est le sport comme vecteur de propagande.

Ses modèles sont les grandes compagnies américaines. Philip Morris sponsorise l'acrobatie aérienne et les concours de saut d'obstacles au Royaume-Uni, le bridge, le bowling et le backgammon en Hollande, ainsi que le football au Niger. Winston sponsorise les salons de l'auto et les Championship Auto Shows, deux cents évènements annuels attirant trois millions de visiteurs où 730 000 paquets de cigarettes gratuits sont distribués par de séduisantes hôtesses. Le sponsoring du voyage d'aventure dans des régions reculées du globe est tendance. Des femmes et des hommes épris de liberté et de grands espaces descendent des rivières en rafting, escaladent des montagnes ou partent en trekking vers des terrains hostiles, exotiques ou à la végétation luxuriante. Grande traversée de Bornéo en 1983, descente en rafting de la rivière Allagash dans le Maine en 1981 avec Camel. Sport et tabac entretiennent des liens étroits depuis des décennies.

Bartels entend bien jouer dans la cour des grands. Il note scrupuleusement chacune de leurs initiatives dans un petit carnet qu'il conserve dans un tiroir de son bureau fermé à clef.

Ce matin, il a rendez-vous à l'hippodrome de Vincennes avec le responsable commercial d'une boîte spécialisée dans la promotion de tournois de golf, de courses hippiques et de compétitions automobiles. Anton Muller a tout organisé.

Ils l'attendent au Heat Bar, dans le hall d'entrée. Le café à quinze francs, la coupe de champagne à soixante et des joueurs en polo Lacoste dans tous les coins. Bedaine de cinquantenaire, couperose sur le nez et double scotch.

Morin l'accueille avec enthousiasme.

— Monsieur Bartels, nous nous rencontrons enfin !

Il est accompagné d'un jockey mutique et d'une brune d'une trentaine d'années qu'il présente par son prénom, Valentina.

Bartels fait une courbette :

— Madame.

Valentina jette un œil à Morin qui lui demande d'aller leur commander à boire. La femme se lève et se dirige vers le bar. Beaucoup de regards convergent vers elle et enregistrent tous les détails de son anatomie. Bartels n'en perd pas une miette.

— Qui est cette charmante personne ?

— Une de ces *grid girls* qui bossent pour moi sur les circuits automobiles. Elle s'occupe d'une petite agence de mannequins. Vous savez, ces filles chargées de tenir les panneaux devant chaque Formule 1 avant le départ des Grands Prix.

Bartels hoche la tête.

— Je croyais que nous serions seuls.

— Valentina travaille souvent avec moi. Je me suis dit que son profil pourrait vous intéresser.

Morin s'installe dans son siège en se raclant bruyamment la gorge.

— Alors comme ça, Fox & Reynolds Consulting aimerait se lancer dans le marketing sportif.

— Dans le mille.

— Et vous vous intéressez au trot enlevé ?

Bartels sourit.

— Nous nous intéressons à toutes les activités de loisirs qui garantissent à nos clients un état d'esprit positif.

— Mais encore ?

— Tout ce qui nous permet de cibler les consommateurs de cigarettes au moment où ils sont le plus susceptibles de réagir positivement à nos messages subliminaux, du genre «Regarder une course de chevaux, parier avec ses amis, c'est génial. Regarder une course de chevaux et parier avec ses amis une cigarette aux lèvres, c'est génial *et cool*!».

Morin éclate de rire.

— Nous sommes faits pour nous entendre, monsieur Bartels.

— Appelez-moi David.

— Appelez-moi Franck.

Morin se penche par-dessus la table.

— Dites-moi, David, quel est votre budget ?

Bartels grimace, comme si Morin venait de prononcer un gros mot. Le jockey sirote sa menthe à l'eau et fixe le fond de son verre. Morin déglutit. Bartels s'humecte les lèvres.

— Laissez-moi vous résumer notre état d'esprit, *Franck*.

Il allume deux Chesterfield, se penche par-dessus la table à son tour, en tend une à Morin et pose le paquet à côté de son verre.

— Vous connaissez l'histoire de Lily Lavender ?

Morin secoue la tête. Bartels tire une latte sur sa cigarette et souffle la fumée en direction du jockey. La *grid girl* revient du bar avec trois scotchs sans glace.

— Au début du siècle, Lily Lavender était la reine des rouleuses manuelles de cigarettes, la plus rapide et la plus douée d'Angleterre. Dans l'usine où elle travaillait, elle était adulée par les autres ouvrières parce qu'elle utilisait ses talents pour réclamer des augmentations et des garanties sur leurs conditions de travail. À l'occasion d'un concours organisé contre les machines les plus efficaces de l'époque, elle roula cent soixante-deux cigarettes en trente minutes, un record. Cinq par minute! Toutes ses camarades étaient là pour la soutenir. Elle y avait mis tout son cœur et toute sa ténacité, croyez-moi! Malheureusement pour elle, un dénommé Bernhard Baron avait mis au point un engin qui débita ce jour-là la même quantité de cigarettes en seulement trente secondes. Une véritable révolution! Dans les années qui suivirent, Decouflé et Allagnon, en région parisienne, fabriquèrent des machines qui doublèrent encore ce chiffre, puis le triplèrent.

Bartels sent le regard de Valentina peser sur lui. Il pivote vers elle et lui adresse un clin d'œil. La femme minaude. Elle décroise et croise ses jambes sans toucher à son whisky. Le jockey repose son sirop. Les glaçons tintent dans son verre. Morin tète sa cigarette.

— Impressionnant.

Bartels sourit à Valentina, puis il revient sur Morin.

— Les machines actuelles débitent jusqu'à vingt mille unités à la minute. Certaines machines peuvent remplir et sceller deux cent cinq paquets de vingt cigarettes par minute. Davantage de cigarettes roulées, davantage de cigarettes produites à bas coût, davantage de consommateurs satisfaits.

Bartels écrase sa cigarette.

— Savez-vous quelle est la morale de cette histoire?

— Que le consommateur a ce qu'il demande.

Bartels tape du plat de la main sur la table.

— Vous m'ôtez les mots de la bouche, *Franck*! Le client est roi. Le plus important, c'est que nous fassions tous les sacrifices nécessaires pour qu'il ait ce à quoi il a droit, même si nous devons pour cela nous passer d'héroïnes des temps modernes comme Lily Lavender. Aujourd'hui, le client ne veut plus seulement fumer, il recherche des expériences, vous le savez mieux que quiconque. Il veut grimper l'Everest, traverser le Sahara à bord d'un bolide tout-terrain, regarder courir son cheval favori, confortablement assis dans les tribunes de l'hippodrome de Vincennes ou simplement passer du bon temps avec des femmes aussi professionnelles que votre amie Valentina.

Nouveau clin d'œil en coin.

— Il veut que son plaisir soit total. Il refuse que sa cigarette soit roulée par une Lily Lavender exploitée qui, à sa retraite, ne pourra même plus rouler ses propres cigarettes à cause des rhumatismes. Il a une conception moderne de son plaisir. Voilà la morale de cette histoire !

Bartels boit son scotch d'une traite et ajoute :

— Pour commencer, un budget de, disons, cinq à huit millions de francs vous paraît-il suffisamment ambitieux ?

Morin exulte.

— On s'y met quand ?

Valentina redécroise et recroise ostensiblement ses jambes. Bartels lui refile ostensiblement sa carte en se levant pour prendre congé. Il chuchote :

— Nous pourrions travailler ensemble.

Il se tourne vers Morin pour le remercier de son accueil.

— Rappelez-moi la semaine prochaine, le temps que mes avocats finalisent un protocole d'accord.

Morin secoue la tête en riant.

— Vous n'allez pas vous en tirer comme ça, David.

Valentina et lui l'attrapent chacun par un bras et le tirent vers les guichets de jeu.

— Vous avez combien sur vous ? susurre la *grid girl*.

Bartels rétorque :

— Quel est votre chiffre porte-bonheur, Valentina ?

Bartels a grandi dans les beaux quartiers. Père est un psychanalyste réputé. Mère, l'héritière d'un aristocrate anglais. David est fils unique. Il ignore le sens des mots « non » et « impossible ». Le père Bartels, c'est Henri. Un prodige. Élève de Freud, puis disciple de Lacan. Chez lui, la théorie de la forclusion du nom-du-Père est un exercice quotidien. Henri est un activiste antifreudien. Il n'a jamais levé la main sur son fils. Il ne lui a jamais vraiment adressé la parole non plus. En réalité, il a d'autres chats à fouetter. Henri s'est spécialisé dans la détection des drames familiaux de la grande bourgeoisie parisienne. Henri est le prince de la structure psychotique, du sexe comme thérapie participative et de la séance à mille deux cents francs. Henri couche parfois avec ses patientes.

Judith Bartels, née Wilson-Jones, était l'une de ses patientes. Elle avait quinze ans de moins que lui. Il l'a épousée, lui a fait un gosse, David, a réussi l'exploit de la rendre cinglée, l'a fait interner six mois à Sainte-Anne, puis l'a renvoyée dare-dare à South Kensington dans le giron familial où elle coule des jours heureux depuis près de vingt ans, même si elle ne se souvient pas du prénom de son fils, ni même la plupart du temps de son existence.

Aujourd'hui, Henri sucre les fraises dans un hospice spécialisé à quinze mille francs par mois. Il n'a pas bandé depuis l'élection de Valéry Giscard d'Estaing à la présidence de la République et sa mise sous tutelle. David bénéficie désormais des appuis et de la fortune de la branche maternelle.

L'an passé, European G. Tobacco a envoyé des chasseurs de têtes faire la tournée des directeurs de cabinet des hommes politiques européens de premier plan. Parmi les dossiers français de candidature, un nom surclassait tous les autres : David Bartels. Ancien assistant parlementaire à 16 500 francs par mois, conseiller ministériel puis dircab à 45 000, contacté par la SEITA après la démission du Premier ministre. Bartels est finalement approché en juin 1985 pour devenir le directeur des relations institutionnelles par European G. Tobacco et placé à la tête d'une officine fantoche, Fox & Reynolds Consulting.

Bartels a hésité.

Qu'en penserait Lacan ?

Directeur de cabinet ministériel, c'était le pouvoir à portée de main.

Consultant chez European G. Tobacco, c'était le pouvoir et le fric. 80 000 nouveaux francs nets mensuels, plus le système de bonus pouvant se chiffrer à près de 250 % de son salaire.

Bartels n'a pas hésité longtemps.

Élise et lui se sont connus sur le campus de l'École des hautes études commerciales de Paris. Élise détonnait dans le paysage. Son père était instituteur et sa mère faisait des ménages dans une petite ville de province, en Isère. Bartels est tombé sous le charme de ses accents rebelles et de la stabilité de sa structure familiale. Le cadre du parc du château de Jouy-en-Josas, anciennes terres de chasse du baron Adolphe-Jacques, est idyllique. Bartels a demandé sa main sur la nationale 118, un soir où ils rentraient ensemble à Paris dans sa Peugeot 604 Chapron Landaulet. Ils se sont mariés dans la foulée. Bartels est rentré à l'ENA. Élise a trouvé un poste de directrice commerciale à la SNCF, avant que Bartels la persuade de démissionner pour s'occuper de leur premier enfant, puis de leur deuxième.

Très vite, Bartels s'est ennuyé. Élise aimait discuter, passer du temps dans les musées, lire, débattre. Elle militait au parti socialiste. Dans leur duplex du quartier des Archives, ils faisaient chambre à part.

Alors Bartels s'est occupé.

Avec du sexe, de l'adrénaline et du boulot.

Comme son père Henri à la belle époque.

Sa maîtresse du moment est une femme de trente-cinq ans nommée Christelle Szabo. Christelle est une gauchiste et une activiste antitabac. Elle travaille comme animatrice santé au service « information et prévention contre le tabac », à l'antenne parisienne, rue André-Danjon, de la Caisse primaire d'assurance maladie. Elle parle rarement de sa vie. Elle ne pose aucune question.

Il a fait sa connaissance quatre mois plus tôt, en allant chercher Élise après son cours de yoga. Christelle et elle se fréquentent à l'occasion. Elles se retrouvent parfois pour boire un verre, entre filles. Ce soir-là, Bartels a laissé sa carte à Christelle qui l'a rappelé le lendemain. Ils ont baisé l'après-midi même dans une chambre d'hôtel, à deux pas de l'agence Fox & Reynolds.

Bartels le vit très bien.

La chambre est une fournaise. Christelle refuse d'ouvrir la fenêtre. Ça donne un caractère sauvage à leurs ébats. Bartels ne s'en plaint pas. Les doigts dans ses boucles brunes humides, il l'embrasse sur la nuque, le long de la colonne vertébrale, puis sur les fesses.

Christelle roule sur le dos et s'étire.

— J'ai sommeil.

Bartels passe la main sur son ventre.

— Menteuse !

Elle rit.

— Je dois me lever à 6 h, demain.

— Tu m'emmerdes.

Elle se rembrunit et chasse sa main. Elle se lève et se dirige vers la salle de bains. Bartels l'entend uriner puis prendre une douche. Il s'assoit en bâillant et allume la lampe de chevet. Il avise un carton sur le bureau. Il se lève, intrigué. La plupart des documents qu'il contient sont à en-tête de la CPAM de Paris.

Ils concernent tous le service pour lequel Christelle travaille. Notes de service, courriers internes, listes de noms et adresses d'établissements scolaires de la région parisienne, comptes rendus de réunions.

Bartels les soulève et découvre, en dessous, plusieurs exemplaires d'un livret minuscule intitulé **LE TABAC, PARLONS-EN !**

Il en saisit un pour le feuilleter. Il sourit en découvrant une succession de dessins et de poèmes naïfs réalisés par des gosses, certains affublés de bouts de slogans velléitaires de type *Tu crames la garo, tu crames tes poumons !* ou *La clope, c'est d'la merde, mon pote !* Un enregistreur et des cassettes audio tapissent le fond du carton. Sur l'étiquette, l'écriture déliée de Christelle. Y figurent des dates correspondant à des entretiens numérotés de un à douze et un titre énigmatique, *Grand inventaire de la condition humaine*. Bartels en rafle deux au hasard, ainsi que l'un des livrets, et glisse le tout dans la poche de sa veste, puis il retourne se coucher, éteint et attend.

Le bruit de la douche s'interrompt. Christelle réapparaît dans l'embrasure de la porte, en ombre chinoise. Le cliquetis d'un briquet, le bout incandescent d'une cigarette, l'odeur de la fumée, enfin – nom de Dieu, c'est sans nul doute la publicité pour clope la plus érotique qu'il lui ait été donné de voir.

Elle fume en silence un moment, puis elle écrase son mégot dans un cendrier invisible, sur la commode, et reste là, immobile, face à lui. Bartels ignore si elle le fixe ou pas. Elle déclare :

— Tu peux m'expliquer ce que je fous avec un type dont le but premier dans la vie est de fourguer des cigarettes aux gens que j'essaie de désintoxiquer toute la journée, avant que le cancer ne se charge d'eux ?

Bartels sourit.

— Tu es une femme pétrie de paradoxes. Tu fumes et ton but premier est de refaire l'amour avec moi.

— Je suis sérieuse.

— Moi aussi.
— Tu fais chier !
— On exagère beaucoup les méfaits du tabac.
Elle ricane.
— Fais gaffe, tu vas finir par croire à tes propres mensonges !
— Bien sûr que j'y crois ! Sans ça, je ne serai pas le meilleur dans ma catégorie.
Elle secoue la tête.
— Si tu ne consacrais que 10 % de tes budgets destinés à vendre de la mort à m'aider dans mon travail, ce serait déjà dix fois plus que ce que j'ai.
— Cent fois plus. Peut-être mille.
Elle se jette sur lui.
— Sale con !
Il lui enserre les poignets en riant et la maintient à distance. Elle se débat pour lui échapper. Elle tente de le griffer au torse. Il rit de plus belle et l'embrasse à la volée. Elle se dégage brutalement, s'écarte de lui et s'assoit sur le bord du lit afin de reprendre son souffle.
— Si tu démissionnais, avec tes diplômes, tes réseaux, ton pouvoir de persuasion, tu pourrais faire quelque chose de bien...
Bartels soupire. Il lui semble qu'elle se retient d'ajouter « pour une fois ». Il est déjà arrivé qu'ils s'accrochent sur ce sujet. Christelle a raison, Christelle a tort, Christelle ne sait pas tout, Christelle croit avoir le monopole des bons sentiments, Christelle ne comprend pas les raisons qui le poussent à faire son métier, Christelle essaie de sauver des vies, Christelle souffre de solitude, Christelle est télépathe à ses heures, Christelle-la-télépathe peut lire dans son âme comme dans un livre, mais l'âme de Bartels est bien trop noire pour qu'elle y trouve ce qu'elle cherche.
Il se redresse, les yeux dans le vague.
— Je suis bon dans ce que je fais, quel que soit le jugement

que tu portes là-dessus. Et si je démissionnais, quelqu'un prendrait aussitôt ma place.

— Au lieu de ça…

Il hausse les épaules, à court d'arguments. Il se lève et cherche ses vêtements à tâtons dans la pénombre. Elle l'observe sans rien dire. Il s'habille à la va-vite.

— Je rentre.

Elle se rallume une cigarette et le raccompagne jusqu'à la porte en se mordillant les lèvres.

— Tu reviens quand ?

Bartels répond :

— Je vais y réfléchir.

7

Misano, Saint-Marin, 24 octobre 1986.

Sur le circuit pro, les *umbrella girls* sont des femmes-sandwichs à déguster sur place ou à emporter. Valentina et Hélène virevoltent. Leur binôme fait des étincelles. Elles distribuent à tour de bras des sourires et des goodies Honda et Big Tobacco.

Le pilote vedette de leur team dans la catégorie reine des 500 cm^3 est un surdoué australien du nom de Wayne Gardner. En 1977, il a terminé à la deuxième place du championnat australien alors qu'il avait tout juste dix-huit ans. Bartels voit en lui le prochain Giacomo Agostini, le dieu vivant du GP 500.

Les commerciaux de l'équipe concurrente Marlboro se marrent. Leur cador américain, Eddie Lawson, pilote une Yamaha. Il est le grand favori du Grand Prix de Saint-Marin. Les filles de l'agence Live-Events ont pour mission de l'éclipser.

Valentina se frotte les mains.

Comme elle l'espérait, David Bartels l'a contactée deux jours après leur rendez-vous. Valentina lui a fait forte impression et Anton Muller a su le convaincre qu'elle était la personne qu'il lui fallait. Bartels souhaitait signer un contrat. Il n'y mettait qu'une condition.

— À partir d'aujourd'hui, vous ne bossez que pour moi.

Valentina a demandé :
— Vous êtes libre pour déjeuner ?

Toute la première journée, les filles ne ménagent pas leur peine lors de la visite des stands par le public. Valentina chauffe la foule. Elle promet des tee-shirts dédicacés. Elle échange un baiser contre des porte-clefs estampillés Big Tobacco. Même les mécanos de l'équipe se pressent au portillon.

Les filles rayonnent. Elles s'exhibent en bikinis noirs. Les fans louchent à en perdre la vue. Ils miment des gestes obscènes et dédaignent Wayne Gardner pour se faire tirer le portrait avec elles. Les cadeaux-bonus pleuvent. Bartels exulte. *Bonne pub ! Ces enfoirés de Marlboro peuvent aller se rhabiller !*

Jour deux, même topo durant les courses des petites et moyennes cylindrées. Samedi soir, fiesta de tous les diables et minijupes flashy aux couleurs de la marque, Bonnie Tyler en invitée surprise, à la table du président-directeur général d'European G. Tobacco Italie. Les journalistes sportifs font la roue pour accéder au carré VIP. Wayne fait une apparition éclair au bras de Valentina. Le directeur de course enflamme la piste de danse sur *Kiss* de Prince. Bartels aligne des rails de coke dans les toilettes pour hommes.

Dimanche, changement de régime. Pneus slick, pantalons en cuir moulants et petits tops grande classe pour les chastes télévisions internationales. Les filles se dandinent derrière Bartels jusqu'à la grille de départ autour de leur pilote.

Nuages hauts, temps lourd, électricité dans l'air. Les tribunes croulent sous les spectateurs. Les photographes mitraillent à tout va. Wayne Gardner harangue la foule. Il transpire à grosses gouttes sous sa combinaison. Valentina le suit comme son ombre.

14 h 30, évacuation de la piste. Les filles restent le nez collé

derrière la vitre du stand pendant le décompte. Trois. Deux. Un. Partez! Les engins s'élancent à l'assaut de la piste.

Les filles retournent au trot se changer. Nouvelles tenues, nouveaux sifflets en provenance des gradins les plus proches.

Le vacarme des engins lancés à plein tube rythme les heures qui défilent. Changement de pneus, révisions express, abandons, glissades et temps canons. Les mécanos se rongent les ongles, les filles gloussent et hurlent, Bartels se ressert du champagne et tripote celles qui passent à sa portée. Valentina et Hélène gèrent l'affichage du chronomètre. Valentina et Hélène assurent grave. Comme Muller le lui a demandé, Valentina prend bien soin de ne pas laisser Hélène à portée des mains baladeuses de Bartels. Elle ordonne aux autres filles de distraire la galerie et d'alimenter en petits fours le buffet des grands pontes.

Le marketing d'image European G. Tobacco est impeccable. Vitesse, jeunes femmes glamours, grosses, très grosses cylindrées en action et plus si affinités.

Haie d'honneur pour les derniers tours. Les filles en rang d'oignons face aux tribunes pour acclamer leur champion. Wayne Gardner, deuxième du Grand Prix, est accueilli en héros sur le stand. Bartels donne la cadence : le team manager applaudit, les mécanos et les sponsors applaudissent, des duos de filles tombent dans les bras des sponsors, des mécanos et du team manager.

Clap de fin. Le circuit se vide, les berlines des dirigeants regagnent l'aéroport Rimini-Miramare, les bus des équipes ramassent le reste des troupes. Des rafales de vent crèvent les nuages et des trombes d'eau s'abattent sur Misano.

Bartels n'est pas pressé. Il a réservé pour les cadres d'European G. Tobacco des chambres au Castel Monastero, un cinq-étoiles avec vue sur la Toscane situé sur le mont Titano. Bartels se fout de la vue. Il a picolé, il a jonglé avec les humeurs de ses clients, il a passé des heures pendu au téléphone avec ses supérieurs à faire des bilans comptables et à chiffrer les bénéfices de l'opération de communication « MotoGP & Tabac », il est lessivé, mais il a encore de l'énergie à revendre.

Valentina s'éclipse pour aller dormir après le dîner. Passablement éméché, Bartels l'attrape alors qu'elle attend l'ascenseur.

Clin d'œil égrillard.

— Tu as trouvé ça comment ?

Valentina additionne mentalement ses trois jours de paie et les primes d'heures supplémentaires. Elle réprime un bâillement.

— J'en veux encore.

8

Beauvais, 13 novembre 1986.

Un pavillon de banlieue au crépi couleur saumon, trois cents mètres carrés de terrain, coincé au milieu de cinquante autres pavillons. Vingt-cinq ans de crédit sur le dos, serrés comme des sardines en boîte et heureux de l'être. Une balançoire trône au bord du jardin. Le tas de gravier destiné à la dalle de la future terrasse sert de sautoir aux enfants. Un mur en moellons de deux mètres les sépare des gitans qui s'entassent sur un terrain vague, au bout de la rue.

Apéro du jeudi soir entre collègues de la Fédération autonome des syndicats de police et leurs familles. Esprit de corps, Ricard-Heineken, Gitanes Maïs et blagues salaces. Les femmes s'activent dans la cuisine, rôti de porc au four, frites, salade de betteraves et gaufres. Une flopée de gosses en doudoune Sport 2000 tapent dans un ballon sur le carré de pelouse en hurlant.

Le téléviseur en sourdine dans un coin du salon. Le présentateur du JT d'Antenne 2, Claude Sérillon, affiche une mine catastrophée. Une hécatombe : Daniel Balavoine, le Front national à près de 10 % aux législatives, Tchernobyl, Coluche, les attentats de Tati et d'Action directe, les bombes nucléaires de cinq et vingt kilotonnes déclenchées par la France les 10 et 12 novembre au fond de puits creusés dans le sous-sol de l'atoll de Mururoa, et aujourd'hui le comique vedette Thierry Le Luron.

Patrick Brun et ses amis du syndicat de police n'écoutent que d'une oreille et ressassent. Leur grand débat du jour, c'est la demi-finale ratée de la Coupe du monde. 25 juin 1986, la revanche de Séville n'a pas eu lieu. Privée de Rocheteau, quatre passes décisives contre l'Italie et le Brésil, l'équipe de France est en panne d'imagination. Platini bute sur la rigueur allemande. Thierry Roland et Jean-Michel Larqué répètent en boucle que « les Français ne défendent même plus ». Klaus Allofs transmet à Rudi Völler. Joël Bats fait du zèle. Völler le lobe comme un débutant et tire dans le but vide. Henri Michel gobe les mouches sur le banc de touche. L'histoire se répète.

Patrick décapsule une bière.

— Ils ne savent pas gagner.

Sa femme, un saladier de frites à la main :

— Dis aux petits de rentrer manger.

Patrick s'arrache au canapé en secouant la tête et ouvre la fenêtre.

— À table !

Dix minutes de baise, une fois les invités partis et les enfants couchés. Vite fait, mal fait, pas vraiment envie, trop bourré, trop de bière, trop de pastis, trop de tout. Je t'aime, moi aussi, t'as minci, non?, le petit dernier s'est encore battu à l'école, l'aîné, ça va, mais le petit n'en fait qu'à son idée, le bordel dans le salon à ranger, la pelouse à tondre, des aigreurs d'estomac, un problème avec la direction de la Supercinq, il pleut des seaux toute la nuit, la gouttière est percée, le goutte-à-goutte du ruissellement sur le toit en plastique de la niche du chien mort l'année dernière, impossible de fermer l'œil.

Le lendemain, la tête en vrac. Patrick passe d'abord faire un tour au local du syndicat pour régler de la paperasse. Le secrétaire général de la FASP a encore reporté sa tournée des fédérations de province. Le Syndicat général de la police parisien, le couteau sous la gorge des autres syndicats, veut sa peau. Le secrétaire national Deleplace raconte à qui veut l'entendre qu'il ne démissionnera pas. Patrick n'y comprend pas grand-chose. Les grosses têtes brassent du vent. Des rumeurs merdiques laissent planer l'ombre d'un redressement judiciaire du syndicat. Patrick n'en a rien à faire. Son mandat se termine au printemps. Il hésite encore à se représenter. Il prend son premier café de la journée. Il fait claquer son Zippo, allume une clope, balance le paquet vide dans la corbeille et crache un brin de tabac.

À 11 h 45, il patrouille dans le quartier Saint-Jean avec le sous-brigadier Vallet. Vitres montées, fumée de cigarette, givre sur le pare-brise arrière et radio réglée sur la fréquence de police. Patrick et Vallet ont rendez-vous avec un indic. Le type ne se pointe pas. Ils passent au ralenti devant une barre d'immeubles. Plantés sur le perron, des types les dévisagent d'un air mauvais. Vallet accélère et les ramène en centre-ville. Patrick ne desserre pas les dents du trajet.

Déjeuner sur le pouce à la cantine. Salade de crudités, purée, lentilles, baba au rhum. Le brouhaha habituel. Il y a une nouvelle dans l'équipe, Séverine, une stagiaire fraîchement arrivée de l'école de police. Les collègues lorgnent son décolleté. Patrick trouve qu'elle a un gros cul. Un gardien de la paix se lance dans une imitation de Le Luron parodiant Dalida pour amuser la galerie. La nouvelle glousse timidement. Patrick repousse son assiette et fume Gitane sur Gitane en regardant ailleurs.

Plateau sud de la ville, rue Binet, en fin d'après-midi. Un immeuble avec vue sur la tour Harmonie et ses murs truffés d'amiante. Vallet consulte sa montre toutes les cinq minutes parce qu'il termine son service à 18 h 30 et part en week-end chez ses beaux-parents. Patrick grimpe seul les cinq étages. Il sonne à la porte de la famille Thomas. Une femme d'une cinquantaine d'années en blouse de ménage lui ouvre. Elle le guide jusqu'au salon où son mari les attend et retourne en cuisine préparer du café. Bibelots sur le buffet, napperons brodés sur le canapé et vaisselier en teck verni.

L'appartement sent l'encaustique et transpire l'ennui. Le mari, le blanc de l'œil jaunâtre, petite moustache, petit ventre, petite cirrhose, petites ambitions. Il a disposé sur la table basse recouverte d'une toile cirée des photos récentes de leur fille Hélène. Ils sont sans nouvelles depuis le début de l'été.

Patrick égrène les questions standards. Quand l'ont-ils vue pour la dernière fois ? Fréquentait-elle quelqu'un ? Où travaillait-elle ? Il scrute les traits du père pour évaluer ses réponses.

La femme revient avec trois tasses fumantes et une assiette de biscuits. Il accepte le café, refuse le sucre et les biscuits. Il reprend ses questions, une à une.

La femme, des sanglots dans la voix, réponses identiques, entrecoupées de reniflements.

Hélène occupait un studio à Bagnolet, en banlieue parisienne, ils s'y sont rendus une fois, le jour du déménagement. Elle était inscrite dans un centre de formation d'apprentis à Saint-Denis en BTS assistante de direction. Un truc en alternance, une semaine de cours, trois semaines en entreprise dans une grosse société appelée Yara, pour laquelle elle faisait du secrétariat. Elle était rémunérée pour ça. Le salaire payait ses études et le loyer. Fin juillet, elle leur a annoncé qu'elle arrêtait, ras le bol de ces conneries, ça n'était pas pour elle, elle rêvait d'autre chose, d'indépendance, elle avait besoin de fric et de liberté. Depuis novembre ou décembre 1985, elle sortait avec un drôle de gars originaire de Normandie, un certain Stéphane. Ils le soupçonnent d'avoir une mauvaise influence sur elle. Hélène leur a avoué à demi-mot qu'il avait trempé dans des trucs louches par le passé mais qu'il avait changé. Le mari marmonne. Changé, tu parles! Voleur un jour, voleur toujours. La femme lui demande de se calmer. Il se renfrogne. Non, ils ne connaissent pas son nom de famille, ils ignorent où il vit, d'où il vient, ils ne savent rien de lui, ils ne l'ont jamais rencontré ni même vu en photo. Hélène n'était pas très bavarde, de toute façon. Il y a eu une dispute violente au téléphone, un échange de mots fleuris avec son père. La femme fond en larmes, le mari lui tapote le dos de la main. Patrick laisse le silence s'installer. Il griffonne sur un carnet de notes. Une histoire classique. Banale. Il voit ça tous les jours. Il balaie la pièce du regard. Lui aussi se serait tiré. Il garde ses pensées pour lui. La femme se ressaisit, se redresse, se mouche et ravale ses larmes. Le mari glisse sa main dans la sienne pour la soutenir. Patrick trouve le tableau touchant.

Il demande d'une voix douce :

— Que s'est-il passé ensuite ?

La femme reprend son monologue. Hélène ne répondait plus au téléphone. Ils ont pensé qu'elle avait besoin de temps. Ils ont envoyé un peu d'argent, mais l'enveloppe leur a été renvoyée par la poste et la ligne téléphonique a été coupée. Mi-août, le mari s'est rendu sur place en train. Un billet à cent cinquante francs aller-retour, plus le métro et l'hôtel. Là, il a appris qu'Hélène avait pris ses cliques et ses claques et rendu les clefs, deux semaines plus tôt, sans laisser d'adresse. Il a frappé aux portes des voisins. La vieille du rez-de-chaussée l'aurait aperçue fin juillet, tard le soir, avec un grand costaud, la trentaine, le genre militaire, voyez. Ils descendaient des cartons qu'ils entreposaient dans un break Peugeot. Hélène avait l'air bien. Elle riait. La vieille ne l'a pas revue après ça. Un couple a emménagé la semaine suivante. Brun leur demande s'ils ont une idée de l'identité de l'homme. Le mari secoue la tête. Il s'agissait peut-être du petit ami. Peut-être pas. La femme pense qu'il était trop âgé pour être Stéphane, mais son mari n'a pas posé la question et la vieille a pu se tromper. Le mari est rentré par le premier train, le lendemain. Il a embrassé sa femme et il lui a dit qu'ils allaient devoir être forts, que la petite faisait sa vie, maintenant, c'était normal, elle finirait bien par sortir de son silence et les rappeler.

La femme se tasse sur elle-même pendant qu'il raconte. Elle se retient de pleurer. Le mari lui caresse l'avant-bras.

— Alors je me suis résolu à appeler la police.

Patrick se retient d'allumer une cigarette.

— Pourquoi pas plus tôt ? demande-t-il.

Le mari désigne sa femme.

— Marie-Christine pensait, enfin, on pensait qu'après la dispute au téléphone il n'y avait pas de raison de s'inquiéter. Hélène est majeure. Elle… C'était logique. La voisine du rez-de-chaussée de son immeuble a eu l'air de dire qu'Hélène était…

Il bute un instant sur le mot à utiliser. Patrick suggère :

— Heureuse ?

Le mari acquiesce gravement. Il se tait à présent. Il n'a plus rien à ajouter. Patrick n'a plus de questions non plus. Ils ont fait le tour. La femme balbutie, ouvre la bouche, mais rien ne lui vient. Elle saisit la cafetière. Non, merci, madame, plus de café. Patrick va les laisser. Il les tiendra au courant bien entendu, qu'ils ne s'inquiètent pas. Dans la plupart des cas, les choses rentrent dans l'ordre. Il leur laisse son numéro. Qu'ils n'hésitent pas, si jamais. Il se lève. Jacques et Marie-Christine Thomas l'imitent comme deux pantins montés sur ressorts. Ils le raccompagnent à la porte. Patrick enfile son manteau. Face à lui, sur le mur du couloir, trois puzzles immenses encadrés représentent différentes vues du mont Blanc. La femme les effleure du doigt, les yeux humides, « C'est Hélène qui les a assemblés. Elle était très douée, vous savez ! » Patrick ne trouve rien à dire. Il hoche la tête par politesse. Il dévale les escaliers. Une fois dehors, il se surprend à inspirer l'air à pleins poumons comme s'il était resté en apnée durant tout l'entretien.

Vallet tapote le cadran de sa montre pour lui faire signe de se grouiller. Patrick s'installe sur le siège passager et allume une cigarette d'un geste fébrile.

Vallet démarre aussi sec.

— Putain, t'en as mis du temps !

Vendredi soir, assise devant la télé, la famille au grand complet, sans voisins, sans collègues du syndicat, sans amis. Des plateaux-repas, croque-monsieur pour tout le monde, une émission de divertissement, *Le jeu de la vérité*, la gueule enfarinée de Patrick Sabatier, une rediffusion, l'air hilare de Coluche, invité un an avant de trouver la mort, la tête écrasée contre un camion.

Le fauteuil de Patrick est installé près de la fenêtre. Il a entrouvert le battant pour ne pas enfumer la pièce. De là, il voit : la porte d'entrée, l'écran, ses enfants, sa femme. Il regarde : sa femme, belle comme un cœur, les pieds repliés sous ses fesses, ses enfants, la bouche et les doigts barbouillés de béchamel. Il n'a qu'à tendre la main pour les toucher. Il n'a qu'à se lever pour les attraper, les soulever, les jeter en l'air, les serrer dans ses bras, les embrasser, les chatouiller jusqu'à ce qu'ils crient grâce.

Patrick ne bouge pas.

Il se contente de les observer en fumant.

Geneviève finit par capter son regard. Elle fronce les sourcils, l'air de demander : *Quoi ? Qu'est-ce qu'il y a ? Tu as vu un fantôme ?* Il mime le geste de lui envoyer un baiser, lui arrache un sourire. Elle se redresse un peu, grimace, son dos lui fait un mal de chien, elle lui rend finalement son baiser imaginaire avant de se laisser à nouveau happer par la télévision.

Patrick frissonne. Il écrase son mégot sur le rebord de la fenêtre et referme. Il repense à la gamine disparue, Hélène, au jeu de photos prêtées par ses parents dans la poche de son manteau pendu dans l'entrée. Il doute qu'elle revienne. Elle peut être n'importe où, avec n'importe qui. Les gamines comme elle, à cet âge-là, un feu destructeur les consume de l'intérieur, et il n'y a rien qui puisse l'éteindre tant qu'elles n'ont pas pris suffisamment de coups durs sur le coin de la tronche pour enfin entendre raison.

Patrick fixe ses gosses, les bras ballants le long des accoudoirs. Il va fêter ses trente-quatre ans le mois prochain. Il se demande s'il a fait ce qu'il fallait avec eux, s'il est un bon père, probablement pas assez, juste ce qu'il faut. La misère du couple Thomas agit sur lui comme une succession de minuscules décharges électriques. Clac, clac, clac. Il ferme les yeux. Il voit des ombres. Il voit les yeux verts d'Hélène braqués sur lui. Il voit Jacques et Marie-Christine Thomas en pleurs dans leur appartement miteux. Il est troublé. Il les rouvre. Le canapé est vide, le téléviseur éteint. Geneviève passe les mains dans ses cheveux. Penchée au-dessus de lui : son haleine chaude et mentholée, ses ongles qui lui griffent le cuir chevelu, le tee-shirt élimé qu'elle porte pour dormir. Elle affiche un regard contrarié.

— Ça va ?

Patrick se gratte la nuque.

— Je crois que je me suis assoupi.

Rapport d'enquête RF/OLAF/UE-02.7896.1 Brigade financière de Nanterre/Office européen de lutte antifraude – 06/05/2002. OPJ rapporteur : capitaine de police Simon Nora – ARCHIVES PERSONNELLES DE DAVID BARTELS – 29/12/1986. *Extrait du livret « Éducation pour la santé 1986 » intitulé « Vos idées sur le tabac – Le tabac, parlons-en ! », édité par la Caisse primaire d'assurance maladie de Paris, sous la direction de Christelle Szabo, agent animatrice santé au service prévention de la CPAM de Paris depuis 1982.*

La cigarette pour moi, c'est un plaisir. Certains mangent du chocolat, moi, je préfère fumer. Quand j'arrive chez moi, je me roule une cigarette et je fume devant la télé. Je ne fume plus beaucoup, j'ai ralenti car je suis passé de cinq cigarettes par jour à deux seulement. C'est un gros effort car la nicotine se fixe au cerveau, et quand on ne fume plus pendant un moment, on ressent un manque. C'est vrai que la cigarette n'est pas un médicament, mais elle aide à se « remonter » de temps en temps. Stress, peurs, frissons, faim, tels sont les méfaits que la cigarette supprime. Le jour où je m'arrêterai de fumer, ce sera quand même bien. Je serai au paradis ou en enfer ! Pour prouver que je sais ce que contient une cigarette, je vais en énumérer les composants : DDT, méthanol, carburant pour fusées, colle…

Sébastien M.
Lycée général et technologique Jean-Zay
(Aulnay-sous-Bois)

~

Rapport d'enquête RF/OLAF/UE-02.7896.1 Brigade financière de Nanterre/Office européen de lutte antifraude – 06/05/2002. OPJ rapporteur : capitaine de police Simon Nora – ARCHIVES PERSONNELLES DE DAVID BARTELS – 29/12/1986. *Transcription partielle d'un enregistrement sur cassette audio intitulé «entretien nº 4 : 19/10/1986» entre Christelle Szabo et Simon G., élève du lycée agricole Sully (Magnanville, 78).*

CHRISTELLE SZABO : Bonjour, Simon.

SIMON G. : Bonjour, madame.

CHRISTELLE SZABO : Tu as quel âge ?

SIMON G. : Seize ans, madame.

CHRISTELLE SZABO : Tu sais pourquoi nous sommes là, aujourd'hui, n'est-ce pas ?

SIMON G. : Pour parler du tabac, qui est mauvais pour la santé, madame.

CHRISTELLE SZABO : Oui, d'une certaine façon... Tu peux m'appeler Christelle, si tu veux... Tu fumes, Simon ?

SIMON G. : Euh...

CHRISTELLE SZABO : Tu peux être franc avec moi.

SIMON G. : Un peu.

CHRISTELLE SZABO : C'est-à-dire ?

SIMON G. : Quelques cigarettes par jour. Cinq, dix maximum.

CHRISTELLE SZABO : Bien... Tu sais que je rencontre tous tes camarades, Simon ?

SIMON G. : Oui.

CHRISTELLE SZABO : Nous allons travailler ensemble pour écrire un petit livre qui traitera de façon artistique, sous forme de dessins, de poèmes, de textes courts, de collages, etc. de ce que vous pensez de la cigarette, de ce qu'elle vous évoque, si vos parents fument, si vous fumez également, si oui, pourquoi ?

SIMON G. : Il y aura nos noms, madame ?

CHRISTELLE SZABO : Christelle.

SIMON G. : Oui, Christelle, pardon, mais il y aura nos noms dans le livre ?

CHRISTELLE SZABO : Oui, si vous le désirez, mais ce n'est pas le plus important. Le cœur du livre, c'est vos idées sur le tabac et...

SIMON G. : Je ne préférerais pas, moi.

CHRISTELLE SZABO : Qu'est-ce que tu ne préférerais pas ?

SIMON G. : Qu'il y ait mon nom.

CHRISTELLE SZABO : Pourquoi ?

SIMON G. : Rapport à mes parents. Ils ne savent pas que je fume.

CHRISTELLE SZABO : Bien, très bien. (*Rires.*) Tu peux tout à fait t'exprimer de manière anonyme.

SIMON G. : Il n'y aura pas mon nom, alors ?

CHRISTELLE SZABO : Ton nom n'apparaîtra pas, si c'est ce que tu désires.

SIMON G. : Parce que là, je vois que vous m'enregistrez, et si mes parents...

CHRISTELLE SZABO : (*Rires.*) Non, non, tout cela reste entre nous.

SIMON G. : C'est sûr ?

CHRISTELLE SZABO : (*Rires.*) Je t'explique, Simon : pour commencer, avant de lancer les ateliers de création artistique à proprement parler, j'ai eu envie de vous rencontrer, tous, un par un, pour échanger, discuter un peu, me faire une idée personnelle de ce que vous pensez du tabac. C'est pour cela que j'enregistre notre entretien. C'est pour moi, uniquement pour moi. Ça m'aidera à orienter mon travail avec vous, tu comprends ?

SIMON G. : Je crois que oui, madame.

CHRISTELLE SZABO : Va pour «madame», si tu préfères ! (*Rires.*)

Bien. Alors, d'abord, je voudrais te poser une question. Une question toute simple. Quel est ton premier rapport avec la cigarette ?

SIMON G. : Quand je me suis mis à fumer ?

CHRISTELLE SZABO : Oui… Non… Ce que je veux dire, c'est : quelle est la première fois où tu as entendu parler de cigarettes ?

SIMON G. : Euh… (*Long silence.*) Je ne sais pas…

CHRISTELLE SZABO : Un souvenir, une image…

SIMON G. : Je ne suis pas sûr. Je crois que c'était en CE1 ou en CE2, pour la fête des Pères. Le maître nous avait demandé de fabriquer un objet avec de la terre glaise pour l'offrir à notre père. Comme je n'étais pas très dégourdi en poterie et que je ne savais pas trop quoi faire, il m'avait proposé de fabriquer un cendrier.

CHRISTELLE SZABO : Un cendrier ?

SIMON G. : Oui. Il a dit que ça pouvait toujours servir, que c'était un cadeau utile. Il m'a donné un modèle. Ce n'était pas très compliqué. Après, je devais le décorer avec une peinture spéciale, le faire sécher au four avec ceux des autres – la plupart, c'étaient aussi des cendriers –, puis le laisser refroidir. C'était une journée vraiment chouette ! On s'était bien marrés avec les copains. Ensuite, on a fait un paquet-cadeau. Et voilà. Je l'ai offert le dimanche suivant.

CHRISTELLE SZABO : Et ton père, il en a pensé quoi, de ce cendrier ?

SIMON G. : C'est-à-dire qu'il n'a pas trop aimé, en fait.

CHRISTELLE SZABO : Pourquoi ?

SIMON G. : Il ne fume pas. Ni ma mère. Ils sont contre la cigarette. C'est à cause de l'oncle Yvan, le frère de mon père qui est mort d'un cancer des poumons quand j'étais petit.

CHRISTELLE SZABO : Je suis désolée… Mais tu n'y es pour rien, ce n'est pas ta faute, c'est celle de ton instituteur. Il n'aurait jamais dû te demander ça.

SIMON G. : Les pères de mes copains ont trouvé ça très bien, eux.

CHRISTELLE SZABO : Je veux bien, d'accord, mais tout de même, avoue que c'était déplacé de sa part.

SIMON G. : Peut-être... (*Long silence.*) En tout cas, c'est pour ça que je ne veux pas que mon nom apparaisse sur le livre, vous voyez, madame. Si mes parents apprenaient que je fume, ça leur rappellerait de mauvais souvenirs.

~

Rapport d'enquête RF/OLAF/UE-02.7896.1 Brigade financière de Nanterre/Office européen de lutte antifraude – 06/05/2002. OPJ rapporteur : capitaine de police Simon Nora – ARCHIVES FOX & REYNOLDS CONSULTING – 29/12/1986. *Extrait du discours d'Eduardo Rojas, directeur des ventes du secteur Grand Ouest d'European G. Tobacco – Réunion interne du 17 octobre 1986, salle des conférences, hôtel Le Magic Hall (Rennes).*

Le gamin se réveille un jour, fume sa première cigarette et devient un homme. Il crache, il tousse, la tête lui tourne, puis il en rallume une autre, et une autre, et ainsi de suite jusqu'au jour où il ne se pose même plus la question. Un paquet par jour. Il est prêt à raquer pour ça, sans sourciller. Toute sa vie, même s'il finit par comprendre qu'en gros il a une chance sur deux d'en crever. Il paie, il en est fier et, merde, ils sont des centaines de millions comme lui, fiers d'être des hommes libres, fières d'être des femmes indépendantes, prêts à payer, tous les jours que Dieu fait, et c'est le marché le plus juteux qui soit. Pourquoi est-ce que des hommes et des femmes comme nous se priveraient de cet argent qui nous tend la main ? Ils nous le donnent de leur plein gré. Bon sang, ça leur fait presque plaisir !

~

Rapport d'enquête RF/OLAF/UE-02.7896.1 Brigade financière de Nanterre/Office européen de lutte antifraude – 06/05/2002. OPJ rapporteur : capitaine de police Simon Nora – ARCHIVES FOX & REYNOLDS CONSULTING – 29/12/1986. *Extrait du discours d'Eduardo Rojas, directeur des ventes du secteur Grand Ouest d'European G. Tobacco – Séminaire de formation Pôle France du 7 novembre 1986, Euro Meeting Center (Nantes).*

[…] La production de cigarettes, mes amis, chers collègues, c'est plus de 4 500 milliards d'unités en 1976, 4 790 en 1985. Chaque année, 120 pays produisent 6,2 millions de tonnes de tabac. Les champs représentent à l'échelle planétaire 36 000 km^2, dont 90 % sont situés dans les pays en voie de développement. La culture du tabac nécessite l'usage d'engrais et de pesticides en grande quantité, jusqu'à 150 produits chimiques différents. Le tabac absorbe plus d'azote, de phosphore et de potassium que n'importe quel autre produit agricole et ça, c'est la garantie d'emplois durables dans l'agriculture et dans l'industrie pétrochimique. Le tabac bouffe de la terre. Il est insatiable. Il lui faut sans arrêt de nouvelles forêts à défricher. Le séchage nécessite de grandes quantités de bois : plus de huit kilos pour un kilo de tabac. Là encore, c'est bon pour l'emploi ! La feuille de tabac la plus cultivée est le *flue-cured* ou tabac de Virginie. Soixante-quinze pays se l'arrachent, dont la Chine, les États-Unis, le Brésil, l'Inde et le Zimbabwe.

Pourquoi est-ce que je vous assomme avec ces chiffres ? Parce que le tabac est un produit de la terre et du terroir, comme la pomme de Normandie, le melon du Gers ou le bleu d'Auvergne. Oui, chers collègues, le tabac est aussi affaire de sensations culinaires. Odeur de beurre et de fromage pour le tabac oriental turc. Arômes chocolatés pour le Virginia. Senteurs florales, notes piquantes et poivrées, notes de jasmin et de crème anglaise, touches de cannelle, notes terreuses, le tout avec des extraits de cardamome, de cèdre, de coriandre, de jus de prune et de figue, d'attar de roses ou de castoréum, une huile aromatique extraite des glandes anales des castors d'Alaska, du Canada et de Sibérie. Ne faites pas la grimace ! Vous avez sans doute déjà entendu parler des vertus du castoréum pour combattre les maux de tête, en raison de l'acide salicylique qu'il contient. Il entre dans la composition de la saveur naturelle de vanille et est aussi utilisé comme composant des saveurs de framboise et de fraise de certaines sucreries que vos chers enfants mangent. Et ce qui est bon pour nos enfants l'est aussi pour nous et pour nos clients, pas vrai ? À titre indicatif, quelques chiffres concernant les ingrédients nécessaires à la fabrication de nos cigarettes, rien que pour l'année dernière, en Europe : réglisse (4 061 tonnes), glycérol (13 065 tonnes), chocolat (427 tonnes), miel

(237 tonnes), jus et concentré de prune (151 tonnes), menthol (790 tonnes), poudre et noix de muscade (3 tonnes), extrait et huile de coriandre (1 tonne), extrait de racine de pissenlit (1 tonne). Que des bons produits, que les Françaises et les Français utilisent tous les jours dans leur cuisine ! Chez European G. Tobacco, faire plaisir au client n'est pas qu'une promesse, c'est un défi gustatif ! Croyez-moi, nos usines et nos buralistes devraient figurer dans le *Guide Michelin* !

~

Rapport d'enquête RF/OLAF/UE-02.7896.1 Brigade financière de Nanterre/Office européen de lutte antifraude – 11/12/2002. OPJ rapporteur : capitaine de police Simon Nora – PERQUISITION DOMICILE RAPHAËL COSTE – 27/11/2002. *Transcription partielle d'un enregistrement sur cassette audio (année 1986) – Reporting quotidien sur dictaphone Philips S-122R de M. Coste, commercial 1er degré secteur Grand Ouest d'European G. Tobacco.*

Le radioréveil grésille. Il est l'heure, Raphaël, réveille-toi ! répète la petite voix dans ma tête. Je repousse les draps en grognant, je tends la main vers mes cigarettes sur la table de nuit. Je suis corporatiste, je ne fume que les marques que je vends toute la sainte journée. C'est la règle. Une sale habitude qui me donne l'air d'un dur et qui ne me coûte pas un rond. Le Big T régale. Gratuit pour les meilleurs commerciaux. Deux cartouches par semaine. Il est 6 h et j'ai déjà la trique. Je fais claquer mon briquet. Raphaël-la-trique. C'est comme ça que mes collègues du secteur Sud-Ouest me surnomment. Raphaël-la-trique est un phénomène. Raphaël-la-trique a le plus gros braquemart du pôle France. Bien droit, bien raide, chargé à bloc, toujours prompt à satisfaire. Les petites buralistes en pincent pour moi parce que ma réputation me précède. Les petits employés aussi. Mes collègues cachent leurs femmes et leurs maris. Mon bac en poche, j'avais le choix entre le commerce, le porno ou gigolo. Je me suis dit que les trois n'étaient pas incompatibles. J'ai passé un diplôme dans la vente en alternance. Après trois ans à faire du porte-à-porte pour fourguer des aspirateurs et tringler des ménagères de vingt-cinq à soixante ans, j'ai déniché ce poste de commercial chez cette vieille pute pleine de fric d'European G. Tobacco, à Toulouse. Contrat à durée indéterminée, promotions au mérite, un quart du salaire en primes sur les ventes. J'ai signé sans hésiter, et depuis je m'éclate. Premier jour. Dix-huit cartouches placées dans les deux premiers bureaux de tabac de ma tournée dans le secteur de Vic-Fezensac. Je fête ça le soir même aux putes avec mon chef et trois de mes collègues. J'hérite d'une grosse femme aux lèvres pulpeuses vermillon. 8e jour. Je sympathise avec l'employée du tabac-presse de Condom avec qui je passe les trois nuits suivantes avant de me faire casser la gueule par son petit ami de retour du service militaire. 30e jour. Raphaël-la-trique est promu employé départemental du mois. Mes chiffres de vente sont époustouflants. Je reçois un coup de fil d'Eduardo Rojas, le directeur des ventes du Grand Ouest du groupe, qui me félicite et me promet un bel avenir dans la boîte. Je mets les bouchées doubles et passe les trois mois suivants à vendre, vendre et vendre, limer, limer et limer. Pour mon compte et pour celui du Big T. Dans les arrière-boutiques, sur les sommiers des hôtels de ma tournée, sur les comptoirs des bars-tabacs à la fermeture, dans les chiottes, sur la banquette arrière de ma Renault 21. Mes rêves de gosse deviennent réalité. Des cigarettes par caisses entières, des centaines de kilomètres au compteur, de la dentelle, de la poésie, du bourrin, des culs à en devenir dingue, des prostituées de nationales et de départementales, des gamines de fin de soirée, des saute-au-paf, des qui ne veulent pas tant que ça mais que je me charge de convaincre, tant pis si elles en gardent un goût amer au fond de la gorge, et un bon porno de temps à autre, grâce à Dieu! 158e jour. J'organise ma première soirée étudiante à Toulouse. Distribution de paquets promotionnels, musique à fond, goodies estampillés Big T, tee-shirts moulants pour les étudiantes, cendriers, allumettes aux couleurs de la marque pour les étudiants, alcool à volonté, gratuit pour les filles, un sachet de coke pour exciter le pool de vendeuses embauchées pour la soirée, la chatte humide de l'une d'elles dans la paume de ma main en fin de soirée et dix minutes de baise frénétique sur le lavabo des toilettes de la boîte de nuit. Raphaël-la-trique est aux anges. J'ai la gaule du siècle. Eduardo Rojas me rend visite le lendemain et me fait l'honneur de m'accompagner sur ma tournée toute la journée. Le soir, restaurant deux étoiles, hôtel standing, prime en liquide à quatre chiffres dans une enveloppe et escort dans le lit. 163ᵉ jour. Réveille-toi, réveille-toi! dit Raphaël-la-trique à sa bite en tirant sur sa cigarette. Je me redresse et m'assois sur le bord du lit, face au miroir. Je pioche au hasard dans le tas de magazines porno qui traînent sur la moquette. Je me branle sur le cul de papier glacé de deux blondes platine occupées à sucer la queue d'un type dont la tête est coupée au montage. Mes gestes sont vifs et saccadés. Je lâche la revue, les images deviennent floues. Je me fixe dans le miroir au moment de jouir dans un nuage de fumée.

9

Paris, 3 janvier 1987.

Du pain sur la planche.

Anton Muller n'a pas perdu son temps. Fini les camions-citernes, les gros bras et les explosions spectaculaires. Place aux manœuvres discrètes. Muller rase les murs pour se faire oublier et travaille dans l'ombre.

Pour son propre compte d'abord.

Le braquage d'ammoniac du 28 juillet et ses conséquences lui pompent une énergie folle durant tout l'automne. Les flics ont retracé le parcours des deux camions-citernes depuis le lieu de leur interception jusqu'à celui de l'explosion. Leurs équipes scientifiques ont relevé des traces de pneus et tenté de retrouver les propriétaires de la Lancia Delta et de la Renault 9, en vain. Ils ont lancé un appel à témoins, sans succès. Les quotidiens *Havre libre* et *Ouest-France* en ont fait leurs choux gras deux semaines durant, puis se sont lassés, faute d'éléments. Le massacre d'Harfleur, devenu le mystère des camions d'ammoniac, a fait long feu.

Muller reste sur le qui-vive. Les recherches sont au point mort. Les flics piétinent. Les éléments à leur disposition sont si minces que l'affaire promet d'être classée.

Les flammes ont fait des ravages. Pas d'empreintes, aucune preuve matérielle reliant Muller aux meurtres, de près ou de loin. Les dépositions des familles des victimes sont émaillées de zones floues. La femme du chauffeur numéro un ne sait rien. Les petites amies des cagoulés que Muller a embauchés, quand ils en avaient, sont plus occupées à se lamenter qu'à baver.

En désespoir de cause, les flics responsables de l'enquête ont poussé la société Yara à porter plainte. Ils ont envoyé un certain Simon Nora, inspecteur de la brigade financière de Nanterre, pour enquêter sur de possibles conflits d'intérêts, histoire de remuer la merde. Son enquête se greffe à celle de la police judiciaire. Fin septembre, Nora s'est rapproché de David Bartels. Ce dernier a téléphoné à Muller pour s'en plaindre. Muller s'est renseigné sur le flic. Nora est un débutant que sa hiérarchie a balancé sur l'affaire afin de pouvoir dire : *Nous avons fait tout ce qui était en notre pouvoir, vous ne pouvez rien nous reprocher!* On lui a assuré qu'il ne ferait pas de vagues. Il a appelé Bartels ? Pur hasard. Rien à craindre de ce côté-là.

Muller ne s'en satisfait pas.

Début octobre, il rend une visite de courtoisie au type qui lui a fourgué les armes et le matériel militaire. Le commandant Duquesne est une tombe. Il vit reclus dans un bunker aménagé dans la grange d'une vieille ferme picarde, dans la Somme, au sud de Péronne. Ancien parachutiste de la 25e DP, puis de la 11e DP. De janvier à mai 1958, il sillonnait la zone est-constantinois pour enrayer l'avancée du FLN sous la direction du général Vanuxem à bord d'un Douglas C-47 Skytrain. En avril 1983, il maniait des lance-roquettes LRAC F1 avec la Force multinationale de sécurité à Beyrouth. Depuis sa retraite, il s'est reconverti en homme d'affaires et privilégie les contrats juteux et discrets.

Duquesne sirote un café turc dans sa cuisine, les yeux rivés au téléviseur. Un reportage sur les attentats de Paris du « septembre noir » et les mouvements islamistes iraniens, des images-chocs, des archives montrant des combattants voilés du Hezbollah libanais. Duquesne contemple les images, impassible. Muller balance un exemplaire d'*Ouest-France* sur la table. Le para y jette brièvement un œil et retourne à son programme sans bouger d'un poil.

— Je ne sais rien de cette histoire, je ne t'ai jamais vu, je ne t'ai rien vendu, personne n'est venu m'interroger, ni même me demander le temps qu'il faisait depuis deux mois.

Muller acquiesce. Duquesne lui propose un café. Muller décline et ouvre la porte pour repartir. Duquesne se racle la gorge.

— Et ne viens plus m'insulter sous mon propre toit avec ta suspicion, Anton. Fais confiance aux amis patriotes.

Muller aimerait bien.

Mais Muller doute.

C'est dans sa nature.

Il continue de s'activer afin que d'autres langues ne se délient pas.

Une fois la piste froide et les carcasses des camions-citernes envoyées à la ferraille, il loue une Renault et revient sur les lieux du braquage plusieurs semaines après la police judiciaire. Il refait le tour des maisons isolées des environs en se faisant passer pour un inspecteur de la criminelle.

Son look de militaire, blouson en cuir, cheveux ras et cicatrices, fait des merveilles. Il pose des questions anodines, il vérifie que tout le monde dormait à poings fermés et que personne ne fait de zèle, il compare chaque témoignage. Il rassure les esprits complotistes – oui, l'enquête progresse, mais désormais la piste d'un dramatique accident et la maladresse de l'un des chauffeurs est privilégiée, la presse locale a beaucoup exagéré, l'ammoniac à l'état liquide est hautement inflammable, la moindre erreur, la moindre étincelle et boum ! Dormez sur vos deux oreilles, braves gens, la police et oncle Muller veillent sur vous.

Reste Hélène, la petite amie du chauffeur numéro deux.

Le 28 juillet, au lieu de l'envoyer rejoindre Guérin ad patres, Muller s'est dit qu'elle pouvait lui être utile, après tout, et qu'il serait toujours temps de rectifier le tir si un problème advenait. Il l'a confiée à Valentina. Bartels et elle ont fait affaire. Valentina a étendu son offre de services pour l'occasion – certaines des mannequins qui travaillent pour elle font des heures supplémentaires en tant qu'escort-girls spécialisées.

Muller a repéré Valentina plusieurs mois auparavant en prospectant pour le compte de Bartels sur le circuit automobile amateur. Il a brièvement enquêté sur son compte, juste assez pour savoir qu'elle était quelqu'un de fiable.

Muller prend régulièrement des nouvelles, il passe à l'improviste pour s'assurer que tout va bien. Il ne se mêle de rien. Bartels ne soupçonne rien, il ne fait pas le lien avec le chauffeur Stéphane Guérin, il est bien trop occupé avec les bénéfices générés par les activités de Valentina. Hélène est un secret bien gardé.

Jusqu'à la mi-novembre, lorsqu'un avis de recherche pour disparition inquiétante est lancé à la demande de ses parents et diffusé sur tout le territoire.

> *Mademoiselle Hélène Thomas, née le 7 octobre 1966 à Beauvais (60) et demeurant à Bagnolet (93) depuis septembre 1985, 1,67 m, mince, yeux verts, cheveux bruns coupés au carré.*
>
> *Si vous avez vu cette personne ou si vous avez des informations la concernant, merci de contacter la brigade de gendarmerie de Beauvais.*

Muller prend aussitôt les mesures adéquates. Il suspend ses activités séance tenante et il rapplique dans les locaux de l'agence de Valentina, à La Celle-Saint-Cloud, dans la banlieue ouest de

Paris. Il lui tend un exemplaire en quadrichromie de l'avis de recherche.

— Nous avons un problème.

Il scrute son visage à la recherche d'une réaction. Valentina ne cille pas.

— Hélène m'a dit qu'elle voulait tirer un trait sur son passé. Elle ne remettra jamais les pieds chez ses parents. Le secrétariat, c'était pas son truc. Elle aime son nouveau job, elle s'éclate sur les circuits motos et automobiles. Grâce à moi, plus personne ne la cogne et je réclame un CV détaillé à tous les gens qu'elle fréquente dans le cadre professionnel. Tu peux avoir confiance en elle.

Muller tique. Le mot *confiance* lui donne de l'urticaire. Valentina se rapproche de lui et lui susurre :

— Avec moi, ton petit secret sera *toujours* bien gardé.

Muller frémit. Valentina se rapproche encore de lui. Il peut sentir son souffle sur sa peau. Valentina minaude. Ses lèvres s'entrouvrent pour former le début d'un mot. Elle se ravise et se penche pour l'embrasser. Muller se détache doucement et la jauge du regard.

— Pas de ce petit jeu-là avec moi.

Valentina se love contre lui. Les yeux dans les yeux. Elle sourit.

— Pas avec moi non plus.

Muller lui rend son sourire parce qu'il la croit. Il déclare :

— Nous ne nous afficherons pas.

Valentina pouffe :

— Nous ?

Les semaines suivantes, Muller multiplie les allers-retours à La Celle-Saint-Cloud. Il loue des chambres d'hôtel au hasard de ses activités pour rester « flexible ».

Le reste du temps, il œuvre pour Fox & Reynolds Consulting.

David Bartels s'agite dans toutes les directions. *Flexible* est l'un de ses mots fétiches. Il a trouvé ça dans un manuel de marketing, *La concurrence totale* de Philip Kotler, sa nouvelle bible. Bartels cite des extraits du livre à tout bout de champ. Il présente Kotler comme le pape de la nouvelle science marketing. Pour lui, ce type a révolutionné le business du tabac.

Muller bosse comme un damné. Bartels a besoin de lui à toute heure du jour et de la nuit. Il attend du mercenaire qu'il soit le plus *flexible* possible.

Bartels a deux visages, comme Janus. L'un tourné vers le futur, l'autre vers le passé. Bartels ressasse. Il harcèle Muller de coups de fil paranoïaques.

— As-tu bien effacé nos traces ?
— La police n'a rien.
— Tu es le seul capable de me comprendre.
Muller corrige.
— Ce n'est pas vrai.
— Tu es le seul à qui je peux me confier.
Muller opine.
— Sur ce point, vous avez parfaitement raison.
La version Janus tourné vers l'avenir est plus stimulante.

Bartels roule des mécaniques. Son chiffre d'affaires est en pleine expansion. Pour 1987, European G. Tobacco a doublé ses émoluments et triplé ses commandes et son budget communication. Bartels affiche son ambition dévorante sur les circuits automobiles de l'Europe entière, il distribue des bons points, et il roucoule dans les bras d'un agent de la Sécurité sociale nommée Christelle Szabo, qui exècre tout ce que Bartels représente mais reste accro à son pouvoir de séduction.

La recherche scientifique sur les effets du tabac est son obsession du moment.

— Anton, trouvez-vous des scientifiques prêts à bannir le mot *tabac* de leur vocabulaire ?

— J'y travaille toujours.

Bartels l'a mis en cheville avec Zoran Kristic, le directeur scientifique d'European G. Tobacco. En serbe, son nom signifie «fils de Dieu». Kristic est un messie en matière de lèche, de neurobiologie et de cancéroscepticisme.

Bartels leur a dit :

— À vous deux, vous ferez des miracles.

Trois mois durant, Kristic frappe à toutes les portes et fait jouer ses relations. Muller fait office de détective privé. La mission que David Bartels leur a confiée demande du doigté et de la finesse. Kristic joue les intermédiaires, brandit le carnet de chèques. Son truc, c'est la subtilité.

— Tout homme a un point faible. Même un scientifique.

— Si vous le dites.

Kristic éclate de rire.

— Détendez-vous, jeune homme ! Allons boire un coup, ça vous fera du bien.

Kristic affiche une cinquantaine fringante. Ses hobbies figurent en tête de liste de tout ce qu'exècre Muller : le golf, le champagne et les voitures de sport. Kristic vendrait sa sœur pour une Ferrari 328 GTB. Il tient plus du représentant de commerce haut de gamme que du scientifique.

Muller manque d'air en sa présence. Il limite leurs échanges au strict minimum. Il n'a pas le choix. Kristic est arrogant et dilettante, mais Bartels le tient pour un cador dans son domaine.

Le plan est simple.

Kristic identifie des candidats potentiels et établit des listes. Muller, lui, fouine à la recherche du point faible exploitable. Pour ça, il a toute latitude. Sa panoplie du parfait espion comprend des clefs passe-partout, des micros, des filatures, des nuits de planque interminables et une bonne part d'improvisation. Muller s'introduit à leur domicile, fouille leurs tiroirs et le fond de leurs placards. Il consulte leurs relevés de compte en banque en quête d'anomalies. Il s'intéresse à leur vie familiale, leurs penchants sexuels, leurs albums photo, leurs collègues de travail, la couleur de la culotte en dentelle de leur secrétaire ou de leurs étudiantes, leur mère castratrice, leur père autoritaire ou leurs vices. Il note tout ce qui peut leur être utile : *Cherche de la visibilité institutionnelle* ou *En manque de reconnaissance par ses pairs*, ou bien *Aime les jeunes hommes*, ou encore *Fragile, condamné pour fraude fiscale l'an dernier*, puis il rend des comptes à Kristic qui évalue la pertinence de ses trouvailles.

Depuis octobre, Kristic a déniché quarante-sept scientifiques. Chou blanc à chaque fois. Bartels s'entête. Les projets de loi visant à encadrer la consommation de tabac se multiplient au Parlement. Dans les couloirs de l'Assemblée nationale, on parle d'augmentations drastiques du prix du tabac et de mentions imprimées sur les paquets telles que *Fumer tue* ou ce genre de conneries mauvaises pour les affaires. Les normes européennes se durcissent. Les industriels du tabac doivent faire le dos rond.

Bartels dit :

— Cherchez encore.

Muller soupire.

— Les scientifiques français sont apparemment des gens intègres.

Bartels se bidonne.

— Faites-moi rire !

— Je m'y emploie.

— Évitez ce ton ironique avec moi, Anton.

— Je vous assure que…

Bartels l'interrompt :

— Mon père était un scientifique reconnu et je peux vous assurer qu'il était aussi la pire ordure qui soit. S'il avait été spécialiste du tabac, je l'aurais embauché sur-le-champ, croyez-moi.

Muller implore :

— Dites-moi quoi faire !

— Cherchez mieux.

Le quarante-huitième candidat que lui trouve Kristic est prometteur. Bernard Maillart est neurobiologiste. Il est professeur au Collège de France et officie en tant que directeur de recherche à l'INSERM. Dans le domaine des récepteurs nicotiniques, il est considéré comme l'un des plus grands spécialistes européens.

Kristic et lui ont fait connaissance au sein de la commission Hirsch, mise en place par le gouvernement Chirac pour évaluer le tabagisme en France en octobre 1986. Le neurobiologiste y animait un groupe sur la dépendance où Kristic représentait European G. Tobacco.

Première prise de contact, informelle. Kristic fait son boulot. Il rappelle plusieurs fois Maillart qui, de guerre lasse, finit par accepter de le revoir. La rencontre a lieu au Collège de France. La demande formulée par Kristic est d'explorer la possibilité d'un programme de recherche conçu autour des études menées dans le laboratoire dirigé par Maillart. En clair : évaluer l'ouverture d'esprit du professeur à *l'idée* de mener des recherches sur la nicotine et les récepteurs nicotiniques avec des moyens conséquents, c'est-à-dire avec les millions que Fox & Reynolds est prêt à débourser pour son laboratoire. Et accessoirement la part substantielle qui pourrait atterrir dans sa poche au passage.

L'entretien se déroule sous les meilleurs auspices. Maillart est sensible aux flatteries de Kristic. Il se fait inviter dans un trois-étoiles près de la rue de Rivoli, mais au dessert il joue les vierges effarouchées dès qu'il est question d'associer son nom et sa réputation à European G. Tobacco. Bon prince, Kristic règle l'addition et les deux hommes se quittent là-dessus.

Au lieu de le rayer définitivement de sa liste, Kristic-le-fin-limier note dans le mémo qu'il adresse à Bartels : *Maillart a une attitude positive.* Sous-entendu : il peut céder. Sous-entendu du sous-entendu : reste à trouver *comment* le faire céder.

C'est sur le *comment* que Muller intervient. Quand Maillart n'enseigne pas, ne voyage pas ou ne refuse pas les offres alléchantes de Big Tobacco, il occupe avec sa femme et ses labradors un chalet luxueux à Vétraz-Monthoux, en Haute-Savoie, sur les hauteurs d'Annemasse, à deux pas des banques genevoises.

Muller s'étonne :

— Pas d'enfant ?

Kristic prend un air peiné.

— Mme Maillart est stérile.

— Elle tente d'oublier son immense chagrin grâce à l'amour de ses chiens.

Kristic opine, hilare.

— Vous verrez, la vue sur le massif du mont Blanc est époustouflante.

La lune point derrière le pare-brise gelé. Le chemin d'accès privé au chalet du professeur Maillart est verglacé. Les pneus de la Mercedes de location patinent sans parvenir à trouver le moindre point d'accroche. Muller n'insiste pas. Il abandonne la voiture sur le bas-côté et continue à pied.

La température frise les – 15 °C. Muller frissonne. Une brise polaire lui souffle de l'air froid dans les bronches. Il délaisse la porte principale, contourne le chalet au pas de course, escalade la terrasse et se réfugie contre les baies vitrées exposées plein sud du salon. Il sort son artillerie du parfait cambrioleur, glisse une tige de métal le long du battant, la fait remonter jusqu'à sentir une résistance. Muller donne un petit coup sec. Le loquet cède. Muller ouvre et referme aussitôt derrière lui.

Le chalet est vide. Les Maillart sont en déplacement à Paris. Les labradors dorment comme des bienheureux sur la paillasse d'un chenil grand luxe à Bonne.

Muller s'immobilise un instant. Aucune alarme ne se déclenche. Il retire alors ses gants et son bonnet, les fourre dans sa poche et allume une lampe torche.

Il parcourt les lieux du regard. Parquet en chêne massif, bustes de sangliers, de cerfs et de mouflons empaillés accrochés aux murs comme des trophées – monsieur est chasseur –, et canapé en cuir blanc du plus mauvais goût au centre. Muller oriente le faisceau de la lampe sur la droite. Il avise l'escalier. La pièce qui l'intéresse se situe à l'étage.

Il gravit les marches quatre à quatre. Cinq portes fermées. Il les pousse toutes jusqu'à trouver celle du bureau. Il entre et referme derrière lui.

Il presse l'interrupteur général. Il tourne sur lui-même, il dresse mentalement un inventaire rapide, puis il éteint. Il se dirige vers un semainier situé derrière la table de travail de Maillart. Il inspecte le contenu des sept tiroirs. Relevés de compte bancaire, courriers universitaires, avis d'imposition, papiers divers, photos de famille de l'enfant Maillart, en compagnie de ses parents et de ses frères en culottes courtes.

Il s'apprête à refermer le dernier tiroir quand une enveloppe en papier kraft attire son attention. Il dépose la lampe torche sur le meuble, l'oriente correctement et décachette l'enveloppe.

Un jeu de polaroïds. Une femme, sourire aux lèvres, tient dans ses bras un nourrisson ou le promène dans une poussette. D'autres postures, d'autres lieux, toujours le même duo mère-fille. L'enfant grandit, devient une fillette. La tenue vestimentaire de la femme évoque les années 70, peut-être la fin des années 60. Aucune date inscrite au dos, mais deux prénoms : Ghislaine, Marie-Line.

Muller grimace. La femme ne lui évoque rien. Le prénom ne correspond pas à celui de Mme Maillart et celui de l'enfant ne figure pas dans le mémo concocté par Zoran Kristic. L'écriture n'est pas celle de Maillart.

Muller continue de faire défiler le temps. Sur les deux derniers polaroïds, l'enfant est une adolescente boutonneuse. Légèrement de profil, elle fixe l'objectif d'un air sévère. Elle a quatorze ou quinze ans. Elle est très mince, presque maigre. Muller retourne les photos. Un prénom, un lieu et une date tracés au crayon à papier sur chacune d'elles : *Marie-Line – Chamonix – 1er août 1986.*

Muller tique. La moue boudeuse de la fille lui rappelle quelque chose. Il rouvre l'un des tiroirs du semainier, en extrait les photos de famille et les épluche jusqu'à ce qu'il trouve ce qu'il cherchait. Photos de vacances, Megève, été 1951. Les frères Maillart, plantés au sommet d'un rocher. Bernard, le plus jeune, malingre, se tient à l'écart, comme s'il était puni.

Muller place le polaroïd et la photo côte à côte pour les comparer. La ressemblance entre le père et la fille est frappante : même attitude, même profil, mêmes éclairs dans les yeux.

Muller sourit. Il empoche les clichés, remet tout en ordre et quitte le chalet.

Paris, dix jours plus tard, un bistrot du 7e arrondissement, à deux pas des locaux du cabinet Fox & Reynolds. Ambiance feutrée, effluves de cognac et de cigares Cohiba. Sur la table, des agrandissements des photos volées chez Maillart.

Bartels rayonne.

— Bernard, mon cher Bernard, petit cachottier !

Il tapote la photo de l'adolescente du bout de l'index.

— Tout le portrait de son père !

Muller croise les bras.

— Elle s'appelle Marie-Line Pujols, fille de Ghislaine Pujols, résidant à Annecy depuis 1972, à quelques kilomètres de l'endroit où vivent les Maillart. Elle est née le 13 mai 1971 à Annecy, où elle est scolarisée. De 1967 à 1970, Ghislaine prépare un doctorat en biochimie à l'université de Grenoble. C'est là qu'elle rencontre Maillart, qui est son directeur de thèse. Ils entretiennent une relation adultère pendant trois ans. Bilan : une grossesse, désirée par elle, niée par lui. Maillart n'a jamais reconnu la petite. Vous connaissez la suite. Notre amie Ghislaine Pujols s'est montrée très loquace lors de notre rencontre. Maillart lui verse une pension confortable, six mille francs mensuels, en échange de son silence. Zoran Kristic et moi sommes allés lui rendre une petite visite avec les photos.

— Qu'a-t-il pensé de la qualité des agrandissements ?

— Le plus grand mal.

Bartels se frotte les mains.

— Fantastique.

— Mais il s'est finalement montré très sensible à nos idées sur le tabac.

Muller brandit deux exemplaires dactylographiés, signés en date du 5 janvier 1987, d'un protocole d'accord concernant un programme de recherche d'une durée de dix-huit mois sur les substances psychotropes du tabac, pour un montant de près de trois millions de francs.

Bartels exulte. Il s'empresse d'apposer sa signature en bas de chaque document.

— Il faut fêter ça !

— Bien sûr, il a fallu faire des concessions.

Bartels ignore sa remarque. Il hèle le serveur et commande deux coupes. Muller secoue la tête.

— Je ne bois pas.

— Vous êtes chiant, Anton.

— Je fais mon boulot.

Muller inspire un grand coup, une fois dehors. La rue du Bac grouille de monde. Une foule mue par une force invisible se presse en double sens sur le passage piéton sans jamais se percuter. Après un instant d'hésitation, Muller se laisse absorber par la masse et traverse à son tour. Il avise la bouche de métro, sur le trottoir d'en face. Il traverse et s'y engouffre comme un fuyard en cavale.

10

Bordeaux, 19 janvier 1987.

5 h du matin. Une armée de lampadaires illuminent la zone industrielle nord en friche. La voie rapide est quasi déserte. Les lueurs des gyrophares de police dessinent dans la nuit des signaux stroboscopiques en morse. Alentour, des grues à l'arrêt et des engins de terrassement, moteurs éteints, sur d'innombrables chantiers de construction. Des trous béants, creusés en bordure de lotissements flambant neufs, disputent l'espace à d'immenses dunes de sable fraîchement sorties de terre.

Coincé au cœur de ce grand chambardement, le centre névralgique de la société de transport de matières premières Vita Trucks.

Déjà en pleine activité malgré l'heure matinale.

Une fourmilière monstrueuse, une machine macrocéphale à mille bras : quatre hectares de bâtiments de stockage rectangulaires, dont sept mille mètres carrés d'entrepôts sécurisés sous vidéosurveillance, des parkings, des quais interminables, et des camions immatriculés dans toute l'Europe en perpétuel mouvement. Un dédale de voies d'accès, de comptoirs d'enregistrement, de plateformes de stockage et de conteneurs empilés par paquets de cinq comme dans un jeu de Lego.

L'inspecteur Simon Nora n'est pas venu seul. Il est à la tête d'une équipe composée de sept agents, de la brigade financière, des douanes, de la police scientifique, et du responsable de l'enquête sur le braquage du 28 juillet 1986, qu'il a mis des semaines à réunir. Il a obtenu que le parquet de Bordeaux ouvre une information judiciaire à l'encontre de Vita Trucks. Il est muni d'une autorisation de perquisition signée par un juge d'instruction qu'il agite et colle contre la vitre du poste de garde.

Il hurle pour se faire entendre :

— Plus aucun véhicule n'entre et ne sort d'ici jusqu'à nouvel ordre ! Vous comprenez ce que je dis ?

Le gardien secoue la tête. Nora croise ses deux bras au-dessus de sa tête pour mimer le geste qui signifie *On arrête tout !*.

Des agents de police se placent de part et d'autre des barrières sous le regard éberlué du gardien qui décroche son téléphone pour prévenir sa hiérarchie. Nora et six autres passent le portillon et se dirigent vers le quai de chargement principal au pas cadencé.

Ils sont accueillis par le directeur du site, au bord de l'apoplexie.

— Qu'est-ce que c'est que ce bordel ?

Nora lui tend le mandat.

— Combien de véhicules possédez-vous, monsieur Delpierre ?

Le directeur le dévisage sans comprendre.

— Quoi ?

Nora lui indique le mandat du menton.

— Ce papier nous autorise à perquisitionner et relever les empreintes de pneus de la totalité des poids lourds, des utilitaires et des voitures présents sur le site appartenant à la société Vita Trucks, ainsi qu'à accéder, contrôler et saisir les registres et les ordres de mission de chacun des – il consulte sa fiche avant de poursuivre – deux cent cinquante-sept employés de Vita Trucks de juillet à août 1986.

Nora tapote de l'index une ligne sur le document. Le directeur n'en mène pas large. Il souffle comme un bœuf. Le tissu de sa chemise, tendu au niveau du ventre, menace de craquer.

— Je n'ai pas été prévenu de votre visite.

Nora ne relève pas.

— Je vous répète ma question : combien de véhicules exactement ?

Le directeur balbutie :

— Je n'en ai aucune idée.

Nora sourit.

— Dans ce cas, allons dans votre bureau, nous serons plus au calme pour discuter de tout cela. Vous me montrez le chemin ?

Nora épluche les carnets de commandes et les bons de transport émis durant l'été 1986.

Le système de transport Logista-Vita Trucks de la société European G. Tobacco fonctionne à plein régime. L'industrie du tabac est une affaire qui roule. Au sens propre. Sur toutes les routes de France et d'Europe. Sept jours sur sept. Vingt-quatre heures sur vingt-quatre. Logista pour le transport de cartouches de cigarettes. Vita Trucks pour les matières premières – de l'ammoniac aux fèves de caroube en passant par le chocolat et la cellulose de bois.

Logista essaime chez tous les buralistes de France et de Navarre afin de délivrer le produit fini entre les mains des consommateurs avides de nicotine. Vita Trucks est une poule aux œufs d'or. Des pans entiers de l'économie française sont concernés : agriculture, industrie du bois et de la pétrochimie, usines de pâte à papier, produits manufacturés, secteur pétrolier.

Nora enquête depuis sa rencontre avec Bartels, de Fox & Reynolds Consulting, en septembre.

La plainte déposée par Yara fin août ne l'intéresse pas. Les chauffeurs ne l'intéressent pas. L'ammoniac ne l'intéresse pas. De manière générale, les *contenus* ne l'intéressent pas. Ce qui l'amène au siège de Vita Trucks aujourd'hui, ce sont les *contenants*.

Plus précisément : leurs pneus et les enregistreurs des emplois du temps de leurs chauffeurs.

Rien n'a été simple.

Nora a sué sang et eau. Les dirigeants de Vita Trucks ont des alliés puissants au bureau F3 de la direction générale des douanes et des droits indirects. Les douanes traînent les pieds. Les supérieurs de Nora à la brigade financière traînent les pieds. On n'arrête pas l'industrie et le progrès en marche. Pour les contourner, Nora a dû se spécialiser dans les pneumatiques et les chronotachygraphes – le diable se niche dans les détails techniques. Les appareils électroniques qui enregistrent la vitesse et le temps de conduite installés dans les véhicules de transport routier n'ont plus de secrets pour lui.

Nora fait avec ce qu'il a.

Des traces de pneus relevées sur les lieux du braquage et des camions chargés de véhiculer l'ammoniac prélevé d'un point A à un point B.

Nora détricote.

Et, dix heures plus tard, il finit par trouver.

Deux camions-citernes immatriculés aux Pays-Bas enregistrés dans le secteur du Havre la veille du braquage et pointés le 28 juillet 1986 en milieu de journée à l'entrée de la plateforme de stockage portuaire néerlandaise d'European G. Tobacco à Bergen op Zoom. Un Iveco Turbostar de dix-huit mille litres et un Volvo 250 de six mille litres.

Nora rafle les documents et se précipite sur les quais de chargement pour avertir ses collègues.

— Matériel obsolète.

L'espoir d'une piste sérieuse est de courte durée. Le responsable de la gestion et de la maintenance des véhicules du site secoue la tête d'un air désolé. Il tient à la main une fiche de sortie dûment tamponnée datée du 30 juillet 1986, quarante-huit heures après le braquage.

Il récite, comme s'il connaissait la formule par cœur :

— Déclassés, vidés, nettoyés et amenés à la casse Vanier, à Herm, dans les Landes, pour *non-conformité à la législation en vigueur.*

— Les deux ?

— Voyez vous-même !

Il tend la feuille en haussant les épaules.

— La loi, c'est la loi. Je ne fais que mon boulot.

Nora saisit le document et le parcourt du regard, dans l'espoir d'un miracle. L'OPJ du Havre et l'un des douaniers lisent en simultané par-dessus son épaule.

Un vacarme retentit dans leur dos. Nora distingue nettement les beuglements du directeur de Vita Trucks au milieu du concert de klaxons des poids lourds coincés en file indienne devant et derrière le portail.

Nora tente une dernière carte.

— Et les enregistreurs de bord, vous les conservez, dans ces cas-là, non ? Je ne vois rien à ce propos sur la fiche de sortie.

Le type secoue à nouveau la tête.

— Les chronotachygraphes sont automatiquement réinitialisés et réutilisés sur des véhicules rachetés en remplacement, c'est la procédure standard. Je ne pourrais même pas vous dire sur lesquels.

— J'imagine que ce n'est consigné nulle part…

Le type en remet une couche, sans malice.

— C'est vraiment pas de chance pour vous.

Nora fait volte-face au moment où le directeur les rejoint, tout sourire.

— Messieurs, tout s'arrange, finalement !

Nora le coupe.

— Les chauffeurs de ces deux camions-citernes, je veux les voir sur-le-champ.

Le directeur lève les mains en l'air.

— Laissez au moins mes camions partir, inspecteur. Vous n'imaginez pas le manque à gagner !

Nora cède. Les barrières se lèvent, les moteurs vrombissent, le ballet reprend comme s'il n'avait jamais été interrompu. Delpierre exulte. Il lui ramène le binôme du Volvo, un moustachu et un maigrichon, et l'un des deux chauffeurs de l'Iveco, un tatoué nommé Jean-Pierre. Il explique que le quatrième est en congé, mais qu'il peut le joindre chez lui s'il le souhaite.

Le directeur fait des courbettes.

— Rien ne les oblige à vous parler, mais tout est parfaitement transparent chez Vita Trucks, pas vrai, les gars ?

Le trio hoche la tête en chœur. La police scientifique range son barda. Les douaniers réintègrent leurs véhicules. Seul le policier havrais reste.

Nora pose ses questions sans y croire. Jean-Pierre prend la parole pour les autres, la main sur la poitrine comme s'il prêtait serment. Oui, ils ont entendu parler de la tragédie Yara de cet été. Une saloperie qui leur pend tous au nez. Oui, le transport de matières premières, c'est très dangereux. Produits inflammables ou explosifs, marchandises suscitant les convoitises, remorques trop chargées ou trop usagées. Les chauffeurs de Yara sont des victimes sur l'autel du commerce mondialisé, donc des victimes, et oui, leurs veuves bénéficient déjà de la caisse de solidarité du syndicat des transporteurs auxquels ils étaient adhérents. Heureusement, chez Vita Trucks, les consignes de sécurité sont drastiques, même si ça ne change rien au fait que l'erreur est humaine et qu'un accident est vite arrivé. Jean-Pierre fait dans le mélo, les yeux humides et la voix rocailleuse. La femme tatouée sur son biceps semble compatir. Jean-Pierre essuie une larme invisible du dos de la main et se recentre. Les deux camions-citernes sont passés dans le secteur du Havre aux dates que leur donne l'inspecteur, mais pas aux mêmes heures, ni exactement selon le même itinéraire. Aucun n'a emprunté la départementale incriminée. Jean-Pierre le jure sur la tête de ses gosses. Les deux autres crachent par terre pour confirmer. C'est leur parole contre les soupçons injustes de l'inspecteur. Sans enregistreurs, pas de preuves. Seules de vagues indications délivrées par leurs feuilles de mission ce jour-là. Que transportaient-ils ? Jean-Pierre ne se souvient plus. Ses collègues non plus. Le directeur Delpierre intervient, leurs feuilles de route respectives à la main, sur laquelle est inscrit *Nitrate* pour l'Iveco Turbostar et *Phosphate* pour le Volvo 250.

Il souligne :

— Pas d'ammoniac.

Nora note mentalement. Comment vérifier, de toute façon ? Delpierre peut fanfaronner. Les feuilles de route ont pu être truquées. Les citernes ont été nettoyées. Les camions ont été envoyés à la casse et démantelés. Les chauffeurs peuvent mentir. Ils sont peut-être complices du meurtre sauvage de leurs collègues de la société Yara. Peut-être pas. L'ammoniac de Yara a probablement déjà fait trois fois le tour du monde avant d'être transformé et réinjecté dans des cigarettes ou épandu sur les champs de tabac français, indiens, chinois ou polonais.

Ce qui est sûr : l'Iveco et le Volvo passent près du Havre le 28 juillet, *comme par hasard*. Leur capacité de stockage totale est identique à celle des deux camions-citernes carbonisés, *comme par hasard*. Ils sont de retour au bercail le 29 juillet et déclassés comme épaves, *comme par hasard*. Le lendemain, ils disparaissent de la circulation en toute légalité, *comme par hasard*. L'enquête de la brigade financière s'arrête net. Nora a peut-être vu juste. Nora s'est peut-être planté. Nora s'est peut-être fait rouler dans les grandes largeurs. En ce moment même, le directeur d'European G. Tobacco, que Delpierre s'est sûrement empressé de joindre, sabre le champagne et pousse des soupirs de soulagement en se fichant de sa gueule.

Dépité, Nora remercie le directeur pour sa patience, il renvoie les trois types à leurs camions sans prendre la peine de noter les coordonnées du quatrième, puis il se tourne vers son collègue du Havre.

Il déclare :
— C'est tout pour aujourd'hui. On remballe.

11

Banlieue parisienne, 19 janvier 1987.

10 h du soir, une cabine téléphonique publique, dans un patelin anonyme entre La Celle-Saint-Cloud et Paris. Le cube de verre empeste le tabac froid. Le sol en métal est tapissé de feuilles mortes et de mégots de cigarettes. Un bottin dont les pages ont été en partie arrachées repose sur la tablette.

Muller saisit le combiné, glisse des pièces dans la fente et compose un numéro de mémoire.

Il dit :

— Bonsoir Hélène.

— Comment vas-tu, Anton ?

Elle ponctue son prénom d'un éclat de rire. Muller demande :

— Tout va bien ?

— Je n'ai pas à me plaindre. Valentina prend soin de moi. L'appartement qu'elle m'a trouvé est vraiment super. On a bricolé un peu pour le rendre plus sympa. Il faudrait que tu voies ça. Et toi, ça va ?

Muller se frotte les yeux en repensant, un demi-sourire aux lèvres, à l'intervention avortée de l'inspecteur Nora au siège de Vita Trucks, plus tôt dans la journée. Bartels l'a appelé, complètement hystérique, sur le coup de 6 h, pour lui dire qu'il comptait se rendre sur place résoudre le problème. Muller a réussi à l'en dissuader en lui expliquant qu'il devait à tout prix éviter de les mouiller et que, de toute façon, il avait fait le ménage comme il fallait. Il a dû taper du poing sur la table. Bartels est un cheval fou. La confrontation avec l'autorité et les risques qu'elle lui fait prendre – qu'elle *leur* fait prendre – l'excitent en même temps qu'ils déclenchent chez lui des peurs paniques. Muller a dit : « Patience. » La suite des évènements lui a donné raison.

Muller répond :

— J'étais un peu sous tension ce matin, mais ça va beaucoup mieux.

Il ne trouve rien à rajouter. Un silence douceâtre s'installe. Un poids lourd déboule sur l'avenue derrière lui. Les vitres de la cabine vibrent sur son passage. L'appareil émet une sonnerie stridente, indiquant qu'il faut rajouter de la monnaie.

Muller tousse.

— Je dois te laisser.

Plus tard dans la nuit. Autre lieu, autre ambiance : carré VIP, basses assourdissantes et boules à facettes dans le plus pur style disco. Une overdose de tequilas frappées, de rails de cocaïne, de musique lancinante et de fringues aux couleurs criardes façon United Colors of Benetton-ton-tontaine. Les tubes du moment, Radiorama, Doctor Jekyll, Riky Maltese et Madonna en fond sonore.

Bartels a invité un ancien camarade de promo d'HEC et des connaissances de la Fédération française de sport automobile dans un club branché des Champs-Élysées. Zoran Kristic se dandine au milieu de la piste de danse contre une gamine soûle qui pourrait être sa fille. Son polo Lacoste blanc et ses mocassins à pompons font des ravages.

Bartels paie tournée sur tournée. Il ne lésine pas sur les

quantités. L'alcool et la coke lui montent à la tête et lui font perdre la prudence la plus élémentaire. Il explique à qui veut l'entendre qu'ils font la fête parce qu'ils viennent de se payer les douanes *et* la brigade financière «d'un seul coup!». Muller lui colle aux basques pour le faire taire.

Bartels le rabroue.

— N'oublie pas qui te paie, Anton!

Muller fait le dos rond mais ne le lâche pas d'une semelle pour autant. Bartels commande une nouvelle tournée et part s'enfermer aux toilettes avec une fille. Kristic les suit. Ils reviennent tous les deux sans la fille un quart d'heure plus tard, les yeux hagards et les pupilles en tête d'épingle.

À la seconde où Bartels prononce le nom de Simon Nora devant l'un des cadres commerciaux de la FFSA, Muller l'attrape par le bras, prétexte une affaire urgente et l'embarque illico vers la sortie pour lui faire prendre l'air et leur épargner à tous les deux une scène gênante devant leurs invités.

Kristic les suit. Bartels trébuche, se prend les pieds dans le tapis rouge de l'entrée et s'étale de tout son long sur le trottoir, devant un parterre de fêtards qui font la queue pour rentrer. Un filet de sang lui coule de l'arcade sourcilière et goutte sur le col de sa chemise. Muller se précipite pour le soutenir. Une femme moulée dans une robe à paillettes bleu fluo montre Bartels du doigt en se tenant les côtes. Muller lui lance un regard assassin. La femme lui adresse un doigt d'honneur et se carapate en riant dans la file d'attente.

Avec l'aide de Kristic, Muller hèle un taxi, ouvre la portière arrière et y jette Bartels.

— Je crois que vous avez besoin de repos.

Bartels est tellement défoncé qu'il n'a même pas la force de protester. Muller dicte au chauffeur l'adresse de l'appartement familial et lui file un billet de deux cents. Le taxi démarre sans demander son reste.

Kristic s'esclaffe. Muller se retourne pour lui faire face et lui assène un violent crochet du droit au visage. Kristic s'écroule dans le caniveau. Son arcade et son nez pissent le sang. La femme à la robe bleu fluo le traite de terroriste. Muller l'ignore. Kristic est furax. Muller fait craquer ses phalanges.

— Tu en veux encore ?

Kristic court se réfugier à l'intérieur de la boîte en se tenant le visage dans les mains.

12

Paris, 23 février 1987.

Hôpital Cochin. Pavillon en briques, néons blancs et moulures XIXᵉ en plâtre. Opération séduction : un amphithéâtre plein à craquer composé d'un parterre de journalistes, de sommités du monde médical et d'étudiants. Le Conseil international de recherche sur le tabac propose une conférence publique sur le carcinome pulmonaire. Le professeur Maillart est l'invité d'honneur.

Bartels accuse trois quarts d'heure de retard. Un exemplaire du *Monde* dépasse de la poche de sa veste. Il se fraie un chemin jusqu'au premier rang en distribuant sourires et poignées de main. Des regards curieux se tournent sur son passage. Sur son siège, un carton *Réservé*.

Son voisin de gauche est un membre du directoire d'European G. Tobacco France. Il arbore crânement un badge de la Ligue nationale contre le cancer. Bartels s'esclaffe en s'asseyant et lui tend le journal.

Il murmure :

— Nous vivons une époque formidable !

Actualité bouillante : le 21 février, arrestation des responsables d'Action Directe, le 22, premier essai en vol de l'Airbus

A320 au-dessus de Toulouse, et aujourd'hui, en page deux, un article complaisant d'une demi-page sur les effets stimulants de la nicotine sur le cerveau.

Le siège de droite est vide. Kristic s'est décommandé à la dernière minute. Il fait la gueule. Le coup de sang de Muller devant la boîte de nuit, le mois dernier, lui a laissé un goût amer.

À la tribune, Maillart affiche une mine contrite. Il tient le crachoir depuis près de vingt minutes. Ses sourcils épais et son costume deux pièces en velours beige lui donnent l'air d'un apparatchik universitaire est-allemand. Il est accompagné d'un type gominé en costume qui tient le rôle du maître de cérémonie. Sa ressemblance avec Roger «La-France-a-peur» Gicquel est frappante.

Maillart lisse sa cravate d'un geste nerveux en répondant aux questions insidieuses d'une journaliste de la revue *Santé publique*.

La femme, debout, s'exprime sur un ton courroucé :

— Vous qui vous présentez comme un chercheur «sceptique», je vous cite, comment expliquez-vous que, dans les cent vingt-sept articles publiés sur les psychotropes dans la cigarette et les récepteurs nicotiniques entre avril 1983 et février 1986, pas une seule fois vous n'établissiez de lien, même indirect, entre la consommation de cigarettes et le cancer des poumons ?

Maillart assure le show. Il mime l'effet de surprise et prend l'auditoire à témoin. Il est parfait dans son rôle.

— J'ai publié tant que ça !

Rires nourris dans la salle. Le voisin de gauche se tape sur les cuisses. Bartels applaudit. La partie de l'assistance acquise à la cause *Vive le tabac!* l'imite *spontanément*.

La journaliste brandit un document.

— Je n'invente rien, professeur. C'est écrit noir sur blanc sur votre CV.

Maillart joue la carte de la modestie.

— J'ai des coauteurs pour certaines de ces publications, vous savez.

La journaliste ne se démonte pas.

— Aucun lien entre cigarette et cancer des poumons. Pas une seule fois.

— Vous êtes sûre ?

Pris au dépourvu, Maillart réajuste ses lunettes sur son nez. Il compulse ses notes avec fébrilité.

— Je ne sais pas. Il faudrait que je vérifie. C'est possible…

— Vous ne répondez pas à ma question.

Le numéro de cirque de Maillart est millimétré. Bartels boit du petit-lait. Maillart tousse en évitant de croiser son regard insistant. Il saisit une feuille et percute le micro en la retournant pour lire ce qui est écrit au dos. Un larsen strident vrille les tympans de l'assistance. Les premiers rangs se bouchent les oreilles en grimaçant. Bartels se retient d'applaudir à nouveau.

La journaliste revient à la charge.

— Professeur ?

Maillart demande :

— Je ne saisis pas complètement votre question, mademoiselle.

— Madame.

— Pardon, madame.

Un murmure amusé accompagne ses excuses du côté des représentants masculins de la salle. La journaliste l'ignore.

— Revenons-en à ma question, si vous le voulez bien, professeur.

— Oui. Qu'entendez-vous exactement par là ?

La journaliste s'agace.

— Je vais essayer d'être plus précise.

— S'il vous plaît, je vous remercie, pardon.

Maillart se penche en avant. Il feint de se concentrer sur son interlocutrice comme si ce qu'elle racontait le passionnait. Elle se racle la gorge. Le public s'impatiente. D'autres mains se lèvent pour réclamer la parole. L'animateur de la rencontre leur fait le geste de bien vouloir patienter.

— Comment justifiez-vous que, sur une période couvrant près de trois ans, sur les cent vingt-sept articles scientifiques que vous avez publiés, le mot *hypertension* apparaisse vingt-huit fois, *cancer*, soixante-treize fois, *nicotine*, quatre cent dix-huit fois, et *tabac*, aucune ?

— Quatre cent dix-huit ! siffle Maillart, admiratif. Vous avez réellement compté, madame ?

Une nouvelle vague de rires fuse jusqu'au fond de la salle. Maillart roule des yeux. L'animateur tapote le micro du bout des doigts.

— Un peu de calme, s'il vous plaît.

La journaliste lève les yeux au ciel.

— Professeur ?

— Écoutez, c'est possible, je ne sais pas…

Comique de répétition. Maillart refait le coup des lunettes et des notes. La journaliste hausse le ton.

— Je vais simplifier encore, dans ce cas.

Cette fois-ci, les rieurs sont de son côté.

— Professeur, avez-vous actuellement un avis sur la question de savoir si la cigarette provoque le cancer du poumon ?

— Oui.

Bartels se raidit de façon à peine perceptible. Maillart se dandine sur sa chaise. L'auditoire est suspendu à ses lèvres. La journaliste le relance aussi sec.

— Quel est votre avis ?

— Je ne pense pas qu'elle en soit la cause, pas au sens scientifique du terme.

La journaliste enchaîne.

— « Pas au sens scientifique du terme », qu'entendez-vous par là ?

Maillart sourit avec condescendance. Il récite sa leçon par cœur.

— La preuve scientifique d'un agent causal suppose que cet agent soit une condition nécessaire et suffisante pour produire une affection.

— Nécessaire ? C'est-à-dire ?

— En son absence, l'affection n'existe pas.

— Selon vous, ces conditions ne sont pas réunies ici ?

— Pas au sens scientifique strict.

Elle ricane.

— C'est subtil.

Maillart soupire.

— La science est quelque chose de subtil, madame.

La journaliste le fixe un instant, puis elle prend des notes avant de relever la tête.

— Je reformule donc ma question. Avez-vous un avis sur la question de savoir si la cigarette est un *facteur* contributif au développement du cancer du poumon.

— Oui.

— Oui, vous avez un avis, ou oui, cigarette et cancer du poumon sont liés ?

Maillart boit une gorgée du verre d'eau placé devant lui sur le pupitre, comme si le jeu de questions-réponses était un facteur contributif à sa déshydratation.

Il répond :

— Oui, j'ai un avis.

— Quel est cet avis, professeur, s'il vous plaît ?

— On a soutenu l'existence d'une relation, sur un plan épidémiologique.

— « On » ?

Maillart est un véritable artiste de l'esquive. Il se ressert un verre d'eau. Le public commence à bâiller. Certains lancent des regards las en direction de la journaliste, comme pour réclamer la mise à mort. Bartels se tourne vers son voisin et lui adresse un clin d'œil.

Maillart déglutit.

— Quand je dis « on », je veux dire : la littérature scientifique disponible sur le sujet. Pas nécessairement mes articles.

— D'accord, mais ce que je vous demande, c'est si vous avez un avis *scientifique* – elle insiste sur l'adjectif – sur le rôle de la cigarette comme facteur contributif au développement du carcinome pulmonaire. Je parle de votre opinion scientifique *personnelle*. Pas de ce que d'autres ont écrit sur le sujet. La vôtre. Votre avis médical et scientifique personnel à vous.

— Oui.

— En avez-vous un concernant la cigarette en tant que facteur contributif au développement du carcinome bronchiogénique ?

— J'ai un avis, répond Maillart le plus sérieusement du monde. En réalité, on dit *bronchogénique*.

Bartels s'esclaffe. La journaliste manque de s'étouffer et jette des regards désespérés en direction de l'assistance, à la recherche de soutien. Les visages se détournent. Elle hésite à se rasseoir. Elle ravale sa fierté. Maillart réprime un sourire. Il a le triomphe modeste.

— Bronchogénique, bégaie la journaliste. Je suis désolée.

— Il n'y a pas de quoi.

— Quel est votre avis, je vous prie ?

Maillart conclut :

— Je crois qu'il reste à prouver que la cigarette est un facteur contributif au cancer du poumon et si oui, en quoi.

Un soleil radieux brille sur la capitale malgré le froid. Bartels carbure à la caféine et à l'eau pétillante pour compenser les excès des dernières semaines.

Des flashs crépitent. Les pontes universitaires se congratulent.

Les esprits chagrins s'éparpillent dans les couloirs de l'hôpital en rasant les murs. Bartels serre des mains et envoie des œillades démonstratives à Maillart qui se carapate vers la sortie pour éviter d'être pris en photo aux côtés des ténors de l'industrie du tabac.

Le cadre d'European G. Tobacco assis à côté de Bartels pendant la conférence s'avance et l'attire à l'écart. Les deux hommes se félicitent, puis le cadre jette un œil autour de lui avant de parler.

— Plus de nouvelles de cet inspecteur qui fouinait du côté de Vita Trucks ?

Bartels baisse d'un ton.

— Nora ?

— C'est ça.

Bartels siffle son verre de Badoit en secouant la tête.

— Envolé ! Après le camouflet qu'il s'est pris dans les dents, croyez-moi, il est juste bon à retourner à la circulation.

Bartels ponctue sa saillie d'un petit rire. Le cadre ne rit pas du tout. Il plante son index sur la poitrine de Bartels.

— Assurez-vous que ça ne se reproduise pas.

Un sourire fugace illumine un instant son visage, comme si la menace sous-jacente lui procurait un certain plaisir. Bartels se tait parce qu'il sait qu'il n'y a rien à répondre. Satisfait de sa réaction, le cadre lui tape ensuite sur l'épaule comme on flatterait un bon chien et tourne les talons.

Bartels le suit des yeux jusqu'à ce qu'il disparaisse, puis il se ressaisit. Il n'a plus rien à faire là. La journaliste de *Santé publique* l'intercepte dans le couloir. L'aura qui émanait d'elle une heure plus tôt s'est volatilisée. Bartels l'envoie paître sans ménagement.

11 h 45. Bartels s'engouffre dans un taxi, rue du Faubourg-Saint-Jacques. Il a rendez-vous pour déjeuner avec le président de la Ligue nationale contre le cancer et le directeur technique de Roland-Garros.

Rive gauche. Bartels regarde les immeubles défiler par la vitre, la boule au ventre. Le taxi longe l'enceinte de la prison de la Santé. Plus loin, un attroupement de militants, poings levés et pancartes aux slogans univoques – *6 décembre 1986 : la honte!* ou *Justice pour Malik Oussekine*. Le taxi les dépasse sans ralentir. Deux rues plus loin, des camions de CRS prêts à passer à l'action arrachent un sourire à Bartels.

Ils quittent brusquement le 5e arrondissement. Bartels retrouve ses marques. Son estomac se dénoue un peu. Il allume une cigarette, ferme les yeux et se laisse bercer par le frottement du cuir de l'appui-tête contre sa nuque.

Chez Françoise, la terrasse cachée des Invalides. À deux pas du comptoir d'enregistrement de l'aérogare Air France et à un saut de puce du Bourget ou d'Orly. Le nouveau repaire gastronomique de Bartels fourmille de parlementaires de tous bords. Très pratique, très classe et très discret.

Ambiance détente et bonne chère à deux cents balles concoctée par le chef Demessence. Éventail de melon, chips de jambon Serrano, sirop de monbazillac en entrée, pastilla de mulet aux aubergines, jus au curry en plat. Bartels picore dans son assiette et fait des ronds de jambe à son invité du jour.

La Ligue nationale contre le cancer est une affaire sérieuse quand on bosse pour l'industrie du tabac. Son président, Jean-Yves Mallet, est un modèle du genre. Grand-croix de la Légion d'honneur, ministre délégué à l'Énergie atomique entre 1960 et 1962, puis premier président d'Elf en 1966. En privé, le type avoue un penchant pour les cigares cubains et juge liberticide la surenchère en matière de législation antitabac. En public, il parle de tout sauf de maladies pulmonaires, ainsi que du récent et spectaculaire revirement protabac du professeur Maillart. L'attitude obséquieuse de Bartels lui sied à merveille.

Le sommelier apporte une bouteille de côte-rôtie. Mallet

trempe ses lèvres dans son verre avec délectation. Bartels refuse d'un signe de la main.

— Une Vittel, pour moi.

L'employé hoche la tête et s'éloigne. Bartels picore dans son assiette des morceaux d'aubergine. Mallet s'attaque au poisson avec gloutonnerie.

Bartels demande :

— Ce projet de privatisation de la Société générale, c'est sérieux ?

Mallet opine.

— Depuis TF1, c'est devenu la nouvelle mode.

— Ça rapporte.

Le serveur brandit l'eau minérale. Il en propose aux deux hommes. Bartels tend son verre. Mallet décline en levant les yeux au ciel et se ressert du pain, pour la peine.

— J'ai entendu dire que la Surveillance du territoire est sur la piste de ce Tunisien responsable des attentats de Paris.

— Fouad Ali Saleh ?

— C'est ça.

Mallet déglutit.

— Il paraît que ce n'est plus qu'une question de semaines. Peut-être de jours.

— Ça changera quoi ?

Mallet relève la tête, surpris.

— Bon sang, ces types-là doivent être punis !

Bartels prend son temps pour répondre. Il avale une bouchée de mulet, repose sa fourchette et s'essuie la commissure des lèvres avec sa serviette.

— Et après ?

— Je ne vous suis pas.

— Un autre prendra sa place. La France soutient les Irakiens contre l'Iran et enferme les amis libanais et arméniens de ce Fouad machin-chose. Les socialistes de Mitterrand touchent des commissions maousses sur les ventes d'armes à Saddam Hussein et s'en mettent plein les poches sur leur dos. Pendant ce temps, les Iraniens en prennent plein la gueule. Ces types vont continuer à vouloir se venger, non ?

Mallet grimace, dubitatif. Il gobe la moitié de son assiette et descend son verre de vin.

— Ça ne vous fiche pas la trouille ?

Bartels sourit.

— Je vois ça comme une opportunité, au contraire.

Mallet ironise :

— Vous virez gauchiste, mon vieux !

Hilare, Bartels lève les mains en l'air.

— Que ce soient les Iraniens, les Basques ou l'Action directe de la bande à Rouillan, le terrorisme engendre un sentiment de peur. Les médias alimentent cette peur dans la durée. Or, le marketing, qui est devenu un outil indispensable pour promouvoir nos produits, se nourrit de deux choses, le sexe *et la peur.* La peur fait vendre, monsieur le président, c'est un fait. Plus les consommateurs de nos cigarettes ont la trouille des bombes et des tarés qui tirent dans le tas, plus ils fument. Voilà un autre fait. Le marketing et la consommation sont les clefs de voûte de l'économie. C'est ce qu'a bien compris Chirac. En donnant aux gens ce qu'ils réclament, nous les rassurons. Ce faisant, nous faisons acte de résistance et de patriotisme. Qui pourrait nous le reprocher ?

Mallet le dévisage.

— Vous êtes fou à lier !

Bartels rétorque :

— Je suis un homme d'affaires.

Il se penche par-dessus la table.

— Et puis, confidence pour confidence, les Iraniens sont des consommateurs comme les autres, non ? Eux aussi achètent nos cigarettes. Et croyez-moi, ils ont d'autres soucis en ce moment que le cancer du poumon.

Mallet éclate de rire.

— Vous vous payez ma tête.

Bartels se redresse.

— Je suis on ne peut plus sérieux.

Mallet replonge dans son assiette.

— À ce rythme, Mitterrand ne tiendra pas jusqu'en 88.

Bartels essuie une larme imaginaire.

— Ses mesures laxistes en faveur des homosexuels, des handicapés et des immigrés le perdront.

— Vous oubliez l'impôt sur les grandes fortunes.

Bartels secoue la tête.

— Quelle tristesse…

Mallet se ressert du côte-rôtie.

— Vous n'en voulez pas, vous êtes sûr ?

Bartels pose la main sur son verre en signe de refus. Mallet pouffe.

— Vous avez tort.

Il trempe la moitié de sa tranche de pain dans le jus et l'enfourne. Du curry gicle jusque dans l'assiette de Bartels.

Un parlementaire en vue de la majorité fait son entrée dans le restaurant. Sa cour de lèche-bottes le suit au trot. Bartels reconnaît l'un de ses camarades de promo à l'ENA. Les deux hommes se saluent d'un hochement de tête discret. Mallet quitte précipitamment la table pour aller cirer les pompes du député. Bartels interpelle le serveur pour lui réclamer l'addition.

Destination Montreuil. Bureau F3. Une petite cellule spécialisée dans la fiscalité des tabacs, composée d'une poignée de fonctionnaires placés sous l'autorité d'un sous-directeur des douanes. Deux immeubles parallèles aux façades ocre séparés par un patio. Dans le hall, le portrait de Jean-Baptiste Collin de Sussy. Le directeur général des douanes de Napoléon veille au grain.

L'homme providentiel du bureau F3, c'est le chef des droits indirects Dupuis. Capitaine de frégate, École navale, chevalier de l'ordre national du Mérite, marine nationale, marié à une aristocrate. Le genre vieille école, toiles d'araignée dans les angles et amour inconsidéré de la chose publique.

En six mois de visites hebdomadaires, Bartels et lui ont développé une relation de type *Je t'aime, moi non plus*. Leur parade nuptiale fait des étincelles jusqu'à Bercy.

Ignorer Dupuis ou vouloir passer par-dessus sa tête sans payer la dîme est synonyme de guerre. Kristic l'a mis en garde. « Bureau F3, danger ! »

Dans le système d'homologation des tarifs du tabac, les douanes jouent un rôle crucial. Mention particulière aux fourmis de la Direction générale des douanes et des droits indirects. Leur mission consiste à récolter pour le compte de l'État les taxes sur les alcools et les tabacs. Tant qu'on leur file leur part du butin, ils ne font pas de vagues. Gagnant-gagnant ! Les gens comme Bartels sont des alliés. Quand Dupuis veut envoyer un message à Bercy, il passe par lui. Et vice versa.

Bartels entre sans frapper. Dupuis est occupé à parapher une pile de documents dactylographiés. Bartels s'avance, la main sur le cœur.

— Je suis porteur d'une mauvaise nouvelle.

Dupuis lève les yeux sur lui.

— David…

Bartels prend place dans le siège confortable installé face à lui et croise les jambes.

— Big Tobacco n'acceptera pas la hausse de trente centimes sur le prix des paquets de cigarettes que le gouvernement propose.

— Attention, ne jouez pas à ce petit jeu avec moi !

Bartels prend son air buté. Dupuis agite son stylo comme un maître d'école.

— Vous m'avez habitué à plus de souplesse.

— Trente, c'est beaucoup trop ! Ça risque de faire baisser les courbes de ventes.

— David, David… Vous êtes jeune, brillant, affable, vous vendez le produit idéal. Des bénéfices records, une obsolescence totale, une marge de progression défiant toute concurrence, des dizaines de millions de clients captifs. Aucun autre produit manufacturé de ce pays ne peut rivaliser avec la cigarette. Et vous voilà à pleurer dans mon bureau pour trente malheureux centimes….

Bartels se passe la main dans les cheveux.

— 7 % d'augmentation à la fois, pas plus.

— David, David…

— Au-delà, les gens surveillent leur consommation. Moins de cigarettes vendues, moins de recettes pour l'État.

Dupuis pose son stylo et referme le dossier sur lequel il travaillait en signe de détente.

Bartels dit :

— Je sais que les prix sont censés être libres dans une économie de marché, mais ni vous ni moi n'avons envie de nous retrouver à discuter avec les technocrates du ministère de la Santé.

Dupuis grimace d'un air dégoûté.

— Ces gens-là…

Bartels enfonce le clou.

— Quinze centimes et la garantie d'un gel des prix jusqu'à la fin du mandat de Chirac constitueraient une bonne base de négociation.

Dupuis se lève et s'avance jusqu'au buffet situé dans l'angle de la pièce. Au centre de la vitrine, la maquette imposante à échelle 1/10e d'une vedette rapide garde-côte classe Trident avec mitrailleuse sur la plage arrière et canon 40 mm Bofors sur le pont avant. Sur les étagères inférieures, des objets anciens saisis par ses services et une étrange compression de montres de contrefaçon. Pensif, Dupuis ouvre le battant et saisit une minuscule horloge imitation XVIIIe siècle en bronze. Bartels observe son manège sans moufter.

Dupuis se retourne en souriant.

— Seriez-vous prêts à monter jusqu'à vingt centimes et une année de paix royale ?

Bartels lui rend son sourire et dépose la carte de visite professionnelle de Valentina au sommet du dossier.

Il demande :

— Vous aimez la Formule 1 ?

19 h, retour dans les locaux de Fox & Reynolds. Bartels bâille à s'en décrocher la mâchoire. Il referme la porte, balance sa mallette sur le sofa et s'affale dans son fauteuil, un peu vaseux.

Avant de partir, la secrétaire a laissé un long mot à son attention en quatre parties. Un mémo codé de Muller qui lui signale un préavis de grève déposé par le syndicat des débitants de tabac, trois appels agacés de sa femme, une douzaine de messages allusifs de Christelle et un cadeau du membre du directoire de Big Tobacco qui l'a menacé à la conférence de Maillart ce matin.

Bartels ouvre le paquet sans lire le reste. À l'intérieur, un coffret de cassettes VHS en anglais *I Love Lucy*, série télévisée la plus regardée aux États-Unis dans les années 50 et sponsorisée par Philip Morris. Une époque bénie des dieux. Les acteurs principaux, Lucille Ball et Desi Arnaz, touchaient des primes faramineuses pour associer leur nom à la marque de cigarettes dans des spots publicitaires.

Sur un carton élégant blanc cassé à en-tête d'European G. Tobacco France, quelques lignes, écrites à la main.

> *Pour votre collection personnelle, mon cher. Je vous conseille cette scène de l'épisode 1 où les protagonistes, Lucy et Ricky, représentés en figurines animées en allumettes, descendent d'un paquet géant de Philip Morris. Cultissime! À l'époque, les publicitaires des fabricants de tabac débordaient de créativité. À quand une série française de qualité du même acabit?*

L'homme conclut son mot d'un «Surprenez-moi, David!» qui sonne comme un ordre déguisé. Bartels déchire le carton, le jette à la poubelle, puis il repousse le paquet, tire le téléphone et compose le numéro laissé par Muller.

Le mercenaire décroche à la première sonnerie. Bartels se frotte les yeux.

Il demande :

— Qui?

De la friture sur la ligne, comme s'il était sur écoute. Muller répond du tac au tac :

— La Confédération nationale des buralistes. Ils commencent par Riom, Strasbourg et Carquefou. À terme, ils prévoient une grève d'ampleur nationale pour protester contre la hausse de la remise sur le timbre-poste. Certains sites de production Big Tobacco prévoient déjà de leur emboîter le pas. Un préavis de grève a été déposé à Tonneins. Ça pourrait faire tache d'huile.

— Quand?

— Le mois prochain.

Bartels bâille. Le volume des grésillements sur la ligne diminue, reprend une seconde, avant de disparaître pour de bon.

Muller s'éclaircit la voix et ajoute, sur le ton de la confidence :

— La compagnie de Kristic et des mandarins spécialisés en biochimie me file des aigreurs d'estomac.

Bartels traduit mentalement : *Je veux de l'action, patron!*

— Rendez-vous sur place et tenez-moi au courant, Anton! lance-t-il avant de raccrocher.

Il ouvre le tiroir sur sa droite. Il en sort une bouteille de scotch et un verre. Il se sert une triple dose qu'il descend cul sec. L'alcool lui fait l'effet d'une mini-décharge électrique.

Il reprend le mot de la secrétaire. Sa femme souhaiterait organiser un week-end chez ses parents, dans leur maison de Tullins, en Isère. Élise insiste. L'air de la montagne ferait le plus grand bien aux garçons. Elle aimerait rapidement connaître ses disponibilités au cours des trois prochaines semaines. Elle lui rappelle aussi que les enfants passent la soirée chez des amis et qu'elle a deux billets pour l'Opéra.

Bartels s'étire et incline la tête. La perspective d'un tête-à-tête conjugal le déprime. Il a mérité le droit de prendre un peu de bon temps. Les fesses tristes de sa femme s'impriment en 3D sur ses rétines. Il frissonne.

La secrétaire a rajouté au feutre rouge que, le mois prochain, il fête ses trente ans et leurs huit ans de mariage. Elle a précisé entre parenthèses : noces de coquelicot.

Bartels frissonne à nouveau. Il se ressert un whisky qu'il siffle d'une lampée, puis il décroche le combiné et compose le numéro de sa maîtresse.

— Où est-ce que tu as envie d'aller danser ce soir, ma chérie?

13

Le Castellet, 1ᵉʳ mars 1987.

Une suite luxueuse à l'Hôtel & Spa, en marge du circuit Paul-Ricard, à deux pas de l'aéroport international du Castellet. Lit king-size et lumières tamisées. Valentina est en déplacement pour affaires toute la semaine. Des investisseurs en produits dérivés automobiles allemands s'intéressent à ses prestations dans le cadre du Grand Prix de Formule 1 qui aura lieu en juin. Ce sont eux qui régalent. David Bartels a donné son feu vert.

Muller est en nage. Il profite de quelques heures de répit dans son emploi du temps pour la rejoindre incognito. Il s'attarde dans la contemplation de gouttes de sueur qui perlent le long du dos de Valentina.

Elle tourne la tête dans sa direction, surprend son regard et lui sourit.

— J'ai faim, pas toi ?

Muller cligne des yeux.

— Choisis pour nous deux.

Valentina décroche le combiné du téléphone, compose le numéro de la réception et commande un en-cas pour deux personnes et une bouteille de bourgogne, puis elle s'absente quelques minutes dans la salle de bains. À son retour, elle porte une serviette enroulée autour de la taille.

Muller l'attire contre lui et glisse les mains sous sa serviette pour lui peloter les fesses.

— Pourquoi est-ce que tu couches avec moi ?

Valentina laisse tomber la serviette et bascule sur lui sans répondre.

Muller insiste :

— Quand une femme comme toi fréquente un type comme moi, il y a forcément un intérêt supérieur. Alors dis-moi, quelle est la nature de ce plan tordu ?

Elle rit.

— Tu es trop paranoïaque.

Elle l'embrasse sur le front. Muller la repousse.

— Tu ne réponds pas à ma question.

— Il n'y a aucun plan tordu.

— C'est toujours ce que prétendent ceux qui ont des plans tordus.

Elle rit et l'embrasse sur l'arête du nez. Muller la repousse.

— Dis-moi que David Bartels n'est pas derrière tout ça.

Elle l'embrasse sur le menton, puis dans le cou. Muller hume l'air. Ses cheveux sentent le shampoing à la lavande. Valentina se tortille, descend un peu sur lui et dépose un baiser sur son torse. Le contact de sa peau lui procure des frissons.

Elle ironise :

— Corrige-moi si je me trompe : c'est bien toi qui m'as présenté David, non ?

Muller la repousse.

— Je déteste quand tu l'appelles par son prénom.

Elle grimace.

— La jalousie est un sentiment qui ne te ressemble pas.

— Qu'est-ce que tu y gagnes ?

Elle glousse. Elle descend plus bas encore.

— Absolument rien.
Il s'écarte d'elle.
— Je n'y crois pas.
— Tu as tort.
Il se redresse et s'assoit.
— Je connais bien la nature humaine.
Elle rit.
— Les hommes pensent tous ça.
— Admettons.
— Tu ne me connais pas, moi.
Il lève les yeux au ciel. Elle feint l'agacement. Elle s'assoit de façon à lui tourner le dos, attrape son paquet de cigarettes et en allume une.
Elle demande :
— Et moi ?
— Quoi, toi ?
Valentina inspire la fumée et s'humecte les lèvres.
— Qu'est-ce que j'y perds ?
Muller réfléchit un instant avant de répondre :
— Je n'avais pas vu les choses sous cet angle.

14

Beauvais, 20 mars 1987.

Local de la Fédération autonome des syndicats de police. La réunion hebdomadaire des délégués départementaux tire à sa fin. Les posters de playmates et les affiches électorales du syndicat punaisés aux murs baignent dans un épais nuage de fumée. On décapsule et distribue les premières canettes de bière de la soirée.

Le gardien de la paix Durant tourne avec fébrilité les pages du dernier numéro de la revue *Newlook* en psalmodiant des *Putains de nibards, nom de Dieu ! Mais matez-moi ces putains de nibards !* Un flic de la criminelle tente de le lui arracher.

Durant le lui agite sous les yeux pour le narguer.

— Chacun son tour !

Le flic se prend les parties génitales à pleine main. Durant lui adresse un doigt d'honneur. Le reste de l'assistance fixe le poste de télévision. Adossé à la porte, les bras croisés, l'inspecteur Patrick Brun se tient à l'écart. Perdu dans ses pensées, il capte les conversations par bribes.

Ouverture du JT d'Antenne 2, le brushing impeccable du présentateur Bernard Rapp et le visage poupin de son confrère Paul Amar. L'information du jour, c'est l'interdiction à la vente des magazines érotiques et pornographiques. Le sujet mobilise l'ensemble du spectre politique. La gauche invoque les méthodes liberticides du ministre de l'Intérieur, Charles Pasqua, et crie au scandale. Le président Mitterrand en personne se fend d'un communiqué de presse pour se prononcer contre toute censure dans cette affaire. Franck Ténot, le P-DG des Éditions Filipacchi, se lamente sur le manque à gagner : « Je n'aime pas beaucoup que ce soit l'Intérieur qui vienne dire ce qu'il faut mettre dans un journal. Il y a là une méthode qui est quand même très désagréable. »

Gros plan sur la page centrale de *Penthouse*. Sifflets et rires gras fusent dans la salle. Un flic s'approche du téléviseur pour monter le son au moment où le ministre de la Culture sert son laïus. François Léotard, un balai dans le cul : « Le premier principe fondamental dans une société comme la nôtre, c'est celui de la protection de l'enfance. » Réponse de Jack Lang par média interposé : « Il faudrait que M. Pasqua se calme et qu'il s'intéresse aux vrais problèmes du pays. »

Nouveau gros plan sur la couverture du magazine *Gai Pied*, accueilli par des huées. Retour à Jack Lang : « Franchement, que Pasqua fiche la paix aux artistes, aux créateurs, aux journalistes et aux lecteurs ! » Troisième gros plan sur le buste d'une brune plantureuse en une d'un magazine porno. Les collègues se rincent l'œil et tirent la langue. Le flic de la criminelle applaudit.

— Vive la liberté de la presse !
— Ouais ! Vive Jack Lang !

Le gardien de la paix Durant brandit son exemplaire de *Newlook* au-dessus de sa tête en criant :

— Brigitte Lahaie, présidente !

Salve nourrie d'applaudissements. Durant jette le magazine en l'air. Des mains tentent aussitôt de l'attraper au vol. Brun tire une chaise pour s'asseoir et s'allume une Gitane. Dans moins d'une heure, il entame sa garde.

Tout à l'heure, Geneviève et lui se sont pris le bec. Elle lui reproche ses heures supplémentaires, à coups de *Tu n'es jamais là pour les enfants!*, ce genre de conneries. Sa femme sait que c'est faux. Il sait qu'elle le sait. Il sait aussi que ça a besoin de sortir de temps à autre, pour évacuer la pression. Pas besoin d'une raison particulière, on saisit le moindre prétexte et ça pète, à tour de rôle, une ou deux fois par mois, puis on se réconcilie. D'habitude, Patrick Brun laisse pisser, mais pas là. Le ton est monté, des mots qu'ils ne pensaient ni l'un ni l'autre sont sortis et il a brandi le poing. Il n'a pas cogné, il s'est retenu, mais l'intention y était et Geneviève l'a lue dans son regard. Il s'est excusé, il a essayé de la prendre dans ses bras, maladroitement, en murmurant qu'il était un bon mari, ce n'était pas son genre de frapper sa femme, il s'en voulait, d'ailleurs, il ne l'avait pas vraiment fait, c'était juste un geste d'agacement, ce n'était pas contre elle, plutôt contre lui-même, à cause de toutes ces saloperies qu'il voyait au boulot, toute la journée, et qui lui minaient le moral.

Si Brun avait eu un peu plus de temps, il aurait pu la convaincre et tout arranger, mais voilà, alerté par leurs cris, le petit est entré dans la chambre pour voir ce qu'il se passait, Geneviève est partie aussi sec s'enfermer dans la salle de bains, puis ça a été l'heure de faire manger les gosses, il a bien fallu remettre leur discussion à plus tard, Brun était en retard pour la réunion du syndicat. Et puis il y a cette fille recherchée par ses parents, leur appartement merdique du cinquième étage, rue Binet. Il doit justement partir le lendemain matin pour Paris pour son enquête. Ça tombe vraiment mal.

Geneviève faisait traîner sa douche, elle avait tiré le verrou. Il s'est retrouvé comme un con, derrière la porte, à ne pas trouver les bons mots pour la faire sortir sans risquer d'ameuter les enfants. Il a dû filer, et maintenant il se demande comment il va bien pouvoir rattraper le coup. Ce genre de disputes, mieux vaut les traiter à chaud. Quand c'est froid, ce n'est pas bon. Pas bon du tout.

Brun se lance sur les traces d'Hélène Thomas le lendemain de son entrevue avec ses parents.

Il fait son boulot de flic.

Il commence par l'établissement de formation dans lequel elle était inscrite. La secrétaire du CFA de la CCIR Saint-Denis lui apprend qu'Hélène Thomas ne s'est pas présentée en septembre. Même son de cloche auprès de la société Yara, chez qui elle travaillait en alternance. Rupture de contrat. Pas de nouvelles depuis le 5 juillet, date à laquelle les apprentis partent en congés jusqu'à la rentrée. Brun appelle ensuite tous les organismes publics de région parisienne, centres de réinsertion, structures d'accueil, CAF, Sécurité sociale, ANPE et HLM. Il lance en parallèle une recherche auprès d'EDF et des Télécom. Chou blanc. Il diffuse son portrait dans toutes les gendarmeries de France, auprès de la police judiciaire, des morgues et des hôpitaux. Il vérifie même les emplois du temps des parents depuis ce fameux soir du 28 juillet 1986 jusqu'à la date de leur dépôt de plainte, au cas où tout cela ne serait que du flan, il enquête discrètement auprès du voisinage, il scrute leurs relevés bancaires, il cherche les raisons qui auraient pu les pousser à cacher ou faire disparaître leur fille, mais Noël arrive et il n'a toujours rien.

Hélène Thomas s'est volatilisée.

Comme des centaines de personnes, chaque année.

Elle a pu être enlevée. Elle a peut-être fui à l'étranger. Elle a peut-être été embrigadée dans un réseau mafieux de traite des blanches en Europe de l'Est ou en Afrique. Elle se défonce peut-être dans une cave avec des junkies sidéens. Elle ne se cache peut-être même pas. L'autre scénario possible est qu'Hélène a juste décidé de couper les ponts avec ses parents parce qu'ils la faisaient chier, de reprendre sa vie en main et de bâtir elle-même son propre conte de fées. Ça arrive tous les jours, Patrick pourrait s'en contenter.

Sauf que ça ne colle pas avec un détail, griffonné dans son petit carnet pendant l'interrogatoire des parents. Le jour où elle a quitté son studio de Bagnolet en compagnie d'un grand costaud, elle avait l'air bien et surtout, *elle riait*.

Et Patrick Brun, ça le titille.

Il creuse donc la piste du petit ami et reprend ses notes : Stéphane, Normandie, trucs louches.

Plutôt léger.

Brun repart en chasse. Mme Thomas ayant évoqué un hypothétique passé criminel, il fouille les bases de données de la police avec les deux mots-clefs : Stéphane, Normandie. Après six semaines à se fatiguer les yeux sur des copies carbone de rapports de police, il met finalement la main sur la perle rare : Stéphane Guérin, vingt-quatre ans, né le 12 mars 1962 à Bordeaux, profession chauffeur, employé par la société Yara, tué à l'arme blanche le 28 juillet 1986 entre 12 h et 13 h à son domicile, au 37, rue Verneuil, Le Havre.

Le soir même, à près de deux cents kilomètres de là, Hélène Thomas, étudiante, secrétaire en alternance pour la société Yara, quittait précipitamment Bagnolet. Brun se dit qu'il ne peut pas s'agir d'une coïncidence.

Le rapport d'enquête précise que deux autres cadavres ont été retrouvés sur les lieux. Le triple homicide est lié au braquage de deux camions-citernes de la société Yara, incendiés à Harfleur le 28 juillet au matin, dans lesquels quatre corps supplémentaires, carbonisés, ont été découverts. Tous identifiés depuis. Le nom d'Hélène Thomas n'est mentionné nulle part. Patrick Brun se met en relation avec la police judiciaire du Havre. Le commandant Jean-Pierre Tramier était présent le 28 juillet. Il a suivi la piste des camions-citernes, de l'ammoniac, des chauffeurs et des braqueurs assassinés, mais elle n'a rien donné. L'enquête est au point mort. Les coupables courent toujours. Ils ont pris soin d'effacer toutes les traces derrière eux et d'éliminer chaque témoin. La brigade financière de Nanterre s'est intéressée un moment à l'affaire, sans succès. L'OPJ Tramier privilégie à présent la piste mafieuse et un règlement de comptes entre circuits rivaux. Les camions-citernes contenaient peut-être autre chose que de l'ammoniac, ce qui expliquerait qu'ils aient été incendiés. Début février, Tramier a refilé le bébé aux stups, à toutes fins utiles, ce qui est une façon comme une autre de dire : *J'ignore si ça débouchera sur quelque chose et je m'en fous!*

Il n'est catégorique que sur un point : le braquage d'Harfleur est une histoire de gros bras et de testostérone. Pas de femme sur les lieux du crime. Aucune Hélène Thomas.

Brun est déçu. Pour le réconforter, Tramier lui envoie une copie des informations qu'il possède sur Stéphane Guérin. En prime, le rapport d'autopsie et de jolis clichés du chauffeur égorgé baignant dans son sang.

Le dossier est mince. Guérin a arrêté l'école à seize ans. Service militaire dans l'infanterie en 1980 où il a obtenu son permis poids lourds, petits boulots avant et après, puis une longue période de chômage. Pas de liens familiaux connus, personne n'a réclamé son corps pour l'enterrer. Au moment des faits, il créchait au-dessus d'un bar de nuit, le Temple. Martinez, le propriétaire, est un ami de longue date. Il lui louait le studio à l'étage en échange de menus services. Martinez et Guérin partageaient une passion commune pour le trafic de stups à la petite semaine. Ils se sont connus en 1983 à la maison d'arrêt de Niort où Guérin purgeait une peine de trois mois pour possession et revente d'une faible quantité de cannabis.

Rien de bien extravagant. Rien de comparable avec le braquage de vingt-quatre mille litres d'ammoniac et le meurtre de sept types.

Les coordonnées du Temple sont dans l'annuaire. Patrick Brun appelle. Martinez n'est pas farouche. À la libération de Guérin, en 1984, il lui a proposé de l'héberger, en attendant mieux. Guérin a donc émigré vers le nord et joué au videur durant six mois, avant de se faire embaucher chez Yara comme chauffeur. Le 28 juillet au petit matin, fin de l'histoire d'amitié entre les deux hommes. Depuis le drame, le studio a été nettoyé et reloué. Non, Guérin ne ramenait aucune fille au studio. En tout cas, il ne lui en avait jamais parlé. Avec son boulot, Guérin était rarement là, de toute façon. Hélène Thomas ? Le nom ne lui dit rien, mais Guérin sautait bien qui il voulait. Sa petite amie ? Martinez se bidonne à l'autre bout du fil.

— Loin de moi l'idée de salir la mémoire d'un mort, mais Stéphane préférait les professionnelles, comme moi.

Patrick Brun le remercie et raccroche. Il décide qu'il est temps de sortir de Beauvais. Le jour même, il demande à son chef de service de lui signer un ordre de mission, il réserve un billet de train aller-retour pour Paris et le voilà, ce samedi 21 mars, devant l'ancien domicile d'Hélène Thomas.

Un immeuble insalubre de cinq étages avec des lézardes sur la façade, à deux pas du périphérique. La vieille femme dont lui ont parlé les parents d'Hélène s'appelle Ghislaine Payet. Elle vit au rez-de-chaussée dans un appartement éclairé par une minuscule fenêtre donnant sur la rue. Un papier à l'encre délavée est scotché sur la boîte aux lettres. Il est écrit *Pas de prospectus publicitaires, merci.*

Brun a des cernes sous les yeux. Sa nuit de garde a été éprouvante. Il a dormi par intermittence pendant le trajet Beauvais-Paris et a enchaîné les Gitanes en ressassant sa dispute avec Geneviève. À son arrivée à 8 h du matin, gare du Nord, la foule massée sur les quais lui a fait l'impression d'une bouche monstrueuse qui cherchait à l'avaler.

Ghislaine Payet lui ouvre la porte en souriant et l'invite à prendre un café. Elle décrit Hélène comme une jeune femme gentille et discrète. Pas de tapage nocturne, peu de visites, loyer payé tous les mois à date fixe. Mi-août, elle ne se souvient pas de la date exacte, son père est venu lui poser les mêmes questions. Il lui a fait de la peine. La vieille femme confirme pour le type à la carrure de militaire, le break Peugeot rouge et les cartons entassés dans le coffre à la va-vite. La petite lui manque. Elles s'entendaient bien, Hélène se confiait parfois à elle. Ses études ne lui plaisaient pas trop. Elle rêvait d'autre chose, sans trop savoir quoi, comme on rêve à son âge.

Brun exhibe une copie du permis de conduire de Guérin. Ghislaine Payet lui tend une tasse de café brûlante avant d'y jeter un bref coup d'œil.

— Vous le connaissez? demande Patrick.

Elle acquiesce.

— Il venait toutes les semaines. Ils se fréquentaient. C'était un sale type. Elle a bien fait de partir.

— Comment ça?

— Il lui parlait mal.

Brun trempe ses lèvres dans son café et allume une cigarette pour tromper la fatigue.

— Je peux?

Ghislaine Payet se lève pour ouvrir la fenêtre.

— Mon mari fumait beaucoup. Du Bergerac. Je le lui ai reproché pendant trente-cinq ans, chaque jour que Dieu fait. Maintenant qu'il est mort, l'odeur me manque.

Elle se rassoit et désigne la photo de Guérin du menton avec mépris.

— C'était un jaloux. Ça amusait Hélène. Une fille comme elle aurait dû être traitée comme une princesse, et lui, il passait son temps à la rabaisser et à la cogner.

— Vous l'avez vu faire?

Elle secoue gravement la tête.

— C'est ce qu'Hélène m'a raconté et je la crois.

Elle hésite, se mord la lèvre inférieure et ajoute :

— Je n'en ai pas parlé à son père, pour ne pas lui faire de peine.

Brun sort de sa sacoche les photos d'identité des six autres types retrouvés morts le 28 juillet et les étale sur la table.

— Ces personnes sont-elles venues ici ?

Ghislaine Payet prend son temps. Elle les observe une à une avec attention avant de les reposer.

— Jamais vus.

Brun les range. Il oublie volontairement celle de Stéphane Guérin.

— Vous avez des nouvelles d'Hélène ?

La vieille femme baisse les yeux d'un air triste.

— Non.

Brun place une photo d'Hélène à côté de celle de Guérin, un gros plan en noir et blanc légèrement flou sur lequel la jeune femme a l'air perdue. Ghislaine Payet les fixe à tour de rôle.

Il tapote le portrait d'Hélène du bout des doigts.

— Savez-vous où elle se trouvait le matin du jour où elle est partie ?

— Chez elle.

— Toute la journée ?

— Je crois bien.

Ghislaine le dévisage longuement.

— Vous parlez d'elle comme si elle était morte.

Brun secoue la tête en cherchant un cendrier des yeux.

— Je m'efforce juste de la retrouver, madame.

La vieille femme soupire et pousse une soucoupe dans sa direction. Brun tire une bouffée et écrase son mégot.

Gare du Nord, fin d'après-midi. Des groupes clairsemés de voyageurs arpentent les quais. Patrick Brun mâchonne sans appétit un jambon-beurre sous le panneau d'affichage central en attendant le train régional de 17 h 22 pour Beauvais.

Quatre militaires armés de pistolets-mitrailleurs Uzi patrouillent dans le hall. Trois jours plus tôt, onze kilos d'explosifs ont été découverts au cinquante-deuxième étage de la tour Montparnasse. La planque est attribuée à Action directe. Des flics en uniforme ouvrent sans conviction des sacs au hasard et fouillent dans les poubelles. Des agents de la SNCF les regardent s'agiter d'un air suspicieux.

Brun balance le reste de son sandwich dans la poubelle la plus proche et repère une cabine téléphonique. Il allume une cigarette et s'y dirige. Au moment où il saisit le combiné, un mouvement soudain agite la foule amassée devant l'entrée, sur sa droite. Des cris de joie retentissent en s'amplifiant jusqu'à lui. Des drapeaux tricolores s'agitent. Les militaires s'immobilisent, la main crispée sur la crosse de leur arme. Un type au visage écarlate passe en courant devant lui en répétant : « Grand chelem ! Grand chelem ! Grand chelem ! » Brun glisse une pièce dans la fente et compose le numéro de la maison.

Son fils aîné décroche aussitôt, surexcité.

— Dix-neuf à treize, papa ! Le XV de France a battu l'Irlande dix-neuf à treize ! On a gagné le Tournoi des Cinq Nations ! Bérot n'a pas raté un seul tir !

Brun ne capte qu'un mot sur deux. Le vacarme autour de lui est devenu assourdissant. Il fait un quart de tour et change le combiné d'oreille.

Il hurle :

— Passe-moi ta mère, Sébastien.

15

Tonneins, 6 mai 1987.

Muller dit :

— Donne-moi le nom de ton contact à la Confédération des buralistes !

Le délégué CGT est adossé contre la portière, à l'arrière d'une camionnette de location aux vitres opaques. Des ecchymoses à la tempe et sur les bras. Muller a pris soin de lui attacher les chevilles et les poignets avec du chatterton.

La température à l'intérieur du véhicule frôle les trente degrés. Le type transpire à grosses gouttes. Son tee-shirt déchiré ne recouvre plus qu'une partie de son torse. Les bourrelets de graisse de son ventre tressautent à chaque fois qu'il inspire. Il crache par terre.

— Va te faire foutre !

Muller fait la moue.

— Toi et moi, on ne se comprend pas très bien.

Il brandit sa matraque et lui assène une série de coups rapides sur le crâne et les côtes. Le type hurle et se recroqueville pour se protéger la tête.

Muller se penche et susurre :

— Son nom, s'il te plaît. J'aimerais tellement aller discuter avec lui.

Muller l'a alpagué une heure plus tôt non loin du piquet de grève planté devant les grilles de l'usine de cigarettes brunes de Tonneins. Il l'a traîné de force jusqu'à un parking voisin où il était garé. Il a roulé plusieurs kilomètres et a coupé le moteur en rase campagne, avec l'intention de lui faire suffisamment peur pour qu'il parle.

Le délégué est un dur à cuire. Il prend des coups depuis vingt minutes mais il ne cède pas. Un filet de sang coule de son arcade sourcilière. Muller est impressionné.

— Pourquoi tu t'obstines ? Je ne te demande qu'un nom, pas les codes de la bombe atomique !

Le type reprend son souffle. Il se racle la gorge, tend le cou et crache au visage de Muller un mélange de morve et de sang.

— Va. Te. Faire. Foutre !

Muller secoue la tête d'un air désolé et lève le poing. Le syndicaliste ferme les yeux, prêt à prendre une dérouillée de plus. Muller suspend son geste. Il n'est pas là pour le tuer. Il veut juste un nom. Il consulte sa montre. 14 h 30. S'il veut être à Grenoble ce soir, il a intérêt à accélérer le rythme.

Il décide de changer de méthode. Il lâche la matraque et plonge la main pour fouiller dans la poche intérieure de sa veste.

Le type se débat.

— Qu'est-ce que tu fais ?

Muller en ressort un portefeuille plein à craquer dont il vide le contenu sur le sol. Carte de cantine, carte de membre du syndicat, ticket de location vidéo, bons de réduction Intermarché, relevé de l'assurance maladie, cent cinquante francs en liquide et de la ferraille, chèques d'adhésion à l'ordre du syndicat datés de la veille, permis de conduire au nom de Philippe Larrère, né le 3 octobre 1945, et une poignée de polaroïds. Muller empoche les chèques, le fric et le permis, puis il se concentre sur les photos.

Sur trois d'entre elles, une femme d'une trentaine d'années sourit à l'objectif. Yeux bleus, taches de rousseur, sourire amoureux, robe d'été à motifs fleuris et rondeurs avantageuses. Muller jette un œil égrillard au syndicaliste qui serre les dents. Quatrième cliché, une plage, la mer en toile de fond, la même femme, serrant un sac contre sa poitrine et riant aux éclats. Muller la retourne : *Sarah, La Baule, 12/08/86*. Nouveau regard vers son prisonnier.

Il dit :

— Sacrément canon, pas vrai, Philippe ?

Le syndicaliste roule des yeux en grognant. Muller poursuit son exploration. Les deux derniers polaroïds montrent Philippe Larrère et sa petite amie, enlacés et s'embrassant à la terrasse d'un café. Il porte un pull à col roulé et elle un manteau de laine bleu pétrole. Au verso : *Réveillon 86*. Muller sourit. Il prend l'une des photos et la plante devant le syndicaliste.

Il demande :

— C'est ta petite amie ?

Larrère jure sans répondre. Muller pioche dans les papiers étalés à ses pieds et en extrait le relevé de la CPAM sur laquelle figure une adresse qu'il lit à voix haute :

— 124, rue de Chapotte, 47400 Clairac.

Larrère se tend comme un arc pour tenter de se détacher. Muller dit :

— Vous vivez ensemble, peut-être.

Larrère tire sur ses liens comme un forcené. Muller dodeline de la tête.

— *Je parie* que Sarah est un bon coup. *Je parie* que Sarah aime les dessous coquins ?

— Arrête de prononcer son prénom, putain !

— Sarah est chez toi, en ce moment ?

— Putain d'enfoiré, si jamais...

Muller brandit la photo et lui adresse un clin d'œil en bombant le torse.

— Je pourrais aller lui rendre une petite visite pendant que tu m'attends sagement ici. Je pourrais même prendre d'autres photos et te les ramener, non ?

Larrère hurle. Les veines de son cou gonflent comme si elles allaient éclater. Muller se marre.

— À moins que tu préfères mater...

Il sort de sa poche les clefs de la camionnette et les agite sous le nez du syndicaliste.

— On y va tout de suite. Tu m'indiques la route ?

Il rempoche brusquement les clefs et brandit la matraque. Il cogne Larrère sur les cuisses et les bras, jusqu'à épuisement, puis il reprend les polaroïds sur lesquels ils s'embrassent et les dépose avec délicatesse au milieu des papiers.

Il dit :

— Un nom, un seul.

Les épaules du syndicaliste s'affaissent lentement.

— Simon Maquet, section de Saint-Martin-d'Hères.

Muller pousse un soupir de soulagement.

— Tu vois, quand tu veux !

Il ouvre le hayon arrière en grand, tire le syndicaliste jusqu'au bord du plateau, le fait basculer dans le fossé et balance portefeuille et papiers dans sa direction.

Il agite les photos.

— Je les garde pour ma petite collection personnelle.

Muller est à cran. Il conduit pied au plancher sans tenir compte des limitations de vitesse. La Golf de location avale les kilomètres sans broncher. Les hommages après le suicide de la chanteuse Dalida dimanche dernier et les provocations du leader d'extrême droite Jean-Marie Le Pen, qui propose d'isoler les malades du sida dans des «sidatorium», vampirisent les ondes radio. Rien par contre à propos de la grève des débitants de tabac qui dure depuis cinq semaines.

Bartels devient fou. Il grince des dents la nuit et harcèle Muller. Le point de départ, c'est une grève des débitants isérois contre une hausse de la remise sur le timbre-poste, supposé augmenter progressivement pour atteindre 6 % fin 1987.

Le 18 avril dernier, le ministre de la Santé a annoncé une augmentation de soixante-dix centimes du prix du paquet au 1er juillet, ce qui signifie une baisse des ventes, donc des licenciements possibles à terme. Mauvais timing. Le conflit s'est étendu par capillarité aux usines European G. Tobacco de Morlaix et de Tonneins, ainsi qu'au centre de distribution de Nantes. Des rumeurs de suppression de postes se sont mises à circuler comme des traînées de poudre. Par solidarité syndicale, les communistes des sites de Carquefou, Strasbourg et Riom sont entrés dans la danse.

Leurs revendications : garanties sur les postes et les salaires, gel des taxes sur le tabac, sinon promesse de débrayage massif.

Le directoire belge d'European G. Tobacco craint pour ses marges et son chiffre d'affaires. Le directeur France se fait taper sur les doigts. Il vient en personne au siège de Fox & Reynolds Consulting pour remonter les bretelles de Bartels. Ce dernier convoque Muller sur-le-champ pour l'engueuler à son tour et lui reprocher son manque de résultats. La base opérationnelle doit nettoyer la merde.

Muller atteint Grenoble en début de soirée. Les derniers rayons de soleil illuminent les sommets enneigés du massif de Belledonne. Des banderoles *En grève* sont tendues sur les devantures de la totalité des bureaux de tabac, le long des artères principales du centre-ville.

Muller a rendez-vous avec une connaissance dans un bar du quartier Notre-Dame. Le type s'appelle Tonio. Ancien policier municipal, il dirige une société de sécurité depuis 1982. Ses agents quadrillent les centres commerciaux et les zones industrielles de l'agglomération. Tonio sert occasionnellement de porte-valise pour la nouvelle équipe municipale RPR de Grenoble. Le maire Carignon est un homme qui apprécie la discrétion. Il possède tellement de valises que l'agence de Tonio doit doubler ses effectifs à l'approche des prochaines municipales de mars 1989.

Tonio accueille Muller à bras ouverts. Il commande deux pressions et l'invite à le rejoindre à une table en terrasse. Il allume une Gauloise et désigne les montagnes alentour d'un geste de la main.

— La vue est magnifique ici.

Tonio est un esthète. Il est également incollable en matière de politique locale. Les manifestations, ça le connaît. Ses hommes n'ont pas chômé ces derniers mois. Ils se sont fait la main sur les étudiants à l'occasion de la réforme Devaquet, puis sur les cheminots pendant la grosse grève de l'hiver 86-87. Tonio est remonté à bloc. La vermine gauchiste lui file la gerbe. Il connaît de réputation Simon Maquet, le délégué CGT que Muller recherche. Il sait où le localiser. Il possède aussi les coordonnées de tous les responsables locaux de la Confédération des buralistes, de l'Amicale des anciens présidents et trésoriers, de la Mutuelle confédérale d'assurance des débitants de tabac de France, du Service de cautionnement des buralistes français et du Centre de gestion économique des commerçants grenoblois.

Il tend une liste à Muller.

— Je peux organiser des rencontres, si tu veux.

Avant leur rendez-vous, Tonio a déployé ses antennes et sondé le terrain. En cinq semaines de grève, la situation a dégénéré. Le service d'ordre de la CGT bloque le centre de distribution du tabac de toute la vallée. Grenoble n'est plus alimenté depuis trois semaines. Chambéry, Annecy, Gap et Briançon non plus.

Les revendeurs de cigarettes de contrebande achetées en Italie se reproduisent comme des lapins. Ils refourguent des cartouches à la sauvette à proximité des bureaux de tabac. Des heurts violents ont éclaté entre les petits trafiquants et les gros bras du service sécurité de la CGT locale.

Muller déclare :

— Ce merdier doit cesser.

Tonio hoche la tête d'un air grave. Muller dépose une enveloppe garnie de billets de cent sur la table. Tonio compte le fric et l'empoche.

— Il te faut combien d'hommes ?

Muller sourit.

— Combien peux-tu m'en fournir ?

16

Issy-les-Moulineaux, 7 mai 1987.

Un hôtel particulier du centre-ville, des rideaux épais aux fenêtres et des canapés moelleux disposés en demi-cercle autour d'une table basse en marbre de Paros. L'air est saturé d'un halo opaque de fumée. Le maire, André Santini, fournit l'armagnac hors d'âge et David Bartels les boîtes de cigares et les bakchichs.

Confortablement installés, un verre à la main, les représentants des principales instances des débitants de tabac : Hervé Frischlet, le président de la Confédération nationale, le P-DG Lachaud de l'Européenne de recouvrement et sa directrice générale déléguée, Sophie Piolle, le directeur général Dupuy-Montferrand du Centre de gestion agréé d'Île-de-France, ainsi que divers élus régionaux des chambres syndicales.

Bartels demande :

— De quoi avez-vous besoin ?

Le président Frischlet tousse. Le directeur Dupuy-Montferrand tousse. Le maire Santini sourit.

Bartels hoche la tête :

— Tout cela restera entre nous, bien entendu.

Le président Frischlet le fixe un long moment. Il consulte ensuite Santini du regard, puis il se tourne vers ses collègues de l'Européenne de recouvrement. Le P-DG Lachaud acquiesce et se tourne vers la directrice générale déléguée. Sophie Piolle hausse les épaules et ouvre une mallette dont elle extrait un gros dossier qu'elle entreprend d'éplucher sur la table basse, entre les bouteilles et les cendriers.

— Le groupe EDC que nous représentons ici est le partenaire historique des buralistes pour le cautionnement des activités tabac, jeux, presse ou PMU. Nous leur offrons les garanties de paiement des marchandises que réclament leurs fournisseurs.

Le président Frischlet bâille. Le directeur Dupuy-Montferrand bâille. Le maire Santini refait les niveaux d'armagnac.

La directrice générale déléguée se racle la gorge.

— Les commerçants que nous soutenons n'ont fondamentalement rien contre la hausse du prix du timbre-poste ou de vos cigarettes.

Le P-DG Lachaud tend son verre.

— Au contraire, même !

Le maire Santini tire sur son cigare et expire en dessinant des ronds de fumée dans l'air.

Piolle poursuit :

— Seulement, qui dit augmentation du prix des marchandises dit augmentation des emprunts.

— Le porte-monnaie des buralistes n'est pas extensible, dit Bartels.

— Le nôtre non plus, précise Lachaud.

— C'est une bête question de volume, conclut le président Frischlet.

Bartels acquiesce.

— Si je comprends bien, la Confédération serait prête à davantage de souplesse dans cette grève si le coût des hausses réclamées par le ministère de la Santé et le gouvernement Chirac n'avait que de faibles répercussions sur le volume total des cautions que vous concédez à nos amis buralistes.

La directrice générale déléguée rassemble ses papiers et jette un œil à son supérieur. Le P-DG Lachaud siffle son verre.

— Bien sûr, dans cette histoire, l'avis de nos amis et partenaires de l'industrie du tabac nous importe beaucoup.

Bartels sourit. Les mots *amis* et *partenaires* sonnent comme une promesse fraternelle de circonstance. Il sort son carnet de chèques.

— Comment puis-je vous aider ?

Le P-DG Lachaud grimace. La directrice déléguée Piolle grimace. Le président Frischlet grimace. Le maire Santini détourne les yeux. Bartels rempoche son carnet de chèques.

Il s'exclame :

— Que voulez-vous, dans ce cas ?

La directrice déléguée Piolle croise les bras.

— Un gel de vos prix du paquet brut, c'est possible ?

Bartels émet un sifflement aigu.

— Vous nous demandez de rogner sur nos marges ?

— Nous vous demandons un effort pour compenser nos propres efforts. Nous nous sommes laissé dire qu'un plan social dans vos usines de Morlaix, de Tonneins et de Riom était à l'étude. Les plans sociaux sont synonymes de cash-flow. Les actionnaires aiment le cash-flow.

Bartels se gratte la nuque.

— Vous me demandez d'encourager la grève des ouvriers de nos usines et d'étouffer dans l'œuf celle des buralistes ?

Le P-DG Lachaud lève les yeux au ciel.

— Une poignée d'ouvriers contre plusieurs milliers de braves commerçants prêts à reprendre le travail pour vendre vos produits.

Le président Frischlet siffle son verre.

— J'imagine que c'est un mal pour un bien.

L'atmosphère se détend sensiblement. Bartels déglutit, rafle sa veste et se lève.

— J'en réfère à mes supérieurs et je vous tiens au courant.

Bartels se dirige vers la sortie, dévale les escaliers du perron en courant et se précipite vers la première cabine publique qu'il aperçoit. Il fouille dans ses poches à la recherche de monnaie et compose le numéro du bureau du président-directeur général Gauthier.

Une secrétaire décroche. Le P-DG n'est pas disponible, mais il a laissé un message pour Bartels. La secrétaire lit :

— Je le cite : *Dites à David qu'on le paie assez cher pour qu'il se démerde tout seul avec ces connards de grévistes. Dites-lui aussi que nous allons annoncer dans les jours qui viennent la fermeture des sites de production de Bergerac, de Tonneins et de Strasbourg et qu'il a intérêt à avoir fait le ménage avant.*

Bartels la remercie et raccroche. Il glisse une pièce de un franc dans la fente et compose un deuxième numéro. Cinq sonneries dans le vide, puis la voix monocorde de sa maîtresse :

— Bonjour, vous êtes bien sur le répondeur de Christelle Szabo. Je ne suis pas là pour le moment, mais n'hésitez pas à…

17

Nanterre, 7 mai 1987.

Le cours de yoga tire à sa fin. Une radiocassette posée à même le sol diffuse une musique d'ambiance à base de flûte de pan et de bruits d'animaux exotiques. Certaines femmes se dirigent déjà vers les vestiaires.

Christelle Szabo s'étire en espionnant le reflet d'Élise Bartels dans le large miroir qui leur fait face. Elle admire les muscles noueux de ses bras et la finesse de sa taille. Elle la trouve belle. Elle se demande si c'est par culpabilité ou par jalousie.

Élise capte son regard. Elle interrompt son mouvement et se retourne vers elle.

— Quoi ?

Christelle se redresse.

— Tu es drôlement bien foutue.

Élise éclate de rire.

— Pour une femme qui a porté deux gosses, c'est ça ?

Christelle pique un fard. Élise se masse les poignets, un sourire triste aux lèvres.

— Tu parles…

Christelle proteste :

— Tu prends soin de toi.

Élise secoue la tête et la fixe longuement avant de lâcher :
— David me trompe.

Christelle ne dit rien. L'image de David Bartels ruisselant de sueur s'interpose entre elles. Christelle soutient son regard jusqu'à en avoir les larmes aux yeux.

18

Bergerac, 10 mai 1987.

La salle de réunion est bondée. Les membres de la direction du site de production font face à une foule de délégués syndicaux FO et CGT et d'ouvriers en colère. Les fenêtres ouvertes laissent entrer un courant d'air glacial. Eduardo Rojas se tient en retrait, à droite de la tribune, mutique. Il se dandine sur sa chaise pour tenter de réchauffer ses pieds gelés.
La veille, l'assistant du président Gauthier l'a appelé en catastrophe à son domicile.
— Eduardo, vous devez être demain matin à Bergerac.
— Pour me faire lyncher ?
— La situation est tendue, c'est vrai.
— Pourquoi Gauthier n'y va pas lui-même ?
L'assistant s'est raclé la gorge.
— Nous avons besoin que vous les rassuriez.
Rojas a ricané.
— Une fermeture d'usine, des possibilités de mobilités partielles vers d'autres sites de production et un plan social de grande ampleur à l'échelle nationale, je ne vois pas trop ce que ça peut avoir de rassurant alors que Big Tobacco a enregistré de gros bénéfices en 1986.

— Nous avons une stratégie.
— Sans blague !

Rojas a allumé une cigarette et soufflé dans le combiné.

— En quoi consiste-t-elle ?
— Nous n'allons pas vraiment fermer le site.
— Ce n'est pas ce que les ouvriers de Bergerac ont lu dans la presse ce matin. Ni ceux de Tonneins ou de Strasbourg.

L'assistant a soupiré.

— Il y a eu une fuite malheureuse. Nous n'allons pas fermer le site *tout de suite*.
— Ils apprécieront la nuance.
— Pas avant plusieurs années, en réalité.

Rojas a levé les yeux au ciel.

— Alors expliquez-moi, parce que là je suis perdu.

L'assistant a émis un petit rire.

— Le plan social est inévitable à terme, mais aucun licenciement sec.
— Mon boulot consiste à vendre des cigarettes, je vous rappelle, pas à jouer les intermédiaires avec les syndicats.
— Votre boulot à vous, *aujourd'hui*, consiste à leur vendre un cadeau de Noël anticipé.

Rojas a tiré une latte sur sa cigarette et l'a écrasée. L'assistant a poursuivi, impassible :

— En tant que directeur des ventes du Grand Ouest, vous êtes au contact. Vous connaissez le territoire. Vous connaissez les réalités du terrain. Vous êtes comme eux. Vous connaissez les directeurs de site et ils connaissent votre tête. Il y a une sorte de relation de confiance entre vous. Le président Gauthier vous charge de leur annoncer que la procédure de fermeture du site peut être stoppée.

— Par quel miracle ?

Nouveau petit rire.

— Un accord écrit notifiant l'arrêt instantané de la grève.

Rojas a éclaté de rire à son tour.

— Nom de Dieu, vous ne manquez pas d'air !

L'assistant a gloussé.

— Ils signeront, faites-moi confiance.

— Merde, évidemment qu'ils signeront ! Ce n'est pas comme s'ils avaient le choix.

L'assistant l'a poliment laissé se défouler un moment, puis il lui a dicté un mémo concernant le planning et les chiffres de production du site. Il l'a remercié au nom du président Gauthier et a raccroché.

Rojas a capté le message cinq sur cinq. Vendre des cartouches de cigarettes à des clients invisibles, c'est facile, Eduardo, mais parler à de vrais salariés, en chair et en os, c'est une autre paire de manches. Rojas sait que lui aussi doit défendre sa place. Alors ce matin, il a pris le premier train en gare Montparnasse et le voilà assis, frigorifié, à patienter deux ou trois jours le temps de négocier pour annoncer la bonne nouvelle au lieu d'être aux côtés de ses gars sur le terrain. *Hé, les gars, ne vous faites pas de bile, vous ne serez pas virés tout de suite, on va encore vous faire bosser quelques années, tant qu'il y a du fric à se faire sur votre dos !*

Rojas tire sur le col de sa veste et feint de se concentrer sur l'échange en cours. Un ouvrier lève la main dans l'assistance. Le micro circule jusqu'à lui.

L'homme se présente, Mostefa Bouameur, quarante-huit ans, en poste à l'unité de sauçage depuis 1971. Mostefa est surpris. Mostefa a la larme à l'œil et la voix qui chevrote. Mostefa a seize ans de boîte au compteur. Le mois dernier encore, Mostefa recevait un courrier de félicitations de la direction lui annonçant que le site de Bergerac était l'une des meilleures usines du pays pour l'encourager à accepter les augmentations de cadences. Quand il a appris la fermeture de « son » usine, ça a été un coup de massue sur la tête. Mostefa répète : « C'est terrible, c'est terrible!» Il bredouille, il ne trouve plus ses mots. Il répète encore : «C'est terrible, terrible, terrible!» Le débit de sa voix est un supplice. À la tribune, la direction plonge le nez dans ses papiers. Mais Mostefa n'en a pas fini. Il a encore des choses à dire. Son fils aîné a été embauché l'an passé sur le site. Il est marié, son épouse est enceinte. Ils ont contracté un prêt pour acheter un appartement, ils ont des dettes. Mostefa s'inquiète pour leur avenir. Lui, il rebondira toujours, mais son fils et sa famille? Mostefa n'est pas naïf. Il sait ce que c'est que d'en baver. «Les drames sociaux ne font que commencer! prévient-il. La logique voudrait qu'on se batte pour l'emploi, mais on sait que ça sera difficile, d'autant que le Big T n'a jamais reculé face aux salariés.» Il sait compter, Mostefa. C'est le troisième plan social qu'il voit passer. Les vieux comme lui sont indestructibles, ils en ont vu d'autres, mais les jeunes, c'est différent. Les mutations, l'incertitude, les déménagements à répétition, le dépeçage des activités, les fleurons de l'économie vendus au plus offrant, les bénéfices records, ça les dépasse et, pour finir, ça les use. Ils n'ont plus le goût de la lutte, ils ne sont plus syndiqués, ils n'y croient pas. Ils imaginent que c'est leur force, mais ça les rend encore plus vulnérables. Mostefa assène : «Il y a encore quelques Mohicans qui pensent pouvoir faire changer le cours des choses, mais la réalité…» Sa voix s'enraie, il ne parvient pas à terminer sa phrase. Des mains bienveillantes lui tapent dans le dos, des ouvriers hochent la tête avec vigueur, certains applaudissent, d'autres mains se tendent pour réclamer la parole, on lui reprend le micro pour le donner à un autre.

Mostefa s'écrie encore, des sanglots dans la gorge. Ses mots se perdent en partie dans le brouhaha qui suit : «Si on ferme des usines qui fonctionnent aussi bien que la nôtre, alors on peut fermer toutes les usines du pays!»

Ça viendra, pense Rojas. Ça viendra, ça et le reste, ça viendra en temps et en heure, ils y travaillent, faites-leur confiance! Les types comme moi continueront de vendre des cigarettes pour Big Tobacco bien après que les types comme toi auront cessé de toucher leurs indemnités de licenciement et de pointer à l'ANPE.

Rojas frisonne. Il se penche vers son voisin le plus proche.

— Dites, Henri, il n'y aurait pas moyen de fermer ces fichues fenêtres, ça caille vraiment. On va finir par attraper la crève !

L'homme le dévisage d'un air effaré, comme si Rojas venait de lui demander de sauter du troisième étage pour l'exemple.

19

Saint-Martin-d'Hères, 18 mai 1987.

Des trombes d'eau s'abattent sur la cuvette grenobloise depuis dix jours. La ruelle est plongée dans la pénombre. Le parking attenant au local CGT des débitants de tabac n'est qu'une immense pataugeoire bordée de trottoirs et de voitures noyées jusqu'à la calandre. Tonio et les sept nervis armés de bâtons et de matraques télescopiques qu'il a embauchés pour la soirée enfilent leur cagoule.

Muller déclare :
— C'est parti !

Il enfonce la porte du pied et balance coup sur coup trois grenades lacrymogènes à l'intérieur. Le gaz ne tarde pas à se répandre dans toute la pièce et à faire son effet. La gorge et les yeux en feu, la vingtaine de délégués syndicaux se rue à l'extérieur en toussant. Un déluge de coups les attend.

Leur leader, Simon Maquet, est le dernier à sortir. Muller le repère à travers le nuage de lacrymo grâce à son pull à capuche vert Marlboro Classics. Il se jette sur lui, pendant que les huit cagoulés s'occupent des autres. Il lui administre une série de coups sur les côtes et le crâne, puis il le traîne à l'écart, près du portail. Maquet crache ses poumons, plié en deux. Il ne voit rien, il n'entend rien, il crache des bouts de dents et du sang, il se recroqueville sur le sol. Il est trop occupé à endurer la douleur et à tenter de reprendre son souffle.

Muller lui hurle dans les oreilles :

— Aujourd'hui, on s'occupe de toi et de tes potes, Simon, on fait ça entre hommes, à la loyale, en terrain neutre, mais demain, si vous ne laissez pas tomber cette fichue grève, on reviendra vous rendre visite chez vous, un par un.

Maquet se relève subitement, il écarte les bras pour saisir son assaillant, mais il manque sa cible, trébuche et s'affale dans l'eau, héritant d'une nouvelle volée de coups de matraque. Muller se laisse tomber sur lui, le bras en équerre, calé sur la gorge. Maquet vire au rouge. Des bulles de sang et de morve s'échappent de sa bouche et de son nez.

Muller lui murmure dans le creux de l'oreille :

— La grève, c'est fini, tu comprends ?

Maquet grogne et bande ses muscles pour reprendre l'avantage. Muller relâche sensiblement la pression. Maquet se racle la gorge.

— Putain de merde, t'es qui ?

Muller le frappe à nouveau dans les côtes. Maquet hurle. Muller lui bloque la gorge pour qu'il cesse d'ameuter tout le quartier.

— La grève, c'est fini ! Je compte sur toi pour faire passer le mot.

Maquet roule des yeux. Muller le frappe encore. Maquet tourne la tête pour vomir. Muller l'attrape par les cheveux, lui enfonce la tête dans la boue un instant puis la tire en arrière pour qu'il puisse respirer.

Il dit :

— Tu comprends ce que je te dis. C'est fini !

Maquet fait non de la tête. Muller remet ça. Le genou coincé dans le milieu du dos, il lui plaque le visage dans la boue, le laisse s'agiter un moment et le tire en arrière. Une fois, deux fois, trois fois. Les yeux de Maquet se révulsent. Muller compte jusqu'à dix pour qu'il recouvre sa respiration, puis il remet ça encore une fois.

— Et là, tu comprends ?

Maquet ne répond pas. Il a perdu connaissance. Sa respiration est saccadée. Muller lui donne des claques pour qu'il émerge.

Une poignée de syndicalistes a réussi à s'enfuir, mais la plupart d'entre eux sont acculés dans un angle du parking, contre le mur d'enceinte. Qui le visage en sang, qui des dents en moins, qui le bras cassé, qui se tenant les côtes en gémissant, qui geignant en les suppliant de le laisser filer, qui les yeux écarquillés et le froc trempé. Ils n'en mènent pas large. Ils tremblent comme des feuilles. Ils sont trempés jusqu'aux os.

Autour d'eux, les hommes de Tonio font le show.

— C'est ça, les gros bras de la CGT ?

Ils distribuent les coups et les insultes. Ils les chambrent. Ils les traitent de sales pédales d'enfoirés de communistes. Ils miment des gestes obscènes avec leurs matraques. Ce sont des pros. Ils connaissent leur partition par cœur. Ils retirent leur cagoule et la renfilent pour bien montrer qu'ils ne craignent rien. Les syndicalistes ont tellement la trouille qu'ils ne voient rien ou qu'ils préfèrent détourner les yeux.

Les cagoulés paradent, ils roulent des mécaniques, ils dansent, ils leur adressent des bras d'honneur. L'un d'entre eux fait des pompes comme s'il s'échauffait avant de leur rentrer dedans. Un autre allume une cigarette en s'abritant sous le pan de sa veste.

Il crie à tue-tête :

— Pourquoi je m'en priverais, les gars, hein ? Pourquoi ?

Il jette son paquet à la gueule du syndicaliste le plus proche.

— Sers-toi ! Et donnes-en à tes potes ! J'en ai encore plein comme ça !

Il sort un autre paquet de sa poche et l'agite sous le nez des syndicalistes, hilare.

— Une bonne clope, les gars !

Il balance sa cigarette détrempée et s'en rallume une nouvelle. Les types profitent de l'occasion pour tenter une échappée. Les hommes de Tonio s'élancent et les percutent de plein fouet. Ils frappent et frappent de plus belle. Ils en laissent volontairement passer quatre ou cinq entre les mailles du filet.

— Ne partez pas, les gars !

Ils se replient sur les dix qui restent et s'acharnent sur eux encore quelques minutes avant de les laisser filer pour de bon. Ils retournent alors à l'intérieur du local et entreprennent de tout démolir.

Maquet reprend connaissance. Ses dents claquent au rythme des chaises et des carreaux brisés par Tonio et ses hommes. Muller l'aide à se relever. Le type vacille. Un hématome rougeâtre s'épanouit sur sa tempe. Muller l'empoigne par le col pour qu'il tienne debout.

Il colle son visage au sien.

— Il est temps de se dire adieu, Simon, non ?

Maquet opine. Muller sourit. Il lui caresse la tête du bout de sa matraque.

— Il est inutile qu'on se revoie, pas vrai ?

Maquet secoue frénétiquement la tête. Muller lâche sa prise. Maquet s'affaisse. Muller le rattrape de justesse.

— Tu parleras de moi à tes amis de Strasbourg, de Bordeaux, de Nantes et de Toulouse, d'accord ?

Maquet acquiesce. Muller le relâche progressivement jusqu'à ce qu'il soit certain que le délégué syndical tienne debout tout seul. Maquet n'a pas encore la force de marcher. Il relève la tête. Il fait un pas avant de s'immobiliser, pétrifié. Devant lui, les premières flammes s'élèvent à travers les fenêtres cassées du local syndical et déjà lèchent la façade.

Muller lui tape sur l'épaule.
— Gare à ne pas te brûler, Simon.

Muller entre dans la chambre et allume la télévision. Le speaker annonce, sourire aux lèvres, qu'Alain Prost vient d'égaler le record du nombre de victoires en Grand Prix détenu depuis 1973 par Jackie Stewart. Vingt-septième victoire au GP de Belgique. Le logo Marlboro apparaît à l'écran.

Muller change de chaîne et bascule sur un western en couleur avec Henry Fonda. L'acteur mâchouille du tabac à chiquer en fixant la caméra d'un air désabusé.

Muller se déshabille, balance ses fringues en tas au pied du lit et remplit le lavabo de la salle de bains d'eau et de glaçons. Il y plonge ensuite sa main droite. L'eau se teinte de rose. Le sang de Maquet et le sien se mêlent. Ses phalanges le piquent un moment, puis la sensation de brûlure disparaît. Il retire sa main et contemple un moment les cicatrices sur ses doigts.

Le téléphone sonne. Il ne se déplace pas pour décrocher. Il attend que la sonnerie s'interrompe.

Il tire une chaise à l'intérieur du bac, règle le jet de la douche et s'assied en grimaçant. De la vapeur d'eau s'élève dans la pièce. Le miroir et les murs se couvrent d'une fine couche de buée. Muller ferme les yeux en soupirant d'aise.

Il est près de minuit quand il coupe l'eau et regagne la chambre. Derrière la cloison, une femme et un homme grognent et couinent en cadence. Muller grimace. Il lève le poing pour taper sur le mur, avant de se raviser. La femme hurle un nom. L'homme râle. Muller saisit la télécommande, monte le son du téléviseur. Les grognements, les couinements et les râles s'atténuent.

Muller s'allonge sur le lit. L'élancement dans sa main droite reprend. Les battements de son cœur pulsent dans ses veines sous les cicatrices. Muller ferme les yeux et se laisse bercer. Leur rythme régulier l'apaise.

La sonnerie du téléphone le réveille en sursaut une heure plus tard. Muller décroche le combiné.

David Bartels dit :

— Oh bon sang, j'ai eu une journée épuisante !

20

Morcenx, 10 juillet 1987.

Le relais routier affiche complet. La palombe pommes grenailles et sauce au vin mitonnée par la patronne a fait la réputation de l'établissement. Des camionneurs affamés picorent des cacahuètes au bar en attendant que des places se libèrent en salle. L'inspecteur Nora commande un demi pêche pour patienter.

Un téléviseur ronronne dans un coin. Le son et l'image sont hachés, comme s'ils étaient directement branchés sur le percolateur. Bruno Masure entame le JT sur la condamnation de Klaus Barbie à la réclusion criminelle à perpétuité par la cour d'assises du Rhône, la réélection d'Hosni Moubarak en Égypte et l'ouverture du procès des responsables de la catastrophe nucléaire de Tchernobyl. Il enchaîne sur l'explosion en Allemagne d'un camion-citerne dans le centre d'Herborn qui aurait fait six morts et une quarantaine de blessés.

Le cœur de Nora fait un bond dans sa poitrine à l'énoncé des mots *camion-citerne* et *explosion*. Il interpelle le barman pour qu'il monte le son et, d'un mouvement du coude, il renverse sa chope de bière qui tombe à terre et se brise. L'homme se précipite pour éponger et nettoyer les bris de verre.

Nora s'écarte pour le laisser passer. Il se rapproche de la télé au moment où le présentateur précise la nature de la cargaison du camion-citerne : trente-six mille litres d'essence. Une étincelle et boum ! Nora pense : de l'essence, pas de l'ammoniac.

Le barman demande :

— Je vous en sers un autre ?

Nora opine. Une serveuse anorexique lui fait signe que sa table est prête. Il rafle sa pression et la suit jusqu'en terrasse. Elle lui indique une place exiguë contre la baie vitrée, se faufile entre les clients et lui fourgue un menu dans les mains avant de faire demi-tour.

Nora se marre intérieurement. Camion-citerne. Explosion. Carrément pathétique.

Depuis l'échec retentissant de l'opération de police qu'il dirigeait au siège de la société de transports Vita Trucks, en janvier dernier, à Bordeaux, Nora a connu des hauts et des bas.

Dans son dos, les mauvaises langues de la brigade financière de Nanterre le surnomment désormais Nora Trucks.

Dans les semaines qui ont suivi, Nora a fait profil bas. Il a eu vent d'incidents durant les manifestations des buralistes grenoblois et des ouvriers des usines de Riom et Tonneins. Des rumeurs ont rapporté que des délégués syndicaux s'étaient fait tabasser par des hommes cagoulés. Les mêmes rumeurs accusaient tour à tour les flics, le gouvernement Chirac et des milices secrètes montées par les fabricants de tabac. Nora s'est déplacé pour voir de quoi il retournait et si *par hasard* ces « cagoulés » avaient laissé derrière eux des indices laissant supposer qu'ils pouvaient être impliqués dans les braquages des camions-citernes Yara de l'an passé. À chaque fois, les délégués syndicaux amochés qu'il a interrogés racontaient la même fable. Ils étaient tombés dans un escalier, s'étaient blessés en faisant du bricolage ou avaient été pris à partie dans une rixe en marge des manifestations.

Début mars, sa hiérarchie lui a demandé de reprendre l'enquête sur le vol d'ammoniac. Non seulement la société Yara maintenait sa plainte concernant le braquage du 28 juillet 1986, mais elle l'élargissait à onze autres affaires s'étalant du 4 décembre 1985 au 3 juin 1986 et perpétrées en France et aux Pays-Bas. En cause, les dépôts de plainte conjoints de quatre des plus gros syndicats du secteur, la Fédération nationale des transporteurs routiers, FO transports, la CGT transports et la FGTE, la branche transport et environnement de la CFDT.

Les syndicats ont obtenu qu'une étude sur le stockage, l'acheminement, le chargement et le déchargement de l'ammoniac soit commandée auprès d'un établissement public dédié aux risques industriels, l'INERIS, pour démontrer que les douze braquages doivent être ajoutés à la longue liste des multiples dangers que courent les chauffeurs. L'objectif : réclamer une hausse des salaires et une augmentation des primes de risques.

Le supérieur de Nora lui a tendu son nouvel ordre de mission en déclarant :

— On oublie l'incident du 19 janvier à Bordeaux.

Traduction : l'ammoniac de Yara, on s'en contrefiche, mais on ne plaisante pas avec les syndicats de transports en France. Ces types-là sont des fous furieux. S'ils n'obtiennent pas gain de cause, ils peuvent vous bloquer le pays et paralyser l'économie en un rien de temps.

Nora bosse désormais à plein temps sur l'affaire Yara-ammoniac. Il a obtenu une voiture de fonction et une ligne de crédit conséquente pour ses déplacements. En échange, il a promis d'oublier Vita Trucks, la filiale transports d'European G. Tobacco, et de se concentrer sur l'ammoniac.

Nora tiendrait volontiers sa promesse, mais les faits sont têtus.

Il s'est documenté.

En 1985, le Corporate Intelligence Group de la compagnie Information Data Search, Inc. transmet à European G. Tobacco les résultats d'une enquête clandestine sur l'utilisation de l'ammoniac par ses concurrents, rassemblés à partir d'entretiens avec des fournisseurs de produits chimiques, des experts de la culture du tabac, des fabricants et des distributeurs d'équipements, des spécialistes des parfums et arômes, des ingénieurs chimistes et des cigarettiers. Conclusion : la concurrence utilise précisément mille deux cent cinquante tonnes d'ammoniac par an.

Nora a sorti sa calculatrice.

Douze braquages, près de deux cent cinquante mille litres d'ammoniac volatilisés, soit près du tiers de la quantité utilisée chaque année par des producteurs de tabac tels que la SEITA, Philip Morris ou European G. Tobacco. Beaucoup trop pour que cela passe inaperçu dans les comptes de n'importe laquelle de ces sociétés, mais trop peu pour que ça vaille le coup de prendre le risque de perdre douze camions-citernes à un million pièce. Trop peu également pour justifier l'assassinat de sept types un 28 juillet 1986. Trop peu enfin pour que, à moins de cent dollars la tonne d'ammoniac, cela puisse porter un coup fatal à l'économie de la concurrence.

Deux cent cinquante mille litres, c'est à la fois énorme et quantité négligeable.

L'ammoniac est devenu courant et peu onéreux. L'industrie chimique en produit chaque année des millions de tonnes. L'industrie du tabac en a besoin pour que ses clients soient accros à la nicotine, mais le trouver n'est pas un problème.

Braquer douze camions-citernes revient à prélever une goutte d'eau dans l'océan.

Douze braquages, c'est rien.

Qui prendrait le risque d'assassiner sept types pour rien ?

Qui et pourquoi ?

Nora en tire les conclusions qui s'imposent : l'ammoniac n'est définitivement pas le cœur du problème. Par conséquent, Nora décide de reprendre ses recherches sur les transporteurs. Nora choisit *au hasard* de cibler à titre d'exemple la société Vita Trucks. Évidemment, Nora n'est pas suicidaire. Il se garde bien de transmettre ses conclusions à sa hiérarchie et aux syndicats des transporteurs routiers.

Nora engloutit son demi pêche et sa palombe pommes grenailles et sauce au vin, puis il reprend la route au volant de sa R18 de service. La bière lui donne des aigreurs d'estomac. Les premières avancées de son enquête lui filent sa dose quotidienne d'adrénaline.

Il rattrape la nationale 10, vire à Castets, dans le sud des Landes, descend jusqu'à la commune d'Herm et s'engage sur la route de Magescq.

La casse automobile que le directeur de la centrale bordelaise de Vita Trucks a mentionnée lors de la perquisition du 19 janvier est située à la sortie de la ville. C'est là que les épaves de l'Iveco Turbostar de dix-huit mille litres et du Volvo 250 de six mille litres, après avoir déchargé leur cargaison à Bergen op Zoom, ont été rapatriées pour « non-conformité à la législation en vigueur » le 30 juillet 1986, deux jours après le braquage, puis démantelées.

Nora coupe le moteur et s'avance jusqu'au portail.

Le nom du propriétaire est inscrit à la peinture noire sur un panneau surplombant l'entrée : **JEAN-PIERRE VANIER SA**. Le portail est verrouillé. Une cloche fait office de sonnette. Nora tire sur la chaîne pour signaler sa présence. Un chien rapplique en aboyant comme s'il avait la rage.

Vanier émerge peu après en traînant des pieds. La soixantaine, un mètre soixante-cinq, casque de chantier vissé au sommet du crâne, barbe de trois jours, double menton et ventre proéminent. Nora exhibe sa carte de police en guise de présentation. Vanier hoche la tête et lui ouvre.

— Vous êtes le flic des camions-citernes, c'est ça ?

Nora acquiesce. Le chien montre les dents et continue

d'aboyer. Vanier lui file un coup de pied dans le flanc pour qu'il se taise. L'animal disparaît en couinant derrière un entrelacs de pièces empilées et de voitures en attente d'être démantelées.

Nora lui tend la liste des véhicules qu'il recherche. Vanier la consulte rapidement du regard, puis il lève un regard interrogateur sur Nora.

— Il y a une quinzaine de modèles sur votre papier.

Nora corrige :

— Dix-sept pour être précis.

— Je croyais qu'il s'agissait seulement d'un Iveco et d'un Volvo 250.

Nora lui reprend la liste des mains.

— Mais aussi quatre modèles Renault, cinq Mercedes Atego, trois Volvo FM et trois de la marque MAN.

Vanier tique.

— Je ne comprends pas.

— Les immatriculations, les dates, les modèles, tout est noté là-dessus.

Vanier sort un chiffon crasseux de la poche de sa veste, retire son casque et s'essuie le front.

— Il va nous falloir des heures pour vérifier tout ça.

Nora grimace.

— J'ai tout mon temps.

Vanier s'essuie à nouveau et renfile son casque. Il semble hésiter un instant, puis il hausse les épaules et conduit Nora en direction du bâtiment situé au pied d'une montagne de carcasses rouillées. Le soleil frappe la tôle et la ferraille. Par effet de réverbération, la température augmente d'un ou deux degrés lorsqu'ils atteignent la porte. Nora retire sa veste et entre.

Vanier s'avance vers une armoire en métal béante. Des piles de dossiers et d'imprimés dégueulent des étagères. Vanier s'immobilise, dos à Nora, comme si la tâche lui paraissait insurmontable.

Nora dit :

— Les dix-sept camions étaient la propriété de la société Vita Trucks.

Vanier ne répond rien. Ses épaules se voûtent légèrement. Il se dresse sur la pointe des pieds et attrape un carton sur la plus haute étagère. Il le dépose sur son bureau, l'ouvre et en extrait des imprimés qu'il entreprend d'inspecter et de trier en silence. Le tas de feuillets estampillés Vita Trucks prend forme.

Nora précise :

— À vrai dire, je voudrais la liste de *tous* les camions-citernes de la société Vita Trucks que vous pourrez trouver dans vos archives.

Vanier se fige un instant, puis il reprend son opération. Dix minutes plus tard, ce ne sont pas les fiches de dix-sept mais de vingt-deux camions-citernes Vita Trucks qu'il donne à son interlocuteur.

Tous livrés à la casse automobile Vanier entre le 28 juillet et le 12 août 1986.

Nora n'en croit pas ses yeux. Il vérifie les fiches une par une, afin d'être sûr de ne pas se tromper, puis il relève la tête et fixe longuement Vanier, un sourire énigmatique aux lèvres.

— Sacrée hécatombe, pas vrai ?

20 h 30. Nora photographie la série de carcasses alignées sur une centaine de mètres, en bordure de la casse. Les plaques ont été démontées, les camions-citernes vidés de leurs moteurs, de leurs pneus et de toutes les matières plastiques qu'ils contenaient, mais ils sont tous là. Les dix-sept véhicules braqués entre le 4 décembre 1985 et le 28 juillet 1986.

Tous, plus cinq autres inconnus au bataillon, miraculeusement classifiés « non conformes à la législation en vigueur » entre le 28 juillet et le 12 août 1986.

Comme si les responsables de Vita Trucks avaient eu une

soudaine révélation le jour du braquage mortel de l'Iveco et du Volvo 250 et s'étaient dit : *Nos camions sont obsolètes, les gars! Nos chauffeurs risquent leur vie pour transporter notre ammoniac et nous allons rester là à les regarder conduire ces cercueils sur roues sans réagir? Envoyons-les à la casse Vanier, à Herm, dans les Landes, modernisons notre flotte et achetons du matériel neuf! Ce brave Jean-Pierre Vanier est notre ami. Sa casse est un peu loin de Bordeaux mais c'est un commerçant hors pair et toujours prêt à rendre service. Il se fera un plaisir d'annuler ou de reporter ses vacances familiales et de venir les chercher en plein été pour les démonter!*

Nora retire avec soin la pellicule de l'appareil photo, l'empoche, en introduit une nouvelle et tourne la molette jusqu'à enclencher la première photo. Vanier se tient en retrait, mutique, le nez dans ses bottes. Nora prend encore une dizaine de clichés et le rejoint.

— Je peux vous emprunter votre téléphone?

Vanier hoche la tête. Il fait demi-tour et prend la direction de son bureau, de l'autre côté de la casse. Nora fait quelques pas derrière lui, puis il l'interpelle.

Vanier se retourne. Nora désigne les carcasses.

— Je vais être obligé de réquisitionner tout ça. Vous n'y touchez plus jusqu'à nouvel ordre.

Les deux hommes regagnent l'entrée de la casse en silence. Au moment de pénétrer dans le bâtiment, Nora remarque une caméra de vidéosurveillance, au-dessus de la porte. Il suit mentalement l'angle qu'elle couvre : le portail, la cour et une partie de la route. Il se dit que c'est peut-être son jour de chance.

Il appelle Vanier. L'homme revient sur ses pas en soupirant. Nora pointe la caméra du doigt :

— Elle fonctionne?

Rapport d'enquête RF/OLAF/UE-02.7896.1 Brigade financière de Nanterre/Office européen de lutte antifraude – 06/05/2002. OPJ rapporteur : capitaine de police Simon Nora – ARCHIVES PERSONNELLES DE DAVID BARTELS – 28/07/1987. *Transcription partielle d'un enregistrement sur cassette audio d'Henri Lafargue, tabaculteur à Tartas, dans les Landes, réalisé par Christelle Szabo, intitulé* « Grand inventaire de la condition humaine » *du 07/07/1987.*

Je vais être franc avec vous, les planteurs de tabac comme moi sont inquiets de la politique du gouvernement. Lutter contre le tabagisme, je veux bien, mais ce que le ministre Séguin oublie, c'est qu'en augmentant le prix des cigarettes, et donc en mettant en danger la consommation de tabac français, il s'en prend directement à notre portefeuille à nous, producteurs, et il met en danger les près de douze mille planteurs qui tentent, eux, de résister aux multinationales ! 15%, vous vous rendez compte ! Et au nom de quoi ? De l'égalité fiscale avec les producteurs de cigarettes ? Pour que les jeunes arrêtent de fumer ? Ils sont fous là-haut ! Rien qu'ici, dans le Sud-Ouest, on est six coopératives de tabac à rouler. Ça fait depuis 1637 qu'on plante ! 15% d'augmentation, c'est de la folie pure ! Les jeunes, y vont pas arrêter, y vont juste traverser les Pyrénées et aller se fournir en Espagne. Pour nous, c'est un coup dur. (*Partie de l'enregistrement inaudible*) j'entends bien qu'il s'agit d'un enjeu de santé publique, mais pour moi c'est surtout du marketing politique. Séguin et Chirac oublient qu'ici la plantation de tabac, c'est une tradition ! Le tabac, c'est comme la vigne, voyez, une pratique ancestrale, un produit de terroir, un produit magnifique. On n'a pas attendu les Camel et les Marlboro pour faire du bon boulot, nous ! Alors, oui, il paraît qu'il y a plusieurs dizaines de milliers de décès chaque année mais, bon sang, j'y suis pour rien, moi ! (*Bruit de déglutition.*) On est comme ostracisés ! Le marché est très porteur, mais on devrait fournir plus. Les aides de la Politique agricole commune diminuent année après année, sous prétexte que nous ne faisons pas assez d'efforts de mécanisation, mais bon sang ! Ceux qui produisent du tabac Virginia, ils ont des machines qui leur permettent d'abaisser la charge de travail à quatre cents heures l'hectare, mais ici, voyez, on produit du Burley. C'est un tabac plus fragile, de meilleure qualité, plus savoureux, plus fort aussi, contrairement au Virginia qui est très sucré. Sa particularité, c'est qu'il doit être coupé sur pied et effeuillé après séchage, et ça, c'est vraiment plus difficile à mécaniser, plus coûteux aussi. À l'hectare, c'est près de sept cents heures de travail, contre une dizaine pour le maïs, pour vous donner une idée. Nous, sans les primes de la PAC, on est fichus ! Ces primes, c'est près de 80 % du prix global ! Derrière la tabaculture, ce que le gouvernement doit bien voir, c'est qu'il y a des milliers d'emplois ! Des agriculteurs, comme moi, des permanents, des saisonniers pour la récolte et le séchage. Rien que dans ma coopérative, c'est cent dix personnes à l'année. Ce n'est pas rien dans un département agricole comme les Landes. Et ça, ils doivent l'entendre, là-haut, ils doivent entendre et écouter la France d'en bas et le tabac d'en bas…

~

Rapport d'enquête RF/OLAF/UE-02.7896.1 Brigade financière de Nanterre/Office européen de lutte antifraude – 06/05/2002. OPJ rapporteur : capitaine de police Simon Nora – ARCHIVES FOX & REYNOLDS CONSULTING – 28/07/1987. *Extrait du discours d'Eduardo Rojas, directeur des ventes d'European G. Tobacco, secteur Grand Ouest – Réunion interne du 2 juillet 1987, auditorium, hôtel Prestige (Brest).*

Ne doutez pas du pouvoir de la publicité pour vendre nos produits. Ne doutez *jamais* du pouvoir de la publicité. Voici un exemple de ce pouvoir. Nous sommes dans les années 20. Les États-Unis vivent une révolution sociale. Après des décennies de lutte, les femmes obtiennent le droit de vote. Beaucoup d'entre elles travaillent ou entrent à l'université. Au Texas ou dans le Wyoming, certaines succèdent même à leur mari au poste de gouverneur (*sifflets dans la salle, suivis de rires épars*). Pourtant, la discrimination demeure ancrée dans les mœurs. Quelques années auparavant, une femme du nom de Katie Mulcahey a été emprisonnée à New York pour avoir osé allumer une cigarette en pleine rue. La société Chesterfield, que vous connaissez tous très bien – appelons-la «société X» pour qu'on ne nous accuse pas de faire de la publicité pour la concurrence! (*rires*) –, la société X, donc (*rires*), a engagé un certain Edward Bernays, le neveu du célèbre psychanalyste Sigmund Freud, qui fait figure à l'époque de pionnier en matière de méthodes modernes du marketing et de la communication. Bernays recrute des médecins pour soutenir qu'aucune preuve scientifique ne permet d'affirmer que les cigarettes d'une marque concurrente seraient meilleures pour la santé. Sa campagne marketing connaît un vif succès qui remonte jusqu'aux oreilles de George Washington Hill, le président de l'American Tobacco Company – appelons-la «société Y», si vous le voulez bien (*rires et applaudissements*) –, qui débauche aussitôt Bernays et le convainc de travailler pour lui. Ce brave George a un gros problème. Il a conquis le marché du tabac américain en poussant l'armée à acheter des milliards de cigarettes distribuées ensuite à ses soldats, reléguant à la portion congrue cigare, pipe et chique. Désormais, grâce à lui, des millions de jeunes Américains fument et se considèrent comme des hommes parce qu'ils fument. En quoi est-ce un problème, me direz-vous? (*Une voix s'élève dans la salle en hurlant: «Les femmes, mon pote!»*) Les femmes, oui, monsieur, tout à fait! Applaudissez-le! (*Applaudissements nourris.*) Le problème de George, c'est que les femmes ne fument pas. Pas publiquement, en tout cas. George n'est pas à proprement parler féministe (*rires*), mais c'est un homme d'affaires conscient de ses intérêts. Il entend bien lever le tabou qui pèse sur les femmes en matière de cigarettes et qui, accessoirement, lui ferme les portes de la moitié du marché (*rires*). Voilà pourquoi il a besoin des services de Bernays. Celui-ci, par le truchement de son oncle, est féru de psychanalyse. Il affirme que la cigarette est un symbole phallique et qu'elle représente le pouvoir sexuel des hommes. Elle est aussi symbole de rébellion et de liberté. Selon lui, pour inciter les femmes à fumer, il suffirait donc d'inverser ce symbole en associant la cigarette à la contestation de la domination masculine. Tout bonnement génial, non? (*Mélange de sifflets et d'applaudissements.*) Le 31 mars 1929, Bernays organise un happening sur la Cinquième Avenue, à New York, à l'occasion de la parade de Pâques qui est un moment de fête et de liberté. Il installe un groupe de jeunes femmes élégantes sur un char, leur fournit des paquets de ses cigarettes et leur demande de se donner en spectacle en fumant de manière ostensible. Il place à leur tête Miss Bertha Hunt et la charge de répandre la bonne parole. La belle Bertha est bavarde. Elle a appris son discours par cœur. Aux journalistes qui se pressent autour d'elle, elle explique qu'on lui a trop souvent demandé d'éteindre sa cigarette et que la coupe est pleine. Ses amies d'un jour répètent ce qu'elle dit mot pour mot. Les cigarettes sont leurs flambeaux de la liberté. La parade de Pâques est leur marche vers l'égalité des sexes. Fumer est un hommage au combat des suffragettes et des féministes. Évidemment, vous l'aurez compris, cette affaire a été montée de toutes pièces. Miss Hunt est la secrétaire de Bernays et il s'est chargé lui-même de rameuter la presse. Mais le résultat est là. Le lendemain, l'évènement fait les gros titres dans toute l'Amérique. Bertha Hunt est la nouvelle statue de la Liberté. Elle clame haut et fort que les femmes continueront de faire tomber toutes les discriminations dont elles sont l'objet. Désormais, les femmes peuvent fumer. Mieux, fumer devient un acte militant, féministe et égalitaire. Encore mieux : pour être moderne, il faut fumer. Donc acheter les cigarettes du gros George (*applaudissements nourris et vivats dans la salle*). Bernays vient de prouver deux choses essentielles. Un, la publicité moderne permet de susciter l'achat en associant un produit à une émotion, un désir, des pulsions. («*Et la deuxième?*» *crie quelqu'un dans l'assistance – rires.*) Qu'en dites-vous? (*Il se racle la gorge, rires nourris dans la salle.*) Pensez-vous que les consommateurs ont *besoin* de nos cigarettes? (*Réponse de l'assistance : «Noooon!»*) Bien, pensez-vous maintenant qu'ils en ont *envie*? (*L'assistance : «Ouiiiiiii!»*) Allez-vous leur donner envie de continuer à acheter nos produits? (*L'assistance : «Ouiiiiiii!»*) En avez-vous vraiment envie, mes amis?

(*L'assistance, d'une seule et même voix : «Ouiiiiiii!»*) Monsieur... Où êtes-vous déjà? Voilà... Levez-vous, s'il vous plaît... Quelle était votre question déjà? Ah oui, quelle est la deuxième chose que Bernays a prouvée? C'est bien ça? (*Rires.*) L'envie, cher ami, cher partenaire, l'*envie* et non le *besoin*. Comment susciter l'envie du consommateur, voilà la question à laquelle nous devrons tous répondre si nous voulons continuer d'être les meilleurs sur le marché pour les décennies à venir. L'envie, c'est notre avenir. L'envie, c'est la clef du succès. (*Le discours se clôt sur une salve d'applaudissements et des vivats.*)

~

Rapport d'enquête RF/OLAF/UE-02.7896.1 Brigade financière de Nanterre/Office européen de lutte antifraude – 06/05/2002. OPJ rapporteur : capitaine de police Simon Nora – ARCHIVES FOX & REYNOLDS CONSULTING – *Extrait d'une conversation téléphonique privée entre Eduardo Rojas, directeur des ventes du secteur Grand Ouest d'European G. Tobacco, et David Bartels – 22/07/87 – 02:56 – Durée : 3 mn 37 s.*

DAVID BARTELS : Eduardo!

EDUARDO ROJAS : Bonsoir.

DAVID BARTELS : Que me vaut le plaisir d'un appel aussi tardif?

EDUARDO ROJAS : C'est à propos de cet évènement caritatif que je dois organiser à la rentrée prochaine à l'occasion de plusieurs compétitions de motocross autour de cette maladie homosexuelle...

DAVID BARTELS : Vous faites allusion au sida?

EDUARDO ROJAS : Oui, c'est ça, le sida.

DAVID BARTELS : C'est un virus, Eduardo. Excusez ma question, mais vous êtes marié?

EDUARDO ROJAS : J'ai une relation, oui.

DAVID BARTELS : Vous trompez votre *relation*?

EDUARDO ROJAS : C'est-à-dire que...

DAVID BARTELS : (*Rires.*) Détendez-vous, Eduardo. Je ne vous fais pas passer un test. Cela restera entre nous. Alors, vous arrive-t-il d'aller voir ailleurs ?

EDUARDO ROJAS : C'est que… Oui, cela a pu m'arriver, mais…

DAVID BARTELS : Alors protégez-vous, mon vieux, parce que vous aussi, vous pouvez l'attraper.

EDUARDO ROJAS : David… Je ne suis pas de ce genre-là… enfin, euh, vous voyez ce que je veux dire. Je ne me drogue pas non plus. Un peu de coke, de temps à autre, mais…

DAVID BARTELS : (*Rires.*) Tout le monde peut l'attraper, Eduardo. C'est prouvé scientifiquement.

EDUARDO ROJAS : Comme la nocivité du tabac pour la santé ?

DAVID BARTELS : (*Il éclate de rire.*) Merde, vous m'avez eu, Eduardo ! Je ne l'ai pas vue venir, celle-là ! (*Il s'allume une cigarette.*)

EDUARDO ROJAS : Bref, à propos de cet évènement autour de ce… virus, ce truc, là, je sais que c'est symbolique, je sais qu'il s'agit de développer une image positive de la marque, d'améliorer le taux de pénétration de la tranche d'âge des 14-24 ans qui sont sensibles à ces questions de santé…

DAVID BARTELS : Je vous en supplie, il est près de deux heures du matin, épargnez-moi votre baratin commercial !

EDUARDO ROJAS : Pardon, ce que je veux dire, c'est : ne pensez-vous pas que notre clientèle, euh… disons, traditionnelle, et notamment les parents de ces jeunes, risquent de se sentir heurtés par cette association entre nos produits et cette maladie ?

DAVID BARTELS : Je ne vous suis pas, Eduardo.

EDUARDO ROJAS : (*Nouveau raclement de gorge.*) Ce que je veux dire, précisément, c'est que cette clientèle traditionnelle, plus âgée, pourrait être amenée à croire, et pardon si je peux vous paraître cru, que nos produits sont des produits pour pédés ou pour drogués.

DAVID BARTELS : Pour… Nom de Dieu, Eduardo ! Vous plaisantez ?

EDUARDO ROJAS : Non.

DAVID BARTELS : Vous êtes homophobe ou quoi ?

EDUARDO ROJAS : Non, bien sûr que non.

DAVID BARTELS : Parce que, merde, passez-moi l'expression, mais vous vous exprimez comme un putain de réactionnaire !

EDUARDO ROJAS : Je...

DAVID BARTELS : C'est précisément à ça que sert ce type d'évènements caritatifs, Eduardo, fourrez-vous-le dans le crâne une bonne fois pour toutes !

EDUARDO ROJAS : Mais je...

DAVID BARTELS : C'est ça, votre putain de boulot : montrer que nos produits sont pour tous les hommes et toutes les femmes en âge de fumer, sans discrimination aucune ! Pédés, gouines, camés, vieux, enfants, sidaïques, cancéreux, catholiques, bougnoules, chinetoques, fascistes, racistes, xénophobes, intégristes, tous, vous m'entendez ! Tous ! Même les homophobes comme vous ! Tous, putain, pourvu qu'ils paient !

EDUARDO ROJAS : Tous. Oui.

DAVID BARTELS : Nous vendons des cigarettes, Eduardo. Nous vendons le meilleur produit du marché. Notre but est d'en fourguer le plus possible aux gens avant qu'ils en meurent, quelle que soit la raison de leur décès. Sida, cancer, infarctus, AVC, accident de la route, je m'en tape ! Nous ne sommes pas un putain d'hôpital ! Nous ne faisons pas de politique. Nous faisons du commerce.

EDUARDO ROJAS : Vous avez raison... oui... effectivement, je... Mais, euh, vous... Qu'est-ce que vous en pensez ?

DAVID BARTELS : De quoi, putain ?

EDUARDO ROJAS : Du sida, des p... Des homosexuels.

DAVID BARTELS : Comment ça, qu'est-ce que j'en pense ?

EDUARDO ROJAS : Votre avis, à vous...

DAVID BARTELS : Nom de Dieu... Ouvrez vos oreilles, mon grand, si vous voulez faire carrière dans ce métier. Mon avis est simple, et j'espère que ce sera le vôtre à l'avenir : un virus qui tue plus rapidement que nos produits est une bénédiction !

EDUARDO ROJAS : Pourquoi ?

DAVID BARTELS : C'est la guerre, Eduardo ! Ces gens se battent contre la maladie et les cigarettes que nous leur vendons les aident à supporter les balles ennemies. Quelle meilleure publicité ? (*Un long silence.*) Autre chose ?

EDUARDO ROJAS : Non.

DAVID BARTELS : Dans ce cas, bonne nuit, Eduardo.

EDUARDO ROJAS : Bonne nuit.

~

Rapport d'enquête RF/OLAF/UE-02.7896.1 Brigade financière de Nanterre/Office européen de lutte antifraude – 11/12/2002. OPJ rapporteur : capitaine de police Simon Nora – PERQUISITION DOMICILE RAPHAËL COSTE – 27/11/2002. *Transcription partielle d'un enregistrement sur cassette audio (janvier/août 1987) – Reporting quotidien sur dictaphone Philips S-122R de M. Coste, commercial 1ᵉʳ degré secteur Grand Ouest d'European G. Tobacco.*

427ᵉ jour. Bayonne, son secteur de prédilection. Bayonne sous la menace des attentats d'ETA. Bayonne sous la menace des attentats des GAL. Bayonne a peur, la France s'en fout. Je me lève tôt et je me couche tard. Raphaël-la-trique se dope à l'adrénaline. La menace terroriste et la peur me donnent des ailes. Raphaël-la-trique n'est ni pour les poseurs de bombe ni pour les victimes. Je suis pour les chiffres de vente en perpétuelle croissance. Grâce à moi, Bayonne fume comme un pompier. Bayonne oublie ses soucis le temps d'un shoot de nicotine pure. 428ᵉ jour. Samedi. Je me suis laissé entraîner par mon responsable de secteur dans un meeting en Dordogne organisé par le Big T. La trouvaille du jour, c'est le Grand Prix Jeunes Fermiers. L'idée : séduire les planteurs de tabac afin de les persuader de bosser pour European G. Tobacco, une équipe jeune, dynamique et proche des paysans, *vous voyez le genre* ! J'ai accepté faute de mieux. Aussi parce que j'imaginais m'envoyer en l'air avec une petite agricultrice dans le foin. Au lieu de ça, il déluge toute la journée, le champ aménagé pour l'occasion vire au terrain vague boueux et les seules mamelles que je vois sont celles d'une blonde d'Aquitaine, qui remporte le prix de beauté, et de sa dauphine, une bazadaise au regard bovin. 429e jour. Break dominical. Un prostitué congolais, derrière la gare Saint-Jean. Le type refuse de me sucer sous prétexte qu'il veut négocier le prix. Le traquenard : il beugle et alerte deux costauds qui me dépouillent. Raphaël-la-trique ne bande plus. Je réintègre mon studio la queue entre les jambes. 444e jour. Je communique mes ventes de juin à ma hiérarchie. Dans l'heure, je reçois un appel d'Eduardo Rojas pour me féliciter. Je suis installé au comptoir de mon bar favori, place Camille-Jullian, dans le centre de Bordeaux. Je sirote des mojitos avec une adorable chica qui refuse de me donner son prénom. Le patron me tend le combiné : *C'est vous, Raphaël-la-trique ?* La fille glousse. Je bombe le torse : *Qui me demande ?* La fille me fait les yeux doux. Je dis : *Je prends l'appel.* Je demande à Rojas : *Comment diable avez-vous fait pour me retrouver ici ?* Rojas répond : *Je sais toujours où sont mes meilleurs vendeurs.* Je me marre. Je surveille du coin de l'œil le décolleté de la fille. Eduardo Rojas se marre et raccroche. J'adresse un clin d'œil à la fille et commande une nouvelle tournée de mojitos.

21

La Celle-Saint-Cloud, 28 juillet 1987.

Valentina déclare :
— Aujourd'hui, on se détend !
L'institut de beauté Shiva donne sur l'avenue Lamartine. Carrelage ivoire, plafond à cinq mètres et mobilier chic aux formes géométriques. Une dizaine d'esthéticiennes entre vingt et trente ans s'activent en manipulant des baumes aux senteurs d'agrumes, des flacons d'huiles essentielles aux noms exotiques et des serviettes en coton parfumées à la violette. Elles portent des blouses blanches échancrées et des pantalons immaculés qui mettent en valeur le logo de l'établissement. De larges baies vitrées munies de rideaux permettent aux passants d'admirer en ombres chinoises les silhouettes des clientes en train de se faire dorloter.

Hélène et Valentina sont l'épicentre de toute cette agitation toute l'après-midi. Valentina a payé d'avance pour la prestation « Bien-être corporel-Soin intégral+++ ». La propriétaire des lieux leur a réservé les deux places les plus en vue. Quatre employées s'occupent d'elles.

Valentina fume des cigarettes mentholées de marque italienne et boit des Margaritas au shaker. Hélène feuillette des magazines de mode. Elle est allongée sur le ventre pendant qu'une employée lui masse les pieds et qu'une autre étale une crème raffermissante sur son dos. Elle ouvre les yeux et la dévisage comme si elle lisait dans son esprit. Valentina lui lance une œillade tendre par-dessus son épaule.

— Ce soir, je t'invite à dîner.

Hélène glousse.

— Muller nous rejoint ?

Valentina secoue la tête.

— J'ai mieux que ça. Un ami à moi, Sylvain Trichet, la trentaine, mignon, amateur de course automobile, un petit cul ferme à croquer, propriétaire d'une entreprise qui fabrique des boissons énergisantes et surtout riche, très riche. Il est prêt à investir un paquet de fric pour que nous représentions ses produits à l'occasion des prochaines courses.

— Tu vas lui faire tourner la tête, comme aux autres.

Valentina sourit.

— Non, *tu* lui fais tourner la tête.

Elle pense : *Ton petit cul de vingt ans lui a tapé dans l'œil, ma belle. Moi, il ne m'a même pas vue.*

— Sylvain m'a déjà appelée deux fois cette semaine pour me parler de toi.

— Tu me fais marcher.

— Il t'a repérée lors du dernier GP500.

Hélène fronce les sourcils.

— Je ne m'en souviens pas.

— Lui, si !

Valentina demande aux employés qui s'occupent d'elles de les laisser un instant. Elle attrape son sac à main. Elle en extrait une enveloppe.

— C'est un gros contrat pour l'agence. Très, très gros. À peu près un tiers de notre chiffre d'affaires annuel. La Fox & Reynolds Consulting va en faire une jaunisse, mais je crois qu'ils accepteront parce que c'est bon pour leur couverture que je diversifie mes activités.

— Toutes mes félicitations !

Valentina lui adresse un sourire triste.

— Il y a une condition.

— Laquelle ?

Valentina écrase sa cigarette en fixant Hélène.

— Ta présence est indispensable pour le deal.

— Tu peux compter sur moi.

— Je sais.

Valentina prend une profonde inspiration et lui tend l'enveloppe.

— Cadeau.

Hélène s'assoit, intriguée. Elle décachette l'enveloppe, en sort un passeport et une carte d'identité. Elle a un mouvement de recul en découvrant sa photo sur chacun d'entre eux.

— Je ne comprends pas.

Valentina vient s'installer à côté d'elle.

— Je veux qu'on s'associe. Je veux que tu deviennes membre à part entière de l'agence.

— Comment ça ?

— J'ai besoin d'une personne pour gérer une partie de mes affaires, maintenant que la boîte est amenée à grossir. Quelqu'un en qui je peux avoir une confiance totale. Je peux avoir confiance en toi, Hélène ?

La jeune femme acquiesce. Ses yeux brillent d'une lueur intense.

— Je te dois tout.

Valentina lui passe la main dans les cheveux.

— À deux, nous serons plus fortes.

Hélène tapote le passeport.

— Anna Krause ?

— Ce sera ton nouveau nom, si tu le veux bien.

— Pourquoi pas Hélène Thomas ?

Valentina grimace. Les visages de David Bartels et d'Anton Muller se superposent dans son esprit. Leur regard est lourd de reproches. Valentina leur adresse mentalement un bras d'honneur.

— Dans un monde d'hommes, répond-elle, les femmes comme nous ont besoin de protéger leurs arrières si elles veulent autre chose que des miettes.

Hélène la fixe longuement, puis reporte son attention sur les documents.

— Anna Krause.

— Tu es née à Paris le 23 juin 1963. Père d'origine allemande, décédé. Tu as été élevée par ta mère, française. Tu vis à La Celle-Saint-Cloud.

— 1963, tu me vieillis !

Valentina lui pince la cuisse. Hélène-Anna émet un glapissement de douleur. Valentina rallume une menthol et fait signe aux employés de revenir.

Hélène minaude.

— Ça me fait quel âge ? Vingt-trois ? Vingt-quatre ans ?

Valentina se rallonge.

— Tes jambes ont toujours vingt ans, ne t'inquiète pas.

21 h 30. Le restaurant Le Pré affiche complet. Musique de chambre, trois étoiles gravées au-dessus de la porte d'entrée, boiseries en merisier sur les murs, lumières tamisées et clientèle de nouveaux riches. Hélène est nerveuse malgré la tequila frappée qu'elles ont bue avec Valentina avant de venir.

Un serveur en livrée la guide jusqu'à sa table. Le type des boissons énergisantes est déjà installé côté fenêtre. Deux coupes de champagne trônent sur la table. Une bouteille de Perrier-Jouët attend dans un seau à glace. L'homme se lève précipitamment pour l'accueillir. Hélène déglutit et se laisse embrasser dans le cou, comme s'il s'agissait d'une chose parfaitement normale pour obtenir la signature d'un contrat.

22

Paris, 19 octobre 1987.

Le téléphone sonne sans interruption. Bartels ouvre un tiroir latéral de son bureau. Dans le fond, une cartouche collector de cigarettes Kent de 1954 dans leur paquet d'origine offerte par un client automobile d'European G. Tobacco.

Une note manuscrite précise : **À NE SURTOUT PAS FUMER.** *Dans le monde de la publicité, il existe un vieux dicton : il n'y a pas plus de rapport entre le tabac et une cigarette qu'entre un sapin et un numéro du* New York Times. *Le filtre Micronite TM bleu de ces Kent contient de l'amiante. Quinze milliards d'unités vendues entre 1952 et 1956, tout de même. Un exploit! Bien cordialement. Votre dévoué T. S.*

Bartels soulève le cadeau et déniche une boîte de gélules blanches. Il en gobe deux et décroche le téléphone.

— Ce cher Henri, quel plaisir! Comment vont nos jeunes recrues?

Depuis la fin de l'été, Fox & Reynolds Consulting sponsorise des évènements caritatifs dans toute l'Europe. Le principe de charité chrétienne est devenu hyper tendance depuis 1985, quand Chanteurs sans frontières a popularisé en France le concept anglo-saxon de *band aid* pour lutter contre la famine en Éthiopie, et depuis sa récupération mercantile à travers le slogan *United Colors of Benetton*. Les industriels du tabac se sont engouffrés dans la brèche, à commencer par Big Tobacco. Le mot d'ordre, c'est : « Provoquons une prise de conscience sur tous les marchés où nous sommes présents ! »

Sous-entendu : ce n'est pas parce que vous êtes réfugié éthiopien, sidéen, clochard, trisomique, que votre mari vous frappe ou que vous n'entrez dans aucun de ces cas de figure, Dieu vous en préserve, que vous ne pourrez pas fumer une bonne cigarette !

Bartels et le service marketing d'European G. Tobacco s'emploient donc à organiser des projets tous azimuts. Tournois de tennis visant à récolter des fonds pour la lutte contre le sida, accueil des sans-abri, distribution de repas gratuits, soutien aux associations d'aide aux femmes battues ou promotion de compagnies de théâtre pour handicapés moteurs. Des happenings sont organisés, l'occasion pour Bartels et des cadres d'European G. Tobacco de s'afficher en public aux côtés de stars du sport ou d'hommes politiques, de créer des liens et d'assurer une couverture médiatique positive qui atténue l'image dégradée que peut avoir le tabac. Le message est simple : des victimes sont à déplorer, le produit est mauvais pour la santé, mais Big Tobacco est un acteur majeur de la société qui sait se montrer désintéressé et prendre soin des plus faibles là où l'État a failli.

Ces initiatives leur pompent une énergie et un temps fous, mais le retour sur investissement en termes d'image est colossal. Les ventes n'ont jamais été aussi florissantes.

Ils ont monté en toute légalité un fonds d'œuvres caritatives baptisé « Ensemble pour un avenir meilleur ». Ils ont pris soin de gommer toutes les mentions permettant d'établir un lien entre ses bénéficiaires et les généreux donateurs de l'industrie du tabac. Big Tobacco et Fox & Reynolds n'apparaissent même pas dans les statuts. Ils ont nommé comme président fantoche une star du cinéma français. L'acteur a généreusement accepté contre un gros chèque et deux places VIP au prochain Grand Prix Formule 1 de Monaco. En échange, il serre des mains et s'affiche lors des soirées caritatives payées par Bartels aux côtés d'autres célébrités.

Ce cher Henri est l'une d'elles. Il préside une association visant à permettre aux déficients intellectuels de participer aux compétitions nationales et internationales. Bartels a trouvé l'idée formidable. Il a promis de faire tout ce qui était en son pouvoir pour organiser des « jeux Olympiques spéciaux » et de mener le lobbying nécessaire auprès de la Fédération française de tennis. Il a supplié *ce cher Henri* de l'appeler dès qu'il aurait besoin d'un coup de main. *Ce cher Henri* l'a pris au mot et le harcèle de coups de fil pour obtenir des places pour ses amis aux divers tournois de tennis sponsorisés par Fox & Reynolds.

Henri déclare :

— L'un de mes amis est l'un des plus grands fans de la joueuse allemande Steffi Graf.

Bartels dit :

— Votre ami a du goût.

— Il prétend qu'elle est la meilleure joueuse de tennis de tous les temps. Il faudra des décennies avant qu'une autre la supplante. Il ne se remet pas d'avoir manqué sa défaite à l'US Open face à Martina Navrátilová.

Bartels lève les yeux au ciel.

— Quel dommage !

— Mon ami me souffle que les 16 et 22 novembre prochains auront lieu les Masters de New York.

Bartels allume une cigarette.

— Votre ami est bien renseigné, mais je ne peux rien pour lui.

— Il va être contrarié.

— L'un de mes plus gros clients, European G. Tobacco, loue une loge à Roland-Garros. Avec des bénévoles d'une association caritative à laquelle je participe modestement, Ensemble pour un avenir meilleur. J'y étais justement cette année pour assister à la victoire de Graf contre Navrátilová en trois sets, en compagnie de généreux donateurs, du numéro deux des douanes, de proches de Jacques Chirac, ainsi que de plusieurs membres des cabinets des ministres de l'Économie et de l'Intérieur.

Henri manque de s'étouffer. Bartels le rassure :

— Il se trouve que j'ai encore deux places disponibles pour la finale du tournoi de l'année prochaine. Je vous les envoie par coursier, demain, sans faute.

— Ce serait formidable !

Bartels se marre.

— À condition que Steffi Graf se qualifie pour la finale, bien sûr !

Henri rigole bêtement. Bartels raccroche, écrase sa cigarette, en rallume une autre et se lève pour se servir un scotch. Il consulte sa montre. Il est en retard pour le dîner avec Maillart et ce chercheur qu'il veut lui présenter. Il vide son verre et commande un taxi. Le téléphone se remet aussitôt à sonner. Bartels l'ignore. Il rafle sa veste, empoche sa boîte d'amphétamines et descend attendre sur le trottoir.

Cinq minutes plus tard, le chauffeur lui demande d'une voix atone :

— Dure journée ?

Bartels croise son regard dans le rétroviseur.

— Vous n'avez pas idée.

Le type soupire. Bartels n'écoute pas la suite de son monologue. Il rallume une cigarette pour se donner une contenance. Il réprime un bâillement et cale sa tête contre la vitre.

Les boulevards s'étirent, stroboscopiques. L'autoradio diffuse un reportage sur la tempête qui a ravagé la Bretagne et le Cotentin, trois jours plus tôt. Le chauffeur monte le son.

Bartels ferme les yeux. Les voix du journaliste et du chauffeur se mêlent pour ne plus former qu'un vague fond sonore. À l'intérieur de son crâne, résonnent les trompettes du «Tuba mirum» de la *Messa da requiem* de Verdi. Bartels tapote la mesure du bout des doigts sur l'appui-tête du siège avant. Les muscles de ses bras et de ses cuisses se tendent et se relâchent en cadence.

Bartels est épuisé. Il vit dans un état de stress permanent. Il est débordé. Il est sur le pont vingt heures sur vingt-quatre. Il tient grâce à des comprimés blancs d'amphétamines que lui fournit le brave professeur Maillart. Ces histoires de grèves à répétition l'ont lessivé. Il n'a plus de temps pour sa vie de couple. Il ne donne même plus le change. Il lui semble qu'il n'a pas vu les enfants depuis une éternité.

Le chauffeur dit :

— Nous sommes arrivés.

Bartels ouvre les yeux. Sa tête tourne. Il ouvre la portière et pose un pied sur le trottoir. Les formes autour de lui deviennent floues, la voix du chauffeur lointaine. Il tente de se lever, vacille. Son pied droit glisse sur le sol, il essaie de se rattraper mais sa main ne saisit que le vide et il s'effondre.

— Je crois que j'ai besoin de repos, souffle-t-il avant de perdre connaissance.

Élise est penchée au-dessus de lui. Un verre d'eau dans une main, le téléphone dans l'autre. Son épouse porte une robe de soirée de marque et un collier de perles. De longues traînées de rimmel s'étirent sur ses joues, comme si elle avait pleuré.

Elle chuchote :

— Le docteur va arriver d'une minute à l'autre.

Bartels se redresse et balaie la pièce des yeux.

— Comment suis-je arrivé dans le salon ?

— Le chauffeur de taxi m'a filé un coup de main.

Il consulte sa montre.

— Merde, on est vraiment en retard !

Il se lève, repère sa veste sur le dossier du canapé et la déplie pour y chercher son paquet de cigarettes.

— Où est la baby-sitter ?
— Je l'ai renvoyée chez elle, voyons !
— Rappelle-la !

Il glisse une Chesterfield entre ses lèvres. Élise la lui arrache et l'écrase dans le cendrier.

— Cette saloperie va finir par te tuer.
— Ne dis pas de bêtises !

Il allume une autre cigarette, enfile sa veste et se rend dans la salle de bains.

— Rappelle la baby-sitter !

Il pose sa cigarette sur le bord du lavabo, se passe de l'eau sur le visage, se recoiffe en prenant soin d'éviter son reflet dans le miroir, avale deux comprimés d'aspirine, puis il reprend sa cigarette et inhale longuement la fumée. Son cœur bat à nouveau normalement.

De retour dans le salon :
— Je t'attends en bas.

Élise n'a pas bougé.

— Je ne viens pas.
— Ne fais pas l'enfant.
— Tu n'es pas en état.

Bartels hausse les épaules, fait volte-face et se dirige vers la porte d'entrée.

— Remaquille-toi, tu fais peur, je te jure, dit-il avant de disparaître dans la cage d'escalier.

23

Paris, 19 octobre 1987.

Christelle est assise sur l'abattant d'une cuvette des toilettes pour femmes du cinquième étage de la CPAM de Nanterre. Elle relit les résultats de ses analyses de sang pour être certaine de ne pas avoir commis d'erreur. Elle éclate d'un rire nerveux, elle pleure toutes les larmes de son corps, puis elle se lave les mains et éclate à nouveau de rire en fixant son reflet dans le miroir.

Elle débauche à 15 h pour consulter. Le médecin généraliste qui la reçoit lui sourit. Sa voix est douce, ses gestes sont rassurants. Christelle voudrait qu'il la traite de conne et d'irresponsable. Elle a envie de hurler. Elle visualise David et Élise Bartels, leurs deux garçons. Elle pense à son boulot de prévention à la Sécurité sociale, puis à celui du père de son enfant.

Les mots *boulot* et *prévention* lui filent la nausée. Le mot *père* la fait frémir. Le mot *enfant* la tétanise. Elle doit se rasseoir pour reprendre son souffle.

Le médecin dit :

— Ça fera cent quarante francs.

Christelle répond :

— Plutôt crever !

24

Paris, 19 octobre 1987.

Le Benkay, un restaurant japonais haut de gamme sur le quai de Grenelle, à deux pas du Champ-de-Mars. Excellente réputation, sushis de premier choix, mais surtout très discret. Idéal pour un rendez-vous d'affaires entre ardents défenseurs du droit inaliénable de fumer.

Élise n'a pas décroché un mot depuis leur arrivée. Bartels s'en tape. Il a une faim de loup. Il enchaîne les tasses de saké en attendant qu'on les serve.

Leurs invités sont le professeur Maillart, l'un de ses collègues, Jacques Tisserand, membre du comité scientifique de l'association Neurobiologie et nature, grand spécialiste suisse de la nicotine et de ses effets sur le cerveau, ainsi que leurs épouses.

Bartels tape des mains.

— On n'est pas bien, là ?

Tisserand est affable. Il ne tarit pas d'éloges au sujet de son propre curriculum vitae. Il déploie des efforts inconsidérés pour ramener la conversation sur le caractère innovant de ses travaux. Bartels ne l'écoute que d'une oreille. Le malaise qui l'a terrassé deux heures plus tôt semble lui avoir donné des ailes.

Sa dernière trouvaille est l'article d'un chercheur allemand nommé Grünewald sur ce qu'il appelle les sciences du plaisir. Ni Tisserand ni Maillart n'en ont entendu parler. Bartels brandit le papier qu'il a découpé dans une revue scientifique.

Depuis le début des années 80, Grünewald travaille pour un des principaux concurrents d'European G. Tobacco. Le chercheur allemand organise des ateliers aux intitulés délicieusement poétiques, à grands renforts publicitaires. «Plaisir : politique et réalité», Venise, 1983, «Plaisir et qualité de vie», Bruxelles, 1984, ou encore «Vivre, c'est plus que survivre», Amsterdam, 1987. Bien sûr, la consommation de tabac figure en tête de liste des sources de plaisir étudiées dans ces ateliers, mais toujours de manière détournée. L'idée, c'est : le bonheur par les plantes, le plaisir par le tabac.

Il tapote l'article du bout des doigts.

— Messieurs, qu'en pensez-vous ?

Tisserand sourit.

— C'est précisément la conclusion d'un article que je m'apprête à publier avec Bernard sur la diminution des systèmes dopaminergiques sous-corticaux grâce à l'effet de la nicotine. Sans vous assommer avec des termes techniques, disons en résumé que nous avons pu prouver que la nicotine a des effets positifs sur les fonctions cognitives du cerveau.

Bartels sourit.

— Passionnant !

— Un pharmacologue clinicien qui travaille avec nous a également démontré que la fumée du tabac fournissait un antidépresseur redoutable.

— Quand votre papier sera-t-il publié ?

Tisserand consulte son collègue du regard.

— Nous hésitons encore.

Maillart le coupe :

— Au cas où vous auriez une préférence pour un journal en particulier, n'hésitez pas à me le faire savoir…

Bartels siffle son verre de saké.

— Bien ! Assez parlé boulot !

Il se tourne vers les épouses des professeurs et leur raconte par le menu ses aventures extravagantes dans le monde merveilleux de l'industrie du tabac. Il fait ouvertement du gringue à madame Maillart et multiplie les allusions coquines au sex-appeal de son mari, entre deux anecdotes croustillantes. Ses sous-entendus ne sont pas du goût du professeur qui se dandine sur sa chaise en s'efforçant d'empêcher sa femme de boire les verres que Bartels lui remplit. Plus il paraît terrorisé à l'idée que Bartels aborde la question de ses infidélités conjugales, plus Bartels s'amuse à les provoquer.

Il adresse un clin d'œil au professeur, avant de confier à son épouse :

— Une femme de votre classe doit faire tourner la tête de nombreux hommes.

Mme Maillart feint de s'offusquer.

— Voyons, voyons…

— Votre mari est souvent absent pour présenter ses travaux à l'étranger. Sa confiance en vous doit être inébranlable, n'est-ce pas, Bernard ?

Les joues de Maillart-la-cocue s'empourprent. Maillart-l'infidèle vire au cramoisi. Élise lève les yeux au ciel. Bartels se délecte.

— J'adore mon boulot ! Big Tobacco sponsorise l'acrobatie aérienne, les courses de chevaux, le saut d'obstacles au Royaume-Uni, le football au Niger, mais aussi le bridge, le bowling et le backgammon aux Pays-Bas. Vous aimez le bridge, madame Maillart ?

Elle hoche la tête. Bartels administre une tape dans le dos de Maillart-l'infidèle avec condescendance.

— Je peux vous faire parvenir des places.

Un serveur l'interrompt. Il dépose au milieu de la table une quantité invraisemblable de plats exotiques. Bartels explique à Mme Maillart comment se servir de ses baguettes pour saisir les sashimis en vantant les vertus aphrodisiaques du gingembre. Il se rapproche, lui saisit le poignet et guide chacun de ses gestes. Il s'arrange pour que leurs joues se frôlent. Maillart-l'infidèle se racle bruyamment la gorge. Son épouse pique un fard. Bartels lui ressert du saké.

— Je suis tellement heureux de travailler avec votre mari.

Élise ironise :

— Tu ne comprends absolument rien aux sciences.

Bartels hèle un serveur pour commander du vin et faire diversion. Il offre une cigarette à ses invités. Tous déclinent.

Il secoue la tête en souriant.

— Saviez-vous qu'European G. Tobacco a été le premier dans les années 70 à utiliser la promotion par publicité aérienne et à recourir à des panneaux d'affichage recouverts de photolithographies ? Mais avant cela, les fabricants de tabac avaient été des pionniers en matière de dessins animés diffusés dans des salles de cinéma. Nous avions des armées d'employés qui traquaient dans les films ou les émissions radiophoniques le nombre de fois où nos produits étaient cités, ainsi que des mots tels que *plaisir* ou *liberté* qui leur étaient associés.

Le professeur Tisserand s'étonne :

— Ils les comptaient vraiment ?

— Bien sûr !

Maillart-l'infidèle dit :

— Maintenant, ça ne se fait plus.

Son épouse murmure :

— Ce sont certainement des machines qui font les comptes.

— Détrompez-vous !

Bartels lève l'index devant ses lèvres.

— Je paie également quelqu'un pour relire les transcriptions des conférences que donne votre mari, ainsi que ses publications scientifiques.

Maillart et Tisserand manquent de s'étouffer. Leurs épouses se regardent en pouffant. Élise bâille de façon ostensible. Elle saisit la bouteille de vin, remplit son verre et en siffle la moitié, puis elle se ressert et se tourne vers Mme Maillart.

— Ce que mon mari oublie de vous dire, c'est pourquoi il dépense une petite fortune en procédés marketing ou pour financer les recherches de votre mari !

Bartels allume une cigarette en la foudroyant du regard.

— Je ne suis pas sûr que ça intéresse nos invités.

Élise lui sourit en retour.

— Au contraire ! proteste Mme Maillart.

Élise lève son verre, le fait tinter avec celui de son mari et boit une gorgée.

— Pour nous faire oublier ce que les cigarettes qu'il vend contiennent comme saloperies.

D'une pichenette, elle pousse le paquet de Chesterfield de Bartels au milieu de la table.

Elle se tourne vers Mme Tisserand :

— Vous aimez la réglisse ?

— J'adorais ça, quand j'étais plus jeune, répond-elle poliment.

— Savez-vous qu'on en ajoute au tabac, avec de l'ammoniac, ce qui transforme les cigarettes en véritables pipes à opium nicotiniques ? Savez-vous également que la fumée de cigarette contient de l'arsenic, du cyanure et des isotopes radioactifs ?

— Élise, ma chérie…

Bartels dépose sa Chesterfield dans le cendrier. Mme Maillart grimace, les yeux rivés sur les volutes de fumée qui s'en échappent. Agacé, Bartels l'écrase et attrape la main de son épouse pour la faire taire. Élise la retire sèchement.

— En fait, deux tiers des composants de la cigarette sont

effectivement du tabac. Le reste n'est qu'une espèce de monceau d'immondices, de sucres ajoutés, d'accélérateurs de combustion, d'agents d'épuration, de dilatateurs de bronches et de glycérine, d'antigel, et même de véritables *déchets*. De la terre et des moisissures, bien sûr, mais aussi des vers, du fil de fer et des excréments d'insectes. De la merde de mouche ou de cafard, vous le saviez, ça?

Des travaux bloquent les artères principales. Le taxi emprunte des rues latérales au petit bonheur la chance pour éviter les sens interdits. Le chauffeur est inexpérimenté. Il déchiffre les plaques des rues pour se repérer, freine de façon brutale lorsqu'il se trompe, repart en sens inverse en pestant. Élise est passablement éméchée. Les acrobaties du chauffeur la font rire aux éclats.
Bartels ne décolère pas.
— De la merde d'insecte, nom de Dieu!
L'autoradio diffuse un air à la mode qu'Élise reconnaît aussitôt. Elle tape sur l'appui-tête du chauffeur.
— Plus fort!
Le chauffeur s'exécute. Elle remonte légèrement le bas de sa robe, dévoilant ses genoux, puis elle se met à remuer de façon grotesque. Bartels essaie de l'en empêcher, en vain. Elle lui tourne le dos et mime le geste de frotter ses fesses contre lui. Il croise le regard du chauffeur dans le rétroviseur.
Élise est contre lui à présent. Bartels la repousse. Élise continue de plus belle.
— C'est ton truc, pourtant, persifle-t-elle.
— Qu'est-ce que tu racontes?
— Les gros culs! Les culs des salopes que tu te tapes quand tu sors avec tes amis du Big T et qui mouillent en écoutant tes vannes péraves, du genre: *Le tabac sans nicotine, c'est le sexe sans orgasme!* Tu crois que je suis aveugle? Tu me prends pour une conne?

— Tu es pathétique…

Élise se raidit.

— Tu crois que je ne sais pas lire un relevé téléphonique ?

Elle avance son visage à quelques centimètres de celui de Bartels.

— Tu crois que je ne sais pas pour Christelle ?

Bartels se fige. Élise bombe le torse. Elle s'humecte les lèvres de la langue.

— Christelle, Christelle, Chris…

Bartels la repousse d'un geste brutal.

— Ferme-la !

Élise se cogne sur la vitre de la portière dans un bruit mat. Elle grimace, un voile de colère dans les yeux. Bartels balbutie des excuses. Il tend la main pour lui caresser la joue. Élise le gifle.

— Ne me touche pas !

— Je voulais juste te…

Élise tremble. Des gouttes de sang perlent sur son arcade sourcilière. Elle lève la main, prête à le frapper à nouveau.

— Ne t'avise surtout plus jamais de me toucher !

— Tu es folle !

Elle secoue la tête.

— Ne va pas t'imaginer des choses, David. Je ne reste avec toi que pour ton fric et pour les enfants…

Le taxi s'immobilise. Bartels jette un œil par la vitre et s'aperçoit qu'ils sont arrivés en bas de leur immeuble. Il règle la course, et fait le tour de la voiture pour ouvrir la portière d'Élise. Elle s'avance en titubant jusqu'au perron, insère la clef dans la serrure de la porte du hall d'entrée, se hisse sur la pointe des pieds, puis elle s'arc-boute contre le battant et pousse de toutes ses forces pour ouvrir, avant d'être prise d'un violent haut-le-cœur.

Bartels frappe à la vitre du taxi pour lui demander d'attendre un moment. Élise finit par se redresser. Bartels la regarde rentrer et disparaître dans la cage d'escalier. Elle ne s'est même pas retournée pour vérifier s'il la suivait.

Il se réinstalle à l'arrière et donne au taxi l'adresse de Christelle. Il fouille dans ses poches à la recherche de cigarettes. Son paquet est vide. Il le froisse et le balance à ses pieds. Le chauffeur proteste.

— Hé!

Bartels lui demande de le déposer devant un bar-tabac encore ouvert. Le taxi s'arrête dix minutes plus tard en double file, face à un établissement appelé Le Central, dans le 19ᵉ arrondissement. À la verticale du nom, un néon qui clignote indique *Ouvert 7j/7, 20h/24.*

Bartels dépose un billet de cent sur l'accoudoir central et explique au chauffeur qu'il n'en a que pour deux minutes. Le taxi démarre en trombe dès qu'il a le dos tourné. Bartels lui adresse un bras d'honneur, faute d'être en état de lui courir après, puis il gobe un comprimé d'amphétamines et pénètre dans le bar-tabac. L'endroit sent le détergent, l'anis et le tabac froid. Un employé s'applique à passer la serpillière sur le carrelage jonché de mégots. Il slalome entre les pieds d'une demi-douzaine de clients avinés.

Bartels s'avance vers la boutique et dépose un billet de deux cents francs sur le comptoir.

— Je peux passer un coup de fil?

Le buraliste lui indique une cabine publique sur le trottoir, de l'autre côté de la rue, sans même lever les yeux sur lui. Bartels rafle ses cigarettes et sa monnaie. Un quinquagénaire accoudé au bar, Gitane Maïs au bec, le détaille des pieds à la tête avec mépris. Leurs yeux se croisent une fraction de seconde. Le type pince les narines, l'air dégoûté. Bartels frissonne et se précipite à l'extérieur pour fuir son regard.

Il décachette l'un de ses paquets, attrape une cigarette du bout des lèvres et l'allume. L'effet de la nicotine conjugué aux amphétamines l'apaise immédiatement. Il traverse la rue et s'engouffre dans la cabine téléphonique. Il décroche, glisse une pièce dans l'appareil et compose le numéro de Christelle. La ligne crépite. Le téléphone sonne dans le vide un long moment avant que Bartels raccroche.

Il est en nage. Le cocktail alcool, stress, frustration, amphétamines et libido en bandoulière ne lui réussit pas. Il hèle le premier taxi disponible qu'il aperçoit.

Il s'engouffre à l'arrière et s'écrie :

— Sortez-moi de ce trou, par pitié.

Il indique au chauffeur une adresse dans le 3e arrondissement et baisse la vitre. Des silhouettes de noctambules pressés défilent sur les trottoirs des rues que le taxi emprunte. L'autoradio est branché sur France Info. Le journaliste annonce un krach boursier à New York. Le Dow Jones s'est effondré en fin de séance. Les analystes s'attendent à un lundi noir. Bartels penche la tête par la fenêtre pour ne pas entendre la suite.

Rue du Bourg-l'Abbé, les Bains Douches : terminus, tout le monde descend. La file d'attente s'étire jusque sur la chaussée. Bartels s'avance pour voir s'il connaît quelqu'un. L'entrée de la discothèque et le bon goût sont gardés par une journaliste de mode du magazine *Vogue*, Paquita Paquin. La physionomiste repère Bartels et lui fait signe de passer devant tout le monde.

— C'est soirée Krootchey, The B-52's, mon grand !

Bartels se glisse à l'intérieur. Le volume sonore et le nuage de fumée de cigarette l'avalent d'un coup.

Il aperçoit Zoran Kristic, le directeur scientifique d'European G. Tobacco, à une table, près de la piste de danse, en compagnie de Wayne Gardner et de sa petite amie, une allumée du nom de Sofia. Le pilote australien est ivre mort. Kristic se trémousse sur la banquette, les mains sous les jupes de deux top-modèles dont Bartels a oublié le nom.

Kristic l'accueille à bras ouverts. Bartels se fait une place à côté de l'une des filles. Kristic hurle :
— Tu es venu sans ton cerbère, j'espère !
Bartels lève les mains en l'air en souriant.
— Personne ne te cassera la gueule, je le jure.
Kristic et Gardner tournent à la vodka. Kristic est maigre à faire peur. Une barbe blanche parfaitement taillée lui creuse les joues. Il trace deux lignes de coke sur la table en plexiglas, à l'aide d'une carte téléphonique, puis il roule un billet de deux cents et le tend à Bartels.
— C'est le Big T qui régale !

Bartels n'émerge que le surlendemain. Il n'est pas rentré chez lui, il a dormi dix-huit heures d'affilée dans l'une des chambres du baisodrome de Kristic, rue Bisson, avec vue sur le parc de Belleville. Lorsqu'il se pointe au bureau, sa secrétaire pose devant lui deux courriers urgents.
Il reconnaît l'écriture.
— Ce lèche-cul de Maillart, dit-il.
Il décachette et parcourt le courrier en détail.

Paris, le 20 octobre 1987

Monsieur D. Bartels
FOX & REYNOLDS CONSULTING
39, rue de Varenne
75007 PARIS

Cher Monsieur,
Je tiens à vous remercier vivement de l'accueil que vous avez réservé à mon collègue J. Tisserand. Il est revenu enchanté et très stimulé par les échanges fructueux de ce dîner avec nos épouses. Ci-joint un document de travail. J'espère que vous trouverez nos deux lignes de recherches sur les propriétés des récepteurs nicotiniques

en relation avec les systèmes dopaminergiques intéressantes et que vous pourrez donner un avis favorable à la poursuite de notre collaboration.

De fait nous avons déjà eu ce matin une discussion préliminaire au niveau du conseil de notre laboratoire pour envisager la poursuite de ce travail sous différents aspects complémentaires.

Je serais heureux également de pouvoir discuter avec vous de façon plus formelle lors de mon prochain passage à Paris. Peut-être ne serait-il pas inutile, si cela intéresse le comité scientifique d'European G. Tobacco, que je vous expose un jour plus en détail les différents axes de recherche de notre unité et leurs perspectives à long terme afin de vous rendre compte plus précisément de notre stratégie et des compétences du groupe.

En espérant vous revoir bientôt, je vous prie de croire, cher Monsieur, à l'assurance de mes meilleures salutations.

Bernard Maillart
Professeur au Collège de France

Bartels se sert un verre d'eau minérale. Il repense à la soirée au Benkay, deux jours plus tôt, et à la sortie enflammée d'Élise. Il se dit que Maillart n'est décidément pas rancunier. Il l'imagine un instant, tremblant comme une feuille à l'idée que Bartels lui sucre les fonds ou révèle à son épouse l'existence de sa fille illégitime. Il le visualise dictant à la va-vite un courrier servile à sa secrétaire.

La seconde lettre émane du cabinet d'avocats Darmon & Capdeville Associés, chez qui sa femme et lui ont signé leur contrat de mariage. Bartels l'ouvre. Les mots *procédure*, *divorce* et *amiable* lui sautent au visage.

— Élise, Élise, Élise…

La lettre dresse l'inventaire de toutes les fautes avérées du mari infidèle, ainsi qu'une liste non exhaustive des preuves accablantes dont les avocats disposent. Élise réclame leur appartement du 3ᵉ arrondissement, sa part de leurs économies et la garde de leurs deux fils. Le montant estimé de la pension est exorbitant.

Bartels sent des picotements jusqu'aux coudes. Il déchire la lettre et la jette à la poubelle.

Il prend conscience d'une présence. Il lève les yeux. Sa secrétaire est toujours là, l'air contrit. Bartels hausse les épaules et pince les lèvres. Il tend le courrier de Maillart par-dessus le bureau et lui demande d'en envoyer une copie à la direction scientifique.

25

Nanterre, 6 novembre 1987.

Depuis le 10 juillet 1987, l'inspecteur Nora peut mettre un visage sur l'un des hommes en lien avec les camions-citernes du braquage de l'été 1986.

Plus précisément, un buste.

Celui d'un homme de type européen, cheveux bruns coupés court, mâchoire carrée, yeux clairs, bras musclés, tee-shirt noir, apparaissant à travers la vitre côté conducteur d'une BX grise, les 7, 8, 10 et 12 août 1986, devant l'entrée de la casse automobile Vanier d'Herm, dans le sud des Landes.

La caméra de surveillance de la casse est reliée à un magnétoscope Sony de définition moyenne. Vanier possède un jeu de sept cassettes VHS qu'il change toutes les semaines. Le procédé de rotation est simple : la prise vidéo de la semaine 8 efface celle de la semaine 1, et ainsi de suite.

Nora les a toutes visionnées.

Les VHS couvrant la période du 28 juillet au 6 août ont été réutilisées, donc effacées, mais, miracle, la vidéo des dernières livraisons de camions-citernes du 7 au 12 août a été conservée.

On y voit distinctement une BX Citroën grise immatriculée 7429LB75 arriver avant chacune des quatre livraisons de camions-citernes Vita Trucks, se garer sur le terre-plein extérieur, à proximité du portail, sur le côté gauche de l'angle de vision de la caméra, stationner durant toute la durée des opérations, puis faire demi-tour et évacuer les lieux une fois les chauffeurs repartis à bord d'une voiture de la société Vita Trucks venue les récupérer.

Une cinquantaine de minutes à chaque fois.

Toujours la même silhouette derrière la vitre côté conducteur. Position identique, attitude identique, timing identique.

Compte tenu de la qualité de l'image et des reflets dans la vitre de la voiture, toujours remontée, l'homme peut avoir entre vingt-cinq et quarante-cinq ans. Il ne sort jamais de la BX, comme s'il se contentait de superviser, prêt à intervenir, au cas où. Il attend. Il observe. Son boulot consiste apparemment à s'assurer que les livraisons de camions-citernes se passent normalement et à veiller sur les chauffeurs.

Ni les chauffeurs ni Vanier ne s'approchent de la BX à aucun moment. Comme si elle n'était pas là.

Vanier affirme ne pas connaître le conducteur. Vanier a effectivement aperçu une BX, peut-être grise ou blanche ou encore verte, à plusieurs reprises au moment des livraisons, mais personne n'en est descendu ni n'est venu se présenter à son bureau. Il ne peut affirmer avec certitude qu'il ne s'agissait pas d'un voisin stationné à cet endroit. À sa connaissance, il n'y a eu aucun contact entre les chauffeurs et le conducteur du véhicule.

Nora interroge Vanier dans les règles. Il épluche ses relevés téléphoniques de juillet-août : pas d'appels entrants ou sortants susceptibles de le mener jusqu'au conducteur. Nora est presque sûr que Vanier lui ment, mais il n'a aucune preuve pour étayer ses soupçons.

Même chose du côté de la société Vita Trucks. Le directeur des ressources humaines ne connaît pas le conducteur. Ils n'ont mandaté aucune officine de sécurité pour surveiller leur chargement – à quoi bon, puisque les citernes étaient vides!

Bien entendu, les chauffeurs employés par Vita Trucks et Logista ignorent également de qui il s'agit. Nora leur distribue des photos, il guette leurs réactions, en vain.

Comme si la BX et son conducteur n'existaient pas.

Comme s'ils étaient invisibles.

Nora fait réaliser des tirages photographiques argentiques. Il scrute les moindres détails de la silhouette du conducteur à maintes reprises. Il fait parler la bande-vidéo dans les limites des compétences technologiques des services de police.

Les services de la police scientifique de Paris possèdent du matériel de développement photo de pointe permettant des agrandissements d'image de bonne qualité. La technicienne de laboratoire lui a certifié pouvoir supprimer presque tous les parasites tels que les rayures et les reflets.

Nora pousse les bécanes jusqu'au maximum de leur potentiel. Il possède à présent des copies pixellisées du buste du conducteur dans tous les formats possibles. Il affiche le plus grand face à son bureau au cas où un détail lui aurait échappé.

Comme le portrait ne donne rien, il concentre toute son énergie sur la voiture.

Il la retrouve début septembre. La BX a été louée à l'agence de location Avis de Neuilly-Plaisance, en région parisienne, au nom d'un dénommé Hervé Martin, du 28 juillet au 13 août. Le registre de l'agence est incomplet. L'employé présent n'a réclamé aucune copie de permis de conduire ni d'adresse. Il a obtenu un numéro de téléphone qui s'est révélé bidon.

L'annuaire téléphonique référence quatre cent un Hervé Martin sur l'ensemble du territoire français. Deux sont fichés, un est décédé en 1985, un autre purge une peine de sept ans à la Santé, cent soixante-treize vivent en région parisienne. Une soixantaine concordent avec la tranche d'âge qui intéresse Nora.

Quatre sont sur liste rouge. Sans compter ceux qui n'ont pas le téléphone – Nora mettrait sa main à couper que *son* Hervé Martin, s'il porte réellement ce nom-là, ne prendrait pas le risque de laisser ses coordonnées dans le bottin.

Faute d'éléments plus probants, Nora les contacte tout de même un par un. Pure perte de temps. Hervé Martin devient «Monsieur X».

Monsieur X aime rouler. Il a payé la location de la BX en liquide. Le relevé de compteur effectué à l'agence le 13 août à son retour indique qu'il a parcouru près de trois mille six cent trente-quatre kilomètres. Nora a acheté une carte routière Michelin et a fait des additions : cela correspond à un aller-retour Neuilly-Plaisance - Bordeaux et neuf allers-retours Bordeaux-Herm.

Nora réquisitionne la BX et la fait analyser. Pas de papiers compromettants, pas de tickets de caisse glissés entre les rails du siège avant et la portière, pas de carte de visite miraculeusement oubliée dans la boîte à gants. Des dizaines d'empreintes sont relevées, pour la plupart non référencées – là encore, en pure perte.

Lorsque Nora restitue la BX à l'agence de location fin septembre, il n'a rien. Monsieur X a un visage et un buste, mais aucun nom. Monsieur X est un fantôme.

Nora est patient. La brigade financière lui a confié une enquête et lui a donné les moyens de la résoudre. Nora ne lâche pas. Il n'est pas homme à gaspiller le fric du contribuable français.

Tôt ou tard, Monsieur X réapparaîtra. Nora sera là pour le cueillir et lui demander ce qu'il fichait stationné devant la casse Vanier à surveiller les camions-citernes de la société Vita Trucks – et accessoirement pourquoi cet ammoniac volé a autant de valeur.

Même les fantômes commettent des erreurs.

Le 2 octobre, avec l'accord de sa hiérarchie, Nora part donc à la pêche. Il balance par fax le portrait de Monsieur X à toutes les gendarmeries du pays et reprend ses activités quotidiennes à la Sous-direction de la lutte contre la criminalité organisée et la délinquance financière.

Et ça mord.

Le 6 novembre, Nora reçoit un appel de l'inspecteur Millet de la PJ de Grenoble. Monsieur X ressemblerait *peut-être* à un portrait-robot qui sommeille au chaud depuis plus de cinq mois dans l'un de ses dossiers.

L'affaire : une plainte déposée le 22 mai 1987 par M. Sébastien Aubry pour coups et blessures à l'encontre d'un homme qui se serait acharné sur lui et ses collègues en marge d'une grève.

Nora dit :

— Vous pourriez me l'envoyer ?

Le fax se met aussitôt à ronronner dans le couloir, puis il crache ligne après la ligne une version tracée au fusain de Monsieur X. Trait pour trait. Coupe de cheveux, mâchoire carrée et front court identiques.

Nora demande :

— Ce Sébastien Aubry, on peut le joindre où et quand ?

— À son boulot ou à son syndicat.

— Il exerce quelle profession, déjà ?

— Débitant de tabac.

Nora retient son souffle.

— Et son syndicat ?

— Il est militant CGT à la Confédération nationale des buralistes.

Sans blague…

Réfléchis :

Monsieur X est très actif. Il aime voyager. Il s'intéresse de très près à l'industrie du tabac. Il surveille des camions-citernes vides appartenant à la société Vita Trucks, propriété de l'industriel

Big Tobacco, entre Bordeaux et Herm. Il est également casseur de grève de débitants de tabac à Grenoble, ce qui arrange les affaires de gens comme Big Tobacco.

Nora repense à son échange avec le directeur de Fox & Reynolds Consulting, un an plus tôt. Quel est son nom, déjà ? Il sort son carnet noir et le feuillette jusqu'à la date du 22 septembre 1986. David Bartels. Le consultant qui bosse pour Vita Trucks et European G. Tobacco. Nora se souvient lui avoir demandé si ses clients ne s'inquiétaient pas des braqueurs de camions d'ammoniac. Bartels a confirmé et il a ajouté autre chose… Nora relit ses notes et trouve. Il est écrit : « Mon métier consiste à les rassurer. »

Nora referme son carnet. Il formule mentalement une hypothèse hasardeuse et audacieuse. Il rouvre son carnet et griffonne à la date du 6 novembre 1987 : *Un type comme Monsieur X doit être très rassurant.*

À l'autre bout de la ligne, l'inspecteur Millet s'impatiente. Nora dit :

— J'arrive demain par le premier train.

26

Vienne, 6 novembre 1987.

Grand Prix moto d'Autriche. Valentina joue les maîtresses de cérémonie. Son agence d'évènementiel assure l'intégralité de la communication de Big Tobacco sur le paddock et celle d'une société de boissons énergisantes dans les soirées VIP.

Sa stratégie marketing se résume en trois mots : visibilité, vitesse, sexe. Valentina a repris à son compte les principes publicitaires développés autour de l'actrice pin-up des années 60, Lara Lindsay, posant à demi-nue sur une Mercury Cougar à l'occasion de la Motor Trend 500 de 1967 aux côtés de Paul Newman : une star, une grosse cylindrée, une créature de rêve.

Valentina et ses hôtesses de luxe sont aux petits soins avec Wayne Gardner, vainqueur l'année dernière. Le pilote joue les favoris dans la catégorie reine des 500 cm^3. Sa moue boudeuse et sa jeunesse font des ravages sur le circuit et dans les vestiaires. En public, il entretient une réputation de sex-symbol et s'affiche avec sa petite amie top-modèle. Le couple met en scène ses frasques et multiplie les provocations médiatiques. Version vie privée, Gardner est un puceau de première, ennuyeux et couchetôt, qui ne vibre que pour la mécanique.

Valentina a mis le paquet. Elle loue quatre suites au dernier étage du Radisson Blue, à deux pas du circuit de Spielberg. Une pour Gardner, une pour ses huit employées. Les deux autres sont réservées à ses activités subversives. Valentina se charge du sexe qui gouverne les hommes qui gouvernent le monde. Elle facture ensuite ses prestations à Fox & Reynolds, avec la bénédiction de David Bartels qui a finalement accepté qu'elle travaille pour d'autres clients à condition de jouer les espionnes pour lui.

Le plan : deux suites reliées par un sas et une double porte dont Valentina a les clefs. Elle occupe la suite nº 1 qui fait office de bureau. La suite nº 2, équipée d'une caméra, joue la fonction de baisodrome et d'antichambre des secrets.

Bartels fournit une liste non exhaustive de clients potentiels pour la suite nº 2. Dircoms, députés triés sur le volet, directeurs de cabinet ministériel, stars du cinéma, présentateurs vedettes, cadres de l'industrie issus de domaines aussi variés que les amortisseurs, les pneumatiques, les pare-brise, l'huile de moteur, les pots d'échappement, mais aussi les boissons énergisantes, les crèmes solaires ou les casques de moto.

Le pigeon du jour est un membre éminent du directoire d'European G. Tobacco sur lequel Bartels souhaite s'informer. Darrel Jones, cinquante-quatre ans, transfuge de Philip Morris et grand manitou du marketing stratégique de Big Tobacco depuis 1972. Jones sait que Valentina propose des services d'escorts. Il ignore tout de la caméra espion et des comptes rendus que Valentina fournit à Bartels à propos des confidences faites sur l'oreiller.

Le cadre rend très bien à l'écran, malgré sa petite taille. Il aime les brunes aux petits seins en poire. Valentina lui a déniché la perle rare. Jones a une trique d'enfer.

Valentina retire ses talons aiguilles, se sert un verre de bourgogne, boit une gorgée, puis déverrouille la première porte et s'assoit dans le sas, à même la moquette, un œil sur l'écran.

Le son est coupé. La fille s'appelle Cynthia. Son vrai nom est Séverine Plantin. Elle ignore tout de la double porte, de la caméra et des petits arrangements de sa patronne.

Cynthia a conservé sa tenue d'*umbrella girl* pour satisfaire Darrel Jones. Son fantasme monnayable : blouson de cuir aux couleurs de la marque, bottes cuissardes, short miniature et parapluie.

Cynthia lui en donne pour son argent. Elle s'extasie devant l'érection de Jones. Elle file la métaphore, du genre : *Waouh, quel cigare,* caballero *!* Elle se déshabille. Jones lui intime l'ordre de conserver le blouson ouvert et le parapluie. Elle s'assoit à califourchon sur lui en roucoulant. Elle le domine d'une tête. Jones a les yeux rivés sur ses seins. Il glisse ses mains sous le blouson et s'agite.

Valentina soupire. Elle coupe l'écran et sirote son verre à petites lampées. Le courant d'air qui filtre sous la porte la fait frissonner. L'étreinte dure moins de cinq minutes, gloussements et gesticulations compris.

Valentina n'est pas voyeuse. Elle ne prend aucun plaisir au plaisir des autres. Valentina est une professionnelle. Elle est au boulot vingt-quatre heures sur vingt-quatre. Ce qui l'intéresse vient *après* le coït.

Elle rallume l'écran.

Cynthia laisse le vieux Darrel se remettre de ses émotions. Elle compte jusqu'à dix, se libère et le repousse sur le lit, puis elle attrape ses Dunhill.

— Tu en veux une ?

Jones grimace en mimant de la main le geste de chasser la fumée de cigarette. Cynthia hausse les épaules, allume une cigarette et remise son paquet, puis elle retire son blouson et s'allonge contre lui. Jones a les yeux rivés sur ses seins. Il tend la main. Cynthia feint d'esquiver. Jones grogne et lui pince un téton. Cynthia émet un petit cri de surprise.

Elle susurre :

— Tu fais quoi, dans la vie ?

Le type ricane.

— Tu le sais très bien. Je vends des cigarettes aux jolies brunes comme toi.

— Mais encore…

Valentina siffle son verre, se colle à la porte et se concentre sur les bruits de voix.

Cynthia glousse. Jones l'embrasse dans le cou en vantant ses mérites professionnels et sexuels.

— Fumer, c'est mal, mais ça rapporte gros.

Cynthia lui souffle la fumée au visage par provocation.

— Tu veux dire que je suis une vilaine fille…

Jones rosit. Cynthia se penche au-dessus de lui.

— Les types comme toi me fascinent.

Jones essaie de se dégager des cuisses de Cynthia. Ses mouvements sur les draps couvrent en partie ses paroles. Valentina tend l'oreille et retient sa respiration pour capter les détails de leur conversation.

Cynthia écrase sa cigarette dans le cendrier de la table de nuit.

— Tout ça, c'est très bien, mais fumer, c'est mal !

Elle ponctue sa remarque d'un clin d'œil et désigne du menton le logo European G. Tobacco sur le dos de son blouson. Jones secoue la tête.

— Les technocrates du ministère de la Santé et de Bercy sont des hypocrites et des vampires. Ils font voter des taxes injustes sur nos produits pour se donner bonne conscience, pour combler le trou de la Sécurité sociale.

Valentina se ressert du bourgogne. Cynthia bâille.

— Ton métier consiste à les faire changer d'avis ?

Jones rectifie :

— Mon métier consiste à développer une activité honnête, légale et parfaitement lucrative pour offrir un travail honnête, légal et parfaitement lucratif à des dizaines de milliers d'agriculteurs, de buralistes, d'ouvriers français et de filles comme toi.

Cynthia se pâme.

— Tu es un héros, chéri.

— Je lutte contre la crise à ma façon.

— Ton nom devrait être en haut de la liste du Nobel pour la paix.

Jones sourit.

— Tu es une petite maligne.

Cynthia glousse.

— J'ai été à bonne école.

L'espionne Valentina lève les yeux au ciel. Jones chatouille Cynthia. Cynthia glousse de plus belle et roule sur elle-même pour lui échapper. Jones lui administre une claque sur les fesses au passage. Cynthia fait volte-face et le défie du regard. Jones feint d'implorer son pardon. Cynthia roule des yeux. Jones l'embrasse dans le cou et sur les seins. Leur petit jeu agace Valentina. Elle se lève avec l'intention de partir et de leur laisser un peu d'intimité.

Cynthia dit :

— Je connais bien David Bartels. C'est un homme puissant et déterminé. C'est l'un de tes collègues, non ?

Jones corrige :

— David est l'un de mes *employés*.

Le nom de Bartels agit comme un signal d'alarme sur Valentina. Elle se rassoit pour écouter.

Cynthia s'étire.

— David Bartels règle les factures de ma patronne.

— Je paie son salaire et règle ses factures *à lui*.

— C'est toi le grand chef !

— Tu as parfaitement raison. Que les choses soient claires : je suis celui qui décide si oui ou non David Bartels reste dans la course.

Cynthia affiche une mine boudeuse.

— Es-tu en train de me dire que je pointerai bientôt à l'ANPE ?

Jones lui caresse le visage.

— Ne t'inquiète pas pour ça, ma belle. David est un bon élément. Je suis depuis des années l'un de ses plus fervents admirateurs.

Valentina dresse les oreilles, les yeux toujours rivés à l'écran. Jones est un vantard et un imbécile. Il fait glisser son index le long de la colonne vertébrale de Cynthia.

— David a su redresser la barre. Grâce à moi, il aura bientôt une promotion.

Sa main descend jusque sous les fesses de Cynthia.

— Fais-moi confiance, je m'assurerai que tu en bénéficies aussi.

Cynthia frémit et chasse sa main.

— Une promotion ?

— Je vais élargir son domaine d'activité et lui adjoindre un associé, un de nos plus brillants éléments. Avec moi, tu ne manqueras pas de travail.

Valentina capte le message envoyé par Jones cinq sur cinq. David Bartels a de la concurrence. Il n'est plus seul sur le coup du lobbying protabac. Il a besoin d'un chaperon nommé Eduardo Rojas.

Cynthia minaude.

— Tu dis ça pour me faire plaisir.

— Ce bon vieux Darrel ne souhaite que ton bonheur. Tu es une fille maligne, c'est ce que j'aime chez toi.

Cynthia se redresse et bombe le torse.

— Ce que tu aimes chez moi, c'est mon blouson en cuir estampillé European G. Tobacco.

Jones éclate de rire. Il la renverse sur le lit.

— Laisse-moi te montrer ce que j'aime vraiment chez toi !

Valentina grimace, dégoûtée. Elle éteint l'écran. Elle avale une gorgée de bourgogne en se demandant ce que cette conversation pourrait lui rapporter.

Plus tard, dans la nuit. Cynthia et Jones ont déserté la suite. Valentina remballe son matériel vidéo et fait ses comptes.

Un début d'ivresse ralentit ses gestes. Elle a terminé la bouteille de bourgogne, puis elle a téléphoné à la réception pour se faire monter du café et de quoi grignoter. Les crêpes de Kaiserschmarrn l'écœurent. Elle se rabat sur les fruits au sirop et le gin du minibar.

Elle refrène son envie de téléphoner à Muller, malgré l'heure tardive. Depuis plusieurs semaines, le léger malaise qui s'est installé entre eux perdure. Valentina en devine la nature profonde et problématique : elle a de l'ambition, Muller en est dépourvu.

Valentina est une lionne à l'appétit insatiable. Muller adopte une attitude de chien de berger d'une fidélité à géométrie variable. Ils se voient par intermittence. Leurs ébats sont rares mais d'une grande intensité. Leurs rapports sont un mélange de yin et de yang, tantôt passionnels, parfois amoureux. Jamais professionnels.

Valentina voudrait que ça soit le cas, mais le mutisme de Muller a jeté les bases d'un accord tacite entre eux : « Tu ne me parles pas de tes activités, je ne parle pas des miennes. Préservons-nous de toute cette merde et prenons ces moments ensemble comme des havres de paix. »

Valentina distingue ses affaires pour elle de ses affaires pour Bartels. Elle essaie de ne pas perdre de vue la différence. Elle prend un pourcentage sur les filles, elle monnaie leurs confidences et elle vend ses enregistrements à Bartels, elle coupe les micros et les caméras quand Muller lui rend visite. Culpabiliser parce qu'elle ne peut pas se confier à Muller ne la mènera à rien.

L'année 86-87 est à marquer d'une pierre blanche. Valentina a bien travaillé. Elle est en passe de réaliser ses rêves d'indépendance. Sa marge de progression est importante. Son agence est aujourd'hui incontournable en France. Sa renommée a gagné le circuit des Deutsche Tourenwagen Masters, en Allemagne, le circuit Moto GP500 italien, le Telcel-Motorola de Mexico et même le Grand Prix moto d'Indianapolis.

La réputation sulfureuse de ses hôtesses les précède sur chaque nouvelle course. Son idée d'afficher les encarts publicitaires sur les fesses des filles au DTM, à Hockenheim, pour orienter les angles de prises de vues des caméras a fait couler beaucoup d'encre dans la presse spécialisée. Les détracteurs se sont déchaînés, les féministes ont hurlé, les sponsors en ont redemandé.

L'anecdote est parvenue aux hauteurs stratosphériques des oreilles du P-DG Gauthier en personne. Il a recommandé à Bartels de faire appel à Live-Events pour refonder la stratégie de communication du tournoi de tennis féminin Virginia Cup, créé quinze ans plus tôt par Big Tobacco, et en faire un évènement de premier plan.

Valentina a eu droit à trente secondes d'entretien téléphonique.

Il a déclaré :

— Surfons sur la vague de la libération des femmes, cela nous a toujours plutôt bien réussi, non ?

— Je suis la preuve vivante que ça réussit même aux femmes.

— Le féminisme est bon pour le business.

— Vous prêchez une convaincue.

Valentina a décroché le marché. Avec l'aide des avocats de Bartels, elle a traqué et détecté les failles dans le système juridique européen visant à interdire la publicité pour le tabac, puis elle les a tout simplement exploitées. Elle a fait fabriquer des tee-shirts aux couleurs de la marque que les joueuses acceptent de porter lors des conférences de presse et à l'échauffement.

Elle a rencontré des athlètes en fin de carrière telles que l'Américaine Billie Jean King, elle a contacté les responsables de la fondation Maureen Connolly Brinker à Dallas, elle a étalé des billets sur la table et elle s'est contentée d'appuyer là où ça fait mal : « La Fédération vous méprise parce que vous êtes des femmes. Les sponsors machistes et rétrogrades refusent de vous donner de l'argent parce qu'ils persistent à privilégier le sport masculin pour ses vertus spectaculaires, médiatiques et hautement rémunératrices. Vos collègues hommes ricanent quand vous montez au filet. Les commentateurs sportifs plaisantent sur votre physique et vous conseillent de retourner aux fourneaux. Les hommes sont des porcs ? Et après ? Faites comme moi. Ignorez-les et allez prendre les moyens financiers et la gloire là où ils sont ! Avec moi et Big Tobacco, c'est : plus de fric, plus de public, plus de tenues sportives, de retransmissions TV garanties, donc plus d'annonceurs, plus de fric, plus de public, plus, plus et plus ! »

Et ça marche ! Les femmes comme Valentina, Hélène et ces joueuses professionnelles peuvent s'en sortir.

Aujourd'hui, Hélène vit bien. Elle a des papiers au nom d'Anna Krause. Elle travaille comme salariée associée à Live-Events. Intitulé du poste : responsable de projets culturels. Elle possède un compte en banque et un livret à la Caisse d'épargne, comme toutes les jeunes filles sages. Ses relevés bancaires indiquent que, depuis fin octobre, elle prend des cours de conduite à l'auto-école Dubois, 18, avenue de Rocquencourt, elle fait ses courses à l'hypermarché Mammouth tous les lundis et elle est une cliente fidèle de l'institut de beauté Shiva, avenue Lamartine.

Officiellement, Hélène mène une vie classique de femme libre. Métro, boulot, dodo : un conte de fées des temps modernes. De façon plus officieuse, elle double son salaire en extras sur les circuits automobiles.

Hélène peut être fière de ce qu'elle a accompli.

Valentina aussi.

Il est 3 h du matin passées. Elle s'assoit au pied du lit kingsize de sa suite et contemple un instant son reflet dans le miroir. Ce qu'elle voit lui arrache un sourire : une femme forte, indépendante, magnifique, travailleuse et subtilement manipulatrice.

Elle brandit la mignonnette de gin.

— À ta santé, Anton, et va te faire foutre, mon amour !

27

Grenoble, 7 novembre 1987.

Ammoniac.
C'est une idée fixe chez Simon Nora. Une idée *audacieuse* qui ne lui laisse aucun répit. Une idée associée à un visage.

Le fantôme de Monsieur X virevolte autour de lui jour et nuit, et descend en piqué le bombarder de questions auxquelles il n'apporte que des bribes de réponses.

Son train entre en gare de Grenoble sur le coup de 13 h. Nora déniche une cabine téléphonique et avertit l'inspecteur Millet de la police judiciaire de son arrivée. En l'attendant, il avale un croque-monsieur au buffet de la gare, puis se rend aux toilettes se passer de l'eau sur le visage.

Le hall grouille d'étudiants assis sur leurs sacs et de clochards squattant les radiateurs disposés le long des guichets. Des stickers *Klaus Barbie = nazi* aux couleurs délavées, des tracts de la Ligue communiste révolutionnaire et des slogans anti Front national signés SCALP émaillent les panneaux publicitaires *SNCF, c'est possible!* Derrière les baies vitrées, un rideau de pluie.

Millet se gare en double file. La Citroën Visa estampillée *Police nationale* tranche parmi les taxis Mercedes. Nora court le rejoindre en se protégeant de l'averse avec sa sacoche. Les deux hommes échangent une poignée de main.

De l'eau dégouline de son manteau sur le siège passager. Millet s'extirpe en klaxonnant du parking bondé. Nora se passe la main dans les cheveux pour se recoiffer.

— Où allons-nous ?

Millet sourit.

— Acheter des clopes.

Le bar-tabac Le Beaulieu, une affaire qui roule au croisement des boulevards Maréchal-Foch et Gambetta, parmi les plus grosses artères de la ville. Des files ininterrompues de voitures balayées par des bourrasques de vent et de pluie.

Sébastien Aubry est une grande gueule. Simple employé et militant CGT à la Confédération des buralistes. Il travaille ici comme barman depuis mars 1978. Il fume des Gauloises brunes et tourne à l'eau. Nora extirpe la photo de la casse Vanier datant d'août 1986. Aubry reconnaît Monsieur X au premier regard et l'identifie formellement.

— Une sale gueule comme la sienne, ça ne s'oublie pas.

Nora l'invite à leur raconter ce qui s'est passé le 18 mai dernier. Aubry ne se fait pas prier. Les types ont débarqué au local du syndicat à Saint-Martin-d'Hères en pleine réunion de grève. Ils étaient tous cagoulés, armés de matraques et de coups-de-poing américains. Des professionnels de la castagne. Ils étaient là pour casser la grève et se défouler. Les syndicalistes n'ont rien pu faire. Il y a eu des dégâts. Les copains en ont pris plein la gueule. Les types ont proféré des menaces de représailles contre eux et leurs familles si la grève ne s'arrêtait pas. Aubry est syndicaliste, les coups, il a l'habitude d'en prendre. Il a porté plainte uniquement pour percevoir ses indemnités journalières.

Millet avale son café d'une traite. Il se brûle la langue en grimaçant. Nora demande :

— Qui les envoyait ?

Aubry le fixe d'un air lourd de sous-entendus.

— À vous de me le dire.

Nora indique Monsieur X sur la photo. Aubry serre les dents.

— Lui, il donnait les ordres. Il savait ce qu'il était venu chercher. Il n'en avait qu'après le président du syndicat.

— Son nom ?

— Simon Maquet. C'est lui qui a pris le plus cher. Six côtes cassées, le foie en miettes, des ecchymoses sur tout le corps, trois semaines d'ITT.

Aubry désigne Monsieur X de l'index.

— Votre type, là, il s'est acharné sur lui.

Nora pivote lentement vers Millet qui secoue la tête, puis il se tourne à nouveau vers Aubry.

— Maquet n'a pas porté plainte.

Aubry allume une Gauloise.

— Maquet s'est débiné. Il a eu la trouille de sa vie. Il a abandonné la lutte et a déménagé cet été.

— Pas vous.

Aubry tire sur sa cigarette et se passe la langue sur les lèvres. Il retire un brin de tabac, crache la fumée et l'aspire lentement par le nez.

— Pour aller où ?

Nora contemple le fond de sa tasse de café comme s'il pouvait lire le passé et l'avenir dans le marc. Il extrapole : Monsieur X était bien informé. Il connaissait l'adresse du syndicat et le nom de son leader. Il voulait s'attaquer à la source de la grève des buralistes. Il a *délibérément* visé Simon Maquet. Les autres cagoulés n'étaient qu'un soutien logistique et une diversion. Monsieur X est aux commandes. Il ne laisse rien au hasard. Il est méthodique et déterminé. Il est également mobile. Il passe sa vie sur les routes. Il navigue entre Neuilly-Plaisance, Bordeaux et Grenoble. Ses déplacements ont un but précis. Ils sont directement liés à l'industrie du tabac.

Un groupe de clients bruyants pénètre dans le bar. Un courant d'air glacé s'engouffre derrière eux. Nora frissonne. Il sait qu'il est sur la bonne piste. Il devine un lien ténu entre son obsession pour l'ammoniac et les coups de matraque de Monsieur X. Il ignore encore la nature de ce lien. Son flair d'enquêteur lui indique de ne rien lâcher.

Il rempoche la photo. Son café est froid. Il repousse la tasse sur le comptoir et exhibe son carnet noir.

— Il me faudrait un portrait-robot détaillé du type qui donnait les ordres. Je vous serais également reconnaissant de bien vouloir me dire ce que vous et votre syndicat savez à propos de la grève des buralistes et des fabricants de tabac.

28

Paris, 10 janvier 1988.

Bartels appelle sans répit et sature la boîte vocale de Muller. Depuis dix jours, il laisse des messages tantôt impatients, tantôt menaçants. Il n'y en a que pour la disparition inexpliquée de Christelle Szabo et l'ascension soudaine et hautement préjudiciable d'un directeur commercial de Big Tobacco nommé Eduardo Rojas, que Darrel Jones veut lui mettre dans les pattes pour mieux le contrôler.

Muller procède par ordre de priorité.

Dans un premier temps, il délaisse la maîtresse et se concentre sur le rival. Il localise Rojas, planque dans la rue de sa villa de Nogent-sur-Marne et le suit comme son ombre dans tous ses déplacements pendant une semaine.

Il dresse le portrait d'un cadre dynamique insomniaque aux dents longues. Divorcé, sans enfant. Rojas, c'est la classe intégrale, et un employé dévoué corps et âme à la cause Big Tobacco.

Muller assiste en toute discrétion à deux conférences destinées à des commerciaux de Big Tobacco, à Rennes et à Nantes. L'image qu'il se fait de Rojas s'étoffe d'une ribambelle de qualificatifs avantageux : brillant, efficace, compétent, drôle, magnétique, charismatique, meneur d'hommes. Muller croise les regards des participants et y lit de l'admiration. Muller comprend que ceux qui travaillent pour Rojas le suivraient les yeux fermés, quoi qu'il leur demande de faire. Muller compte les cadres dirigeants de Big Tobacco qui se pressent pour venir l'écouter et lui serrer la main après chacune de ses interventions. Il dénombre parmi eux ceux qui ne font pas partie du cercle privé de David Bartels. Il estime que le rapport de forces penche en faveur de Rojas.

Il pense : *David, tu as du souci à te faire.*

L'après-midi du septième jour, au terme d'une réunion commerciale au siège de Carquefou, Rojas congédie son chauffeur et prend la direction du sud au lieu de rentrer chez lui. Intrigué, Muller le file jusqu'à une brasserie chic de Bordeaux, à proximité de la place des Grands-Hommes, où Rojas rejoint un jeune commercial qu'il salue par son prénom.

Le type s'appelle Raphaël Coste. Les deux hommes se serrent chaleureusement la main et s'assoient à la meilleure table. Rojas est un homme de terrain. Il est prêt à traverser la France pour venir soutenir ses troupes.

Muller s'avance jusqu'au bar pour épier leur conversation. Il commande un double expresso.

Rojas félicite longuement le commercial avant de commander une bouteille et de quoi grignoter. Rojas monopolise la parole. Il est question de chiffres de vente prodigieux, de challenges et d'objectifs surpassés. Deux heures passent. Raphaëlle-prodige l'écoute les yeux brillants et la bouche ouverte, prêt à avaler tout ce que Rojas fourrera dedans.

Rojas paie une deuxième bouteille et réclame la carte pour dîner. Muller règle son café et se déniche un poste d'observation sur le trottoir d'en face. À l'intérieur, la réunion vire au rendez-vous intime. *Eduardo et Raphaël* en tête-à-tête, les yeux dans les yeux. *Eduardo et Raphaël*, comme c'est romantique !

Muller se frotte les mains : voilà qui va faire tes affaires,

David. Deux jeunes hommes les rejoignent au dessert, probablement des prostitués. Ils les emmènent jusqu'au Cercle, une boîte bordelaise huppée, avant scission en deux équipes. Muller somnole, accoudé au volant de sa voiture de location lorsque le jeune Raphaël met les voiles à 7 h 30, le lendemain matin. Il est suivi, dix minutes plus tard, par Eduardo Rojas qui rajuste le col de sa veste, regarde dans la direction de Muller en souriant, puis traverse la place pour venir frapper à la vitre, côté passager.

Muller se penche pour déverrouiller la portière. Un courant d'air glacé s'engouffre dans l'habitacle. Rojas s'installe sans refermer.

Muller frémit.

— Vous m'avez repéré depuis longtemps ?

Rojas plisse les yeux.

— Trois jours, mais je dois vous faire un aveu : j'étais en position de force. Je vous connais de réputation. Je sais que vous bossez pour David. Je m'attendais à ce qu'il envoie quelqu'un me surveiller tôt ou tard. J'espérais votre visite depuis plusieurs semaines, déjà.

— Est-ce que ça signifie que je vais bientôt devoir changer de patron ?

Rojas le sonde du regard.

— Vous vous faites du souci pour David ?

— J'ai tort ?

Rojas pose un pied sur le trottoir mais il reste assis.

— Rien n'est décidé encore, mais il semble que je deviendrai très prochainement votre deuxième interlocuteur privilégié. David reste plus que jamais dans la course. C'est acté. David sert nos intérêts.

Muller hoche la tête. Rojas sort un paquet de cigarettes neuf de sa poche et défait l'emballage plastique qu'il jette négligemment à ses pieds.

— D'une manière ou d'une autre, vous avez encore beaucoup à nous apporter aussi.

Muller désigne l'hôtel du menton.

— Le commercial, lui aussi, il apporte beaucoup ?

Rojas sourit.

— Un jeune promis à un grand avenir dans la boîte.

Il s'extrait du véhicule et allume une cigarette.

— Je prends toujours soin de mes meilleurs éléments.

Muller rappelle Bartels d'une station-service, près de Poitiers, sur le chemin du retour, et lui explique ce qu'il a appris.

Bartels conclut :

— Désormais, il va falloir composer avec Rojas, c'est un fait.

Muller raccroche en réalisant avec soulagement que ça ne lui pose aucun problème.

Il règle son plein d'essence, laisse un pourboire généreux au pompiste. Il focalise toute son attention sur son problème numéro deux : la maîtresse.

29

Bruxelles, 12 janvier 1988.

Réunion de crise avec les cadres dirigeants de Big Tobacco. Septième étage, murs tapissés de moquette et portes insonorisées. La salle du conseil est comble. Les cendriers débordent de mégots. L'assistance baigne dans un épais nuage de fumée.

David Bartels se ronge les ongles. Des dactylos s'agitent derrière les grands chefs, des secrétaires allument leurs cigarettes. Des serveurs alimentent tout le monde en café et en viennoiseries.

L'élection présidentielle en France approche. Des rumeurs persistantes courent sur l'état de santé déplorable de Mitterrand et sur ses mœurs dissolues. Toutes les personnes autour de la table soutiennent activement la candidature de Chirac, l'immense, le seul, le vrai, l'unique homme politique patriote protabac.

Les mêmes mauvaises langues affirment que Mitterrand entend bien conserver l'Élysée. Elles accusent aussi Chirac d'être une machine à perdre et prétendent que l'UDF Raymond Barre pourrait lui couper l'herbe sous le pied et faire office d'outsider.

Big Tobacco redoute une victoire de la gauche, sensible à ceux qui brandissent la menace du danger sanitaire que représenteraient leurs produits. Big Tobacco exècre davantage encore les positions conservatrices des centristes. Big Tobacco est prêt à peser de tout son poids pour renforcer la candidature du *loser* Chirac. *Mais* Big Tobacco doit aussi envisager les conséquences économiques d'un nouvel échec de Jacques-la-machine-à-perdre.

David Bartels fait profil bas dans un angle, derrière le président Gauthier. Bartels bombarde Darrel Jones de coups d'œil suspicieux. Il est sous pression depuis que Valentina lui a rapporté ses propos quant à une *probable* réorganisation interne et une *probable* refonte des activités de Fox & Reynolds, le tout confirmé par la petite enquête de Muller sur Eduardo Rojas. Bartels doit ronger son frein. Il en est réduit à déployer ses antennes pour deviner le sort qui lui est réservé et à endurer ces réunions interminables sans broncher.

Ce n'est pas tout : Christelle ne répond plus au téléphone depuis Noël. Bartels est venu frapper à sa porte le lendemain du réveillon. L'appartement était vide. Ses tentatives répétées les jours suivants se sont toutes soldées par un échec.

Bartels s'inquiète. Christelle est une femme intelligente et vulnérable. Elle sait beaucoup de choses sur lui. Elle consigne le moindre de ses états d'âme. Bartels a lu ses carnets. Il a volé des cassettes audio chez elle et il a lu avec attention leurs retranscriptions. Il connaît le caractère instable de ses sentiments pour lui. Il redoute les conséquences néfastes que son impulsivité pourrait avoir sur sa carrière. C'est pour cela qu'il a demandé deux jours plus tôt à Anton Muller de s'assurer qu'elle allait bien.

Ce n'est pas tout : Élise lui mène une vie d'enfer. Elle s'entête dans son idée de divorce. Les fêtes de fin d'année ont été un supplice. Bartels n'a pas pu éviter la confrontation. L'avocat d'Élise a brandi l'argument adultérin et produit des clichés montrant Bartels dans les bras de plusieurs femmes. Bartels a nié en bloc. L'avocat a alors exhibé de nouveaux clichés de lui et de

Christelle Szabo, enlacés sur le seuil de son immeuble, à la terrasse d'un restaurant. Bartels a nié. Élise l'a toisé comme s'il était parfaitement stupide.

— Cela fait des mois que je suis au courant.
— Tu te trompes !
— Christelle m'a tout avoué.
— Elle t'a menti.

Élise a souri.

— Elle a demandé ma permission, David. Je lui ai donné ma bénédiction.

Bartels a chancelé.

— Personne ne me quitte.

Élise lui a ri au nez. Bartels a évidemment établi un lien direct entre leur conversation et le silence radio de Christelle. Personne ne le quitte, tout le monde le quitte.

Ce n'est pas tout : la direction exige de toute urgence des chiffres et des résultats sur les prestations de Fox & Reynolds. La hausse du prix du tabac en France et les grèves du printemps ont généré un manque à gagner. Le conseil d'administration réclame son dû. Bartels est assis sur un siège éjectable. Il cherche dans l'assistance les hommes susceptibles de le trahir.

Zoran Kristic d'abord. Le directeur scientifique est assis à la droite de Darrel Jones. Il affiche une mine faussement décontractée mais les cernes sous ses yeux le trahissent. Il fait peine à voir. La chirurgie esthétique qu'il endure pour masquer ses excès lui boursoufle les traits. La nuit, il s'épuise à courir les mannequins et sa jeunesse perdue. Le jour, il fréquente avec assiduité les hippodromes, il parie sur des tocards et il perd le fric qu'il devrait utiliser pour se refaire une santé.

Bartels sait que Kristic tourne autour des filles de Valentina. Bartels a des yeux et des oreilles partout. Son intuition lui souffle de se méfier des airs de vieux beau de Kristic et de la pitié qu'il lui inspire. Bartels le soupçonne de chercher à s'octroyer les bonnes grâces de Valentina pour baiser ses filles à l'œil *et* pour étendre sa sphère d'influence chez Big Tobacco. Corollaire : l'influence de Bartels diminue.

Bartels se dit aussi qu'il y a des raisons plus personnelles et moins rationnelles là-dessous. Kristic a près de vingt-cinq ans d'expérience dans la boîte. Il a tissé des liens étroits avec la moitié de l'assistance. Son ancienneté est un atout et son talon d'Achille. Son assurance l'aveugle. Il supporte mal que des gamins de trente ans réussissent là où il a échoué.

Jones se lève pour rejoindre le président Gauthier. Kristic croise le regard de Bartels et lui adresse un salut de la main. Bartels lui sourit en retour. Son sourire hypocrite signifie : *Patience, Judas!*

Kristic se fait mousser. Il parle fort pour qu'on l'entende. Il balance des noms de célébrités à la cantonade, celles qu'il croise au Palace, dans les tribunes VIP de l'hippodrome de Vincennes ou dans les couloirs du Martinez à Cannes. Sa secrétaire lance des œillades désespérées à Bartels. Bartels lève sa tasse de café et trinque à sa santé. La secrétaire lève les yeux au ciel.

Une voix grave retentit derrière Bartels.

— David !

Il se retourne. Eduardo Rojas, le responsable des ventes secteur Grand Ouest.

— Comment vas-tu ?

Bartels se lève et écarte les bras pour l'accueillir. Ils se donnent l'accolade. Bartels l'invite à s'asseoir à ses côtés, à l'écart. Rojas s'exécute. Il leur sert deux tasses de café pour sceller leur nouvelle amitié.

Rojas a grimpé les échelons en quelques mois à peine et le voilà propulsé à la table des grands chefs pour une réunion stratégique d'envergure. Bartels boit une gorgée de café.

— Mon petit doigt me dit que nous allons bientôt travailler ensemble.

Rojas baisse les yeux sur ses mocassins.

— Ce serait un honneur.

Bartels sourit. Le ton flagorneur de son rival ne le berne pas, même s'il y est sensible.

— Je comptais justement proposer au directoire le lancement d'une nouvelle entité de conseil aux compétences élargies. Fox & Reynolds a fait long feu. Nous devons anticiper les changements à venir. Nous devons regarder plus loin et faire preuve d'ambition. Le président Gauthier soutient ma démarche. J'ai besoin de collaborateurs expérimentés et d'hommes de terrain.

— Oh, oh!

— Ton nom est en tête de ma liste.

Rojas simule la surprise. Bartels lui tape dans le dos.

— À l'avenir!

Rojas se dandine sur son fauteuil. Bartels lui tend une perche.

— Qu'est-ce que tu sais que j'ignore?

Rojas sort de la poche intérieure de sa veste une feuille de papier A4 pliée et la dépose sur la table.

— Je ne l'ai appris qu'il y a une heure.

Bartels fronce les sourcils, intrigué. Il saisit la feuille et la déplie. Il est instantanément pris de vertige. Il s'agit d'un avis de recherche de gendarmerie concernant Anton Muller. Une photo de lui en gros plan, suivie d'un bref descriptif physique et d'un numéro de téléphone. Aucun nom n'est indiqué.

Bartels vacille.

— Nom de Dieu…

Il avale le reste de sa tasse de café cul sec pour ne pas hurler.

— Où as-tu eu ça?

— Un ami à la préfecture de Paris.

— Qui?

Rojas murmure :

— Inspecteur Simon Nora, de la brigade financière de Nanterre. C'est lui qui recherche ton homme de main.

— Nora…

— D'après mon ami, il n'a qu'une photo et de vagues témoignages. Ton nom n'apparaît nulle part.

Bartels attrape le poignet de Rojas, regarde autour d'eux et se penche vers lui.

— À qui en as-tu parlé ?

Rojas secoue la tête.

— Ça reste entre nous.

Il plante son regard dans celui de Bartels et baisse les yeux sur son poignet. Bartels retire sa main, inspire un grand coup et se lève.

— Je m'en occupe.

Rojas sourit.

— Nous sommes associés, tu as oublié ?

30

Paris, 12 janvier 1988.

Le petit nid d'amour Bartels-Szabo. 18e arrondissement, Barbès, slogans antiflics et *Malik Oussekine – Justice!* sur les abribus, cinquième étage gauche. Muller rase les murs. Un petit malin a gravé une bite dans le plâtre sous l'interrupteur du palier. Les cris d'un homme au téléphone remontent du deuxième.

Muller attend que la cage d'escalier soit déserte, puis il joue de son passe-partout pour déverrouiller la porte. Il referme derrière lui sans faire de bruit.

L'appartement est glacial. Volets tirés, téléphone débranché, draps sur les meubles, armoires en partie vidées. Christelle Szabo n'a laissé derrière elle qu'un peu de vaisselle et des piles de cartons prêts à être expédiés au 44, avenue Marius-Bouvier, Guilherand-Granges, en Ardèche.

Muller note l'adresse et passe le trois-pièces au peigne fin, la truffe à l'air. Il ouvre les cartons à l'aide d'un cran d'arrêt, plonge les mains à l'intérieur. Il délaisse les vêtements et les livres, il se focalise sur les factures, les albums photo et la paperasse.

Il exhibe des clichés de Christelle enfant, se baignant dans une rivière, debout devant une église ou assise devant une caravane miteuse, entre une femme de type slave aux mains calleuses, un fichu sur la tête, et un maigrichon au visage fermé à qui elle ressemble comme deux gouttes d'eau. Ni frère ni sœur sur les photos suivantes, portraits de communion solennelle, de confirmation, diplôme du baccalauréat en main. Sourire timide et cheveux tirés en arrière. La mère, droite comme un I, à ses côtés, même air impassible, foulard de soie noir noué sous le menton, le cul vissé dans un fauteuil roulant. Le père a disparu.

Muller referme l'album. Des photomatons cerclés d'un élastique s'en échappent. Une série célébrant le couple amoureux Christelle-David. Le contraste avec les photos de famille est saisissant. Sourires, baisers, grimaces, lueur dans les yeux de Christelle. David, hilare, le regard plongé dans l'objectif, toujours dans la maîtrise. Au dos, d'une écriture soignée : *Deauville, 30 juillet 1986.* Trois jours après le meurtre de Stéphane Guérin. David roucoule alors que le sang sur ses mains n'a pas fini de sécher. Christelle voit la vie en rose. Elle ignore ses activités criminelles. Elle prend David pour un méchant arriviste capitaliste protabac avec le feu au cul. Elle peut vivre avec ça. Elle peut l'aimer malgré ça. Elle est incapable d'imaginer pire. Pourtant, fin décembre, elle s'enfuit comme si elle avait le diable aux trousses.

Il empoche les photos, remise l'album et poursuit ses recherches. Il tombe sur un courrier de demande de mutation CPAM à Valence, dans la Drôme, daté de fin octobre 1987. La mention *Pour raisons personnelles et familiales* lui met la puce à l'oreille.

Il retrouve la trace de Svetlana Szabo, la mère, dans des lettres adressées à une maison de retraite située à Livron, au sud de Valence. Revirement de situation : la maîtresse chaude comme la braise décide de tout plaquer pour s'enterrer dans le Sud près de maman-la-veuve-handicapée. Un miracle de lucidité : Christelle ne supporte plus leur relation basée sur le mensonge, la tromperie, le sexe débridé et le mépris de leur nature profonde. Muller secoue la tête. Il n'y croit pas une seconde.

Un craquement sur le palier de l'appartement. Muller s'immobilise. Il perçoit des bruits de voix, une porte qui claque, puis à nouveau le silence.

Il ouvre un dernier carton, rempli d'un fatras de cassettes audio et de brochures de propagande professionnelle antitabac, puis il fait marche arrière, revient au carton numéro deux et épluche factures, relevés bancaires et récapitulatifs de la Sécurité sociale, avant de dénicher la perle rare, un courrier à en-tête du cabinet médical Charrat, rue de Valloire, Nanterre. Muller n'en croit pas ses yeux : grossesse intra-utérine, quatre semaines, 18 octobre 1987.

Muller rafle le document, referme le carton et se relève. Il décrypte : Christelle fuit David parce qu'elle porte son enfant. Déduction : Christelle connaît David, elle le fuit parce qu'elle sait qu'il lui demandera de s'en débarrasser. Pourquoi ? Muller grimace. Réponse logique : Christelle est fille unique, papa-prolo est mort, maman-prolo est handicapée, Christelle sait ce que c'est qu'une famille meurtrie par l'absence du père et la maladie. Christelle joue à fond la carte de la reproduction sociale, elle se projette en mère modèle célibataire. Christelle est une vilaine cachottière, elle a décidé de garder le bébé pour elle toute seule.

Muller mesure mentalement l'impact de ces révélations sur l'équilibre mental de David Bartels. Aucun scénario positif ne se dégage des conclusions auxquelles il parvient. La conséquence logique la plus prévisible est la suivante : Bartels apprend la fuite, le mensonge et l'existence de l'enfant. Son narcissisme typiquement masculin le submerge aussitôt. Il rentre dans une rage folle et incontrôlée. Pour sauver la face et réaffirmer sa place de mâle dominant, il réclame l'avortement et la mise au ban de la maîtresse indélicate et insoumise avec effet immédiat. Ce faisant, il déclenche l'ire inéluctable de Christelle et l'éruption dantesque de ses pulsions gauchistes. Christelle est une bombe à retardement caractérisée par un trop-plein de bons sentiments refoulés et de souvenirs de type freudien d'une enfance pauvre et douloureuse. Elle trône au sommet d'une montagne d'emmerdements liés à sa nature émotionnellement instable, à sa soudaine poussée d'hormones maternelles et au caractère explosif de Bartels, ainsi qu'à la somme non négligeable d'informations compromettantes qu'elle peut décider de rendre publiques à propos des activités de son ex-amant.

Muller évalue ses chances de résoudre le problème lui-même pour le transformer en solution gagnant-gagnant. Muller sait qu'il a peu de temps avant que Bartels découvre le pot aux roses ou que Christelle crache le morceau d'elle-même.

Une lueur d'espoir émerge peu à peu du brouillard, sous la forme d'une question simple : David Bartels peut-il vivre sans Christelle Szabo ?

Réponse immédiate : personne n'est irremplaçable.

Muller gagne le hall d'entrée et rebranche le câble du téléphone. En attendant la tonalité, il cherche les mots adéquats pour livrer la part la moins polémique de son enquête à Bartels sans lui mettre la puce à l'oreille. Il parvient rapidement à une formule passe-partout du genre *Je dois m'absenter un ou deux jours pour raisons personnelles. Je vous expliquerai à mon retour.*

La standardiste de Fox & Reynolds décroche à la première sonnerie. Muller décline son identité. La secrétaire lui explique que Bartels s'est absenté pour une réunion *corporate* avec les cadres d'European G. Tobacco à Bruxelles. Aller-retour express dans la journée. Muller sourit. Voilà qui arrange ses affaires.

La secrétaire conclut :

— Je peux prendre un message ?

Muller révise ses ambitions à la baisse :

— Inutile. Je rappellerai.

Paris-Lyon-Valence incognito et à allure modérée. Muller a loué une Peugeot 504 porte d'Italie. Il slalome en douceur entre les voitures et les poids lourds en ruminant ses problèmes professionnels *et* personnels. En dépit de ses précautions, les deux catégories se télescopent de façon vertigineuse.

Peu avant Noël, Valentina lui a longuement parlé de ce qu'elle ressentait pour lui et de ses ambitions en tant que femme d'affaires.

Muller l'a écoutée sans l'interrompre, puis il lui a fait part de ses craintes. Leur accord amoureux tacite stipule clairement que Valentina est une femme libre et indépendante.

Mais :

Valentina *doit* faire attention à elle.

Valentina *doit* veiller sur Hélène.

Valentina *ne doit pas* faire d'Hélène ni de Muller des atouts pour assouvir son ambition dévorante.

Valentina croit sans doute pouvoir manipuler Bartels, mais elle se trompe. Muller sait ce que Bartels a en tête : « Je te laisse organiser ton business douteux avec tes filles, je l'encourage et je le prouve en le finançant, je te laisse faire fructifier tes affaires, je t'envoie des clients obsédés sexuels et bavards impénitents que tes filles écouteront avec soin et je ne réclame aucune part sur les bénéfices. *En échange*, tu me rapportes fidèlement tout ce que tes filles te raconteront. Tu crois que notre accord est à ton avantage et que tu es plus futée que moi, mais tôt ou tard, je trouverai le moyen de multiplier ma mise par mille. »

Muller a essayé de la faire changer d'avis.

— David est un homme mauvais.

Valentina lui a passé les doigts dans les cheveux.

— Qui te dit que je n'aime pas ça ?

— Je bosse pour lui.

Elle a souri.

— Cela signifie-t-il que toi aussi, tu es un homme mauvais ?

L'argument a fait mouche. Muller a détourné les yeux. Il s'est retenu in extremis de lui balancer que Bartels est un homme mauvais parce que, le 28 juillet 1986, il a tué un homme au couteau. Il en a eu l'opportunité et il a joui de la sensation de pouvoir que ce meurtre lui a procurée, même s'il s'est protégé dans un premier temps derrière une excuse fallacieuse, sauver la vie de Muller. Il a profité de cette excuse pour faire de lui son débiteur et asseoir sa supériorité dans leurs échanges professionnels. Son instinct de salaud l'a instantanément poussé à exploiter la situation à son avantage, même si Muller dispose de l'atout Hélène Thomas au cas où Bartels irait trop loin. Muller ne cherche pas à s'absoudre de ses propres péchés pour autant. Bartels a raison, Muller aussi a tué, mais c'est son boulot. Il est un employé loyal. Il prend l'argent, ça s'arrête là. Il n'y a jamais pris aucun plaisir. Il n'a jamais vraiment eu le choix.

Valentina a explosé de rire. Muller a piqué un fard, comme si elle se moquait de ses pensées. Elle a roulé sur lui et l'a embrassé sur les lèvres.

— Tu t'inquiètes pour moi, c'est touchant.

Muller n'a pas su quoi répondre. Il ne le sait pas davantage aujourd'hui. Il s'apprête à tuer de sang-froid la maîtresse de son patron parce qu'elle représente un danger et il regarde défiler les kilomètres sur le compteur de la Peugeot 504 en se demandant combien de temps il tiendra en équilibre sur le bord du précipice.

19 h 35. Sortie Tain-l'Hermitage, à proximité de Valence. La carte étalée sur le siège passager indique un raccourci, plus au sud. Muller déglutit, la bouche sèche. Un froid glacial le cueille dès qu'il descend sa vitre pour régler le péage.

L'employée qui saisit son ticket a l'air d'une momie congelée dans un sarcophage de verre. Un poste radio crachote derrière elle. Muller perçoit des bribes de phrases où il est question d'Intifada, d'Yitzhak Rabin et de grèves dans les centres urbains des Territoires occupés. L'employée referme d'un coup sec du revers de la main dès que Muller a récupéré sa monnaie.

Le mistral siffle dans les branches d'un massif de peupliers qui borde l'aire de repos située après la barrière de péage. Muller fait quelques pas pour étirer ses muscles endoloris. Il avise une cabine téléphonique et s'y engouffre.

La ligne du bureau est occupée. Muller consulte ensuite sa boîte vocale professionnelle. Bartels a laissé plusieurs messages laconiques : «Rappelle-moi de toute urgence!» Sa voix trahit une profonde irritation.

Muller hésite. Il compose à nouveau le numéro du bureau. Occupé. Muller raccroche et sort se vider la vessie, sans perdre de vue la voiture. Il cherche un instant des yeux un point d'eau pour se rincer la bouche, puis il tente une dernière fois de joindre Bartels, sans succès. Il décide de reprendre la route.

Il longe le Rhône sur une dizaine de kilomètres, côté Drôme, bifurque au premier village venu pour rejoindre le barrage hydroélectrique de La-Roche-de-Glun qui enjambe le fleuve jusqu'en Ardèche. Préoccupé par les messages de Bartels, il ne prend pas immédiatement conscience de la camionnette de gendarmerie et des deux motards garés sur le bas-côté à l'intersection suivante.

Coup d'œil au rétroviseur. Un poids lourd est engagé sur le barrage derrière lui. Trop étroit pour passer à deux, impossible de faire demi-tour. Devant, quatre flics en uniforme, dont deux motards. L'un d'entre eux lui fait signe.

Muller s'immobilise à leur niveau. Il descend la vitre. Le flic n° 1 lui réclame ses papiers. Calme et courtois. Simple contrôle de routine. Le motard n° 1 discute avec le flic n° 2, installé à l'arrière de la camionnette. Le motard n° 2 le dévisage d'un œil torve. Muller s'exécute. Il lui tend son faux permis au nom d'Hervé Martin, la carte grise et le contrat de location de la 504.

Coup d'œil au rétroviseur. Le poids lourd s'arrête à son tour. Le chauffeur reste au milieu de la route. Le flic n° 2 se dirige vers lui. Le motard n° 1 rejoint son collègue. Il marmonne un truc que Muller n'entend pas, les deux hommes rient. Muller suit machinalement du regard la route devant lui.

Le flic n° 1 lui rend les papiers du véhicule, mais il conserve le permis et se dirige vers l'arrière de la camionnette. Le flic n° 2 se fige, fait signe au chauffeur du poids lourd de patienter un instant et suit le flic n° 1 des yeux. Bref échange visuel entre eux. Les motards cessent de rire. Muller ne bronche pas. À ce stade, tout le monde reste calme et courtois.

Jusqu'à ce que le flic n° 1 fasse signe à n° 2 de le rejoindre. Les motards se raidissent de façon perceptible. Muller voit n° 1 et n° 2 s'agiter un moment, puis n° 1 revient vers lui. À présent, n° 2 et les motards le fixent. Muller tique sur un détail : le flic a les mains vides. Il a laissé son faux permis à l'intérieur de la camionnette.

Muller comprend qu'il y a un problème. Muller comprend qu'*il est* le problème. Il inspecte la carte étalée à côté de lui. Il visualise le revolver dissimulé sous son siège. Il évalue ses chances de le brandir rapidement si les évènements tournent au vinaigre.

N° 1 arrive à son niveau, maintient une distance de deux pas entre lui et la 504 et lui ordonne de couper le moteur sur-le-champ. Le ton de sa voix est dénué de toute forme de calme et de courtoisie. Son langage corporel trahit un mélange d'autorité et de peur.

Muller abandonne illico l'idée du revolver. Il réagit au quart de tour. Il passe la première et écrase la pédale de l'accélérateur. Le moteur de la Peugeot rugit. Les pneus crissent. N° 1 lui hurle de s'arrêter. N° 2 porte aussitôt la main à l'étui de son arme de service et dégaine pour tirer. Les motards s'avancent pour s'interposer. Muller renverse n° 1 et passe en trombe entre la camionnette et les motards qui plongent de justesse sur le côté pour l'éviter. L'éclair blanc de trois coups de feu sature le miroir du rétroviseur. Le pare-brise arrière et une vitre latérale explosent.

Le premier tournant est à deux cents mètres. Il est suivi d'une ligne droite qui longe le contre-canal du Rhône sur trois kilomètres, puis d'un nouveau virage extrêmement serré. Muller le négocie à pleine vitesse, dérape et parvient à garder le contrôle de la voiture pour relancer en troisième sur la chicane suivante. Les deux phares jaunes des motards percent la nuit, à moins d'un kilomètre.

Muller accélère à l'entrée d'une ligne droite. Il jette un œil dans le rétroviseur. La paire de phares gagne du terrain. En arrière-plan, plus loin, le gyrophare bleu de la camionnette de gendarmerie.

Pied au plancher, Muller franchit une voie de chemin de fer. Le dos-d'âne le prend par surprise. La Peugeot fait un bond. Les pneus perdent le contact avec la route une fraction de seconde.

Ensuite, tout va très vite. L'atterrissage hasardeux qui suit déporte la voiture sur la gauche. Muller tente de redresser pour rester sur la route, mais il se retrouve propulsé dans la direction opposée. Il contre-braque par réflexe, mais il est déjà trop tard. La Peugeot mord le bas-côté, projetant une gerbe de gravillons et de mottes d'herbe dans les airs, puis elle glisse sur une trentaine de mètres avant de venir s'encastrer dans un muret.

Muller lâche le volant pour se protéger le visage. Le choc frontal lui coupe le souffle, le projette à travers le pare-brise et l'envoie valser dans le décor tandis qu'une violente douleur à l'aine et dans les côtes lui arrache un cri.

La scène au ralenti a des allures de feu d'artifice surréaliste. Des éléments de carrosserie et des fragments de pierre s'éparpillent autour de lui. Des bris de verre scintillent de mille feux à la lueur des phares encore allumés. Le sol et le ciel défilent par intermittence et se mêlent en un tourbillon d'étincelles irisées et d'éclats métalliques.

Muller perçoit son environnement par flashs stroboscopiques. Le rugissement du fleuve tout proche et les hurlements de la tôle torturée l'accompagnent. En surimpression, le rire clair de Valentina et la voix de Bartels qui lui murmure «Rappelle-moi de toute urgence!» Muller ouvre les yeux en grand, tend le poing pour amortir l'impact de sa chute, puis plus rien. Le noir absolu.

31

La Celle-Saint-Cloud, 12 janvier 1988.

— Alors, Hélène ?
— Ta gueule !
— Hou hou, Hélène, tu me manques, où te caches-tu ?

Le dossier Hélène Thomas est devenu un sujet de railleries quotidiennes. L'inspecteur Patrick Brun fait le dos rond. Il n'en finit pas de se faire chambrer au boulot. Ses collègues de la Fédération autonome des syndicats de police ont concocté un photomontage de type *France Dimanche* représentant Brun et la fille, joue contre joue, flanqué de la mention *Hélène et Patrick : l'amour impossible*. Ils l'ont décoré d'une guirlande de Noël et l'ont affiché dans le local du syndicat, juste sous le portrait du camarade directeur Bernard Deleplace.

Hélène Thomas, vingt et un ans, majeure et vaccinée, n'a pas donné signe de vie depuis le 28 juillet 1986. Dix-huit mois. Le délai acceptable pour classer l'affaire est largement atteint.

Brun s'obstine pourtant, en marge des dossiers en cours et de son nouveau mandat de délégué à la FASP de l'Oise. Il se souvient de la promesse qu'il a faite aux parents de la jeune femme, un an plus tôt. Ça le mine parce qu'il n'a pas la moindre piste. Ça le mine parce qu'il ne comprend pas pourquoi ça le mine. Il pense : *Et si c'était ma propre fille ?* Il veut pouvoir décrocher un jour son téléphone et annoncer : « Monsieur et madame Thomas, j'ai retrouvé votre fille ! »

Il enfonce le clou, printemps, été, automne, hiver 1987. Il reprend le rapport d'enquête du SRPJ du Havre. Le braquage des camions-citernes d'un côté. La scène de crime du studio d'Harfleur de l'autre. Cette deuxième retient toute son attention.

Trois victimes, trois profils très différents pour un même mode opératoire. Stéphane Guérin, le chauffeur de Yara, un petit malfrat de vingt-quatre ans condamné pour délits mineurs. Pierre Hernandez et Alain Simondin, deux criminels endurcis, déjà condamnés pour deux affaires de vol avec violence entre 1976 et 1981. Tous les trois tués avec le même couteau.

À un détail près : les méchants multirécidivistes Simondin et Hernandez, pris par surprise, égorgés avec méthode, et le gentil Guérin, des traces de liens sur les poignets et les chevilles, des traces de coups au visage et sur le torse, la lame plantée dans la carotide pendant qu'il s'enfuyait. Les deux premiers sont exécutés, l'autre est assassiné. Brun ne sait pas quoi faire de cette conclusion. Il rappelle le commandant Tramier pour lui faire part de ses déductions comme on jette une bouteille à la mer. Tramier l'écoute avec intérêt, acquiesce et répond : « Donne-m'en plus pour relancer l'enquête. »

Brun reprend la liste des autres types retrouvés morts sur les lieux du braquage, rend visite à leurs ex-petites amies, à leur famille, consulte leurs casiers judiciaires et aboutit aux mêmes conclusions : quatre cadavres carbonisés, trois criminels connus des services de police abattus à bout portant par arme à feu d'un côté et un brave chauffeur Yara retrouvé dans le coffre d'une Renault 9.

Il se repasse mentalement le fil des évènements. Six hommes attaquent un convoi d'ammoniac de la société Yara sur la départementale d'Harfleur. Les deux chauffeurs sont enfermés dans le coffre de l'un des véhicules des braqueurs. Jusqu'ici, tout se passe comme d'habitude. Sauf que l'un des chauffeurs décède pendant le transfert d'ammoniac. Panique, improvisation, action. Stéphane Guérin parvient à s'enfuir. Des hommes partent à sa poursuite, le serrent dans son studio, puis le tuent avant d'être exécutés à leur tour.

Question : quel lien avec Hélène Thomas ? Hypothèse : Hélène Thomas est dans le camp des méchants, elle est de mèche avec les meurtriers de son petit ami, elle passe un deal avec eux, les rencarde sur le convoi d'ammoniac, puis elle se fond dans la nature lorsque les choses tournent mal.

Brun rappelle Tramier pour lui raconter sa nouvelle version des faits. Tramier applaudit des deux mains et rétorque en riant : « Passe à autre chose, mon vieux ! Tout le monde s'en fout ! »

Brun s'accroche à ses chimères, mais les données matérielles objectives sont contre lui. Les braqueurs sont des costauds et des pros. Ils sont bien renseignés. Ils sont déterminés. Ils n'en sont pas à leur coup d'essai. Brun bute aussi sur le caractère improvisé du carnage d'Harfleur et sur le fait qu'Hélène soit peut-être toujours en vie, dans la mesure où aucun cadavre n'a été retrouvé. Enfin, il y a cette évidence : aucun braqueur professionnel de l'envergure de ces hommes-là n'irait s'embarrasser d'une étudiante de vingt ans. Hélène a disparu parce qu'elle est probablement morte.

Que faire, alors ?

Cinq, quatre, trois, deux, un : bonne année, bonne santé ! L'inspecteur Patrick Brun prend des bonnes résolutions pour 1988. Les pistes se réduisent comme peau de chagrin. La routine reprend peu à peu le dessus. Il repart sur ses tournées avec le sous-brigadier Vallet dans le quartier Saint-Jean de Beauvais. Il court après des dealers, il embarque des putes, il assure ses permanences au local du syndicat. Il remet de l'ordre dans son bureau. Il relit une dernière fois ses notes à propos de l'affaire Thomas, il jette un dernier coup d'œil aux photos d'elle que ses parents lui ont confiées, puis il les range dans un classeur et les remise sur une étagère. Sa vie ne se résume pas à son boulot. Brun ne se représentera pas aux élections syndicales, il en a soupé, il est temps de passer à autre chose, et puis merde, qui ça intéresse vraiment, la vie et la disparition d'Hélène Thomas ?

Un élément vient pourtant relancer l'enquête. Geneviève et lui fêtent leurs douze ans de vie commune. Brun a réservé une table dans un restaurant un peu chic de Beauvais. Il a pris une journée de congé.

Geneviève est enjouée. Elle extrait de sa housse le tailleur rouge carmin qu'elle s'est offert l'été précédent. Elle se dandine en sous-vêtements jusque dans la salle de bains pour chercher un miroir. Brun se sent léger. Il trouve Geneviève radieuse. Ils ont connu des moments difficiles, l'an passé, mais ça va mieux, ça va bien, ça va même merveilleusement bien entre eux.

Brun l'embrasse dans le cou, sur les omoplates, puis sur les hanches, elle se tortille pour lui échapper, il la rattrape, elle pousse un cri, elle se laisse embrasser, un peu, pas longtemps, elle secoue la tête, elle sort sa machine à coudre pour faire quelques retouches. Brun la complimente sur ses talents de couturière. Il glisse une remarque coquine. Geneviève glousse. Ils restent sages. Ils flirtent à l'ancienne. Ils se roulent des pelles comme des gamins de vingt ans s'apprêtant à se rendre à leur premier bal. Ils entrecoupent leurs baisers d'anecdotes au sujet de leurs jeunes années. Geneviève sectionne quelques fils aux ciseaux, réajuste la ceinture de sa jupe. Brun pose ses mains sur ses hanches, il effleure sa peau du bout des doigts. Elle proteste en frissonnant. Il la serre dans ses bras, il la chatouille, elle se laisse faire. Son rire clair résonne dans toute la maison jusqu'à ce que les enfants rentrent de l'école.

Geneviève est pressée, à présent. Ils n'ont pas vu filer la journée. Elle a rendez-vous chez le coiffeur. Elle sera de retour pour 19 h. Le dîner des enfants est dans le frigo. Elle crie avant de claquer la porte : «N'oublie pas d'emmener le petit chez le dentiste à 17 h 30 !»

Le téléviseur débite à plein régime le *Club Dorothée* pendant que Brun cherche de quoi emballer le bijou qu'il a acheté. Les gosses sont surexcités. Ils ont goûté, ils ont pris leur douche, ils se battent sur le canapé. Brun s'égosille. Allez, les enfants ! Arrêtez vos bêtises ! Je ne veux pas que maman trouve du désordre quand elle rentrera ! Ce soir, on sort. Sylvie vient vous garder, vous avez intérêt à vous tenir à carreau !

Brun regarde sa montre. Il rafle son chéquier et les clefs de la voiture, il embarque les gamins, ils traversent la ville, le dentiste a dû prendre un client en urgence, ils doivent patienter près d'une heure dans la salle d'attente, Geneviève va être furax. Le petit a trouvé une bande dessinée *Boule & Bill*. Il lit en se grattant le nez et en jetant des petits coups d'œil anxieux en direction de la porte du cabinet dentaire.

Brun saisit ce magazine sportif, *par hasard*, au milieu d'une pile déposée sur une table basse. Il le feuillette machinalement. Brun s'attarde sur un portrait de Wayne Gardner, vainqueur de l'édition 1987 des championnats du monde de MotoGP. En page centrale, une photo en plan large de la star australienne au Grand Prix d'Italie, à Monza. Le pilote est entouré de quatre *pitbabes*, bikinis noirs, sourires publicitaires et poses aguicheuses. Gardner a l'air d'un nain au milieu de ces filles immenses. Brun reluque leur déhanché, leur ventre plat et leurs cuisses parfaites. Il compare. Il se prend à envier les types comme Gardner. Il se fige soudain sur le sourire enjôleur de la fille de gauche, une blonde aux yeux d'un vert profond. Il la reconnaît instantanément.

Agence Live-Events, une société d'évènementiel sportif planquée au rez-de-chaussée d'un immeuble flambant neuf du centre-ville de La Celle-Saint-Cloud. Sobre mais classe : plaque discrète sur la porte d'entrée, interphone, hall au carrelage impeccable, locaux design, et baies vitrées opaques avec vue sur la rue.

Retrouver la trace d'Hélène Thomas a été un jeu d'enfant. Il lui a suffi d'attendre lundi matin pour contacter le sponsor cité dans le magazine sportif, un fabricant de pneus dont le nom et le logo étaient inscrits en toutes lettres sur les culottes des filles et la combinaison de Wayne Gardner. On lui a ensuite passé un responsable communication, qui lui a passé une secrétaire, qui a cherché dans un classeur les coordonnées du prestataire de services qui leur a fourni les filles et le matériel pour le Grand Prix d'Italie.

— Le matériel ?

La secrétaire a pouffé.

— Les strings et les parapluies, pardi !

Brun est fébrile. Il n'a rien mangé depuis deux jours. Il n'a prévenu personne. Il se pointe à l'agence le mardi matin, à la première heure.

Hélène Thomas et une brune plantureuse qui doit être Sophie Calder, la directrice, débarquent ensemble en milieu de matinée. Brun refrène son envie de se précipiter à leur suite. Il prend son temps. Il observe l'entrée depuis sa voiture. Il attend le moment opportun.

La directrice quitte les lieux deux heures plus tard. Il compte jusqu'à dix, prend sa respiration, traverse la rue et entre dans l'immeuble.

Hélène Thomas l'accueille à son arrivée. Elle arbore un badge sur le revers de sa veste : *Anna Krause. Responsable projets culturels.* Brun se présente. Elle lève un sourcil étonné.

Il répète à haute voix :

— Anna Krause.

Elle esquisse un sourire et dit, avec un léger accent :

— Les patronymes allemands ont la cote, dans le secteur sportif.

Brun lui rend son sourire.

— Ou devrais-je dire Hélène Thomas ?

Hélène se raidit et recule instinctivement. Brun avance d'un pas. Son sourire s'élargit. Celui d'Hélène Thomas a totalement disparu.

Il déclare :

— Je croyais que je ne vous retrouverais jamais.

Hélène jette un œil par-dessus son épaule, en direction de l'entrée.

— Qu'est-ce que vous voulez ?

Brun lui tend l'avis de recherche émis quatorze mois plus tôt par ses parents. Hélène le lit attentivement, comme si elle le découvrait. Ses mains tremblent. Elle relève les yeux :

— C'est eux qui vous envoient ?

— Vous leur manquez.

Hélène le sonde du regard.

— Vous les avez déjà prévenus, c'est ça ?

— Non.

— Mais vous allez le faire.

Brun secoue la tête, perplexe.

— Je ne comprends pas.

Il s'avance encore. Il oublie la jeune femme en bikini sexy posant pour une marque de pneus. Il voit : une gamine de vingt et un ans qui s'est enfuie de chez elle. Il tend la main d'un geste qui se veut amical. Hélène se détourne d'un mouvement brusque. Brun s'excuse.

Hélène roule des yeux, avise un siège et s'assoit.

— Nom de Dieu...

Elle croise les mains et se penche en avant. Des larmes coulent. Puis elle parle. Brun écoute. Elle raconte que son père a essayé d'abuser d'elle lorsqu'elle avait quatorze ans. Elle raconte que sa mère l'a couvert. Brun se traite mentalement d'imbécile. Il aurait dû deviner tout seul.

Elle ajoute :
— Je n'ai dit ça à personne.
— Portez plainte.
Hélène ricane. Elle se relève et le toise.
— Vous les avez vus, hein ? Vous êtes allé chez eux, vous vous êtes assis sur leur putain de canapé. Vous croyez vraiment que j'ai besoin de me replonger dans toute cette merde ? Regardez ce que je suis devenue depuis que je suis partie ! Vous croyez que j'ai besoin d'eux ? Qu'ils en crèvent, de ne pas savoir où je suis ! Qu'ils en crèvent tous les deux, pour ce que j'en ai à faire !

Brun soutient son regard.
— Et Stéphane Guérin ?
Hélène ravale ses larmes.
— Il ne vaut pas mieux qu'eux.
— Il est mort.
Hélène cligne des yeux. Brun repense aux paroles de la vieille dame du rez-de-chaussée, aux cris qu'elle entendait, aux disputes.
— Il a été assassiné à l'arme blanche, à l'occasion d'un braquage, en Normandie, le jour de votre disparition, le 28 juillet 1986.

Hélène sort un paquet de cigarettes mentholées de sa poche et en allume une.
— J'ai appris ça.
— C'est tout ?
Hélène ricane et tire une latte sur sa menthol.
— Fin de l'histoire.
Brun soupire.
— Je vais devoir transmettre vos coordonnées au responsable de l'enquête. Il vous recontactera.

Hélène lève les yeux au ciel et siffle avec dédain. Patrick Brun l'observe longuement, incapable de réagir. Il essaie de capter dans les traits de son visage des fragments de la jeune femme imaginaire qu'il croyait rechercher depuis des mois, mais son petit scénario mental s'effrite sans qu'il puisse le raccrocher à quelque chose de tangible.

Hélène se méprend sur la nature de son regard. Elle le dévisage crânement.

— Qu'est-ce qu'il y a ? Toi aussi, tu veux me baiser ?

32

Paris, 13 janvier 1988.

Le Zimmer, place du Châtelet, un brouhaha continu dans une salle pleine à craquer. Valentina boit les paroles de son interlocutrice, la pilote italienne Lella Lombardi. Le thème de leur discussion : *Les femmes au pouvoir, bande de sales machos!*

Lombardi possède un palmarès impressionnant. Dix-sept participations aux championnats du monde, dont douze départs en Formule 1, de 1974 à 1976. Elle est la seule femme à figurer au palmarès grâce à sa sixième place acquise au Grand Prix d'Espagne en 1975. Lombardi a des ovaires en acier trempé. Elle se débat pour surnager dans l'univers ultra masculin de la course automobile. Elle est à la recherche d'opportunités publicitaires. Sa stratégie de communication repose sur un unique pilier : *Unissons-nous et frappons-les là où ça les démange!*

Valentina adore. Elle est prête à militer pour que l'industrie du tabac sponsorise des pilotes comme elle.

Elle déclare :

— Ce qui est bon pour les femmes est bon pour les affaires.

Lombardi a un sourire ravageur et un humour grinçant. Elle ne mâche pas ses mots. Elle tourne aux cigarillos vanillés et au chardonnay sec. Valentina est impressionnée par sa résistance à l'alcool. Lombardi commande un autre verre et lui dresse la liste des trois autres femmes pilotes que les *mâles* ont laissées participer à une manche du championnat du monde depuis 1950. L'Italienne Maria Teresa De Filippis et l'Anglaise Divina Galica sont ses déesses des circuits automobiles à elle. La Sud-Africaine Désiré Wilson, la seule à avoir remporté une course de Formule 1 en 1980 à Brands Hatch, figure au sommet de son panthéon personnel. Elle vénère aussi l'Allemande Carmen Ziegler, en lice pour devenir team manager de l'écurie suisse Sauber.

Valentina est conquise.

— Comment puis-je vous aider à devenir la meilleure ?

Lombardi lève les yeux au ciel.

— Ne faites pas l'innocente, ma petite. Pour moi, c'est terminé. Je vais bientôt fêter mes quarante-sept ans, je suis trop vieille pour ces conneries, mais j'ai besoin de fric pour lancer la carrière d'une pilote prometteuse.

Elle tire deux bouffées sur son cigarillo, l'écrase dans le cendrier et exhibe un dossier. Elle en tire une photo qu'elle fait glisser devant Valentina.

— Giovanna Amati, vingt-huit ans, deux saisons de Formule 3 au championnat d'Italie. Elle végète en Formule 3000. Il ne lui manque qu'un petit coup de pouce pour intégrer une vraie écurie en F1.

— Je suis tout ouïe.

— Je sais que vous avez vos entrées chez Big Tobacco.

Valentina saisit la photo et la porte devant ses yeux.

— Je ne vous promets rien.

Lombardi s'adosse tranquillement à son siège, tout sourire. Elle lève son verre.

— Mais j'y compte bien.

Le taxi qui ramène Valentina à La Celle-Saint-Cloud empeste le tabac froid et l'eau de Cologne. L'autoradio en sourdine, la voix de Mylène Farmer, le chauffeur fredonne d'une voix de fausset, les yeux rivés au compteur – *Et pour un empire, je ne veux me dévêtir, puisque sans contrefaçon, je suis un garçon.*

Valentina allume une cigarette et entrouvre la vitre. Les immeubles haussmanniens des grands boulevards défilent. Elle continue de s'interroger sur la nature de ses relations avec Anton Muller. Les femmes rendent son amant vulnérable. Elles sont sa très grande force et sa plus grande faiblesse. Possible qu'il ait épargné Hélène par faiblesse. Possible aussi qu'il s'agisse chez lui d'une forme pathologique de rédemption, du genre *Je tue les salauds mâles, mais j'épargne les victimes femelles.* Les femmes comme Hélène exercent un pouvoir de fascination sur lui. Comme tous les machos, Muller se sent investi d'une mission protectrice. Il baise Valentina-la-mère-maquerelle et protège Hélène-la-victime.

Valentina se demande si elle trouve ça attachant ou carrément pathétique. Elle jette son mégot d'une pichenette et remonte la vitre. Le chauffeur la dévisage avec insistance dans le rétroviseur central. Elle lui lance un regard lourd de sous-entendus. Son visage s'empourpre et il baisse aussitôt les yeux.

La rue est plongée dans le noir. Valentina insère à tâtons les clefs dans la serrure. Un téléphone sonne à l'intérieur de l'agence. Elle déverrouille, ouvre la porte en grand et traverse le hall d'accueil pour décrocher. Elle ne perçoit d'abord qu'un souffle irrégulier, entrecoupé de grésillements, comme s'il y avait de la friture sur la ligne.

— Anton ?

Elle s'apprête à raccrocher quand la voix à peine audible de son amant résonne dans le combiné.

— Aide-moi…

Anton Muller tousse à s'en arracher les poumons. Il respire par saccades. Chaque inspiration lui arrache des sifflements aigus douloureux. Il met un long moment à recouvrer un débit normal.

33

Beyrieux, 13 janvier 1988.

Un feu crépite dans la cheminée. Les flammes génèrent des ombres menaçantes qui dansent sur les murs de la pièce. Un téléviseur diffuse en sourdine les images d'une émission de divertissement.

Engoncée dans une chemise de nuit aux couleurs délavées, la femme roule des yeux paniqués. Ses cheveux sont relevés en chignon. Le canon du revolver est braqué sur sa poitrine.

Muller lui tend le combiné du téléphone.

— Explique-lui comment venir ici.

Il recule d'un pas. La main qui tient l'arme tremble. Ses vêtements sont imbibés de sang au niveau de l'abdomen et de la jambe gauche. Les taches brunes ont un effet hypnotique sur la femme. Elle ne perçoit la voix de Valentina qu'en fond sonore.

Muller agite le revolver dans sa direction.

— Réponds !

Elle porte le combiné à son oreille. Les meubles et le plafond tanguent. Muller s'affale dans un fauteuil, face à elle, et s'éponge le front du revers de la manche.

L'accident lui revient par bribes éparses. Il reprend connaissance. Un taillis de ronces a amorti en partie sa chute. Il bascule sur le dos en grimaçant. Il tâte son torse avec précaution pour scanner l'étendue des dégâts. Côtes cassées, contusions multiples, élancement à la tête. Une tige d'acier est plantée dans son flanc gauche, au-dessus de la hanche. Il tente de se redresser, mais une douleur vive le cloue au sol.

Le vent rapporte par intermittence le hululement d'une sirène de police. Muller plisse les paupières, empoigne le bout de métal à deux mains, serre les dents et l'extrait d'un coup sec en hurlant. Il parvient à comprimer la plaie à l'aide de son pull. Il serre sa ceinture au maximum pour le maintenir en place. Il s'accorde quelques secondes de répit, puis il se relève.

Une violente migraine lui fait brièvement tourner de l'œil. Son équilibre se stabilise. L'opération Christelle Szabo n'est plus d'actualité. Bizarrement, cette pensée lui procure un regain d'énergie.

Il photographie les lieux du regard, en pleine brume mentale. Une odeur de pneu brûlé plombe l'atmosphère. Une fumée opaque s'échappe de la carcasse de la 504. Le phare avant droit clignote, une fois, deux fois, puis s'éteint, plongeant l'endroit dans le noir.

Muller s'avance en titubant, s'appuie sur l'aile et plonge le bras à travers la portière défoncée, côté conducteur. Il tâtonne du bout des doigts jusqu'à sentir la crosse de son revolver. Il la saisit, s'écarte du véhicule et prend la direction du sud, à l'opposé de la route.

La suite est plus chaotique. Muller se démène dans les broussailles, il patauge un moment indéfini dans le contre-canal du Rhône. Des relents de fosse septique saturent l'air, des cris lui parviennent. Il escalade un talus et franchit la voie ferrée. Les cris s'estompent. Il longe un champ, puis un deuxième. Il atteint ensuite un carrefour routier, éclairé d'un unique lampadaire, qu'il traverse en clopinant jusqu'à disparaître dans les fourrés, côté montagne. À partir de là, il grimpe, luttant contre l'engourdissement.

La pente n'est pas trop raide mais sa blessure à l'aine lui fait un mal de chien. Le shoot d'adrénaline l'aseptise de façon temporaire. Il dérape, il chute, il se relève, il s'accroche aux branches et aux rochers, il se sert de son arme comme d'un piolet, il se hisse aussi haut qu'il peut, puis il remet ça, encore et encore, jusqu'à ce que le terrain s'adoucisse.

Cela dure dix minutes ou deux heures. Muller nage en plein brouillard. Il perd connaissance à deux reprises, il repart à l'instinct. Il perd toute notion de temps et d'espace. Les jappements d'un chien, quelque part, le guident dans l'obscurité.

Il refait surface dans la cour d'une maison isolée. Le chien aboie, tout proche. Muller se campe sur ses deux jambes, prêt à riposter en cas d'attaque. Rien ne vient. Une ampoule s'éclaire au-dessus d'un porche. Il s'avance en clopinant aussi vite qu'il peut, le revolver pointé devant lui. Il cueille la femme par surprise lorsqu'elle ouvre la porte, il tire en direction du chien qui s'enfuit en couinant, il entre, et le voilà, à présent, assis dans ce salon, luttant contre une furieuse envie de se laisser aller et de trouver la paix, enfin.

La femme raccroche, terrifiée. Muller indique le siège, près de l'âtre.

— Assieds-toi là !

Elle s'exécute. Il reprend le téléphone, arrache le fil, pivote lentement, de façon à se tenir face à elle. Il dépose avec délicatesse l'arme sur ses genoux, puis il prend une profonde inspiration.

— Parle-moi, que je ne m'endorme pas.

La nuit, puis le jour. Muller est dans les vapes. Les rayons du soleil levant et la lumière de l'ampoule du salon lui lacèrent les yeux en alternance. La fièvre le fait délirer. Des anges exterminateurs ayant les traits d'Hélène Thomas et de Stéphane Guérin se succèdent dans son cauchemar éveillé. Le parfum de Valentina et les volutes mentholées de ses cigarettes agissent comme un baume apaisant.

Muller murmure :

— Je suis mort ?

Valentina lui prend le visage dans les mains et dépose un baiser sur son front.

— Pas cette fois.

Trois jours plus tard, dans une clinique privée suisse du canton de Vaud.

— Nos destins sont liés, mon ami !

David Bartels est affable. Il balance un exemplaire du quotidien *Le Monde* sur le lit en souriant. En une, un portrait du Premier ministre Chirac qui annonce depuis l'hôtel de Matignon sa candidature à l'élection présidentielle.

Valentina remise le journal au fond du lit. Muller tousse. Bartels s'esclaffe :

— Chirac est le meilleur allié des fumeurs. Nous misons tout sur lui et ses amis éminemment corruptibles, le directeur de campagne Charles Pasqua et le porte-parole Alain Juppé. Ce type est un don du ciel pour les affaires et une star chez les jeunes. En août dernier, cet enfoiré de première a autorisé un concert de Madonna au parc de Sceaux contre l'avis du maire pour se faire de la bonne publicité. Il l'a reçue en grande pompe, si j'ose dire, à l'hôtel de ville et, en échange, elle lui a offert un baiser et un chèque de cinq cent mille francs pour ses bonnes œuvres.

Valentina lève les yeux au ciel.

— Il a besoin de repos.

Bartels mime le geste d'abdiquer.

— Anton, de retour d'entre les morts.

Valentina feint de ne pas saisir la menace à peine voilée. Muller sait qu'il ne risque rien ici. Il est shooté à la morphine et aux analgésiques. Les infirmières du service sont aux petits soins avec lui. Valentina est une sainte. Elle veille à ce qu'il ne manque de rien.

Elle a tout organisé : sa fuite incognito depuis la ferme de Beyrieux où elle l'a rejoint, son hospitalisation à Lausanne et une rencontre avec Bartels, en terrain neutre et en sa présence rassurante. Valentina a confié les rênes de l'agence à Hélène, elle a annulé l'ensemble de ses rendez-vous de janvier et elle a réservé en liquide une chambre cosy dans un petit hôtel discret en périphérie de la ville.

Avant l'arrivée de Bartels, elle a persuadé Muller de tout lui raconter pour assurer sa défense. Muller a vidé son sac : le braquage raté, le meurtre de Guérin, le pacte de sang entre Bartels et lui, Christelle, l'enfant à naître, ses doutes quant à sa loyauté. Dans un éclair de lucidité, Muller a omis de parler de la véritable raison de sa venue dans le sud de la France.

Valentina l'a écouté et a réfléchi un moment avant de déclarer : « Les affaires de copulation-procréation entre Christelle Szabo et David ne nous regardent pas. Le meilleur moyen de nous en protéger est de les ignorer et de ne pas nous en mêler. Hélène Thomas reste notre secret. Point final. »

Une fois Bartels dans la place, elle dit :

— Parlons de l'avenir !

Bartels tapote le journal de l'index. Une lueur d'agacement voile brièvement son regard. Il la chasse d'un sourire sardonique.

Il fixe Muller qui ne cille pas.

— L'inspecteur Simon Nora est passé au bureau, il y a deux jours, avec une armée de flics.

Bartels regarde Valentina. Muller cligne des yeux. Il lance une œillade complice à Valentina. Elle lui prend la main et se rapproche du lit.

Muller dit :

— Continue, je te prie.

— Nora avait ce ton obséquieux du flic qui croit détenir une information monnayable. Il a une dent contre toi. Il voulait savoir si je te connaissais personnellement et si j'avais un nom à lui donner. Il s'est étonné du fait que l'entreprise criminelle dont il te soupçonne coïncide parfaitement avec les intérêts de Big Tobacco et de Fox & Reynolds. Un mouton noir se serait introduit dans nos rangs. Il s'en est ouvertement inquiété. Il a laissé entendre que tu travaillais peut-être pour mon compte.

Muller se racle la gorge.

— Il est diablement perspicace.

Bartels baisse d'un ton, comme si Nora avait des antennes dans la pièce :

— Il a sous-entendu qu'il ne m'en tiendrait pas rigueur si je répondais favorablement à ses questions indiscrètes.

Muller tousse. La main de Valentina se contracte dans la sienne.

— Nora est présomptueux.

Bartels corrige :

— Il est complètement à côté de la plaque. Il n'a aucun nom ni aucune preuve pour étayer ses hypothèses. Je ne lui ai rien dit.

Bartels adresse un clin d'œil à Valentina.

— Il ne tient pas compte non plus des liens solides de loyauté qui nous unissent.

Muller sourit. Valentina se détend. Bartels en remet une couche.

— Je crois que tu as besoin de vacances.

Il glisse la main dans la poche intérieure de sa veste et en ressort un passeport et des billets d'avion Swissair.

Il secoue la tête.

— La loi se durcit, en France. Des rumeurs persistantes dans les couloirs de l'Assemblée évoquent une tempête en formation, au cas où le vieux Mitterrand reprendrait du service. Un drôle de nuage liberticide antitabac plane dans l'air et menace de masquer le soleil. Mon ami Eduardo Rojas et moi réfléchissons au meilleur moyen d'organiser la riposte.

Bartels se lève, gagne la fenêtre et l'ouvre. Une brise glacée s'engouffre dans la chambre et soulève les rideaux.

Muller saisit les billets d'avion.

— À quoi un infirme interdit de séjour en France pourrait-il servir ?

Bartels sourit, amusé. Il glisse une cigarette entre ses lèvres et la protège de la main pour l'allumer. Il fixe un instant le bout incandescent, comme s'il contenait la réponse à toutes leurs questions.

— Nous avons besoin de toi à l'étranger pour superviser nos filières de contrebande.

La chambre d'hôtel, en dehors du temps. Muller ne supportait plus le va-et-vient du personnel soignant et le manque d'intimité. Valentina est en nage. Elle n'a retiré ni sa jupe ni ses chaussures. Elle boit de l'eau minérale au goulot comme si sa vie en dépendait.

— Nom de Dieu !

Muller s'affale contre les oreillers et l'observe en silence. Valentina achève de se déshabiller et s'assoit sur le rebord du lit pour se coiffer. Elle lui tourne le dos. Muller remarque des mèches blanches à la racine de ses cheveux, sur ses tempes.

Valentina pose sa brosse sur la table de chevet et s'installe en tailleur face à lui. Cinq grains de beauté dessinent un arc de cercle quasi parfait sous son sein gauche.

— À quoi tu penses ?

Muller tend la main pour en suivre le contour. Elle se laisse faire, un sourire amusé aux lèvres. Muller s'enhardit et frôle son mamelon du bout de l'index.

— Que nous sommes jeunes et vigoureux. Que je devrais envoyer Bartels se faire foutre…

— Mais encore ?

— Que tu devrais faire faire la même chose. Que nous pourrions nous ranger quelque part au soleil, ensemble, et jouir de la vie.

Valentina secoue la tête.

— Sache que je partage ton point de vue sur notre jeunesse et notre vigueur.

— Mais ?

Valentina attrape son sac à main et en extrait un paquet de menthols et un briquet en argent.

— Nos destins sont liés, tu te souviens ?

— Ce ne sont que des paroles en l'air. Ça ne signifie rien pour moi.

Valentina joue avec une cigarette sans l'allumer.

— Je ne suis pas d'accord.

— Si c'est une question de fric, j'ai de quoi voir venir…

— L'argent n'est pas un problème.

Muller se redresse.

— Ne me parle pas de loyauté, je t'en supplie.

Valentina éclate de rire et allume la cigarette. Muller glisse les mains sur ses hanches et l'attire contre lui. Elle lui souffle la fumée au visage. Il plisse les paupières.

— Quoi, alors ?

Valentina caresse un instant la plaie en bas de son abdomen. Ses doigts s'attardent sur chacune des marques blanches laissées par les agrafes. Elle tient sa cigarette à distance.

— C'est impossible.

— Pourquoi ?

Valentina le dévisage.

— Parce que j'aime ce que nous faisons et la liberté que cela nous procure.

Muller tique.

— Même si c'est mal ?

Elle fronce les sourcils. Elle tire plusieurs bouffées d'affilée, la bouche ouverte, comme si elle cherchait une réponse. Muller se penche pour attraper le cendrier et le lui passer. Elle avance sa main, suspend son geste.

— Je crois bien que oui.

34

Nanterre, 9 novembre 1989.

Porte de Pantin. Il est 1 h 02 du matin. Nora n'arrive pas à trouver le sommeil. Il erre sur les trottoirs de l'avenue Jean-Jaurès.

Une foule se presse à la terrasse d'une brasserie. Des clients éméchés brandissent des drapeaux allemands et français, aux cris de *Le Mur est tombé!*, comme s'ils fêtaient la Libération. L'un d'entre eux perd l'équilibre et s'étale dans le caniveau. Des autres se précipitent pour l'aider à se relever. Ils lui tapent dans le dos : « Notre frère est-allemand! »

Nora ressasse : Monsieur X est un fantôme. Il n'a pas de nom. Il a disparu sans laisser de traces.

Nora le piste pourtant comme un chien depuis des mois. Il flaire les vapeurs d'ammoniac qu'il répand dans son sillage.

Le 6 novembre 1987, avec l'aide de l'inspecteur Millet de la PJ de Grenoble, il renifle sa trace trois jours durant. Il consulte les registres des hôtels de l'agglomération. Il repère un Formule 1 en périphérie de la ville de Fontaine. Il déniche dans le registre une réservation au nom du pseudonyme Hervé Martin. L'adresse et la signature sont bidon. Monsieur X a loué en liquide une chambre du 6 au 19 mai. Nora a six mois de retard. L'employée qui s'occupe du petit déjeuner le reconnaît d'après les photos que Nora lui montre. Il obtient de pouvoir consulter la caméra de vidéosurveillance du parking. Nora identifie formellement Monsieur X entrant et sortant le soir du 18 mai. Les horaires correspondent parfaitement à la déposition du syndicaliste Aubry qui a porté plainte pour violences.

Monsieur X a quitté Grenoble le lendemain de son intervention musclée au local de la section CGT de la Confédération des buralistes d'Isère. L'inspecteur Nora hume l'air pour remonter le fil du temps.

Il trouve une nouvelle piste. Grâce aux informations livrées par Aubry, il remonte jusqu'à Tonneins et le débrayage massif chez European G. Tobacco du printemps 1987. Nora saute dans un train. Il rencontre le délégué CGT local Philippe Larrère. Le type est un obèse d'une cinquantaine d'années. Le moindre geste lui demande des efforts surhumains.

Le syndicaliste a morflé. Il arbore fièrement les cicatrices à l'arcade sourcilière et au crâne que Monsieur X lui a faites le 6 mai dernier. Il a conservé comme un trophée le chatterton avec lequel le mercenaire lui a attaché les chevilles et les poignets. Il concède avoir subi des menaces. Il reconnaît avoir livré son camarade Simon Maquet sous la torture. Il n'a pas porté plainte pour se protéger. Ils ont gagné la bataille syndicale, c'est le résultat qui compte. Il se fige quand Nora lui montre la photo de Monsieur X.

Il la saisit d'une main tremblante :

— C'est bien lui.

Nora négocie sa signature en bas d'une déposition. Il fouine quelques jours autour du local CGT avant de repartir en chasse. Il est à l'affût du moindre mouvement social dans les usines Big Tobacco. Des semaines durant, il déploie ses antennes à proximité des usines, des points de vente et de stockage, des dépôts d'ammoniac et de carburant. Il sème le portrait de Monsieur X partout où il passe. Ses interlocuteurs secouent la tête.

Le 13 janvier 1988 au soir, Monsieur X réapparaît dans la vallée du Rhône, aux environs de Valence. Nora est prévenu sur-le-champ. Monsieur X vient d'être contrôlé et identifié par l'OPJ Bernard de Tournon-sur-Rhône. Ses faux papiers sont au nom d'Hervé Martin. Il a forcé un barrage de gendarmerie. Il a grièvement blessé un flic et a tenté d'en renverser deux autres dans sa fuite.

Alerte, alerte! Cet homme est dangereux! Sa Peugeot 504 de location est retrouvée accidentée cinq kilomètres plus loin dans un fossé. Les motards ne retrouvent que des cendres, de la tôle froissée et beaucoup de sang. Monsieur X est sévèrement blessé. Il s'est volatilisé, mais il ne doit pas être bien loin.

Branle-bas de combat. Cette fois, Nora est sur le coup. Il donne des consignes par téléphone : *Monsieur X = ennemi public numéro un!* Il saute dans un taxi pour la gare de Lyon, brandit sa carte de police et grimpe dans le premier train de nuit.

Sur place, les forces de l'ordre se mobilisent. Le fugitif est blessé. Son signalement est envoyé à tous les hôpitaux, cliniques et médecins de la région. Des hommes sont déployés sur les grands axes et dans les gares, on passe la campagne au peigne fin depuis le lieu de l'accident, dans un périmètre de cinq kilomètres, on ratisse les berges du Rhône avec des chiens, des barrages filtrants sont installés à l'entrée de Cornas, de Tournon-sur-Rhône et de Tain-l'Hermitage, on interpelle la moindre voiture suspecte, on fouille les coffres, on inspecte les chargements.

Monsieur X vient subitement de monter en grade. Il n'est plus un simple briseur de grève, ni seulement impliqué dans le braquage d'un chargement d'ammoniac qui tourne mal. Désormais, il bascule dans la catégorie supérieure : tueur de flics en puissance.

Dès le lendemain matin, les fax et les rotatives tournent à

plein régime. On imprime de nouvelles affiches en couleur pour les commissariats et les gendarmeries.

Nora se joint aux recherches dès son arrivée en gare de Valence, par le train couchette de 6 h 05. Il a dormi trois heures et passé le reste du trajet à dresser une liste des questions qu'il aimerait poser à Monsieur X s'il l'arrêtait.

Il est conduit au cœur de l'action et placé à la tête des opérations. Un gardien de la paix stagiaire lui apporte du café chaud dans un thermos pendant qu'il fait le point avec le capitaine Bernard. Nora proclame :

— Cet homme est ma meilleure piste dans une affaire sanglante de braquage d'ammoniac. Il est l'homme à abattre depuis le 28 juillet 1986.

Le flic renversé se débat au service déchoquage des urgences de Valence. Il est entre la vie et la mort. Son pronostic vital est engagé.

Nora déclare :

— Retrouvez-moi ce salaud !

Leurs efforts finissent par payer. En fin de matinée, la brigade canine de Valence flaire la piste X jusqu'à une ferme isolée de la commune de Beyrieux, entre Plats et Mauves. L'endroit est habité par un couple sans enfants. Le représentant de commerce Jacques Morin est en déplacement pour le travail en Alsace. Émeline Morin est seule. Elle est retrouvée prostrée dans la baignoire de sa salle de bains. Son épagneul a été abattu dans la cour. Elle a vécu l'enfer quinze heures durant.

Le fugitif a surgi vers 20 h 45 devant sa porte. Il la menaçait d'un revolver, il pissait le sang. Il a immédiatement réclamé un téléphone pour prévenir un complice. Elle a obéi au doigt et à l'œil. Elle a dicté au téléphone son adresse et expliqué le trajet le plus court pour se rendre chez elle depuis Tournon-sur-Rhône. Elle ignore s'il s'agit d'un homme ou d'une femme. Elle était tétanisée, elle n'a pas eu la présence d'esprit de poser des questions. Le fugitif et elle ont veillé ensemble toute la nuit jusqu'à l'arrivée du ou des complices, aux alentours de 8 h 15. Dix minutes plus tard, une voiture démarrait dans la cour.

Émeline Morin est en larmes. Elle n'a rien vu, rien entendu. Elle ne connaît ni le visage ni la voix des complices. Elle a appelé la police, puis elle est restée enfermée jusqu'à l'arrivée des secours.

Nora pose la main sur son épaule :

— Cet homme sera puni pour ce qu'il vous a fait subir.

Il organise une conférence avec la presse locale pour lancer un appel à témoins. Il diffuse tous azimuts le portrait de Monsieur X. Il prévient : « Cet homme est blessé, armé et dangereux. Ne tentez rien ! Si vous l'apercevez, composez le 17 ou rendez-vous au poste de police le plus proche ! »

Il contacte ensuite France Télécom. L'employé est désolé. Le numéro composé par Monsieur X depuis l'appareil des Morin correspond à celui d'une simple boîte vocale. Nom et adresse du client en région parisienne falsifiés. Intraçable.

Barrages et battues se poursuivent. Barrages et battues ne donnent rien. Nora aiguise ses cinq sens. Les empreintes laissées par Monsieur X et ses complices chez les Morin sont en cours d'expertise. Les traces de pneus retrouvés dans la cour correspondent à une Renault Supercinq.

Nora bat le fer tant qu'il est encore chaud. Les policiers sur le terrain sont fébriles. Nora élargit le périmètre des fouilles. Il est en lien avec les préfectures de police de Drôme et d'Ardèche. Il lance une alerte aux aéroports Lyon-Satolas et Grenoble-Saint-Geoirs ainsi qu'à tous les aérodromes de la région, puis il renifle la gomme au sol jusqu'à l'A7. Il liste toutes les sorties entre Saint-Vallier et Montélimar. Il contacte le centre de gestion autoroutier, il réquisitionne un véhicule et des hommes. Pas de voiture suspecte repérée dans la journée, aucun homme blessé ni armé, rien qui sorte de l'ordinaire.

Le mistral forcit, le ciel se charge, des trombes d'eau s'abattent sur la région à la tombée de la nuit, effaçant toutes les traces qu'auraient pu laisser les fuyards. Nora progresse à l'intuition. Il traque la moindre faille. Les barrières de péage ne sont pas équipées de caméras de vidéosurveillance. Par contre, la plupart d'entre elles possèdent une aire de repos nantie d'une cabine France Télécom. Nora se démène. Il obtient du juge d'instruction une commission rogatoire. Le relevé des appels entrants et sortants de chaque cabine lui est envoyé en recommandé le lendemain matin à la première heure.

Nora éplucheles documents un par un. Il décroche la timbale sur la cabine n° 26-588 localisée sur l'échangeur n° 13 de Tain-l'Hermitage : trois tentatives d'appel le 13 janvier à 19 h 36, 19 h 37 et 19 h 41 sur la ligne correspondant au standard de l'agence Fox & Reynolds Consulting, moins de dix minutes avant le contrôle de gendarmerie, à moins de douze kilomètres de là.

La coïncidence est trop belle.

Il énumère les éléments à charge : ammoniac + Fox & Reynolds Consulting + European G. Tobacco + grève des débitants de tabac + appels téléphoniques = Monsieur X.

Nora est surexcité.

— Je te tiens !

Il appelle le très affable David Bartels à qui il essaie de vendre ses hypothèses. Bartels ne tombe pas dans le panneau – « Un gendarme hospitalisé, des tentatives de meurtre sur des représentants des forces de l'ordre, mon Dieu, quelle horreur ! » Il nie farouchement. Trois appels le 13 janvier au soir ? Il doit s'agir d'une erreur. Il répond personnellement de ses employés. Il se tient à la disposition de l'inspecteur.

Nora répond :

— J'arrive.

L'enquête ardéchoise s'épuise. Quarante-huit heures ont

passé. Monsieur X et ses complices se sont faufilés entre les mailles du filet. Nora n'a plus rien à faire ici. Il prend le premier TGV pour Paris et débarque au bureau de David Bartels muni d'une autorisation d'enquête de flagrance signée par le procureur de la République.

Ils saisissent l'ensemble des livres comptes, les notes de frais, les agendas et toute la documentation que le mandat les autorise à consulter. Nora-le-gratte-papier recommande les mots-clefs suivants : ammoniac, camion-citerne, Vita Trucks, Logista, Ardèche, Tonneins, Grenoble, Confédération des buralistes, locations de voiture, Peugeot 504 et BX Citroën grise.

Les employés de Fox & Reynolds les laissent faire sans broncher. Ils sont mutiques. Une armée d'avocats répond à leur place aux questions dont Nora les accable. David Bartels leur ouvre armoires et coffre-fort. Sa secrétaire les alimente en café et cigarettes.

Nora met la main sur des dizaines de contrats de représentation *légaux* signés avec des hommes d'affaires, des laboratoires universitaires, des stars de la chanson, du cinéma et de la télévision, des sociétés spécialisées dans l'évènementiel, une poignée de sportifs de haut niveau de renommée internationale et même avec le célèbre pilote australien Wayne Gardner, mais point de Monsieur X.

Il prend son temps. Il scrute la moindre ligne comptable. Il monopolise l'agenda professionnel du président Bartels de façon insensée. Mi-mars, la pile de paperasse diminue dangereusement. Fin avril, elle se réduit comme peau de chagrin. Nora commence à manquer de matière. David Bartels l'accueille maintenant tous les matins en bâillant.

Le 8 mai 1988, Mitterrand est réélu au second tour de la présidentielle avec 54 % des voix. Bartels et ses associés arborent fièrement un brassard noir en signe de deuil. Juin, juillet, août, les visites de Nora au bureau se raréfient.

Automne 1988, l'enquête ardéchoise est au point mort. Le gendarme renversé a survécu. Il bénéficie d'un arrêt de travail et sirote des pastis en regardant *Ciel, mon mardi !* à la télévision. David Bartels ne prend plus la peine de se rendre aux convocations et envoie ses avocats.

Nora referme le dernier livre de comptes de Fox & Reynolds et rapatrie ses troupes à Nanterre. Il met les locaux de l'agence sous surveillance, dans l'espoir d'un miracle, mais, fin février 1989, les avocats de Bartels obtiennent l'annulation de la procédure juridique abusive qui touche leur client. Motif invoqué : ni les appels téléphoniques d'un déséquilibré multirécidiviste ni le harcèlement policier de l'inspecteur Nora ne constituent aux yeux de la loi des preuves suffisantes de culpabilité. Nora rentre au bercail la queue entre les jambes.

Désormais, Nora s'autorise un deuxième verre de bourbon le soir, en rentrant du bureau. Il fréquente une fois par mois le cabinet du docteur Mongin, pour y étaler ses problèmes de célibataire, son incompétence professionnelle et son rapport maladif au travail.

Le 18 septembre 1989, il est prévenu qu'un homme correspondant au signalement de Monsieur X aurait été aperçu à l'enregistrement Air France de l'aéroport Lyon-Satolas aux environs de 10 h 35, muni d'un billet pour l'Allemagne. Lorsqu'il arrive sur place, l'homme s'est déjà envolé pour Berlin où il disparaît sans laisser de trace. Le 16 octobre, il apprend par la bande que la société Fox & Reynolds a été dissoute.

Le 9 novembre, il jette l'éponge. La journée est interminable. Il se couche à 21 h, en état d'ébriété avancé. Impossible de fermer l'œil. L'alcool et son sentiment d'échec le maintiennent éveillé. Il se rhabille, la gorge sèche, et sort prendre l'air.

Il est 1 h 03 du matin. Nora pénètre dans une brasserie bondée de l'avenue Jean-Jaurès, se fraie un passage au milieu de la cohue, s'accoude au comptoir et commande un Jack Daniel's et une pinte.

Il lève son verre et trinque à la santé de son ami « Monsieur X ». Le poivrot à côté de lui l'applaudit en hurlant « *Wir sind das Volk !* Nous sommes le peuple ! » Nora le dévisage comme s'il était cinglé.

Rapport d'enquête RF/OLAF/UE-02.7896.1 Brigade financière de Nanterre/Office européen de lutte antifraude – 06/05/2002. OPJ rapporteur : capitaine de police Simon Nora – ARCHIVES PERSONNELLES DE DAVID BARTELS – 07/01/1988. *Transcription d'un message vocal laissé par Christelle Szabo le 18 octobre 1987 sur le répondeur de la ligne professionnelle de David Bartels. Durée : 1 mn 28 s.*

David ? David, tu es là ? Décroche, s'il te plaît... (*Long silence ponctué de reniflements et bruits de déglutition, musique en fond sonore.*) Il faut qu'on se voie rapidement. Je suis chez moi... (*Nouveau silence.*) J'ai pris quelques jours de congé pour réfléchir à tout ça, toi, moi, nous deux, la part de plus en plus insidieuse que ton travail prend dans notre relation... (*Reniflements.*) Je me pose plein de questions. Je ne sais pas trop quelle est ma place dans ta vie. Tu vas, tu viens... Tu es insaisissable. J'ai ce besoin irrépressible de te voir, de te toucher, de sentir tes mains sur ma peau, et en même temps il y a cette part d'ombre en toi qui m'effraie. Je la sens en permanence. Elle vibre dans l'air quand tu es là. Elle détruit tout. Je veux que tu me parles, David. Tu ne peux pas te défiler éternellement. Je... Putain, je suis là à parler à ce répondeur comme si... Et merde, à quoi ça rime ! Oublie ce que je viens de dire... C'est toi qui as raison, comme toujours. Tout ça n'a aucun sens. Tu... (*Silence bref.*) Laisse tomber. Je reprends le boulot demain. Je ne peux pas te voir samedi, comme prévu. On se rappelle. (*Fin de la conversation.*)

~

Rapport d'enquête RF/OLAF/UE-02.7896.1 Brigade financière de Nanterre/Office européen de lutte antifraude – 06/05/2002. OPJ rapporteur : capitaine de police Simon Nora – ARCHIVES FOX & REYNOLDS CONSULTING. *Extrait du discours d'Eduardo Rojas, directeur des ventes du secteur Grand Ouest d'European G. Tobacco – Séminaire de formation pôle Europe du 6 août 1987, Euro Meeting Center (Bruxelles).*

La caroube. L'aspect et la saveur du chocolat. Mmmh... (*Rires épars dans l'assistance.*) On trouve de nombreuses références à ce fruit dans la littérature arabe traditionnelle, dans les vers du poète persan Omar Khayyam ou dans ceux d'Ahmed Rami, mais aussi dans la Bible. Évangile selon saint Luc, le fils prodigue ayant dilapidé toute la fortune donnée par son père « aurait bien voulu se remplir le ventre des caroubes que mangeaient les porcs, mais personne ne lui en donnait ». Rassurez-vous, il ne s'agit pas d'un cours de théologie, vous ne vous êtes pas trompés de séminaire. (*Rires dans l'assistance.*) Vous vous demandez sûrement pourquoi je vous parle de la caroube. Eh bien parce que, comme certains d'entre vous le savent déjà, c'est un fruit indispensable dans notre industrie. Indispensable. La caroube est ajoutée à la cigarette sous forme d'extrait ou de gomme. La gomme de caroube provient de l'endosperme blanc et translucide des graines, après élimination de la mince enveloppe brune qui le recouvre... (*Rires.*) Non, non, ne riez pas... Je vous vois venir, bande d'obsédés... (*Rires soutenus.*) La gomme agit comme épaississant... (*Les rires redoublent.*) Vous êtes incorrigibles... (*Les rires s'estompent, le silence revient.*) Bref, la gomme de caroube est utilisée comme aromatisant dans les cigarettes mises sur le marché. Elle lui confère un goût de noisette qui enrichit la saveur de la fumée. La gomme est utilisée dans le filtre ou dans le tabac, et peut représenter jusque 0,2 % du poids total du tabac utilisé dans une cigarette. La caroube est généralement considérée comme un ingrédient pouvant être utilisé en toute sécurité, même si certaines études orientées prétendent que les sucres présents dans l'extrait peuvent produire des hydrocarbures aromatiques polycycliques et du formaldéhyde. (*Bref silence.*) Personnellement, je ne sais pas ce que ça signifie, mais si les scientifiques le disent... (*Salve de rires soutenus.*) Ces mêmes sucres produisent également des composés acides qui entravent le passage vers le cerveau de la nicotine présente dans la fumée de cigarette, ce qui contraint les fumeurs à inhaler plus profondément, et donc à consommer davantage de cigarettes, pour recevoir leur dose de nicotine. Bien trouvé, non ? (*Applaudissements.*) Ils ont également un effet antidépresseur sur le cerveau. Ils contribuent à masquer l'aspect naturellement âpre et irritant de la fumée du tabac en la rendant plus agréable et plus douce. Fantastique n'est-ce pas ? (*Silence.*) Le pouvoir de ce fruit banal est tout simplement prodigieux ! Pourquoi s'en passer ? Chaque jour, nos scientifiques lui découvrent de nouvelles vertus. Et les mauvaises langues qui disent que nos cigarettes sont mauvaises pour la santé... (*Nouveaux applaudissements.*) Et c'est comme ça depuis la nuit des temps ! (*Brouhaha dans l'assistance.*) Les poètes en parlent, la Bible en parle... Les Berbères Zayanes l'utilisent depuis toujours pour ses vertus médicinales. La caroube exerce un effet régulateur sur la fonction intestinale, elle est administrée dans les cas de diarrhée ou de constipation chez les enfants, sous forme de préparation instantanée, comme un chocolat chaud. À Chypre, on la transforme en une sorte de confiserie. Le résultat final se rapproche de la texture du sucre d'orge mais avec une couleur bien plus foncée. (*Bruit de déglutition, suivi d'un larsen et de rires dans l'assistance.*) Et ce qui est bon pour les enfants... (*Applaudissements nourris.*)

~

Rapport d'enquête RF/OLAF/UE-02.7896.1 Brigade financière de Nanterre/Office européen de lutte antifraude – 06/05/2002. OPJ rapporteur : capitaine de police Simon Nora – ARCHIVES FOX & REYNOLDS CONSULTING. *Extrait de l'audition publique d'Eduardo Rojas, directeur des ventes du secteur Grand Ouest d'European G. Tobacco, par le rapporteur RPR Albert Aubert de la commission d'enquête « Santé et Tabac » pour l'Assemblée nationale, le 18/11/1987.*

ALBERT AUBERT : Vous avez fait là ce que vous considériez comme un travail acceptable, n'est-ce pas ?

EDUARDO ROJAS : Exactement.

ALBERT AUBERT : Et sans doute ce que vos supérieurs considéraient eux aussi comme un travail acceptable, n'est-ce pas ? Ils vous ont promu et vous êtes finalement devenu directeur des ventes du secteur Grand Ouest et, en tant que tel, vous vous êtes retrouvé *de facto* responsable national pour European G. Tobacco de la formation des cadres commerciaux, c'est bien cela ?

EDUARDO ROJAS : Ils m'ont peut-être promu à mon niveau d'incompétence maximal.

ALBERT AUBERT : Quoi qu'il en soit, vous qui êtes chez European G. Tobacco à la tête de cadres commerciaux, vous avez dispensé, entre 1981 et 1987, des formations variées en marketing, en techniques de vente ou, pour ce qui nous intéresse ici, sur les substances dérivées du tabac présentant un certain degré d'activité cancérogène, cela sur la base de ce que vous aviez lu ou appris dans des, je reprends vos propres termes, « revues spécialisées », est-ce exact ?

EDUARDO ROJAS : Enfin, je dirais... je n'ai reçu aucune formation. Je crois avoir suivi un cours de biologie en terminale, et j'ai détesté ça. Je ne suis pas un spécialiste, même pas compétent en matière de biologie : alors, me retrouver à évaluer ces substances, vous savez, c'était assez présomptueux de ma part, mais j'ai des responsabilités, je fais ce qu'on me dit...

ALBERT AUBERT : European G. Tobacco a-t-il à sa disposition quelqu'un d'autre de plus qualifié pour dispenser ce type de formation ?

EDUARDO ROJAS : J'imagine que oui, sûrement.

ALBERT AUBERT : Ont-ils demandé à cette personne de vous assister pour préparer votre cours de formation ?

EDUARDO ROJAS : S'ils l'ont fait, je n'ai pas été au courant. En tout cas, j'ai préparé mon exposé seul.

ALBERT AUBERT : Qui était cette personne qui aurait été plus qualifiée que vous pour s'en charger ?

EDUARDO ROJAS : Un exposé de ce genre, j'imagine qu'ils auraient pu le confier plus ou moins à n'importe qui de plus compétent que moi. Leur service scientifique est à la pointe en matière de recherche et de développement. Ils travaillent avec des laboratoires universitaires et privés prestigieux du monde entier.

ALBERT AUBERT : Mais le fait est là : ils ne sont allés chercher personne d'autre, c'est à vous qu'ils se sont adressés. Exact ?

EDUARDO ROJAS : Non. Nous sommes passés par... Je ne sais pas si c'est moi qui suis allé les voir ou eux qui sont venus me chercher. Cela entrait dans mes attributions, par contrat, en tant que responsable des cadres commerciaux. Il était cohérent que, parlant le même langage qu'eux et étant amené à partager mon savoir-faire en matière de techniques commerciales, je sois amené à aborder cette question avec eux.

ALBERT AUBERT : Vous ne pensez pas qu'une étude, *a minima* une enquête sur la littérature autour de la question de savoir si fumer provoque le cancer avait de l'importance pour Big Tobacco, entre 1981 et 1987 ?

EDUARDO ROJAS : Je ne sais pas si cela en avait une ou non. Je pense que cela n'en avait aucune pour moi. Que cela ne relevait pas à proprement parler de mes compétences.

[...]

ALBERT AUBERT : « L'augmentation étroitement parallèle du tabagisme et du cancer primaire du poumon a conduit à soupçonner que la consommation de tabac est un facteur étiologique important dans l'apparition de cancers. » Exact ?

EDUARDO ROJAS : Probablement.

ALBERT AUBERT : Facteur étiologique signifie que cela provoque le cancer du poumon. Exact ?

EDUARDO ROJAS : Pour être tout à fait franc avec vous, monsieur le rapporteur, je me demandais ce qu'*étiologique* voulait dire. J'étais juste allé pêcher ce terme chez quelqu'un et je ne sais pas ce que signifie *étiologique*. Cela signifie quoi ?

ALBERT AUBERT : Cela ne désigne pas l'étude des causes ?

EDUARDO ROJAS : Je n'en sais rien. Je vous pose la question. Je n'en sais rien.

ALBERT AUBERT : Ce n'est pas moi l'auteur de ce document, monsieur. Qu'entendiez-vous par là, quand vous l'avez rédigé ?

EDUARDO ROJAS : Je crois que j'ai dû passer un certain nombre de documents en revue et si quelqu'un aboutissait à une conclusion séduisante, je la reprenais. Vous savez, je ne me posais absolument pas en expert capable de tirer des conclusions.

ALBERT AUBERT : L'avez-vous précisé quelque part ? Avez-vous précisé à vos cadres commerciaux, avant de faire votre exposé, quelque chose du genre *Je ne vois pas du tout de quoi je peux bien parler ?*

EDUARDO ROJAS : Non, mais j'aurais dû.

~

Rapport d'enquête RF/OLAF/UE-02.7896.1 Brigade financière de Nanterre/Office européen de lutte antifraude – 11/12/2002. OPJ rapporteur : capitaine de police Simon Nora – PERQUISITION DOMICILE RAPHAËL COSTE – 27/11/2002. *Transcription partielle d'un enregistrement sur cassette audio – Reporting quotidien sur dictaphone Philips S-122R de M. Coste, commercial 1er degré secteur Grand Ouest d'European G. Tobacco.*

512e jour. J'ai pris des congés pour m'occuper de ma mère. Emphysème pulmonaire, stade aigu. La vieille ne se sépare plus de sa bouteille d'oxygène. *J'ai mal, mon petit, si tu savais.* Je l'écoute se plaindre deux jours durant avant de craquer et de retourner au boulot. 520e jour. J'explose encore une fois mes chiffres de vente. Je fête ça sans capote avec un bellâtre dans les toilettes d'une boîte de nuit. Le type est défoncé à l'héroïne. Il m'avoue après le rapport qu'il a le sida. Je le cogne jusqu'à débander. Le type pisse le sang, à quatre pattes sur le carrelage. Je ris à gorge déployée : *Qui s'y frotte s'y pique !* Je me carapate en vitesse, la trouille au ventre, et je me fais dépister dès le lendemain matin. Mes ventes chutent les dix jours qui suivent. Le test est négatif. Mes ventes remontent et tutoient les sommets. Raphaël-latrique baise à couilles rabattues pour rattraper son retard. 537e jour. Je révise mes classiques. Je me suis payé un magnétoscope Sony avec mes primes de fin d'année. Eduardo Rojas m'a fait parvenir par la poste un carton rempli de VHS cultes. Il a glissé un petit mot à l'intérieur qui dit : *Placement de produit, cherchez la cigarette! Amitiés. E. R.* Sylvester Stallone fume des Kool et des Bel Air de Brown & Williamson dans *Rocky IV*, en 1985. John Travolta s'en paie une tranche dans *Grease* de Randal Kleiser et dans *Blow Out* de Brian de Palma. Sean Connery enveloppe les bombes Kim Basinger et Barbara Carrera de volutes de cigarettes aphrodisiaques dans *Jamais plus jamais*. Timothy Dalton remet ça avec la marque Lark dans *Permis de tuer*. Eddy Murphy place des Lucky Strike et des Pall Mall dans *Les nuits de Harlem*. Je termine en apothéose avec *Superman 2*. Je dévore des pizzas à emporter. Je compte : un, deux, trois… vingt-deux placements de Marlboro, notamment une affiche géante absolument démente sur le flanc d'un camion que Christopher Reeves transperce dans la dernière scène d'action ! J'applaudis des deux mains. Le doigt sur la touche pause, je me repasse les scènes *hot* avec Kim Basinger. Je renvoie à Eduardo Rojas un petit mot pour le remercier. Il suggère : *N'oubliez pas le placement de produit dans l'industrie du X! La VHS a révolutionné le genre. La VHS, c'est le cul démocratique pour tous dans chaque foyer et dans chaque chambre d'adolescent! Si vous saviez le nombre de connards comme moi qui ne jurent que par Lisa De Leeuw, Annette Heaven et Juliette Anderson… Amitiés. R.C.* 600e jour. Je fais partie de la vingtaine de commerciaux envoyés par European G. Tobacco en Guadeloupe après le passage de l'ouragan Hugo, le 17 septembre 1989. Souriez, remontez-vous les manches, joignez-vous aux bénévoles et déblayez, vous êtes filmés ! Le Big T finance officiellement une partie des opérations et capitalise sur son image. 611e jour. Retour aux challenges commerciaux avec mes amis les buralistes, lever aux aurores six jours sur sept. Je promets des cadeaux mirifiques. « Le Big T a mis les bouchées doubles ! Gagnez un séjour d'une semaine pour deux personnes en Californie, avec vols aller-retour, hôtel quatre étoiles, dégustation de vin dans la Napa Valley et visite des studios de cinéma. Le Big T sait que sans vous il ne serait rien. Le Big T ne se fout pas de votre gueule!» Le buraliste, faut le comprendre. C'est un brave type qui passe son temps, de 3h du matin à 22h, coincé dans sa remise, à faire l'inventaire, à renvoyer les invendus, puis derrière son comptoir, à vendre des clopes, faire l'appoint et supporter les conneries de ses clients. Ce n'est pas marrant, la vie d'un buraliste. C'est dur! Un putain de sacerdoce pour que, madame, monsieur, vous puissiez fumer votre marque préférée. 613e jour. J'enterre ma mère. Eduardo Rojas ne m'oublie pas. Le soir même : *La famille, c'est sacré. Je serai toujours là pour toi. Toutes mes condoléances. Amitiés.* 618e jour. Eduardo Rojas, au téléphone : *Es-tu prêt à te salir les mains pour moi?* Je balaie du regard mon appartement merdique à trois cent cinquante francs par mois et je réponds : *Salir jusqu'à quel point, monsieur?*

SECONDE PARTIE

L'EMPIRE

21 mai 2000 – 2 février 2007

35

Cannes, 21 mai 2000.

Le Festival de Cannes, onze jours de lobbying pur en vingt-quatre images par seconde. David Bartels fait son cinéma dans l'une des suites du Radisson Blu 1835. Cinquième étage, avec vue sur la Croisette et les yachts luxueux du Vieux Port.

Opération communication : un déjeuner sponsoring sélect entre pourfendeurs de lois antitabac liberticides et amateurs de cigarettes. Le champagne est au frais dans des seaux à glace, des serveurs payés à l'heure pouponnent les convives.

Bartels et un producteur s'entretiennent avec le représentant spécial du secrétaire général de l'ONU au Kosovo, Bernard Kouchner.

— Le 21 février 1997, Jeanne Calment apparaissait pour la dernière fois en public, avant sa mort, le 4 août.

Kouchner compatit mollement.

— Une tragédie.

— Un drame national, monsieur le ministre ! Trois ans et trois mois, jour pour jour.

Kouchner contemple le fond de sa coupe de champagne, vide. Bartels claque des doigts. Une serveuse se précipite.

Bartels gobe un comprimé Nicorette pour refréner son envie de fumer. Le tabac lui manque.

La larme à l'œil :

— Je la revois encore, pendant les interviews à *Libération*, commentant les photos de ses cent ans, allumant un cigarillo à la bougie de son gâteau d'anniversaire ou nous racontant avec humour sa dernière cigarette, à l'âge de cent dix-sept ans, parce qu'elle ne voyait plus assez pour tenir un briquet sans se brûler.

Le producteur acquiesce.

— Quelle femme admirable !

— Un modèle pour nous tous.

Kouchner lève les yeux au ciel.

— Arrêtez un peu votre cirque, mon petit David, quelle publicité formidable pour vous et les cigarettiers pour lesquels vous travaillez, surtout...

Bartels glousse. Kouchner repère l'actrice italo-espagnole Aitana Sánchez-Gijón. Il la salue de la main et plante Bartels pour la rejoindre.

Le producteur se marre.

— Quelle santé, le *French doctor* !

Bartels sourit.

— Parlons affaires, à présent.

Le producteur pique un fard. Bartels le tire à l'écart pour échanger en toute discrétion. Il n'est pas uniquement là pour faire des ronds de jambe. Le sponsoring du club Caméra d'Or, les petits fours et les magnums de Dom Pérignon, c'est pour épater la galerie. Le directoire d'European G. Tobacco règle la facture en vue de résultats *tangibles*. Le but est de signer des contrats de représentation.

Les invités ont été triés sur le volet, une quarantaine de cartons. Luc Besson, président du jury, a promis qu'il viendrait. Bartels a fait passer le mot pour convaincre les autres de venir.

Le véritable motif de sa petite sauterie pré-cérémonie de

clôture : des distributeurs de films français, des représentants des producteurs Terzian et Sarde, le directeur commercial du studio EuropaCorp et une partie de sa clique, une demi-douzaine d'agents d'acteurs, deux attachés parlementaires accompagnés d'un directeur de cabinet ministériel – *Bienvenue au festival international de la nicotine et du placement de produit!*

Le producteur transpire dans son costume. Il desserre le nœud de sa cravate. Bartels lui tape dans le dos.

— Alors comme ça, si Charlotte Gainsbourg fume comme un pompier dans *La bûche*, c'est un peu grâce à vous?

Bartels tend sa carte de visite de la toute nouvelle agence BRS Conseil. Il baisse d'un ton :

— Expliquez-moi comment diable vous faites pour contourner la législation et vous éviter les foudres de l'Alliance contre le tabac...

Le cabinet Fox & Reynolds Consulting a mis la clef sous la porte. Les enquêtes intrusives de la brigade financière de Nanterre, la fuite rocambolesque de Muller et l'ascension fulgurante d'Eduardo Rojas ont précipité sa fin.

En 1989, sous la pression du directoire, Bartels revoit ses ambitions révolutionnaires. Les actionnaires parlent désormais la novlangue entrepreneuriale : l'heure est au management de la qualité, au partage de compétences et à la valorisation du capital humain. Bartels répond : «Pourquoi pas!» Rojas et lui montent donc une nouvelle association de malfaiteurs avant de se lancer à l'assaut des années 90.

«BRS Conseil» : sobre, efficace et diaboliquement dans l'air du temps. B comme Bartels, R comme Rojas et S comme services salement lucratifs pour les deux associés et pour leur unique client : Big Tobacco, à la vie à la mort! Trois cent cinquante mètres carrés sur deux étages rue Vernet, dans le 8e arrondissement, quartier central des affaires de Paris, dissimulés en pleine forteresse de la haute bourgeoisie.

Le duo Bartels-Rojas fait des étincelles. Les deux hommes se sont réparti les secteurs d'activité en fonction de leurs savoir-faire respectifs. Eduardo Rojas est un meneur de foules né. Il gère l'aspect managérial, il avale des milliers de kilomètres en province et à l'étranger sans broncher. Il connaît la France et l'Europe de l'Est comme sa poche. Il carbure au contact humain, à la côte de bœuf et aux défis commerciaux. Son truc, c'est la *win* : haranguer ses troupes et les lancer dans la bataille. Rojas a un appétit d'ogre. Il est volontaire, suspicieux par nature, bagarreur. Bartels a la politique dans le sang. Son territoire de chasse s'étend en étoile depuis le siège de leur société : grandes métropoles européennes, hôtels de luxe, suites prestiges, taxis et antichambres du pouvoir. Il tourne à la coke, à la tequila, au cul et à la culpabilité.

Leur baptême du feu : 10 janvier 1991, la loi Évin relative à la lutte contre le tabagisme et l'alcoolisme est promulguée. *Achtung, achtung!* Interdiction formelle de la publicité sur le tabac, encadrement de la consommation dans les lieux à usage collectif, haro sur les fumeurs et hausses colossales du prix des cigarettes!

Le vote génère un tremblement de terre de magnitude 7 sur l'échelle de Richter chez les cigarettiers. Dans les usines, dans les *pools* commerciaux, dans les exploitations agricoles et dans les laboratoires scientifiques, les salariés pleurent, vocifèrent et errent de poste en poste, hébétés et traumatisés. La fin du monde a sonné. Ils vont perdre leur travail. Ce n'est plus qu'une question de mois, de semaines, d'heures.

La vraie bombe explose le 15 juillet 1991, dans les profondeurs de l'atoll de Mururoa, 138°995W / 21°833S. Le dernier essai nucléaire français de Mitterrand dans le Pacifique sud porte le nom de code «Lycurgue», celui qui tient les loups à l'écart.

Trente-quatre kilotonnes de TNT, soit plus de deux fois Hiroshima, mais tout le monde s'en contrefiche parce que, désormais : *Tu ne pourras plus fumer dans ton bar favori en sirotant ton Ricard!*

Bartels et Rojas, eux, tapent des pieds, applaudissent des deux mains et partent en guerre pour bouffer les loups.

La riposte s'organise. Les industriels du tabac portent plainte pour la forme et se paient les services d'une armée de juristes. BRS Conseil investit les travées de l'Assemblée et les couloirs des ministères.

Sous pression, les diablotins du gouvernement Bérégovoy montent au créneau pour marquer le coup. Ils diligentent Kouchner, le ministre de la Santé et de l'Action *fumanitaire*, et appellent à la tolérance pour ménager le peuple, un peu, et Big Tobacco, surtout. Kouchner relativise, il explique à qui veut l'entendre que la loi Évin est « un acte de politesse, non de répression ». Les fumeurs et les industriels qui enfreignent la loi reçoivent le message cinq sur cinq : *Fumez où bon vous semble!*

Les années 80, c'était le Grand Mensonge : la nicotine n'est pas addictive. Place aux années 90 et à la *marketing task force* : la nicotine est addictive, fumer, c'est mal ? Youpi ! Fraudons et gagnons du temps !

Bartels et Rojas se retroussent les manches. Leur nouveau boulot à plein temps : trouver les moyens financiers et juridiques de contourner la loi Évin pour continuer les affaires. Un maximum d'affaires juteuses et *légales*. C'est ça, le plus génial dans cette histoire. Œuvrer dans la plus stricte légalité. Jusqu'à ce que ce ne soit plus possible.

Bartels brevette un petit manuel secret du parfait vendeur de tabac. Sa stratégie est simple. Elle repose sur trois leviers : des quantités phénoménales de fric, une excellente connaissance du processus législatif et du temps, beaucoup de temps.

BRS Conseil constitue une force de frappe. La société

embauche davantage de lobbyistes pour accroître la pression sur les élus français et européens. Davantage d'avocats pour contourner la loi et couvrir leurs arrières. Davantage de commerciaux jeunes, agressifs et rompus aux nouvelles méthodes de vente.

Publicité déguisée, parrainage flirtant avec la légalité, packaging audacieux, tous les moyens sont bons. La réglementation se durcit ? Cool ! Les marketeurs prennent tous les risques. Les prévisions de croissance sur la prochaine décennie sont vertigineuses. Les cadres et les actionnaires d'European G. Tobacco en redemandent.

Bartels claironne :

— Le marché est énorme, il y a beaucoup de fric à se faire.

Rojas traduit auprès de ses troupes :

— Dès que le marketing a une idée, il la soumet au service juridique. Soit on cherche à contourner la loi, soit on estime le montant de l'amende par rapport aux gains. La plupart du temps, on fonce. On n'a pas peur. Vous avez peur ?

— Nooon !

— Vous êtes sûrs ?

— Ouiii !

— Alors, faites preuve d'initiative et étonnez-moi !

Sur le terrain, ça les fait même plutôt marrer. En France, les peines sont très légères, ridicules par rapport aux bénéfices. Les marketeurs sont couverts. Les commerciaux ont les coudées franches. BRS Conseil et Big Tobacco s'engagent à indemniser leurs partenaires condamnés pour avoir violé la loi. Amis des agences de pub, de l'évènementiel, fabricants de tee-shirts de tous pays, producteurs de parapluies, de cendriers et autres produits dérivés, ne vous faites pas de mouron, BRS Conseil veille au grain !

Rojas fait remonter les chiffres de vente. Bartels déduit les dépenses marketing. Jacques « On est les champions ! » Chirac, le RPR, la fracture sociale et le libéralisme économique s'installent à l'Élysée. La vie est belle : en dix ans, les résultats dépassent leurs espérances. La concurrence n'est pas en reste. Bénéfices records pour les quatre plus grands industriels mondiaux du tabac en 1999, deux cent quarante milliards de francs. Plus que Coca-Cola, McDonald's et Microsoft réunis !

Rojas s'inquiète :

— Et maintenant ?

— On est les rois du monde et on va le rester aussi longtemps que possible.

Rojas adresse un clin d'œil à Bartels, croise ses pieds sur le bureau et allume un cigare. Bartels feint d'être incommodé par la fumée. Il attrape une brochure publicitaire European G. Tobacco et s'évente le visage.

— La loi Évin s'applique-t-elle dans ce cas-là ?

Rojas se marre.

— Je consulte mon avocat et je te tiens au courant.

Bartels sourit. Son portable sonne. Il exhibe son Nokia 3310 flambant neuf. Rojas siffle d'admiration. Bartels prend l'appel. Il hoche la tête deux fois, sans un mot, puis il raccroche.

Il dit :

— Des places pour la cérémonie de clôture le 21 mai à Cannes, à deux rangs de Kristin Scott Thomas, de Lars Von Trier et des frères Cohen, ça te tente ?

— Qui ça ?

Du pouce et de l'index, Rojas mime le geste qui signifie *pognon*.

— Ça me rapporte quoi si j'accepte ?

Bartels roule des yeux.

— Sors d'ici et cultive-toi un peu !

La baie vitrée est verrouillée. Aucun bruit ne lui parvient de l'extérieur. Engoncé dans un smoking loué chez Mort & Co,

Bartels admire la vue de la Croisette grouillante de monde et muette.

Un groupe de fêtards s'agitent en contrebas, au bord de la piscine. Bartels reconnaît l'un des membres de l'équipe de France 98 de football. Son nom lui échappe. Des photographes immortalisent sa pantomime ridicule. Le joueur plonge tout habillé dans l'eau pour attraper un ballon imaginaire. Les flashs crépitent. Au loin, deux voitures de police se faufilent dans la circulation, sirènes hurlantes, gyrophares allumés.

Bartels se frotte les yeux. Deux enveloppes lui sont parvenues par coursier, dans l'après-midi. La première contient un compte rendu crypté d'Anton Muller.

Les années qui ont suivi la chute du Mur ont été une bénédiction pour les affaires. Il a fallu réorganiser le secteur du tabac pour s'adapter à l'ouverture du marché des pays de l'ex-bloc de l'Est et au développement des groupes mafieux dans les Balkans. Big Tobacco a racheté le serbe Nis Tobacco Industrie et, en plus des activités légales de production et d'exportation, a contribué à la mise en place d'un système complexe de contrebande de cigarettes.

Deux raisons à cela. Investir rapidement ce nouveau marché, gangrené par la corruption et par des décennies de pénurie, et protéger en urgence l'Europe d'investisseurs russes, asiatiques ou américains. Reprendre ensuite la main sur le marché noir en Europe de l'Ouest qui explose avec l'augmentation du prix des paquets de cigarettes, notamment en Grande-Bretagne ou en France à cause de la loi Évin.

BRS Conseil a été officieusement chargé par European G. Tobacco de gérer cette partie-là des affaires. Après tout, quelqu'un devait s'occuper du sale boulot : faire transiter des milliards de cigarettes à destination du marché noir européen par le Monténégro, puis par l'Italie. Un homme doit superviser toutes les opérations sur place.

Anton Muller est cet homme.

Sa mission est simple. Veiller à ce qu'un quart de la production de cigarettes qui sort des usines serbes et transite par le Monténégro se perde comme par miracle à la frontière kosovare, dans les environs de Rožaje. Chômage et crise économique font des villageois locaux une main-d'œuvre bon marché qu'il suffit de stimuler en proposant des revenus fixes. Anton Muller passe pour un excellent stimulant. Il doit s'assurer ensuite que la centaine de tonnes détournée chaque mois se retrouve dans les kiosques officiels avec des timbres fiscaux serbes en bonne et due forme, puis vienne inonder les étals de l'Ouest, via l'Italie.

Un homme seul en est incapable. Muller doit donc traiter avec les mafias italienne et balkanique et le gouvernement monténégrin. Le tout dans la clandestinité la plus totale. Le trafic est parfaitement rodé mais illégal. L'Office européen de lutte antifraude est sur les dents. Le commerce illicite organisé par les industriels du tabac eux-mêmes suscite toutes les inquiétudes. Depuis dix ans, Muller s'emploie donc sur place à semer les experts de l'OLAF et à effacer les traces de Big Tobacco. Sa tâche est sportive et chronophage. La contrebande, c'est H24, sept jours sur sept. Muller compense la barrière de la langue par une certaine aptitude à la violence, un sens inné de la persuasion et une bonne condition physique.

Il tient Bartels au courant de ses activités par l'intermédiaire d'une boîte postale établie sous une fausse identité à la poste de Rambouillet.

Bartels la fait relever chaque mois. Le message du jour est sibyllin : *15/1/2000. Stock en cours d'acheminement, mode de transport habituel. Qté : 39,5 t., RAS. Ctrl qual. : RAS. Interméd. sur place : RAS. – Note personnelle : pour tout virement, merci de passer désormais par le compte suisse n° SGP91-702-XXX à la Falcon Private Bank, antenne de Singapour.*

Bartels plie le document et décachette l'enveloppe suivante.

Il s'agit d'un topo soporifique sur Eduardo Rojas signé *Votre dévoué Frédéric M.*, suivi de la retranscription des six dernières conférences que son associé a données.

Jean-Pierre Guionnet alias Frédéric M., est policier. Il appartient au service de la protection des personnalités, qui dépend de la sous-direction des moyens mobiles. Bartels le paie pour remplacer le vide laissé par Muller en matière d'espionnage. Le dévoué Guionnet est basé rue de Miromesnil, à deux pas de l'Élysée. Il adore les commérages, les petites magouilles entre amis et rentabiliser son temps libre. Il est bricoleur à ses heures. Son hobby : placer des lignes téléphoniques sur écoute. Entre eux, c'est donnant-donnant. Bartels le renseigne sur ses amis politiques, en échange de quoi le policier lui fournit des informations privées concernant Rojas.

Bartels survole les documents jusqu'aux pages réservées à l'emploi du temps de Rojas. Sept conversations téléphoniques et deux rendez-vous avec Valentina, cette semaine, une trentaine de coups de fil vers la Suisse, et, *tiens, tiens!*, un appel à l'étranger, indicatif de la Serbie.

Bartels se reporte à la retranscription correspondante. Il lit : *Rojas remercie Muller pour les deux derniers comptes rendus de situation qu'il a reçus. Puis : «J'aimerais que vous rencontriez Raphaël. Où et quand?» Réponse de Muller : «David est au courant?» Rojas éclate de rire et ment : «Je comptais le lui dire après votre accord de principe. Valentina m'a dit que je pouvais...» Muller le coupe : «Laissons Valentina en dehors de ça, je vous prie. Je réfléchis et je vous rappelle.» Fin de la conversation.*

Bartels sait que Muller et Rojas communiquent depuis des années, ce n'est pas le problème. C'est lui qui a conseillé à Muller de transmettre officieusement ses rapports, pour apaiser les tensions susceptibles d'éclater avec la direction. Ça leur fait un os à ronger.

Rojas est un bon chien. Il a besoin de se faire les dents. Il rapporte tout ce que Muller lui envoie à ses amis du directoire, ce que Bartels juge normal – après tout, ce sont eux qui paient. Par contre, Bartels apprécie nettement moins les tentatives insidieuses de Rojas d'interférer dans leurs rapports.

Valentina et Muller sont sa chasse gardée. Rojas est un facteur d'instabilité. Valentina, Muller, Bartels, ça date de la préhistoire à présent. Les secrets inavouables qu'ils partagent constituent les fondations d'un système d'espionnage pyramidal qui a fait ses preuves. Qu'un seul perde l'équilibre, la structure complète s'effondre. Bartels ne peut le tolérer.

Il décroche le téléphone de la chambre et compose le numéro de Guionnet. Les deux hommes se saluent, Bartels enchaîne aussitôt sur Rojas.

— Une surveillance totale dans les plus brefs délais, c'est possible ?

— Qu'entendez-vous par *totale* ?

— Domicile, bureau, mobile privé et professionnel.

Guionnet marque une brève pause.

— Mes comptes rendus ne vous conviennent pas ?

— Ils sont parfaits, Jean-Pierre.

— Qu'est-ce que j'ignore, alors ?

Bartels réfléchit à toute vitesse. Il déclare :

— Je ne suis encore sûr de rien, mais mon associé Eduardo Rojas pourrait être impliqué dans des activités professionnelles frauduleuses avec les milieux serbe et italien. Je crains que cela puisse nuire à notre société, à nos clients, ainsi qu'à l'État français.

Guionnet émet un sifflement.

— Vous avez des preuves ?

— Des soupçons.

On frappe à la porte de la suite. Bartels fait un bond. Il traverse la pièce pour ouvrir. Marie-Line Pujols, fille illégitime du professeur Maillart et nouvelle responsable du pôle juridique de BRS Conseil, se tient dans l'encadrement.

Vingt-neuf ans, une maîtrise en droit, une petite amie ingénieure de recherche au Centre national d'études des télécommunications d'Issy-les-Moulineaux et un amour inconditionnel pour le fric à se faire dans le secteur privé, comme son père. Marie-Line Pujols est la juriste la plus redoutable que Bartels connaisse. Il l'a embauchée lorsque son père a manifesté le désir de ne pas renouveler son contrat au moment du scandale des *tobacco documents* aux États-Unis, en 1998, des premières révélations du journal *Le Monde* sur les liens supposés des chercheurs français avec l'industrie du tabac américaine et du licenciement de Zoran Kristic, le directeur scientifique d'European G. Tobacco.

Elle sourit.

— Nous allons être en retard.

Elle jette un œil aux documents que Bartels tient dans la main. Elle fronce les sourcils.

— Vous devriez mettre ça à l'abri.

Bartels reprend Guionnet.

— Soyez discret !

Il coupe la communication, jette le combiné sur le canapé, attrape en passant le compte rendu de Muller et le place dans le coffre-fort mural de la chambre, à côté d'une liasse de billets et d'un enregistreur Sony.

Marie-Line Pujols le regarde faire avec curiosité.

— Vous ne vous en séparez jamais.

— De quoi ?

— Votre enregistreur. Ce n'est pas la première fois que je le vois.

Bartels tique.

— Vous m'espionnez, Marie-Line ?

Elle éclate de rire.

— N'inversez pas les rôles, David. Mon boulot à moi, c'est

de m'assurer que vous échappiez à la justice en espionnant les autres.

Strass, paillettes, grands couturiers. Virginie Ledoyen officie en maîtresse de cérémonie de clôture, robe en dentelle sublime, boucles d'oreilles en forme de coquillage et queue-de-cheval.

Bartels pénètre dans la grande salle du palais des festivals et des congrès. Marie-Line Pujols écarquille les yeux. Bartels réprime un bâillement. Il ne discerne que stratégies d'influence, partenaires potentiels, sourires carnassiers et placement de produit.

Un ouvreur en costume prend leurs billets et les guide jusqu'à leurs places. Un homme les bouscule par mégarde. Marie-Line Pujols perd l'équilibre et manque de s'étaler dans la travée. Elle se rattrape au bras de Bartels. L'homme s'excuse platement. Bartels reconnaît un réalisateur français avec qui il est en affaires. Big Tobacco participe au préfinancement de l'un de ses projets.

Bartels se présente. Le réalisateur le salue à contrecœur. Bartels feint de ne pas le remarquer. C'est alors qu'*elle* apparaît dans son champ de vision.

L'actrice Zihan Sûn.

Bartels accuse le coup. Le vacarme s'assourdit subitement, la foule autour d'eux perd en densité, les tentures rouge et or aux murs ondulent, le réalisateur et Pujols se vaporisent littéralement. Bartels déglutit. L'actrice le dévisage avec curiosité. L'une des bretelles de sa robe de soirée glisse légèrement. Bartels capte son regard et ne le lâche plus.

— J'ai vu tous vos films. J'ai eu l'honneur d'assister au visionnage de celui qui est en compétition cette année, vous y êtes éblouissante.

— Je suis en sélection pour le prix d'interprétation féminine.

— Vous allez gagner, cela ne fait aucun doute.

Zihan Sûn bat des cils. Elle tient son sac à main blanc du

bout des doigts comme le ferait une petite fille sage. Elle dégage un sentiment de paix intense. Bartels se retient de tendre la main pour remettre sa bretelle en place, de peur que son geste paraisse déplacé.

Elle dit :

— Le rôle qu'on m'a écrit est magnifique.

Bartels rectifie :

— Vous êtes une actrice magnifique.

— Appelez-moi Zihan.

Elle entrouvre les lèvres, comme si elle hésitait à lui demander son nom ou à l'embrasser, quand les lumières de la grande salle se tamisent soudain. Un murmure sourd parcourt les rangs de célébrités. Bartels réalise que presque tout le monde est assis.

Amusée, Zihan Sûn désigne sa place. Bartels vérifie le numéro sur son billet.

— Je crois que nous sommes assis côte à côte.

Elle sourit.

— Faut-il y voir un signe du destin ?

Il s'écarte pour la laisser passer. Elle se faufile avec grâce. Ses cheveux de jais lui frôlent le visage au moment où ils se croisent.

Le souffle coupé :

— Vous l'avez fait exprès, Zihan.

Elle rit.

— Évidemment.

36

Budva, 3 septembre 2000.

La côte méditerranéenne du Monténégro, un paradis sur terre sous contrôle. Les lumières rasantes de l'aube descendent en piqué depuis les montagnes qui surplombent les habitations et se reflètent à la surface des eaux cristallines. Les ruelles sont désertes. Budva vit sous perfusion. Touristes serbes, croates et bosniaques cuvent leur bière dans les pensions bon marché de la vieille ville, pendant que les trafiquants veillent à l'amnésie de tous.

Anton Muller ouvre le clapet de son portable avec carte prépayée et compose le numéro qu'on lui a donné la veille. Son interlocuteur décroche à la première sonnerie. Muller marmonne les consignes prévues en serbo-croate, puis il conclut la communication en français, certain que son interlocuteur percevra le ton, sinon la signification de ses paroles :

— J'arrive, fils de pute, compte là-dessus!

L'autre se marre et raccroche sans autre forme de procès. Muller avale son café turc d'une traite en grimaçant. Il dépose une pièce d'un Deutsche Mark à côté de sa tasse, puis il se lève, rafle le sac à dos qui est à ses pieds et traverse la place. Tout en marchant, il brise le téléphone en deux d'un coup sec, l'abandonne dans une poubelle et se dirige vers le port.

Le bateau de pêche file plein ouest vers l'île Saint-Nicolas, à quelques encablures des côtes croates. Le pêcheur pilote sans se soucier de la houle ni du confort de son passager. Il a réclamé vingt Deutsche Marks pour la traversée – le prix de son silence. Muller paie sans rechigner.

Il débarque sur une aire de loisirs, abandonnée sous une rangée de palmiers. Quatre types l'attendent. Deux d'entre eux sont armés. Muller saute à l'eau pour les rejoindre. Le pêcheur fait demi-tour et file sans se retourner.

Cadavres de bouteilles de tsuica roumaine, canettes de bière allemande et paquets de cigarettes vides jonchent la plage et les alentours des tables de pique-nique, comme si touristes et résidents avaient quitté l'endroit dans la précipitation.

Muller désigne le sol avec dégoût.

— Qu'est-ce qu'il s'est passé ici ?

Un cinquième homme, resté en retrait jusque-là, sort de l'ombre. Il s'exprime en français, mais son accent est italien.

— Tu vires écolo, Anton ?

Muller esquisse un sourire et lui tend le sac. L'Italien ne bronche pas. L'un de ses hommes le saisit par une bretelle, l'ouvre et lui montre le contenu. L'Italien y jette brièvement un œil, hoche la tête d'un air satisfait et envoie son homme mettre l'argent à l'abri, puis il invite Muller à le suivre à l'intérieur de l'île.

Ils progressent jusqu'à la rive opposée. Les types armés ferment la marche. La température monte d'un cran. Muller est en nage quand ils arrivent en vue du *Stanni*, un cargo imposant, muni d'une grue de levage, sous pavillon italien. Au bout du quai, des manutentionnaires s'activent autour d'une vingtaine de tonnes de caisses hermétiques estampillées European G. Tobacco en train d'être chargées.

L'Italien allume une cigarette, époussette son pantalon et retire avec précaution un cheveu imaginaire du revers de sa veste.

— Le produit part pour Brindisi, comme prévu, où des camions immatriculés en France, en Allemagne et en Belgique l'attendent avec impatience.

Muller observe les falaises qui surplombent la frontière croate, au loin, plus au nord.

— Les voisins ne disent rien ?

— La Sacra corona paie pour ça depuis des années.

Muller corrige :

— *Je* te paie grassement pour ça. En fait, *je* paie grassement tout le monde pour que *mes* cigarettes soient acheminées sans emmerdes jusqu'ici et distribuées en temps et en heure dans toute l'Europe.

L'Italien ne commente pas. Muller le fixe longuement. Tous deux savent pertinemment que la mafia de la région des Pouilles à laquelle l'Italien appartient fait le sale boulot. La contrebande de cigarettes n'est pas une partie de plaisir. La Guardia di Finanza de Brindisi a le Monténégro dans le collimateur depuis que la police croate a intercepté dans ses eaux un trésor de près de mille six cents cartouches en avril dernier. Cerise sur le gâteau, le nouveau procureur, Giuseppe Scelci, est du genre incorruptible. Il surnomme la ville de Brindisi « Tobacco City » depuis qu'il est entré en guerre contre la Sacra corona unita, en 1999. Il donne des conférences de presse tapageuses qui nuisent à la discrétion des affaires. Il y dénonce la corruption monténégrine. Il accuse la puissance dévastatrice des industriels du tabac. Il pointe directement du doigt Big Tobacco. Leurs partenaires mafieux tardent à s'en occuper, malgré le fric.

Muller dit :

— Mes employeurs se demandent si vous remplissez

efficacement votre part du marché et s'ils n'auraient pas intérêt à mettre sur pied un autre circuit de distribution.

L'Italien ricane.

— Notre filière est la moins onéreuse et la plus directe.

— Votre filière coûte cher et accuse de lourdes pertes, voilà la réalité. Là-dessus, mon distributeur monténégrin se sucre sur mon dos et les tarifs pratiqués par les Ukrainiens, les Polonais et les Moldaves sont de plus en plus attractifs.

— J'entends ce discours-là depuis toujours, mon ami. Tu sais que c'est un ramassis de conneries. Tu veux renégocier, c'est ça ? Tu veux rogner nos marges ?

Muller s'éponge le front.

— Je veux que le procureur Scelci ferme sa gueule.

— Anton, on se connaît bien, toi et moi. On bosse ensemble depuis, quoi, sept, huit ans ?

— Onze.

L'Italien siffle.

— Tu sais que tu peux me faire confiance.

— Confiance, mon cul. Le procureur me fait chier. Les Monténégrins me font chier parce que ton débit de livraison est trop lent. Mon patron me fait chier parce que je te paie à la journée de travail. Et maintenant tu me fais chier parce que tu n'es pas pressé de résoudre un obstacle que tu as créé. Crois-moi, *ça*, c'est un sérieux problème de déficit de confiance.

— Scelci est un gros morceau !

Muller déglutit.

— Tu me prends pour un pigeon ?

— J'ai besoin de temps.

— Fais-moi rire, connard !

L'Italien prend la mouche. Muller le toise. Les deux hommes se défient du regard un instant. L'atmosphère se charge de testostérone. Les sbires armés derrière eux se raidissent de façon perceptible. Muller cède le premier. Il recule d'un pas en soupirant. Les rois de la gâchette se détendent un peu.

L'Italien écrase sa cigarette du talon.

— Je ne voudrais pas gâcher l'ambiance, mais on a un chargement à terminer.

Muller jette un œil à sa montre. 8 h 10. Il doit être à Podgorica, la capitale du Monténégro, avant midi.

— Je suis en retard.

L'Italien :

— Je te raccompagne.

Muller lui plante l'index dans la poitrine.

— Occupe-toi de Scelci, c'est tout ce que je te demande.

— Sinon ?

Muller s'esclaffe. Il tourne les talons et s'éloigne sans prendre la peine de répondre.

37

Paris, 17 septembre 2000.

13ᵉ arrondissement, un meeting public organisé par l'association France nature environnement pour sensibiliser à la cause *Partout où la nature a besoin de nous* et récolter des dons.

Une demi-douzaine de mannequins de l'agence Live-Events distribue depuis trois heures des brochures mêlant reportages et paroles d'experts. Elles militent pour la protection des bassins de déversement au Pérou ou le déficit en matière d'enseignement des méthodes agricoles écologiquement saines en Amazonie.

Les exemples cités ont tous un lien direct avec la production de tabac en Amérique du Sud. Principe publicitaire détourné : le tabac est une plante, les producteurs de tabac sont des agriculteurs comme les autres, aidons-les à vivre décemment et à préserver l'environnement – et nos bénéfices.

— Soutenez le commerce équitable brésilien !

— L'élevage intensif de viande bovine en Argentine détruit l'environnement, des solutions existent.

— Signez la pétition !

Valentina vire activiste végane pour l'occasion. Elle arbore un tee-shirt *Eat pussy, not animals* qui fait sensation. La presse se régale du spectacle. Les photographes font des gros plans sur sa poitrine. Les illustrations des brochures offertes sur le stand reprennent étrangement la charte graphique des paquets de cigarettes Big Tobacco. Le malaise est palpable. Les officiels font des messes basses. Les organisateurs et le président Rousseau les fusillent du regard. Ils redoutent les titres médiatiques racoleurs du genre « Le nouveau slogan de France nature environnement : fumez bio ! ». Ils cherchent le moyen de les virer sans provoquer d'esclandre. Valentina calcule mentalement : dix mille francs pour trois heures, une sacrée bonne affaire.

Depuis la fusion Bartels-Rojas et le durcissement de la réglementation du sponsoring sportif sur les circuits automobiles, terminé les strings et les parapluies aux couleurs des marques de cigarettes. L'initiative du jour est d'Eduardo Rojas.

Des idées, Rojas-l'as-du-placement-de-produit en regorge. Le mois passé, Valentina et ses filles participaient à une opération antitabac à destination des collégiens et lycéens en région parisienne. Par un savant tour de passe-passe avec les obligations d'information des industriels sur les risques sanitaires liés au tabac, BRS Conseil a obtenu du Conseil général d'Île-de-France un contrat en or : organiser une campagne de prévention.

Exposés scientifiques de type *Le tabac tue*, discours de représentants d'associations de parents d'élèves et jolies brochures estampillées *Jeunes et libres*. Rojas a fait appel à Valentina pour assurer la distribution de plus d'un million de couvertures plastifiées pour livres scolaires portant la mise en garde : *Réfléchis. Ne fume pas !* En toile de fond, une illustration représentant un surfeur souriant, libre comme l'air, peau luisante et dorée, glissant au creux d'une vague immense, hypnotique, bordant un mur de rochers menaçants, assortie de la mention *Ne prends pas de risques !* imprimée au-dessus d'un deuxième surfeur, debout sur la plage, sa planche sous le bras, à l'écart d'un groupe d'adolescents prêts à se jeter à l'eau. Message subliminal sous-jacent :

Voulez-vous rejoindre le beau surfeur qui prend des risques et qui s'éclate ou êtes-vous de ceux qui se morfondent sur la plage?

Le portable de Valentina sonne. Elle reconnaît le numéro de Rojas. Elle s'écarte pour décrocher.

— Comment ça se passe?

Valentina chasse une mèche sur son front.

— Nous nous amusons comme des petites folles.

— Les écolos apprécient nos brochures?

— Ils en redemandent.

Rojas se racle la gorge.

— J'aimerais vous inviter à dîner, ce soir.

Valentina s'étonne:

— «Vous?»

— Ton associée et toi.

— Anna?

— J'aimerais faire plus ample connaissance.

Valentina fait signe à Hélène de s'approcher. Elle couvre le micro du portable de la main et articule le nom d'Eduardo. Hélène murmure: «Je n'y suis pour rien, je te jure!» Valentina reprend Rojas.

— Depuis quand tu t'intéresses aux femmes?

Rojas s'esclaffe.

— Tout à fait par hasard, j'ai appris qu'Anna Krause s'appelait en réalité Hélène Thomas et qu'elle était portée disparue depuis 1986. J'avoue que ça m'intrigue.

Valentina, d'un ton pincé:

— Tu fouines dans mes affaires?

— J'aime bien savoir avec qui je travaille.

— David est au courant de ta démarche?

Sa question est suivie d'un léger flottement. Rojas émet un ricanement explicite.

— Intéressant…

Valentina se mord la lèvre inférieure. Hélène fronce les sourcils. Sa bouche dessine un *Il y a un problème ?* muet.

Rojas enfonce le clou :

— J'adore les petits secrets.

38

Magny-Cours, 17 décembre 2000.

Trois jours de planque. La voiture ressemble à un réfrigérateur. Le thermomètre du compteur affiche – 4 °C. Le major de police Victor Rey cuve sur la banquette arrière. L'humidité du parking dessine des zébrures cristallines sur le pare-brise gelé.

L'autoradio grésille en sourdine sur la fréquence de police. Le lieutenant Brun se frotte les mains pour se réchauffer. Un nuage de vapeur d'eau s'échappe de sa bouche à chaque fois qu'il expire.

De l'autre côté de la rue, le hall du Best Western est entièrement allumé. Dans une semaine, c'est Noël. Des guirlandes blanches décorent les baies vitrées. Brun boirait bien une bière, au chaud. L'employé en chemisette rouge qui évolue entre les tables du bar lui file des frissons.

Rey émerge dans le rétroviseur.

— Quelle heure il est ?

Brun jette un œil à l'horloge de la voiture.

— 1 h 16.

Rey s'étire. Ses bâillements sonores diffusent des relents de pastis. Brun entrouvre sa vitre pour aérer. Rey sort pour aller pisser. Un courant d'air glacé s'introduit dans l'habitacle quand il revient s'installer à l'avant.

— Tu me passes une clope?

Brun lui tend son paquet de Marlboro et rallume son portable. L'icône de la messagerie clignote. Brun presse une touche. La voix de Geneviève, légèrement enrouée : « Le petit m'a appelé. Il veut ramener sa petite copine, Nastasia, à Noël, pour nous la présenter. Je lui dis quoi? » Brun referme le clapet de l'appareil en souriant.

Les enfants ont grandi, sa femme a du mal à s'y faire. Depuis sa mutation à Nanterre, trois ans plus tôt, et leur déménagement en région parisienne, ils se voient moins. Geneviève en souffre. L'aîné est resté à Beauvais après son bac de gestion. Il bosse comme magasinier à Décathlon. On lui aurait proposé un poste sur un nouveau centre, à Londres. Il paraît. Geneviève croit à ses élucubrations, mais la vérité, c'est que ce sont des conneries. Brun a passé deux, trois coups de fil pour vérifier. Son aîné bosse depuis septembre pour une agence d'intérim qui l'a envoyé sur un contrat de dix jours pour les fêtes. Le seul en deux mois. Non renouvelable. Un mensonge de plus, rien de bien méchant. Brun n'a rien dit à sa femme pour ne pas gâcher les fêtes. Le petit, lui, est en alternance au Mans, dans la mécanique. Brun a plus d'affinités avec lui. C'est un gars sérieux et travailleur. Il a promis de passer le réveillon avec eux.

Rey allume sa cigarette.

— Qu'est-ce qui te fait marrer?

Brun hausse les épaules.

— C'est Géno. Elle veut qu'on retourne vivre à Beauvais. Ses amies sont restées là-bas, elle s'emmerde à Vanves, l'appart est trop petit, elle ne connaît personne, ce genre de trucs.

— Elle s'y fera.

Brun épilogue.

— Je sais pas…

Rey lui adresse un clin d'œil. Brun ne relève pas. Rey est un connard, un branleur de cinquante-deux balais, son binôme depuis près de deux ans et un flic de terrain efficace. Il travaille à l'office central pour la répression de la traite des êtres humains de Nanterre depuis dix-huit ans. La prostitution de luxe est sa spécialité depuis 1995.

L'unique conclusion qu'il en a tirée tient en trois mots : « Toutes des salopes ! » Avec la picole, c'est devenu sa philosophie de vie.

Rey triture l'autoradio en répandant des cendres partout. En vrac : seize lycéens tués en Algérie dans un attentat, dix alpinistes tués en Italie, deux morts dans une manifestation au Kosovo, le financier Alfred Sirven aurait été repéré aux Philippines, planqué chez les tarés de la secte Église NG Christo, à soixante bornes au sud-est de Manille. Rey finit par dénicher la fréquence de Rire & Chansons. Satisfait, il s'installe confortablement dans son siège en soufflant des ronds de fumée.

Il désigne l'hôtel du menton :

— Ça a bougé là-dedans, pendant que je dormais ?

Brun secoue la tête, la bouche sèche. Il se penche pour attraper une bouteille d'eau, à l'arrière.

— Les putes sont toujours à l'intérieur.

Le Best Western accueille depuis trois jours un congrès de commerciaux en pneumatiques. Une quarantaine de cadres en tout, venus de tout l'Hexagone, hommes et femmes confondus. Ils enchaînent les conférences, les virées sur le circuit automobile de Magny-Cours, proche de Nevers, pour des séances de karting corporate et des soirées festives.

La veille au soir, cinq prostitués débarquent. Quatre femmes et un homme. Aux alentours de 23 h. Les femmes, des escorts de race blanche, entre vingt-cinq et quarante ans, tailleurs distingués, talons aiguilles, bijoux de luxe, le style haut de gamme.

L'homme, type africain, la vingtaine, un mètre quatre-vingt-dix, costume Hugo Boss et sourire Brad Pitt. Les cinq tiennent dans une berline de location. Pas de chauffeur, aucun mac, aucun protecteur dans les parages.

Tous repartent le matin à l'aube. Brun décide de ne pas intervenir. Lui et Rey suivent leur véhicule jusqu'à une agence Avis en Seine-Saint-Denis. Les cinq putes échangent des banalités pendant que l'une d'entre elles règle la note, puis elles s'embrassent en bâillant et s'égaillent dans la nature, qui en taxi, qui en RER.

Brun attend qu'elles aient dégagé pour débouler dans l'agence. Il brandit sa carte de police par-dessus la banque et réclame la fiche client. L'employé pousse des cris d'orfraie. Brun hausse le ton. Alerté par ses cris, Rey les rejoint. Il prend soin de verrouiller la porte derrière lui. L'employé se tasse sur son siège.

Bilan des courses mitigé. L'employé est laxiste : paiement en liquide, aucune copie du permis de conduire, nom bidon et adresse incomplète.

Brun grimace.

— Vous les connaissez ?

L'employé secoue la tête. Brun insiste.

— C'est la première fois que vous les voyez ?

— Oui. Non. Je ne me souviens pas.

Rey s'agace.

— Oui ou non.

— Je sais pas. Peut-être bien.

Brun lève les yeux au ciel et se retourne vers son collègue.

— Je crois qu'il ment.

L'employé blêmit. Rey le saisit par le col, le secoue un peu et lui fait les poches. Il exhibe fièrement trois billets de cent francs froissés trouvés dans sa veste.

— Je crois que ce petit menteur prélève sa part sur les paiements en liquide anonymes.

L'employé retrouve subitement la mémoire.

— Ça me revient ! C'était en octobre.

Il consulte son registre.

— Une C5 modèle grand confort, cabriolet, couleur gris métallisé, quatre jours d'affilée, du 12 au 16.

— Les mêmes ? Toujours en liquide ? Toujours pas de copie de permis de conduire ?

L'employé opine trois fois. Rey empoche les billets de banque. L'employé proteste. Rey le saisit à nouveau par le col.

— Donne-moi quelque chose…

L'employé balbutie :

— Demain.

Rey desserre son étreinte et fait mine de ne pas avoir compris.

— Quoi ?

— Ils reviennent demain. Même véhicule.

— Mêmes horaires ?

L'employé acquiesce. Rey resserre son étreinte.

— Et ?

La figure de l'employé s'empourpre.

— La semaine prochaine, putain !

Il se dégage violemment de l'emprise de Rey.

— Merde, louer des voitures, c'est mon boulot !

Rey lui tapote la joue en souriant.

— Et tu fais ça très bien, mon petit.

Le bar de l'hôtel ferme à 3 h du matin. Les derniers clients fument une cigarette avant de réintégrer leur chambre en titubant. Les guirlandes de Noël du hall d'hôtel vacillent, puis s'éteignent.

4 h. Brun somnole. Rey enchaîne clope sur clope en faisant des allers-retours sur le parking pour se tenir éveillé. 5 h. Brun remonte le col de son manteau et le rejoint pour aller se soulager.

7 h 35. Un type d'une quarantaine d'années en costume bon marché débarque au volant de son Audi A3.

Rey se frotte les yeux. Il demande :

— C'est qui, lui, déjà ?

Brun allume une cigarette.

— Le gérant.

— Il n'arrive pas plus tard, d'habitude ?

Brun opine.

— Si, vers 10 h.

Rey fait claquer sa langue.

— Il est au courant, tu crois ?

Brun l'écoute d'une oreille. Le gérant semble agité. Il se dirige vers l'accueil pour houspiller le veilleur de nuit. Il fait de grands moulinets avec les bras. Le veilleur baisse la tête, comme un enfant.

Brun marmonne :

— Au courant de quoi ?

Rey lui tape sa cigarette et tire deux lattes dessus.

— Pour les putes. Dans son hôtel.

Brun pointe du doigt le hall d'entrée en guise de réponse. Les cinq escorts discutent à présent avec le gérant. L'échange est houleux. Le gérant et l'escort homme en viennent aux mains. Les femmes tentent de les séparer. Le veilleur se dandine derrière l'accueil sans intervenir. L'escort homme évite un uppercut. Il bouscule le gérant et l'envoie au tapis. La plus âgée des femmes se précipite pour l'aider à se relever. Elle parvient à calmer le jeu. Elle fouille dans son sac et en sort une enveloppe qu'elle donne au gérant. Ce dernier l'ouvre et se détend *d'un coup*. Il l'empoche aussi sec. À présent, les deux hommes se serrent la main et tout le monde sourit, comme si la dispute n'avait jamais eu lieu. Les prostitués quittent l'hôtel, grimpent dans la berline et quittent le parking. Brun et Rey se couchent sur leur siège lorsqu'ils déboulent devant eux.

Rey demande :
— On ne les intercepte pas ?

Brun se redresse, attache sa ceinture et tourne la clef dans le démarreur.

— Tu veux leur demander si le service Best Western leur a plu ?

Le moteur ronronne. La ventilation se met aussitôt en marche. Brun règle le chauffage au maximum.

Rey s'étire.

— Fin de la surveillance, retour au bercail.

Brun passe la première.

— Et si on faisait d'abord un petit tour ?

Nevers, une barre d'immeuble de quinze étages en plein cœur du Banlay, un quartier classé zone prioritaire sensible. Pères Noël kitch, lutins en plastique, paraboles fixées aux rambardes, guirlandes électriques qui clignotent aux balcons.

Quand il ne se fait pas dérouiller pour avoir réclamé son dû, le gérant du Best Western s'appelle Éric Moreau. Son appartement se niche au onzième, tour centrale. Une merveille d'architecture façon clapier.

Rey a sur lui un pied-de-biche et des gants en latex jetables. Brun actionne la sonnette pendant un délai raisonnable, puis il s'interrompt un instant pour écouter, l'oreille collée à la porte. Il n'obtient pas de réponse.

Sous l'œilleton du judas, l'étiquette personnalisée indique *Monsieur E. Moreau*. Brun s'acharne à nouveau sur la sonnette. Derrière la porte, le vide intersidéral. Il s'écarte.

Rey sourit. Il enfile une paire de gants, manie le pied-de-biche, le cale entre le chambranle et la porte au niveau de la serrure d'un geste expert. Il tire en arrière d'un coup sec et entre comme s'il s'agissait d'une formalité.

Brun le suit en passant ses gants. Son ombre s'étire sur le sol du hall d'entrée. La seule source de lumière provient du minuteur du couloir. Il presse l'interrupteur en clignant des yeux et s'avance. Il visualise l'ensemble. Un salon avec cuisine intégrée, coupé en deux par une commode faisant office de table, une salle de bains-WC, une chambre. Il hume l'air. Des exhalaisons de fosse septique en provenance du coin cuisine.

Rey repousse le battant de la porte d'entrée. Il jette un œil autour de lui d'un air gourmand en faisant craquer ses phalanges.

— Par quoi on commence ?

Brun inspecte les lieux du regard. À vue de nez, un T2 minable. Mobilier minimaliste, tapisserie jaunie sur les murs, déchirée par endroits, canapé en skaï bleu et évier crasseux.

— Je saurai ce qu'on cherche une fois qu'on l'aura trouvé.

Brun avise un service de bols chinois sur une étagère. Il le balaie du revers de la main. La porcelaine éclate sur le carrelage.

Il ajoute :

— Ça doit passer pour un vulgaire cambriolage avec effraction commis par de la racaille de quartier.

Rey lui adresse un clin d'œil. Message reçu. Il s'avance vers le téléviseur, arrache le câble du mur, le lâche au sol et brise l'écran à coups de pied. Il renouvelle l'opération avec la console de jeux et la chaîne hi-fi Philips.

Brun contourne le canapé, pousse la porte de la chambre et allume. Le latex des gants provoque une sensation désagréable de démangeaison au contact de sa peau. Fouille en règle : tiroirs de la table de chevet, sommier, malle en osier remplie de linge sale, penderie, fringues en vrac sur les étagères. Il fait les poches des costumes, passe la main sous les piles de vêtements, ouvre et referme chaque carton. Beaucoup de poussière, petite monnaie, papiers sans importance, assiettes sales, canettes de Coca vides, magazines pornos pour hétéro standard, ainsi qu'une collection de revues sur la programmation informatique et quelques bouquins.

Retour au salon-cuisine. Rey achève sa revue des tiroirs de la commode et du meuble TV. Brun l'interroge du regard. Rey secoue la tête en grimaçant. RAS, encore des magazines pornos et une poignée de DVD.

Brun pénètre dans le coin cuisine en se pinçant le nez. Il fouille la poubelle. Il trouve des barquettes de plats cuisinés vides, un sac en papier McDo et des sachets de café soluble. Il se concentre à présent sur le placard sous l'évier. Derrière les bouteilles de produits désinfectants et un pack de canettes de soda encore plastifié, il déniche un sac plastique noir roulé en boule et scotché au chatterton sous la bonde de l'évier – *Bingo!*

Il l'ouvre en prenant soin de ne pas le déchirer et en étale le contenu sur le sol. Une liasse de billets de banque et une enveloppe en papier kraft vierge, sans adresse ni en-tête. Il compte rapidement le fric, vingt-cinq mille francs en coupures de cinquante et de cent francs. Rey émet un sifflement par-dessus son épaule. Il tend la main pour palper le fric. Brun lui tape sur les doigts.

Rey fait la moue. Brun décachette l'enveloppe avec d'infinies précautions. Il trouve : une invitation pour le tournoi européen de billard European G. Tobacco Pool Tournament et deux places VIP pour les matchs qualificatifs de Roland-Garros, le 10 juin prochain.

Il relève la tête, perplexe.

— Ça gagne combien, un gérant de Best Western? Sept, huit mille francs par mois?

— Ouais, j'imagine.

Brun poursuit son idée à haute voix :

— Boulot correct, quartier merdique, mais il planque trois mois de salaire sous son évier.

Rey hoche la tête.

— Ce fric et ces cadeaux en nature lui brûlent les doigts, on dirait.

— Tu en déduis quoi ?

Rey réfléchit un instant.

— Que ça fait beaucoup de précautions et beaucoup de bakchichs pour héberger cinq putes, même de luxe, qui dorlotent de simples vendeurs de pneus.

Brun déglutit. De petites décharges d'adrénaline lui excitent le cerveau. Il acquiesce d'un air grave.

— Je suis bien d'accord. Tu en déduis quoi d'autre ?

— Ces putes aiment la discrétion. Qui sont-elles et pour qui bossent-elles ?

Brun sourit.

— Je me posais exactement les mêmes questions, dit-il en ramassant le fric et les tickets.

Il les fourre dans le sac, remet le tout en place sous l'évier, à l'identique, et lance le signal *On dégage*.

39

Podgorica, 6 janvier 2001.

Le palais des courants d'air : bienvenue au siège du Rokšped. L'équivalent monténégrin de la SEITA occupe un bâtiment à façade grise, à la périphérie de la capitale. De l'autre côté de la rue, les locaux du bureau national de l'OCDE. Les murs ont des oreilles.

Le fonctionnaire lui a dit de passer vers 13 h. Les employés prennent leur pause déjeuner. Muller fait une entrée discrète par la porte des livraisons. Il a cinq minutes d'avance sur son rendez-vous.

Il grimpe les escaliers quatre à quatre. Il déboule au cinquième dans un couloir mal éclairé et glacial. Il avance jusqu'au bureau principal des droits de douane. Le nom de l'occupant, gravé en toutes lettres sur une plaque en cuivre : **VLADEN ADZOVIC – DIREKTOR / ДИРЕКТОР**. Muller entre sans frapper.

Le fonctionnaire lui tourne le dos. Il est assis à contre-jour devant une immense fenêtre qui donne sur une cour intérieure. Sa secrétaire ouvre la bouche pour accueillir Muller. Il lui adresse un clin d'œil complice et lève l'index devant ses lèvres pour lui signifier de se taire. Adzovic est concentré sur le clavier d'un ordinateur antédiluvien. Il ne prend pas tout de suite conscience de sa présence. Muller claque la porte bruyamment. Adzovic fait un bond sur son siège.

— Monsieur Muller !

Il se lève comme s'il était monté sur ressorts et vient à sa rencontre. Muller mesure une tête de plus que lui. Il ignore la main que l'autre lui tend.

— Trêves de salamalecs, *drug direktor*, on a un gros problème, toi et moi !

Il extirpe de sa mallette une liasse d'imprimés bardés de colonnes de chiffres qu'il balance sur le bureau. Adzovic blêmit et congédie sa secrétaire du regard. La jeune femme s'exécute dare-dare, la tête basse.

Muller verrouille la porte derrière elle et se rapproche du bureau. Adzovic recule d'un pas. Muller réduit à nouveau la distance qui les sépare.

— Ce qui m'intéresse, ce n'est pas pourquoi deux conteneurs de cigarettes de contrebande ont mystérieusement disparu des radars entre les usines de Belgrade de Big Tobacco et mes distributeurs italiens, mais comment tu vas te débrouiller pour les faire réapparaître et combler le manque à gagner.

Adzovic prend l'air faussement outré.

— Je jure que je n'y suis pour rien !

Muller secoue la tête.

— Mauvaise réponse.

Il saisit l'un des imprimés, le brandit devant le visage écarlate d'Adzovic et lui administre un uppercut dans le plexus. Adzovic a le souffle coupé.

Muller le saisit par le col et le conduit jusqu'au fauteuil le plus proche où il l'assoit de force. Le temps qu'Adzovic reprenne sa respiration, il lui écarte les jambes et se place contre lui, son torse à quelques centimètres de sa figure.

— Je reprends. *Tu* es chargé d'assurer la logistique et la sécurité du transport de *ma* marchandise sur le territoire monténégrin.

Dans des camions estampillés Big Tobacco depuis Podgorica pour la production officielle. Dans des camions non officiels et non estampillés Big Tobacco, dont je te fournis la liste chaque semaine, pour la production destinée au marché noir, depuis la frontière serbe jusqu'à l'Adriatique où mes cargos italiens prennent le relais. Jusque-là, on est d'accord ?

Adzovic se débat pour essayer de se dégager. Muller pousse le fauteuil contre une armoire métallique et se colle davantage à lui.

— Hoche la tête si tu as compris, secoue-la si je ne suis pas assez clair.

Adzovic hoche la tête. Muller sourit.

— Parfait, je continue donc. Je te paie en Deutsche Marks pour ça. Je te paie pour que tu puisses financer la construction de ta maison secondaire sur les hauteurs de Petrovac, mais aussi pour que tu arroses Durde Sdenaj, ton supérieur hiérarchique et directeur du Rokšped, Emil Sdenaj, son frère, qui est par ailleurs collecteur d'impôts pour l'antenne mafieuse du secteur de Podgorica, enfin toi, le mystérieux « Gospodin X », un intermédiaire fantôme qui rend directement des comptes à l'entourage de ton président, Milo Djukanovic. Toujours d'accord ?

Adzovic s'agite. Muller assène un violent coup de poing dans le dossier de son fauteuil. Il frôle la tempe d'Adzovic qui se met à opiner avec frénésie. Muller maintient son poing en position. Adzovic roule des yeux, paniqué. Muller lui souffle à l'oreille :

— L'immunité diplomatique protège le camarade Djukanovic depuis près de dix ans de sa propre pourriture. Lui-même protège les frères Sdenaj. Mais toi, vulgaire intermédiaire gratte-papier, qui te protège ?

Adzovic secoue la tête.

— Et toi ?

Muller sourit tristement.

— Tu as raison. Qu'est-ce qui *nous* empêche de sombrer corps et âme dans cet immense trou noir qu'est devenu le Monténégro depuis la chute du Mur ?

Il désigne la porte du menton.

— Ton nom gravé sur une plaque en cuivre ?

Il écarte les pans de sa veste pour qu'Adzovic ait une vue directe sur la crosse du Luger calé dans sa ceinture. Adzovic baisse les yeux. Muller recule brusquement. Il repère une chaise, la traîne jusqu'au fauteuil de son interlocuteur. Il s'assoit à califourchon, face à lui.

— J'imagine que mes cigarettes sont loin et que l'argent a déjà été distribué et dépensé, alors dis-moi, qu'est-ce qu'on fait ?

Adzovic hausse les épaules.

— Mon supérieur niera être impliqué dans le détournement de votre marchandise de contrebande. Le cabinet du Premier ministre prétendra ignorer de quoi nous parlons. Officiellement, ces deux conteneurs n'ont jamais existé.

Muller opine et se lève.

— Nous sommes dans une impasse.

Il arpente la pièce en réfléchissant. Il sait qu'il joue gros dans cette négociation. Il sait que le bon chien Adzovic va décrocher son téléphone pour pleurer auprès de son supérieur dès que Muller aura quitté son bureau et qu'il risque d'y avoir des représailles. Il sait aussi qu'Eduardo Rojas ne cautionne ce genre d'initiatives hasardeuses que si elles portent leurs fruits.

Muller est mercenaire exécutif autonome. En novlangue managériale, cela signifie qu'il fait preuve d'initiative dans son travail mais qu'il en assume toutes les conséquences si ça foire. Il doit gérer l'aspect contrebande, mais il ne doit interférer en aucun cas dans les tractations officielles existant entre Rojas, European G. Tobacco et le gouvernement monténégrin.

Une idée lui vient. Il dégaine son arme, fait volte-face et la pointe en direction d'Adzovic.

— Cela n'a rien de personnel. Les frères Sdenaj se foutent de ma gueule. Tu sais comme moi que je dois envoyer un signal fort, sinon, ils recommenceront.

Adzovic écarquille les yeux. Muller retire le cran de sûreté du Luger et lui colle le canon sur la tempe. Le fonctionnaire pisse dans son pantalon. Muller écarte l'arme en grimaçant.

— À moins que tu aies un autre plan à me proposer…

Adzovic cligne des yeux. Il indique en tremblant un meuble situé derrière son bureau. Muller écarte les bras et fait un pas de côté pour le laisser passer. Le fonctionnaire se précipite. Il sort un jeu de clefs de sa poche et déverrouille le tiroir du bas. Il farfouille un instant puis il dépose trois dossiers sur le bureau.

Muller saisit le premier de la pile et l'ouvre. Il renouvelle l'opération deux fois. Chacun d'entre eux contient les volumes de marchandises entrant et sortant quotidiennement du Monténégro émanant des trois principaux concurrents de Big Tobacco sur le territoire.

Il fronce les sourcils, perplexe.

— Je ne comprends pas.

Adzovic déglutit.

— Je ne peux pas te rendre ce que je n'ai pas et tu ne peux pas tolérer ce qui s'est passé. Je te propose une solution intermédiaire.

Muller agite le Luger sous le nez d'Adzovic.

— Explique-toi !

Le fonctionnaire se remet à trembler. Des tics nerveux agitent sa mâchoire.

— Je suis un fonctionnaire assermenté. C'est moi qui gère les droits de douane sur tout le territoire. Je tamponne et je signe.

Il mime le geste. Muller lève les yeux au ciel.

— Dis-moi un truc que j'ignore, par pitié !

Adzovic se dépêche de poursuivre :

— Je peux m'arranger pour qu'il arrive la même chose à vos concurrents. Je veux dire : une partie de leur marchandise pourrait disparaître.

Muller se fige.

— Tu m'intéresses.

— Je peux aussi m'assurer que cela les affecte dans des proportions supérieures.

Muller réenclenche le cran de sûreté du Luger.

— Admettons…

Adzovic louche en direction de l'arme.

— Enfin, je peux vous garantir un monopole *temporaire* sur le marché monténégrin. Quelques jours, deux semaines, maximum, histoire de compenser vos pertes.

Muller sourit. Le Luger réintègre sa ceinture. Adzovic se décrispe presque instantanément. Fin des négociations. Muller se dirige aussitôt vers la porte.

— Tu sais où me joindre.

Svetlana Mehmeti, la directrice d'European G. Tobacco Monténégro, adore le chocolat suisse. Son responsable hiérarchique direct à l'international, Eduardo Rojas, est un homme attentionné. Il lui fait livrer des cartons entiers de ganaches Favarger et de pralinés Villars dont elle s'empiffre méthodiquement en fermant les yeux sur toute la merde dont elle a la lourde charge.

La jeune Svetlana est une perle rare. Elle ne pense pas, elle ne voit rien, elle n'entend rien, elle fait tout ce qu'on lui dit, elle n'éprouve aucun état d'âme. Elle se contente d'engraisser et de dire merci.

Muller lui rapporte son entrevue avec Adzovic pour qu'elle transmette à Rojas. Il omet de mentionner l'épisode Luger. Contrairement à son habitude, Svetlana l'écoute d'une oreille distraite.

Une fois son compte rendu terminé, Muller se tait, croise les bras et attend qu'elle se décide à parler. Svetlana se lève et se dirige vers la fenêtre.

Muller repense brièvement au coup de fil de Valentina lui apprenant que Rojas sait qu'Hélène Thomas et Anna Krause sont une seule et même personne. Il n'a pas encore décidé si cela constituait une menace sérieuse. Selon elle, Rojas n'a aucun intérêt à mettre Bartels au parfum. Les jeux de pouvoir entre Rojas et Bartels ne les concernent pas, mais jusqu'à quel point ?

Par ailleurs, ici, en Serbie, le pouvoir d'influence de Rojas est plus grand que celui de Bartels. Par un effet de dominos hiérarchiques, Muller se retrouve sous sa coupe, n'en déplaise à Bartels. Il est normal que Rojas se préoccupe davantage de lui qu'auparavant et cherche à marquer son territoire.

Rien d'alarmant, a priori.

Mais : Rojas s'est entiché de Raphaël Coste, le commercial que Muller a vu à Bordeaux, près de quinze ans auparavant. Rojas entretient avec Coste une relation que Muller qualifierait de *bizarre*. Coste lui a rendu visite, en décembre dernier, à Belgrade. Il a posé des questions, il a écouté les réponses, il a joué au bon élève, il a dormi dans les mêmes hôtels que lui, il l'a suivi dans chacun de ses déplacements dix jours durant, puis il est reparti par où il était venu. Il ne l'espionnait pas vraiment. Il était juste bizarre. Bizarre et inquiétant. Comme s'il préparait un sale coup.

— Vous devriez venir voir.

Muller relève la tête.

— Je vous demande pardon ?

Svetlana Mehmeti fixe un point, en contrebas, dans la rue. Elle lui fait signe de la rejoindre. Muller s'exécute de mauvaise grâce. Elle désigne un homme, installé à la terrasse d'un bar, situé sur le trottoir d'en face.

— Il était déjà là ce matin.

Muller scrute la rue. Le type, une cigarette aux lèvres, a le visage tourné vers la façade de leur immeuble.

— Vous êtes sûre ?

— J'ai une mémoire photographique. Il était aussi là hier. Je l'ai croisé en prenant mon service. Il sortait de l'immeuble d'en face. Il portait un appareil photo en bandoulière. Il a eu l'air surpris de me voir.

Elle secoue la tête.

— Je suis certaine de l'avoir déjà croisé ailleurs.

Elle se retourne vers Muller. Une infime lueur d'inquiétude danse un instant dans ses yeux.

— L'appareil photo…

Elle abandonne son poste d'observation, se dirige vers son bureau et saisit un vieil exemplaire du quotidien monténégrin *Dan* daté de juin 1999. Elle l'ouvre en grand et l'étale sur sa boîte de Favarger, puis elle s'efface pour laisser Muller vérifier par lui-même.

— La photo, en haut à gauche.

Muller se penche. Le cliché est de mauvaise qualité. Il consiste en un plan étroit de deux hommes pendant une conférence de presse en train de se serrer la main devant une rangée de micros et une foule de dos.

Muller déchiffre à voix haute :

— *G. Vuković, rédacteur en chef de* Dan, *et le procureur G. Scelci – Rome, 13 mai 1999.*

Svetlana secoue la tête et plante son doigt sur le buste d'un homme situé en retrait.

— Non, pas eux. C'est lui, là, derrière Vuković, au second plan.

Muller plisse les paupières. Le type auquel Svetlana fait allusion a le crâne rasé. Il tient un appareil photo dans les mains. Il braque un regard admiratif sur le procureur italien Giuseppe Scelci.

— C'est quoi ce bordel ?

Svetlana, de retour à la fenêtre :

— Ce Gojko Vuković et sa bande de journaleux fouille-merde ont des liens avec l'OCCRP, la branche dans les Balkans du Consortium international des journalistes d'investigation.

Muller la rejoint. Il compare la photo avec le type assis en face. Une berline passe devant lui. Le photographe ramasse son sac et grimpe en vitesse à l'arrière, puis le véhicule démarre avant de disparaître à l'angle. Muller n'a pas eu le temps de mémoriser l'immatriculation.

— Fait chier.

Svetlana en remet une couche.

— Ces types sont des anarchistes. Ils ont une dent contre le Premier ministre. Ils rédigent des papiers antipatriotiques où Milo Djukanovic tient le rôle du politicien corrompu à la solde du capitalisme international. Ils œuvrent pour des lobbies croates et occidentaux et nourrissent des ambitions personnelles. Ils se dissimulent derrière les droits de l'homme et leur prétendue liberté d'informer pour mener une vendetta subversive contre le pouvoir, mais personne n'est dupe.

Muller est en nage. Il s'essuie le visage du revers de la manche, puis il arrache la page du journal, la plie en quatre et la fourre dans sa poche.

— Je vais me renseigner.

40

Bruxelles, 13 janvier 2001.

Le siège de l'Office européen de lutte antifraude. Tout un programme : quatre cents employés dévolus à la cause. Un immeuble rutilant avec vitrage miroir sans tain, dix-huit étages qui sentent la peinture fraîche et la moquette neuve.

Bureau E915, une rangée de néons au plafond, aucune fenêtre. Un dépôt d'archives dédié au tabac qui tient dans un placard de neuf mètres carrés. Le capitaine de police Nora est à pied d'œuvre. Épinglé sur le revers de sa veste, un badge indique : *Brigade financière de Nanterre – France – Expert invité / Accès limité.*

Il est 19 h 07. Nora compulse un mémo concernant l'évasion présumée des taxes à l'importation, des droits antidumping et des droits compensateurs en Serbie, au Monténégro et en Croatie.

Alignée sur une étagère, face à lui, une collection impressionnante de paquets de cigarettes Big Tobacco de contrebande. Mention spéciale à la production monténégrine qui occupe le quart de l'espace. Un exploit pour un pays de six cent mille habitants.

Nora bâille. Page 119, paragraphe 7 : 401 tonnes de cigarettes ont été vendues au premier semestre 1999, contre 523 tonnes en 1998, soit 122 tonnes de pertes en un an. Source : Agence du tabac monténégrine.

Nora souligne les chiffres et les dates en rouge, pose son stylo, boit une gorgée de café et reprend son stylo. Il note dans la marge : *Faux!*

Nora a pris du galon et de la bouteille. Depuis deux ans, il est rattaché pour l'OLAF à la cellule antitabac du procureur italien Scelci. Volet administratif, une douzaine d'enquêteurs répartis sur onze pays qui traquent sans relâche les fraudes douanières.

Le sentiment de Nora : répression et fermeté sont les mamelles de la République en matière de tabac. Il faut frapper juste, mais frapper fort.

Son démon intérieur, un cocktail détonant mêlant culpabilité et soif de justice. Nora rumine en secret ses minuscules victoires et ses échecs colossaux. Il traîne comme un boulet le fiasco dans l'affaire du braquage d'ammoniac de 1986. Il sait que l'opération a été orchestrée par l'entremise d'un cabinet de conseil appelé Fox & Reynolds Consulting et dirigée par David Bartels. Il sait que le commanditaire était European G. Tobacco. Il a repéré et isolé un mercenaire non identifié chargé des basses œuvres. Monsieur X a tué pour leur compte et pour leurs profits records. En guise de remerciement pour services rendus, ils ont organisé sa fuite lorsque Nora était sur le point de l'arrêter, après des années d'enquête acharnée. Monsieur X a été vu pour la dernière fois à l'aéroport Lyon-Satolas le 18 septembre 1989, puis il a disparu de la circulation, et avec lui la preuve de toute cette machination criminelle.

Nora a digéré, mais il n'a pas oublié.

En interne, il prône désormais une solution radicale : monter un procès gigantesque à l'encontre des industriels du tabac, éradiquer manu militari les factions mafieuses et étouffer la corruption qui gangrène les institutions. Sa devise : ces gens-là sont des fraudeurs, des menteurs et des assassins.

Il s'associe avec le procureur Scelci. L'union fait la force. Scelci, costume sur mesure, tempes grisonnantes et barbe blanche de trois jours, organise des conférences de presse et s'affiche en provocateur élégant et grande gueule. Nora œuvre dans l'ombre.

Ensemble, ils amassent patiemment les éléments à charge. Ils collectionnent les produits de contrebande. Ils interrogent les témoins, ils recoupent les informations récoltées auprès des fournisseurs, ils brandissent des assignations à comparaître. Ils se battent contre des armées d'avocats. Ils financent des rapports d'experts scientifiques indépendants démontrant le pouvoir de nuisance des grands cigarettiers en matière de santé publique. Ils récoltent des documents prouvant la duplicité de plusieurs députés européens et de rapporteurs de la commission des Finances. Ils amassent des coupures de presse où ces derniers figurent bras dessus, bras dessous avec les dirigeants de Big Tobacco, à l'occasion d'un tournoi de golf à Bâle ou d'un gala de bienfaisance à Biarritz.

En écho aux accusations de l'OLAF et de Scelci, les dirigeants d'European G. Tobacco, la main sur le cœur, se répandent dans la presse – *La contrebande est un fléau dramatique, mais qu'y pouvons-nous ? C'est aux gouvernements de légiférer et d'agir !*

Les supérieurs de Nora temporisent :

— Soupçonner n'est pas prouver.

Leur point de vue pondéré et pragmatique : « En douceur, mon grand ! » Le nez pincé et les yeux brillants : « Certes, l'industrie du tabac est une source d'inquiétude *mais* elle rapporte énormément d'argent. Soyez diplomates, Simon, jouez le jeu démocratique. Le procureur Giuseppe Scelci est un excité et une tête brûlée. Ne prenons pas le risque de perdre des alliés de poids. Ne sabordons pas la construction du marché unique européen. *Prudence!* Pensons au contribuable et n'oublions jamais que les droits de douane représentent 75 % des recettes de l'UE!»

Nora fait le dos rond. Il mise tout sur la force de persuasion de Scelci-*il-incorruttibile*.

Le procureur italien a des méthodes radicalement différentes de celles que pratiquent les autorités françaises. À l'instar de Nora, sa confiance dans les politiques et le système judiciaire est relative. Il privilégie l'efficacité, l'action et l'indépendance d'esprit. Il a mis Nora en contact avec un cabinet d'intelligence économique. Pour vingt mille francs la prestation, d'anciens militaires reconvertis dans le business du recouvrement des droits de douane jouent les détectives privés un peu partout sur le territoire européen. Ces types bossent pour le plus offrant. Ils proposent leurs services aux journalistes d'investigation occidentaux ou à des fonctionnaires comme Nora.

Nora regarde sa montre. Elle marque 19 h 30. Il bâille et s'étire. L'un de ces détectives doit le rappeler d'une minute à l'autre.

Un néon clignote au plafond. Le faisceau lumineux projette des éclats blafards sur la table. Les lignes du mémo sautent et s'emmêlent. Nora repose son stylo et retire ses lunettes pour se frotter les yeux. Il louche sur le téléphone, soulève le combiné pour vérifier que la ligne fonctionne, raccroche, jette à nouveau un œil à sa montre. Une minute s'écoule. Le néon se stabilise, clignote une ultime fois, puis s'éteint complètement. Le téléphone sonne.

La voix à l'autre bout du fil est lointaine et rocailleuse. L'homme répond au pseudonyme de *Vincent*. Son ton est calme et posé. Des grésillements saturent la ligne par intermittence. Vincent ne perd pas de temps.

— Dites-moi quelle est la cible, où elle se trouve et qui sont mes contacts sur place?

Nora lui donne les coordonnées d'European G. Tobacco Monténégro, le nom de son homologue croate, ainsi qu'une liste exhaustive de fonctionnaires fournie par l'Agence du tabac de Podgorica. En retour, Vincent lui dicte une adresse mail où lui envoyer la documentation qu'il jugera utile et un numéro de compte bancaire où effectuer le virement. Nora allume ensuite son ordinateur portable et ouvre un dossier stocké sur un disque dur externe. Il sélectionne un fichier. Le portrait de Monsieur X apparaît à l'écran.

— J'ai une autre requête.
— Comprise dans la première ?
— À part.
— Dans ce cas, vous connaissez le tarif.
Nora se racle la gorge.
— Il s'agit d'un criminel impliqué dans une vieille affaire en lien avec Big Tobacco.
— Vieille comment ?
— 1986.
Vincent siffle.
— Des éléments ?
— Un cliché qui date de 1989. Je vous l'envoie dès que nous aurons raccroché. L'homme est probablement en contact avec David Bartels, le directeur d'une société basée en France appelée BRS Conseil. Il s'agit en réalité d'une agence de lobbying financée par Big Tobacco.
— Vous cherchez à prouver que votre homme bosse pour eux ?
Nora sourit.
— Je veux son nom.
— C'est tout ?
Nora jette un œil à la photo. Monsieur X semble l'observer par écran interposé d'un air mauvais.
— Personne d'autre ne doit être au courant.

Nora se rend aux toilettes pour se passer de l'eau sur la figure. Son cœur bat à tout rompre dans sa poitrine.

De retour au bureau, il compose le numéro de Scelci.

— Le contact a été établi avec Vincent.

Sa voix tremble. Le procureur se marre :

— Bon sang, Simon, détendez-vous ! Nous ne faisons rien d'illégal. De nos jours, embaucher des mercenaires privés pour des enquêtes publiques est monnaie courante.

41

Paris, 25 février 2001.

Travaux pratiques au deuxième étage de la rue Vernet. Un publicitaire, un ergonome, le responsable du service marketing, deux planneurs stratégiques et onze clients-test sont réunis autour d'une table.

Parité hommes-femmes, c'est tendance. *Sex Bomb* par Tom Jones, version Mousse T en fond sonore. Le roi David Bartels les espionne par le biais d'une caméra depuis son bureau du premier étage.

Le concept du jour : une séance de créativité autour du plaisir de fumer et des produits dérivés. Promesse : fumer, c'est cool ! Une règle d'or : pas de censure, idées farfelues encouragées, bienveillance.

Bartels est fébrile. Sa relation toute fraîche avec Zihan Sûn se limite pour l'instant à des appels longue distance. Elle le surnomme « mon petit Français ». Ça le vexe profondément. Il répond invariablement : « Pourquoi *petit* ? »

Sa maîtresse platonique est en tournée aux États-Unis pour la promo de son dernier film. Bartels suit ses pérégrinations dans les médias et la presse féminine. Un site Internet se répand sur son mariage compliqué avec un réalisateur américain. Bartels hait cet homme et le vénère à la fois pour les rôles magnifiques qu'il lui a offerts. Bartels la harcèle avec des remarques tendancieuses sur la date de leur divorce et ses prouesses au lit. Zihan Sûn esquive en gloussant. Elle minaude des « Je sais très bien où tu veux en venir, *petit* français ! ». Bartels, du tac au tac : « Quand est-ce que nous nous voyons ? » Elle se dérobe en chantonnant : « *Quizás, quizás, quizás* ! » La nature impatiente de Bartels rend ses *coitus interruptus* téléphoniques frustrants. Le décalage horaire et le caractère imprévisible de Zihan Sûn agrémentent leurs échanges d'une tension terriblement excitante. Selon l'endroit où elle se trouve, elle peut l'appeler cinq minutes à n'importe quel moment de la journée ou susurrer des mots langoureux pendant des heures au milieu de la nuit. Bartels ne se sépare jamais de son portable pour cette raison.

Zihan Sûn ne l'a pas contacté depuis deux jours. Bartels alterne les coups d'œil à l'écran géant et à son Sony-Ericsson modèle T68i.

Le responsable marketing tient l'objet du jour, un mug, entre les mains. Les participants sont suspendus à ses lèvres.

Il récite sa leçon :

— Que représente ce mug pour vous ?

Tous en chœur :

— Convivialité.

— Chaleur.

— Réconfort.

— Douceur.

— Tendresse.

Le publicitaire fait la moue.

— Mais encore ?

Le planneur stratégique n° 1 :

— Plaisir.

Rires dans l'assistance. Une cliente-test pique un fard. Les joues d'une autre s'empourprent. L'ergonome arbore un sourire condescendant.

Un client-test enchaîne :
— Désir.
Suivi d'un autre :
— Envie.
Le publicitaire tripote son paquet de cigarettes, bien en évidence sur la table.
— Excellent !
Une cliente-test s'écrie :
— Sex-symbol.
Trois autres :
— Liberté !
— Grands espaces !
— Cheval !
Le responsable marketing lève les yeux au ciel. Le planneur n° 2 noircit au marqueur un paperboard comme si l'avenir de la planète en dépendait. Le publicitaire murmure à l'ergonome :
— Nom de Dieu…
Bartels grimace. Il se sert un whisky, gobe un comprimé de dexamphétamine et avale une lampée pour le faire passer. Le coup de fouet ne se fait pas attendre. Bartels retire sa veste et ouvre la fenêtre pour faire entrer de l'air frais.

Son ex-femme s'inquiète pour sa santé physique. Élise a repris son nom de jeune fille, Lagarette-Camblone. Elle voit ses excès d'un mauvais œil. Depuis qu'elle a obtenu le divorce en 1996, quasiment réussi à liguer leurs enfants contre lui, saigné ses comptes à blanc et s'est remariée avec un urologue clinicien, ses pulsions maternelles à son égard sont repassées au premier plan. Elle se démène pour lui obtenir des rendez-vous auxquels il ne se rend pas auprès d'éminents spécialistes à la Pitié-Salpêtrière, des acuponcteurs et un hypnothérapeute japonais. Avec la complicité de sa secrétaire, début décembre, elle lui a envoyé un nutritionniste réputé qui lui avait concocté pour Noël un régime à base de radis noirs et de bière sans alcool. Bartels les a fichus à la porte. Élise a piqué une crise. Elle a prétendu être accablée par des cauchemars prémonitoires dans lesquels il mourait terrassé par une crise cardiaque entre les cuisses de l'une de ses putes, ses fils et la fille qu'il a eue avec Christelle hurlaient leur désespoir sur son cercueil et aucun de ses amis ne se déplaçait pour son enterrement. Elle vit très mal son refus d'assumer ses responsabilités de père.

Christelle se fiche totalement de son équilibre psychique. Leur absence de rapports est à la fois salutaire et étrangement malsaine. Elle ne lui a annoncé la naissance de Marion Szabo que par culpabilité. La petite va fêter ses douze ans. Christelle a refusé qu'il la voie, au nom de l'intérêt supérieur de l'enfant. Bartels l'a envoyée se faire foutre. Il a chargé un avocat d'étudier pour lui une demande de reconnaissance de paternité. Guionnet lui envoie des comptes rendus détaillés de ses conversations téléphoniques. Le policier est un génie autodidacte de la violation de vie privée. Il a placé la ligne fixe et le portable de Christelle sur écoute. Il espionne sa messagerie électronique. Bartels dispose grâce à lui d'une multitude de photos de famille monoparentale. Marion à la danse, Marion aux sports d'hiver, Marion et son caniche. La ressemblance entre eux est troublante.

Guionnet surveille en parallèle Eduardo Rojas. À la demande de Bartels, il a établi un réseau de relations étroites entre Rojas, divers interlocuteurs officiels monténégrins, italiens et une quantité invraisemblable de numéros non identifiés en ex-Yougoslavie. La plupart de ses conversations téléphoniques sont cryptées. Les enregistrements non cryptés établissent clairement le caractère paranoïaque des activités de Rojas. La voix de Muller y est omniprésente. La nature de la contrebande ne fait aucun doute, mais Rojas prend soin de ne jamais citer de noms ni d'employer les mots *cigarette*, *blanchiment* et *corruption*, donnant à ses échanges l'apparence de discussions inoffensives.

Bartels se délecte. Muller joue le jeu à la perfection. Sur ordre de Bartels, le mercenaire a accepté de rencontrer Raphaël Coste et de lui faire faire le tour du propriétaire. À son retour, Coste s'est empressé de tenir son mentor Rojas informé de ses pérégrinations monténégrines. Guionnet enregistre tout, y compris quand cela déborde du cadre strictement professionnel.

Les filatures de Rojas révèlent ses penchants pour les coïts express avec des prostitués. Celles de Coste illustrent sa bisexualité vivace et débordante, tout comme la pertinence du surnom que les buralistes lui donnent : Raphaël-la-trique.

À l'étage supérieur, la séance de créativité bat son plein. Les participants abordent maintenant la phase *prototype*. L'ergonome distribue des mugs. Les clients-test les observent sous toutes les coutures. Ils ont le droit de manipuler et d'expérimenter. Leurs yeux brillent, leurs cerveaux sont en ébullition. Des bouilloires électriques et des pichets d'eau sont à leur disposition. Le thermostat de la pièce indique 24 °C. Les planneurs stratégiques installent des caméras pour filmer.

Bartels boit la moitié d'une bouteille de Badoit pour se désaltérer. La sonnerie de son portable retentit. Il bondit. Numéro inconnu. Il baisse le volume du téléviseur et décroche.

L'homme au bout du fil a un nom à coucher dehors. Il se présente comme l'assistant du collaborateur du directeur de cabinet du ministre de la Santé. Il dit : « Monsieur le ministre Bernard Kouchner accède enfin aux plus hautes fonctions. »

Bartels traduit : Mitterrand le jugeait incontrôlable, Jospin trop à droite, Chirac a coupé la poire en deux : le libéralisme est populaire, le peuple juge les gastro-entérologues dignes de confiance, ils adorent la success-story Kouchner-Ockrent, le binôme formé par le médecin-vedette et la journaliste-star les rassure, faisons de lui un ministre digne de ce nom !

L'assistant passe la brosse à reluire. Kouchner a été nommé le 6 février dernier. Son emploi du temps est désormais complet, il ne peut pas appeler en personne ni même se déplacer sans une nuée de journalistes à ses basques, mais il n'a pas oublié ses vieux amis.

Bartels sourit :

— Qu'est-ce que je peux faire pour vous ?

L'assistant expose son laïus d'énarque. Kouchner est un saint. Depuis sa prise de fonction, il planche sur une loi anti-Perruche relative aux droits des malades et à la qualité du système de santé.

— Un enfant atteint d'un handicap congénital ou d'ordre génétique peut-il se plaindre d'être né infirme au lieu de n'être pas né ?

Bartels bâille.

— Épargnez-moi les détails.

L'assistant hoquette.

— Il souhaiterait faire passer sa loi rapidement.

— Quel rapport avec moi ?

Rire gêné de l'assistant.

— Son projet de loi suscite l'émotion à droite comme à gauche, chez les croyants et les non-croyants, les valides et les handicapés. Les anti-IVG se sentent menacés. Les partisans de l'avortement menacent sur les bancs de l'Assemblée. Vous connaissez du monde dans l'hémicycle, monsieur Bartels. Vous et vos soutiens parlementaires êtes sensibles aux questions de santé publique. Vous pourriez dispenser la bonne parole dans vos rangs.

— Qu'est-ce que j'y gagne ?

Nouveau rire gêné.

— Monsieur le ministre a anticipé votre question. Il a laissé entendre qu'il jugeait les dernières péripéties concernant les avertissements sanitaires sur les paquets de cigarettes inefficaces, ineptes et scandaleuses. Il vous assure de son soutien total dans cette affaire.

— Officiellement ?

Rire carrément gêné :

— Indirectement. Par voie de presse. Cela vous irait ?

Bartels jette un œil à son écran. Les participants de la séance de créativité jouent à la dînette. Ils versent du liquide chaud dans des récipients, ils en vident d'autres, ils transvasent, ils plongent des thermomètres dans des mugs. Une cliente-test se brûle le dos de la main. Le publicitaire semble contrarié. Le planneur n° 2 griffonne quelque chose dans son carnet. L'ergonome propose de faire une pause. Il distribue des cookies et offre des cigarettes. La plupart des clients-test acceptent. Bartels est fasciné.

— Vendu, dit-il avant de raccrocher.

Bartels travaille jusqu'au déjeuner sur le dossier *Évin et ses saloperies de répercussions liberticides*.

Le Premier ministre Jospin marque son territoire. Il est réputé insensible aux lamentations des cigarettiers. L'aide du camarade Kouchner est la bienvenue. Ces dernières semaines, les juristes de Big Tobacco ne chôment pas. Les audiences relatives aux mentions et avertissements à inscrire se succèdent à un rythme effréné. Bartels doit gagner du temps. Lui et ses collaborateurs rivalisent d'imagination pour les rendre illisibles et suspicieux. Ils sont en contact permanent avec les marketeurs, les techniciens et les imprimeurs.

En résumé :

Idée n° 1 : revoir les coloris des paquets et utiliser un lettrage doré sur fond beige – *validé !*

Idée n° 2 : faire précéder la mention « Le tabac nuit gravement à la santé » d'un « Selon la loi n° 91-35 » qui laisse supposer que l'assertion est juridique et non scientifique ou médicale – *validé !*

Idée n° 3, conséquence directe des précédentes : pour changer les machines des usines, modifier le packaging et écouler les stocks dépourvus des mentions sanitaires actualisées, il faudra du temps. Beaucoup de temps. Big Tobacco a besoin d'au moins dix-huit mois, afin de limiter au maximum les répercussions en termes d'emploi.

Bartels enchaîne sur le comité d'entreprise du secteur France d'European G. Tobacco. Eduardo Rojas le rejoint dans son bureau. Ils passent l'après-midi pendus au téléphone avec les responsables syndicaux des différentes branches.

Leur numéro de cirque est rodé. Bartels joue le méchant, Rojas le gentil. Bartels évoque 454 salariés sur le carreau d'ici la fin de l'année. Rojas promet la création de 87 postes sur le site de Strasbourg. Bartels grimace. Il met sur la balance la fermeture prochaine des centres de distribution de Nantes et de Tonneins, 110 emplois supplémentaires. Rojas rassure ses troupes : les activités seront regroupées au Mans et à Toulouse, ne vous inquiétez pas.

Bartels assène des évidences. En langage managérial, ça donne :

— La concurrence est de plus en plus exacerbée, il est nécessaire de réaliser des économies d'échelle.

Rojas brosse dans le sens du poil :

— Je suis fier de ce que nous avons accompli.

— Nous devons dégager des moyens supplémentaires pour moderniser l'outil de production.

— Je sais que nous ferons encore mieux demain.

— Sans ce plan, notre surcapacité de production de cigarettes brunes bondirait de 16 % à 41 % d'ici au deuxième semestre 2001. Nous n'aurions plus qu'à mettre la clef sous la porte.

Rojas conclut :

— Confiance, la courbe de l'emploi s'inversera.

Bartels et Rojas raccrochent de concert peu avant 19 h. Bartels leur sert un double scotch pour fêter ça. Les locaux de BRS Conseil sont déserts. Ils lèvent leur verre et trinquent aux bénéfices. Bartels siffle son whisky. Rojas sirote le sien, les yeux rivés au téléviseur. Bartels attrape la télécommande et remet le son.

Il désigne le plafond du doigt.

— Une séance de créa, le genre *Mug, Sex & Cigarette*!

Rojas s'installe devant l'écran. Bartels balance ses Nicorette à la poubelle.

Clap de fin au deuxième étage. La pièce pue la créativité et la transpiration. Tous les participants ont les yeux rivés sur le prototype final. Le résultat est saisissant. Rojas porte son verre à ses lèvres. L'ergonome saisit une bouilloire et en verse le contenu dans le mug prototype. Les planneurs stratégiques cessent de prendre des notes. Le publicitaire est en nage. Un sourire béat illumine le visage du responsable marketing. Rojas suspend son geste, comme si un miracle allait se produire. Soudain, les applaudissements crépitent.

Rojas bondit de son fauteuil.

— Quoi? Qu'est-ce qu'il s'est passé, je n'ai rien vu!

Bartels éclate de rire. Il met l'écran sur pause et revient en arrière. Il zoome sur le mug prototype au moment précis où l'ergonome s'apprête à verser de l'eau bouillante et met le film au ralenti, image par image.

Sur le mug blanc *avant eau bouillante* : un play-boy en boxer, abdos parfaits, muscles saillants et huilés, jambes légèrement écartées, confortablement installé dans un canapé, une tasse de café fumant à la main.

Sur le mug *après eau bouillante* : la tasse de café fumant disparaît progressivement, suivie du boxer. Le play-boy est toujours affalé sur le canapé, jambes écartées, mais à présent il est nu, le sexe à l'air. Il tient une cigarette allumée et un paquet European G. Tobacco dans sa main gauche.

Le slogan subliminal est tout trouvé. Version masculine : *Fumez nos cigarettes, messieurs, et vous aurez la plus grosse!* Féminine : *Offrez-lui nos cigarettes, mesdames, et pour une fois il bandera dur!*

Rojas éclate de rire.

— Nom de Dieu de merde ! C'est à *ça* que tu passes ton temps, David, quand je ne suis pas là, ces clichés sexistes merdiques ? C'est pour *ça* que mes hommes se démènent sur le terrain ?

Il pointe le play-boy de l'index :

— C'est avec *ça* qu'on va gagner la guerre ?

Bartels perçoit la pique derrière la plaisanterie. Il sourit et attend la suite en silence. Rojas pose son verre à moitié vide sur un coin du bureau et enfile sa veste.

— Combien de temps penses-tu que nous pourrons continuer à travailler ensemble, toi et moi, sans nous entre-tuer ?

— Tu veux dire : malgré les montagnes de fric que notre association temporaire nous rapporte ?

— Tu m'enlèves les mots de la bouche.

Bartels tire sur sa cigarette. Il inhale lentement la fumée en fixant Rojas. Il la recrache devant lui, créant un halo opaque qui masque un instant son visage.

— Je me pose la même question depuis dix ans.

Bartels est allongé sur la banquette arrière d'un taxi lorsque Zihan Sûn l'appelle. Il est ivre mort, défoncé au speed, des traces de vomi sur le col de sa chemise.

Il est 4 h du matin. Il a écumé les boîtes de nuit branchées. Son reflet dans le miroir des toilettes où il sniffait un rail de coke lui a renvoyé les traits d'un vieillard prématuré, tempes grisonnantes, poches noires sous les yeux et début de calvitie. Il se souvient s'être demandé combien de temps il tiendrait à ce rythme-là avant de défoncer le miroir à coups de porte-savon.

Bartels décroche.

— Zihan, mon amour, quand est-ce qu'on passe nos nuits et nos journées ensemble ?

42

Paris, 3 mars 2001.

Lune rousse, les loups hurlent à la mort, le pire est à venir. Valentina fume à la fenêtre du septième étage d'un hôtel miteux du sud parisien. Elle cafarde après une partie non tarifée de jambes en l'air.

Anton Muller lui manque, leurs virées en marge des circuits de F1 lui manquent, le temps volé à la merde ambiante lui manque.

— Qu'est-ce que tu fous ?

Le type arrogant allongé sur le lit est un énarque de vingt-huit ans. Il a une alliance à la main gauche. Il a rougi quand elle s'est déshabillée, mais il a aimé ce qui a suivi.

Bartels le lui a présenté en début de soirée comme l'assistant d'un député centriste dont le soutien lui était nécessaire. Il lui a chuchoté à l'oreille : « Le vote de la loi Kouchner est dans dix jours. C'est important pour nous. Fais ce qu'il faut, je me charge du reste ! », sans plus d'explications. Elle a répondu : « Je vais te trouver une fille, pas de problème. » Il a secoué la tête : « Je veux que tu t'en occupes personnellement. » Elle l'a fusillé du regard : « Tu sais que je ne veux plus faire ça ! » Il a souri tristement et lui a caressé la joue. Valentina a fait le boulot. Elle a fait du rentre-dedans au gamin pendant tout le repas, puis elle l'a emballé jusqu'à cette piaule discrète. Valentina fait toujours le boulot.

La semaine passée, c'était Eduardo Rojas.

— Valentina, j'ai besoin de toi pour le lancement de mes programmes d'hospitalité *Very very Big Tobacco* !

Des invitations VIP à des soirées ou des évènements de prestige, concert des Rolling Stones, showcase de Johnny, apparition de Madonna, matchs amicaux de l'équipe de France de football. BRS Conseil loue pour le compte de Big Tobacco une loge au stade de France susceptible d'accueillir une vingtaine de personnes. Un million de francs par an, comprenant places de parking privées, vestiaire, dîner, open bar jusqu'à la fin du spectacle et hôtesses d'accueil. La clientèle : parlementaires, collaborateurs, conseillers ministériels, hauts fonctionnaires, élus de premier plan. Formellement interdit par la convention-cadre antitabac de l'OMS de 1998 ratifiée par la France en 1999. Bartels a tout organisé en amont et mobilisé son carnet d'adresses, mais Rojas est l'interlocuteur officiel de Valentina, désormais.

— Aucun souci. Je te prépare un contrat.

Il a fait non de l'index.

— Pas ton agence. La mienne. BRS Conseil prend tout en charge. Aucune sous-traitance. J'officie dans les loges avec les invités et les stars. Toi, Hélène et tes filles, vous officiez avant, après, pendant, autour des loges.

Valentina a perçu illico le chantage sous-jacent.

— Arrête de l'appeler Hélène.

Il l'a toisée :

— Arrête de te prendre pour ce que tu n'es pas.

Elle a hurlé intérieurement. Elle a levé les mains en signe de reddition. Là encore, elle a fait le boulot.

L'énarque s'impatiente. Il tapote le drap de la main.
— Tu te grouilles ?
Valentina soupire. Son client manque de classe. Elle tire sur sa clope et la jette par-dessus la balustrade. Le mégot incandescent dessine un arc de cercle lumineux parfait avant d'exploser en mille étincelles sur le trottoir en contrebas. Elle se retourne et rafle ses sous-vêtements sur le dossier de la chaise.
Le type fronce les sourcils et s'assoit.
— Qu'est-ce que tu fais ?
Valentina minaude :
— Tu fais l'amour comme un dieu, mais je dois vraiment y aller.
L'attitude du type change du tout au tout. Il lui saisit le poignet et l'attire contre lui, un sourire mauvais aux lèvres.
— Nous sommes là parce que David Bartels veut le vote de mon député.
Valentina se fige. Une colère glaciale l'envahit. Au prix d'un effort intense, elle parvient à réprimer son dégoût et à esquisser un rictus coquin. Son cerveau turbine à plein régime. En une fraction de seconde, il accouche de la seule conclusion qui s'impose : *Et si on inversait les rôles, à partir de maintenant, petit homme ?*
Sa décision prise, elle se détend d'un coup. La main de l'énarque glisse de son bras jusqu'à sa cuisse. Elle avance d'un pas en se déhanchant langoureusement, sa poitrine au niveau de son visage, et laisse son autre main se faufiler jusqu'à ses fesses.
Elle lui chuchote à l'oreille :
— J'ai envie d'un petit jeu.
Le sourire de l'énarque s'élargit. Il lui administre une petite claque sur le cul. Il glousse. Elle lui flatte le sexe, lentement, elle accélère peu à peu, par saccades, puis de plus en plus vite. Il halète comme un caniche. Elle stoppe brutalement son geste et

le repousse sur le lit, les bras en croix, et s'installe à califourchon sur lui. Elle attache son poignet droit au montant du lit, à l'aide de l'un de ses bas, puis le gauche. Il se laisse faire, hypnotisé par le balancier de ses seins. Sa main descend jusqu'à l'entrejambe, elle serre fort, il couine de plaisir. Elle interrompt alors le contact et saute du lit d'un mouvement souple.

— Ça va te plaire un max.

Elle plonge la main dans son sac à main. Elle en ressort un Nikon numérique de poche. Les yeux de l'énarque se révulsent. Il se carapate sur le haut du lit, soudain pudique. Valentina prend une première photo. L'énarque tire sur ses liens en hurlant. Sa virilité sautille dans tous les sens et commence à piquer du nez. Il se cogne le crâne contre l'angle de la table de chevet.

Valentina désigne les murs et le plafond de l'index.

— Silence, tout le monde va t'entendre!

L'énarque est écarlate. Un filet de sang lui coule le long de la tempe. Il rugit, il serre les dents mais il continue de se débattre. Valentina l'ignore, elle dispose ses sous-vêtements sur les draps et y ajoute un godemiché pour plus de réalisme. Elle mitraille la scène en tournant autour du lit avant qu'il ne débande complètement, puis elle se rhabille, allume une cigarette et fouille dans les poches de sa veste.

Elle exhibe son portefeuille. Elle en verse le contenu sur la moquette. Elle s'agenouille pour l'inventaire : photo des enfants, boucles blondes et pommettes roses, portrait de madame, collier de perles, lèvres sèches et tailleur Chanel, permis de conduire, carte Gold. Elle se relève. Entre les doigts, les clichés familiaux et une carte de visite siglée *République française*.

— Oh, oh!

Elle lit : *Xavier D'Haene – Assistant parlementaire – 1re circonscription des Hauts-de-Seine.* Elle lâche la carte, elle fait le geste de s'éventer avec les photos de famille, avant de les jeter vers lui d'une pichenette.

— C'est toi la pute, Xavier, et c'est moi qui te baise aujourd'hui.

L'énarque fixe le portrait de son épouse. Valentina attrape son sac et ouvre la porte en grand. Elle prend une dernière photo et ouvre les bras.

— Garde mon string en souvenir, ta femme va adorer !

La Celle-Saint-Cloud, une heure plus tard. Valentina s'acharne sur la sonnette d'entrée. Hélène met dix minutes à venir ouvrir. Elle arbore la tenue vieille fille d'intérieur parfaite : peignoir, masque de nuit remonté sur le front et mules antidérapantes aux pieds. L'appartement sent le renfermé. Des relents d'encens et de cendre froide. Une bouteille de jurançon vide, un reste de pizza, un sachet d'herbe et du papier à rouler traînent sur la table basse du salon.

Valentina brandit la carte mémoire de l'appareil photo.

— Il faut à tout prix que tu voies ça.

Hélène s'écarte pour la laisser passer en bâillant.

43

Paris, 10 mars 2001.

Week-end boulot, pour changer. Calme plat dans l'agence. Les locaux sont déserts. Le téléphone du standard sonne dans le vide.

Deux juristes font des heures supplémentaires dans un coin pour boucler un procès en cours. Bartels se claquemure dans son bureau pour ne pas entendre leurs messes basses. Il est sur un nuage. Zihan Sûn interrompt sa tournée promotionnelle à la fin du mois, pour épuisement professionnel. Elle jure que ce n'est qu'un mauvais prétexte pour passer du temps avec lui.

Rojas s'est envolé jeudi pour le Botswana avec le P-DG d'une boîte spécialisée dans les boissons énergisantes. Il sirote des Margaritas au bord d'une piscine pendant que son client chasse l'éléphant et le buffle dans la brousse avec un professionnel de la dézingue gros calibre. La virée est organisée par Andersen O'Reilly Hunt Safaris pour le compte de Big Tobacco. Le propriétaire sud-africain, Buzz Andersen, est en affaires avec la firme depuis deux ans. Il dispose de hangars discrets, d'une main-d'œuvre bon marché pour organiser la contrebande de cigarettes et des clefs pour faciliter l'exportation vers les pays voisins, Zimbabwe et Angola.

Valentina et son associée ont posé quatre jours de congé mérités. Elles se reposent à Deauville, hôtel-casino Barrière, Le Normandy – une chambre à quatre mille francs la nuit, demi-pension et jacuzzi. Valentina a bien bossé. La loi Kouchner a été votée à une courte majorité. Le ministre était aux anges. Il a appelé Bartels en personne pour le remercier.

Aux dernières nouvelles, Muller fait de la randonnée avec un ponte de la mafia monténégrine, sur les flancs du mont Lovćen. Sur les conseils avisés de Marie-Line Pujols, Muller et Bartels limitent leurs contacts au strict minimum.

— Je n'aime pas trop l'idée que son unique interlocuteur soit Eduardo Rojas.

— Rojas est votre associé.

— Eduardo est un concurrent.

Sourire amusé de Marie-Line Pujols :

— Question de point de vue.

Sourire sceptique de Bartels.

— C'est-à-dire ?

— Je le vois davantage comme un paratonnerre, alors que vous restez bien à l'abri dans la maison.

Bartels, sceptique et parano :

— Vous lui filez les mêmes conseils qu'à moi ?

— Il n'en a pas besoin. Votre associé n'est pas aussi tordu que vous. C'est un homme de terrain. Il privilégie les poignées de main et les attaques frontales. Vous êtes plus en insinuations et coups de couteau dans le dos.

Bartels, vexé :

— C'est l'opinion que vous avez de moi ?

Marie-Line Pujols quitte la pièce en secouant la tête.

Bartels est connecté H24 à son carnet d'adresses d'élus de l'Assemblée nationale et du Parlement européen. En fin de semaine, entourés de leur famille, ces messieurs-dames sont plus détendus. Bartels décroche son téléphone pour parler de la pluie et du beau temps avec ses amis parlementaires, leurs collaborateurs, leurs conseillers, leurs assistants, les langues bien pendues et les sensibles aux cadeaux-bonus.

Il privilégie le genre *Soyons désinvoltes, n'ayons l'air de rien*.

— Alors, cette campagne dans la première circonscription de l'Isère ?

— Je te vois venir, David !

— Hauts les cœurs, monsieur le député !

— Qu'est-ce que tu crois ? Ces fichus sondages nous créditent de 27 % d'intentions de vote au premier tour contre la gauche. Pour 2002, c'est foutu, mais nous posons des bases solides pour les européennes de 2004.

— Et les enfants, comment vont-ils ?

— L'aîné vire écolo et mon cadet rêve de devenir acteur.

— J'ai justement sous les yeux des places pour l'avant-première du dernier film d'Isabelle Huppert. Voulez-vous que je vous en envoie ?

— Huppert me laisse de marbre, je préfère Adjani.

Après les banalités d'usage, Bartels raccroche, prend des notes sur une fiche bristol, pioche un Partagas n° 4 dans son tiroir et compose le numéro suivant.

Opération *Main basse sur les députés français protabac* ! Le procédé est enfantin, ludique et parfaitement illégal.

Mode d'emploi. Prendre une liste de députés français qui siègent au Parlement européen. Les classer selon leur proximité supposée avec l'industrie du tabac. Spécifier le degré de simplicité d'approche, soit parce que vous les fréquentez, soit parce qu'ils sont acquis à la cause ou même sensibles à toutes les causes pourvu qu'elles paient bien, soit parce que vous les savez potentiellement vulnérables. Les contacter régulièrement. Ne jamais parler frontalement de tabac – les détails techniques les ennuieraient.

Établir ensuite une petite fiche papier sur chacun d'entre eux – contenant le genre d'informations qui ne doivent absolument pas tomber entre de mauvaises mains ni circuler de boîte mail en boîte mail. Y noter tout ce qui semblera pertinent selon l'intuition du moment. Partir du principe que le diable se niche dans les détails. Vous êtes le diable, ils ne sont qu'une somme de détails cruciaux : *Cherche de la visibilité politique*, *Est isolé dans son camp*, *Rêve d'être pianiste concertiste*, *Aime les hommes*, *Fragile*, *Affectionne les costumes de luxe* ou encore *Condamné pour fraude fiscale l'an passé*.

Enfin, identifier ce qu'il est possible de leur offrir, ou où appuyer pour que ça fasse mal, ajuster le tir, viser, puis exploiter !

Par exemple, M. le député X. Deuxième mandat, petite ville de province marquée à droite dans le sud-est de la France, septuagénaire débonnaire apprécié de ses administrés, loyal, bon gestionnaire, catholique, mari fidèle, trois enfants, quatre petits-enfants. Sur sa fiche bristol, il est écrit : « X est fumeur de havanes et amateur de tennis, ce sont ses seuls vices. » Pas de quoi fouetter un chat.

Le pigeon idéal. Bartels établit le contact. Problème : X refuse de soutenir publiquement l'industrie du tabac. Politiquement, X n'est pas du genre franc-tireur. Il se range derrière le parti et le plan cancer du président Chirac. D'un point de vue familial, son beau-frère est décédé d'un cancer des poumons deux ans plus tôt, son épouse porte le deuil. Trop tôt, délicat, soyez patients, blablabla.

Rien de rédhibitoire, pense le lobbyiste. La porte est suffisamment entrouverte pour que Bartels y glisse le pied.

Ce qu'il fait.

Le 4 juin 2000, il invite X à l'espace VIP loué par BRS Conseil dans le village de Roland-Garros pour y assister au quart de finale opposant le joueur brésilien Kuerten et le russe Kafelnikov. Grosse affiche, gros match en cinq sets, gros cigares. X est aux anges jusqu'à ce qu'un huissier débarque dans la loge et dresse la liste les personnalités présentes. L'huissier a été envoyé par les avocats du Comité national contre le tabac. Ce dernier souhaite dénoncer les manœuvres pernicieuses de Big Tobacco pour contourner la loi Évin interdisant le parrainage des manifestations sportives et la corruption politique.

Pas de chance pour X. Le député est dans tous ses états. Son nom apparaît dans la presse sportive le lendemain matin. Il crie au scandale, il réclame un droit de réponse, il n'a rien fait de mal, il a été manipulé. Réaction immédiate de la direction du parti : X est une brebis galeuse, son attitude désinvolte vis-à-vis de la loi est inadmissible !

Bartels ne lâche pas X. Il bichonne l'homme blessé, il caresse l'animal politique dans le sens du poil. Il demande à ses avocats de mettre le paquet et conseille au député d'attaquer les journaux qui le calomnient. Il paie de sa poche les frais de justice. Au tribunal, le juge lui donne gain de cause. Sur le parvis, il tient la main de sa femme face à une poignée de journalistes politiques.

X n'est pas né de la dernière pluie. X n'est pas totalement dupe. Mais X est très attaché au concept de liberté individuelle et il a désormais une dette envers Bartels. Le 18 novembre 2000, à Bruxelles, il vote, *avec conviction* et malgré les directives du parti, contre l'interdiction de fumer dans les lieux publics, aux côtés d'une majorité d'autres députés européens rebelles, dont soixante-treize figuraient sur les fiches bristol de Bartels.

Trois jours plus tard, X reçoit en recommandé une raquette dédicacée par Gustavo Kuerten, accompagnée d'un petit mot : *Aux grandes victoires et à la loyauté !*

Ce matin, Bartels rappelle X au sujet d'un projet de loi visant à assouplir les recommandations relatives aux mentions légales à inscrire sur les paquets de cigarettes. Il a sous les yeux sa fiche bristol à jour. Il est écrit : « X aime pouvoir fumer en paix où il veut et quand il veut, X n'aime pas qu'on lui rappelle que son beau-frère est mort d'une longue maladie, X nous doit une fière chandelle dans son procès contre le CNCT, X a dans son salon, au-dessus de sa commode de famille, une raquette dédicacée offerte par Big Tobacco, la petite-fille de X est championne départementale cadette de tennis. »

X est de mauvaise humeur.

— C'est qui ?

— Gustavo Kuerten remet son titre en jeu, cette année, aux Internationaux de France.

X se détend.

— Pas d'huissier ni de CNCT, cette année ?

Bartels rit.

— J'ai également des places pour le tournoi féminin. J'ai entendu dire que votre petite-fille affectionnait le jeu de Kim Clijsters.

— Ma petite-fille est une championne en herbe.

— Un jour, elle affrontera les meilleures mondiales.

X manque de s'étouffer. Un briquet claque à l'autre bout de la ligne. X inspire longuement.

— Qu'est-ce que vous voulez en échange, David ?

Bartels s'exclame :

— Monsieur le député, vous êtes un vrai ami.

X réplique :

— Non, je suis juste un enfoiré de fumeur de havanes trop vieux pour changer ses habitudes et pour se lancer dans une troisième campagne législative.

— Vous n'en pensez pas un mot !

X s'esclaffe :

— Je vous présenterai mon successeur.

Dimanche, 19 h. Bartels remise ses fiches bristol en somnolant. Son ventre gargouille à vide. La perspective d'une énième soirée en célibataire le déprime. Il se rabat sur le minibar de l'agence.

20 h 30. Bartels sirote un single malt devant le téléviseur du bureau en picorant des pistaches. Toutes les chaînes couvrent le premier tour des élections municipales. Les commentateurs politiques débattent de l'abstentionnisme et des toutes nouvelles dispositions prévoyant la parité hommes-femmes. Le taux de participation à Paris est en hausse par rapport à 1995, Hollande menace Chirac sur ses terres corréziennes, le Premier ministre Jospin fanfaronne. La gauche recule dans le reste de la France, la vague rose n'a pas eu lieu, Jospin pleure.

Bartels fait le décompte des fiches bristol de députés-maires en ballottage. L'alcool lui monte à la tête. Sur LCI, David Pujadas lance un reportage putassier sur l'abstentionnisme dans les banlieues. La caméra fait un gros plan sur des gamins hilares, au pied d'une barre d'immeubles, puis sur une femme tenant un bébé dans les bras.

La scène a été filmée à Montpellier. Bartels se redresse en fronçant les sourcils. Son cœur fait un bond dans sa poitrine. La femme ressemble à Christelle Szabo. Sa voix nasillarde et les hurlements de son rejeton brisent le charme.

44

Magny-Cours, 14 mars 2001.

Températures printanières sur le circuit de Nevers - Magny-Cours. La piste de karting s'anime et ne désemplit pas de la semaine. Le lieutenant Brun et le major Rey hantent les lieux depuis les fêtes de Noël.

Dans le hall d'accueil du circuit trône un portrait de Michael Schumacher logo Ferrari sabrant un magnum de champagne au Grand Prix F1 de 1998. Le pilote est entouré de deux bombes aux couleurs d'une marque de cigarettes. Celle de droite est l'une des escorts qui officient la nuit au Best Western.

Un groupe de cadres commerciaux travaillant pour une société produisant des amortisseurs joue à se faire peur dans les chicanes de la piste Club. Le bolide numéro huit fait des queues de poisson à ses camarades pour ne pas se laisser dépasser. Les autres types l'invectivent en lui adressant des bras d'honneur. Les plus malins parviennent à le semer dans la ligne droite opposée.

Brun observe la scène en fumant. Rey mâchouille un sandwich thon mayonnaise à l'écart de la piste, une casquette Mercedes vissée sur le crâne. Il parie sur la victoire du numéro huit. Brun se demande si la blonde de l'affiche sera sa récompense, ce soir. Rey lui tend son sandwich.

— J'ai plus faim, tu en veux ?

Brun décline en grimaçant.

— J'ai besoin de me reposer.

Il balance son mégot dans le gravier et part s'enfermer dans la voiture. Il n'a pas dormi depuis quarante-huit heures. Il ne tient éveillé que grâce à la caféine et à ses deux paquets de clopes quotidiens.

Rey et lui se relaient jour et nuit. Pour l'instant, les planques ne donnent rien de neuf. Les escorts débarquent en soirée, font leur boulot, repartent au petit matin, parfois dans l'après-midi. Le gérant touche son enveloppe. Il travaille, il dort. Pas de sorties, pas de petite amie, pas de vie en dehors du travail. Les clients sont toujours des braves cadres commerciaux ou marketing en séminaire. Des hommes, la plupart du temps. Ils représentent tous des intérêts en lien avec les activités automobiles du circuit de Nevers - Magny-Cours. Ils arrivent en début de semaine, s'excitent sur des diagrammes et des chiffres de vente la journée, prennent du bon temps la nuit et repartent en fin de semaine.

Rey a besoin de se défouler. Il prône la méthode forte. Gyrophares, perquisitions, gardes à vue, interrogatoires, procès. Brun refuse d'intervenir pour le moment. Il ne s'intéresse ni aux escorts ni à leurs clients. Il fait des heures supplémentaires pour veiller à ce que Rey ne passe pas à l'action dans son dos.

Son hypothèse est la suivante. Les escorts bossent pour le compte d'un tiers. Cette personne mystère a des intérêts dans le circuit automobile. Elle dorlote ses clients en leur proposant les services de prostitués. Le Best Western est leur point de ralliement. Lesdits clients ne paient pas la note. Lesdits prostitués sont des extras agréables *et* des cadeaux en échange de contrats juteux.

Brun suit son instinct. Il veut identifier à sa manière celui qui tire les ficelles.

Il s'installe confortablement sur la banquette arrière de la Clio et ferme les yeux. Lorsque la sonnerie de son portable le réveille, le soleil est presque couché. Il se redresse, les yeux dans le vague.

— Qu'est-ce qu'il y a ?
— Tu me manques.
— Toi aussi.

Brun allume une cigarette. Sa femme aussi, comme en écho. Elle est prise d'une quinte de toux.

— Je t'attends pour dîner, ce soir ?
— Je suis désolé, mon amour.
— Tu rentres dormir, au moins ?
— Je sais pas...

Il consulte sa montre. 18 h 35.

— Comment vont les enfants ?

Geneviève ricane.

— Tu n'as qu'à les appeler !

Brun ne trouve rien à répondre. Il tire une latte sur sa clope en cherchant Rey du regard. Son collègue a disparu de son champ de vision. Il balaie le parking des yeux. Il ouvre la portière.

— Je dois te laisser. Je t'aime.

Brun raccroche. Il s'apprête à sortir de la voiture lorsque Rey surgit sur la gauche et s'engouffre dans l'habitacle. Il est surexcité.

— Elle est arrivée il y a vingt minutes.
— Elle ?

Rey pointe du doigt un attroupement devant le hall d'entrée. Une BMW rutilante garée à proximité masque en partie la vue. Brun se déplace vers la portière droite et plisse les yeux. Il visualise aussitôt le gérant du Best Western et les commerciaux. Ils discutent avec une femme élégante d'une quarantaine d'années, de profil. Brun se raidit. La femme se passe la main dans les cheveux et tourne la tête en direction du parking. Brun reconnaît Sophie Calder, la directrice de l'agence pour laquelle Hélène Thomas travaillait, treize ans plus tôt.

Brun est au volant. Il n'a pas décroché un mot. Sophie Calder et le gérant grimpent dans la BMW dix minutes plus tard, suivis des commerciaux. Rey note le numéro de la plaque.

Ils les filent jusqu'au Best Western où la troupe s'installe pour prendre l'apéritif au bar. Les convives éclusent. Ils rient fort et gesticulent derrière la baie vitrée. Sophie Calder boit peu. Les escorts les rejoignent pour le dîner. Le prostitué homme est absent. Tous disparaissent dans l'un des salons privés de l'hôtel, puis réapparaissent vers 23 h 30. Les commerciaux titubent. Certains réintègrent leurs chambres seuls, d'autres accompagnés. Le gérant et Sophie Calder s'assoient au bar. Elle sirote poliment son verre. Il est nerveux. Elle l'écoute d'un air distrait en enchaînant les cigarettes.

Brun l'observe, fasciné. Sophie Calder est d'une beauté à couper le souffle. Chacun de ses gestes semble étudié pour atteindre la perfection.

Deux heures passent. Le bar est vide. L'employé nettoie les verres, éteint les lumières et rentre se coucher. Seul l'accueil reste allumé. Sophie Calder et le gérant s'installent dans des fauteuils, près de l'entrée. Les quatre prostituées redescendent les unes après les autres, entre 2 h 45 et 3 h, comme si elles s'étaient donné le mot. Sophie Calder les observe en silence, un sourire bienveillant sur les lèvres.

Il est 3 h 05 quand la BMW quitte le parking. Sophie Calder conduit. La blonde de l'affiche avec Michael Schumacher est assise à côté d'elle. Brun ne bouge pas.

Rey le dévisage :

— On ne les suit pas ?

Brun secoue la tête. Il pense à Hélène et à leur dernière entrevue. Il se demande si elle a finalement renoué avec ses parents. Rey lui tape sur l'épaule et répète sa question. Brun dit :
— Je sais où la trouver.

45

Pantin, 25 mars 2001.

— Les débitants, c'est le nerf de la guerre.

Eduardo Rojas lève son verre pour trinquer et le vide d'une traite. Il s'est déplacé en personne pour galvaniser ses troupes. Il a troqué son habituel costume cravate pour un polo Lacoste, des mocassins et un jeans dans le style cool-attitude. Valentina le jauge un instant sans répondre, puis elle parcourt l'assistance du regard.

Le cabaret L'Hilarios est en effervescence. Soirée privée promotionnelle, façon remise des Oscars du meilleur vendeur de cartouches.

Le décor a été revisité pour l'occasion. Les murs sont tapissés d'affiches publicitaires des années 50, d'un goût douteux, vantant tantôt la virilité, tantôt les bienfaits émancipateurs des cigarettes European G. Tobacco pour les élégantes. Sur les tables, des cendriers vintage côtoient des échantillons des marques vendues par la compagnie et un florilège de produits dérivés.

Côté scène, une alternance de spectacles de magie, de quizz protabac, d'interviews ludiques de commerciaux de Big Tobacco à la gloire des débitants de tabac et de revues de jeunes femmes Live-Events en petites tenues aux couleurs de la marque. Le show est assuré par un animateur de télévision à la retraite, sourire Colgate et brushing impeccable. Côté salle, une cinquantaine de buralistes de la région parisienne chauffés à blanc, installés dans la pénombre par table de sept, foie gras, champagne et cigarettes à volonté. Tous ont les yeux rivés sur le déhanché des filles et la montagne de cadeaux empilés dans le fond de l'estrade : lecteurs DVD, téléviseurs écran plat, séjours à Eurodisney, voyages à Londres en pension complète, chèques-cadeaux. Coût approximatif de l'évènement, près de deux cent quarante mille francs.

Récompenser les meilleurs, l'idée est de Rojas.

La loi Évin est un coup dur, en même temps qu'une bénédiction. La publicité interdite implique l'émergence de nouvelles pratiques. La branche commerciale a dû revoir totalement sa façon de travailler sur le terrain. Les catalogues ont fait long feu. European G. Tobacco a reconverti son armée de commerciaux dans l'organisation de concours avec cadeaux à la clef. Le coffre de leurs voitures de fonction regorge désormais de petites gâteries pour les gros vendeurs.

Certains buralistes souhaitent utiliser leur fric comme bon leur semble. Ils empochent leurs chèques-cadeaux et filent directement faire leurs courses chez Auchan ou Carrefour. Les plus gourmands préfèrent le cash net d'impôts. Rojas leur dit : pas de problème ! Il a mis au point un système de caisses noires alimentées par les bénéfices de la contrebande en Europe de l'Est. Certains désirent moins de cash et davantage de tendresse. Rojas répond : vous vous sentez seuls et mal aimés, Valentina est là pour y remédier !

L'animateur vedette lance le spectacle suivant sous une salve d'applaudissements. Valentina croque dans un toast au foie gras. Elle le repose, écœurée.

— Tu as réservé la boîte jusqu'à quelle heure ?

Rojas la dévisage, impossible. Une lueur amusée brille dans

ses yeux. Il lève la main et désigne la salle d'un mouvement ample du poignet.

— Ne sont-ils pas beaux, mes petits soldats?

— Je me contrefous de tes métaphores guerrières, je ne suis là que pour le boulot.

Rojas éclate de rire.

— Je les aime, vois-tu, malgré leurs imperfections, leur cupidité, leurs petites manies. Leur humanité me touche. Chaque jour que Dieu fait, ces braves gens se lèvent à trois heures du matin pour vendre nos produits. Chaque soir, ils se couchent en pensant à la meilleure manière d'en vendre davantage le lendemain. Tout ça pour un salaire modeste et une poignée de chèques-cadeaux. Ces gens sont des saints, voilà la vérité! Ils ont la foi et je respecte ça.

— Nom de Dieu, tu t'entends parler?

Rojas écarte les bras.

— Tu ne crois donc en rien?

— Je crois que tu dérailles complètement!

Valentina saisit sa coupe, la siffle et la lui tend. Rojas extirpe une bouteille du seau à glace. Un buraliste éméché s'approche de leur table. Rojas lui fait signe de s'asseoir.

Le type tire une chaise et s'installe, face à Rojas. Il penche la tête, le nez collé au bout de ses chaussures. Rojas se tient droit, les mains dans les poches.

Valentina les observe, sidérée. La scène semble tout droit sortie d'un mauvais remake du *Parrain*.

Rojas lui fait signe de parler. Le type prend sa respiration et se lance. Il tient un bar fréquenté par des supporters du PSG, une grosse cible de Big Tobacco dans ce secteur géographique. Les chèques-cadeaux, ça ne l'arrange pas. Il connaît un type qui connaît un type qui lui fait des prix sur les fûts de bière et les alcools blancs. Rojas hoche la tête. Il sort une liasse de billets et étale l'équivalent de trente mille francs sur la table. Le type écarquille les yeux, mais ne touche pas à l'argent. Il est rouge de confusion, il s'excuse, le liquide, il préfère éviter, il a une meilleure idée. Rojas rempoche la liasse.

— Qu'est-ce que tu veux ?

Le type lève les yeux sur lui pour la première fois.

— J'ai besoin de deux écrans pour les matchs et un zinc refait à neuf.

— Combien ?

— Soixante-douze mille cinq cents francs.

Rojas plisse les paupières.

— OK. Je t'envoie quelqu'un.

Les deux hommes se serrent la main. Le buraliste se lève aussitôt, remet sa chaise en place et s'éloigne.

Rojas fait un signe de la main en direction du fond de la salle. Valentina tourne la tête pour voir à qui il s'adresse. Elle repère Raphaël Coste, le bras droit de Rojas, dos au mur, près de la porte d'entrée. Le buraliste se faufile entre les tables pour regagner sa place. Coste vient à sa rencontre. Ils discutent brièvement. Coste sort un carnet noir de sa poche dans lequel il griffonne quelques mots. Le buraliste se rassoit, rayonnant. Coste retourne à son poste d'observation.

Valentina pioche dans son paquet de menthols. La main qui tient le briquet tremble.

— C'était quoi, ça ?

Rojas sourit.

— Une ligne comptable de plus dans la rubrique évènementiel-frais divers.

— Sans déconner ! David est au courant ?

Rojas hausse les épaules, les yeux dans le vague.

— David mène une existence éthérée. Les hautes sphères dans lesquelles il navigue sont si éloignées de la réalité qu'il ne soupçonne même pas que tout ça existe.

Valentina le toise.

— Parce que toi, tu sais ce que c'est, la réalité ?

Rojas ne cille pas. Il tend la main par-dessus la table, il saisit avec autorité la cigarette de Valentina du bout du pouce et de l'index, puis il l'écrase dans le cendrier.

— Tu devrais arrêter de fumer ces merdes, ça te tuera.

46

Paris, 29 mars 2001.

— As-tu eu une enfance heureuse ?

Zihan Sûn s'étire. Le drap glisse, dévoilant sa poitrine. David Bartels y dépose un baiser.

— L'Angleterre des seventies était xénophobe. À l'école de West Wycombe, où je vivais, mes camarades me surnommaient *Ching Chang Chong*. Mon père refusait d'ouvrir un *take away* chinois. Il alternait les boulots au pressing et à la bibliothèque municipale. Ma mère ne captait pas l'anglais. Elle ne quittait jamais la maison. Nous étions son seul lien avec le monde extérieur. Je suis retournée à Hong Kong à dix-sept ans, j'ai manqué de peu le concours de Miss Hong Kong 83 pendant que tu faisais tes armes dans la politique française, je suis tombée dans le panier de crabes du mannequinat…

— Pauvre Zihan…

Elle feint de le frapper à l'épaule. Bartels esquive son geste avec exagération. Elle rit.

— Je me suis battue à mains nues contre des hordes barbares de paparazzis, tu sais !

— Tu les as massacrés et mis en fuite !

Elle roule sur elle-même et bascule sur le ventre. Bartels lui caresse le dos du plat de la main. Ses doigts rencontrent une fine cicatrice, sous l'omoplate. Ils suivent son tracé sinueux, puis glissent le long de la colonne vertébrale. Zihan Sûn ferme les yeux.

— J'ai obtenu mes premiers rôles à la télévision, puis j'ai rencontré le cinéma en 1984, j'ai connu l'âge d'or des années 80, j'ai frayé avec la mafia pour trouver des rôles dans les années 90.

— Tu es une femme subversive.

— J'ai dû leur tenir tête pour refuser les films qu'ils voulaient m'imposer, j'ai vu des tueurs harceler mon agent, une arme sur la tempe, en hurlant *Si Zihan ne fait pas ce film, tu es un homme mort!*, j'ai cru mourir dix fois, j'ai assisté à des avant-premières dans des salles dont les sièges étaient lacérés par des cinéphiles qui ne supportaient pas les films bâclés, j'ai vu le cinéma hongkongais être saboté, puis s'effondrer sur lui-même et enfin renaître de ses cendres.

— Tu oublies ton réalisateur américain!

Elle rouvre les yeux et le fixe intensément.

— On a tourné son premier long-métrage, on est tombés amoureux, on s'est mariés, j'ai dans mes bagages les papiers du divorce.

Bartels s'écrie :

— Signe!

— Je suis avec toi, ici et maintenant.

— Je suis d'un naturel possessif.

Elle le transperce du regard.

— Je n'appartiens à personne.

Quartier du Palais-Royal, avec vue sur le Louvre. L'appartement est surchauffé, les volets tirés. Zihan Sûn déteste le froid. Elle veut pouvoir déambuler nue dans les pièces sans avoir à se soucier du vis-à-vis. Bartels a réglé le thermostat à 25 °C pour la satisfaire.

Zihan Sûn soupire :
— Je suis insatiable.
— J'espère bien.
— Je veux tout connaître de toi, le lit dans lequel tu dors, la vue que tu as par ta fenêtre au réveil, la chaise où tu t'installes pour boire ton café et fumer ta première cigarette avant de te rendre à l'agence.

Elle a refusé catégoriquement la suite qu'il a louée pour eux au Meurice, rue de Rivoli. Elle se fout des cinq-étoiles, des plats gastronomiques d'Alain Ducasse et du Spa Valmont. Elle a menacé de repartir pour Los Angeles s'il ne cédait pas.

Zihan Sûn est un oiseau de nuit. Elle ne déclare forfait qu'au petit matin. Bartels ne trouve pas le sommeil. Il fume clope sur clope en la regardant dormir, emmitouflée dans les draps, les traits détendus, un sourire satisfait sur les lèvres. Elle se réveille en début d'après-midi. Elle s'étire. Bartels l'embrasse. Elle attrape la cigarette qu'il tient entre ses doigts.

— Raconte-moi ta vie avant qu'on se rencontre !
Bartels répond :
— Je ne vivais pas avant toi.
— Flatteur !
— Je t'attendais, Zihan.
— Menteur !
Bartels, l'air grave :
— À toi, je dirai tout.

Elle éclate de rire. Bartels l'embrasse dans le cou, la prend par la main et la guide jusqu'à son bureau. Il désigne les dossiers sur les étagères et les cendriers qui débordent.

— Ma vie est un film de gangsters dans lequel je joue le rôle du salaud.

Zihan écarquille les yeux. Bartels saisit un dossier intitulé *Convention-cadre de l'Organisation mondiale de la santé* et le brandit en l'air.

— Mon métier consiste à falsifier, manipuler, abuser, tricher, corrompre pour vendre le plus de cigarettes possible et m'enrichir. Je ne sais faire que cela.

Zihan Sûn agite l'index en signe d'avertissement.

— J'ai côtoyé de véritables gangsters, avec du sang sur les mains.

Bartels, la main sur le cœur :

— J'ai tué, Zihan, je le jure.

— Je ne te crois pas.

— Tu es la deuxième personne à qui j'en parle.

Elle fronce les sourcils.

— Qui était la première ?

— Un mercenaire nommé Anton Muller. Un tueur. Cela s'est passé le 28 juillet 1986, peu après midi, dans les environs de la ville du Havre. Il était présent ce jour-là. Il a tout fait pour m'empêcher de commettre l'irréparable, pourtant j'ai suivi mon instinct et j'ai choisi la mauvaise voie parce que j'en avais l'opportunité. Anton Muller m'a couvert. Il a été loyal et il ne m'a jamais trahi mais, par peur et sans doute par pur narcissisme, j'ai considéré qu'il représentait une menace et j'ai souhaité sa mort. J'ai trouvé la force de résister à cette pulsion mais par ma faute, il est devenu un exilé. Il a dû fuir en ex-Yougoslavie contre son gré, parce que cela sert mes intérêts. Là-bas, il traite avec la mafia, truande et assassine pour mon compte.

Zihan Sûn accuse le coup et s'assoit.

— Tu as une clope pour moi ?

Bartels se précipite. Il ouvre un tiroir, exhibe un paquet de Chesterfield, arrache le film plastique et lui tend une cigarette. Zihan Sûn rafle le paquet. Le briquet claque. Elle tire deux lattes, souffle la fumée en l'air et se passe la main dans les cheveux pour se donner une contenance.

— Pourquoi te confier à moi ?

— Je sens que tu peux me comprendre. Je…

Il s'interrompt, incapable de terminer sa phrase. Elle lui caresse l'avant-bras pour l'aider à lâcher le morceau.

— Dis-moi.

Bartels déglutit.

— J'ai tué un homme de sang-froid, par envie, pas par nécessité. Je crois que j'ai aimé ça. Quinze ans après, je ne m'en suis pas encore vraiment remis et j'ai parfois l'impression que, depuis, chacun de mes actes découle directement de cet évènement.

Zihan Sûn garde la bouche ouverte un instant comme si elle s'apprêtait à dire quelque chose, avant de se raviser. Bartels se tait et retient son souffle. Une douleur le lance dans la poitrine. Zihan Sûn l'observe avec attention, elle paraît réfléchir à l'attitude à adopter. Sa cigarette se consume lentement. Elle indique de la tête les photos de ses enfants, sur le bureau. Les garçons, d'un côté, la fille de l'autre.

— Ce sont tes gosses ?

Bartels acquiesce. Zihan Sûn se lève pour les regarder de plus près. Elle les prend à tour de rôle, les observe longuement en tirant sur sa cigarette, puis les remet en place avec soin.

— La fille est ton portrait craché. Quel est son nom ?

— Marion.

— Pourquoi n'est-elle jamais avec les deux garçons ?

— Parce qu'ils ne se connaissent pas.

Elle corrige :

— Parce que tu es un menteur, un tricheur et un assassin.

— Tu as raison.

— Tu veux en parler ?

Bartels la fixe. Elle le sonde du regard en retour. Bartels croit lire de la compassion et du pardon dans ses yeux. Un sentiment de paix l'envahit. La douleur dans sa poitrine s'atténue, puis disparaît.

— Absolument pas.

Zihan Sûn éteint sa cigarette et tape des mains.

— Commandons quelque chose à manger, j'ai faim !

Bartels coupe la ligne fixe et éteint son portable. Ils vivent les quatre jours suivants en autarcie dans l'appartement. Ils refont le monde en cinémascope, ils prennent soin d'éviter tous les sujets en rapport avec le passé, la famille et les erreurs de Bartels.

Il possède une collection impressionnante de films et de séries TV protabac qu'il connaît sur le bout des doigts.

— Tu as vu *Le chanteur de jazz* d'Alan Crosland ?

Zihan Sûn, cigarette au bec :

— 1927, premier long-métrage parlant.

Sifflement admiratif de Bartels.

— Al Jolson, la première cigarette sponsorisée à l'écran.

Zihan écrase son mégot, rallume une cigarette. Bartels étale sa science.

— Puis Clark Gable, Spencer Tracy, Joan Crawford et Claudette Colbert. Jusqu'en 1951, l'industrie du tabac dispensait plus de fric en cigarettes sur les plateaux de cinéma qu'Hollywood en publicité pour ses propres films, mais le véritable âge d'or, ce sont les années 80. Le fric pleuvait. Les règles n'étaient pas encore définies. Les sociétés comme celle pour laquelle je travaille n'avaient que l'embarras du choix. Les producteurs s'arrachaient leurs chèques. Big Tobacco recevait des centaines de scénarios par an, accompagné d'un petit mot qui disait en substance : *Nos acteurs fumeront ce que vous voulez, pourvu que vous allongiez la monnaie !*

Zihan Sûn secoue la tête :

— Beurk !

Bartels rit.

— J'ai des contacts dans le milieu du cinéma français, tu sais. Je fréquente assidûment les bureaux des producteurs de films noirs, de films d'auteur, de films réalistes. Certains me mangent dans la main. Je pourrais te trouver des rôles à ta hauteur.

Elle s'esclaffe.

— Tu veux que je place tes cigarettes ? Tu veux faire de moi une femme-sandwich ?

Bartels prend l'air offusqué.

— Jamais de la vie !

Elle lui mordille l'oreille. Il se dégage. Elle chuchote :

— Et si j'en avais envie malgré tout ?

Bartels sourit. Zihan Sûn se blottit contre son torse et lui griffe le dos.

— Cela me permettrait de te voir plus souvent.

— C'est ce que tu veux ?

Elle pince les lèvres.

— Cela poserait-il un problème moral susceptible de nuire à ma carrière internationale ?

Bartels lui caresse la joue. La chevalière qu'il porte à la main droite lui griffe la peau. Zihan Sûn émet un cri de surprise. Un voile de tristesse passe brièvement dans ses yeux. Bartels retire la chevalière et la jette à l'autre bout de la pièce.

— Je ne la porterai plus.

Zihan Sûn s'assoit sur le rebord du lit et croise les bras en frissonnant.

— Mon avion décolle demain, en fin de matinée.

Bartels se colle derrière elle.

— Reste quelques jours de plus !

Elle secoue la tête.

— Ils ont besoin de moi pour la promo du film. Je ne fais pas ce que je veux. Je suis liée par contrat.

— Mes avocats sont les meilleurs.

Elle se retourne pour lui faire face, une lueur de défi dans le regard.

— Tu oublies que je suis la star du film !

Bartels se penche et prend son visage entre les mains avec délicatesse. Zihan Sûn ne cille pas.

— Cet homme, Anton Muller, tu me le présenteras ?

47

Paris, 1ᵉʳ mai 2001.

Métro Bastille, sortie boulevard Henri-IV, en début d'après-midi. Fête du Travail : fanions CGT et FO, micros saturés, banderoles *Non aux licenciements!* et *Solidarité avec les salariés de Lu, Moulinex, Marks & Spencer*. Des cars de CRS et de gardes mobiles ceinturent la rue de Lyon et l'avenue Daumesnil. Les lignes 1, 5 et 8 déversent un flot continu de manifestants qui convergent pour le défilé du 1ᵉʳ mai.

Un groupe de lycéens en goguette chahute sur le trottoir. Une fille entonne à tue-tête un chant révolutionnaire. Son charabia est couvert par les hurlements stridents d'une sono. Le capitaine Nora les contourne et presse le pas vers son rendez-vous.

Il s'engouffre dans le métro, en direction de République. Il émerge dix minutes plus tard rue du Faubourg-du-Temple. Nora plisse les paupières. Après deux mois à éplucher les archives du bureau E915 de l'OLAF à Bruxelles, la lumière du jour lui fait l'effet d'un violent coup de rasoir dans les yeux.

Il reconnaît tout de suite le journaliste avec qui le procureur Scelci l'a mis en contact. Le type est en avance. La trentaine, lunettes noires, jeans, baskets blanches, chemise à carreaux. Il tripote la bandoulière de son sac à dos en jetant des coups d'œil nerveux autour de lui. Il est accompagné d'un homme suspendu à son portable qui arbore une casquette Vissla et une longue barbe poivre et sel. Celui-là, Nora ne le connaît pas.

Il s'avance et se présente. La poignée de main est franche. Le journaliste s'exprime dans un anglais teinté d'accent slave.

— Luka Zupan. Et voici mon confrère Rade Danilo.

Nora désigne un bistrot, plus bas.

— Nous serons au calme.

Ils dénichent une table dans le fond. Nora s'essuie le front. Le ventilateur du plafond fait voler les bords de la nappe en papier. Un serveur vient prendre leur commande. Les journalistes réclament une pression et la carte du déjeuner. Nora se contente d'un expresso.

Il pose un enregistreur ICD Sony sur la table. Les deux journalistes échangent un regard entendu.

— Vous nous laisserez une copie.

Zupan et Danilo sont des indépendants. Zupan pige pour le quotidien monténégrin *Dan*, son collègue pour le journal croate *Nacional*. Ils ont un accord de principe avec le rédacteur en chef de *Dan*, Gojko Vuković, qui leur fournit une carte de presse au Monténégro.

Les deux hommes se sont connus par le biais de l'Organized Crime and Corruption Reporting Project, une branche du Consortium international des journalistes d'investigation. Les méthodes de l'OCCRP sont sujettes à controverse. L'organisme est connu pour cibler la Russie et les anciennes républiques soviétiques, avec l'appui du département d'État américain et de l'USAID, l'agence des États-Unis pour le développement international. Il est financé par les très discutables Bill Browder et George Soros.

Nora n'a accepté de les rencontrer que parce que le procureur Scelci s'est porté garant des informations qu'ils lui fournissent.

Leur intégrité est à géométrie variable. Elle est à l'image de leur terrain d'investigation et des pressions qu'ils subissent. Scelci a déclaré : « Ils sont ce qui se fait de mieux en matière de liberté de la presse dans les Balkans ! » À prendre ou à laisser. Faute de nouvelles fraîches de *Vincent*, son informateur monténégrin, Nora a pris.

Il dit :

— Scelci, avec l'appui versatile de la Commission européenne, des gouvernements italien et croate et de la brigade financière de Nanterre, c'est-à-dire moi, envisage de porter plainte contre European G. Tobacco. Je ne vous apprends rien en vous disant que le Monténégro leur sert de tremplin pour le trafic de cigarettes à travers l'Adriatique à destination de l'UE. Le tabac est un sujet très sensible dans les bilans comptables de l'Union européenne. La Commission veut collaborer : négocier une amende record, faire la une de la presse internationale, engranger plusieurs milliards au nom de la lutte antifraude et surtout épargner la susceptibilité de ses amis puissants de l'industrie du tabac. Pour l'Europe, c'est une stratégie constructive de type gagnant-gagnant. Moi, j'appelle ça pisser dans un violon.

Danilo sourit. Zupan sort un paquet de Marlboro de sa poche et le balance sur la table. Il allume une cigarette.

— Contrebande serbe. Moins de dix francs le paquet. Un prix *gagnant-gagnant* très *constructif* pour mon porte-monnaie !

Nora ricane.

— Officiellement, nous jouons le jeu. Officieusement, nous sommes pour la manière forte. Ces gens-là sont des criminels. Ils doivent en répondre devant la justice. Avec l'aide d'informateurs sur place, nous montons depuis des mois un dossier sur la contrebande à l'échelle industrielle menée par Big Tobacco et ses collusions avec le crime organisé. C'est là que vous intervenez.

Sourire amusé de Zupan.

— Scelci m'a parlé votre « détective » au Monténégro.

— Vous le connaissez ?

Le serveur les interrompt. Il dépose deux andouillettes frites devant les journalistes et une bouteille de cornas. Danilo se jette sur son assiette. Zupan remplit trois verres.

— C'est moi qui les ai mis en contact. J'ai déjà eu recours à ses services, par le passé. Vincent est un type efficace, mais il faut s'en méfier.

Nora fronce les sourcils.

— Ses informations ne sont pas valables ?

Nouveau sourire amusé de Zupan.

— Elles le sont, ne vous inquiétez pas. La question est plutôt : combien de temps le restent-elles ?

— Je ne comprends pas.

Zupan découpe un morceau d'andouillette et le fourre dans sa bouche. Danilo prend le relais.

— Vincent ne roule que pour le fric. Il est réputé pour rentabiliser les informations qu'il collecte dans ses enquêtes. En clair : il vous les vend à vous une première fois, puis à un autre une deuxième fois, et davantage si c'est possible.

Zupan, la bouche pleine.

— Il peut arriver que votre information croustillante à cent mille termine dans la boîte aux lettres de la personne sur laquelle vous enquêtiez au départ.

— Quel enfoiré !

Zupan fait non de l'index.

— C'est le prix à payer. Rien de bien méchant, une fois qu'on est au courant.

Danilo fait signe à Nora de se servir dans son assiette de frites. Nora secoue la tête et lève son verre de vin.

— Quel est votre intérêt, dans cette histoire ?

Zupan repousse son assiette, s'essuie la bouche et repose sa serviette. Il tire sur sa cigarette en partie consumée. Lui et Danilo enquêtent sur la contrebande de cigarettes en Serbie depuis la chute de Slobodan Milošević, en octobre dernier. Ils s'intéressent en particulier au rachat par European G. Tobacco de deux usines serbes, la Duvanska Industrija de Niš, la plus grande usine du pays, rachetée pour plus de trois milliards de francs, et une plus modeste, basée à Vranje. Pourquoi ? Parce que la Serbie est un endroit stratégique. 90 % des cigarettes étrangères sont issues de la contrebande et les Balkans sont un lieu de transit obligatoire pour les cigarettes à destination de l'UE.

Danilo siffle son verre et le remplit à nouveau.

— La contrebande est un commerce très juteux. Pour ceux qui l'organisent. Et pour le pays qui la permet. Chaque paquet de cigarettes est revendu six ou sept fois, de l'usine au revendeur à la sauvette, en passant par les différents intermédiaires, chauffeurs, passeurs et organisations mafieuses. Tous prennent leur marge à chaque fois. Ça marche pour les clopes, ça marche pour l'essence…

Nora pense : *Ça marche pour l'ammoniac.* Zupan cherche un cendrier des yeux. Il écrase finalement sa cigarette sur le rebord de son assiette.

— Pour Big Tobacco, c'est du fric à double emploi : les poches des actionnaires ou les caisses noires.

Danilo complète :

— Qui servent à financer tout un tas de trucs illégaux autour de la contrebande. Distributeurs, passeurs, mercenaires chargés de la protection des marchandises, stockage, corruption, jusque dans le palais présidentiel…

Nora boit une gorgée de cornas. Une femme éclate de rire, au bar. La porte d'entrée s'ouvre et se referme. Un groupe de cinq types en costard cravate entrent et s'installent à deux tables de la leur. Ils jacassent comme des pies. Leurs vocalises font croître d'un cran le brouhaha du bistrot.

Nora hausse le ton.

— Tout ça, je le sais déjà, les gars. D'accord, vous êtes sur place, vous subissez des pressions de votre gouvernement, vous risquez votre vie parce que la mafia monténégrine et la police de votre président sont sur votre dos. Je vais vous paraître insensible à la liberté de la presse, mais ça change quoi pour moi ? Je ne bosse ni à Reporters sans frontières ni à l'organisation mondiale pour la paix dans le monde, je suis flic à la brigade financière ! Je vous apporte sur un plateau la primeur du procès que nous montons avec le procureur Scelci, ainsi que toutes les pièces à charge, je vous donne accès à ma ligne directe, mais vous, que m'offrez-vous ?

Zupan se raidit. Il s'adosse à son siège et évalue Nora du regard en se curant les dents avec la lame de son couteau.

— On a une piste sérieuse.

Danilo acquiesce. Zupan ouvre son sac et en sort une pile de documents, la plupart en serbo-croate, à en-tête du Rokšped, le distributeur national monténégrin. Il y a également des photos qu'il fait glisser sur la table.

— Le Rokšped. On est dessus depuis janvier dernier. Impossible d'y entrer. On a monté des planques, on fouine du côté des voisins et des proches des fonctionnaires qui y bossent, on fouille leurs poubelles. Certains nous filent des bribes de renseignements. Ils acceptent parfois de nous laisser jeter un œil à leur porte-documents. D'autres réclament du fric. Il y a tout un tas de monde bizarre qui entre et qui sort de ce bâtiment. Des employés de l'ONU, des militaires proches du pouvoir, des salariés de Big Tobacco, des types qu'on connaît qui viennent aux horaires d'ouverture, d'autres plus mystérieux qui rasent les murs, pénètrent dans le bâtiment avec des valises et le quittent les mains vides. Tout cela prend beaucoup de temps. C'est très risqué. Nos téléphones sont sur écoute, nos déplacements à l'international sont surveillés et je suis à peu près sûr qu'on me suit depuis que je bosse à Podgorica.

Nora feuillette rapidement les documents.

— Il me faut des noms, des preuves et des témoins.

Zupan le fixe avec dureté. Danilo mime du pouce et de l'index le geste qui signifie *fric*. Nora renifle.

— Je vais voir ce que je peux faire.

Zupan éteint l'enregistreur posé entre eux.

— Pour l'instant, on garde l'anonymat.

Le long du canal Saint-Martin, aux alentours de 19 h 30. Une voiture de police, gyrophare allumé, remonte en trombe en direction de l'est. Casque sur les oreilles branché sur France Info, Nora slalome entre des joggeurs et des grappes de fêtards venus boire un verre sur les berges après le boulot.

Des échauffourées ont éclaté, place de la Nation, entre manifestants et forces de l'ordre, en fin de cortège. Les récalcitrants essuient des tirs de gaz lacrymogène. Les journalistes ne parlent que de ça et des révélations du général Aussaresses sur la torture et les assassinats commis pendant la guerre d'Algérie. Le président Chirac s'indigne. Nora accélère.

Quand il a arrêté la picole, quatre ans plus tôt, l'entraînement a été sa porte de salut. Il a perdu dix kilos, ses insomnies ont cessé, mais la solitude lui pèse toujours autant.

Il court depuis près d'une heure et demie. Son rythme cardiaque est stable, sa respiration régulière. La semelle de ses baskets fait un bruit de succion désagréable à chaque fois qu'il met le pied dans une flaque. Il se remémore la fin du message laissé par sa hiérarchie sur son répondeur.

— Gardez vos distances et ménagez nos amis croates.

Nora marche sur des œufs. L'enquête du procureur Scelci sur les industriels du tabac ne fait pas la une des JT français, mais elle agite les lobbyistes protabac sans frontières. Leur complainte résonne dans les alcôves de la Commission européenne jusqu'aux couloirs de Bercy et de la brigade financière de Nanterre. Sur les conseils de l'entourage du ministre de l'Économie, Laurent Fabius, le supérieur de Nora s'inquiète de son zèle. Certains hauts fonctionnaires français pointent du doigt l'équilibre fragile des finances de l'UE et la souveraineté de la France dans la gestion de l'une de ses industries les plus florissantes. Leurs analystes dénoncent les risques d'une guerre fratricide en pleine crise de l'emploi et chiffrent le manque à gagner en milliards. Leurs conclusions tendent toutes vers une solution à l'amiable : « La fraude est un vrai problème, mais nos partenaires cigarettiers sont des gens raisonnables. Ils savent que nous ne pourrons pas éternellement fermer les yeux sur la contrebande de cigarettes. Réglons ça entre nous et évitons de mettre les comptes dans le rouge, par pitié ! »

Le message n'appelait aucune réponse. Nora n'a pas répondu pour ne pas avoir à mentir. Demain, il prendra le premier TGV en gare du Nord pour Bruxelles et le bureau E915. Il n'a encore pris aucune décision quant aux suites à donner aux hypothèses des deux journalistes. Il attend de voir.

Son enquête progresse. Les méthodes spécieuses de l'électron libre Scelci flattent sa propre perception fantasque de la justice et ravivent la mémoire d'un braquage criminel de l'été 1986. En surimpression : les cadavres calcinés d'Harfleur, les photos de Stéphane Guérin baignant dans son sang et l'arrêt sur image sur le regard bleu acier de monsieur X, devant l'entrée de la casse automobile d'Herm.

Des meurtres antédiluviens, des salauds impunis d'un côté, l'intérêt supérieur du bilan comptable français de l'autre. Nora ne peut s'empêcher de penser que la balance a besoin d'être rééquilibrée.

Il visualise la bouteille neuve de Laphroaig Triple Wood 48 % qui trône comme un avertissement sur la commode du salon, derrière une photo de ses parents. Il prend une longue respiration et allonge sa foulée.

48

La Celle-Saint-Cloud, 10 mai 2001.

Elle n'a pas changé. Il savait qu'il la reconnaîtrait au premier coup d'œil. Ses traits sont moins juvéniles, le maquillage creuse ses joues et adoucit son visage, mais son regard brille toujours d'une colère farouche.

L'horloge du Renault Scénic indique 21 h 02. Le lieutenant Brun est assis au volant. Il a fait le déplacement sur son temps personnel. Il a raconté à sa femme qu'il devait passer au syndicat récupérer les clefs du local pour la réunion hebdomadaire de l'UNSA Police.

Le lendemain de sa découverte au Best Western de Magny-Cours, mi-mars, il s'est d'abord rendu à l'agence avec le major Victor Rey. Il l'a brièvement observée, pendue au téléphone, derrière les baies vitrées de l'accueil, mais il a fait mine de s'en désintéresser et ils ont concentré leur enquête sur Sophie Calder et les escorts qu'elle emploie.

Première étape : rester tapis dans l'ombre. Ils ont obtenu leurs identités et leurs casiers judiciaires, tous vierges. Ils ont fixé leurs adresses. Ils les ont suivis dans leurs déplacements professionnels. Ils ont établi des quarts de planques. Ils ont commencé à élaborer une cartographie détaillée du réseau de prostitution *supposé* dans lequel les employés de Live-Events sont impliqués.

Lorsque Rey a annoncé qu'il était temps de s'intéresser de plus près à l'associée de Sophie Calder, Brun a simplement dit d'un ton sec :

— Je m'en occupe.

Il s'est procuré son adresse dès qu'il a su qu'elle trempait toujours dans les combines de Sophie Calder. Il a contacté un employé des hypothèques pour localiser son appartement. Le dossier notarial mentionne *Thomas Hélène, Christine, Évelyne, Marie, née le 7 octobre 1966 à Beauvais*. Il a attendu dix jours supplémentaires avant de se décider à se rendre sur place.

176 bis, rue Darrieux, deuxième étage gauche, La Celle-Saint-Cloud, dans les Yvelines. Un immeuble de trois étages aux balcons fleuris, dans un quartier résidentiel paisible. Le nom qui figure sur sa boîte aux lettres et dans l'annuaire est Anna Krause.

Elle quitte la cuisine. L'appartement est soudain plongé dans le noir, elle disparaît de son champ de vision. Le salon s'illumine l'instant d'après. Sa silhouette floue apparaît derrière la porte-fenêtre de gauche. Elle l'ouvre, s'avance sur le balcon, s'accoude à la balustrade et allume une cigarette.

Brun réoriente les jumelles. Il zoome sur son buste et effleure de l'index la molette pour régler la netteté.

Hélène Thomas codirige Live-Events. D'un point de vue strictement légal, elle ne paraît pas impliquée dans le réseau Calder. Il semblerait que sa tâche principale consiste à parfaire la fiction de respectabilité de l'agence et à la développer dans les limites de la légalité. C'est elle qui organise et supervise les déplacements de l'équipe de mannequins sur les circuits automobiles et les soirées évènementielles avec les gros clients. Encore elle qui négocie avec les banques et les organismes de crédit. Elle enfin qui diversifie les activités de l'agence en investissant dans l'immobilier.

À ce stade de l'enquête, il est tout aussi raisonnable de supposer qu'elle participe activement à couvrir les activités de proxénétisme de Sophie Calder, voire qu'elle en est partie prenante. Loin, bien loin de la petite étudiante de vingt ans recherchée en 1986 pour disparition inquiétante.

Brun zoome encore sur son visage. Il est virtuellement si près d'elle qu'il n'a qu'à tendre la main pour la toucher. Il ne parvient pas à en détacher les yeux. Comme si, par la seule force de son regard, il espérait effacer le passé et retrouver la fillette innocente des photos de famille.

49

Brindisi, 27 mai 2001.

La route de la Nicotine aller-retour : Podgorica-Brindisi en vedette rapide, en compagnie de ses partenaires de la Sacra corona.

Les eaux turquoise de l'Adriatique éclairées à perte de vue par la pleine lune, sept heures de trajet, une douzaine de marins et de mercenaires privés armés jusqu'aux dents. Muller supervise la distribution des cartouches de contrebande depuis le port de Budva, au Monténégro, jusqu'aux côtes italiennes.

La partie monténégrine du transport est désormais sous contrôle. Muller a fait ce qu'il fallait. Il a mis la pression sur ses contacts au Rokšped. Le camarade *Direktor* Adzovic a fait passer le message en haut lieu. Les frères Sdenaj ont accepté de se servir un peu moins dans les poches de Big Tobacco et un peu plus dans celles de ses principaux concurrents européens.

Direction l'Italie et les vrais problèmes. Le port de Brindisi est sous tension. Le service des douanes fait la fine bouche depuis la publication fin avril d'une enquête par les fouille-merde du collectif de journalistes indépendants We Report dans l'hebdomadaire allemand *Die Zeit*. Le procureur Scelci crée un climat délétère dans tout le pays. Le prix que les douaniers corrompus réclament pour fermer les yeux est devenu prohibitif.

Muller est debout sur le pont du hors-bord lorsqu'ils accostent à Brindisi. Des rafales de vent agitent la surface de l'eau. La lanière de sa sacoche lui entame l'épaule. À l'intérieur, de quoi acheter le silence d'une armée de douaniers italiens.

Le terminal Costa Morena Ovest grouille de main-d'œuvre étrangère venue gagner quelques billets. Des porte-conteneurs venus d'Europe de l'Est et de Chine déchargent leurs cargaisons, les grossistes font leur marché pour le circuit national. Quelques pêcheurs se faufilent entre les cargos pour vendre leur prise du jour sur les étals locaux. En arrière-plan, des dizaines de semi-remorques, cul aux quais, attendent d'être gavés, tandis que la panse du ferry recrache un à un les cent vingt poids lourds chargés jusqu'à la gueule qu'il transporte depuis Patras, en Grèce. La vedette rapide passe inaperçue au milieu de ce capharnaüm.

Un officier en civil, jeans délavé, tee-shirt moulant orange, couteau à la main, les accueille à leur arrivée.

— Vous êtes ?

— Anton Muller.

Le douanier lui serre chaleureusement la main.

— Je suis heureux de faire enfin votre connaissance, *signore* Big Tobacco.

Muller lui tend la sacoche.

— Je suppose que c'est à vous que je dois donner ça.

— C'est exact.

Le type saisit l'anse. Muller ne lâche pas prise et plante son regard dans le sien.

— Vous avez conscience qu'en acceptant mon cadeau vous vous engagez à résoudre tous mes problèmes.

Le douanier roule des yeux. Il déleste Muller de la sacoche. Il les guide ensuite jusqu'à son bureau, un préfabriqué accolé au bâtiment principal, où ils procèdent à l'enregistrement *molto ufficiale* du chargement *molto illegale* de dix-huit tonnes de cigarettes.

Il est d'humeur généreuse. Il offre à boire à tout le monde pendant qu'il tamponne à tout va et rédige le bon d'entrée sur le territoire italien. À midi, les questions administratives sont réglées. Muller n'en revient pas.

— C'est tout?

Le douanier lui adresse un clin d'œil.

— Encore un petit détail, cependant.

Muller hoche la tête. Le douanier les conduit jusqu'à un parking désert situé à l'arrière du terminal. Une Volkswagen Passat break et une Fiat Brava grise les attendent. Les moteurs tournent. Les mercenaires italiens se répartissent dans les véhicules.

Muller s'installe dans la voiture de tête.

— Vous ne venez pas avec nous?

— Nos chemins se séparent ici, je le crains.

Le douanier grimace en tapotant la sacoche.

— Il y a encore un paquet de petites mains impatientes qui attendent qu'on les remercie.

Cap sur le sud. L'atmosphère est poisseuse. Le thermomètre frôle à présent les 30 °C. Les hangars de la zone industrielle défilent par la vitre ouverte, puis les résidences pavillonnaires et enfin le cœur historique de la ville.

Brindisi, surnommée depuis trois ans «Tobacco City». À chaque coin de rue, vendeurs à la sauvette de cigarettes *made in* Serbie, impunité sous protection policière locale, mouvement de protestation des buralistes italiens étouffé dans l'œuf. La Sacra corona dirige le marché de la contrebande.

Début mai, Muller apprend qu'une opération policière d'envergure se prépare. Branle-bas de combat. Il organise d'une berge à l'autre de l'Adriatique une pénurie de cigarettes de contrebande Big Tobacco. Il stoppe l'écoulement des stocks des usines serbes et les entrepose dans un hangar au nord du Monténégro. Le 13 mai au matin, plus une seule des cigarettes Big Tobacco ne circule dans les rues de Brindisi lorsque la Guardia di Finanza italienne, avec l'appui de la police croate, réalise un coup de filet historique sur le port et dans les faubourgs de la ville. Seize mois d'investigations, quarante-deux personnes arrêtées, vingt-six mille tonnes de cigarettes frauduleuses saisies par les gendarmes italiens. Big Tobacco passe entre les mailles du filet grâce aux informateurs de Muller, mais ce n'est pas le cas de ses deux principaux concurrents européens.

Deux semaines plus tard, la pression policière est retombée. La demande de clopes bon marché explose, les revendeurs sont sur les dents, les fonctionnaires du port s'inquiètent de ne plus toucher leur treizième mois. Tout le monde est fin prêt à remettre le pied à l'étrier. C'est là que Muller et ses alliés monténégrins interviennent. Big Tobacco est désormais seul maître à bord. Le 27 mai, à l'aube : réapprovisionnement express. Dix-huit tonnes de marchandise en intraveineuse. La mafia des Pouilles les accueille à bras ouverts.

Muller regarde sa montre.

— On arrive bientôt ?

Le chauffeur met son clignotant à droite sans répondre. L'un des mercenaires italiens installés à l'arrière se penche et lui indique un hangar de la main.

Au centre de la pièce, un homme d'une cinquantaine d'années, torse nu, attaché sur une chaise. Des marques violacées dans le dos, le visage boursouflé. Ses yeux sont bandés et ses pieds baignent dans une flaque d'urine teintée de rose.

Muller se pince les narines.

— Qui est-ce ?

Son homologue italien secoue la tête.

— Votre porte d'entrée sur le territoire italien.

— Fermée ou ouverte?

L'Italien hausse les épaules.

— Couci-couça!

Muller retire sa veste. La moiteur des lieux lui file des suées. Les décharges annonciatrices d'un mal de crâne carabiné se profilent.

— Je suis tout ouïe.

Le type s'appelle Bastiano Menella. Il est responsable du fret à la mairie de Brindisi. Menella, c'est le Cerbère de la Porte. Il a les clefs de la ville accrochées autour du cou. Rien n'entre ni ne sort du terminal Costa Morena Ovest sans son aval.

Le 13 mai, il se réjouit un peu vite de la razzia des stocks de contrebande par les gendarmes. Il pense le problème mafieux définitivement résolu. Il se sent pousser des ailes démocratiques. Deux jours durant, il se répand dans la presse locale sur les méthodes fascistes de la Sacra corona et des industriels du tabac. Il donne des noms, il cite des parrains, il claironne haut et fort que Brindisi redevient enfin une ville propre et un pôle économique sûr. Il annonce qu'il s'est porté volontaire pour témoigner auprès du procureur Scelci et qu'il se tient à disposition de la justice de son pays.

Le mercenaire italien secoue la tête.

— On a fait un raid, cette nuit, à son domicile, on a cassé quelques babioles, on a discuté un peu, puis on l'a ramené ici pour vous montrer à quel point nous prenons à cœur notre partenariat avec Big Tobacco.

Muller opine.

— Je suis très impressionné.

— J'apprécie le compliment.

Le mercenaire sort deux cigarettes de son paquet et lui en tend une. Muller décline.

— Je ne fume pas.

Sourire de l'Italien qui semble apprécier l'ironie de sa réponse. Muller se masse les tempes. Il désigne le fonctionnaire du menton.

— Qu'allez-vous faire de lui?

— Lui donner quelques documents à signer, puis le ramener à la maison.

— Vous m'avez dit qu'il devait témoigner...

Le mercenaire fait craquer ses phalanges. Par réflexe, Bastiano Menella se recroqueville sur sa chaise en tremblant. Le mercenaire se marre. Son Zippo claque, il allume sa cigarette, il inspire lentement.

— Je parie qu'il a déjà oublié.

— Et Scelci?

— Ce fils de pute s'est réfugié à Bruxelles. Il bénéficie depuis février d'un programme de protection policière. Des flics l'accompagnent en permanence.

Muller tique.

— Nous avions un accord.

— Scelci est plus coriace qu'il n'y paraît. Nous considérons que s'occuper de lui *maintenant* présente un risque inconsidéré. Il ne rentre à Rome qu'à l'improviste, il est très médiatique, il s'affiche avec un type de la brigade financière française.

Muller manque de s'étouffer. Des souvenirs rances lui reviennent à l'esprit. Son mal de crâne prend de l'ampleur. Sa voix grimpe dans les aigus.

— Le capitaine Simon Nora?

— Je crois bien que oui.

— Avec Scelci?

Le mercenaire italien s'esclaffe.

— Nom de Dieu, *signore* Muller, vous verriez votre tête! On dirait que vous avez vu un fantôme.

Retour au bercail, deux jours plus tard. La fraîcheur de la capitale contraste avec la moiteur du port de Brindisi. Muller doit redoubler d'ardeur au travail : sur la piste des espions probables de Scelci-Nora et sur le front de la distribution des cigarettes.

Dans le bain dès son arrivée à Podgorica. La directrice d'European G. Tobacco lui donne rendez-vous le soir même au LaScala Fashion Cafe, place Ivan Milutinović, en plein centreville. Svetlana Mehmeti commande deux cafés allongés et un cognac avant d'annoncer la couleur.

Les nouvelles sont excellentes. Les usines serbes de Niš et de Vranje tournent enfin à plein régime. Les distributeurs du Monténégro sont prêts à absorber la part qui leur revient.

Elle verse le cognac dans son café.

— Eduardo Rojas a appelé.

Muller joint les mains en signe de prière.

— Loué soit-il.

— Il réclame que vous escortiez chaque convoi entre Belgrade et la frontière monténégrine pour le cas où des cartouches tomberaient des camions.

— Dis-lui que je suis sur le coup.

La directrice opine. Elle trempe ses lèvres dans sa tasse avec délectation. Le climat politique local est particulièrement propice aux affaires depuis la chute de Milošević. Serbie et Monténégro ne se sont jamais aussi bien entendus. Le pouvoir a besoin de cash pour satisfaire ses ambitions d'indépendance. La coalition du président Djukanovic a raflé près de la moitié des sièges du Parlement aux élections du 22 avril. Elle dépense beaucoup d'énergie à négocier avec les indépendantistes de l'Alliance libérale pour conserver les mains libres. Les pourparlers mobilisent l'attention des médias monténégrins et de la presse internationale. Ceux qui dénoncent la contrebande de tabac et de pétrole sont inaudibles. Svetlana Mehmeti et ses alliés au Rokšped ont les coudées franches pour trafiquer comme bon leur semble les chiffres de production et d'exportation. Muller ne s'inquiète pas pour ça.

Son café a un goût de lavasse tiède. Il repousse sa tasse sans la terminer. La directrice fronce les sourcils.

— Vous avez l'air soucieux.

— C'est mon métier, madame. M'occuper des soucis des autres et les résoudre, si possible.

Elle sourit. Muller se lève pour prendre congé. Elle pose la main sur son avant-bras.

— J'ai justement un souci.

— Dites-moi.

— Ce photographe, vous savez, celui que je vous ai montré cet hiver, depuis mon bureau…

Muller la coupe :

— Je me suis renseigné, comme vous me l'aviez demandé. Mon contact aux douanes m'a dit qu'il s'agit de Rade Danilo, un journaliste indépendant croate. Il bosse pour *Nacional*. Il a quitté le territoire fin janvier.

Elle baisse d'un ton.

— Je l'ai revu deux fois, la semaine dernière.

Muller se rassoit.

— Où ?

— Une conférence de presse, mardi, à l'ambassade de France, en présence du ministre de l'Économie. Il a filé après les discours officiels. Il était sur la liste des invités.

Muller cogite. Son cerveau établit instantanément un lien paranoïaque entre Simon Nora, l'ambassade de France et la présence de ce photographe croate à proximité de Big Tobacco.

— Et la deuxième ?

— Hier soir, près de mon domicile, à Nova Varoš. Je suis presque sûre que c'était lui.

De Podgorica à Belgrade, avec un crochet par Niš et Vranje. Il organise d'abord la surveillance des convois de cigarettes Belgrade-Monténégro. En route, il essaie de joindre Bartels sur son portable sécurisé. Il laisse un message bref : *Simon Nora.*

Les frères Sdenaj lui dénichent des hommes de confiance pour escorter les semi-remorques et les trains de marchandises le long de la ligne Belgrade-Bar. Muller arrose les douaniers et les chauffeurs. Les chiens de Djukanovic prélèvent directement leur part à l'arrivée sur le territoire. Muller a leur parole qu'aucun conteneur ne sera malmené sur le trajet sans qu'il en soit averti.

Il se concentre ensuite sur la piste fraîche de Rade Danilo. Il contacte les bureaux du journal *Nacional* en Croatie en se faisant passer pour un informateur. Il demande à la standardiste à quel hôtel est descendu le journaliste. La femme lui passe un reporter suspicieux qui lui réclame son nom. Muller biaise et s'enferre dans son mensonge. Il prétend avoir rendez-vous avec Danilo mais il n'a pas retenu le nom de son hôtel. Le reporter n'en croit pas un mot. Il lui raccroche au nez sans que Muller ait obtenu la moindre information exploitable.

Il appelle tous les hôtels de la ville. Aucune réservation au nom de Rade Danilo. Mauvaise pioche. Il renouvelle l'opération auprès des gîtes touristiques de la capitale et de sa plus proche banlieue. Chou blanc. Il fait jouer ses relations à l'aéroport de Podgorica et obtient de consulter les archives de l'émigration.

Bingo ! L'adresse que Danilo a laissée au service des douanes est celle d'un particulier, un dénommé Luka Zupan. Sur la fiche de renseignements, il a inscrit : *Durée du séjour : 3 semaines – Motif du voyage : professionnel.*

Muller se rend immédiatement sur place. Il est 13 h 30. Le domicile de Zupan est une villa vétuste située dans une zone résidentielle, au sud de la ville. Jardin en friche, haies fournies, aucun vis-à-vis. Muller sonne au portail. Personne ne répond.

Il tourne la poignée de la porte – verrouillée. Il contourne la maison, escalade le grillage et longe la haie jusqu'à l'arrière. Il repère une porte-fenêtre facile d'accès, au premier étage. Il saute, s'agrippe à la rambarde, se redresse et bascule sur le balcon. La porte ne lui oppose aucune résistance.

Il balaie la pièce du regard : canapé neuf, téléviseur neuf, canettes de Jelen vides, restes de pizza sur la table basse. Aucune décoration aux murs, le carton du téléviseur poussé dans un coin. Ça sent la location temporaire discrète.

Trois portes dans le fond. L'une donne sur les toilettes, une autre sur une chambre : un matelas jeté à même le parquet, un duvet, un cendrier, une cartouche de Marlboro entamée et une pile de vêtements sales. La troisième ouvre sur la salle de bains. Sur l'étagère, au-dessus du lavabo, un paquet de rasoirs jetables, un tube de dentifrice et un flacon de gel douche. Celui qui vit ici ne fait que passer.

Au centre, un escalier en colimaçon qui s'enfonce dans le sol jusqu'au rez-de-chaussée. Muller descend. Il se retrouve dans une pièce immense donnant sur la porte d'entrée. À droite, le coin cuisine. À gauche, la partie salle à manger entièrement réorganisée en repaire pour journaliste fouineur : câbles de branchement pour ordinateurs, box de connexion Internet, imprimante, coupures de presse épinglées sur les murs, piles de journaux et table saturée de rapports et de livres.

Muller inspecte rapidement les lieux. Dans un coin du bureau, une pile de notes de frais établies au nom de Luka Zupan à l'intention du quotidien *Dan*. À côté de l'imprimante, un carton contenant des documents en cyrillique et en anglais. Muller pioche dedans au hasard. Il exhume des dizaines de pages de données chiffrées et de graphiques officiels concernant les importations et les exportations de cigarettes au Monténégro. Il identifie les logos du Rokšped, de Big Tobacco et des ministères de l'Intérieur et de l'Économie. Il frémit. Il y a également des rapports internes de Big Tobacco sur les usines de Niš et de Vranje. Il repère les noms de Svetlana Mehmeti, des directeurs des usines serbes et d'hommes politiques monténégrins.

Il ne trouve ni le nom du directeur Vladen Adzovic ni le sien. Il remet tout en place, referme le carton et poursuit ses investigations. Il se focalise sur le tiroir du bureau, fermé à clef. Il force la serrure et tombe sur une mine d'or.

Une carte de presse établie au nom de Luka Zupan, deux passeports, une poignée de pellicules vierges et une enveloppe remplie de tirages photo. Les clichés ont tous été pris au même endroit et le même jour : les quais de livraison de l'usine de cigarettes de Vranje, le 26 avril dernier, des dizaines de palettes de cartouches, trois semi-remorques chargés jusqu'à la gueule et estampillés Big Tobacco, les portraits en gros plan des six chauffeurs et les plaques d'immatriculation des camions.

L'impression désagréable se confirme. Passeport n° 1 : Luka Zupan. Nationalité serbe. Né à Belgrade le 27/07/1965. Le journaliste est un grand voyageur. Quinze allers-retours en France, en Italie, en Croatie et en Belgique cette année. Dernier séjour en France, du 30 avril au 2 mai 2001. Passeport n° 2 : Rade Danilo, croate, né en 1962. Tampons des douanes identiques. Les deux journalistes voyagent ensemble.

Muller mémorise les dates et remet tout en place. Il fouille le reste du rez-de-chaussée, une chambre aussi spartiate que celle de l'étage, une deuxième salle de bains et un débarras vide. Il ne trouve rien d'autre. Il réintègre la pièce principale pour réfléchir.

Ce que disent les faits : les reporters indépendants Zupan et Danilo s'intéressent de près aux activités de Big Tobacco en Serbie et au Monténégro. Ils tracent les cigarettes depuis les usines de Niš et de Vranje. Ils établissent des passerelles avec des politiciens monténégrins et le Rokšped, ils dénichent des documents chiffrés. Ils ont assez de matière pour rédiger des articles bourrés de suppositions dangereuses.

Muller extrapole : la presse des Balkans peut les publier, mais leurs révélations ne dépasseront pas les frontières et leur attireront en retour des montagnes d'emmerdes auprès de la mafia et du gouvernement. Beaucoup trop dangereux, autant qu'inefficace.

Or, Zupan et Danilo ne sont pas des imbéciles. Ils savent ce qu'ils risquent et ils ne se font aucune illusion sur l'état de la liberté de la presse au Monténégro. Ils jouent donc la carte de la prudence. Ils décident de sillonner l'Europe à la recherche d'oreilles attentives pour placer leurs informations. Ils croisent la route du procureur Scelci en Italie, à Bruxelles ou en France, qui leur expose son projet de procès. Ils y voient une convergence avec leurs propres intérêts : dénoncer la corruption du gouvernement Djukanovic. Supposition complémentaire : ils font aussi la connaissance du policier forcené Simon Nora.

Muller se retrouve face à un dilemme. Le bon sens professionnel voudrait qu'il espionne les espions : placer la villa sous surveillance, installer des micros et des caméras, rédiger des rapports détaillés, les envoyer à Bartels et à Rojas, attendre qu'une décision tombe, agir en conséquence. Pourtant, son instinct lui souffle une autre musique – *Qu'ils aillent tous au diable!*

Muller consulte sa montre. 15 h 11. Il doit prendre une décision, tout de suite. La sonnerie de son portable transperce soudain le silence de la villa. Le cœur de Muller bondit dans sa poitrine. Il met la main dans sa poche et en ressort le téléphone. Il reconnaît les chiffres qui s'affichent à l'écran. Il décroche.

La voix de David Bartels, lointaine :

— Tu as essayé de me joindre.

— J'ai des raisons de penser que Nora travaille sur le dossier italien Big Tobacco avec le procureur Scelci.

— Mais encore ?

— Je redoute qu'il ne remonte jusqu'au Monténégro.

Silence à l'autre bout de la ligne, puis :

— Eduardo est au courant ?

— J'ai préféré vous avertir en premier.

— Que préconises-tu ?

Muller déglutit.

— Nos opérations ici bénéficient d'une conjoncture politique favorable, mais à terme elles ne sont pas viables. Tôt ou tard, il nous faudra une solution de repli, même si je m'efforce de retarder l'échéance.

— Je sais. Tu fais du bon travail. Cependant, je sens une contrariété dans le ton de ta voix, je me trompe ?

Muller hésite à lui faire part de ses découvertes à propos des deux journalistes. Il décide de mentir par omission.

— Tout va bien, je vous assure.

Nouveau coup d'œil à sa montre : 15 h 15. Il doit partir. Bartels insiste :

— Si tu as besoin de quoi que ce soit…

Muller inspire.

— Cela fait déjà douze ans.

Bartels soupire.

— Nous y voilà…

Muller expire.

— Quand est-ce que nous pourrons envisager mon retour en France ?

La ligne crépite. Bartels dit :

— J'ai besoin d'une personne de confiance au Monténégro. Tu as acquis une telle expérience sur place que tu es devenu irremplaçable.

Muller serre les dents.

— Comme je vous le disais, tôt ou tard…

Bartels l'interrompt brusquement.

— Le plus tard sera le mieux.

Muller ouvre la bouche pour protester ou ajouter autre chose. Il se ravise. Il raccroche, la rage au ventre, et jette son portable à travers la pièce. L'appareil explose contre un mur. Cinq minutes passent. Muller finit par se calmer. Il ramasse avec soin les morceaux éparpillés, vérifie que la puce se trouve parmi eux et empoche le tout. Il regarde sa montre.

15 h 24.

Il inspire.

Il expire.

Son instinct l'emporte.

Il empile au centre de la pièce cartons, documents et meubles en bois qu'il arrose copieusement avec le contenu d'un galon de rakija de prune trouvé dans la cuisine. Il ouvre le robinet du gaz de la cuisinière. Il s'assure une dernière fois qu'il n'a rien oublié, il craque une allumette, puis il la lance dans les vapeurs d'alcool. Le feu prend aussitôt.

50

Bruxelles, 18 juin 2001.

La route de la Nicotine.

Nora renifle à la trace l'odeur âcre de la cigarette et piste les relents sulfureux du crime organisé. Cela résume parfaitement sa vie depuis qu'il a rejoint la cellule du procureur Scelci en février 1999.

Ses collègues du 9e étage de l'Office européen de lutte antifraude à Bruxelles l'ont surnommé Virginia Wolf, en référence à la célèbre écrivaine anglaise, parce qu'il passe ses journées à noircir des feuilles de papier de notes comme un moine copiste. *Virginia*, comme la variété de tabac privilégiée par la firme European G. Tobacco. *Wolf* parce qu'ils l'imaginent hurlant à la mort, les nuits de pleine lune, du haut de la tour OLAF.

Travail et abstinence. Sa semaine type : l'échine courbée sur sa table du bureau E915 jusqu'au vendredi, et à relire documents et rapports chez lui, porte de Pantin, le week-end. Une heure de footing le matin, à l'aube, déjeuner sur le pouce, une heure de fitness le mardi et le jeudi, un dîner copieux, encore du travail jusqu'à tard dans la nuit, et ainsi de suite.

Nora a punaisé au mur de son clapier une carte d'Europe. Il y a planté des épingles à tête noire pour chaque cartouche de contrebande vendue, datée et certifiée Big Tobacco. Il a tendu du fil noir entre chaque épingle. La route de la Nicotine s'est matérialisée sous la forme d'un long fleuve aux courbes sinueuses.

Ce fleuve sourd des chaînes de production des usines serbes. Il se déverse à travers le pays dans les combes de la vallée de la Morava, sur le Danube et le long de la route européenne 75, puis il prend son élan jusqu'à la frontière monténégrine, traverse le pays jusqu'à l'Adriatique et vire en piqué nord-ouest jusqu'au port de Brindisi. De là, il se divise en plusieurs lignes italiennes qui se subdivisent en dizaines d'autres dans toutes les capitales européennes qui éclatent en gerbes d'étoiles sur la totalité du territoire, avant de partir en fumée.

Nora ne s'est pas arrêté là. Il y a ajouté des épingles à tête rouge figurant les lieux où Monsieur X a été aperçu. Il y a fixé de petites étiquettes sur lesquelles il a noté le nom de la ville et la date. Le fil rouge qui les relie trace une ligne incomplète qui part d'Harfleur, le 28 juillet 1986, pour s'interrompre à Lyon-Satolas, puis Berlin, le 18 septembre 1989, comme si une goutte de sang avait bavé sur la carte et qu'on avait tenté de l'effacer au moyen d'un chiffon sec.

Le rouge se perd dans la toile noire. Nora possède tout un stock de fil et d'épingles rouges en réserve. Il fantasme sur le jour où la ligne de vie de Monsieur X coïncidera avec celle de la route de la Nicotine.

L'espoir de le coincer un jour *versus* la réalité des données chiffrées. Sa mission secrète et le réel quantifiable.

Depuis deux ans, Nora amasse les données exploitables. Il circule dans les méandres de la comptabilité européenne et du reporting d'entreprise. Il traque les chiffres qui ne sont pas à leur place. Il dresse des listes de noms parmi des millions de rapports. Il pose les questions que personne ne posait avant le procureur Giuseppe Scelci.

Couche numéro un : suivre la trace des marchandises. De

Belgrade à Paris, un véritable casse-tête administratif doublé d'un travail fastidieux de collecte d'informations.

Les faits : en 1999, les machines des usines de Niš et de Vranje en Serbie crachent 526 tonnes de cigarettes. Voilà une première donnée quantifiable. La même année, 407 tonnes sont vendues, soit directement dans le pays, soit à l'export. Perte nette : 119 tonnes.

Nora prend ce deuxième chiffre et l'interroge. À ce stade, la question n'est plus de savoir d'où vient le décalage abyssal entre production et vente, mais plutôt : comment font-ils pour organiser une fraude d'une telle ampleur et pourquoi les laisse-t-on agir de la sorte en toute impunité ?

C'est le postulat programmatique fixé par Nora. Le *comment font-ils ?* est devenu le mantra de la cellule Scelci de l'OLAF.

Ses collègues enquêteurs : un ramassis hétéroclite de flics européens mandatés par leur gouvernement pour trouver une solution pacifique à la crise du tabac en Europe et pour faire rentrer l'argent des taxes dans les caisses de l'UE.

Nora leur a montré la carte. Il leur a annoncé la couleur d'entrée de jeu :

— Voilà la route de la Nicotine. La paix et l'argent des taxes passent au second plan. Ce qui nous intéresse, Scelci et moi, c'est : *comment font-ils ?* Je veux une réponse chiffrée et argumentée. Je nous donne cinq ans pour y parvenir. Retroussons nos manches et mettons-nous au travail.

Ils haïssent Nora parce qu'ils ont la conviction qu'à la fin les industriels du tabac gagnent toujours. Ils l'adorent parce qu'il a la foi et qu'il abat à lui tout seul la moitié des tâches qui leur sont imparties. Nora les méprise pour les mêmes raisons.

Il leur fournit les données exploitables. Les flux de cigarettes composent un savant mélange de chiffres réels et imaginaires. Leur boulot consiste à trier le bon grain de l'ivraie. Il dépose des liasses de documents sur la table. Ses collègues enquêteurs écarquillent les yeux. Nora surenchérit :

— Ceux qui bâtissent la route de la Nicotine réinventent le mouvement perpétuel. Mettons-y fin.

Nora répartit les liasses en deux tas selon un savant dosage. Les *données réelles* : production de tabac avant transformation par la Fédération nationale de producteurs de France et équivalents européens, chiffres de tabac transformé des usines Big Tobacco en France et en Serbie, ventes officielles, formulaires d'enregistrement des douanes à l'entrée et à la sortie de chaque territoire membre de l'UE, quotas par pays, tonnage importé et exporté par pays, bordereaux entrée-sortie de l'UE, stocks déclarés, quantités frauduleuses saisies par les services de douanes des membres fiables de l'UE. Les *données imaginaires* à sourcer, vérifier et pondérer : les dizaines d'entrepôts de stockage vides en Serbie, Moldavie, Monténégro, France ou Italie qui dissimulent d'autres entrepôts, bien réels ceux-là, utilisés pour alimenter le marché noir, les listes mensongères de marchandises volées, abîmées, perdues ou tout simplement non déclarées, les comptes rendus falsifiés du Rokšped, les sociétés de transports serbes et moldaves fantômes, les omissions et les erreurs des services de douanes des pays non fiables.

Les enquêteurs blêmissent. Ils soupèsent les liasses. Ils parcourent les colonnes de chiffres avec effroi. Nora les rassure :

— Il existe un pont entre *réel* et *imaginaire*. Il ne doit pas vous effrayer. Il est mesurable et quantifiable. Ce pont, c'est la fraude.

Couche numéro 2, le fric. Comprendre : le fric de la fraude. Nora nage en plein brouillard. Pour suivre le circuit de l'argent, il applique là aussi le postulat *comment font-ils ?*.

Il relance Vincent, son enquêteur européen, et les journalistes Luka Zupan et Rade Danilo. Il leur envoie par mail sécurisé les documents qu'il a amassés. Il obtient un entretien avec le procureur Scelci qui lui dit : « Je suis dans la lumière, vous êtes dans l'ombre, capitaine. Je gère les politiques et les médias pour que ce procès contre European G. Tobacco puisse avoir lieu. Vous êtes chargé de m'apporter des preuves pour obtenir une condamnation. »

Nora fixe alors la carte affichée au mur, il ferme les yeux et il visualise mentalement un pont entre bénéfices réels et bénéfices imaginaires. Il pense : blanchiment d'argent, évasion fiscale, sociétés-écrans. Il se focalise sur les paradis fiscaux. Il prend l'avion pour Genève et pour le Luxembourg. Il fait le tour des établissements bancaires et des registres des compagnies *low-tax* créées au cours de la dernière décennie. Il dispose de son insigne de la brigade financière et d'un mandat de la Commission européenne signé de la main du procureur Scelci. Il énonce le nom d'European G. Tobacco : zéro. Il épelle celui de BRS Conseil. Cela ne donne rien non plus.

Ses échecs successifs lui portent sur les nerfs. Le sport l'aide à tenir. Il court entre soixante et quatre-vingts kilomètres par semaine. Il reprend les organigrammes officiels d'European G. Tobacco. Il énumère les noms des dirigeants en France, en Serbie et au Monténégro. Il évoque David Bartels et Eduardo Rojas. Nouvelle douche froide. Les employés qui l'accueillent secouent catégoriquement la tête : « Secret bancaire, vous n'obtiendrez rien de nous. »

Se pose la question de la *couche numéro 3*, les hommes qui organisent la fraude. Elle consiste en une succession de points d'interrogation. Bienvenue dans le royaume des ombres, des politiciens véreux, des hommes mystères et des hypothèses hasardeuses. Question subsidiaire : *comment font-ils pour ne jamais laisser de traces ?*

Début juin, son téléphone sonne. Luka Zupan et Rade Danilo sont sur la défensive. Ils ont dû déménager et changer de téléphone portable. Ils sont porteurs d'une mauvaise et d'une bonne nouvelle.

La maison de Podgorica qui leur servait de camp de base pour enquêter discrètement a brûlé. Les pompiers n'ont rien pu faire. Il s'agit d'un acte criminel. Des bouteilles d'alcool ont servi à précipiter la combustion du mobilier. Leur documentation papier n'est plus qu'un tas de cendres. Zupan et Danilo ont porté plainte, même s'ils savent que l'enquête de police n'aboutira jamais. Ils accusent la mafia monténégrine d'être derrière l'incendie. Il s'agit de la preuve que leurs recherches vont dans la bonne direction. Le fait que les incendiaires aient attendu que la villa soit vide sonne comme une mise en garde du genre *La prochaine fois, ce sera votre tour*. Autre élément intéressant, un voisin prétend avoir vu une silhouette rôder à proximité de la villa à l'heure dite. Il affirme avoir aperçu quelqu'un escalader la façade arrière. Il estime que la stature était celle d'un homme.

Le cœur de Nora fait un bond dans sa poitrine. Il pense : « Mafia, mon cul ! »

— Avez-vous pu établir un portrait-robot ?

Zupan ricane.

— Faites-moi rire !

Nora s'éclaircit la voix.

— Et la bonne nouvelle ?

— Nous sommes encore en vie.

Nora pique un fard. Zupan éclate de rire. Il rectifie :

— Nos ordinateurs n'étaient pas dans la villa. Nous avons pu sauvegarder l'essentiel des documents que nous avions réussi à soutirer à l'administration comptable du Rokšped moyennant de généreux bakchichs. Nous avons un client pour vous.

Par *client*, il entend : des fichiers juridiques à en-tête d'une société maltaise nommée Tobacco-COM Partners dont les principaux clients sont BRS Conseil et Big Tobacco Serbie. Date de création : 3 septembre 1991. Activité, un charabia rédigé en novlangue économique anglo-serbe. Actionnaire principal, un homme d'affaires d'origine espagnole appelé Eduardo Rojas.

Nora aperçoit une lueur au bout de son tunnel mental.

— Montrez-moi tout ça et discutons-en.

Une chambre climatisée à l'hôtel Jugoslavija, sur les rives du Danube, à trois kilomètres du centre-ville. Belgrade est en effervescence. Les caméras du monde entier sont braquées sur la Serbie. Un parfum subversif de vengeance et d'animosité antieuropéenne plane dans l'air. La Nova RTS serbe diffuse en continu des images de l'ennemi public numéro un Slobodan Milošević, menotté, à son entrée au Tribunal pénal international pour l'ex-Yougoslavie, dénonçant aux micros qui l'entourent un complot fomenté par un «faux tribunal» qui ne vise qu'à produire une mascarade pour justifier les crimes de guerre commis par l'OTAN.

Nora contacte Vincent pour le prévenir de son arrivée, par le vol JAT Yugoslav Airlines Bruxelles-Belgrade du 2 juillet.

L'avion est bondé. Ses voisins de rang sont des entrepreneurs nostalgiques. Ils l'assomment tout le trajet avec leurs souvenirs de l'ex-Yougoslavie. Leurs yeux brillent pendant qu'ils lui relatent l'arrestation de Milošević par les forces spéciales, le 1er avril dernier, après trente-trois heures de siège, à grand renfort d'anecdotes sur la vaillance des gardes du corps et des partisans de l'ancien président. Nora pousse un soupir de soulagement lorsque l'avion atterrit.

Luka Zupan et Rade Danilo le rejoignent en train le lendemain. Zupan affirme que des types de la sécurité intérieure monténégrine les ont suivis jusqu'à la gare centrale, avant de disparaître à la frontière serbe.

Danilo s'est fait monter une assiette de poivrons farcis au porc sauce ajvar par le service d'étage. Il l'arrose de rasades de Jelen, les yeux rivés à l'écran du téléviseur de la chambre. Nora a étalé sur la moquette une carte de l'Europe sur laquelle il a tracé de mémoire au marqueur sa route de la Nicotine. Il a disposé tout autour les clichés pris par Danilo de la directrice Svetlana Mehmeti et d'Eduardo Rojas, en grande discussion sur le seuil de l'antenne monténégrine de Big Tobacco, au restaurant ou attablés en terrasse dans le quartier Stara Varoš.

Zupan est insensible au grand cirque médiatique. Il picole et enchaîne les cigarettes. Le mélange bière-nicotine génère chez lui une boulimie de travail proche de celle de Nora. Il parcourt avec frénésie les archives de Nora sur Fox & Reynolds Consulting. Il les compare avec ses récentes découvertes à propos de la société *low-tax* Tobacco-COM Partners.

Nora et lui bâtissent une hypothèse audacieuse mais réaliste qui couvre une période allant de 1986 à 2001.

Fox & Reynolds Consulting est une société de lobbying qui travaille pour Big Tobacco. Elle est dirigée par David Bartels. Elle sert de couverture à des activités répréhensibles de déstabilisation de la concurrence menées par Bartels jusqu'à la fin des années 80. Bartels embauche des mercenaires, en tête desquels le fameux Monsieur X, qui se spécialisent, entre autres, dans le braquage criminel de stocks d'ammoniac. La mécanique s'emballe, puis se grippe le 28 juillet 1986 et se solde par sept morts. Le fiasco d'Harfleur focalise l'attention de la brigade financière. L'enquête de Nora fragilise le système Bartels et précipite la dissolution de Fox & Reynolds qui devient BRS Conseil, blanche comme neige, pour la décennie à venir. Eduardo Rojas monte en grade. Il est catapulté associé de Bartels à BRS Conseil. Les deux hommes diversifient leurs activités. Bartels apporte ses compétences de lobbyiste. Rojas, sa connaissance en matière de pratiques commerciales. Voilà pour la partie émergée de l'iceberg.

Le sous-marin BRS Conseil navigue en eaux troubles. La société pilote l'organisation de la contrebande de cigarettes Big

Tobacco en Europe. En 1991, Rojas monte une société-écran appelée Tobacco-COM Partners dans un paradis fiscal, à Malte. Cette société est chargée de blanchir l'argent *illégal* généré par la contrebande, puis de le redistribuer *légalement* aux actionnaires de Big Tobacco via l'antenne monténégrine dirigée par Svetlana Mehmeti, grâce à la souplesse de ses appuis locaux.

Nora tapote la carte du plat de la main.

— À présent, nous connaissons dans les grandes lignes la réponse à la question *comment font-ils?*. Nous savons comment circulent les marchandises, par où elles passent et nous avons les noms de ceux qui gèrent le fric. Nous avons également une idée de la violence de leurs méthodes. Scelci peut vous citer à comparaître en tant que témoins dans l'incendie de la villa de Podgorica et la tentative d'intimidation et de destruction de preuves. Pourtant, nous faisons face à un gros problème. Je n'ai rien pour relier Bartels aux braquages d'ammoniac, rien pour prouver que Rojas blanchit effectivement l'argent de la contrebande, rien non plus pour impliquer Big Tobacco sur la route de la Nicotine. L'histoire que nous nous proposons de raconter à la presse et aux parlementaires européens est originale, divertissante et pleine de rebondissements, mais elle repose sur du vent. On ne gagne aucun procès avec des soupçons, si intelligents soient-ils. Nous manquons de preuves et de témoignages directs. Nous n'avons pas de quoi persuader un jury.

Zupan hoche la tête d'un air pensif. Il décapsule une canette, avale une gorgée et rallume une Marlboro.

— Qu'est-ce que vous proposez?

Nora s'accroupit sans répondre. Il saisit du bout des doigts l'un des clichés représentant Eduardo Rojas et le contemple en silence. L'homme porte un costume anglais et des chaussures de marque. Mâchoire serrée, sourcils froncés, cernes sous les yeux, il fixe un point situé sur la droite de l'objectif.

Danilo coupe le son du téléviseur. Il balance la télécommande sur la table basse et s'arrache du canapé en grognant.

— Nous devons appliquer leurs méthodes.

Zupan sourit, comme s'il attendait cette réponse. Nora lève les yeux sur lui. La photo de Rojas lui glisse des doigts et tombe en piqué sur la carte.

— C'est-à-dire ?

Danilo hausse les épaules.

— Tel que je vois les choses, trois possibilités s'offrent à nous. Un, attendre un faux pas.

Nora secoue la tête. Danilo brandit le pouce et l'index.

— Deux, mettre la main sur l'énigmatique Monsieur X. Trois, persuader quelqu'un *de l'intérieur* de témoigner, soit en le piégeant...

— Soit en l'achetant, complète Zupan.

Danilo opine, l'air désolé. Nora soupire.

— Avec quel fric ?

En arrière-plan, le téléviseur diffuse l'image de Milošević, rasé de près, costume impeccable et sourire aux lèvres, faisant son entrée dans le tribunal de La Haye. Zupan prend une gorgée de Jelen. Nora capte un bref échange de regard entre les journalistes.

Danilo s'avance et s'accroupit face à lui. Il entreprend de disposer côte à côte les portraits de Rojas, Bartels, Monsieur X, Svetlana Mehmeti et Marie-Line Pujols, la directrice juridique de BRS Conseil. Il plante l'index sur le buste de Bartels et fixe Nora.

— Les gens impétueux comme David Bartels et Eduardo Rojas ont soif de pouvoir. Pour parvenir à leurs fins, ils pratiquent activement la coercition, la compétition et le culte du secret. Tournons cela à notre avantage, enquêtons sur eux, cherchons dans leur entourage les secrets qui leur empoisonnent la vie, identifions les petites aigreurs professionnelles et les inimitiés et fouinons dans les tiroirs.

Nora sent un fourmillement lui envahir les jambes. Il se redresse d'un mouvement rapide. La tête lui tourne. Il ferme les yeux le temps que la sensation d'étourdissement passe. Zupan siffle la moitié de sa bière. Il émet un rot bruyant et s'essuie la bouche du revers de la manche.

— Utilisons leur petite histoire privée et voyons où ça nous mène.

Nora se masse les tempes. Il traverse la chambre et ouvre en grand la fenêtre qui donne sur le parking. Un souffle d'air brûlant s'engouffre dans la pièce et amplifie les vapeurs de bière. Son mal de crâne monte d'un cran. Il referme le battant d'un geste fébrile.

Zupan incline la tête.

— Vous autres, Français, vous êtes timorés, dès qu'il s'agit de mettre les mains dans la merde.

Nora se retourne vers lui, piqué au vif.

— Ne jouez pas au méchant Serbe dur à cuire avec moi.

Zupan lève les mains en l'air.

— Ces types ne reculent devant rien.

Danilo acquiesce.

— Ils ont mis le feu à la villa que nous louions. Et après ? Quelle est l'étape suivante ?

Nora dévisage les journalistes à tour de rôle. Il se repasse brièvement les photos du rapport médico-légal du massacre de juillet 1986. Des cadavres calcinés et égorgés dansent un instant devant lui. Le visage placide de Monsieur X s'interpose. Sa migraine redouble.

Zupan termine sa canette, vise la poubelle et la manque d'un bon mètre.

— C'est à vous de décider, capitaine.

51

Belgrade, 7 juillet 2001.

Quarante-huit heures d'intimité au quatrième étage de l'hôtel Slavija. Valentina s'extrait de la douche, enfile un peignoir et ouvre la porte-fenêtre de la chambre. Anton Muller plisse les yeux et tourne la tête. Il est 11 h passées. Un soleil caniculaire irradie les toits de la ville.

Elle s'exclame :

— J'ai envie de prendre l'air !

Muller s'étire.

— Mmmh…

— Je n'ai pas traversé la moitié de l'Europe pour rester enfermée dans une chambre d'hôtel.

Il tapote le lit à côté de lui du plat de la main.

— Ce n'est pas ça, la définition du mot *vacances* ?

Valentina, la mine boudeuse :

— Je passe ma vie à l'hôtel. Sors-moi de là, par pitié !

— Je croyais que tu venais uniquement pour moi.

Valentina éclate de rire.

— Exactement. Je veux savoir ce que tu fais quand je ne suis pas là. Habille-toi et fais-moi visiter la ville !

Deux heures plus tard : vue imprenable sur le confluent de

la Save et du Danube, à deux pas du centre-ville. Une foule de touristes serbes arpente la forteresse de Belgrade, au cœur du parc de Kalemegdan. Après huit mois d'abstinence et de travail acharné, Valentina a pris cinq jours de congé pour revoir son amant et se détendre.

Muller traîne les pieds.

— Retournons faire l'amour.

— Flemmard !

— J'ai des années de sommeil en retard.

Elle glisse sa main dans la sienne.

— Tu dors mal ?

— Je n'ai pas le temps de dormir.

Elle saisit l'allusion à peine voilée à ses activités criminelles, mais elle ne laisse rien transparaître, comme s'ils formaient un couple de touristes français parfaitement normal.

— Tu as une maîtresse ?

Il ricane. Un voile sombre traverse brièvement le regard de Valentina, puis elle secoue la tête et l'entraîne dans les ruines du palais du roi Milutin sans tenir compte de ses récriminations. Ils atteignent une stèle prétentieuse en marbre noir, affublée de quatre bustes en bronze.

Muller persifle :

— Le tombeau des héros nationaux.

Valentina remarque un panneau d'information qu'elle entreprend de décrypter. Muller s'accoude à la balustrade. Elle se blottit dans son dos et lui caresse les avant-bras. Sa peau s'est asséchée. De nouvelles cicatrices ont fleuri çà et là. Elle retire brusquement ses mains.

— On se connaît depuis combien de temps ?

Muller pivote pour lui faire face. Ils échangent un long regard complice. Valentina esquisse un sourire.

— Douze, treize ans ?

Muller la fixe un moment, comme s'il la sondait. Ses yeux

bleus translucides brillent d'une étrange lueur. Il se passe la main sur le visage.

— C'était le 8 juin 1986, à ton agence.
— Quinze ans, déjà !

Nouvel échange de regard, gêné cette fois. Ils revoient tous les deux la scène. Elle s'appelle alors Sophie Calder, une gamine de vingt-sept ans pleine de rêves. Elle est à la tête d'une petite agence d'évènementiel proprette de La Celle-Saint-Cloud. Il a trente-deux ans. Il a déjà tué, mais elle l'ignore. Il s'avance jusqu'à son bureau. Elle lui serre la main. Il a une proposition alléchante à lui faire. Ou pas. Elle attend cette proposition depuis toujours. Il ne lui a pas encore présenté David Bartels. Elle n'a pas encore vendu son âme au diable.

Le charme est brisé. Valentina fouille en frissonnant dans son sac à la recherche de son paquet de cigarettes. Muller se rembrunit.

— Tu ne veux pas en parler ?
— De quoi ?
— Tu le sais très bien.

Elle se détourne de lui et allume une menthol. Il la retient par le bras et désigne le tombeau, devant eux. Le ton de sa voix est dur.

— Voilà ce qui attend les gens comme moi.

Elle se dégage sèchement. Sa cigarette vole dans les airs en une gerbe d'étincelles. Valentina recule. Muller la rattrape et la contraint à le regarder.

— On va continuer à se voir comme ça, une fois de temps en temps, et baiser en faisant semblant d'ignorer toute cette merde, c'est ça ?

Elle le tance.

— Tu éprouves des remords ?
— Pas toi ?

Elle se marre, comme si sa question n'avait aucun sens, mais son rire sonne faux. Muller la libère. Elle rallume une cigarette, tire une bouffée et lui souffle la fumée au visage.

— Dis-moi ce que tu attends de moi.
— Je ne peux pas.
— Tu ne *peux* pas ou tu ne *veux* pas ?

Il secoue la tête.

— Les deux.
— Tu as toujours été comme ça.
— Comment ?
— Présent et absent. Je veux dire : vraiment là, avec moi, complètement, et l'instant d'après, à des années-lumière.

Il ne répond pas. Son silence prend la forme d'un aveu. Elle murmure :

— Tu peux te confier à moi.
— Je ne le ferai pas.
— Essaie, au moins.

Muller la sonde pour mesurer son degré de sincérité. Il hésite une demi-seconde. Elle le lit dans ses yeux. Il ouvre la bouche, se ravise et la referme sans proférer le moindre son.

Valentina sourit.

— J'ai quarante-deux ans. Tu crois vraiment qu'à mon âge on peut tirer un trait sur le passé, tout reprendre à zéro et refaire sa vie avec un tueur professionnel ?

Muller tique sur le mot *tueur*. Il ironise :

— Tu ne *peux* pas ou tu ne *veux* pas ?

52

La Celle-Saint-Cloud, 12 juillet 2001.

Brun vit dans un Scénic banalisé. L'habitacle surchauffé est devenu son principal lieu de travail. Il a aménagé un espace sur la banquette arrière pour les nuits de planque, avec oreiller, duvet et désodorisant parfum vanille. Son partenaire, le major Rey, l'appelle « ma petite fée du logis ». Il n'arrête pas de le charrier avec ses manies.

Les réunions du syndicat vampirisent son énergie et bouffent une large part de son temps libre. Les délégués de l'UNSA Police sont sur les dents. Un gardien de la paix de la PJ de Nanterre s'est suicidé avec son arme de service, la semaine dernière, le troisième depuis le début de l'année. Les communiqués internes et les messages d'alerte se perdent dans les rouages de l'administration policière. *Vous êtes les garants de l'ordre républicain. Tenez bon!* Le message sibyllin adressé par la hiérarchie leur reste en travers de la gorge.

Brun passe chez lui en coup de vent. Geneviève multiplie les allers-retours Paris-Beauvais pour rendre visite à ses amies et pallier son absence. Il lui arrive de déserter trois jours d'affilée. Brun ne lui reproche rien. Il sait que c'est sa faute. Il se raccroche à l'idée qu'elle finira par se faire à leur nouvelle vie. Les vacances programmées depuis janvier, trois semaines en tête à tête dans un bungalow sur la Côte d'Azur du 25 juillet au 15 août, lui filent des sueurs froides.

Le dossier Sophie Calder - Hélène Thomas s'épaissit. Les journées ressemblent à une succession de filatures et de planques interminables depuis le siège de Live-Events à La Celle-Saint-Cloud. Son quotidien est un décalage horaire permanent.

Brun cartographie les déplacements de Sophie Calder et de ses vingt-six employés, dont neuf prostitués. Deux hommes, sept femmes. Il connaît leurs noms et leurs adresses. Il consigne les dates, les horaires, les lieux de rendez-vous, les noms des clients et les sociétés pour lesquelles ils travaillent. Il noircit des pages entières de carnets, semaine après semaine.

Lui et le major Rey se concentrent d'abord sur le siège de l'agence et Magny-Cours. Très vite, leurs investigations les conduisent sur les circuits automobiles de la région parisienne, puis de l'Hexagone. Ils s'en éloignent tout aussi rapidement pour graviter autour d'autres cercles sportifs, tournois de golf, de tennis, de poker ou courses hippiques.

Le jour, les filles aux parapluies font de l'ombre aux pilotes automobile, les types étalent leur virilité au bras des quadragénaires en tailleur, les hôtesses d'accueil jouent aux femmes-sandwichs en bikinis ou aux potiches dans les soirées promotionnelles pour lubrifiant à moteur ou pour pneumatiques.

Le soir venu, neuf d'entre eux hantent les chambres d'hôtel, les salons privés et les arrière-salles des paddocks. Pas d'échanges directs d'argent, sauf avec le gérant du Best Western de Magny-Cours. Le reste du temps, les transactions financières ont lieu ailleurs.

Brun prend des notes, Rey mitraille au téléobjectif. Les clients sont des sportifs fortunés, des politiques ou des célébrités, parfois, des sponsors et des cadres commerciaux, la plupart du temps. Tous liés de près ou de loin à l'industrie du sport en général, automobile en particulier, et à l'industrie du tabac. Brun leur attribue des numéros codés et un palmarès dans son registre. *27/F4/7* signifie : vingt-septième client recensé, prostituée femme n° 4, septième partie de jambes en l'air.

Brun prône l'observation et l'attente. Rey est un hyperactif. La plupart du temps, Brun parvient à canaliser son caractère impulsif. En de rares occasions, quand certaines filatures lui semblent trop longues, Rey voit rouge et laisse son instinct prendre le dessus. Si ses méthodes indisposent Brun, elles permettent parfois d'obtenir des résultats.

7 juin, un hôtel cossu non loin de l'hippodrome de Deauville - La Touques, trois prostituées pour un seul client mystère. Brun note : *49/F4-5-7/1* – prostituées femmes n°s 4, 5 et 7.

Le type est prudent. Il est déjà sur place à l'arrivée des prostituées, à minuit. L'ascenseur indique le quatrième étage. Rey fait le tour du bâtiment. Une porte-fenêtre est allumée à l'arrière. Impossible de trouver un angle de prise de vues pour l'appareil photo.

Brun gare le Scénic dans une rue adjacente. Rey ne tient pas en place. Il opte finalement pour l'action. Il saute de la voiture et pénètre dans l'hôtel. Le veilleur de nuit, un homme malingre au profil aryen répondant au prénom de Christophe, refuse de le laisser consulter le registre. Rey glisse un billet de cent francs sur le comptoir et revient au trot à la voiture avec l'information.

— Ça valait le coup. Le type est un ponte. La réservation a été faite au nom de Sophie Calder.

Brun s'esclaffe.

— Sans blague !

Le sourire de Rey s'élargit.

— Darrel Jones, le numéro trois du directoire d'European G. Tobacco, soixante-huit ans au compteur. Même en additionnant l'âge des trois filles, il en manque.

Brun émet un sifflement admiratif.

— Voilà ce qu'on appelle un gros poisson.

Il sort son carnet. Il griffonne *Industrie du tabac / Calder*, dans la marge, et souligne deux fois. Rey exhibe la page arrachée du registre sur laquelle figurent le nom et la signature de Sophie Calder.

— Voilà ce qu'on appelle une preuve indirecte.

Brun la saisit, la plie en quatre et l'archive dans la poche intérieure de sa veste.

— Attendons de voir la suite.

Darrel Jones quitte les lieux à 3 h 47 à bord d'une berline allemande aux vitres teintées. Les filles ressortent dix minutes plus tard de la même manière.

Ce n'est pas tout : le veilleur ne cafte pas. Le manège se reproduit trois fois jusqu'à fin juin. Les prostituées varient, mais le mode opératoire reste le même.

Rey prend les devants. Il décide d'approfondir sa relation flic-indic avec le dénommé Christophe. Le veilleur lui donne à présent l'heure du rendez-vous et le numéro de chambre. Il doit s'assurer que la suite où les ébats ont lieu soit davantage *photogénique*. Pas de rideaux, vue imprenable depuis l'immeuble d'en face.

Les deux fois suivantes, Brun fait le guet dans le Scénic. Il note le nom des filles, les horaires et le numéro de plaque d'immatriculation des véhicules qui entrent et qui quittent le parking de l'hôtel. Rey joue le rôle du mateur, la bave aux lèvres. Il s'installe dans l'obscurité, fixe le boîtier Canon sur un trépied et règle le zoom au maximum. Jones a un appétit insatiable et un faible pour les blondes. Rey n'en perd pas une miette. Une fois que tout le monde est parti, il réintègre le Scénic, des étoiles plein les yeux.

— J'adore mon métier !

Brun secoue la tête.

— On parle de trois putes et d'un vieillard. Je ne vois pas ce qui t'excite là-dedans.

Rey tapote le boîtier et mime l'extase.

— Un vieux ? Quel vieux ? Oublie-le, mon pote !

Brun lève les yeux au ciel. Rey lui fait un doigt d'honneur. Brun l'ignore et récupère la carte mémoire du Canon pour l'archiver dans la poche intérieure de sa veste.

— Voilà ce qu'on appelle des preuves accablantes.

Dix jours plus tard, rebelote. Mercredi 27 juin, quatrième et dernier rendez-vous coquin avant les vacances avec madame et les petits-enfants aux Canaries. Darrel Jones se pointe à l'heure dite. Les filles arrivent en retard. Elles ont pris un taxi. Brun identifie les escorts n°s 6 et 7. Il note leur nom et l'heure.

La troisième règle le chauffeur et sort en dernier. Elle porte une valise dans sa main droite. Elle balaie la rue du regard sans s'arrêter sur le Scénic. Brun se pétrifie en la reconnaissant.

Rey dit :

— Anna Krause.

Brun se ressaisit. Il ajoute les initiales *A. K.* à la suite des autres. Il omet sciemment d'indiquer le nom d'Hélène Thomas. Rey attend que le trio ait intégré l'hôtel pour ouvrir la portière et bondir à l'extérieur. Brun le retient par la manche.

— Ce soir, c'est moi qui prends les photos.

Sourire égrillard de Rey. Brun rafle le Canon et se précipite hors du Scénic sans écouter ses commentaires. Il s'engouffre dans le bâtiment et grimpe les quatre étages comme s'il avait le diable aux fesses. Il repère son poste d'observation sur le palier, installe le matériel et attend.

Brun se retient de descendre en courant supplier Rey de prendre le relais. Il se penche sur le viseur de l'appareil, il fait le point. Jones apparaît à l'image. Brun se traite d'imbécile. Les filles font leur entrée.

Jones est en peignoir. Il tient une bouteille. Quatre flûtes sont disposées sur la table. Les escorts 6 et 7 se jettent dessus. Hélène Thomas s'avance jusqu'à une banquette, sur la gauche, sans même un regard pour Jones. Elle pose la valise à plat et l'ouvre.

Brun effleure de l'index le bouton de l'obturateur. Il est incapable de se décider à appuyer. Les minutes défilent. 6 et 7 sont nues à présent, allongées sur le lit. Jones s'affaire contre elles. Hélène se tient derrière lui. L'image est floue. Brun transpire. La photo de la gamine de vingt ans qui figurait sur l'avis de recherche en 1986 se superpose à la scène. Brun ne parvient pas à la chasser. Ses mains tremblent de plus en plus fort.

Il recule, s'assoit sur les marches de l'escalier et allume une cigarette pour réfléchir. Il tire dessus jusqu'à ce qu'une idée lui vienne. Il écrase alors son mégot, colle son œil au viseur, déplace légèrement l'objectif vers le bas et cadre l'image de façon que le visage d'Hélène Thomas soit hors champ. Ses mains cessent enfin de trembler. Il presse le bouton.

Sa respiration et son pouls se stabilisent. L'image redevient nette. 6 et 7 s'embrassent. Hélène-sans-tête-Thomas s'agenouille.

Brun modifie encore le cadre pour qu'on ne la reconnaisse pas avant de prendre un nouveau cliché. Il renouvelle l'opération. Cela devient rapidement un réflexe. Il rallume une cigarette et poursuit son travail de falsification jusqu'au départ de Darrel Jones et des filles, trois heures plus tard.

Filature voyeuriste. Aéroport de Roissy, hall des arrivées. La voix au micro, en fond sonore – *Les passagers du vol Air France AF7265 à destination de...* Hélène Thomas s'avance jusqu'à la barrière, au milieu des familles et des chauffeurs de taxi. Elle porte des lunettes de soleil Gucci qui lui mangent le visage et une robe d'été légère. Brun l'observe depuis l'étage supérieur. Vue plongeante sur sa silhouette : les hommes se retournent sur son passage, elle n'a même pas un regard pour eux.

La même scène, cinq jours plus tôt. Sophie Calder, devant la salle d'embarquement du vol de 15 h 35 pour Belgrade en classe affaires. Hélène Thomas l'accompagne. Une baie vitrée immense entre elles et lui. Les deux femmes sont assises à l'écart, parfaitement détendues. Elles se donnent la main. On dirait deux sœurs sur le point de partir en vacances. Calder n'arrête pas de bavasser. Elle ponctue chacune de ses phrases d'éclats de rire espiègles. Hélène Thomas penche la tête sur le côté en souriant. Brun se remémore cette phrase prononcée par la vieille dame du rez-de-chaussée du petit immeuble de Bagnolet où elle vivait, quinze ans auparavant – « Hélène avait l'air bien. Elle riait. »

Les portes finissent par s'ouvrir. Un frisson d'impatience parcourt la foule. Les douanes vomissent une première volée d'hommes d'affaires.

Rey a pris son jour de repos. Brun ne devrait pas être là. Il n'a pris ni arme de service ni appareil photo. Il fait des heures supplémentaires sur son temps personnel. Il ressent ce besoin irrépressible d'assister à leurs retrouvailles.

Hélène Thomas se tord le cou pour jeter un œil par-dessus leurs têtes. Brun la dévore des yeux. Sophie Calder apparaît enfin, rayonnante. Elle se faufile parmi les passagers. Hélène Thomas se précipite à sa rencontre. Calder lui caresse la joue d'un geste tendre. Elles tombent dans les bras l'une de l'autre. Le tableau est touchant.

Soudain, Hélène Thomas se fige. Elle fixe un point situé sur la droite. Son regard se charge de colère. Elle tend un doigt accusateur. Calder tourne la tête pour suivre la direction qu'il indique. Brun se penche par-dessus la balustrade. C'est alors qu'il le voit.

Un homme plutôt mince, la trentaine, planté au milieu d'un flot continu de passagers qui s'écartent pour ne pas le percuter. Cheveux courts plaqués en arrière, barbe de trois jours, costume bon marché. Ni valise ni attaché-case. Il n'est pas là par hasard.

Ses yeux sont braqués sur *elles*, comme si le reste n'existait pas. Une aura de malveillance se dégage de lui.

Brun explore brièvement son organigramme mental. L'homme n'y apparaît nulle part. C'est la première fois qu'il le voit, il en est sûr.

Calder secoue la tête. Ses lèvres remuent. Hélène Thomas secoue la tête à son tour. Calder la prend brusquement par le bras et l'entraîne dans la direction opposée. Brun se déplace en courant jusqu'aux escalators pour ne pas les perdre de vue. Il garde un œil sur l'inconnu qui les regarde disparaître en direction de la zone réservée aux taxis. Brun dévale les marches en mouvement. Il se prend les pieds dans la valise d'un voyageur et se rattrape in extremis à la rambarde.

Il déboule en bas, essoufflé, au moment précis où les deux femmes s'engouffrent dans un taxi, de l'autre côté de la baie vitrée. Changement d'angle, coup d'œil latéral. Brun retrouve aussitôt l'inconnu et l'examine.

L'homme n'a pas bougé. Il se tient immobile, les bras légèrement écartés, les paumes offertes, comme s'il cherchait à capter l'énergie de la foule autour de lui. Il ne voit rien ni personne. Son attitude *bizarre* ne colle pas avec sa tenue typique de cadre commercial.

Brun se rapproche de la sortie sans cesser de l'observer, fasciné. Il tente de formaliser mentalement une équation Hélène Thomas / l'inconnu de Roissy. Il enchaîne les hypothèses à toute vitesse, petit ami évincé, obsédé, client indélicat, ancien prostitué employé par l'agence, mais aucune ne colle vraiment.

L'homme fait soudain volte-face et se dirige vers l'extérieur. Il frôle Brun en passant la porte coulissante. Une fois dehors, il allume une cigarette et s'avance jusqu'au premier taxi disponible, une Mercedes break gris métallisé. Le chauffeur fume, adossé à la portière. L'inconnu n'est pas pressé. Il n'a pas l'intention de suivre Calder et Hélène Thomas. Brun pense : il sait où elles se rendent, il n'était pas là pour ça, il est venu les accueillir à l'aéroport *uniquement* pour se montrer.

L'inconnu fait de grands gestes, l'air affable. Le chauffeur éclate de rire. Les deux hommes échangent un instant, puis l'inconnu hoche la tête, écrase sa cigarette du talon et grimpe à l'arrière. Le chauffeur jette son mégot sur le trottoir et s'installe au volant.

Brun avise sa Clio, à cinquante mètres de là, et pique un sprint. Il l'atteint au moment où la Mercedes déboîte pour s'insérer dans le trafic.

La filature prend fin trois quarts d'heure plus tard, rue Vernet, dans le très chic 8e arrondissement parisien. Monsieur *Bizarre* disparaît à l'intérieur d'un immeuble bourgeois de quatre étages.

Midi. Le thermomètre frôle les trente degrés à l'ombre. Brun se gare à la va-vite devant une bouche à incendie, en plein soleil, et traverse la rue en courant. Porte verrouillée, accès protégé par un digicode. Sur le battant, une plaque en cuivre estampillée *BRS Conseil*.

Le nom lui rappelle quelque chose, mais il ne parvient pas à se souvenir où il l'a déjà vu. Ni Sophie Calder ni Hélène Thomas ne se sont jamais pointées dans le coin. Il refait le trajet en sens inverse jusqu'à sa voiture.

Vingt minutes passent. La température grimpe en flèche dans l'habitacle. Brun est en nage. C'est alors que ça lui revient. BRS Conseil, l'un des clients de l'agence Live-Events. C'était en avril dernier, à l'hippodrome de Vincennes, une filature en duo avec Rey.

Brun fouille dans sa mémoire, à la recherche de précisions. Le cadre : un salon privé, Sophie Calder, des mannequins de l'agence, des pontes de Big Tobacco et un type arrogant comme maître de cérémonie, la quarantaine, un début d'embonpoint, souliers vernis, tenue impeccable. Ambiance business feutrée.

Monsieur Arrogant se tient entre Sophie Calder et le seau à champagne. C'est lui qui règle les consommations. Après leur départ, Rey récupère la note sur le comptoir pendant que le serveur a le dos tourné.

Brun sort son carnet de la boîte à gants. Il le feuillette en remontant le temps. Là, ça y est, il trouve, à la date du 14 avril 2001. Sur la note, Monsieur Arrogant a signé *E. Rojas*. Plus tard, Rey et Brun remontent jusqu'au nom de la société, grâce au numéro de carte bancaire. Brun a inscrit au stylo : *BRS Conseil, 118, rue Vernet, Paris 8ᵉ, David Bartels/Eduardo Rojas*. Il a également griffonné dans la marge : *filiale d'European G. Tobacco*.

Brun relève la tête, interdit. Le dos de sa chemise et ses aisselles sont trempés de sueur. Il s'éponge le front et la nuque. Un détail le chiffonne, mais il est incapable de mettre le doigt dessus. Il s'obstine. Calder, la mère maquerelle. Hélène Thomas, son employée depuis 1986, son associée un an plus tard, son amie. Bartels-Rojas, leurs principaux clients. L'inconnu de Roissy : un lien *bizarre* entre les deux entités, Live-Events et BRS Conseil. Brun tourne et retourne les données dans sa tête, à la recherche d'un indice, jusqu'à ce que ça fasse *tilt*.

C'était là, sous ses yeux, depuis le début. Calder, la mère maquerelle, n'est qu'une prestataire de services aux ordres. Elle ne dirige rien, elle ne décide de rien. Elle fournit des filles sur commande à BRS Conseil. Elle arrose les intermédiaires tels que le gérant du Best Western de Magny-Cours, mais cela s'arrête là.

Calder n'est qu'une courroie de transmission dans un projet lucratif plus vaste. Son job se limite à convoyer de la chair fraîche pour ces salopards, en prenant tous les risques juridiques.

Le vrai donneur d'ordres, c'est BRS Conseil. Live-Events n'est qu'une filiale. BRS Conseil règle les factures d'hôtel de Calder et de ses filles. BRS Conseil fournit les clients pour les filles. Voilà pourquoi les clients comme Darrel Jones ne paient jamais.

BRS Conseil règle pour eux. Mieux, les filles ne sont qu'un bonus. BRS Conseil règle la note pour le compte de Big Tobacco.

BRS Conseil *est la mère maquerelle*. Les filles ne sont pas le véritable produit. European G. Tobacco *est le véritable produit*.

Brun est pris de vertiges. Son carnet lui tombe des mains et glisse sous le siège. Il suffoque. Il baisse la vitre à bloc pour laisser entrer un peu d'air.

La porte cochère s'entrouvre sur le trottoir d'en face. Brun distingue deux silhouettes en ombres chinoises. Il fronce les sourcils, ses mains en visière pour se protéger du soleil. Il met quelques secondes à habituer ses rétines au contraste entre la pénombre du passage et la lumière blanche de la rue.

Brun cligne des yeux. Il les voit distinctement : l'inconnu de Roissy et Eduardo Rojas, qui s'embrassent à pleine bouche dans le renfoncement, à l'abri des regards indiscrets.

53

Pantin, 3 septembre 2001.

Une pizzeria en haut de l'avenue Jean-Lolive, à deux pas de son domicile. Il est près de dix heures du soir. La clientèle est composée d'un couple de retraités mutiques et d'une quinzaine d'étudiants dopés au chianti. Nora dîne seul. Le serveur l'a installé dans le fond et lui a tendu la carte. Nora est affamé. Il a commandé une assiette de spaghettis *al pesto*, une Regina et de l'eau minérale. Il n'a pas bu une goutte d'alcool depuis le 1er mars 1997. Quatre ans, six mois et deux jours. Des siècles d'abstinence.

Boulot, boulot, boulot. D'un côté, Bruxelles et la cellule antitabac de l'OLAF. De l'autre, Nanterre, Podgorica et sa petite milice privée : Zupan, Danilo, Vincent. Les trajets Paris-Bruxelles l'éreintent et sont en même temps source d'exaltation.

Sur la table, un petit PC portable, un téléphone mobile et un dossier contenant une partie de ses notes. Les nouvelles sont réjouissantes. Scelci l'a appelé en début de matinée. Le procureur ne ménage pas sa peine sur le plan juridique. Grâce aux données chiffrées fournies par Nora, il a obtenu du Conseil et du Parlement européen la création d'une commission tabac spéciale fraude, un plan d'action officiel et un calendrier pour les quatre prochaines années. Il s'est associé deux députés européens allemand et suédois en guerre depuis une décennie contre European G. Tobacco. Les chefs d'inculpation retenus : blanchiment d'argent et crime organisé. Son plaidoyer vibrant devant le juge rapporteur et l'avocat général de la Cour a fait mouche : « Ces gens-là sont puissants. La justice ne vaut pas grand-chose à leurs yeux. Ils ont élevé le droit des affaires à un niveau rarement égalé. Ce sont des juristes aguerris qui contournent nos lois. Aidez-moi à trouver la faille. Aidez-moi à percer à jour leurs stratégies et à démonter leurs montages juridiques. »

Scelci est aux anges. Les premières auditions des industriels du tabac débutent fin avril devant la Cour de justice de l'UE à Luxembourg. Il a fêté l'évènement devant un parterre de journalistes sur les marches du palais de Kirchberg. Les flashs crépitent. Son profil d'incorruptible photogénique et ses deux gardes du corps font sensation.

Nora privilégie l'ombre. En parallèle, il harcèle les services fiscaux français et potasse les biographies des associés de BRS Conseil en vertu du principe amélioré de *L'art de la guerre* de Sun Tzu. Connais ton ennemi, et arrange-toi pour qu'il ignore tes intentions !

Nora saupoudre ses pâtes de parmesan et enfourne une bouchée. Le serveur abandonne une bouteille de Badoit devant lui et tourne les talons. Les spaghettis sont trop salés. Nora se sert un verre et relit son dernier rapport à l'intention de Scelci.

En résumé : David Bartels est désormais un lobbyiste influent. Il mène une vie de requin fortuné. Il affectionne : les costumes de marque, les tournois de tennis, claquer son fric dans des restaurants fréquentés par des députés et les rendez-vous mondains. Des appartements dans les 4e et 8e arrondissements, une villa à Sainte-Maxime, avec vue sur la Tour carrée, divers placements boursiers dont douze millions et demi d'euros en actions

European G. Tobacco. Il entretient depuis le début de l'année une relation sulfureuse avec l'actrice hongkongaise Zihan Sûn et multiplie les allers-retours en classe affaires à New York, Tokyo et Pékin. Tous deux font régulièrement la une des pages people des magazines branchés. Bartels est divorcé depuis 1996 d'Élise Lagarette-Camblone, remariée depuis avec un urologue clinicien de sept ans son cadet.

Nora a ajouté en annexe à Scelci une liste longue comme le bras des élus français et des parlementaires européens que Bartels fréquente assidûment. Il a différencié les protabacs notoires et les protabacs potentiels. Il cite le cas d'un député RPR de l'Oise qui milite activement pour que la loi Évin ne soit pas appliquée dans les lieux où l'on vend du tabac. En complément, Nora a indiqué entre parenthèses celles et ceux qui ont avoué en public avoir bénéficié de cadeaux en nature ainsi que la nature desdits cadeaux, champagne à quatre cents francs la bouteille, loges à Roland-Garros et accès au paddock du Grand Prix de Monaco.

Nora termine son assiette, la repousse sur la table et fait signe au serveur de lancer la suite. Il vérifie ses notes, corrige quelques coquilles, siffle la moitié de son eau minérale et passe à Eduardo Rojas.

Le cas est plus énigmatique. L'association Rojas-Bartels semble taillée sur mesure pour canaliser l'énergie autodestructrice de Bartels. Homme d'affaires d'origine madrilène, discret, Rojas est recruté en 1984 par European G. Tobacco comme directeur du pôle Grand Ouest, puis catapulté associé de Bartels à la tête de BRS Conseil en 1991. Son réseau se limite à ses appuis au directoire et à ses contacts avec les directeurs de vente et de distribution sur le terrain. Rojas est un bourreau de travail et un investisseur avisé. Gros patrimoine immobilier dans la région de Cuenca, en Espagne, aucune relation amoureuse connue, une réputation d'homme à poigne. Il affectionne les paradis fiscaux. En plus de ses comptes bancaires en Belgique, en Espagne et en France, il en possède notamment à Malte, dans l'une des filiales de la banque Reyl and JPMorgan. Taux d'imposition minimes à 5 %, soupçons d'optimisation fiscale des revenus liés à la fraude serbe pour le compte de Big Tobacco. Impossible de connaître les montants qui transitent par ses comptes ni leur origine pour cause de secret bancaire. Opacité totale.

Autre élément intéressant : Rojas passe également sa vie dans les transports aériens, une cinquantaine d'allers-retours Paris-Belgrade-Podgorica entre février 1993 et avril 2001. Nora s'est procuré des épingles et du fil vert pour compléter la carte murale. Les trajets de Rojas épousent parfaitement les formes de la route de la Nicotine.

Nora a photographié le résultat et l'a envoyé par mail à Zupan et Danilo avec la mention *Je vous informe dès qu'il remet les pieds dans les Balkans.*

Nora bâille. Les éclats de rire des étudiants le tirent de sa torpeur. Ils fument comme des pompiers. Cigarette au bec, l'un d'entre eux entreprend une imitation d'un sketch comique. Nora ne reconnaît ni le sketch ni l'humoriste. Les deux retraités se lèvent de table, excédés. Le serveur se précipite pour leur ouvrir la porte.

Un courant d'air frais précède leur sortie. Les cris des étudiants redoublent. Les shots de limoncello qu'ils s'enfilent pour faire passer leur dessert leur montent à la tête. Nora se pince les narines. Le mélange écœurant liqueur de citron, tabac, friture lui file la nausée.

Il s'enquiert de sa commande en toussant. Le serveur lui fait signe qu'elle ne devrait plus tarder en jetant un œil à l'horloge murale.

Nora retourne à ses notes. Il ouvre le dossier intitulé *X – Podgorica* dans lequel figurent tous les documents que lui envoient les deux journalistes depuis fin juin.

Tout l'été, Luka Zupan et Rade Danilo passent au peigne fin la route monténégrine de la Nicotine. Ils écument en particulier les faubourgs de Podgorica et le port de Budva. Ils bossent pour leur compte et pour Nora. Ils raflent tout ce qui leur tombe sous la main : documents administratifs, copies de récépissés des douanes, e-mails, horaires de livraisons. Ils recensent l'intégralité des utilitaires et des poids lourds qui traversent le pays pour le compte de Big Tobacco. Ils n'épargnent personne. Ils photographient les livraisons auxquelles ils assistent, les plaques des camions, les têtes des chauffeurs serbes, celles de leurs remplaçants monténégrins, les manutentionnaires qui chargent les camions, les douaniers qui valident leur passage, les hommes de main de la mafia monténégrine, les sbires gouvernementaux, un véritable bestiaire pour qui entre en contact de près ou de loin avec le moindre mégot qui sort des usines de Niš et de Vranje.

Ils partagent toutes les informations *légales* avec Nora. Ils conservent les autres pour eux. Sur chaque cliché, le jour, l'heure et l'endroit où il a été pris. Le cabinet de Scelci et la Commission européenne paient pour ça.

Les trafiquants de cigarettes de contrebande et leurs alliés leur en font voir de toutes les couleurs. Leur portrait circule sous le manteau aux services de renseignements de Podgorica et dans les milieux mafieux. Les directions de Big Tobacco Serbie et Monténégro ont transmis leur photo aux chauffeurs et aux distributeurs avec pour consigne de les éviter et de signaler leur présence. Zupan et Danilo ont dû s'exiler. Ils œuvrent désormais depuis Zagreb en Croatie. Ils se contentent de brèves incursions en territoire monténégrin. Ils bénéficient de relais sur place. Des journalistes locaux leur filent un coup de main, des informateurs dans l'administration les rencardent sur les transactions en cours, des amis les hébergent. Ils travaillent également avec Vincent, l'informateur de Nora.

Le salaire que leur verse Scelci intègre les faux frais et la prime de risques. La Commission européenne paie aussi pour ça.

La carte de la route de la Nicotine se couvre de lignes et d'épingles noires supplémentaires. Le dossier *UE contre European G. Tobacco* s'étoffe chaque jour. Nora passe le plus clair de son temps à compulser leurs envois et à effectuer un tri avant de transmettre au bureau du procureur. Fournir des rapports comptables propres et juridiquement exploitables : voilà pourquoi la brigade financière de Nanterre le paie, lui.

Nora s'étire. Le serveur lui plante sa commande sous le nez. Nora hume le parfum de mozzarella fondue en se frottant les mains. Le serveur indique la bouteille de Badoit du menton, un rictus gêné aux lèvres.

— Je sais ce que c'est.

Nora referme lentement son dossier.

— Quoi ?

Le serveur se dandine.

— Moi aussi, je suis passé par là.

Nora percute qu'ils sont en train de parler d'alcool. Il le dévisage une seconde et demande, par pure politesse :

— Combien de temps ?

Sourire complice du serveur.

— Huit mois. Et vous ?

— 1997.

Nora mâche un morceau de pizza pendant que le serveur fait le calcul. La tomate lui brûle la langue. Le serveur ne le lâche pas.

— Vous y pensez encore ?

Nora mastique.

— Tout le temps.

Le serveur baisse les yeux sur la pointe de ses chaussures.

— Moi aussi, putain.

Nora hoche la tête. Le type a l'air con, lui aussi. Il cherche un mot de réconfort ou d'encouragement. Rien ne lui vient. La sonnerie de son portable les fait sursauter tous les deux. Nora se raccroche à l'appareil comme à une bouée de sauvetage.

Luka Zupan, de l'excitation dans la voix :

— Je viens de te transférer un e-mail de Vincent.

— Dis-moi.

— Je crois qu'il va falloir que tu ressortes ton stock d'épingles rouges.

Dix minutes plus tard, chez lui, sur sa messagerie professionnelle sécurisée. Nora est essoufflé. À l'écran : une série de photos prises par Vincent la semaine passée, à la frontière serbe, figurant un convoi de cigarettes en provenance de l'usine de Niš.

28 août 2001, 20 h 35, deux poids lourds siglés Big Tobacco et immatriculés à Belgrade quittent le territoire serbe. Deux heures passent. Les camions font escale dans une zone industrielle à la sortie de Pljevlja, au nord du Monténégro. Deux véhicules les attendent sur un parking, une Peugeot 405 et un van Mercedes.

Plan large : les chauffeurs des poids lourds intègrent la 405 qui quitte aussitôt les lieux. Dans le même temps, six silhouettes s'extraient du van et s'activent autour du camion n° 1. Les logos Big Tobacco disparaissent comme par enchantement, des plaques allemandes se substituent aux serbes, personne ne touche au chargement.

23 h 50, le convoi repart avec de nouveaux chauffeurs dans deux directions : Budva puis la mer Adriatique et l'Italie pour le poids lourd relooké n° 1, hangars de l'agence monténégrine de Big Tobacco à Podgorica pour le n° 2. Flagrant délit de fraude caractérisée. *Clic-clac*, Vincent n'en perd pas une miette.

Le plus important est encore à venir. Nora ouvre une deuxième série de clichés. Il repasse mentalement l'image de

Monsieur X version 1986 au volant de sa BX de location, devant la casse d'Herm. Il se demande à quoi il pourrait ressembler quinze ans plus tard. Il scrute chaque cliché de Vincent dans l'espoir de revoir sa sale tête. Il le reconnaît au premier coup d'œil.

— Te voilà, vieux salopard !

Plan resserré. Comme la scène d'un film, découpée image par image. Vincent mitraille une silhouette sur la droite, qui supervise les opérations et effectue de grands gestes à l'attention des types qui démontent les plaques d'immatriculation.

Nora se rapproche de l'écran. Cheveux ras, tenue légère : jeans, baskets, tee-shirt blanc sanglé d'une bande noire. Monsieur X est plus mince que dans son souvenir. Changement d'angle. Profil gauche. Nora fronce les sourcils. La sangle noire est un holster d'épaule. La lumière des phares du van Mercedes capte la crosse d'un pistolet. Un instantané : mâchoire carrée, muscles saillants, regard tendu, braqué vers l'un des hommes perché sur une échelle et occupé à retirer le logo Big Tobacco sur le pan latéral du poids lourd n° 1.

Images suivantes. Zoom sur le buste de monsieur X. Trois photos nettes d'affilée, trois quarts face. Son visage est en partie dans la pénombre. Nora farfouille sur son bureau à la recherche du portrait de début août 1986. Il finit par le dénicher et le brandit à droite de l'écran. Le même homme, entre quarante et cinquante ans, yeux clairs, les cheveux désormais presque blancs.

Nora retient son souffle.

— Te voilà enfin, après toutes ces années…

Rapport d'enquête RF/OLAF/UE-02.7896.1 Brigade financière de Nanterre/Office européen de lutte antifraude – 06/05/2002. OPJ rapporteur : capitaine de police Simon Nora – ARCHIVES PERSONNELLES DE DAVID BARTELS. *Correspondance privée entre Élise Bartels et Christelle Szabo – Copie photographiée 4/4 lettre manuscrite du 08/10/1993.*

PARIS
8 oct 1993

Chère Christelle,

J'ai longuement hésité avant de t'écrire. Il y a cinq ans, lorsque tu m'as appris ton aventure avec David, j'ai loué ta sincérité et je t'ai pardonné. J'ai ensuite traversé une période douloureuse dont j'émerge à peine aujourd'hui. Ma vie était un désastre. J'étais profondément en colère contre lui, contre toi aussi, bien sûr, mais contre moi-même, surtout. Tu le sais, à cette époque, j'étais jeune et terriblement vulnérable. Je nourrissais un profond sentiment de culpabilité de classe lié à mes origines sociales modestes que mon mariage avec David ne faisait qu'exacerber. J'ai subi ses assauts incessants d'homme, j'ai porté ses fils, j'ai encaissé ses chèques, je me suis laissé enfermer dans sa tour d'ivoire, je l'ai laissé briller à la lumière de la réussite et, toute honte ravalée, j'ai accepté de me terrer dans la pénombre de notre appartement parisien et de jouer le rôle qui m'était assigné. David le beau parleur. David le séducteur. David à qui tout réussit. David le manipulateur, le menteur, le tricheur. David sans états d'âme. David avide de pouvoir et de sexe. David l'infidèle. Soit. Je l'ai laissé resserrer son emprise sur moi, je ne me suis même pas débattue, pas vraiment, j'ai pris le fric, j'ai fait vœu de silence. En clair, j'ai mérité ce qui m'arrivait. C'était dans l'ordre des choses.

Évidemment, c'étaient des conneries. J'ai commencé une analyse, j'ai ma dose quotidienne d'anxiolytiques et d'alcool, je continue les cours de yoga, dans l'association où nous nous sommes connues, j'ai entrepris une reconversion et entamé des études en psychologie, à Nanterre – oui, moi, la diplômée d'HEC! Le processus de reconstruction est long et loin d'être terminé. Les enfants grandissent et commencent à poser des questions.

David et moi faisons chambre à part depuis la nuit des temps. À vrai dire, je ne me souviens même pas de la dernière fois où il a essayé de me toucher. J'ai parlé de divorce en 1987, j'ai engagé un avocat, je me suis rétractée en 1989 lorsque David a eu sa première alerte cardiaque sérieuse, pour préserver les enfants, j'ai relancé la procédure l'année suivante lorsque j'ai compris qu'il ne changerait jamais et que sa nature autodestructrice nous emporterait tôt ou tard avec lui.

J'ai réclamé la garde des enfants. Totale et permanente. David, ça ne t'étonnera pas, a très mal réagi. Il a l'argent et les avocats qui vont avec. Il s'est lancé dans la bataille à corps perdu et, je dois bien l'avouer, moi aussi. J'ai les preuves de son infidélité, sa coke, son bilan de santé et quelques économies. Je veux ma part. Je ne céderai pas. Tout cela, c'est un peu grâce à toi, d'une certaine manière, mais je me plais à penser que, dans le fond, une guerrière sommeillait en moi tout ce temps et attendait patiemment son heure.

Pourtant, le *véritable* déclic s'est produit il y a trois mois à peine. Une fois de plus, tu en es la cause. David aussi, évidemment. Nos destins sont irrémédiablement liés, tu le sais mieux que quiconque, mais j'y viens justement. Coup de fil de mon avocat, surexcité. Il tenait la preuve ultime de l'infidélité de David : une demande de paternité concernant un enfant conçu hors mariage avec sa maîtresse. Toi. Nom de Dieu, Christelle, je te jure que toute la palette des émotions possibles y est passée! Du rire aux larmes. J'imaginais sa colère. Car David n'en voulait pas, de cet enfant, n'est-ce pas? Lui, le roi absolu, ça a dû le mettre dans une rage folle quand il a appris que tu gardais le bébé, je me trompe? Il a dû hurler, crier, trépigner, taper des pieds et des mains, te faire chanter, te menacer. Quelle plus terrible offense pouvais-tu lui faire que de disposer librement de ton corps? Il décide, nous exécutons, non?

Dans le même temps, je me suis sentie trahie, humiliée. Je t'en ai voulu d'avoir gardé ce secret pour toi, de m'avoir tenue à l'écart. Bon sang, ce que j'ai pu pleurer, Christelle! Puis, la joie l'a emporté : tu es maman, Raphaël et Sébastien ont une petite sœur ou un petit frère. David a échoué. Nous sommes plus fortes.

Ce matin, j'ai trouvé ton adresse dans les pages blanches. Comment vas-tu? Comment va l'enfant? Je suis sûre qu'il est en bonne santé et plein de vie. Avez-vous besoin de quoi que ce soit? Est-ce un garçon ou une fille? J'ai refusé que l'avocat me révèle le nom et le sexe de l'enfant, je voulais l'apprendre de ta bouche. Mais je crois que je le sais déjà. Dis-moi qu'il s'agit d'une petite Christelle. Je rêve secrètement que ce soit la fille que je n'ai jamais pu avoir.

Quoi qu'il en soit, prends soin de lui, prends soin d'elle, prends soin de toi, et, avec beaucoup de retard, toutes mes félicitations.

Je vous embrasse tous les deux.

Ton amie, si tu le veux bien, Élise

~

Rapport d'enquête RF/OLAF/UE-02.7896.1 Brigade financière de Nanterre/Office européen de lutte antifraude – 06/05/2002. OPJ rapporteur : capitaine de police Simon Nora – ARCHIVES PERSONNELLES DE DAVID BARTELS. *Correspondance privée entre Élise Bartels et Christelle Szabo – Copie photographiée 1/1 lettre manuscrite du 10/06/1994.*

Guilherand-Granges
le 10 juin

Élise. Je te remercie pour votre colis surprise arrivé par la poste ce matin. Tu exagères! Marion est aux anges! Elle a déballé ses cadeaux avec frénésie et s'est d'abord ruée sur les BD. À l'heure où je te parle, elle admire sa nouvelle robe dans le miroir de la salle de bains et m'appelle pour que je la coiffe comme une princesse! Entre parenthèses, je ne te félicite pas, mon éducation féministe en prend un sacré coup. Bref, c'est Noël avant l'heure, merci mille fois pour elle. J'ai lu à Marion l'adorable carte des enfants mais elle m'a prise au dépourvu : *Qui sont Sébastien et Raphaël, maman?* Je suis restée sans voix, incapable de répondre « tes frères » ni même de trouver le moindre mensonge joyeux à lui raconter – tu connais pourtant ma propension maladive à inventer des histoires pour refuser d'affronter la réalité en face. J'ai bêtement fondu en larmes. Marion est une petite fille intelligente. Devant ma réaction, elle m'a prise dans ses bras en me demandant pourquoi j'étais triste. Du coup, je me disais que ça serait formidable si vous veniez tous les trois fêter ses six ans ce samedi 18 juin, à la maison, afin qu'ils fassent connaissance. J'ai déjà préparé la chambre d'amis et Marion laissera la sienne à tes fils. Ça ne vaut pas le luxe du 3ᵉ arrondissement, mais il y a un grand parc pas très loin et de belles balades à faire dans les ruines de Crussol qui raviront les enfants! Dis-moi oui, je t'en prie. La bise. C.

~

Rapport d'enquête RF/OLAF/UE-02.7896.1 Brigade financière de Nanterre/Office européen de lutte antifraude – 06/05/2002. OPJ rapporteur : capitaine de police Simon Nora – ARCHIVES PERSONNELLES DE DAVID BARTELS. *Correspondance privée entre Élise Lagarette-Camblone et Christelle Szabo – Copie photographiée 1/1 lettre manuscrite du 28/03/1996.*

Chère Christelle,

Je t'écris en coup de vent… Le divorce a été enfin prononcé, il y a deux semaines. Malgré tout ce que j'ai enduré et même si c'est moi qui pars, cela m'affecte. Comme dit mon psy, en matière de syndrome de Stockholm, je suis un cas d'école. Voilà, j'ai pensé que tu aimerais être au courant, pour toi ou pour la petite. Prenez soin de vous.

Je t'embrasse,
Élise

Rapport d'enquête RF/OLAF/UE-02.7896.1 Brigade financière de Nanterre/Office européen de lutte antifraude – 06/05/2002. OPJ rapporteur : capitaine de police Simon Nora – ARCHIVES PERSONNELLES DE DAVID BARTELS. *Correspondance privée entre Élise Lagarette-Camblone et Christelle Szabo – Copie photographiée 5/5 lettre manuscrite du 02/01/2001.*

Guilherand-Granges
Mardi 2 janvier 2001

Élise,

Merci pour ta gentille lettre. Et puisque tu me demandes des nouvelles de Marion, je vais t'en donner. Elle va sur ses treize ans. C'est à présent une adolescente curieuse et vive d'esprit, soucieuse d'elle et de sa place dans le monde. Depuis quelques mois, elle me pose des questions sur son père, sur notre relation passée, sur ses activités. Tu sais mon sentiment de culpabilité et mon double souci, d'une part, de la préserver de David et, d'autre part, d'être honnête vis-à-vis d'elle, de préférence avant qu'elle se mette en tête d'aller voir son père toute seule et qu'il lui fourre Dieu sait quelles idées tordues dans le crâne. Je t'ai déjà longuement exposé les raisons pour lesquelles j'ai tout fait pour m'opposer à ses demandes répétées de la rencontrer, ainsi qu'à sa volonté de devenir officiellement son père, jusqu'ici avec succès. Marion s'interroge, donc, et je lui renvoie banalités et réponses toutes faites, mais ma fille est une entêtée – elle a de qui tenir ! – et elle ne s'en contente pas. Il y a tous ces symptômes qui témoignent de son mal-être. Elle me pique des cigarettes en cachette, même si je lui laisse croire que je l'ignore, il y a ce petit copain, un peu trop vieux pour elle, un lycéen en classe de première, pas très futé si tu veux mon avis, ses résultats scolaires sont en chute libre. C'est de son âge, bien sûr, il y a les effets de la puberté, mais je sais que mes silences sur son histoire la perturbent plus que je ne voudrais l'admettre. Bref, tu vois le tableau, tu es certainement passée par là avec tes fils.

Et puis, le mois dernier, en rentrant du boulot, je l'ai surprise au téléphone avec *lui*. *Lui*, putain ! J'ai évidemment hurlé. J'ai saisi le combiné, copieusement insulté David, puis j'ai raccroché. Marion s'est sentie prise en faute, elle m'a juré que l'idée venait d'elle, qu'elle voulait le connaître, que c'était plus fort qu'elle, que ce n'était que la deuxième fois, je l'ai traitée de menteuse, la conversation est rapidement montée dans les aigus et nous nous sommes violemment disputées. Tous les qualificatifs y sont passés : hystérique, mère protectrice, mante religieuse, manipulatrice, menteuse et je ne sais plus quoi d'autre encore. Je l'ai giflée, elle s'est précipitée dans la cuisine, a saisi des assiettes dans l'évier qu'elle a jetées contre le mur, je l'ai à nouveau giflée, elle a hurlé de plus belle. Cela nous était déjà arrivé, mais jamais à un tel niveau d'intensité et, surtout, c'était la première fois que David en était la cause.

Les jours ont passé, nous nous sommes finalement calmées. Le dimanche suivant, nous avons eu ce genre de discussion que les parents redoutent tant. Parler d'égal à égal, de mère à fille, de femme à femme. Il m'a fallu livrer des bribes de moi, de mon passé avec David, renvoyant du même coup à ma fille l'image de ce que j'étais à l'époque : une femme malheureuse, empêtrée dans ses contradictions, une briseuse de ménage, couchant avec le mari d'une autre qui était l'une de mes connaissances, un type dont le métier était de vendre du cancer alors que mon métier à moi consistait précisément à apprendre aux adolescents comme elle quels pièges mortels se dissimulaient derrière les beaux discours marketing des industriels du tabac pour lesquels David travaillait. Plus je parlais, plus Marion en redemandait. Et, plus elle trouvait des excuses à son père, plus je sentais un flot de souvenirs refaire surface jusqu'à me paralyser, et plus je me retenais de lui parler de tout ce que je savais ou que je soupçonnais du caractère licite et illicite des activités de son père. Pour la préserver, encore une fois. Parce qu'elle est encore trop jeune. Mais aussi, de façon plus confuse, parce que je me sentais – et je me sens toujours – *en danger*. Et elle avec moi.

J'ai peur de lui.

Un sentiment de mort qui plane.

Voilà pourquoi je te raconte tout ça.

C'est une des multiples facettes de David que nous n'avons jamais abordée, toi et moi. Pas une seule fois en quatorze ans. David le père indigne, David l'entrepreneur, David le fraudeur, David le voleur, David le hors-la-loi, David l'homme aux mille secrets, David le salopard, ça oui, mais David le criminel, jamais !

Tu vois où je veux en venir, j'en suis certaine.

Des preuves ? Nom de Dieu, je n'en ai pas la queue d'une. Juste des souvenirs, des hasards et ma parole contre la sienne, mais qu'en sait-il, lui ? Ce type louche avec qui il traînait parfois, un costaud au regard torve dénommé *Anton*, qui disparaissait dès que je m'approchais. Cette femme avec qui il travaillait, de temps à autre, dont j'ignore le nom mais que je reconnaîtrais à coup sûr si je la croisais au coin de la rue. Les bouts de conversations que je captais, lorsqu'il était au téléphone et qu'il ignorait ma présence.

Et toi ?

Après quinze ans de vie commune avec lui, que sais-tu ? Quels noms as-tu entendus ? Quels secrets inavouables tais-tu dans l'intérêt de ses enfants ?

Tu as peur ?

Toi aussi, cela t'empêche parfois de dormir la nuit, ou es-tu plus douée que moi à ce petit jeu ?

Je vais fêter mes cinquante ans, je suis mère, je suis une femme indépendante et rien n'a changé depuis le jour où j'ai rencontré David. Je suis toujours aussi lâche et imbécile. Je pensais que la peur se déliterait avec l'éloignement, je croyais aux vertus de la maternité et du temps qui passe, mais c'est précisément l'inverse qui se produit. Ça empire, Élise. Plus Marion m'interroge sur lui, plus j'ai peur.

Parfois je me dis que le sentiment de surpuissance qui l'anime est si fort qu'il ne soupçonne rien. Parfois, je pense qu'il n'osera jamais faire de mal à Marion ni à moi. Souvent, je me souviens de sa nature paranoïaque, je reste alors éveillée des nuits entières à fixer la porte de la chambre de ma fille légèrement entrouverte, en écoutant le bruit apaisant de sa respiration.

De tout cela, je ne lui ai évidemment rien dit, comme tu ne l'as probablement jamais évoqué avec Raphaël et Sébastien, mais, tu m'en excuseras, j'avais besoin d'en parler.

Au moins, maintenant, nous sommes deux.
Ou alors, je déraille complètement.
Je t'embrasse.

C.

~

Rapport d'enquête RF/OLAF/UE-02.7896.1 Brigade financière de Nanterre/Office européen de lutte antifraude – 06/05/2002. OPJ rapporteur : capitaine de police Simon Nora – ARCHIVES BRS CONSEIL – 19/09/1999. *Retranscription partielle d'un échange entre une participante et Eduardo Rojas, directeur associé de BRS Conseil, en fin d'une conférence intitulée « Cigarette, la parole aux consommateurs. »* – *Séminaire public d'European G. Tobacco, pôle France, salle des conférences, Novotel, Grenoble.*

[...]

EDUARDO ROJAS : Madame, vous souhaitiez prendre la parole.

PARTICIPANTE : (*Inaudible.*)

EDUARDO ROJAS : Qu'on lui apporte le micro... (*Rires dans l'assistance.*) Quelqu'un peut-il lui apporter le micro, s'il vous plaît ? La dame assise à l'avant-dernier rang... Voilà, nous y sommes ! Madame ?

PARTICIPANTE : Je... (*Bruit de larsen, suivi de cris de surprise et d'un brouhaha de près d'une minute.*) Ça marche ?

[...]

EDUARDO ROJAS : Oui, allez-y, madame... (*Le calme revient.*) Nous vous écoutons.

PARTICIPANTE : Vous serez d'accord avec moi pour dire que...

EDUARDO ROJAS : Bonjour, madame.

PARTICIPANTE : Oui, bonjour, pardon... (*Rires amusés dans l'assistance.*) Donc, je disais que vous seriez d'accord avec moi pour dire que la cigarette est l'artefact le plus meurtrier de toute l'histoire de la civilisation humaine...

EDUARDO ROJAS : (*Il l'interrompt et applaudit.*) Waouh ! Voilà ce que j'appelle une sacrée entrée en matière, madame. (*Rires dans l'assistance.*) En marketing, on nomme ça une promesse, je crois.

PARTICIPANTE : C'est un fait, monsieur Rojas.

EDUARDO ROJAS : Appelez-moi Eduardo, comme tout le monde ici, je vous en prie.

PARTICIPANTE : Très bien, Eduardo. Vous serez donc d'accord avec moi pour dire que la cigarette est aussi et surtout un produit défectueux.

EDUARDO ROJAS : Je n'ai jamais dit que j'étais d'accord, mais continuez, je vous en prie.

PARTICIPANTE : Défectueux comme peuvent l'être une voiture sans ceintures de sécurité ni airbags, comme un berceau peint à la peinture au plomb, comme une école dont les isolants sont truffés d'amiante, comme un véhicule aux freins qui lâchent ou comme...

EDUARDO ROJAS : (*Il l'interrompt en applaudissant à nouveau.*) Oui, oui, je crois que tout le monde ici a bien compris où vous vouliez en venir...

PARTICIPANTE : Et c'est également le seul bien de consommation qui tue la moitié de ses consommateurs lorsqu'on l'utilise en respectant les conditions d'utilisation, je ne me trompe pas ? (*Sifflements et murmure de protestation dans le public.*)

EDUARDO ROJAS : Calmez-vous, calmez-vous ! Nous sommes là pour échanger et débattre... Madame, si vous le permettez, à mon tour...

PARTICIPANTE : Je me trompe ?

EDUARDO ROJAS : (*Rire forcé.*) Eh bien, je dirais que je vois les choses différemment.

PARTICIPANTE : Mais vous ne niez pas ! (*Nouveau larsen.*)

EDUARDO ROJAS : Reprenez-lui ce micro, je vous en supplie (*sur le ton de la plaisanterie*), sinon tout le monde va devenir sourd, ici. (*Rires soutenus dans l'assistance.*)

PARTICIPANTE : Vous ne niez toujours pas !

EDUARDO ROJAS : (*Il tape sur le micro pour ramener le calme.*) Reprenons notre sérieux, une minute...

PARTICIPANTE : Je suis on ne peut plus sérieuse, Eduardo.

EDUARDO ROJAS : Appelez-moi «monsieur Rojas» finalement, je préfère. (*Nouvelle vague de rires dans l'assistance.*) Bien, bien. Je plaisante, bien sûr. Qu'est-ce que je disais, déjà ?

PARTICIPANTE : Rien.

EDUARDO ROJAS : (*Rire forcé.*) Pour répondre à votre question, la cigarette, disais-je, est surtout, à mon sens, un artefact de haute technicité. C'est le résultat de plus d'un siècle de recherches par des armées de chimistes, de phytogénéticiens, de psychologues, de juristes, de spécialistes en marketing de Madison Avenue. Recherches dont toutes les conclusions tendent à déterminer quoi, madame ?

PARTICIPANTE : Je vous le demande, *monsieur Rojas*.

EDUARDO ROJAS : Que l'industrie du tabac ne fait que satisfaire une demande, que le tabac est une coutume sociale aussi vieille que les civilisations humaines, que le tabac est un don de la nature dont les hommes ont toujours fait usage.

PARTICIPANTE : Où voulez-vous en venir ?

EDUARDO ROJAS : Que fumer est un choix.

PARTICIPANTE : D'une certaine manière vous avez raison, *monsieur Rojas*.

EDUARDO ROJAS : Ah ! (*Il prend le public à témoin.*) Nous tombons enfin d'accord.

PARTICIPANTE : C'est même l'un des traits caractéristiques de la torture moderne, *monsieur Rojas* : la victime se l'inflige à elle-même !

~

Rapport d'enquête RF/OLAF/UE-02.7896.1 Brigade financière de Nanterre/Office européen de lutte antifraude – 11/12/2002. OPJ rapporteur : capitaine de police Simon Nora – PERQUISITION DOMICILE RAPHAËL COSTE – 27/11/2002. *Transcription partielle d'un enregistrement (mars/juillet 2001) – Reporting quotidien sur dictaphone numérique Philips Olympus DM-1, de M. Coste, responsable sécurité BRS Conseil.*

Paris, Bruxelles, Londres, Berlin, Belgrade. Je suis mon maître comme mon ombre. Raphaël-la-trique suit son maître comme son ombre. Terminé les petites buralistes et les putes de la gare Saint-Jean de Bordeaux. J'ai trop à faire. Je bosse comme un damné. Je ne me couche plus, je ne me lève plus, je me contente de microsiestes par-ci par-là, j'adapte mes horaires en fonction de ceux d'Eduardo. Je surveille, je balise, je ne bande plus que pour mon nouveau boulot à temps plein de garde du corps-amant-confident. 5045e jour. Vendredi, jour de paie chez Live-Events. Un bistrot, face à la gare Montparnasse, le patron est une connaissance. Je me pointe à l'heure dite au rendez-vous. Valentina est en retard. Elle me fixe avec dédain, elle ne m'adresse pas la parole, elle ne serre pas la main que je lui tends, elle saisit l'enveloppe pleine de cash que je dépose sur la table, je la dévisage, le genre *Va te faire foutre, connasse, je t'emmerde!* Elle reste de marbre, emporte l'enveloppe dans les toilettes pour recompter son contenu, puis elle sort du bistrot sans même un regard. Je lui cours après. Je gueule : *Hé, Eduardo vous salue bien, vous et Hélène!* Elle fait volte-face et me défie du regard : *Quoi? Quoi? Qu'est-ce que t'as dit, enfoiré?* Je me marre, je prends la tangente et je la plante là, sur le trottoir. En courant, je me répète les mots d'Eduardo, encore et encore : « La peur, Raphaël. Le marketing de la peur. C'est l'invention de ces dix dernières années. Après le marketing du plaisir immédiat, nous sommes entrés dans l'ère de la menace. Les gens sont devenus masochistes, ils veulent de la vidéosurveillance, des flics à chaque coin de rue, des interdictions, des limites, des coups sur la tête, des avertissements assassins sur leurs paquets de clopes, des *Fumer tue*, des *La cigarette provoque l'impuissance*, des prix à la hausse, ils veulent tirer la langue et lécher le cul de ceux qui établissent les règles et les font appliquer. Plus ils sont contraints, plus ils en redemandent. Jouir sans souffrance ne les intéresse plus. Et ce qui marche avec les consommateurs marche aussi dans le boulot. Nous sommes dans le camp de ceux qui établissent les règles, tu comprends? — Je crois. — Très bien. Surveille Hélène Thomas, tu veux bien. Surveille-la, mais montre-toi aussi. Un peu, pas trop. Applique les règles du marketing de la peur avec finesse et modération. Tu crois que tu peux faire ça pour moi? — Oui, oui! — Viens, viens, laisse-toi aller... » Je hèle un taxi et lui file l'adresse d'Hélène Thomas. Tout le trajet, les doigts refermés sur la crosse du flingue que je me suis acheté deux ans plus tôt, je pense : *Pour toi, pour toi, pour toi.* 5046e jour, 3 h du matin. Hélène se pointe à l'autre bout de la rue. Elle est à pied. Un type l'accompagne, plutôt jeune, inconnu au bataillon. Le vent fait tourbillonner ses cheveux, elle a l'air légère comme une feuille, comme si elle allait s'envoler. Le type la raccompagne jusqu'à la porte de l'immeuble. Ils s'embrassent, elle le repousse en riant et entre seule. Le type se carapate, la queue entre les jambes. Je comprends : *Ce n'est pas un client, c'est une menace, je suis dans le camp de ceux qui fixent les règles.* Hélène revient sur ses pas, trop tard, le type est déjà loin. Je m'avance et je lui fais un petit signe de la main, puis il disparaît dans un angle mort. Avec finesse et modération. Hélène écarquille les yeux. Elle décroche son téléphone, puis les portes de l'ascenseur se referment sur elle. Je repère une Clio qui me semble familière, plus haut. Je crois apercevoir le bout incandescent d'une cigarette dans l'habitacle. Il fait trop sombre. Je jette un œil du côté par où le type est parti. J'hésite. Une seconde de trop. La Clio démarre et dégage dans le sens opposé. Je pense : *Finesse, modération.* Je m'élance à la poursuite du type. Je le rattrape deux rues plus loin, je le suis à distance. Le type marche vite en direction du nord de La Celle-Saint-Cloud. Nous traversons une avenue, nous nous enfonçons dans un lotissement, puis nous débouchons sur un parc. Je presse le pas, je me mets à courir et je pousse le type de toutes mes forces en avant. Un bruit mat. Le type avale de l'herbe. J'enfile des gants et je sors l'arme que je porte à la hanche. Le type tente de se relever, ses gestes sont lents et maladroits. Je le repousse et je lève l'arme. Le type recule en rampant sur le cul, les yeux rivés sur le canon. Il pousse des couinements de porc. Je secoue la tête. Je vise dans le noir *en prenant mon temps* et je presse la queue de détente. Le percuteur claque dans le vide. Le type pisse dans son froc de trouille et s'affaisse en grognant. Il se redresse aussitôt et se remet à ramper. Ses gestes sont désordonnés. Je balaie la zone du regard. Personne ne se pointe, aucun mouvement. Je me rapproche du type à grandes enjambées, je me place au-dessus de lui, je lève à nouveau l'arme, je la pointe sur son visage. Je déclare : « Je t'interdis de la revoir. » Le type se pétrifie. Je vise dans le noir *en prenant tout mon temps* et je presse la queue de détente. Le type hurle lorsque le percuteur claque dans le vide une deuxième fois. Il se relève d'un bond et s'enfuit en me traitant de cinglé. Je ne le poursuis pas. Je le regarde courir comme un dératé et disparaître entre les arbres. Je glisse mon arme dans ma ceinture. Je fixe la pénombre pendant ce qui paraît être une éternité, jusqu'à ce qu'une pluie fine salvatrice se mette à tomber. 5083e jour. L'hôtel est silencieux. Je m'avance dans le couloir, je frappe à la porte 510 et je me faufile dans la chambre. La voix d'Eduardo Rojas me guide dans le noir jusqu'à lui.

54

Paris, 11 septembre 2001.

Les toilettes de Chez Françoise, du marbre du sol au plafond. Des effluves de pisse parlementaire et de bougie arôme violette. Bartels se gargarise dans le lavabo pour évacuer le goût de sole meunière. Le cocktail coke-eau savonneuse lui donne un coup de fouet.

Il déboule dans la grande salle en état de lévitation. L'horloge murale indique 2 h passées. Le député européen socialiste avec qui il déjeune tape un SMS sur son portable.

Bartels pose sa carte Platinium sur le comptoir – « C'est pour moi ! » Le propriétaire des lieux s'avance pour lui faire de la lèche. Bartels l'expédie d'une tape sur l'épaule et se fraie un chemin entre les tables pour rejoindre son invité.

Le député Henry ne lève pas le nez de son portable.

— Une enquête, tu disais ?

Bartels joue avec la soucoupe de sa tasse de café.

— L'OLAF nous met la pression à propos de problèmes de distribution à l'autre bout de l'Europe.

— Ce ne sont pas les Russes qui contrôlent la contrebande dans les Balkans ?

— Qui parle de contrôle ? Qui parle de contrebande ?

Henry, sourire en coin.

— Ne me prends pas pour un con.

Bartels lève les yeux au ciel.

— C'est déjà un miracle d'arriver à faire du business, là-bas. Entre la mafia monténégrine, la corruption serbe, les investisseurs russes…

Henry complète :

— Les industriels comme ceux qui t'emploient et qui se partagent le gâteau depuis la chute du Mur.

— C'était au siècle dernier, ça !

Henry ignore sa saillie. Il presse une touche et referme le clapet de son téléphone. Bartels ronge son frein. Le député saisit une Gitane, en retire le filtre et l'allume en soupirant d'aise.

— Mmmh…

— Profites-en, ça ne durera pas.

Henry se marre.

— Il se dit à Bruxelles que le juge Scelci est en passe de réussir à monter un procès contre European G. Tobacco.

— Procureur. Pas juge.

— Mais c'est vrai ?

— Peut-être…

Henry hoche la tête d'un air pensif. Il tire sur sa cigarette et inhale l'épais nuage de fumée qui s'échappe de ses lèvres.

— Les bruits de couloir me rapportent les mots blanchiment d'argent et crime organisé.

Bartels ricane.

— Nom de Dieu…

Henry ricane. Jeu de dupes : tous deux savent que le député a eu plusieurs fois recours aux filles de Valentina, par le passé. Ils savent également tous les deux que David réglait la note pour le compte de Big Tobacco en échange d'un assouplissement des lois antitabac au Parlement européen. Cela n'a jamais été écrit nulle part. Henry connaît les conséquences politiques et juridiques de telles accusations, ainsi que leur bien-fondé.

Surmenage, surmenage. Depuis dix jours, Bartels fait le tour de son carnet d'adresses pour prendre le pouls à propos de Scelci et de ses velléités criminophobes. L'OLAF et la brigade financière rôdent autour de BRS Conseil comme des vautours sentant la carne morte. Bartels subit les assauts incessants de la direction de Big Tobacco. Le boulot avec les avocats et le service juridique, la politique du chiffre, les dents acérées des actionnaires, ce genre de conneries lui filent des aigreurs d'estomac. Il se bourre de pastilles à la menthe et au miel pour anesthésier les relents acides.

Un tango endiablé au bord du précipice. Le directoire de Big Tobacco joue le rôle du meneur. Les juristes réinventent le pas de deux. Scelci gère le tempo. Bartels, lui, ne sait pas encore sur quel pied danser.

Il teste ses contacts à l'Assemblée et au Sénat. Il multiplie les dîners d'affaires et promet des invitations à des évènements sportifs pour obtenir des réponses. Marie-Line Pujols maintient qu'un procès serait la meilleure ligne de défense et leur ferait une publicité d'enfer. Le président Gauthier joue la carte du mutisme en attendant de voir venir. Bartels ignore si son silence signifie *Soyons discrets, mon ami!* ou s'il est promesse de mesures plus radicales à son égard.

Retour aux ronds de jambe et aux Gitanes. Henry tire sur sa cigarette.

— Tu as une idée derrière la tête ?

Bartels soupire.

— Un procès, ce n'est bon pour personne.

— On dit que Giuseppe Scelci est un malin.

Bartels grimace.

— Cet enfoiré fouine jusque dans les travées du Parlement européen. Il se répand dans la presse à propos d'une prétendue liste noire de députés protabac. Son truc, c'est de remuer la merde et de rétablir la prohibition.

Henry tique.

— Elle existe, cette liste ?
— Si c'est le cas, nous sommes tous concernés.
Henry s'esclaffe.
— Oh, oh !
— Qu'est-ce que tu proposes ?
— Qu'est-ce que ça me rapporte de proposer ?

Bartels fixe un instant son interlocuteur dans le blanc des yeux, puis il se penche au-dessus de la table.

— Que pensent nos amis députés de l'option « grosse amende » ?
— Beaucoup de bien.
— Combien faudrait-il *payer* pour que la Commission européenne ne se sente pas lésée ?

Henry mime le geste qui signifie *beaucoup de fric*.

— Je vois deux problèmes majeurs.
— Majeurs ?
— Mais pas insurmontables.

Bartels se penche davantage.

— Continue.
— Persuader l'industrie du tabac et ses actionnaires de reverser une grosse partie de leurs bénéfices sous forme d'amende ne sera pas une mince affaire.
— Et l'autre ?
— Convaincre des députés très sensibles à l'opinion publique que dealer avec les tabagistes criminels vaut mieux que de les mettre derrière les barreaux. Tu penses que tu auras les moyens de mener cette bataille ?

Son insistance sur le mot *moyens* fait sourire Bartels. Il exhibe son paquet de Chesterfield.

— Voilà ce que veulent l'opinion publique et les parlementaires tels que toi : du fric et des clopes. Ça tombe bien, ce sont les seuls trucs que j'ai à négocier.

13 h 45. Un salon particulier de l'hôtel Meurice. Le directeur de cabinet du ministre délégué à la Santé lui a posé un lapin. Depuis les déclarations fracassantes de Scelci devant la Commission européenne, Kouchner joue les filles de l'air.

Bartels laisse un pourboire généreux au serveur. L'idée lui passe par la tête de rejoindre Zihan pour se changer les idées. Il l'appelle depuis le taxi, tombe sur la messagerie – « Tu es libre, maintenant ? »

Il part se changer au bureau. Sa secrétaire lui tend les contrats à signer et le met au parfum des nouvelles du jour. Le service marketing planche sur une copie de la campagne « Les ailes bleues » menée autour de la marque Gauloises pour animer des festivals musicaux et des soirées pour étudiants en boîte de nuit. Gros succès depuis 1996. Les fins limiers du planning stratégique de Big Tobacco sont convaincus de pouvoir faire mieux que le groupe ALTADIS sur le créneau des 16-25 ans. Avec l'explosion des abonnements à la téléphonie mobile chez les jeunes, ils creusent la piste d'un partenariat avec les opérateurs de télécommunications. Dans le même temps, les stratèges du directoire prévoient à moyen terme une OPA agressive sur ALTADIS.

Rojas est aux abonnés absents, Marie-Line Pujols en rendez-vous téléphonique. Le téléviseur du hall d'entrée est allumé devant un canapé vide.

Bartels compose le numéro de Zihan depuis sa ligne fixe. Nouveau message : « C'est moi, tu es où ? » Il se souvient qu'elle lui a parlé d'une virée avec son agent pour faire les magasins dans les quartiers chics. Il réserve un taxi et se prépare une ligne de coke.

14 h 35. Zihan ne le rappelle pas. Le taxi file vers l'avenue Montaigne. Bartels claque des dents et transpire comme un bœuf. Il retire sa veste et demande au chauffeur de monter la climatisation. La sonnerie de son portable le fait sursauter.

Ce n'est pas Zihan, mais Valentina. Elle est hors d'elle. Elle lui baragouine un truc à propos d'Eduardo Rojas et de son protégé, Raphaël Coste. Elle hurle qu'elle ne cédera pas à la menace, qu'elle en a marre de se faire espionner, que ses filles ont peur de ce type qui guette dans l'ombre comme un charognard. Bartels lui demande de se calmer et de lui expliquer ce qu'il se passe *réellement*. Ça rend Valentina encore plus furax. Elle ne le laisse pas en placer une.

Bartels tente de la rassurer.

— Personne ne te cache quoi que ce soit, personne ne remet en question notre collaboration fructueuse et lucrative, tu n'as aucun souci à te faire.

Elle s'égosille :

— On lave son linge sale en famille, David. Si Eduardo est chargé de faire le sale boulot et si j'apprends que tu me caches quelque chose à ce propos, je me défendrai.

Bartels perd peu à peu le fil. L'autoradio du taxi est réglé sur Fun Radio. Le flot publicitaire continu l'empêche de se concentrer sur les paroles de Valentina.

— Je dois te laisser.

Il raccroche sans tenir compte de ses protestations. Le taxi le dépose 53, avenue Montaigne. La fraîcheur de l'air ambiant le cueille par surprise. Il renfile sa veste en frissonnant et pénètre dans la boutique Saint Laurent. Zéro. Il tente ensuite sa chance dans plusieurs boutiques rue Saint-Honoré, place Vendôme, puis aux Champs-Élysées : Dior, Cartier, Nina Ricci, Tiffany & Co. Bartels renifle le luxe et le parfum de sa maîtresse. Zihan n'est nulle part. Des sueurs froides lui coulent dans le dos.

Une agitation suspecte plane dans l'air. Des passants gesticulent, des voitures ralentissent subitement, un cycliste est arrêté au milieu du trottoir, le visage tourné vers le ciel.

Bartels presse le pas. Un piéton s'immobilise soudain devant lui, son portable vissé à l'oreille. Bartels ne parvient pas à l'éviter à temps. Ils se percutent violemment. L'homme perd l'équilibre, essaie de se rattraper à une barrière, en vain, et s'étale de tout son long sur le bitume. Son téléphone glisse à quelques mètres de là. Bartels tend la main pour l'aider à se relever. L'homme s'agrippe à lui en titubant. Il se plante sur ses jambes et se confond en excuses. Un filet de sang coule sur sa tempe. Ses yeux sont écarquillés, comme s'il venait de voir un fantôme.

— Ça va ?

Le type opine d'un mouvement mécanique de la tête, puis il repart d'où il venait. Bartels hausse les épaules et poursuit jusqu'au carrefour suivant.

Un attroupement devant l'entrée du magasin Louis Vuitton. Une femme en tailleur Chanel beige s'est évanouie sur le perron. Une vieille dame obèse trop maquillée est accroupie auprès d'elle. Un garçonnet lui tient la main, en larmes. Bartels se faufile à l'intérieur pour jeter un œil. Tout le monde a les yeux rivés sur un téléviseur fixé au-dessus de la caisse. Bartels s'avance pour mieux voir. Le buste de la présentatrice Marianne Kottenhoff, livide, disparaît de l'écran. Il est aussitôt remplacé par une vue panoramique du World Trade Center depuis Liberty Island.

Surréaliste : une immense colonne de fumée noire s'échappe de la partie supérieure de la tour nord et s'élève à l'assaut du ciel bleu au-dessus de New York comme pour le consumer.

Bartels joue des coudes pour se rapprocher. La voix de la journaliste – *Un avion de ligne a percuté la tour nord aux alentours du quatre-vingt-dixième étage du World Trade Center à 8 h 46, heure locale. Un terrible accident aérien qui…*

Les téléphones s'arrêtent de sonner comme par miracle. Le temps s'étire et se rétracte. Le cerveau de Bartels peine à comprendre *ce qu'il voit*.

15 h 03. À l'écran, la scène dure quelques secondes à peine. Comme dans un film catastrophe hollywoodien : un deuxième avion surgit à droite de l'écran. Il disparaît un instant derrière

la tour en flammes, réapparaît à gauche et vient s'encastrer dans la tour sud, en une explosion de verre et de feu.

Bartels recule, livide. Une voix dans son dos psalmodie des *Oh my God! Oh my God!*, repris en chœur par des dizaines d'autres, dans toutes les langues. Il recule encore. La sonnerie de son portable retentit, puis s'interrompt. Bartels ferme les yeux, puis les rouvre. La deuxième tour s'enflamme. Il s'essuie le front du revers de la manche. Deux clientes le bousculent pour s'enfuir de la boutique. Bartels s'écarte pour les laisser passer. La sonnerie du portable, à nouveau. Sa main tâtonne. Elle met une éternité à trouver sa poche. Il décroche. Zihan hurle à l'autre bout de la ligne.

55

Nanterre, 11 septembre 2001.

Les images font le tour du monde. Les chaînes d'info dégueulent. Le train-train quotidien s'enraie dans la plupart des entreprises et des foyers. L'impensable s'est produit. Al-Qaida l'a fait : une attaque frontale et ultraviolente au cœur du monde libre.

Il est 15 h 58, heure française. Cinquante-six minutes après avoir été percutée par le vol United Airlines 175 entre le soixante-dix-huitième et le quatre-vingt-quatrième étage, la tour sud du World Trade Center s'effondre. Les États-Unis sont horrifiés. La moitié de la planète avec eux – l'autre moitié n'a ni la télévision ni Internet, crève de faim ou s'en lave les mains.

Les membres de la brigade financière sont sous le choc. Ils se pressent en salle de conférences pour assister au spectacle. Le présentateur vedette de TF1, Patrick Poivre d'Arvor, reprend les commandes de la chaîne à 16 h pétantes. Il commente en direct l'effondrement de la tour nord.

Un collègue, pétrifié :

— C'est pas possible, c'est... c'est tellement énorme, nom de Dieu !

Nora le dévisage comme s'il était stupide.

— Nous enquêtons sur un monde où des sociopathes déguisés en hommes d'affaires mentent, fraudent, truandent, assassinent pour vendre plus de clopes, empoisonner des dizaines de millions de gens et gagner encore plus de fric! Tu délires ou quoi? Bien sûr que c'est possible, putain!

Dix jours plus tard. L'émotion ne retombe pas, les langues se délient. *Il y aura un avant et un après 11-Septembre* devient le mot d'ordre de la machine spectaculaire et sécuritaire nouvelle formule. Les moteurs des bombardiers AC-130 Spectre américains turbinent, le monde civilisé a un nouvel ennemi numéro un dont la morgue barbue s'affiche sur tous les écrans.

Petit florilège d'indignation patriotique *pondérée*. Bush Junior se planque à l'Offutt Air Force Base. Le jeune présentateur du journal télévisé Pujadas suscite la polémique après son «Waouh, génial!» lorsqu'il découvre les premières images des tours en flammes devant les caméras de Canal+ et fait son mea culpa. *Plateforme* de Michel Houellebecq manque le prix Goncourt. Le président Chirac parade, tout feu tout flamme: «Il faut lutter contre le terrorisme par tous les moyens.» Le ministre de la Défense Richard vitupère en conférence de presse: «Notre doctrine de dissuasion nucléaire est connue, elle n'a pas changé depuis quarante-huit heures!» Le chef d'état-major Job de l'armée de l'air française applaudit des deux mains, mais pondère: «Je préfère parler de précautions, de mesures de vigilance et de protection du public.» La télévision d'État irakienne s'esclaffe: «Les cow-boys américains récoltent les fruits de leurs crimes contre l'humanité!»

Au siège de l'Office européen de lutte antifraude, l'ambiance est électrique. Les mesures de sécurité draconiennes établies en urgence vampirisent les dossiers en cours. Après le 11 septembre, tout le monde navigue à vue et se réfugie derrière le principe de précaution.

Nora est préoccupé. Les journalistes Zupan et Danilo sont en train de le lâcher à cause des menaces dont ils sont l'objet. Ils tirent la sonnette d'alarme depuis la Croatie où ils se sont réfugiés. Ils sont blacklistés aux postes-frontières à cause de leurs liens présumés avec l'écrivain français Thierry Meyssan et le très antiaméricain Réseau Voltaire. Ils ont cosigné une interview pour le magazine serbe *Geopolitika* qui fait grincer des dents en haut lieu. La République de Serbie se dit officiellement prête à soutenir l'effort de guerre moyennant de petits arrangements entre amis, mais elle ne tolère pas les dissidences. Politique et littérature complotiste filent à Nora des suées froides. Ces histoires merdiques n'arrangent ni ses affaires ni les efforts diplomatiques de Scelci au Parlement européen.

Il arpente les couloirs du neuvième étage à la recherche du procureur italien. Il a fait le déplacement pour le persuader de ne pas céder à la paranoïa antiterroriste ambiante et maintenir la pression sur Big Tobacco. Il finit par le coincer à la machine à café, un gobelet de cappuccino à la main.

Scelci, sur la défensive :

— Ne venez pas me faire chier, pas aujourd'hui !

Nora lui tend les photos de Monsieur X prises par son informateur à Pljevlja, près de la frontière monténégrine, deux semaines plus tôt. Scelci les feuillette rapidement.

— Vous m'avez déjà envoyé ça. Ces journalistes n'ont plus aucune crédibilité. Le juge rapporteur et l'avocat général de la Cour ne feront qu'une bouchée de témoins pareils !

— C'est vous qui...

Scelci le coupe :

— Je me suis trompé !

— Prenons au moins le temps d'en discuter à tête reposée. Zupan et Danilo ont été menacés physiquement, il y a eu un incendie criminel. J'ai confiance en eux. J'ai ici des clichés prouvant l'implication d'un mercenaire qui travaille pour BRS

Conseil et qui est impliqué dans un braquage meurtrier en juillet 1986.

Scelci ricane.

— Hé ho, mon vieux, réveillez-vous, on est le 21 septembre 2001 ! Des fanatiques islamistes viennent d'attaquer le sol américain et de faire tomber les tours jumelles. Demain, ils seront chez nous. L'Occident est en guerre. Tout le monde se contrefout de votre braqueur d'ammoniac et de la contrebande sauf si vous pouvez me prouver qu'ils financent al-Qaida ! Bush et Blair veulent se faire l'Afghanistan, puis Saddam Hussein dans la foulée. On découvre un nouveau nid terroriste au Moyen-Orient tous les jours ! On en a encore pour des années avec ces conneries, peut-être des décennies. BRS Conseil ? De quoi est-ce que vous me parlez, bon sang ? Notre dossier de trafic de clopes passe au second plan, désormais, *basta* !

Nora le sonde du regard.

— Et le procès ?

Scelci secoue la tête d'un air désolé. Il tapote l'épaule de Nora, puis s'éloigne dans le couloir. Nora le suit au trot et le rattrape.

— Je comprends vos réserves, mais ces types-là aussi sont des terroristes !

Scelci joint ses mains, comme pour prier.

— Des terroristes, les industriels du tabac, la quatrième puissance économique la plus influente de la planète ? *Aiuto !* Vous autres, à la brigade financière française, vous vous croyez plus malins que tout le monde, pas vrai ?

— Vous m'avez fait une promesse, il y a deux ans.

Scelci se marre.

— *Dio mio !*

— Nous nous battons pour une cause juste.

— Vous êtes un saint ou bien un fichu kamikaze ?

Nora reste de marbre. Scelci boit une gorgée de son café et contemple le fond de son gobelet en grimaçant.

— Ce jus est infect.

Nora penche la tête.

— Je ne les laisserai pas s'en tirer.

— N'en faites pas une affaire personnelle.

Nora se raidit.

— Je ne vous demande pas l'impossible, juste une signature afin de débloquer des crédits pour me rendre sur place et assurer la sécurité de mes témoins. Je suis à deux doigts de réunir les preuves nécessaires. On peut encore éviter la honte d'une négociation.

Scelci lui plante l'index dans le plexus.

— Écoutez ça, une bonne fois pour toutes : personne n'empêchera leurs cigarettes de circuler, ni aujourd'hui ni demain.

— Pourquoi ?

Scelci hausse les épaules.

— Vous ne voyez vraiment pas ?

Nora se campe sur ses jambes, d'un air de défi. Scelci repère une poubelle, près d'eux, et y jette son cappuccino. Le gobelet heurte le rebord. Du café gicle sur le mur, derrière.

— L'Europe doit financer la guerre sainte de Bush dans laquelle elle s'apprête à s'engager pour les dix ou quinze ans à venir, voilà pourquoi. Elle n'a pas besoin de justice, capitaine, mais d'argent.

Il se penche à l'oreille de Nora.

— Beaucoup d'argent.

56

Podgorica, 7 novembre 2001.

La même tournée hebdomadaire, le même bobard à chaque fois : « *Dober dan!* J'ai rendez-vous avec des amis du nom de Luka Zupan et Rade Danilo. Ils m'ont dit qu'ils étaient descendus ici. » La même réponse désolée : *Ne, ne!*
Les deux journalistes ont disparu de la circulation depuis des semaines, mais ils continuent de publier des articles à charge sur la contrebande de cigarettes dans *Dan*. La directrice Svetlana Mehmeti a persuadé la direction de Big Tobacco que le procureur Scelci les avait cachés en attendant le procès. Eduardo Rojas est sceptique. Selon lui, ils ne représentent pas une menace sérieuse.
Muller est plus pragmatique. Il croit que la vendetta de Zupan et Danilo à l'encontre de Big Tobacco vise davantage le pouvoir politique. Il est convaincu que les frères Sdenaj et la mafia locale se chargeront tôt ou tard de leur sort s'ils s'entêtent. Il prévient Rojas qui lui demande de se contenter de garder un œil ouvert au cas où ils rentreraient au bercail.
Muller fait donc le job. Il écume les hôtels à proximité de l'aéroport Golubovci : le New Star et le voco Podgorica. Rien. Il remet ça près de Lake Skadar : l'hôtel M Nikic et le Ramada

by Wyndham. Rien à signaler non plus. Chou blanc également aux Alexandar Lux et au Hilton Podgorica Crna Gora, dans les environs du Millenium Bridge Kerber. Résultat identique à Evropa et à la Villa Old Town. Puis il prend la direction du centre-ville et du siège du journal *Dan*, comme chaque semaine.

Le quotidien possède des archives ouvertes six jours sur sept. Moyennant un bakchich, n'importe qui peut consulter leurs fichiers et poser des questions autour d'une canette de Jelen, à la brasserie du rez-de-chaussée. Muller privilégie le bar. Il y passe deux heures par jour pour glaner des informations sur Zupan et Danilo en descendant des bières.

Luka Zupan pige pour *Dan*, Rade Danilo, pour le journal croate *Nacional*. Ça, il le savait déjà. Il apprend que des émissaires du procureur Scelci se sont pointés dix-huit mois plus tôt au journal, comme ils l'ont fait dans toutes les rédactions des Balkans. Leur but : embaucher des journalistes prêts à leur filer des tuyaux sur le trafic de cigarettes dans la région en leur faisant miroiter l'accès aux informations confidentielles dont dispose la cellule antitabac de l'OLAF : données chiffrées des ministères des Affaires étrangères, dossiers des services de renseignements et rapports d'enquête.

La rumeur raconte que Zupan et Danilo ont été contactés séparément, puis qu'ils se sont associés pour la circonstance. Ils ont obtenu un accord de principe avec le rédacteur en chef de *Dan*, Gojko Vuković, qui leur a fourni une carte de presse au Monténégro. Ils prennent les risques, ils ont la garantie que les articles seront publiés, en échange de quoi Vuković obtient l'exclusivité.

Muller n'est pas né de la dernière pluie. Après tout ce temps passé au service de Big Tobacco, a fortiori dans les Balkans, il a appris une leçon simple : cherchez à qui profite le crime ! Alors, il cherche.

Et il trouve : Gojko Vuković est un homme d'affaires

intelligent. Il sait qu'il est l'unique interlocuteur crédible sur le territoire monténégrin pour deux journalistes soucieux de dénoncer la corruption à l'échelle d'un État. Mais Vuković n'est pas un journaliste intègre. La liberté de la presse n'est pas son unique priorité. Il a des salariés à payer et un bilan comptable à équilibrer. Pour cela, il a besoin d'aide : des protections haut placées qui ont intérêt à ce qu'existe au Monténégro une parole dissidente contre le pouvoir en place et contre la mainmise des frères Sdenaj sur l'économie du pays.

Muller acquiert rapidement la conviction que ces gens protègent Vuković et financent son journal. Ils sont peut-être liés à la mafia russe, albanaise ou à n'importe quelle puissance européenne soucieuse de garder les Balkans dans le giron de l'UE. Ils ont probablement passé un accord avec le procureur Scelci. Ils sont les véritables ennemis des intérêts de Big Tobacco.

Zupan et Danilo ne sont que des émissaires. Au mieux, ils jouent le rôle d'épouvantails que Scelci agite devant les yeux du pouvoir monténégrin, donc par ricochet à la face des dirigeants de Big Tobacco. Au pire, ils disparaîtront de la carte quand de nouvelles règles du jeu seront fixées. Une fois de plus, Rojas avait raison. Zupan et Danilo ne sont que la surface du problème. La vraie menace, c'est Vuković. Muller change donc son fusil d'épaule et réorganise ses journées de travail.

À l'affût. Un drive-in, à la périphérie de la ville, en début de soirée. Un vent glacial balaie le parking. Des emballages usagés volettent entre les véhicules des clients et se collent aux jantes. Muller se fond dans le décor. Il est assis dans sa Golf GTI. Le moteur ronronne, le chauffage est poussé à fond. Il croque dans son hamburger poulet bacon. De la sauce barbecue lui coule sur les doigts.

Un pick-up défoncé manœuvre pour se garer. Il lui bouche momentanément la vue sur la caisse. Muller se tord le cou pour vérifier que la Fiat Punto, garée à deux voitures de lui, est toujours là. La silhouette de Gojko Vuković se découpe dans la lunette arrière comme sur l'écran d'un téléviseur. Muller se renfonce dans son siège, attrape son soda et boit une gorgée.

Il suit Vuković par intermittence, entre deux convois de clopes à surveiller, en espérant qu'il le mènera jusqu'à Zupan et Danilo. Jusque-là, ça n'a rien donné. Vuković passe l'essentiel de son temps enfermé à la rédaction du journal et n'emporte jamais de boulot à la maison. Il passe tous ses coups de fil depuis son portable et Muller n'a aucun contact à la compagnie T-Mobile Crna Gora, chez qui il est client. Restent les filatures.

La Fiat démarre enfin. Elle s'extrait du parking et tourne à droite. Muller avale une dernière bouchée, froisse le papier du hamburger et s'essuie les doigts avec la serviette minuscule fournie avec le menu. Il jette le tout par la fenêtre et passe la première.

Boulevard Svetog Petra Cetinjskog, des centaines de véhicules cul à cul. Muller maintient une bonne distance entre la Fiat et lui. Il allume le poste radio, tourne la molette jusqu'à une station musicale. Le riff introductif de *Koza nostra* du groupe rock serbe Riblja Čorba s'élève dans l'habitacle.

Sur leur gauche, les courbes du quartier Momišići se découpent autour du pied de Malo Brdo. Ils traversent la Ribnica, longent un moment le quartier résidentiel de Pod Goricom, sur la rive droite de la Moraca, avant de bifurquer vers Zabjelo, une ancienne zone ouvrière en cours de gentrification, au sud de Podgorica.

Le trafic se dilue, les avenues s'élargissent, des immeubles flambant neufs se dressent. La ville s'est transformée à une vitesse effrénée depuis le début des années 90. Les touristes affluent, le fric facile et les promesses d'un avenir européen pacifient le pays aussi sûrement que le spectre d'un retour aux années noires du conflit yougoslave. Bientôt, la contrebande de cigarettes ne sera plus suffisamment rentable. Les types comme Muller devront trouver d'autres routes pour faire leur sale boulot. Rojas et les dirigeants de Big Tobacco l'ont certainement anticipé et travaillent déjà sur un plan B, Muller ne se fait pas de bile pour ça.

Cinq minutes plus tard, la masse noire de la colline Ljubović se dresse face à eux. Elle est parsemée de dizaines de grues en ombres chinoises, semblables à des pics acérés, et de rangées de lampadaires disposées en lacets qui s'étirent jusqu'au sommet.

La Fiat s'engage sur la rue Bracanovića, puis stoppe en bas de l'immeuble où loge Vuković. Muller se gare à une distance respectable. Vuković grimpe les marches du perron quatre à quatre et s'engouffre dans le bâtiment avant de disparaître, comme chaque soir.

Muller consulte sa montre : 22 h 07. Il n'a rien de prévu ce soir. Il sait déjà que, sans alcool, il n'arrivera pas à dormir avant une heure avancée de la nuit. Il attend un peu pour s'assurer que Vuković ne va pas ressortir, puis il démarre, effectue un demi-tour et prend la direction du centre-ville sur les chapeaux de roue.

Nova Varoš, un pub populaire à moitié plein. Muller est ivre. Il soliloque, accoudé au comptoir, devant un verre de rakija, incapable de prendre la décision de rentrer se coucher.

Un groupe de femmes passablement éméchées entre aux environs de minuit et s'installe à une table, près de lui. L'une d'entre elles lui lance des œillades appuyées. Muller lui sourit en retour. La femme s'enhardit et le rejoint pour se faire offrir un verre. Muller n'entend pas son prénom à cause du volume sonore. La femme adore son accent français. Muller l'écoute parler. Elle fait la conversation pour deux. Son parfum vanillé se mêle à l'odeur de bière. La tête de Muller lui tourne.

Beaucoup plus tard. Les images se succèdent. La femme et lui s'embrassent, sur une banquette, près du billard. Ses amies ont filé. Muller passe plusieurs coups de fil. La femme disparaît un instant, puis réapparaît, un manteau sur les épaules. La rue. Un taxi. Ils se retrouvent dans une cage d'escalier, puis dans la salle de bains d'un appartement. Une musique lascive en fond sonore, la femme lui caresse l'entrejambe, ses longs cheveux châtains lui mangent le visage, Muller se laisse aller. Le jet d'eau tiède le réveille peu à peu.

Le lit, ensuite. La femme est à cheval sur lui, les joues en feu. Muller bande mou. Les effets de l'alcool s'estompent. Il est là, mais il n'est pas là. Il pense à Valentina. La femme allume une cigarette. Elle dit en riant : « T'inquiète pas, c'est pas grave, j'ai pris mon pied quand même. » Elle s'appelle Vera. Elle a terminé sa clope. Elle est lovée contre lui, à moitié endormie. Elle marmonne des questions à propos des cicatrices qui lui courent sur la peau. Muller ferme les yeux, vaguement nauséeux. La voix de Valentina et celle de Vera se superposent dans sa tête un moment, puis il s'assoupit.

Il fait encore nuit quand il se réveille. La femme dort à poings fermés, un sourire aux lèvres. Muller est un enfoiré de première. Il récupère ses vêtements à la hâte, s'habille et dévale les escaliers de l'immeuble en courant.

Le froid le cueille par surprise. Muller remonte le col de sa veste en frissonnant. Il balaie la rue du regard sans parvenir à se rappeler comment il est arrivé jusqu'ici. Il fouille dans ses poches à la recherche de son portable. 4 h 26. Il y a un message de Bartels en attente. Il se souvient confusément avoir passé plusieurs coups de fil pendant la soirée.

Ses mains sont gelées. Ses doigts tremblent pendant qu'il tape sur les touches de l'appareil. L'historique lui confirme ce qu'il craignait. Sept appels sur la ligne sécurisée de Bartels. Muller

bascule sur la messagerie et colle le portable à son oreille. La voix de Bartels, glacée :
— Ne m'appelle plus. Je t'expliquerai…

57

La Celle-Saint-Cloud, 15 février 2002.

Le député UDF éjacule en grognant, puis il se retire, remonte son caleçon et s'allonge sur le dos.
— Ça va ?
— Ça va.
— C'était pas bien ?
— Mais si...
— J'ai dit quelque chose qu'il ne fallait pas ?
— Mais non...
— Quoi, alors ?
Valentina le fixe en soupirant sans savoir quoi répondre. Ce n'est pas une demande de Bartels pour l'une de ses magouilles parlementaires. Ce n'est pas pour le boulot. Ce n'est pas la première fois. Ce n'est même pas sa faute. Le député, la cinquantaine, est agréable à regarder et à écouter, assez doux. Il a insisté pour régler la note de restaurant. Elle l'a ouvertement dragué après le digestif, elle l'a ramené chez elle, elle l'a fait pour elle, pensant qu'elle en avait envie, mais ça a été aussi triste et pathétique qu'un coup tiré vite fait dans le dos d'Anton Muller. Résultat des courses : dîner de trois heures chez Lapérouse, vingt

minutes de taxi, un quart d'heure de douche, dix minutes de préliminaires pour trois minutes trente de coït.

Elle dit :

— File-moi mes clopes, au lieu de dire des conneries. Sur la table de nuit, avec le briquet...

Début septembre, un type qu'Hélène fréquentait en privé s'est violemment fait agresser après l'avoir raccompagnée chez elle. Hélène a soif de représailles.

Le type s'appelle Sylvain. Hélène l'a rencontré à Vincennes. Sylvain est un mec bien. Il est palefrenier dans un haras des Bréviaires, en bordure de la forêt de Rambouillet. C'est un grand timide et un gentleman. Il lui offre des fleurs et l'écoute raconter sa vie sans arrière-pensées dégueulasses.

Ce soir-là, Hélène l'invite à monter prendre un dernier verre chez elle, mais il refuse et se contente de l'embrasser. Hélène est impressionnée et un peu frustrée. Le lendemain, pas de nouvelles. Idem le surlendemain et les jours qui suivent. Hélène a la rage. Le 11 septembre au matin, elle prend le train pour Rambouillet. Sylvain est occupé à nettoyer le box d'un pur-sang nommé All Along. Lorsqu'il aperçoit Hélène, il recule, se prend les pieds dans une botte de paille et tombe sur le cul. Il claque des dents, il jette des coups d'œil terrorisés derrière elle. Il bégaie : « Va-t'en ! Je ne veux plus jamais te revoir. » Elle réclame des explications. Il lui parle d'un dément avec un flingue, dans un parc. Elle ordonne : « Décris-le-moi ! » Sylvain s'enfuit sans demander son reste. Hélène rentre chez elle la boule au ventre. Elle sort une valise de l'armoire, l'ouvre sur le lit et entreprend de la remplir, puis elle appelle Valentina et lui annonce qu'elle ne remettra plus les pieds au boulot.

Valentina dit :

— Attends-moi !

Hélène lui explique tout à son arrivée. Elle se tient debout dans le salon, une valise dans une main, un passeport au nom d'Anna Krause dans l'autre.

— Raphaël Coste. Il était là le soir où ça s'est produit. Rojas est forcément au courant.

— Tu as besoin de repos.

Valentina lui caresse les cheveux. Hélène repousse sa main, un éclair haineux dans les yeux.

— Je vais révéler à Bartels ma véritable identité.

— Et après ?

— Peut-être bien que j'irai parler aux flics.

Valentina ressent des picotements dans le bas du dos.

— Ne sois pas naïve.

— Pourquoi ? Parce qu'un jour Anton Muller a accepté de m'épargner et que tu m'as offert une seconde chance ? Vous décidez qui a le droit de vivre ou mourir ?

Valentina lève les mains en signe d'apaisement. Elle lui promet de trouver une solution. Hélène se laisse faire. Valentina l'aide à défaire sa valise, l'installe dans le lit, et veille sur elle toute la journée. Ensemble, elles regardent les tours du World Trade Center s'effondrer en direct sur TF1. Hélène s'endort aux alentours de 20 h 30 devant l'allocution du président Chirac – « C'est avec une immense émotion que la France vient d'apprendre ces attentats monstrueux qui ont frappé les États-Unis d'Amérique… » Valentina s'allonge à ses côtés et zappe toute la nuit d'une chaîne à l'autre. Au petit jour, elle propose à Hélène de faire un break et de venir s'installer chez elle quelque temps.

Bartels vient lui rendre visite un mois plus tard. Il est calme. Sa voix est posée. Valentina ne détecte aucune trace d'animosité.

Il s'assoit sur le canapé, face à elle.

— J'ai eu ta secrétaire, à l'agence. Tu as annulé tous tes rendez-vous de la semaine, tes filles sont en congé. Ton associée n'est pas revenue au boulot depuis les attentats. Que se passe-t-il ?

— D'accord, David. Parlons affaires.

Valentina expose sa vision des choses. Elle refait le fil de l'aventure Live-Events et de son partenariat avec Bartels. Le secteur du tabac ne s'est jamais aussi bien porté. Les cigarettes se vendent, les gens fument comme des pompiers pour calmer le stress généré par les attentats du 11 septembre, les services d'oncologie ne désemplissent pas, le commerce de la peur est florissant, mais les investisseurs ne se bousculent pas au portillon. Valentina s'emmerde. Bartels s'étonne.

— Quel est le problème ?

Valentina sourit.

— Après toutes ces années, tu commences à me connaître, David. Le problème, c'est Rojas et toi. Ça ne fonctionne pas. Votre petite guerre de tranchées, ça met la pression à tout le monde et ce n'est pas bon pour le business. Si ça continue comme ça, j'arrête.

Valentina se tait un instant pour le laisser digérer. Elle n'évoque pas le cas d'Hélène ni celui de son petit ami violenté par Raphaël Coste. Elle ne parle pas de la dépression d'Hélène, des menaces qu'elle a proférées à leur encontre, ni du fait qu'elle a sérieusement envisagé la trahison d'Hélène comme une option souhaitable.

Bartels dit :

— Je perçois une forme de lassitude dans ta voix.

Valentina allume une menthol.

— Je crains que ça soit bien plus profond que ça.

— Qu'est-ce que tu proposes ?

Elle saisit sa cigarette entre le pouce et l'index et fixe le bout incandescent en pinçant les lèvres.

— Nous devons nous débarrasser d'Eduardo Rojas.

Bartels secoue la tête.

— Il faut que je réfléchisse à une stratégie constructive.
— Je sais.
— Est-ce que tu peux attendre encore un peu, avant de prendre une décision ?
— C'est-à-dire ?
— Quelques mois. Un an, tout au plus...
Valentina tire sur sa cigarette.
— Je vais voir ce que je peux faire.

Le député fait mine de se lever.
— Je vais te laisser, si tu préfères.
Valentina le retient par la main en minaudant. Elle écrase sa cigarette dans le cendrier. Le député se renfrogne. Il est engagé dans la campagne présidentielle, il a des responsabilités, il est en retard à l'Assemblée, il se demande ce qu'il fout là. Valentina l'attire contre elle. Il feint de lui résister. Elle lui susurre des mots doux à l'oreille.
— Ne sois pas si pressé.

58

Nanterre, 6 mai 2002.

Une actualité explosive chasse l'autre. Séisme magnitude 1 sur l'échelle de Richter en France : premier tour de la présidentielle, 21 avril 2002 : Le Pen *versus* Chirac. Des manifestations sont organisées en France. L'homme blessé Jospin se répand dans les médias : « J'assume pleinement la responsabilité de cet échec et j'en tire les conclusions en me retirant de la vie politique. »

Nora s'en fout. Il suit son propre calendrier. Le soir du 5 mai 2002, Chirac est réélu avec un score de dictateur. L'extrême gauche descend dans la rue en chantant à tue-tête « Chirac, on t'a eu! Le Pen, on t'aura! » Les dirigeants de Big Tobacco sabrent le champagne. Leurs cris de joie résonnent jusqu'à Nanterre.

Le procureur Scelci lâche du lest et donne enfin son feu vert. Nora est prêt. Le 6 mai en fin de matinée, les policiers de la brigade financière investissent le siège de BRS Conseil munis d'une autorisation écrite du juge d'instruction dans le cadre d'une enquête de flagrance pour complot de blanchiment d'argent et abus de biens sociaux. Le procureur de la République n'a pas suivi les recommandations du parquet. Il n'a pas retenu le chef d'inculpation de crime organisé et d'extorsion.

L'OPJ Simon Nora est aux avant-postes. Il ordonne la saisie

de tous les ordinateurs et les dossiers ouverts sur la table. Les policiers se déploient. Bartels et Rojas sont en vidéoconférence avec des membres du directoire de Big Tobacco. L'image à l'écran est aussitôt coupée. Les employés de BRS Conseil oscillent entre panique et raideur interloquée. Rojas dégaine son portable pour appeler ses avocats.

Bartels croise les bras et reste tranquillement assis sur sa chaise.

— Lieutenant Nora, ça faisait longtemps.

Nora s'avance pour lui remettre une copie de l'autorisation écrite, sur laquelle figure également l'adresse des domiciles de Bartels et de Rojas. Bartels n'y jette même pas un œil.

Nora corrige :

— Capitaine.

Bartels hoche la tête.

— Toutes mes félicitations.

Fouille en règle. *Son enquête*. Une partie de poker menteur à l'échelle européenne, cette fois.

Depuis quarante-huit heures déjà : un boulot ingrat de tri préliminaire auquel Nora s'adonne à cœur joie. Coffres-forts, talons de chèques, livres de comptes, relevés téléphoniques, comptes bancaires, contrats de commandes, agendas, disques durs. De la paperasse en veux-tu en voilà que les policiers empilent au centre du service comptabilité, aux pieds de Marie-Line Pujols.

Nora la salue.

— J'ai très bien connu votre père, le professeur Maillart, sur lequel nos services ont enquêté en 1987.

Pujols roule des yeux effarés. Nora la rassure.

— Nous n'avons jamais réussi à le coincer.

Il tapote l'écran de l'ordinateur situé devant lui.

— Il n'est peut-être pas trop tard, qui sait...

Pujols file à l'anglaise. Nora s'installe devant les cartons consacrés aux fichiers clients-fournisseurs, puis ouvre le classeur intitulé *Mars-juin 1991*.

Il épluche chaque ligne, chaque note de frais. Il vérifie les adresses et les raisons sociales des entreprises sous contrats avec BRS Conseil. Il cherche d'abord à bâtir une vue d'ensemble.

Il privilégie les récurrences et les indices permettant de les raccorder à sa route de la Nicotine. C'est un travail de longue haleine. Il photographie mentalement les noms et les sigles et passe au classeur suivant.

Juillet-octobre 1991. Même méthode de travail. Nora progresse vite. Il enchaîne les expressos allongés. Les effets excitants de la caféine stimulent autant son cerveau que les traces de nicotine qu'il renifle dans les dossiers qu'il analyse. Il délaisse pour le moment tous les contrats passés directement avec Big Tobacco. Il se fie à son flair. Il aura tout le temps de revenir en arrière et de se plonger dans les détails.

Novembre 1991-février 1992. Des catégories apparaissent, des noms reviennent, d'autres disparaissent. Nora continue de se focaliser sur la route de la Nicotine : 13 août 1992, la filiale monténégrine de Big Tobacco entre dans le fichier. 1993, 1994, 1995. Les sociétés serbes, kosovares, croates et albanaises se multiplient. 1996-1999, le phénomène s'amplifie encore. 2000, 2001, les clients issus des Balkans se raréfient, puis se limitent rapidement aux antennes serbe et monténégrine de Big Tobacco à Belgrade et Podgorica, de façon aussi soudaine qu'étrange.

Nora note : d'un point de vue chronologique, la baisse des échanges économiques officiels entre BRS Conseil et les Balkans est inversement proportionnelle à l'augmentation du niveau de contrebande de cigarettes dans la région. Il recopie les noms et les dates. Il les compare avec ceux des livres de comptes. Il note encore : les dirigeants de ces sociétés se déplacent fréquemment en France pour des rendez-vous d'affaires. Jamais l'inverse.

Perplexe, il reprend les notes de frais. L'ensemble est encore trop flou. Il les parcourt des yeux, revient en arrière, sans parvenir à mettre la main sur quelque chose de tangible. Il sait que c'est là, sous ses yeux. Il se remet au travail et recommence tout de zéro encore une fois. Il applique la règle à chaque nouvelle entrée : les clients viennent à BRS Conseil, mais BRS Conseil ne va pas aux clients. Il note : David Bartels ne se rend jamais dans les Balkans. Il note aussi : les allers-retours d'Eduardo Rojas de février 1993 à 2002 sont brefs et se limitent à Belgrade et Podgorica. Ils ne s'arrêtent pas en 2000, lorsque les clients de BRS Conseil s'y raréfient. Hypothèse : Rojas ne se rend pas là-bas pour rencontrer des clients. Qui d'autre, alors ?

Nora cherche un point de repère. Il décide de prendre une société au hasard et de pointer son historique comptable. Il la baptise « XXX SA ».

XXX SA est une société qui loue des entrepôts de stockage de marchandises dans les Balkans. XXX SA a des antennes à Belgrade, Zagreb, Podgorica, Tirana et Priština. XXX SA entre dans le fichier en août 1995 et en ressort en septembre 2000. Sur cette période, des émissaires de XXX SA débarquent dans l'Hexagone à onze reprises. À chaque fois, ils font la tournée des grands-ducs, comme l'attestent les notes de frais de Bartels et de Rojas : essentiellement des frais de bouche. Problème : les fichiers clients contiennent les notes de frais BRS Conseil, mais pas celles des clients. Impossible donc de savoir ce que fait exactement le client XXX SA une fois sur le territoire français ni qui il rencontre.

Question : qui paie les frais du client XXX SA ? Réponse n° 1 : XXX SA lui-même. Peu probable. Réponse n° 2 : les clients eux-mêmes. Possible mais invérifiable à moins de tous les perquisitionner.

Nora s'interrompt un instant pour réfléchir. BRS Conseil est une société tout ce qu'il y a de plus légal qui travaille pour European G. Tobacco. Elle paie une armée de juristes pour paraître irréprochable. D'un point de vue comptable, elle enregistre la moindre dépense en lien avec son économie réelle. Mais que faire des dépenses liées aux activités illégales de contrebande ? Comment les dissimuler au fisc et à la justice ? Réponse n° 3 : les confier à un tiers discret qui n'apparaît pas dans les comptes – un prestataire de services ou une filiale étrangère de BRS Conseil.

Nora continue de suivre son intuition. Il reprend pour la quatrième fois chaque classeur à la recherche de l'entité mystérieuse. Il finit par mettre la main sur une facture correspondant à un déjeuner pour deux personnes dans une brasserie de La Celle-Saint-Cloud, dans les Yvelines, le 08 / 11 / 1996 – 14 h 32. Un nom est griffonné au stylo-bille sur le verso : Live-Events. Il vérifie dans le listing clients-fournisseurs : aucune entrée à ce nom. Bizarre. Il se connecte à Internet et lance une recherche. Bonne pioche : Live-Events, agence d'évènementiel sportif, 78170 La Celle-Saint-Cloud. Intrigué, il revient à ses classeurs et cherche la ligne fournisseur correspondante. La facture a bien été enregistrée à la date du 8 novembre 1996 sous le numéro 198-182-A, rubrique « Communication ».

Nora remplace mentalement *Live-Events* par *Communication* et pointe chaque occurrence se rapportant au n° 198-182-A. Deux policiers de la brigade financière l'aident à trier les factures. Leur travail est long et fastidieux. Un carton *Communication*, un carton *Autres*.

Rien que pour l'année 1996, ils recensent près d'un millier de factures « Communication » correspondant aux prestations de l'agence Live-Events. Des noms d'hôtels, de restaurants, de traiteurs, de boîtes de nuit, d'imprimeurs, de fabricants de tee-shirts et de parapluies, d'agences de taxis, de services de location de salles, de voiture ou de matériel, et des dizaines d'autres encore. Des factures disséminées çà et là qui, mises bout à bout, représentent des centaines de milliers de francs. Toutes réglées rubis sur l'ongle par BRS Conseil, puis remboursées dans la foulée par le client « European G. Tobacco – Bruxelles – Gestion des Comptes Clients » et rangées dans la même rubrique « Communication ». Au centime près.

Nora fait un rapide calcul mental pour convertir les sommes en euros. Un policier sort une calculatrice. Année 1996 : 437 500 euros de frais de communication. Nora multiplie le résultat par le nombre d'années de collaboration entre BRS Conseil et Live-Events. Il obtient un chiffre colossal. Il le reconvertit en francs pour s'y retrouver. Le chiffre qui s'affiche lui file le vertige. Il le compare aux bénéfices de Big Tobacco sur l'exercice 1996. Il relativise : rien d'extraordinaire, finalement, l'opération « Live-Events / Communication » reste très rentable.

— Je crois que nous tenons une piste intéressante.

Il s'étire. Son ventre gronde. Il a avalé des litres de café. L'un des policiers qui travaillent avec lui tapote le cadran de sa montre.

— Il est 20 h passées. Je sors acheter un truc comestible. Je vous prends quelque chose ?

Nora lui file un billet cinquante euros.

— C'est pour moi.

Le policier s'incline, hilare, et quitte la pièce. Nora et son collègue se remettent au boulot. Résumons : bilan comptable parfaitement équilibré. Soit. BRS Conseil dépense des fortunes auprès d'une agence d'évènementiel locale pour organiser ses petites sauteries avec ses clients. Mais encore ? Le comptable de BRS Conseil est d'une nature phobique. Il tient en horreur le nom « Live-Events » et lui préfère le terme plus générique de « Communication » et la ligne fournisseur n° 198-182-A. Et après ? Le comptable de Big Tobacco, le principal créditeur de

BRS Conseil, partage la même passion pour le flou artistique de la rubrique « Communication ». Les mots *tabac*, *cigarette* et *nicotine* ne figurent nulle part.

Nora s'exclame :

— Mais pour quel service paient-ils, au fait ? Quels « évènements » de « communication » organisent-ils et pour qui ?

Le policier hausse les épaules. Nora attrape une pile de classeurs *Clients* et la dépose sur la table.

— Cherchons !

Ils tournent en rond. Les factures ne leur révéleront plus rien de croustillant aujourd'hui. Ils ont essayé de trouver un lien direct entre les évènements organisés par Live-Events, payés par BRS Conseil, et les clients en provenance des Balkans et de la route de la Nicotine. Ils n'ont engrangé que des zéros pointés.

Pour l'instant.

Ce n'est que le début.

Les experts-comptables de BRS Conseil ont bien travaillé. Tout est verrouillé. European G. Tobacco n'engage pas des tocards quand il s'agit d'organiser une fraude à l'échelle européenne, mais il y a d'autres armoires, d'autres fichiers informatiques à explorer. Il y a les rapports incestueux supposés entre David Bartels et les députés européens protabac. Il y a les cadeaux légaux pour acheter leurs voix, ceux qui figurent dans les livres de comptes, les avantages en nature, les places pour des tournois de golf ou de tennis, les bouteilles de champagne, les grands crus ou les invitations à déjeuner. Il y a enfin les bonus illégaux, les enveloppes pleines de liquide, les moyens de pression et Dieu sait ce qu'il reste encore à dénicher.

Nora est à peu près certain que la récolte ne fait que commencer. Le fiasco de son enquête de 1986 sur le braquage des camions d'ammoniac est loin derrière.

Zupan et Danilo continuent de fouiner depuis Zagreb. Nora

maintient le contact. Scelci ne veut plus entendre parler de leur témoignage, mais Nora leur a assuré qu'il était preneur de toute information complémentaire concernant Monsieur X. Nora est confiant. Il est encore possible de le relier à BRS Conseil et Eduardo Rojas.

La réponse à ses questions se cache peut-être aussi dans la comptabilité de l'agence Live-Events ? Demain, il rédigera un rapport et une demande écrite au procureur.

Le policier revient peu après avec un assortiment de trucs japonais à emporter, des baguettes et un pack de Tsingtao. Nora lorgne du côté de la bière, tandis que ses collègues se jettent sur les sushis.

Une odeur de cigarette plane dans l'air. Nora se retourne. La silhouette inquiétante de David Bartels se découpe dans l'encadrement de la porte. Il baigne dans un halo de fumée. Les volutes oscillent entre le blanc et le noir. Il porte un costume chic, il tient un attaché-case. Il dégage un mélange de détermination et de puissance. Derrière lui, le couloir est éteint. Il s'avance dans la lumière. Nora y voit mieux à présent. La sensation d'inquiétude s'estompe. Une fêlure apparaît. Bartels sourit, mais il n'a plus l'air aussi sûr de lui. Il transpire. La main qui tient sa cigarette tremble. Nora y voit les effets secondaires du doute.

Bartels dit :

— Bon appétit, messieurs !

59

Paris, 3 juillet 2002.

Zihan Sûn contemple une œuvre du sculpteur Daniel Firman intitulée *OAP - Opération Aliment Portatif*. Installés sur une échelle, un couple de mannequins de cire et leurs deux enfants, plus vrais que nature, portent à bout de bras une quantité invraisemblable de produits ménagers et d'ustensiles de cuisine. La notice du catalogue disserte de façon savante sur les capacités de résistance des produits de consommation et de nos habitudes alimentaires en milieu urbain.

Bartels s'écrie :

— J'adore !

Zihan Sûn soupire.

— Tu n'y connais absolument rien.

Bartels réprime un fou rire. Zihan le traite d'ignare et de rustre phallocrate. Bartels l'embrasse dans le cou.

Zihan resplendit. Elle vient de fêter ses trente-huit ans. Bartels lui passe la main dans le dos jusqu'à effleurer ses fesses. Zihan est en représentation. Bartels soigne ses contacts politiques. Tous deux se dévorent du regard et écoutent les discours d'une oreille distraite.

Inauguration du palais de Tokyo en grande pompe. Sept mille mètres carrés dédiés à l'art contemporain en plein Paris. Ronds de jambe, politiques serviles et plasticiens extravagants. Au micro, le nouveau Premier ministre Raffarin, le directeur du musée, le ministre de la Culture Aillagon et le P-DG d'European G. Tobacco, l'un des partenaires fondateurs du musée, rivalisent de superlatifs flatteurs. Les architectes Anne Lacaton et Jean-Philippe Vassal rosissent de plaisir.

Eduardo Rojas n'a pas été convié. Question de timing. La veille, il passait son grand oral devant la commission Scelci. Dans le rôle de l'Inquisiteur : le capitaine de police Simon Nora. Ce matin, *Le Monde* titrait un très racoleur « Un ancien cadre d'European G. Tobacco au cœur de la tourmente ». Le directeur a pensé que sa présence ferait mauvais genre.

Le président Gauthier a opté pour un costume sobre Paul Smith très british. Il est en verve : « Nous soutenons les arts parce que nous croyons que l'art est un véhicule pour la pensée. Nous nous concentrons sur le soutien aux institutions qui promeuvent le patrimoine culturel national et mondial, l'art contemporain et la culture japonaise. »

Bartels glousse en comptant les points. Valeurs, tolérance et liberté d'expression, les trois piliers du marketing protabac. La foule de lèche-bottes applaudit. Le président Gauthier adresse un clin d'œil complice à Bartels. Zihan le tire par le bras.

— Allons nous promener, David, je t'en supplie.

— Encore un peu, mon amour…

— Je vais mourir si je reste ici une minute de plus.

Elle fait la moue. Bartels cède de bonne grâce.

— Tout ce que tu veux, mais plus de Daniel Firman !

Zihan éclate de rire.

— Viens par ici !

Des rumeurs racontent que Zihan a eu une aventure avec un

acteur chinois sur son dernier tournage. Zihan nie farouchement. Bartels lui a fait promettre de ne plus jamais le revoir. Zihan a dit : « J'adore quand des hommes jaloux se battent pour moi ! »

Bartels se laisse guider à l'écart dans une salle adjacente. Ils déambulent d'une œuvre à l'autre pendant une heure. Bartels consulte discrètement son portable pour voir si Marie-Line Pujols lui a donné des nouvelles à propos du procès Scelci.

Zihan commente tout ce qu'elle voit. Elle allume une cigarette, se fait réprimander par un gardien.

— Je suis une artiste dans un temple érigé à la gloire des artistes.

— Éteignez ça tout de suite, madame !

— Je suis une œuvre d'art à moi toute seule. Je fais ce que je veux. Appelez-moi *Opération Cigarette Libre* !

Elle lâche la cigarette à ses pieds et l'écrase crânement du talon. Le gardien fulmine. Les cris ameutent des officiels et des photographes présents pour l'inauguration. Bartels et Zihan échangent un regard complice et s'enfuient en riant.

— Tu es une punk !

Elle pouffe.

— Bien sûr que non. J'ai simplement tenté de profiter de mon statut d'actrice star pour me griller une cigarette dans un endroit magnifique.

— Tu es une punk opportuniste, alors.

Elle secoue la tête.

— Non, juste une fumeuse en manque.

À leur retour dans la grande salle, les discours sont terminés. Les invités s'égaillent, les ministres prennent la poudre d'escampette, des groupes se constituent. Un serveur slalome entre les convives, un plateau de coupes de champagne à la main. Bartels en pioche deux au passage. Zihan siffle la sienne et l'emmène rejoindre son agent, le plasticien Franck David et Valette, le directeur adjoint du cabinet d'Aillagon. Les trois hommes sont lancés dans une discussion de type ternaire à propos du pouvoir des marques – le marketing, c'est bien, le marketing, c'est mal, le marketing est partout.

Bartels se marre. Zihan lui mordille le lobe de l'oreille en chuchotant :

— Cette conversation m'ennuie prodigieusement.

— Encore un peu…

Zihan lui lâche le bras et s'éloigne, boudeuse. Bartels n'écoute pas la suite. Il couve Zihan du coin de l'œil. Elle rattrape un serveur et le déleste de deux coupes qu'elle boit d'une traite. Bartels mime le geste de lui envoyer un baiser du bout des lèvres. Elle lui répond d'un doigt d'honneur et se dirige vers la sortie.

La chambre est plongée dans la pénombre, les draps sont moites. Le cendrier posé sur un oreiller déborde. Bartels est allongé, essoufflé, la tête calée contre la poitrine de Zihan dont le cœur bat la chamade. Elle joue avec la chevelure de Bartels de sa main libre.

— Mon agent m'a montré un article sur toi.

— Sur moi ?

Elle corrige :

— Un truc à propos d'un procès contre ceux qui t'emploient. Il y avait une photo de ton associé, devant la Cour de justice de Luxembourg. Ton nom était cité. Tu ne m'en as pas parlé.

Bartels se redresse et la dévisage.

— Tu t'inquiètes pour moi ?

Elle rit.

— Mon agent s'inquiète pour moi. Il me conseille d'arrêter de fréquenter le très sulfureux David Bartels.

— Quel fils de pute !

Le rire de Zihan redouble.

— Il prétend que le punk, c'est toi. Selon lui, mon attirance

pour les mauvais garçons et les criminels en col blanc n'est pas bonne pour mon image.
— Tu lui as répondu quoi ?
Son rire cesse.
— Qu'il avait salement raison !

60

Podgorica, 27 septembre 2002.

Muller roule depuis la frontière serbe. Un soleil de plomb tape sur la E65 toute la journée et surchauffe le bitume de mauvaise qualité. Le radiateur est percé, le moteur de la Golf GTI affole le thermomètre du tableau de bord dès qu'il dépasse les cent kilomètres à l'heure. Muller doit s'arrêter régulièrement pour refaire le plein de liquide de refroidissement.

Bartels ne répond pas. Cela dure depuis des mois. Son dernier échange avec Rojas remonte au début de l'été. Des perquisitions ont lieu chez BRS Conseil depuis le mois de mai. L'agence de Valentina subira bientôt le même sort. Ce n'est plus qu'une question de semaines, peut-être de jours. Par mesure de sécurité, les lignes téléphoniques sécurisées sont coupées. Muller est temporairement livré à lui-même. La seule consigne qu'il doit respecter à la lettre est la suivante : les cigarettes doivent continuer d'être distribuées en temps et en heure, coûte que coûte.

Depuis un mois, trois nouveaux articles à charge signés Luka Zupan et Rade Danilo ravivent les tensions entre le comité de rédaction du quotidien *Dan* et la direction du Rokšped de Podgorica. Les frères Sdenaj voient d'un mauvais œil les accusations dont ils sont l'objet. Muller leur a conseillé de ne pas faire de vagues. Les pontes de la mafia monténégrine ne l'entendent pas de cette oreille : rien à foutre de Scelci, rien à foutre des flics français, nous sommes ici chez nous.

Muller a terminé une livraison en cours, réclamé un rendez-vous avec Emil Sdenaj, le cadet de la fratrie et collecteur d'impôts pour l'antenne mafieuse du secteur de Podgorica, puis il a aussitôt pris la route du sud. Tôt dans la matinée, il a appelé Svetlana Mehmeti qui lui a répondu : « C'est votre problème. Je fais mon boulot, vous faites le vôtre. Je ne vous connais pas. Vous ne me connaissez pas. Oubliez mon numéro ! »

Il pénètre sur le parking quasi désert du Mall of Monténégro. Les portes du centre commercial ont fermé deux heures plus tôt. Il fait le tour du rond-point, balaie les environs du regard et se gare face à l'entrée nord, dans un angle peu éclairé. Le moteur tressaute, le radiateur de la Golf émet un sifflement de satisfaction.

Muller est en avance. Il coupe le contact et sort faire quelques pas pour s'étirer. La fraîcheur de la nuit et le parfum des lauriers en fleur le revigorent. Il ne les entend pas arriver. Deux types en treillis, armés et entraînés. Ils le cueillent par-derrière, le ceinturent et l'emmènent de force. Muller ne se débat pas. Il pense « Ça y est, c'est mon tour ! » Il songe au revolver dissimulé sous la roue de secours de la Golf. Il se dit qu'il aurait dû être plus prudent.

Ils le traînent jusqu'à un Land Rover Defender noir stationné en contrebas, le balancent sur la banquette arrière et grimpent avec lui. Lorsqu'il relève la tête, il note deux choses. Le Beretta braqué sur lui et les yeux de fouine d'Emil Sdenaj qui l'observent à la lueur de plafonnier.

Muller se détend un peu. Il s'installe confortablement sur la banquette et écarte les bras.

— Je croyais qu'on devait se voir pour discuter des problèmes d'acheminement avec les Italiens.

Sdenaj grimace.

— Les Italiens, c'est ton problème. Scelci aussi. Mon problème à moi, c'est de garder le contrôle sur mon territoire, de veiller à la sécurité de la distribution des marchandises de mes alliés français et de m'assurer que mon pays prenne la part qui lui revient de droit.

Muller ajoute :

— Et de calmer le jeu avec Gojko Vuković.

Sdenaj s'éclaircit la voix.

— Tu trouves que j'ai l'air stressé ?

— Qu'est-ce que tu proposes, alors ?

Sdenaj ricane.

— Je me suis laissé dire que tu aimais jouer avec les allumettes.

D'un signe de la main, il fait signe au chauffeur de démarrer. La boîte de vitesses grince, le pick-up descend du trottoir. Cinq minutes plus tard, ils filent en direction de la zone industrielle ouest.

Stamparija Crna Gora, le plus gros imprimeur du pays. Des hectomètres de rotatives en mouvement perpétuel réparties sous des hangars immenses à la périphérie de Podgorica.

D'autres types armés en treillis les attendent déjà sur place. Trois véhicules, phares allumés, sont disposés devant le hangar principal de façon à éclairer la porte. Démonstration de force : sur le perron, une douzaine de types à genoux, cagoulés et menottés, probablement le vigile et les employés de nuit. Les flancs des camions de la cour sont recouverts de tags d'insultes et de menaces en cyrillique. Leurs pneus sont lacérés, les pare-brise explosés, les portières rayées.

Emil Sdenaj s'avance jusqu'à l'entrée. Muller le suit, encadré par ses deux gardes du corps. Le groupe entre, sans un regard pour les prisonniers.

Une violente odeur d'essence les cueille. Des bidons vides traînent çà et là. Des rouleaux de papier de plusieurs tonnes ont été empilés au monte-charge le long de la principale rotative et contre les parois des bureaux, sur la droite. Des types achèvent de briser les vitres et de vider le contenu des étagères et des armoires au centre de chaque pièce pour que le feu n'épargne rien. Une palette d'exemplaires du quotidien *Dan* fraîchement imprimés trône au centre du dispositif.

Sdenaj regarde en silence ses hommes s'agiter, jusqu'à ce qu'ils aient terminé. L'un d'entre eux s'avance, lui dit quelque chose à l'oreille et lui tend une boîte d'allumettes. Sdenaj se retourne.

— À toi l'honneur, mon ami.

Muller contemple le spectacle d'un air glacial.

— Qu'est-ce que je viens faire là-dedans ?

Sdenaj sourit.

— Nous décidons qui a le droit de faire des affaires dans notre propre pays et à quelles conditions. Nous prenons de gros risques, nos marges sont ridicules et cela va changer. Fais passer le message à nos amis cigarettiers. C'est tout ce que je te demande.

Il lui lance les allumettes et désigne du menton le papier imbibé d'essence, devant eux.

— Ta contribution pour sceller notre nouvel accord.

Muller hoche la tête. Il craque une allumette, la jette à leurs pieds et recule d'un pas. Le sol s'embrase, une langue de feu gagne le rouleau le plus proche. Le hangar s'illumine d'un coup. Tout le monde se précipite dehors pour contempler le spectacle.

Une succession d'explosions retentit. Le souffle fait vibrer le bâtiment et l'éventre. Les flammes lèchent les murs, la charpente en bois s'embrase. Les employés cagoulés poussent des hurlements. Sdenaj donne l'ordre à ses hommes de les tirer au milieu de la cour, puis il grimpe dans son pick-up.

61

Nanterre, 30 septembre 2002.

— Attendez-nous là.

La décision est prise à huis clos dans le bureau du directeur de la brigade financière, en présence du procureur de la République et du responsable de l'office central pour la répression de la traite des êtres humains : débarqué de nulle part, le capitaine Simon Nora prend la tête de l'enquête sur l'agence Live-Events. Brun tombe des nues. Il n'est même pas convié à entrer.

Le cul vissé sur un banc dans le couloir, il enchaîne les cigarettes. Des mouches prises au piège s'acharnent sur les carreaux de la fenêtre face à lui. Brun fixe leur calvaire hypnotique jusqu'à ce que le major Rey arrive.

— Alors ?

Brun secoue la tête. Rey opine d'un air perplexe. Il s'affale sur le banc et lui tape une clope. Les mouches redoublent d'efforts.

La porte s'ouvre, une demi-heure plus tard, une fois le simulacre de concertation terminé. La passation de pouvoir est brève. Elle dure le temps d'une poignée de main. Le capitaine Nora est déterminé. Il leur fait comprendre qu'ils doivent s'estimer heureux. Brun reste mutique. Nora le sonde du regard comme s'il cherchait à le percer à jour jusqu'à ce que Brun lui lâche la main.

Le vent se lève, l'air s'imprègne d'humidité. Des nuages noirs s'amoncellent au-dessus de leur tête. Le major Rey remonte le col de sa veste.

— Je te paie un coup à boire ?

Brun acquiesce. Après le départ de Nora, le directeur leur a demandé de lui transmettre l'intégralité des éléments de leur enquête. Nora leur a filé une liste de noms liés à BRS Conseil et à European G. Tobacco qui l'intéressent particulièrement. Eduardo Rojas figure en tête. Une perquisition aura lieu à l'aube, chez Live-Events. Brun et Rey doivent impérativement être présents.

Une rafale balaie les feuilles mortes qui tapissent le parvis de la préfecture de police. En descendant les marches, Brun repense à Hélène Thomas, à tout ce qu'il a indiqué sur elle dans ses rapports et à tout ce qu'il a sciemment omis de noter depuis cette nuit où il l'a photographiée à Deauville, au début de l'été 2001, avec deux autres prostituées, en compagnie de Darrel Jones.

Cela s'est mis en place sans qu'il y prenne garde. Rey n'y a vu que du feu. Brun a agi par pur instinct. Il n'a cherché à manipuler personne.

Il y a sa volonté inexplicable de sauver Hélène Thomas. Il y a les comptes rendus de planques truqués, la falsification de preuves et les mensonges par omission. Il y a son petit procédé merdique consistant à privilégier les initiales A. K., comme Anna Krause, dans ses rapports, et à éviter systématiquement d'indiquer son vrai nom. Il y a les clichés volontairement mal cadrés de façon à ce qu'elle soit hors champ. Il y a aussi ces photos qu'il conserve pour lui et qu'il n'a jamais versées au dossier. Des portraits d'Hélène au téléobjectif qu'il planque dans un tiroir de la commode, dans le garage. Son visage poupin, de face, de profil, tantôt dur, tantôt tendre, tantôt troublant, la bouche légèrement entrouverte, le front perlé de sueur, les cheveux toujours impeccablement peignés, simulant un orgasme pour le compte d'un client ou les yeux perdus dans le vague, comme étrangère à la situation.

Il y a maintenant sa carrière qu'il risque de foutre en l'air et le capitaine Nora, susceptible de révéler au grand jour ses combines minables. Brun pourrait lui parler avant qu'il ne soit trop tard. Nora comprendra peut-être. Brun pourrait aussi jouer au con, ça, il sait faire.

Brun réalise qu'il est prêt à saboter son enquête.

— Fait chier!

Il dévale les dernières marches, s'engouffre dans la voiture et claque la portière. Rey démarre. Brun déclare :

— Je prends mon après-midi, dépose-moi au RER.

L'orage éclate aux alentours de 20 h 30. Des trombes d'eau s'abattent sur La Celle-Saint-Cloud, engorgeant les bouches d'égout saturées de feuilles mortes. Brun se tient debout dans le salon, devant la baie vitrée. Le rideau de pluie est si épais que l'immeuble d'en face a l'air noyé dans le brouillard.

Il s'est muni de gants en latex afin de ne laisser aucune empreinte. Il a forcé la porte pour s'introduire dans l'appartement. Il a apporté avec lui le dossier d'enquête sur le meurtre de Stéphane Guérin. Il a étalé le rapport d'autopsie et les photos du cadavre sur le plateau en verre de la table basse. Il a parlementé un moment au téléphone avec Geneviève pour lui expliquer qu'il ne rentrerait probablement pas de la nuit, puis il s'est allumé une cigarette. Il n'a touché à rien d'autre.

Un bruit de clefs dans la serrure. Brun inspire un grand coup. Hélène Thomas se fige dans l'entrée dès qu'elle sent l'odeur de tabac. Sa veste est trempée, ses cheveux dégoulinent, des frissons lui parcourent le corps. Elle met quelques secondes à le reconnaître. Elle esquisse alors un bref mouvement de recul et serre son sac à main contre sa poitrine. Ses yeux papillonnent. Ils font des allers-retours entre Brun, les photos de Guérin et la porte à côté d'elle.

Il brandit son insigne :

— J'ai besoin de vous parler.

Elle fronce les sourcils.

— Besoin ?

— Je peux vous protéger.

Elle paraît hésiter. Elle lâche finalement son sac, retire sa veste, referme la porte et contourne le canapé de façon à l'éviter.

Brun dit :

— Demain, il y aura une perquisition de la brigade financière à votre agence, dans le cadre d'une affaire de blanchiment d'argent et de crime organisé qui concerne BRS Conseil. J'enquête de mon côté depuis deux ans sur un réseau de prostitution orchestrée par votre associée, Sophie Calder. Le hasard veut qu'aujourd'hui les deux affaires se télescopent et qu'un seul policier soit chargé de les mener, le capitaine Nora. C'est lui qui enquêtait en 1986 sur le braquage d'ammoniac qui a coûté la vie à votre petit ami de l'époque, Stéphane Guérin. Il sait que l'ammoniac servait à financer les activités criminelles de David Bartels, mais il n'a jamais pu le prouver. Il sait aussi que Bartels employait un mercenaire pour ses basses œuvres. Cet homme est probablement responsable de la mort de Guérin. Nora le traque depuis quinze ans mais il n'a jamais pu mettre la main dessus. Nora est un enragé. Il ne lâchera rien. C'est également lui qui sonnera à la porte de Live-Events demain matin. Sur ce point, ni vous ni moi n'y pouvons rien.

Hélène Thomas l'écoute attentivement. Elle s'accroupit et examine les photos de Guérin sans les toucher, une par une, la mâchoire serrée.

Brun poursuit :

— Le hasard, encore lui, veut que votre destin et le mien se soient déjà croisés en 1986. Vous aviez disparu et j'étais chargé de vous retrouver. À ce stade, le capitaine Simon Nora ignore que je vous connais. Il ne sait rien non plus de votre lien avec Stéphane Guérin ni de votre formation en alternance au siège parisien de la société de transports Yara en 1986. Il l'ignore parce que je ne lui ai encore rien dit. Préparez-vous à vivre un enfer le jour où il l'apprendra.

Hélène Thomas relève brusquement la tête.

— Pourquoi êtes-vous là exactement ?

— Je vous l'ai dit. Je peux vous protéger.

— De qui ? De l'enfer Nora ?

Brun fait non. Il plonge la main dans sa poche et en ressort un jeu de sa collection personnelle. Les photos des autres cadavres du braquage du 28 juillet 1986. Des clichés figurant Hélène Thomas en pleine action avec d'autres prostituées et des clients de Live-Events. D'autres d'Eduardo Rojas et de Sophie Calder à une terrasse de café, de Rojas et de Raphaël Coste, enlacés, puis de Raphaël Coste seul, épiant Hélène depuis le trottoir d'en face. Il les dispose sur la table à côté de ceux de Guérin. Le contraste entre les scènes de sexe, les corps dénudés, les cadavres calcinés et le regard froid de Coste est saisissant.

Il pousse l'une des photos représentant le couple Rojas et Coste devant elle, puis une deuxième de Calder, en discussion avec le gérant de l'hôtel Best Western.

— Je veux vous protéger d'eux.

Hélène Thomas balaie la table de la main.

— C'est quoi, ces conneries ?

Brun se penche pour ramasser les photos et les remettre patiemment en place.

— Regardez qui sont *réellement* les gens pour qui vous travaillez ! Regardez ce dont ils sont capables !

Brun balance une poignée de photos du cadavre de Guérin dans sa direction. Elle se débat pour tenter de les éviter, comme si elle risquait d'être contaminée.

— Vous ne savez rien !
— Je ne demande qu'à apprendre.

Elle ricane. Brun se lève à son tour.

— Il existe des programmes de protection de témoins.
— Pourquoi venir me raconter tout ça, *à moi* ?

Brun désigne les photos.

— Ce sont des sauvages ! Calder, Rojas, Bartels, voyez ce qu'ils font des gens comme Stéphane ! Quand est-ce qu'ils s'occuperont *personnellement* de votre cas ? Parlez-moi de Sophie Calder, d'Eduardo Rojas et de ce type qui vous a aidée à vous enfuir en 1986. Dites-moi ce que vous savez à propos de l'organisation du réseau de prostitution et de la contrebande de cigarettes. Balancez les noms des clients et des intermédiaires, acceptez de témoigner pour moi et je vous promets que vous ne...

Elle ne le laisse pas terminer. Elle se bouche les oreilles et lui ordonne de se taire. Brun enjambe la table basse pour la calmer. Elle le repousse violemment. Il perd l'équilibre et bascule en arrière. Le plateau en verre explose sous son poids. Il se redresse péniblement, les gants lacérés et les paumes des mains en sang.

La sonnerie du portable d'Hélène Thomas retentit soudain depuis l'entrée. Elle se fige. Brun lui fait signe de ne pas décrocher. Il s'assoit sur le canapé pour retirer ses gants en prenant soin de ne pas mettre de sang partout. La sonnerie s'interrompt et ne reprend pas. La pluie s'acharne un moment sur la baie vitrée, puis s'arrête d'un coup. Brun rompt la trêve le premier. Il lui expose son plan, il lui parle des photos tronquées et des preuves falsifiées. Il lui dit qu'il peut lui épargner la prison, qu'elle pourra refaire sa vie.

Hélène Thomas se passe la main dans les cheveux.

— Pourquoi vous faites ça ?

Brun cligne des yeux. Sa gorge est sèche. Il visualise Hélène Thomas, lascive, le regard dans le vague, en train de jouir. C'est plus fort que lui. Il se projette au milieu des corps nus, mêlés, en sueur. Le cadre se resserre et se met en mouvement. Gros plans d'une parcelle de chair à l'autre. L'image vire à l'obsession. Brun cherche à l'évacuer de son esprit mais il n'y parvient pas.

Il répond :

— Je n'en sais rien.

Rapport d'enquête RF/OLAF/UE-02.7896.1 Brigade financière de Nanterre/Office européen de lutte antifraude – 28/06/2002. OPJ rapporteur : capitaine de police Simon Nora – PIÈCE N° 18-27 : *Article de la « Lettre d'information des actualités internationales en matière de lutte contre le blanchiment d'argent et le financement du terrorisme » – Cellule de traitement du renseignement financier, ministère des Finances, République algérienne démocratique et populaire* :

L'IMPLICATION AVÉRÉE DES FABRICANTS DE TABAC DANS LA CONTREBANDE

L'industrie du tabac dénonce officiellement la contrebande mais elle en est directement à l'origine. Les documents internes de la société française BRS Conseil dont le principal client est European G. Tobacco, rendus publics par décision de justice, ont révélé l'organisation de réseaux de contrebande dans différents pays européens et des Balkans (Serbie, Monténégro, Albanie, Kosovo), considérant cette contrebande comme partie intégrante de leurs activités afin d'accroître leurs profits. Un responsable d'EGT en 1989 déclare ainsi, sous couvert d'anonymat, que ces pratiques ont toujours existé : « Nos progressions résultent pour l'essentiel des importations illégales de nos marques en provenance d'Europe de l'Est et d'Asie pour lesquelles aucun droit n'a été payé. » Après deux années d'enquête par l'Office européen de lutte antifraude (OLAF), la Commission européenne, suivie par d'autres États membres, porte plainte le 16 avril 2002 en

France et en Italie pour « blanchiment d'argent ». Les avocats d'EGT proposent de conclure un accord avec la Commission européenne pour éviter un procès. Les accords qui pourraient être signés dès 2004 entre l'Union européenne et EGT portent sur près de deux milliards de dollars au total pour lutter contre le commerce illicite de tabac. Il est important de noter que ce qui était initialement une transaction destinée à éviter un procès et une condamnation retentissante des fabricants impliqués dans la contrebande risque de se transformer en un partenariat. De nombreux autres exemples illustrent cette implication d'EGT et ses responsabilités dans ce marché noir. Un article de *Lyon Capitale* fait notamment état d'une enquête menée en 2001 par le Consortium international de journalistes d'investigation (ICIJ), intitulée « Tobacco Underground », qui présente quelques illustrations de l'implication des majors du tabac en Serbie ou encore au Monténégro dans la contrebande. On y découvre notamment qu'en Serbie la production de cigarettes a augmenté de 30 % entre 1999 et 2001. Par ailleurs, les journalistes Luka Zupan et Rade Danilo démontrent comment les cigarettiers ont complexifié le phénomène de contrebande et sont amenés à créer des cigarettes spécialement destinées au marché illégal. Ces cigarettes s'appellent les *cheap whites* ou *illicit whites*.

~

Rapport d'enquête RF/OLAF/UE-02.7896.1 Brigade financière de Nanterre/Office européen de lutte antifraude – 01/08/2002. OPJ rapporteur : capitaine de police Simon Nora – PIÈCE N° 27-4 : *Article* Le Monde :

DES CIGARETTES ILLÉGALES QUI EFFRAIENT LES FABRICANTS HISTORIQUES

American Legend, Jin Ling, Mond ou Gold Mount : elles sont vendues illégalement en France. **Surnommées** illicit whites, *ces cigarettes s'achètent à des prix défiant toute concurrence. Selon une étude du cabinet d'audit KPMG pour European G. Tobacco France, une « clope » sur six serait issue de la contrefaçon, alors que, à l'automne prochain, les paquets chez les buralistes passeront à 4 euros.*

Le fabricant European G. Tobacco fait réaliser chaque année une étude dite «paquets vides» consistant à ramasser des paquets dans des rues, des lieux publics représentatifs, afin d'examiner la proportion de paquets légaux et illégaux. Résultat : KPMG estime que 1,3 milliard de cigarettes (65 millions de paquets) d'American Legend ont été vendues en France en 2001. Rapporté aux 66 milliards de cigarettes fumées en France en 2001 (55 milliards de ventes légales, 11 milliards venus du commerce illicite), cela représente 2%. Le phénomène n'existait pas en 1998, lors des premières études menées par KPMG sur le commerce illicite de tabac, dit David Bartels, responsable d'un cabinet de conseil indépendant auprès d'EGT. Ce spécialiste se veut catégorique : «Ce sont des marques qui ne sont pas homologuées. Sans aucun contrôle, ni sur ce qu'il y a à l'intérieur des cigarettes ni sur leur provenance. On ignore qui les fabrique.» Dans l'étude du cabinet KPMG, la proportion de cigarettes d'origine étrangère consommées sur le territoire français est évaluée à 21,1%. Ces chiffres confirment de précédentes études réalisées par d'autres cigarettiers et même par les douanes françaises. En septembre, l'administration avait publié une étude confirmant qu'environ 20% des cigarettes ne sont pas achetées dans les bureaux de tabac de l'Hexagone et échappent donc à toutes taxes (82% du prix du paquet). Soit un manque à gagner évalué à plus de 2,5 milliards d'euros pour les caisses de l'État, mais pas pour les industriels du secteur.

62

Paris, 11 octobre 2002.

Cela dure depuis cinq mois : perquisitions, convocations à la brigade financière, gardes à vue, interrogatoires, avocats. Un jeu de questions-réponses épuisant mené par le capitaine Simon Nora auquel David Bartels se plie de bonne grâce parce que c'est son boulot, parce que European G. Tobacco le paie grassement pour ça, et surtout parce que cela pourrait lui coûter très cher si cela tournait mal.

Bartels serre les fesses. Son sommeil est haché, ses nerfs à vif. Des vertiges le contraignent à s'allonger à tout bout de champ. Sa consommation de cocaïne et de nicotine passe à la vitesse supérieure. Les heures au lit à discuter avec Zihan Sûn ne suffisent plus à l'apaiser.

Il connaît les règles du jeu, il a largement contribué à les élaborer. Il doit supporter les interrogatoires suspicieux, les gardes à vue de ses collaborateurs, les articles à charge dans la presse économique. Rien de nouveau à cela. L'industrie du tabac est en guerre depuis son origine. Son existence n'est qu'une succession de batailles menées tambour battant contre ceux qui cherchent à la détruire par tous les moyens. L'état de guerre permanent est son essence même. Bartels est une arme au service de Big Tobacco. Ni plus ni moins. Les armes ne sont jamais responsables des dégâts qu'elles causent. On les utilise pour monter au front, on les remise à la signature des armistices. Bartels n'existe que parce qu'on a besoin de lui.

Avec Eduardo Rojas et Marie-Line Pujols, ils ont mis au point un plan de bataille à base de dénégation, de minimisation systématique et d'ignorance savamment dosée. Le principe est simple : gagner du temps sur la justice. Darrel Jones lui file des devoirs du soir. Bartels croule sous les dossiers urgents. Des piles de rapports s'accumulent. Les allées et venues des policiers de la brigade financière chez lui et dans les locaux de BRS Conseil empoisonnent son quotidien. Elles le contraignent à bosser dans des lieux publics et à passer ses coups de fil depuis les taxis.

Bartels est en guerre : depuis juin, il organise la contre-offensive médiatique. Il a commandé auprès de cabinets d'experts amis des études sur les cigarettes illégales. La presse nationale s'est précipitée sur leurs chiffres et sur leurs conclusions – « Oubliez la contrebande ! Les *illicit whites* ne paient pas d'impôts, voilà le véritable ennemi ! » Leur message subliminal séduit l'opinion publique et les députés européens, mais il ne convainc ni le procureur Scelci ni le capitaine Nora.

Il y a également l'épine dans le pied du plan cancer voulu par Chirac : interdiction de fumer dans les lieux publics. Bartels harcèle les responsables du bureau F3 de la direction générale des douanes et des droits indirects de Montreuil pour étaler l'augmentation des prix de vente de 35 %.

Le vrai problème aujourd'hui, ce n'est pas Chirac, les buralistes, ni même le capitaine Nora et la bataille pathétique qu'il dirige contre l'industrie du tabac. Son enquête n'est qu'une vaste blague aux frais du contribuable dont l'issue est déjà en train de se négocier en haut lieu entre la Cour de justice européenne et les juristes d'European G. Tobacco. Bartels est couvert. Ses avocats lui ont évité le mandat de dépôt et l'incarcération. Trop d'argent en jeu. Trop de membres du directoire sont impliqués dans ses magouilles. Personne n'a intérêt à ce qu'il fasse des révélations fracassantes pour couvrir ses arrières.

Le vrai problème, celui qui l'empêche de dormir, c'est Valentina et Anna Krause.

Deux bombes à mèche lente.

Elles sont briefées au début de l'été : en cas de coup dur, nous vous fournirons les services des meilleurs juristes, nous créditerons vos comptes en banque maltais, vous ne manquerez de rien, en échange de quoi vous devenez aussi muettes que des tombes. Les deux femmes acceptent le deal. Elles aussi connaissent les règles du jeu, elles aussi ont participé à leur élaboration, elles aussi sont payées pour ça.

La perquisition à Live-Events débute le 1er octobre, à 8 h pétantes. C'est une demi-surprise. L'une des employées, une escort appelée Cynthia bossant pour Valentina depuis 1987, appelle Bartels dans la foulée, en panique :

— Les flics sont là, David, avec sirènes, mandat et tout le tralala. La moitié du personnel a été embarquée en garde à vue. Ils ont rameuté une flopée de journalistes. Leurs caméras et leurs micros sont braqués sur l'immeuble. Les voisins répondent à leurs questions et se paient leur quart d'heure de célébrité. C'est la merde !

— Tu as bien fait de m'appeler.

— Ils bloquent les portes, ils passent l'agence et le CV des filles au peigne fin. Ils se comportent comme des putains de sangsues !

Bartels tique :

— Ils ?

— Le capitaine Nora et un lieutenant de l'office central pour la répression de la traite des êtres humains de Nanterre. J'ai oublié son nom.

— J'envoie les avocats.

Cynthia souffle dans le combiné. Bartels reconnaît le bruit métallique caractéristique d'un briquet et d'une cigarette qu'on allume.

— Tu es où, là ?

— Dans les chiottes. C'est le seul endroit où ils ne nous suivent pas.

— OK. Appelle Valentina et passe-la-moi.

Un bref silence à l'autre bout du fil, puis :

— Elle a disparu.

— Comment ça, *disparu* ?

— Elle n'était pas là à l'ouverture. On a essayé de la joindre sur son portable, on a envoyé quelqu'un chez elle. Que dalle ! Même chose pour Anna. Les flics sont très déçus. Eux aussi les cherchent partout. Je pensais que c'était prévu, que tu étais dans le coup.

Bartels explose.

— J'ai l'air d'être au courant, putain ?

Nouveau silence, plus marqué, celui-là. Cynthia tire sur sa cigarette et ajoute :

— David, je dînais avec Valentina et un gros client, hier soir, quand Anna a appelé. Il était près de 11 h du soir. Valentina avait l'air sous le choc. Elle s'est éloignée pour parler, je n'ai pas entendu grand-chose, elle avait la tête de quelqu'un qui apprend une mauvaise nouvelle. Elle a raccroché, elle a réglé l'addition, puis elle m'a confié le client et elle s'est tirée. Ça a peut-être un lien avec la venue des flics.

Valentina et Anna sont introuvables. Bartels se garde d'avertir sa hiérarchie. Ils l'apprendront bien assez tôt. Sa nature paranoïaque prend le dessus. Un temps, il envisage un coup fourré des flics, mais l'après-midi même il reçoit une visite impromptue au cabinet. Nora est accompagné du lieutenant de police qui enquête sur Live-Events depuis deux ans. Le type s'appelle Brun. Il a une gueule de faux jeton.

Nora est aux abois. Valentina et Anna sont l'un des piliers de son acte d'accusation. Il compte sur elles pour témoigner du passé, du présent et de l'avenir. Il soupçonne certainement Bartels et Big Tobacco d'avoir organisé leur fuite. Il va lui mettre des policiers au cul nuit et jour pour savoir où elles se cachent. Brun regarde ses pieds pendant toute la durée de l'entretien.

Bartels est à moitié soulagé seulement. Valentina ne l'a pas trahi. Pas encore. Reste encore à mettre la main dessus pour savoir ce qu'elle et Anna fichent.

Les jours suivants, il remue ciel et terre. Il passe ses appels depuis le portable de l'une de ses secrétaires. Il fait le tour des clients connus de Live-Events. RAS. Il contacte Svetlana Mehmeti, au siège de Podgorica. Anton Muller serait *peut-être* en compagnie d'une amie, une dénommée Sophie Calder. Il lui envoie une photo par MMS. Il lui demande de se renseigner. Il dit : « Agissez vite et en toute discrétion. »

Rojas le rejoint peu après minuit. Il est perplexe. La disparition de Valentina le surprend. Celle d'Anna Krause semble moins l'affecter. Il privilégie l'hypothèse *coup fourré des flics*. Il s'affale dans un siège et temporise :

— Valentina a peut-être eu la trouille. Elle va se ressaisir. Laissons-lui quelques jours.

Bartels lui sert un verre de Tormore. Son portable sonne. Il sursaute et renverse la moitié du scotch sur sa veste. Il jette un œil à l'écran : Cynthia. Il décroche et met le haut-parleur.

— Valentina est réapparue ?

— Pas vraiment, mais les flics sont enfin partis. Ils ont embarqué le matériel informatique et l'intégralité de notre comptabilité. Qu'est-ce que je fais ?

— Prends-toi des congés et envoie-moi la facture.

Cynthia s'éclaircit la voix.

— Est-ce que j'ai du souci à me faire pour mon avenir professionnel, David ?

Bartels bouche le micro de la main et consulte Rojas du regard. Son associé agite la main, comme pour dire *On verra*. Bartels reprend Cynthia :

— Je fais le point avec mon associé et je te rappelle.

Il raccroche. Rojas se frotte les yeux en bâillant. Bartels boit une gorgée de Tormore en faisant claquer sa langue. Il siffle le reste de son verre d'une traite et se ressert dans la foulée.

— J'ai confiance en Valentina.

Rojas opine gravement. Une lueur étrange brille une fraction de seconde dans ses yeux avant de s'évanouir. Bartels le fixe un moment, en faisant tournoyer le scotch dans son verre. Une mauvaise pensée lui traverse l'esprit. Rojas lui rend son regard.

— Tu crois que c'est moi qui la planque ?

Bartels secoue la tête. La mauvaise pensée persiste. Il ouvre la bouche pour parler, il se ravise et avale une nouvelle gorgée de scotch.

— J'ai *vraiment* confiance en elle. Elle ne peut pas me trahir. Je veux dire : elle en est capable, mais ça lui coûterait trop cher et ça ne lui rapporterait rien. Sa disparition a forcément un rapport avec Anna. Elles sont comme deux sœurs. Il y a ce *truc* entre elles que je n'ai jamais pigé.

Rojas ricane.

— Si tu le dis.

Bartels se raidit. Il vient de percevoir la même lueur subreptice dans l'œil de Rojas.

Il demande :

— Tu me caches quelque chose, Eduardo ?

— Et toi ?

Rojas ne cille pas. La lueur se volatilise pour de bon et ne revient pas. Le malaise tarde à se dissiper. Bartels attrape un verre et la bouteille de Tormore.

Mehmeti le rappelle trois jours plus tard pour un débrief complet : « Votre homme file un mauvais coton, monsieur Bartels. Il fraie avec la pègre locale. Ensemble, ils font les quatre cents coups. La plus grosse imprimerie du pays a brûlé. Le quotidien *Dan*, l'un de nos plus gros détracteurs dans les Balkans, a cessé de publier ses affabulations à propos d'une contrebande à l'échelle européenne. J'ignore si votre homme est mêlé à ça. Selon mes informateurs, la femme avec laquelle il a passé la nuit dernière est une pute bulgare à dix euros la passe. Aucune ressemblance avec qui vous savez. »

Valentina et Anna ne réapparaissent pas les jours suivants. Les flics sont toujours sur leurs traces. Nora passe renifler devant sa porte tous les matins. En bout de laisse, son nouveau clébard, le lieutenant Brun. Bartels continue de travailler. Il ne dort presque plus. L'excès de cocaïne provoque chez lui des hallucinations.

Zihan Sûn lui manque. Elle assure la promotion de son dernier film, à Los Angeles. Elle l'appelle plusieurs fois par jour, surexcitée. Le film connaît un succès sans précédent aux États-Unis. Le réalisateur Zhang Yimou aimerait travailler avec elle sur son prochain long-métrage, *Le secret des poignards volants*. Hollywood est à ses pieds, mais Zihan hésite. Le public plébiscite Yimou, mais la presse s'est emparée d'une polémique à propos de ses positions idéologiques justifiant le totalitarisme comme facteur de stabilité de l'empire chinois. Yimou est accusé de délaisser le rôle de cinéaste contestataire, lui préférant celui de réalisateur officiel de la République populaire de Chine. Zihan prône l'apolitisme.

Bartels se plaint.

— Je dors mal ces derniers temps, je bosse trop, je ne mange que par obligation. Je crois que j'ai besoin de vacances.

Zihan éclate de rire.

— Toi ? Des vacances ? Mais tu es bien trop accro aux emmerdes pour ça !

Bartels sourit.

— Est-ce que je peux au moins espérer que tu me rendes visite prochainement ?

— Mmmh, voyons voir…

Rojas revient à la charge. Il a relancé un flic qui bosse comme gratte-papier à la préfecture de police de Nanterre et qui lui doit un service. Son contact est allé fouiner du côté du bureau du lieutenant Brun, mais il n'a pas réussi à lui tirer les vers du nez. L'enquête est sous le contrôle de la brigade financière. Le capitaine Nora a les pleins pouvoirs. Rien ne filtre. La moindre demande d'information passe par lui.

— Mon contact s'est fait remonter les bretelles.

Faute de mieux, Rojas propose de lancer Raphaël Coste aux trousses de Valentina et Anna.

— Raphaël connaît bien Hélène. Je crois qu'il a eu un faible pour elle, à une époque. Si quelqu'un peut la retrouver, c'est bien lui.

Bartels n'a pas la force de refuser. Il lui touche un mot des confidences de Cynthia concernant le coup de fil d'Anna, la veille de leur disparition. Rojas n'a pas l'air surpris. Bartels se retient de lui demander pourquoi.

Quinzième jour. Bartels réalise avec étonnement que la disparition de Valentina l'affecte plus qu'il ne le pensait. Comme si son équilibre était rompu. Ses malaises le prennent de plus en plus souvent. Les visites de Nora l'épuisent.

Au téléphone, Zihan minaude :

— Arrête de te plaindre tout le temps, David, tu deviens chiant !

Ce matin, il a reçu un appel de sa fille, Marion. Il n'a pas décroché. Elle a laissé un message qu'il écoute en cherchant les raisons qui le poussent à se conduire comme un salopard : « J'ai entendu ton nom à la radio, hier. Maman pleurait. Elle a dit que tu n'avais que ce que tu méritais. J'ai pensé que tu me devais des explications. Rappelle-moi. »

Il est 23 h 37. Bartels est ivre. Il compose le numéro de sa fille depuis une cabine publique. Il voudrait lui dire « Ta mère est une femme bien, Marion. J'ai commis des erreurs par le passé que je regrette. J'ai changé et je veux devenir un bon père, si tu veux encore de moi », mais ses paroles sonnent creux et il sait que ce n'est rien qu'un tas de conneries. Il raccroche.

63

Felletin, 18 octobre 2002.

Après le coup de fil d'Hélène, la Creuse a sonné comme une évidence. Son refuge est une baraque au confort rudimentaire qu'elle loue à la semaine. Elle n'a pris ni portable ni ordinateur. Elle n'a pas prévenu Anton Muller. De sa fenêtre, elle aperçoit des charolaises qui paissent, en contrebas. Le feu crépite dans la cheminée. L'odeur âcre de frêne brûlé fait ressurgir des rires d'enfants et des saveurs de chocolat chaud.

Valentina frissonne. Elle remet une bûche dans l'âtre et rapproche le fauteuil.

Elle ne se planque pas. Elle n'est pas en cavale – le mot la fait sourire. Elle n'a peur ni des flics ni d'assumer les conséquences de ses actes. À bien y réfléchir, elle a toujours su que ce moment arriverait. Elle y était préparée.

La voix d'Hélène au téléphone : « Nous allons mettre David Bartels hors d'état de nuire et sauver notre peau. » Sa proposition l'a stupéfiée. L'assassinat de Guérin, la duplicité coupable de Valentina, les révélations du lieutenant Brun, l'âme profondément mauvaise de Bartels, ses menaces de mort sous-jacentes, rien de tout cela ne justifie qu'elles collaborent avec les flics à ruiner toute une vie de travail. Avant de raccrocher, elle a déclaré : « Fais ce que tu veux, je ne marche pas dans la combine. »

Elle a réglé la note du restaurant, pris congé du dircom obèse avec qui Cynthia allait passer la nuit et elle est rentrée chez elle. Elle a préparé sa valise, nettoyé le disque dur de son ordinateur et pris une douche brûlante pour se laver les idées. C'est là qu'elle s'est mise à gamberger et à voir des complots partout.

Valentina est impulsive. Son instinct de survie prend aussitôt le dessus. Elle attrape sa valise, grimpe dans un taxi et met les voiles. Le dernier train de nuit en gare Montparnasse à destination de Limoges va partir. Elle s'élance sur le quai. Le contrôleur la laisse monter. Elle passe la nuit à regarder par-dessus son épaule pour vérifier que personne ne la suit. Elle prend une chambre au B&B à la gare de Limoges-Bénédictins, puis elle décide que ce n'est pas encore assez loin. Elle loue une voiture, gagne Felletin et pose sa valise, le temps d'y voir plus clair.

Là, elle calcule, elle soupèse, elle rééquilibre les colonnes débit/crédit de sa comptabilité personnelle. Elle définit un plan de carrière viable et audacieux. Elle n'a que quarante-trois ans, son ambition est intacte. Bartels et Hélène peuvent la trahir, Valentina est prête.

Le matin du trente-sixième jour, elle fait une croix sur les hôtels de luxe et ses escapades amoureuses à Belgrade ou Sarajevo avec Muller. Elle prend son destin en main et pénètre dans une cabine, au centre de Felletin. À dix mètres de là, des gamins tentent de démarrer une Peugeot 105. L'un d'entre eux est cramponné au guidon. Il s'acharne sur le kick à coups de talon rageurs. L'autre l'observe, goguenard, les mains maculées de cambouis.

Elle compose le numéro de portable de Bartels. Il décroche à la première sonnerie.

— Je suis prête à affronter la meute.

Un soupir de soulagement lui parvient distinctement.

— Je t'écoute.

— Une condamnation de trois à cinq ans me semble raisonnable. La moitié avec aménagement de peine, à domicile, avec bracelet de surveillance électronique. Je promets d'être une détenue modèle. Je choisis et je paie mes avocats. Tu choisis et tu paies le juge. Je ne passerai aucun accord. Je n'impliquerai ni ne dénoncerai personne. Mes filles se tairont parce que je le leur demanderai. Je mettrai tout sur le dos d'Eduardo Rojas. Mon nom et ma photo ne seront pas jetés en pâture aux médias. Je veux quatre millions d'euros sur un compte à Malte à ma sortie et l'assurance d'un poste à Big Tobacco en France ou en Allemagne.

Elle n'entend pas la réponse de Bartels. Le pot d'échappement pétarade. Les gamins poussent un cri de victoire. Ils enfourchent tous les deux la mobylette. Lorsqu'ils tournent enfin au coin de la rue, la communication a été coupée.

64

Nanterre, 11 novembre 2002.

Les couloirs de la brigade financière sont déserts. Les commémorations mobilisent les forces de police parisiennes. Les quarante-six derniers poilus de la Grande Guerre ont droit aux honneurs. Le poste de radio crépite. Nora compulse ses notes. Il écoute d'une oreille distraite le discours du président Chirac.

Un soleil radieux brille dehors. La fenêtre du bureau est entrouverte. Des cris lui parviennent depuis la rue. Des types se rassemblent devant la préfecture et gueulent des slogans en faveur des immigrés illégaux kurdes et afghans menacés d'expulsion. Une sirène de police retentit. Des casqués déboulent en masse. Une bousculade s'ensuit. Les cris se dispersent, puis cessent complètement.

Nora ne s'arrête de travailler que pour rentrer dormir. Le lieutenant Brun passe le voir plusieurs fois par semaine. Il s'inquiète pour Hélène Thomas et les engagements qu'il a pris envers sa protégée. Il soupçonne le clan Bartels-Rojas de la chercher pour la mettre hors circuit. Il prononce l'expression *hors circuit* comme si le mot qu'il cherchait était *meurtre*. Nora n'exclut pas totalement cette hypothèse, mais il se garde bien d'abonder dans son sens. Brun est un flic maniaque et dépressif.

Il empeste le tabac blond et l'ennui. Son besoin pathétique de reconnaissance laisse Nora de marbre. Chacune de ses visites s'éternise autour de ses problèmes de couple. Ses jérémiades lui filent des maux de crâne carabinés.

Le dossier BRS Conseil est presque bouclé, même si les procédures traînent en longueur. Les perquisitions d'octobre à Live-Events ont porté leurs fruits. La route de la Nicotine ne sera bientôt plus qu'une voie sans issue.

Les documents comptables de l'agence s'emboîtent parfaitement dans ceux de BRS Conseil. Le dépouillement des notes de frais et des appels téléphoniques est une succession de miracles. Les dates, les lieux et les noms coïncident. European G. Tobacco crée en 1991 une structure pour organiser la contrebande de cigarettes à une échelle industrielle jamais rencontrée. Cette structure, c'est BRS Conseil. Ils placent Bartels et Rojas à sa tête. Rojas supervise la filière et l'acheminement *illégaux*, depuis la Serbie jusqu'à l'Italie, puis la France. Bartels gère l'aspect VIP parlementaire. Il s'assure que personne ne viendra *légalement* contrarier leurs plans. Ses armes sont le lobbying et les services d'un genre douteux fournis par l'agence de Sophie Calder. Le schéma directeur de leur plan est d'une simplicité enfantine. Il fonctionne depuis près d'une décennie. Personne n'a jamais eu à s'en plaindre jusqu'à ce que Nora débarque.

L'agence Live-Events a été mise sous scellés. Le réseau de prostitution démantelé. Hélène Thomas a accepté de témoigner, grâce à la pugnacité du lieutenant Brun. Nora a passé l'éponge sur sa participation active aux activités criminelles de son associée en échange d'une citation à comparaître devant le procureur Scelci. Ils l'ont installée dans un appartement, dans la banlieue est de Paris. Brun supervise personnellement la surveillance.

Sophie Calder est en cavale. Un avis de recherche a été lancé, sa photo est placardée dans toutes les gendarmeries et les services des douanes du pays. Hélène Thomas affirme ignorer où elle se terre. Brun soutient qu'elle ne ment pas. Nora ne le croit qu'à moitié. Il n'est ni aveugle ni stupide. Il soupçonne une connivence entre eux qu'il ne s'explique pas autrement que par le pouvoir sexuel qu'elle exerce sur le lieutenant. Il a visionné le reportage pornographique réalisé par Brun et Rey durant les filatures des prostitués. Il a tiqué sur le caractère artistique *et* savamment mal cadré des clichés d'Hélène Thomas. Leur potentiel hautement érotique ne lui a pas échappé. Il n'a fait aucun commentaire. Il laisse pisser uniquement parce que cela peut servir l'enquête.

Une rafale de vent fait claquer la fenêtre. Un courant d'air froid traverse la pièce. Nora se lève. Il observe un instant le cordon de CRS faisant le pied de grue devant la préfecture. Une poignée de manifestants les invective prudemment, depuis le trottoir d'en face. Des pancartes abandonnées jonchent la rue. L'un des policiers brandit sa matraque et fait mine de s'avancer vers eux. Les manifestants le pointent du doigt en se marrant. Le flic maintient sa position sans broncher. Nora grimace et referme la fenêtre.

Il concentre son attention sur Sophie Calder. Les livres de comptes ont révélé une vingtaine d'allers-retours Paris-Belgrade entre 1991 et le 2001. Le dernier séjour en Serbie date de juillet 2001. Durée moyenne : cinq jours. Aucun ne coïncide avec ceux, plus brefs, d'Eduardo Rojas. Ces détails d'apparence anodine remplissent Nora de perplexité. Son esprit fertile échafaude tout un tas d'hypothèses délirantes.

La première d'entre elles serait trop belle pour être vraie. Rojas et Calder ne se rendent pas en Serbie en même temps parce que les motifs de leurs séjours ne sont pas les mêmes. Ils n'y vont pas ensemble ni pour les mêmes raisons, mais ils voient peut-être les mêmes personnes. Rojas y va pour travailler, Calder pour autre chose. Cet *autre chose* pourrait revêtir un caractère extraprofessionnel. Cet *autre chose* pourrait être un certain

Monsieur X. Cet *autre chose* arrangerait salement les affaires de Nora. Cela collerait avec la présence supposée de Monsieur X dans les Balkans depuis 1989 et les déplacements mystérieux de Sophie Calder.

Autre point intéressant, autre lien potentiel ténu avec Eduardo Rojas et Monsieur X : si l'agence Live-Events déclare ses revenus au fisc français, Sophie Calder pratique également l'optimisation fiscale et le blanchiment d'argent. Comme Rojas, elle possède un compte dans l'une des filiales maltaises de la banque Reyl & JPMorgan. Chaque mois, de grosses sommes y sont déposées, avant d'être aussitôt retirées. Les montants correspondent au centime près à des retraits identiques sur le compte de Rojas.

La magouille est claire comme de l'eau de roche : Rojas prélève une part des bénéfices de la contrebande de cigarettes supervisée par Monsieur X pour alimenter en argent sale le compte de Calder et financer la prostitution.

Nora est dans une impasse. Reyl & JPMorgan cultive assidûment l'opacité et le secret bancaire. Officiellement, Rojas et Calder font compte à part. Les noms et numéros de compte des débiteurs et des créditeurs ne figurent sur aucun relevé. Là encore, Monsieur X n'apparaît nulle part.

Scelci est formel : « Vos soupçons ne constituent pas des preuves que la justice européenne peut exploiter. Oubliez votre obsession pour Monsieur X. Concentrez-vous sur BRS Conseil et la route de la Nicotine ! » Scelci est pragmatique. Nora n'en démord pas et se raccroche à son intuition comme à une bouée de sauvetage. Monsieur X est la clef. Scelci a tort.

Les derniers rayons du soleil tapent sur les carreaux de la fenêtre. Les toitures en zinc des immeubles environnants s'illuminent. Le ventre de Nora gargouille. Il descend à la machine à café, il rafle un allongé et deux barres chocolatées au distributeur, puis il remonte se mettre au travail.

La nuit tombe. Nora presse l'interrupteur et retourne s'asseoir. La lumière crue que les néons diffusent modifie les perspectives et accentue le désordre qui règne dans la pièce. Nora remise le dossier Live-Events et fait le plein de sucre.

La piste Calder-Rojas-X s'effiloche.

Nora n'oublie jamais David Bartels et Monsieur X. Le braquage du 28 juillet 1986 est son cauchemar récurrent. Chaque matin au réveil, il se souvient que les chimistes d'European G. Tobacco farcissent toujours leurs cigarettes à l'ammoniac.

Il reprend la fiche d'état civil de Bartels et ses notes. Il les parcourt des yeux jusqu'au 13 mars 1996, date de son divorce. Il décide de creuser un peu de ce côté-là. Il revient en arrière : 19 mars 1979, David Bartels épouse Élise Lagarette-Camblone, fille d'un instituteur et d'une femme de ménage. La riche famille Bartels contraint les jeunes époux à signer un contrat de mariage pour préserver l'héritage. Nom du cabinet d'avocats : Darmon & Capdeville, Paris, 4e arrondissement.

Nora consulte l'horloge de son ordinateur. 18 h 21. Il décroche le combiné du téléphone, compose le numéro des renseignements, demande la mise en contact et tente sa chance.

Me Darmon finit par décrocher. Nora expose sa requête. L'avocat est peu loquace et pressé. David Bartels n'est plus son client. Il s'en tape. Élise Lagarette-Camblone, si. Il est pieds et poings liés.

Nora dit :

— Je m'intéresse exclusivement à M. Bartels. Son ex-femme ne sera pas citée dans mon rapport.

Darmon soupire.

— Dites toujours.

Leur échange dure moins de cinq minutes. Nora le travaille au corps en prenant soin d'orienter ses questions autour de Bartels. Le nez dans ses archives, Darmon concède du bout des lèvres que le divorce a été prononcé en 1996, mais qu'il y a déjà eu un début de procédure en 1987. Le même motif dans les deux cas : Bartels était un mari infidèle. Le dossier du divorce contient une multitude de preuves sous forme de lettres et de photos sans équivoque.

— Elle a hésité la première fois dans l'intérêt des enfants et parce que son ex-mari souffrait de problèmes cardiaques.

— Ces photos, je peux les voir ?

Darmon ricane.

— Vous plaisantez, j'espère !

— Peut-être pouvez-vous me donner le nom de la maîtresse ?

— Il y en a des dizaines.

Nora réfléchit.

— La première ? Celle de 1987.

— Fin de notre conversation, capitaine. Je vous souhaite une bonne soirée.

Nora obtient sa réponse par des voies détournées, auprès du greffe du tribunal de grande instance de Paris, deux jours plus tard.

David Bartels a formulé une demande de reconnaissance en paternité en mars 2001. *Marion Szabo, 12 ans, née à Guilherand-Granges, Ardèche (07), le 18/06/87, fille de Christelle Szabo.* La mère et la fille s'y opposent. L'avocat engagé par Bartels assigne Christelle Szabo au tribunal judiciaire. La procédure est toujours en cours.

Nora compte sur ses doigts et remonte le temps jusqu'à la conception de l'enfant, à l'automne 1987. Il se dit qu'avec un peu de chance Christelle Szabo fréquentait déjà Bartels durant l'été 1986. Peut-être nourrit-elle un ressentiment envers son ancien amant qui pourrait lui être favorable ?

Il déplie une carte de France sur son bureau pour localiser leur lieu de résidence. Son index descend au sud de Lyon, le long de la vallée du Rhône, et bute sur la ville de Glun, à une quinzaine de kilomètres de Guilherand-Granges.

Nora s'arrête de respirer. 13 janvier 1988, peu avant 20 h, Monsieur X manque d'être intercepté à la sortie du barrage de La-Roche-de Glun. À deux pas du domicile de Christelle Szabo.

Nora reprend ses notes : l'adresse n'a pas changé depuis 1987. Il retourne à la carte Michelin. Il suit le tracé de l'autoroute emprunté par Monsieur X à l'époque. Il liste trois sorties pour accéder à Guilherand-Granges, la 13, à Tain-l'Hermitage, la 14, à Portes-lès-Valence et la 15, à Valence-sud. Il se dit que ça ne peut pas être un hasard.

Il extrapole. Il visualise mentalement la scène. Christelle Szabo est enceinte. Elle a quitté Paris deux mois plus tôt, pour fuir le père de son enfant. Monsieur X est mandaté par Bartels pour lui faire entendre raison et la secouer un peu. Il loue une Peugeot 504 et descend en personne jusqu'à sa nouvelle adresse. Un détail de grande importance : il est armé. Il n'est pas là pour négocier. Or, Christelle Szabo est une brave employée de la CPAM de Valence. Elle ne représente pas une menace physique pour lui. Monsieur X n'est pas du genre à se laisser intimider par une femme. Il n'est peut-être pas là pour lui poser des questions, après tout. Son plan est sans doute d'une tout autre nature. Son plan est du style expéditif.

Nora se frotte le visage. Un frisson d'excitation lui parcourt l'échine. Il ouvre un tiroir. Il en extirpe un formulaire imprimé et commence à rédiger une demande de perquisition. Sa main tremble. Le stylo lui échappe des doigts et glisse au sol. Nora se penche pour le ramasser. Il interrompt son geste. Il sait déjà ce que Scelci va lui dire. Glun est une histoire de fantômes vieille de quinze ans. Glun est son obsession à lui. Glun n'a rien à voir avec BRS Conseil et European G. Tobacco. Glun n'a rien à voir avec la contrebande de tabac.

Nora saisit le stylo, puis se redresse. Il adresse un clin d'œil aux photos de Monsieur X affichées sur le mur, face à lui.

— Tu te débrouilles toujours pour me filer entre les doigts, pas vrai ?

Les portraits le dévisagent avec insolence. Nora froisse le formulaire, le jette dans la corbeille et décroche son téléphone pour réserver un billet de train.

65

Paris, 13 novembre 2002.

La nouvelle a agi comme un électrochoc. Bartels a poussé un soupir de soulagement et s'est offert les services de deux escorts indépendantes pour fêter l'évènement, puis il a dormi pendant quarante-huit heures d'affilée.

Valentina prépare son grand retour. Bartels joue les intermédiaires. Il a averti le directoire de Big Tobacco qu'ils n'avaient aucune inquiétude à avoir ni aucun ressentiment à nourrir à son égard. Officieusement, ils ont accepté le deal qu'elle proposait en échange de son silence et de sa liberté.

Darrel Jones a conclu :

— Nous prenons soin de nos soldats, David. Nous ne les abandonnons jamais.

Le tabac. Rien que le tabac. Les tractations souterraines entre European G. Tobacco et la Commission européenne vont bon train. Le procureur Giuseppe Scelci n'a pas encore été mis dans la confidence. Un bonnet d'âne lui pousse sur la tête.

Le président Gauthier charge Bartels de mener la danse, pour preuve de sa bonne foi. Bartels répond présent. Il fomente une stratégie vieille comme le monde en trois actes.

Acte I : les hommes d'European G. Tobacco apprennent à

faire le dos rond. L'arrêté du 5 mars 2003, inspiré d'une directive européenne de 2001, obligera l'apposition de caractères sanitaires tels que *Fumer tue* sur les paquets de cigarettes et interdira la mention *light*. 24 juillet 2003 : la vente des paquets de moins de vingt cigarettes sera définitivement interdite – à moins de trouver une nouvelle combine d'ici là ! Le président Chirac autorise une hausse de 40 % du prix des cigarettes à partir de 2003. « C'est fantastique ! » s'exclame l'administrateur de la Ligue nationale contre le cancer, l'un des cinq sages inspirateurs de la loi Évin. « Oh merde ! » s'emportent les membres du conseil d'administration de Big Tobacco.

Acte II : Bartels lance un plan de type *charity business* qui couvrira une période de cinq ans. Il définit une liste de deux cents organisations artistiques et culturelles, comprenant des groupes de protection de l'enfance, des associations de quartiers populaires ou des œuvres caritatives de lutte contre la faim dans le monde. Estimation du coût annuel de l'opération : près de dix millions d'euros. Ça fait mal au portefeuille, mais la charité a fait ses preuves !

Acte III : édicter les nouvelles règles du jeu. En échange de la douloureuse guirlande de concessions des deux premiers actes, Bartels complote dans les travées du Parlement européen pour reprendre la main sur la lutte contre la contrebande de cigarettes. L'idée est simple : confier à Big Tobacco les rênes de ce fléau, les cigarettiers connaissent le marché mieux que personne, ils sont prêts à payer pour organiser la contre-offensive. Les antitabac, Scelci en tête, crient au scandale, mais la cible, ce sont les pro-tabac et les sceptiques.

L'idée est de Marie-Line Pujols. Nom de code du procédé : *Identify*. Machiavélique. Le 13 novembre, Bartels réunit les cadres dirigeants de Big Tobacco à Bruxelles. Il explique, ils écoutent religieusement :

— Identify consiste en un dispositif de traçabilité des paquets de cigarettes, conçu et mis en œuvre par les industriels du tabac, pour les industriels du tabac, avec l'appui inconditionnel de leurs alliés politiques.

Les cadres froncent les sourcils. Bartels tapote les touches de son ordinateur et passe au slide suivant : Interpol. Les cadres écarquillent les yeux.

Bartels dit :

— D'autres réunions seront planifiées avec les responsables d'Interpol. Nous concevons à nos frais le dispositif technique, un système de codes-barres reliés à un logiciel supposé afficher l'état des stocks, leur provenance et leur destination.

Les cadres protestent – « Encore du fric à débourser ! » Bartels sourit. Il garde le meilleur pour la fin.

— Le partenariat avec Interpol, c'est trois en un : crédibilité, légitimité du dispositif et infiltration au niveau international des réseaux de police dans tous les pays où Big Tobacco vend ses cigarettes.

Les cadres applaudissent à tout rompre. Bartels oublie un instant Scelci et Nora. Darrel Jones lui tape sur l'épaule à la fin de la réunion.

— Tu es sacrément doué, David. C'est un fait.

Bartels rosit et baisse les yeux en signe de soumission. Jones lui tourne le dos, flatté, et s'avance vers le buffet pour s'empiffrer de viennoiseries. Bartels relève les yeux et lui adresse un doigt d'honneur. Une secrétaire hilare capte son geste. Bartels lui fait un clin d'œil et allume crânement une cigarette.

Retrouvailles au Westin Grand, Berlin, quatrième étage, avec vue sur la Friedrichstrasse. Zihan Sûn débute sa tournée promotionnelle en Europe. Vingt-sept dates dans les plus grandes villes et les hôtels les plus luxueux. Bartels ne voulait manquer l'avant-première berlinoise pour rien au monde.

Il est tard. Le service de chambre leur apporte des hamburgers au steak d'Angeln et de la Keller. La bière allemande légère est servie dans des chopes d'un litre en grès à la décoration farfelue. Zihan trouve ça tellement typique. Bartels déteste la bière. Il se console avec un rail de coke et arrose son hamburger avec la vodka piochée dans le minibar.

Ils ne sont pas en phase. Zihan souffre du décalage horaire. Elle a des cernes sous les yeux. Bartels est surexcité. Il ne se lasse pas de l'embrasser. Elle repousse ses avances en bâillant.

Ils dînent en tenue de soirée à même le lit. Zihan s'étouffe à la première gorgée de bière et renverse sur elle la moitié de sa chope. Les draps empestent. Elle se réfugie dans la salle de bains un long moment pour prendre une douche et passer des coups de fil à son agent. Bartels prend le relais, une fois qu'elle a terminé.

Lorsqu'il réintègre la chambre, Zihan dort comme un bébé, un sourire aux lèvres. Elle est étalée en travers du lit. La cambrure de ses reins est parfaite. Bartels la réveille.

— Parle-moi de Los Angeles.

Zihan marmonne.

— C'était ennuyeux à mourir.

— Menteuse !

Il la secoue à nouveau.

— Parle-moi de toi.

Elle lui jette un regard torve et répond :

— Parle-moi de ton vieil ami Anton Muller. Que devient-il ?

Bartels se raidit légèrement, sourit et dépose un baiser sur son front. Zihan lui tourne le dos et se rendort, pelotonnée contre l'oreiller.

66

Guilherand-Granges, 14 novembre 2002.

Fin d'après-midi. Le mistral souffle par rafales. Les vitres de la porte-fenêtre vibrent par intermittence. Une bruine vaporeuse humecte les chaises de jardin disposées sur la minuscule terrasse.

L'appartement de Christelle Szabo ressemble à un havre de paix modeste et délicieusement bordélique. Des babioles traînent sur les étagères. À même le sol, des piles de journaux et de livres de poche. Une affiche du film *L'été en pente douce* trône au-dessus du canapé, à côté d'une série de portraits de sa fille. Un bâtonnet d'encens fume sur une commode. L'odeur capiteuse se mêle à celle du tabac froid. La chaîne stéréo est allumée. La trompette de Chet Baker résonne en sourdine.

Nora est fébrile. Christelle Szabo a le visage fermé. Elle fixe les photos de Monsieur X étalées sur la table basse.

— Je ne le connais pas.

Nora ne la croit pas. Il plisse les paupières et scrute avec attention les signaux que Christelle Szabo renvoie. Leurs yeux se croisent. Elle soutient son regard. Il la croit encore moins.

Il exhibe un cliché représentant la 504 Peugeot accidentée. Le papier photo a jauni. La portière côté conducteur est ouverte.

En arrière-plan, les fourrés par lesquels Monsieur X a pris la fuite.

— C'était près de Glun, le 13 janvier 1988. Cet homme est un tueur. Il est arrivé directement depuis Paris, il est sorti à Tain-l'Hermitage. Il était armé. Il a forcé un barrage de gendarmerie et manqué de tuer un de mes confrères. Il a été blessé dans un accident. Il a été contraint de s'enfuir et de revoir ses plans. Cet homme travaillait pour David Bartels. C'est peut-être toujours le cas. Je pense qu'il était là pour vous et pour votre fille.

Christelle Szabo secoue la tête. Elle encaisse le coup *presque* sans broncher. Ses traits se durcissent de façon à peine perceptible. Nora effleure le visage de Monsieur X du bout des doigts.

— Regardez bien.

Elle cligne des yeux.

— Je ne le connais pas.

— Je ne vous crois pas.

— Je sais.

Nora pince les lèvres. Il remplace lentement les photos de Monsieur X par celles de Stéphane Guérin et des cadavres du 28 juillet 1986. Il explique où elles ont été prises et quel était l'objet du braquage. Il insiste sur la sauvagerie et la nature gratuite des crimes qui ont été commis ce jour-là. Il attrape l'un des portraits de Monsieur X pris quelques mois plus tôt au Monténégro. Il le place au centre de son reportage photo.

— Je pense que vous avez eu beaucoup de chance.

— De la chance?

— Oui. J'enquête sur cet homme depuis plus de quinze ans. Je sais de quoi il est capable. Je crois que vous saviez des choses compromettantes sur David Bartels ou sur cet homme. Je crois que vous représentiez une menace pour eux. J'ignore laquelle et j'ignore si c'est toujours le cas. J'ignore également pour quelle raison ils ont finalement changé d'avis. Je sais que vous avez des réponses pour moi, je sais que vous avez peur et je sais que votre témoignage sera précieux pour mon enquête. J'ai établi le scénario d'ensemble, j'ai reconstitué une bonne partie de l'histoire, mais je manque encore de preuves et de témoignages accablants. C'est pour ça que je suis là.

Christelle Szabo s'adosse au fauteuil. Elle croise les bras sur sa poitrine et les décroise. Elle pose ses mains à plat sur ses genoux pour masquer sa nervosité. Nora capte le bref coup d'œil qu'elle jette aux photos de sa fille, sur le mur, face à elle. Dehors, l'averse s'intensifie. Des gouttes de pluie tambourinent sur les vitres. Chet Baker devient inaudible.

— Ces hommes sont des assassins.
— Nom de Dieu…
— Le père de votre fille est un assassin.

Elle se tasse davantage dans son fauteuil et allume une cigarette. Les volutes de fumée dessinent un voile de protection illusoire entre elle et le jeu de photos. Nora les dissipe d'un geste de la main et la dévisage. La beauté de l'ancienne maîtresse le déstabilise. L'imaginer amoureuse de ce vampire de Bartels le déstabilise davantage. Il fait glisser le cliché de Monsieur X. Des accents de colère brisent le timbre de sa voix.

— Dites-moi ce que vous savez.
— Je ne sais rien.
— Aidez-moi à les coincer.

Elle le toise. Sa mâchoire est contractée. Des larmes scintillent dans ses yeux. Nora serre les poings. Elle le défie du regard.

— Pourquoi le protégez-vous ?

Christelle Szabo est pétrifiée. Elle fait non de la tête. Nora comprend qu'elle ne dira rien. Un cliquètement de clefs dans la serrure les interrompt. La porte d'entrée couine sur ses gonds et claque. Un bruit de pas. Marion Szabo fait irruption dans la pièce. Nora la dévisage, sidéré. Elle est le portrait craché de son père. La même détermination dans le regard, la même expression farouche.

Nora déglutit. Une fraction de seconde, l'idée lui traverse l'esprit que les vampires engendrent des vampires. Il rafle les photos sur la table basse et les fourre en vrac dans sa mallette.

Christelle Szabo sèche ses larmes du revers de la main. Elle fait signe à sa fille de filer dans sa chambre. La gamine refuse de s'exécuter et vient se réfugier dans ses bras. Christelle Szabo prend ses mains dans les siennes et y dépose un baiser.

67

Podgorica, 21 novembre 2002.

Anton Muller a arrêté les conneries. Le silence de Bartels et les dérapages d'Emil Sdenaj ont remis les pendules à l'heure. Valentina l'a contacté deux jours plus tôt. Elle lui a demandé de ne pas l'interrompre. Elle a ensuite raconté ce qui lui était arrivé, la décision compréhensible d'Hélène et quelles étaient ses propres intentions.

Muller a conclu :

— Je serai là à ta sortie de prison.

Elle a ri.

— Surtout, ne fais pas de promesses que tu ne pourras pas tenir.

Muller nettoie son Glock sur la table de la cuisine. Il est à jeun. Son portable sonne. Il ne reconnaît pas le numéro. Il lâche son chiffon et décroche.

— Qui est-ce ?

Le type dit :

— Mon nom n'a aucune importance.

Muller ne reconnaît pas la voix non plus. Son arme à la main, il gagne la fenêtre à grandes enjambées pour jeter un œil dans la rue. Il ne distingue personne. Il revient à son interlocuteur.

— Emil m'a dit de vous appeler. J'ai une information susceptible de vous intéresser.

Muller s'assoit.

— J'écoute.

— Je travaille pour la compagnie du gaz. Hier, j'étais chez une cliente pour un problème de fuite, une certaine Mina Ilić.

Il se relève.

— Continue.

— Dans l'appartement, il y avait deux hommes. L'un était affalé sur le canapé, un ordinateur portable sur les genoux et une pile de polycopiés à côté de lui. L'autre passait des coups de fil. La femme m'a présenté le deuxième comme son frère. Elle ne m'a pas dit son prénom, mais je crois qu'il s'agit de ce journaliste qui bosse pour *Dan*.

Muller ouvre un tiroir. Il en sort un carnet et un crayon.

— Où ?

— C'est un petit appart sur la rive droite de la Morača, sur le boulevard Ivana Milutinovića, à une centaine de mètres du Sports Center. Septième étage, bâtiment D. C'est tout ce que je sais.

Muller griffonne l'adresse à la va-vite.

— Quoi d'autre ?

— Emil veut que vous laissiez tomber le rédacteur en chef de *Dan*.

— Il a dit pourquoi ?

— Non.

Le type se racle la gorge.

— Il m'a aussi dit que vous auriez un petit quelque chose pour moi.

Muller grimace. Il arrache la page du carnet, la plie et la fourre dans sa poche.

Le type s'impatiente.

— Hé, vous êtes toujours là ?

— C'est moche de dénoncer ses compatriotes, dit-il avant de raccrocher.

Rive droite de la Morača. Un bloc résidentiel massif aux formes géométriques des années 60. Le béton brut s'effrite par endroits. Des lézardes s'étirent sur la façade. Il est 3 h du matin. Le parking est désert. Une brume glaciale enveloppe l'immeuble. Muller gare l'Audi qu'il vient de voler. Il se faufile dans le hall d'entrée et grimpe au trot les sept étages.

Porte de droite. *Mina Ilić*. La serrure est de mauvaise qualité. Elle ne lui résiste pas longtemps. Muller brandit le Glock devant lui et dresse l'oreille. Aucun bruit ne filtre, ni dans le couloir ni depuis l'appartement. Il se faufile à l'intérieur en laissant la porte ouverte.

Il fait quelques pas dans le couloir. La lumière de la minuterie du palier suffit pour qu'il se repère. Il compte une porte devant lui, trois sur sa gauche. N° 1, la salle de bains, n° 2, la cuisine. Restent les deux dernières. Il choisit au hasard et table sur la pièce d'en face, supposée donner sur le balcon.

Il tourne lentement la poignée. Son radar interne capte un léger bruit dans son dos. Il fait volte-face au moment où l'ampoule du couloir s'éclaire brutalement. Il est ébloui quelques secondes, le temps que ses yeux s'adaptent. Une voix féminine lui demande en serbe ce qu'il fiche ici. Muller presse deux fois la détente de son arme. La femme glisse au sol, laissant une traînée de sang sur la cloison.

Branle-bas de combat derrière lui. Muller est percuté par une masse sombre qui le projette en direction du cadavre de Mina Ilić. Un coup sur la tête, puis d'autres dans les côtes. Il perd l'équilibre, se rattrape de justesse au chambranle et tire au jugé.

Un cri de douleur et un râle lui répondent. Muller se retourne d'un mouvement rapide du bassin. Rade Danilo se jette sur lui. Il est grièvement blessé à la cuisse. De grosses quantités de sang s'écoulent de sa plaie. Muller l'abat sans sommation. Danilo chute lourdement.

En arrière-plan, Luka Zupan en caleçon, occupé à fouiller dans un sac situé derrière le canapé. Muller vise la tête et presse la queue de détente. Le crâne du journaliste explose avant qu'il ait eu le temps de reconnaître son agresseur.

Une odeur de cordite a envahi l'espace confiné du couloir. Muller ne perd pas de temps. Il ramasse le sac et en vide le contenu sur le sol. Il rafle ensuite les ordinateurs et les mobiles, les glisse à l'intérieur, parcourt la pièce du regard et prend la tangente.

Une fois loin du quartier, il arrête l'Audi sur le bord de la route et coupe le moteur. Il contourne la voiture, ouvre le coffre et y balance le sac et l'arme. Il récupère les mobiles des journalistes, puis il asperge le coffre et l'habitacle avec le contenu d'un bidon de SP95, comme il l'a fait seize ans plus tôt, dans une carrière désaffectée sur la route d'Harfleur.

Muller plisse les yeux. L'odeur d'essence est grisante. Il allume le portable de l'un des journalistes et compose le numéro de Rojas. Il presse la touche *appel*. Il laisse sonner cinq fois dans le vide et raccroche sans laisser de message. Il fait ensuite claquer le clapet de son propre téléphone et appelle Valentina. Il tombe sur la messagerie.

— Je ne t'ai jamais trahie. J'ai toujours agi dans notre intérêt à tous les deux. J'ignore si c'était de l'amour, peut-être que c'est un sentiment qui m'est étranger, mais c'était sincère.

Il marque un temps d'arrêt. Il réfléchit à ce qu'il pourrait ajouter mais rien ne vient. Il prononce son prénom à elle, d'une voix qu'il veut apaisée, puis il raccroche. Il brise le portable en deux, le jette sur le sac.

68

Nanterre, 25 novembre 2002.

Salle d'interrogatoire n° 4 de la brigade financière. Onze mètres carrés, une table, quatre chaises, un cendrier. Le capitaine Nora dirige les opérations. Autres policiers présents : le lieutenant Patrick Brun et un représentant d'Interpol France.

Eduardo Rojas n'en mène pas large. Nora dépose devant lui un imprimé de l'opérateur de télécommunications Orange.

— Votre nom figure en haut de ce relevé.

Rojas se penche pour lire et confirme d'un hochement de tête. Nora pointe du doigt une ligne, à la date du 21 novembre 2002.

— 3 h 35, vous avez reçu un appel émis depuis un portable localisé au Monténégro.

Rojas lève les yeux au ciel. Nora tapote le relevé de l'index. Rojas s'exécute en soupirant.

— Je ne connais pas ce numéro.

— Je crois que vous mentez.

Nora étale sur la table les photos de Rade Danilo, Luka Zupan. Rojas secoue la tête.

— Qui est-ce ?

— À vous de me le dire !

Rojas roule des yeux. Il jette un œil par-dessus l'épaule de Nora. Le policier d'Interpol l'observe d'un air mauvais. Brun fixe ses pieds en silence. Rojas explose :

— Quel rapport avec moi ?

Nora consulte brièvement ses collègues du regard.

— Ces personnes travaillaient pour nos services et enquêtaient sur vos opérations clandestines dans les Balkans. Ils devaient témoigner dans le procès contre BRS Conseil et European G. Tobacco. Le type qui les a assassinés de sang-froid a subtilisé leur portable et a essayé de vous joindre, trente-cinq minutes après.

Rojas écarquille les yeux. Nora glisse le portrait de son informateur, Vincent, à côté de ceux des journalistes.

— Et lui ?

Rojas secoue la tête. Nora scrute ses réactions à la loupe. Rojas examine les photos comme s'il nageait en plein brouillard. Il tripote nerveusement sa cravate.

— Jamais vu.

Nora secoue la tête.

— Trois minutes après vous avoir téléphoné, l'assassin a contacté cet homme, avec le même portable.

Rojas déglutit.

— Laissez-moi deviner, lui aussi est mort, c'est ça ?

— Comment vous le savez ?

Rojas se décompose.

— Je n'en sais rien.

— Dans ce cas, dites-nous ce que vous savez.

Rojas mime le geste du pouce et de l'index qui signifie *zéro*. Nora se lève.

— Vous mentez !

Les évènements des quatre derniers jours plaident contre Rojas. Zupan et Danilo, froidement assassinés à bout portant à Podgorica, dans la nuit du 21 novembre, à 3 h 03. Le véhicule du meurtrier a été retrouvé incendié à deux kilomètres de là. Dans le coffre, leurs ordinateurs calcinés, le Glock utilisé pour les abattre et un bloc de plastique fondu correspondant à un mobile avec carte prépayée. Aucune trace des téléphones des journalistes.

La nouvelle ne dépasse pas les frontières du Monténégro et de la Croatie. Elle fait *pschitt* dans les salles de rédaction parisiennes. À peine un entrefilet dans *Le Monde* et un article passé inaperçu sur le site Web du Consortium international des journalistes d'investigation. Elle n'atterrit que trois jours plus tard sur le bureau de Nora.

Le procureur Scelci convoque immédiatement les médias. La mort de Zupan et Danilo doit être punie. Elle est un affront à la liberté de la presse. Elle est également une catastrophe pour l'enquête qu'il dirige contre les pratiques frauduleuses et criminelles du géant du tabac European G. Tobacco.

C'est alors qu'Interpol frappe à sa porte. Pendant que Scelci pérore au micro, dans un appartement du sud de Podgorica, le corps en état de décomposition avancée de Sylvain Fay est formellement identifié par la police monténégrine.

Fay est un ressortissant français officiant comme informateur depuis 1990 pour le compte du bureau central national d'Interpol et de l'OLAF. Il est connu de leurs services sous le pseudonyme de Vincent. Au moment de sa découverte, il était assis dans le canapé, la gorge tranchée, son poste de télévision allumé sur la chaîne RTCG2. Toute sa documentation et son matériel informatique s'étaient volatilisés. Son mobile et une arme de calibre 9 mm gisaient à ses pieds.

La police monténégrine a retracé sa dernière communication téléphonique. Elle date du 21 novembre à 3 h 38, quelques heures avant sa mort. Le numéro entrant correspond lui aussi au portable du journaliste Luka Zupan. Le même qui a cherché à contacter Eduardo Rojas, trois minutes plus tôt. Détail croustillant complémentaire : Zupan était déjà mort au moment des deux appels. Scelci comprend ce que ça signifie : l'assassin est un seul et même homme.

Nora se rassoit. Il extrait une quatrième photo de son dossier intitulé *Route de la Nicotine* et la balance sur les autres. Il s'agit d'un agrandissement représentant Monsieur X quelques mois plus tôt à la frontière serbe. Eduardo Rojas devient livide dès qu'il l'aperçoit.

— Vous m'avez déjà montré cette photo, capitaine.

— Parce que vous me racontez des conneries ! Je crois que cet homme vous a téléphoné après le meurtre des journalistes que vous avez commandité.

— Ma réponse est la même : je ne le connais pas.

Nora se retourne vers ses collègues pour les prendre à témoin. Le policier d'Interpol fait craquer ses phalanges. Le lieutenant Brun se tait. Il a cessé de s'intéresser à la pointe de ses chaussures. Il fixe les photos sur la table. Une, en particulier. Le portrait de Monsieur X agit sur lui comme un aimant. Il cligne des yeux comme s'il cherchait à s'en détacher.

Rojas s'en aperçoit.

— Et vous, lieutenant, vous connaissez l'homme mystère ?

Brun bondit de sa chaise, saisit Rojas par le col et lui administre un coup de poing sur la tempe.

— Tu crois que tu m'impressionnes !

Les joues de Rojas s'empourprent. Les deux hommes s'empoignent. Nora et le policier d'Interpol se précipitent pour les séparer. Brun se débat comme un beau diable. Nora parvient à le ceinturer. Rojas gît sur le sol. Le policier l'aide à se relever. Son visage est tuméfié. Son arcade sourcilière pisse le sang. Sa chemise et les photos sur la table sont maculées.

Nora tire Brun en arrière et le presse contre le mur du fond. Le lieutenant finit par lever les mains en signe de reddition.

— C'est bon, c'est bon !

Nora réfléchit à toute vitesse. Il évalue la réaction disproportionnée de Brun. Il fait des allers-retours entre ses poings ensanglantés, les coups d'œil furibards qu'il jette à Rojas et le portrait de Monsieur X. Il repense à son enquête sur Live-Events et à son obstination à mettre Hélène Thomas à l'abri. Nora a mis ça sur le compte du béguin qu'il a développé pour elle. Le fait que Brun pouvait lui dissimuler des éléments à seule fin de la protéger ne l'a pas effleuré un instant.

Il se plante devant lui et le regarde droit dans les yeux.

— Qu'est-ce qui t'a pris, bon sang ?

Brun se dandine, le souffle court. Ses cheveux et le col de sa chemise sont trempés de sueur.

— Je vais rattraper le coup !

Nora réagit au quart de tour. Il cale son avant-bras sur sa gorge et le plaque contre le mur.

— De quoi est-ce que tu parles ?

On frappe à la porte. Nora fait signe au policier d'Interpol d'aller voir. Celui-ci s'exécute en plissant les yeux, comme s'il cherchait à comprendre ce qui se jouait entre eux. Nora raffermit sa prise. Brun manque d'oxygène. Sa figure vire à l'écarlate.

La porte s'ouvre sur un avocat. Il balaie la pièce des yeux. Il renifle la tension dans l'air. Il voit : Rojas en sang, le capitaine Nora qui menace physiquement son collègue et une belle opportunité de faire libérer son client.

— On dirait que j'arrive à temps !

Nora relâche la pression. Brun glisse par terre, plié en deux. L'air s'engouffre bruyamment dans ses poumons. Il est pris d'une violente quinte de toux. L'avocat fait un pas en avant et se racle la gorge.

— J'aimerais m'entretenir seul à seul avec mon client, comme la loi m'y autorise.

Brun bouscule Nora et quitte la pièce en courant. L'avocat

s'écarte pour le laisser passer. Un sourire mi-goguenard, mi-compatissant éclaire le visage d'Eduardo Rojas. Nora rattrape Brun dans le hall d'entrée et lui crie de l'attendre. Les conversations s'interrompent. Des regards convergent vers eux.

Nora baisse d'un ton.

— Jure-moi que tu n'as pas fichu toute mon enquête en l'air !

Brun se mord les lèvres.

— J'ai un truc à te dire à propos de Stéphane Guérin.

Nora frémit en entendant le nom du chauffeur. Des images vieilles de quinze ans se déversent dans son esprit. Il inspire un grand coup.

— Pas ici.

Il entraîne Brun sur le parvis.

— Tu connais Guérin ?

Brun plonge la main dans sa poche et en sort un paquet de Camel. Il jauge Nora, il joue un instant avec son paquet, puis il se décide à répondre.

Il allume une cigarette.

— Moi non, mais Hélène Thomas, oui.

69

La Celle-Saint-Cloud, 27 novembre 2002.

Le lieutenant Brun la cueille à son arrivée à l'agence. Il est 8 h. Elle porte un jeans taille basse Levi's, un pull à capuche gris et des baskets neuves.

Valentina est prête à se rendre. Ses comptes ont été saisis, Live-Events a été placée en liquidation judiciaire. Elle s'est alloué les services d'un cabinet d'avocats à six cents balles l'heure. Elle a planqué le fric qui pouvait encore être sauvé.

Un coup de feu claque. Une balle siffle à quelques centimètres de son oreille. Le coup provient de derrière elle. Valentina plonge sur le sol juste à temps et évite une deuxième balle. La vitre de la porte d'entrée de l'agence explose en une myriade de bris de verre.

Le lieutenant Brun a dégainé et s'est couché sur le côté, son arme pointée devant lui. Il riposte aussitôt en direction d'un point situé de l'autre côté de la rue. Valentina tourne la tête. Elle aperçoit une silhouette agenouillée devant la calandre d'une voiture. Brun vide son chargeur. La silhouette se fige et s'effondre à terre. Elle rampe quelques secondes pour se mettre à l'abri, puis elle s'immobilise définitivement. Valentina croise le regard halluciné de Raphaël Coste juste avant qu'il rende l'âme.

Elle se redresse en grimaçant. Son cœur bat à tout rompre dans sa poitrine. Elle lève les yeux. Le lieutenant Brun a rangé son arme de service. Il est en nage. Il exhibe une paire de menottes chromées et s'avance vers elle, un sourire contrit aux lèvres.

Lorsqu'il parvient à sa hauteur :

— Je suis heureux de vous rencontrer enfin, madame Calder. Hélène m'a beaucoup parlé de vous.

Rapport d'enquête RF/OLAF/UE-02.7896.1 Brigade financière de Nanterre/Office européen de lutte antifraude – 06/05/2002. OPJ rapporteur : capitaine de police Simon Nora – ARCHIVES BRS CONSEIL. *Extrait de l'audition publique préliminaire d'Eduardo Rojas, ex-directeur des ventes du secteur Grand Ouest d'European G. Tobacco, et actuel directeur de la société BRS Conseil, par le rapporteur RPR Geneviève Gastaud de la commission d'enquête parlementaire dans l'affaire «UE vs European G. Tobacco» du 19 mai 2000.*

GENEVIÈVE GASTAUD : Puis-je me permettre une question personnelle, monsieur Rojas ?

EDUARDO ROJAS : Je vous en prie, madame la sénatrice.

GENEVIÈVE GASTAUD : Veuillez pardonner ma franchise, mais éprouvez-vous des remords ?

EDUARDO ROJAS : (*Il manque de s'étouffer.*) Des remords ?

GENEVIÈVE GASTAUD : C'est ça.

EDUARDO ROJAS : À propos de quoi ?

GENEVIÈVE GASTAUD : Pour avoir délibérément poussé des millions de jeunes à fumer.

EDUARDO ROJAS : (*Un court silence.*) Pourquoi en éprouverais-je ?

GENEVIÈVE GASTAUD : Parce que 50 % d'entre eux mourront certainement de la cigarette. Un cancer, une maladie respiratoire, un infarctus.

EDUARDO ROJAS : En quoi suis-je responsable ? Ces gamins ont choisi de fumer. Je ne leur ai jamais mis de cigarette de force dans la bouche. Je ne leur ai jamais donné l'argent pour qu'ils puissent se les offrir. Je n'ai pas bâti les bureaux de tabac qui les vendent. Je n'ai pas planté et récolté le tabac qu'ils fument. Et je n'ai pas voté les lois qui permettent de faire tout cela. Je ne permets pas aux gens de fumer, madame. Il y a méprise. Je vends des cigarettes aux buralistes. C'est mon métier. Et je le fais bien.

GENEVIÈVE GASTAUD : Quelle différence ? Reconnaissez que le résultat est le même. En bout de chaîne, ces gamins fument et risquent d'en mourir, parce que vous les persuadez de le faire.

EDUARDO ROJAS : Mais madame, c'est toute la différence au contraire... Prenons un exemple, si vous le voulez bien. Votre travail à vous consiste à vous assurer que je sois condamné pour les crimes que j'ai commis au regard de la loi, s'ils sont avérés, c'est bien ça ?

GENEVIÈVE GASTAUD : Tout à fait, mais...

EDUARDO ROJAS : (*Il l'interrompt.*) Et vous le faites du mieux que vous pouvez, au regard des outils que la loi met à votre disposition, toujours exact ?

GENEVIÈVE GASTAUD : Oui.

EDUARDO ROJAS : Voilà, la démonstration est faite.

GENEVIÈVE GASTAUD : (*Interloquée.*) Pardon, mais quelle démonstration, monsieur Rojas ?

EDUARDO ROJAS : Aucune de vos décisions ne vise réellement à interdire la cigarette. Vous êtes la première à me reprocher que ça tue en me désignant comme coupable immoral parce que j'en vends, mais vous-même, vous ne traitez pas le fond du problème qui semble pourtant vous préoccuper et qui devrait être votre objectif numéro un.

GENEVIÈVE GASTAUD : Vous empêcher de vendre des cigarettes !

EDUARDO ROJAS : Empêcher que les cigarettes soient fabriquées légalement pour que les jeunes ne commencent jamais à fumer.

GENEVIÈVE GASTAUD : Mais ça n'a rien à voir !

EDUARDO ROJAS : En somme, nous faisons le même métier : nous «encadrons» la consommation de cigarettes, chacun à notre manière. J'utilise les armes du marketing, et vous celles de la loi.

GENEVIÈVE GASTAUD : Quel aplomb !

EDUARDO ROJAS : Interdisez les cigarettes et j'arrêterai de les vendre.

GENEVIÈVE GASTAUD : Je ne fais pas la loi, monsieur Rojas. Je l'applique. C'est cela, mon domaine de compétence. C'est cela, mon travail.

EDUARDO ROJAS : Dans ce cas, ne venez pas me dire comment faire le mien.

70

Fresnes, 20 décembre 2002.

La fenêtre grillagée ferme mal. Ses montants gondolés provoquent un appel d'air glacé avec la porte de la cellule. De la condensation suinte des murs à cause du contraste avec le chauffage réglé au maximum. Les draps et l'oreiller sont moites.

Valentina frissonne. Elle a les pieds gelés et le dos perlé de gouttes de sueur. Les heures passées allongée à fixer le téléviseur l'épuisent.

À l'écran, le présentateur du JT, Daniel Bilalian, déplie ses fiches. L'un des chefs présumés de la branche militaire d'ETA s'est évadé du commissariat de Bayonne où il était en garde en vue. À mille quatre cents kilomètres de là, le pape Jean-Paul II s'apprête à béatifier Mère Teresa.

Valentina se retourne sur sa couchette en grimaçant. Le sommier grince. Le bruit tire brièvement sa codétenue de son état d'hébétude coutumier. Elle glisse une cigarette entre ses lèvres et tâte ses poches à la recherche d'un briquet.

Elle capte des cris en provenance du couloir. Elle ferme les yeux et se concentre sur le léger crépitement du tabac qui se consume quand elle inspire. Le vacarme extérieur s'estompe peu à peu.

Numéro d'écrou 23-349. Cellule 45. Maison d'arrêt pour femmes. Vingt-quatre jours, cinq parloirs avec l'avocat, onze fouilles avec mise à nu. Neuf mètres carrés de confort classe internationale. Deux lits, des chiottes, un lavabo, un téléviseur allumé non-stop, sans réfrigérateur, sans douche, sans armoire.

Un bâtiment immonde situé au bout de l'allée du domaine pénitentiaire, à l'écart du Grand Quartier, celui des hommes. Une centaine de détenues réparties sur trois niveaux avec coursives. Pour la majeure partie d'entre elles, d'anciennes mules originaires de Guyane, du Surinam et des Antilles.

Valentina partage la cellule avec une jeune femme appelée Tirembha. Toute la misère du monde : mutique et perturbée, trois ans ferme pour possession de près d'un kilo de cocaïne, interceptée en juin 2000 à Orly, un gosse de quatre ans abandonné à Paramaribo. La peau sèche, la peau sur les os, la peau des pieds et des avant-bras infestée de marques de piqûres. Elle pleure dans son sommeil, elle passe ses journées à renifler en bouffant des jeux télévisés sur M6. Valentina ferme les yeux. Tirembha n'est pas son problème. Valentina l'oubliera dès qu'elle aura purgé sa peine. Elle l'a déjà oubliée.

Silence radio de Bartels et de Rojas. Aucune possibilité de contact avec Hélène Thomas pour établir une stratégie. Impossible de savoir ce qu'elle compte dire ou pas. Valentina a dû signer une montagne de paperasse pour qu'on lui fiche la paix. Le duo de flics Brun et Nora lui rend visite deux fois par semaine. Salle d'interrogatoire, fouille, paquets de Peter Stuyvesant mentholées en cadeau Bonux. Les mêmes questions, les mêmes clichés représentant Anton Muller, la même cascade de preuves accablantes concernant le circuit de la prostitution, les mêmes menaces sournoises si elle persiste à se taire.

Valentina prend les clopes et se tait. Sa ligne de défense est simple. Toutes les modalités ont été réglées au préalable avec l'armée de juristes qui protègent David Bartels. Ils ont mis au point une fable efficace à servir à la justice. Valentina a agi de sa propre initiative. Elle a trompé, intrigué, triché, fraudé pour son seul bénéfice. Elle a abusé de façon éhontée de la confiance de son principal client pour développer une activité criminelle. Elle a profité de la crédulité de ses employées et a vendu leur corps.

Jusque-là, elle tient bon. Au bout du tunnel : les promesses que lui font miroiter Bartels et Big Tobacco en échange de son silence.

Les rares informations qui lui parviennent passent par l'avocat. Elle l'a chargé de retrouver Anton Muller et de le prévenir de son incarcération. Il a déployé ses antennes. La situation dans les Balkans est trouble. La production des usines serbes ralentit. L'antenne Big Tobacco serait en train de fermer. Le Rokšped figure en première ligne des radars de la Commission européenne. Deux journalistes ont été assassinés. Muller se planque. Il est introuvable. Valentina ne veut rien entendre d'autre que le son de sa voix et s'assurer qu'il va bien.

L'avocat dit :

— Occupons-nous de vous, d'abord.

Valentina rétorque :

— Faites ce que je vous demande.

Un bruit de verrou que l'on tire. La porte de la salle d'interrogatoire s'ouvre en grinçant. Le lieutenant Brun est seul. Il a des poches sous les yeux. Il tient un sac en toile dans une main et une chemise plastifiée dans l'autre. Valentina décroise et recroise ses jambes.

— Vous avez mes clopes ?

Brun s'assoit face à elle sans répondre. Il affiche la tête des mauvais jours. Valentina se tord le cou pour jeter un œil sous la table. Des pochettes cartonnées tendent la toile du sac que

Brun a lâché à ses pieds. Pas l'ombre d'une cartouche de cigarettes.

— J'ai pas droit à ma nicotine, aujourd'hui ?

Brun la jauge un moment en silence avant de prendre la parole.

— On a un problème avec Hélène.

Valentina s'esclaffe.

— Sans blague !

— Nous butons sur son emploi du temps du 28 juillet 1986.

Valentina écarte les bras, comme si elle prenait les murs à témoin.

— Je ne la connaissais pas, à l'époque, on a dû vous le dire.

— Elle était avec un homme, le jour où Stéphane Guérin est mort.

— Qui ça ?

Brun ignore sa remarque.

— Elle refuse de livrer son identité.

— Qu'est-ce que vous voulez que ça me foute ?

— Je crois que c'est cet homme qui vous a présenté Hélène. C'est lui qui vous a persuadée de la prendre sous votre aile. Il s'agit du même homme que celui que le capitaine Nora traque depuis seize ans.

Valentina mime le geste d'allumer une cigarette.

— Ma dose de nicotine, vous vous souvenez ?

Brun secoue la tête.

— Vous ne comprenez pas. Je me fous de ce type, je me fous de ce qu'il a pu faire, je me fous de l'endroit où il se planque, mais j'ai besoin d'une explication logique à fournir. Nora fait une fixation sur lui. Il ne lâchera pas l'affaire. Hélène est dans de sales draps. L'accord que nous avons passé avec elle ne tient qu'à un fil.

Valentina se marre.

— Hélène veut bien éviter la taule, mais elle refuse de vous considérer comme son sauveur parce que vous avez eu la faiblesse de la couvrir, c'est ça qui vous chiffonne ?

Brun serre les poings. Valentina se raidit, prête à encaisser le coup. *Vas-y, connard, cogne-moi, tu ne seras ni le premier ni le dernier !* Brun plisse les yeux, comme s'il s'efforçait de lire dans ses pensées. Ses poings se desserrent. Un sourire mauvais se dessine sur ses lèvres.

— Je vois.

Il retire sa veste et remonte les manches de son pull. Il fait claquer l'élastique qui maintient la chemise fermée et l'ouvre en grand. Il sort le grand jeu : enregistreur numérique, stylo-bille, écusson *Police nationale* et imprimés estampillés *Office central pour la répression de la traite des êtres humains*.

Il dit :

— Reprenons tout depuis le début.

71

Paris, 24 décembre 2002.

13 h 30. 7ᵉ arrondissement. Des guirlandes bleu et blanc oscillent entre les lampadaires. Les vitrines des magasins dégueulent de boules multicolores et de décorations de pacotille. Nora trépigne. David Bartels lui rejoue l'Arlésienne. Il ne répond pas à ses coups de fil. Il ne passe au bureau qu'en coup de vent. Il envoie ses avocats aux convocations.

Nora sait que Bartels s'active auprès des députés français. Il le cherche dans tous les restaurants que le lobbyiste a l'habitude de fréquenter.

Il souffle dans ses mains pour se réchauffer. Il descend la rue Robert-Esnault-Pelterie au pas de course. Chez Françoise, la cantine parlementaire socialiste. Il est *presque* sûr de l'y trouver.

Nora accélère. L'euphorie qui a suivi l'arrestation de Sophie Calder et les révélations d'Eduardo Rojas se dissipe. L'ennemi a tout le loisir de préparer sa riposte.

Pendant ce temps, la machine judiciaire européenne est d'une lenteur épouvantable. Les préparatifs du procès s'éternisent. Le procureur Scelci soigne l'organisation des auditions préliminaires. Nora ne met plus les pieds à Bruxelles. La cellule antifraude de l'OLAF tourne en roue libre. Désormais, sa fonction principale consiste à fournir à Scelci les pièces du dossier, au gré des auditions.

Pendant ce temps, European G. Tobacco nettoie le terrain. Les policiers d'Interpol affirment avoir vu des camions de déménagement devant son siège de Podgorica. Leurs informateurs italiens prétendent que le bal des navires de contrebande sur la mer Adriatique a cessé. Les douanes croates et italiennes n'ont pas procédé à une seule saisie en un mois.

Au fil des semaines, l'incendie de l'imprimerie Stamparija Crna Gora est devenu une affaire d'État. La mort de Luka Zupan et de Rade Danilo joue le rôle d'accélérateur et précipite les évènements. Les gouvernements serbe et croate s'accusent mutuellement d'ingérence dans la crise de la contrebande par déclarations publiques interposées. Scelci tente d'en tirer parti.

Pendant ce temps, le directoire d'European G. Tobacco se refait une virginité médiatique. Ses communicants ont lancé depuis plusieurs semaines une campagne de désinformation baptisée «*Illicit whites*» à destination de l'opinion publique. Leurs agences de publicité saturent les rédactions de leurs amis de la presse de pseudo-révélations scientifiques à propos de la nocivité des cigarettes illégales. Les associations antitabac brandissent leur nouveau jouet avec délectation et donnent de la voix. Les députés protabac s'en donnent à cœur joie dans les travées de l'hémicycle.

Nora n'a rien vu venir. Il se fait de plus en plus l'effet d'être une marionnette entre les mains de manipulateurs ayant toujours une longueur d'avance sur lui. Ce qu'il prenait pour des réactions de panique est en réalité le fait d'individus qui ne laissent rien au hasard.

À défaut de lutter contre un courant trop puissant, Nora se raccroche plus que jamais à la bouée de sauvetage «Monsieur X». Il en est toujours persuadé : s'il le trouve, il gagne.

Lors de son dernier entretien avec Hélène Thomas, Nora

menace de la relâcher dans la nature. Elle lui rit au nez : « C'est votre guerre, pas la mienne ! Mon témoignage est capital. Sans moi, vous perdez le lien entre Live-Events et la route de la Nicotine ! Vous ne me relâcherez pas ou vous perdrez votre procès. »

Nora demande au lieutenant Brun de prendre le relais et de mettre la pression à Sophie Calder. Brun a pour consigne de lui faire avouer qu'elle connaît Monsieur X et qu'elle sait où et comment le localiser. Nora compte sur ses sentiments ambivalents envers Hélène Thomas pour remporter le morceau. Évidemment, Brun foire, comme Nora avant lui.

Nora reprend les verbatim des interrogatoires de Rojas et de Bartels pour démêler le vrai du faux. Il les décortique pour comprendre la structure interne qui régit les relations et les rivalités du trio Bartels-Rojas-Calder.

Nora se creuse la tête.

Monsieur X, insaisissable.

David Bartels, retors et imprévisible.

Eduardo Rojas, sur la défensive.

Sophie Calder, entêtée et muette comme une tombe.

Hélène Thomas, bavarde et muette à la fois, hors jeu à cause de l'inconséquence professionnelle de Brun.

Réfléchir, être méthodique. Par son silence, Sophie Calder soutient Bartels. Ses affinités bancaires avec les paradis fiscaux maltais plaident contre Rojas. Bartels ne se mouille pas les mains en matière de blanchiment d'argent. Son nom n'apparaît nulle part sur la route de la Nicotine. De facto, Rojas est en première ligne. Déduction logique : Bartels soutient Calder contre Rojas. Rojas est le dindon de la farce. Question : Qu'est-ce que ça prouve ? Réponse : rien.

Autre piste : le lien évident entre Bartels et la route de la Nicotine, c'est Monsieur X. Les deux hommes se connaissent au moins depuis 1986. Ils ont noué une relation de travail solide, peut-être même une amitié. Ils partagent tout un tas de secrets, à commencer par le braquage du 28 juillet 1986 qui a tourné au carnage. Leurs destins sont mêlés. Bartels a confiance en lui. Il l'envoie au front, dans les Balkans, organiser son réseau de contrebande. Monsieur X accepte pour lui d'être placé sous la direction de Rojas, mais il y a fort à parier qu'il ne rend de comptes qu'à Bartels. Monsieur X et Bartels ne forment qu'une seule et même entité. Dans l'équation, Rojas est hors course. Il n'est qu'un paravent, en cas de coup dur. Bartels a donc une longueur d'avance sur tout le monde – y compris Rojas. Question : Pourquoi ? Réponse : aucune idée.

Calder et Thomas ont le couteau sous la gorge. Calder risque cinq à huit ans de prison, Thomas une vie de recluse. Pourtant, elles refusent de donner Monsieur X, soit par fidélité, soit par peur de représailles. Bartels sait qu'il peut compter sur leur mutisme. Question : Pourquoi ?

Réponse à quatre bandes :

Les rapports entre Bartels et Rojas sont récents. Ils ne travaillent ensemble que depuis 1991 et la création de BRS Conseil. Ils ne sont associés que parce que leur principal et tout-puissant client, European G. Tobacco, en a décidé ainsi.

Calder, Thomas et Bartels se connaissent depuis 1986. Leurs liens sont coulés dans le ciment.

Or : Rojas n'est qu'une pièce rapportée.

Donc : Calder, Thomas et Bartels sont dans le même camp, tous unis contre Rojas pour servir leurs seuls intérêts. Ils partagent une histoire commune. Une histoire compliquée et tumultueuse qui débute le 28 juillet 1986 lorsque Monsieur X commet le braquage de trop et que le hasard fait entrer Stéphane Guérin et sa petite amie Hélène Thomas dans leur vie. Voilà pourquoi Rojas est hors course.

Nora marque une pause. Ses hypothèses semblent tenir la route, mais un détail flotte au-dessus de l'équation sans trouver sa juste place. Il reprend ses notes. Encore. Il lit entre les lignes. Cette fois, il cherche ce qui manque. Et d'un coup, ça lui saute aux yeux : David Bartels sait pour l'assassinat de Guérin, mais il n'a jamais fait allusion à sa relation amoureuse avec Hélène Thomas ni au fait qu'elle travaillait pour Yara. D'ailleurs, aucun des protagonistes de l'affaire ne l'évoque devant Nora. Comme s'il s'agissait d'un sujet tabou. C'est le lieutenant Brun qui le lui apprend parce que Hélène Thomas s'est confiée pour soulager sa conscience.

David Bartels n'est pas au courant.

Le 28 juillet 1986, Hélène Thomas perd son petit ami et fait la connaissance de Monsieur X et de Sophie Calder. Elle a vingt ans. Elle est embauchée à Live-Events, accède rapidement au statut d'associée et officie comme escort en chef. Une ascension pour le moins fulgurante, doublée d'une confiance confondante de la part de Sophie Calder. David Bartels ignore tout de l'histoire de la jeune femme. Sophie Calder n'a pas jugé bon de lui en parler.

Hélène Thomas est une sacrée veinarde. Le 28 juillet 1986, son petit ami est massacré et elle touche le jackpot au loto. David Bartels, par contre, joue de malchance. Dans la même journée : le braquage raté d'un camion d'ammoniac, huit meurtres sur les bras, la brigade financière et Simon Nora sur le dos pour les deux décennies à venir, son cabinet de conseil menacé et Hélène Thomas, la petite amie de l'un des chauffeurs, miraculeusement épargnée et embauchée par l'une de ses principales associées.

Nora sourit. Il se dit que, pour une fois, Bartels est le pigeon. Il se demande dans quelle mesure Monsieur X tire les ficelles.

Nora atteint l'aérogare des Invalides. Une bourrasque de vent soulève les pans de sa veste lorsqu'il pousse la porte de Chez Françoise. Il s'engouffre dans le restaurant. Une bouffée de chaleur lui monte aussitôt au visage. Il repère la table de Bartels, dans le fond. Il se précipite, il bouscule des dossiers de chaise avec maladresse. Des visages connus de parlementaires agacés se retournent sur son passage.

David Bartels l'accueille froidement. Le jeune député socialiste qui déjeune avec lui feint de s'étouffer et s'éclipse pour aller se passer de l'eau sur le visage. Nora s'assoit à sa place et fixe Bartels droit dans les yeux. Il tire de sa sacoche un cliché représentant le cadavre de Stéphane Guérin. Bartels rafle sa serviette et s'essuie la bouche sans ciller.

— Vous radotez, capitaine. Vous m'avez déjà sorti cette photo il y a des années. Je ne connais cet homme que parce que vous avez cherché pendant des mois à me mettre son meurtre sur les épaules.

Nora remise Guérin et exhibe Hélène Thomas, telle qu'elle figurait sur l'avis de recherche lancé par ses parents, en 1986.

Bartels grimace.

— Vous plaisantez, j'espère !

Il lui rend le tirage photo, mais Nora insiste pour qu'il le conserve.

— Prenez-la et regardez mieux.

Bartels s'exécute, amusé.

— Qu'est-ce que je dois chercher ?

— Vous la connaissez sous les noms d'Anna Krause et d'Hélène Thomas. Jouons à un petit jeu, si vous le voulez bien. Posez-moi la bonne question. Demandez-moi qui elle est vraiment.

Bartels se frotte le nez, intrigué.

— Qui est-elle vraiment ?

Nora prend son temps.

— L'ex-petite amie de Stéphane Guérin.

Bartels chancelle. La photo d'Hélène Thomas lui glisse des mains et tombe aux pieds du parlementaire, de retour des toilettes. Il se précipite pour la ramasser. Nora croit deviner les mots *le fils de pute* se dessiner sur ses lèvres.

72

Paris, 3 janvier 2003.

Relaxe générale.
L'audience s'est tenue à guichets fermés. European G. Tobacco contre le Comité national contre le tabagisme, ou les liens incestueux entre l'industrie du tabac et la Fédération française de tennis. Les quatre ans de procès pour infraction à la loi Évin interdisant le parrainage des manifestations sportives se clôturent par un non-lieu. Le scandale des loges VIP réservées à l'année à Roland-Garros pour acheter la conscience des politiques et des stars du showbiz fait *pschitt*!

Le juge déclare :

— Vous n'apportez pas la preuve que, dans les espaces qui leur sont dédiés, les fabricants de tabac font la promotion de leurs marques. Il apparaît que les loges de Roland-Garros servent à accueillir leurs salariés et qu'il n'y a aucun mal à cela.

Bartels esquisse un rictus satisfait. Le président de la Fédération soupire de soulagement. Les avocats du CNCT s'indignent. Dans la salle, quelqu'un hurle :

— Vous croyez qu'ils font quoi, du tricot ?

Bartels et Marie-Line Pujols se congratulent, puis se fraient un passage jusqu'à la sortie. Ils arborent un sourire de façade en mimant de la main le V de la victoire.

Une fine couche de givre recouvre le parvis du tribunal de grande instance. Des barrières ont été disposées à la va-vite pour contenir la foule de journalistes sportifs venus couvrir l'évènement. Bartels assure le service après-vente. Il fanfaronne un moment devant les micros, mais il bouillonne de l'intérieur.

Valentina et Muller, des traîtres et des sales menteurs. Bartels ne pense qu'à ça. Un sentiment de haine mêlé d'amour-propre blessé lui parasite le cerveau. Il rumine sa dernière conversation avec le capitaine Nora comme s'il espérait pouvoir réécrire le passé.

Dans le taxi qui le ramène au bureau, son téléphone sonne. Zihan Sûn l'appelle depuis Shanghai pour le féliciter.

— Tu gagnes toujours, à la fin !

Bartels s'épanche.

— Je leur faisais confiance.

Zihan, exaspérée :

— Pardonne-leur et passe à autre chose !

Bartels lui raccroche au nez en réalisant que le pardon est un acte dont il est moralement incapable et un luxe qu'il ne peut pas se permettre.

Bartels s'installe derrière son bureau. Face à lui, encadrée au mur, une photo format A3 le représentant en compagnie du président Chirac à l'époque où il était maire de Paris. Main dans la main, attitude conquérante et sourire cool aux lèvres.

— Toi, au moins, tu as toujours tenu les promesses que tu nous as faites.

Les téléphones de BRS Conseil sonnent à nouveau. Les cadres de Big Tobacco se détendent. Les policiers de la brigade financière n'ont pas pointé le bout de leur nez au bureau depuis des semaines. Les affaires continuent. Les affaires ne se sont jamais vraiment arrêtées.

La secrétaire frappe. « Entrez ! » La porte s'ouvre, la jeune femme traverse la pièce et dépose devant lui des papiers à signer. Son parfum dissipe l'odeur de tabac froid.

Bartels décrypte les mots *Identify* et *Bon pour accord*. Il allume une cigarette et cherche un stylo des yeux. La fragrance s'évapore. En boucle dans son crâne : *Des traîtres et des putains de menteurs !*

Bartels ouvre sa messagerie électronique et sélectionne les mails Identify afin de vérifier que rien ne lui a échappé. Le protocole de traçabilité des flux de cigarettes est sur les rails. Le directoire a donné son feu vert. Le bouche-à-oreille a parfaitement fonctionné. Les députés protabac se sont démenés et ça a payé. La machine politique prend le relais. Le ministre du Budget Francis Mer vient de déposer un amendement prévoyant la mise en place d'un système de détection des contrefaçons. Ses caractéristiques révolutionnaires correspondent étrangement à celles du projet Identify déposé par European G. Tobacco. L'ensemble des majors du tabac, Philip Morris, BAT, JTI, SEITA-Imperial Tobacco, le trouve étrangement fantastique. Tous souhaitent passer un accord pour étendre le dispositif à l'Europe et l'intégrer à la convention-cadre de l'Organisation mondiale de la santé.

Bartels tire sur sa cigarette, appose sa signature au bas du document et lève la main. La secrétaire lui tend le papier suivant intitulé *Des lobbies contre la santé*.

Il fronce les sourcils.

— C'est quoi, cette merde ?

La secrétaire appuie sa hanche contre le bureau. Son parfum reprend temporairement le dessus.

— Vous savez, la Mutualité française… Le service juridique m'a dit que vous étiez au courant.

Bartels opine. Marie-Line Pujols lui en a touché un mot dans le taxi. Roger Lenglet ne les lâche pas depuis la publication des *tobacco documents* aux États-Unis, en 1998. Les lois Veil et Évin lui ont donné du fil à retordre. Le journaliste est entré en guerre contre European G. Tobacco. La Mutualité française lui a accordé la direction de la collection « Librio Santé ». Il s'est senti pousser des ailes. Il a déjà publié toute une gamme d'ouvrages à charge rédigés par des professionnels du monde médical et scientifique, des juristes et des journalistes spécialisés. Une vraie plaie. Il remet ça en 2003 avec deux textes intitulés *Des lobbies contre la santé* et *Tabac : arnaques, dangers et désintoxication*.

Glissé à l'intérieur du document, un bref mémo signé Pujols : « EGT est nommément cité à 67 reprises. Nos avocats peuvent les traduire en justice pour une douzaine d'allégations mensongères et de sous-entendus pernicieux du style : *Rappelons que le tabac tue chaque année en France 60 000 personnes, soit dix fois plus que les accidents de la route.* Blablabla. *Dans vingt ans, il fera 165 000 morts chaque année. European G. Tobacco nie ces chiffres et assure, par la voix de BRS Conseil, qu'aucune preuve scientifique formelle n'établit de lien entre les cigarettes qu'il vend et cette mortalité.* Je te passe les détails. Je propose l'interdiction de publication avant sortie. Avis favorable de Darrel Jones. À toi de trancher. M.-L. P. »

Bartels inspire longuement. De la cendre tombe sur le document. Il la balaie d'un revers de la main et signe.

La sonnerie de la ligne fixe retentit. Il jette un œil au cadran. Le nom de l'agence Big Tobacco de Podgorica s'affiche. Bartels congédie la secrétaire et décroche dès que la porte se referme derrière elle.

Svetlana Mehmeti déclare :

— C'est pour demain. Payable d'avance. Je vous envoie l'adresse pour la livraison par texto.

— Je m'en occupe personnellement.

La voix de Mehmeti marque un temps d'arrêt.
— Faites-moi confiance, ce serait une erreur.
Bartels passe mentalement en revue les personnes de son entourage à qui il pourrait confier cette tâche. Il n'en trouve aucune avant 1986.
Il dit :
— La confiance, ça ne paie pas.

Bartels passe l'heure du déjeuner à prendre ses dispositions pour organiser son absence. Il se rend ensuite à pied jusqu'au palais Bourbon serrer quelques mains dans la salle des Quatre-Colonnes et à la buvette de l'Assemblée. Il promet à un conseiller parlementaire, qui le fournit en laissez-passer, un coffret de cigares à moitié prix de chez Gérard, la célèbre boutique genevoise où le ministre de l'Intérieur Sarkozy s'approvisionne.
À 15 h 30, il repasse au bureau récupérer son passeport. Un taxi le dépose rue des Archives, à la Société générale. Le directeur, un ami de longue date, lui fait ouvrir la salle des coffres. En mars dernier, Zihan et Bartels y ont chacun ouvert un coffre. Le sien figure en bonne place dans les rapports de la brigade financière. Il n'y a déposé que des babioles sans importance, les papiers de son divorce, ainsi que le dossier de sa demande de paternité, histoire de donner un peu de grain à moudre au capitaine Nora. Par contre, celui de Zihan déborde de liquidités. Il est directement alimenté par Big Tobacco, via un compte basé dans un paradis fiscal, Dieu sait où. Bartels est le seul à en posséder la clef. Zihan la lui a remise sans poser de questions. Le caractère énigmatique de l'opération l'a follement amusé.
Bartels prélève cent trente mille euros en liquide sur l'argent destiné à indemniser les putes de Valentina à leur sortie de taule. Il fourre le fric dans un sac de voyage et appelle Avis pour louer une voiture suffisamment confortable afin de faire l'aller-retour Paris-Genève.

Les paysages défilent le long de l'autoroute. Des visages aux traits brouillés se superposent devant le pare-brise. Certains l'implorent de faire machine arrière, d'autres parlent d'examen de conscience. Des balles perdues imaginaires fusent et les réduisent en poussière. Des billets de banque les remplacent et virevoltent par brassées autour de la voiture, formant un voile obscur entre lui et le monde extérieur.

Bartels se remémore les vingt dernières années. Il refait le chemin à l'envers. Il compte les occasions manquées et les zéros avant la virgule. Il revoit son père, sa manie de tout contrôler, puis sa déchéance, sa rencontre avec Élise, son besoin irrépressible de fuir la cellule familiale, sa tentative pathétique de fonder la sienne, sa quête de sexe et de pouvoir pour entériner son propre échec.

La pluie succède à la neige à l'approche de Lyon. Il réécrit l'histoire. Il entend Élise, Christelle et Zihan lui demander s'il les aime vraiment. Tout autour, les mines hilares du président Gauthier, du député Évin, Zoran Kristic, Rojas, Valentina et Muller qui le montrent du doigt en riant : *La confiance, ça se mérite!*

La pluie cristallise et devient flocons de neige. Des montagnes se dressent. Hélène Thomas l'exhorte : *Vas-y!* Anton Muller secoue la tête : *Je vous le déconseille vivement.* Bartels saisit une deuxième fois le couteau, il s'avance vers Guérin et lui plante la lame dans la carotide jusqu'à ce que la source de sang se tarisse et qu'il n'y ait plus qu'un trou béant.

La neige cesse de tomber, les nuages se déchirent. La voix d'outre-tombe de Guérin réclame son dû tandis que la lumière crépusculaire de la pleine lune éclaire les sommets des Alpes, en arrière-plan.

Bartels abandonne la voiture à la limite d'Annemasse, côté français. Il passe à pied le poste de douane de Gaillard, compte les rues sur sa droite et remonte la quatrième jusqu'au numéro 27.

L'homme d'Emil Sdenaj l'attend comme convenu dans le parking, au sous-sol. Il est adossé à un Renault Scénic blanc immatriculé en Suisse. Il s'exprime dans un français parfait, avec un léger accent russe. Il prend le temps de compter les billets, les répartit en deux parts, la sienne et celle de Sdenaj, puis il balance les deux sacs plastique dans son coffre et, sans un mot, s'installe au volant, claque sa portière et met le contact.

Bartels frappe à la vitre et lui fait signe de la baisser. L'homme le dévisage une seconde, impassible, puis il s'exécute.

— Quoi ?

— Qu'est-ce que vous allez lui faire ?

L'autre ricane en désignant du pouce le coffre du Scénic.

— Ce que les gens comme moi font en général contre soixante-quinze mille balles en cash.

73

Podgorica, 4 janvier 2003.

Bartels soigne ses relations et se projette dans l'avenir. Rojas creuse sa propre tombe. Plus personne ne répond au téléphone depuis des semaines. Les lignes sécurisées ont été définitivement coupées. Les contacts, suspendus.

Le fric aussi a cessé de couler. Les usines de Niš et de Vranje ne crachent plus l'excédent de cigarettes. Le Monténégro ne sert plus de zone de transit. Les frères Sdenaj peaufinent leur coup d'État permanent et nouent des contacts avec la Russie et la Chine.

Svetlana Mehmeti achève de vider les locaux. Ses assistants ont démonté les étagères, retiré la plaque *European G. Tobacco* qui figurait au-dessus de la sonnette, jeté en vrac les derniers cartons dans le hall d'entrée pour les déménageurs. Anton Muller n'a plus rien à faire à Podgorica. L'histoire de la contrebande s'arrête ici, en ce qui le concerne. Elle reprend sûrement déjà ailleurs, sans lui.

Emil Sdenaj l'a mis en contact avec un type qui l'a mis en contact avec un type qui proposait des faux papiers. Muller a négocié, payé un acompte et convenu d'un rendez-vous. Il a fait le tour de ses planques et s'est débarrassé de ses armes. Il a nettoyé ses traces, soldé le compte à la Podgorička Banka qu'il utilisait pour les affaires courantes et tapissé les parois d'une valise de l'argent liquide qu'il lui reste. Il récupérera plus tard ce que Bartels lui doit. Au besoin, il le prendra de force. Pour finir, il a acheté un aller simple pour Buenos Aires. Il a loué une chambre à l'hôtel Crnogorska Kuća et il a attendu en zappant sur les chaînes de télévision publiques.

Le type se pointe à l'heure dite. Muller l'inspecte à travers l'œilleton et déverrouille la porte. Râblé, le front court, des mains fines, un blouson en toile noir, jeans, baskets. Quelconque.

Muller s'efface pour le laisser entrer. Une odeur de sueur âcre et désagréable l'accompagne. Le type s'immobilise un instant, comme s'il jaugeait l'espace ou s'assurait qu'ils étaient bien seuls.

— Je m'appelle Dušan Stojković.

Muller lui donne l'enveloppe qui contient les cinq mille euros qu'il lui doit. Stojković l'empoche sans recompter et fait apparaître un passeport au nom de Pavle Modrić, citoyen serbe, né à Belgrade le 10 juin 1962.

— Vous m'avez dit que vous parliez couramment le serbo-croate.

— *Naravno*. Bien sûr…

Stojković hoche la tête, un sourire amusé aux lèvres.

— Je vous ai rajeuni un peu. Vous êtes en bonne condition physique, ça passera…

Muller saisit le passeport. Il vérifie que tout est en ordre et le glisse dans la poche extérieure de sa valise. Quand il se retourne pour congédier le faussaire, un 38 mm est braqué en direction de sa poitrine. Il ne l'a pas vu venir.

La main du type ne tremble pas. Muller calcule ses chances de saisir l'arme dissimulée dans ses affaires. Il sait qu'elles sont quasi nulles.

— Qui vous paie ?

Stojković secoue la tête.

— On ne m'a pas transmis de message pour vous.

Muller croit déceler une seconde d'inattention. Il plonge sur la droite. Le coup de feu claque avant qu'il atteigne sa valise. Une violente douleur lui déchire la poitrine. Il chute, face contre terre. Le type le rejoint d'un pas. Le pied calé contre sa colonne vertébrale, il place le canon de l'arme contre sa nuque et tire sans hésiter.

74

Nanterre, 10 janvier 2003.

Local du syndicat UNSA Police. Ambiance morose. La photocopieuse crache en ronronnant des tracts *La police ne va pas bien – Faisons bouger les choses*. Brun rumine dans son coin, un expresso froid à la main.

Il compte les jours. Il a arrêté de fumer le lendemain du réveillon. Geneviève a balancé la réserve de paquets qu'il planquait dans le garage. Il a tiré deux lattes sur la cigarette de Rey, ce matin, mais ça n'a pas suffi pour faire disparaître le manque.

Ils bossent depuis trois jours sur une nouvelle affaire. Des prostituées ougandaises cassent les prix dans l'est de Paris. Rey a ressorti son Canon. Brun lutte contre la nausée que lui inspirent les esclavagistes qu'ils doivent filer toutes les nuits sans intervenir.

Ses collègues le chambrent depuis le retour des vacances. Un type de la brigade financière a cafté son attitude déplacée avec l'une des putes de son enquête sur Live-Events. Une inscription *Patrick + Hélène* a fleuri sur le paperboard du local. Brun a laissé pisser par lassitude. L'inscription a fini par disparaître.

La radio crépite dans un coin. Le ministre des Affaires étrangères Villepin glose à propos des prétendues armes de destruction massive irakiennes. Il réclame des comptes à l'administration Bush. Le flic qui imprime les tracts mime le président américain – *Ouh, j'ai peur !* Les autres se marrent.

Flash info : une gamine n'est pas rentrée de l'école, hier, dans un village de Seine-et-Marne. Le parquet de Meaux vient d'ouvrir une information judiciaire pour enlèvement et séquestration d'une mineure de moins de quinze ans. Personne ne commente.

La photocopieuse émet un couinement strident et s'interrompt. Un voyant rouge clignote. Deux collègues se précipitent pour trouver d'où vient la panne. Leur verbiage couvre la radio. Brun balance son café dans la poubelle et se lève pour monter le son.

Estelle Mouzin a été vue pour la dernière fois par une passante le 9 janvier 2003 vers 18 h 15 devant la boulangerie, à côté de son domicile. Le SRPJ de Versailles est chargé de l'enquête. Des plongeurs envoyés par le commissaire Bloch commencent à sonder les plans d'eau des environs.

Ce que Brun entend en réalité : Hélène Thomas, 28 juillet 1986 - 9 janvier 2003, tu l'as couverte au maximum, tu ne peux plus rien pour elle, la partie est terminée. Il se frotte les yeux pour se donner un coup de fouet et gobe une Nicorette. Les hallucinations auditives cessent. Il ramasse sa veste et passe à l'accueil rafler les clefs d'une voiture de service.

Vue sur la rue, fenêtre entrouverte. Des cris d'enfants transpercent le vacarme de la circulation. Un meublé à Choisy-le-Roi, dans le sud de Paris, face à l'école Jean-Macé. Trois mois de confinement, des voisins discrets, une porte blindée et des conserves aux frais de l'État. Le nec plus ultra en matière de résidence surveillée.

Le radiateur de la chambre déconne. Hélène Thomas a établi son campement dans le canapé-lit du salon. Le chauffage est monté à bloc. Elle passe ses journées en culotte, tee-shirt, chaussettes à mater des séries TV. Brun a un accord avec son contrôleur judiciaire. Il se charge lui-même des courses. Elle se nourrit presque exclusivement de céréales et de fruits secs. Il tire une chaise et s'assoit, dos au téléviseur.

— Ça va ?

Elle ne répond pas. Elle se penche et entreprend de se masser la cheville. Le bracelet de surveillance électronique lui provoque des démangeaisons qu'elle gratte jusqu'au sang. Le programme de protection des témoins n'inclut ni états d'âme, ni sorties, ni argent de poche pour les clopes et l'alcool.

Brun croise les bras.

— Parle-moi de l'homme avec qui tu étais, le jour de la mort de Stéphane Guérin.

— Quel homme ?

Il soupire longuement.

— Tu le sais très bien.

— Non, je n'en sais rien.

— Celui que m'a décrit ta logeuse, il y a seize ans de ça.

— Va lui poser la question, alors !

— J'y suis allé. Elle est morte. L'immeuble a été rasé. Il y a un beau parking à la place.

Hélène Thomas tourne la tête.

— Morte ? Merde…

Brun décroise les bras.

— Sophie Calder refuse de nous donner son nom. Pareil pour Bartels et Rojas. Nora m'envoie pour te faire parler.

— Dis-lui d'aller se faire foutre.

— Nom de Dieu, Hélène…

— Dis-lui que j'ai déjà balancé tout le monde.

— Il pense que je peux te tirer les vers du nez.

Elle ricane.

— Toi ?

Brun marche sur des charbons ardents. Les yeux verts d'Hélène le brûlent à chaque fois qu'il s'y plonge.

— Pourquoi le protéger ?

Hélène Thomas saisit le briquet, tire le cendrier à elle, puis remet ses oreillers en place et s'installe confortablement.

— Tu as mes clopes ?

Il plonge la main dans la poche de sa veste et lui balance un paquet de Chesterfield. Elle se penche en avant pour l'attraper. Sa poitrine tressaute sous son tee-shirt. Elle décachette le paquet et allume une cigarette en grimaçant.

— C'est celles que fume Bartels.

L'écran de télévision s'anime. Entre deux publicités, un clip en vogue. Brun capte des bribes : *Deux inconnus, deux anonymes, mais pourtant pulvérisés, sur l'autel, de la violence éternelle.* La voix d'Axelle Red lui file des frissons. Il lui semble qu'elle chante pour lui, personnellement. Il finit par trouver l'énergie pour se lever et éteindre.

— Parle-moi.

Elle tire une latte et souffle la fumée au plafond. Brun plisse les paupières. Il se retient de lui demander une cigarette. Elle se redresse sur ses coudes.

— Il y a seize ans, il a changé ma vie.

— Il venait d'égorger ton petit ami.

— Qui me cognait.

— Tu le prends pour ton ange gardien ?

Elle le toise d'un air méprisant.

— Et toi pour mon sauveur ?

Brun baisse la tête. *Pauvre con. Tu as retouché des photos, dissimulé des preuves, truqué des rapports. Tu as fichu en partie ton enquête par terre parce que cette femme est la seule aventure qui te soit jamais arrivée. Elle a trahi, menti, elle a fait de sa vie un enfer de fric facile et de plaisirs contraints, elle risque sa peau, et toi ? Tes tempes sont grisonnantes, mais la vérité, c'est que tu ne bandes plus que pour elle.*

Il serre les poings.

— Ne me compare pas à lui.

Hélène crache :

— Fourre-toi ça dans le crâne une bonne fois pour toutes : je ne te donnerai jamais son nom.

Ses yeux se remplissent de larmes.

— Je ne sais même pas s'il est encore en vie !

— Un tueur professionnel…

— Payé par Bartels pour faire le sale boulot. Comme Valentina. Comme moi. Chacun ses armes. Intéresse-toi aux vrais coupables au lieu de me faire chier.

Brun est en nage. Il retire sa veste, la jette sur le dossier de la chaise. Hélène Thomas le regarde faire sans broncher. Il se déplace jusqu'à la fenêtre et l'ouvre en grand. Les hurlements des gosses dans la cour de l'école montent d'un cran. Une jeune femme noire descend la rue, son portable vissé à l'oreille. Brun la suit machinalement du regard jusqu'à ce qu'elle disparaisse. Un peu plus bas, il repère un couple d'adolescents qui s'embrassent. Brun détourne les yeux.

Retour à l'atmosphère électrique de la pièce :

— Bartels est intouchable sans ton témoignage.

Il fixe Hélène. Elle déglutit.

— Et si je te disais que ce n'est pas *mon type* qui a tué Guérin ?

Brun se raidit.

— Continue.

Elle cligne des yeux pour retenir ses larmes. Elle hésite encore.

— Fait chier…

Brun se rapproche.

— Qui ?

Hélène l'observe en silence. Des larmes coulent à présent sur ses joues. Brun balance sur le lit un paquet de mouchoirs en papier. Elle n'esquisse pas un geste pour le rattraper. Elle se décide à lâcher sa bombe :

— David Bartels.

— Tu peux prouver ce que tu avances ?

Elle secoue la tête – « Non. » Brun fait un pas supplémentaire dans sa direction.

— Tu es prête à le répéter au capitaine Nora ?

Elle ravale ses larmes.

— Je ne le ferai pas.

Encore un pas. Brun est au pied du canapé-lit.

— Pour quelle raison ?

— Si Bartels tombe, mon type tombe aussi. Ça n'arrivera pas. C'est la limite morale que je me suis fixée en acceptant ton arrangement. Je t'ai livré la vérité parce que je te suis reconnaissante et que je ne veux pas qu'il y ait de zones d'ombre entre nous. Rien de plus. Ne va surtout pas croire que ma détermination flanche ou que je suis subitement devenue une balance. Valentina m'a appris à saisir les opportunités là où elles se présentent. Tu t'es présenté, je t'ai saisi. Pas l'inverse.

Brun est pris d'un léger vertige. Le plafond et les murs vacillent une fraction de seconde, puis se stabilisent. Il parvient à articuler :

— Je vais avoir du mal à me contenter de ça.

Elle ramasse le paquet de mouchoirs, le déplie lentement pour s'essuyer le visage, puis elle tire ses cheveux en arrière et se laisse tomber sur le matelas, à bout de forces.

— Bien sûr que si, tu peux. On est allés trop loin pour revenir en arrière.

75

Luxembourg, 13 janvier 2003.

Nora se faufile dans la salle d'audience numéro deux. Il avise une place libre au milieu d'une rangée, dans le fond. Le procureur Scelci est au micro. Il ferraille avec le juge allemand Gantzmann. Sa voix de ténor vibre dans les haut-parleurs.

— Un scandale dans le scandale ! Ces auditions préliminaires nous font perdre un temps précieux. Pendant que l'OLAF enquête sur la contrebande, European G. Tobacco et ses lobbyistes font diversion. Ils ont établi des contacts étroits avec les députés européens de tous bords. Ils leur mettent la pression pour faire annuler le procès. C'est totalement contraire aux règles de la convention-cadre antitabac de l'OMS ratifiée en 2000 par l'Union européenne.

— Contraire mais pas illégal au sens strict.

— Ne jouez pas sur les mots !

Brouhaha dans l'assistance. Les avocats se lèvent comme un seul homme pour protester. Le juge Gantzmann réclame le calme.

Les auditions ont repris après la trêve de Noël. Le sixième étage du bâtiment du palais de la Cour de justice grouille de journalistes et de juristes d'European G. Tobacco aux abois. Nora n'y assiste que par intermittence, dès que son enquête lui laisse un moment de libre. Ici, il est impuissant. Le procureur Scelci joue sa partie. Il a persuadé le juge Gantzmann d'accepter les témoignages de députés européens antitabac irrités par les méthodes agressives d'European G. Tobacco.

L'enquête Live-Events est close. Nora a mis fin aux interrogatoires. Sophie Calder s'est entourée de cadors du barreau parisien. L'instruction de son procès prendra du temps. D'ici là, le lieutenant Brun garde Hélène Thomas au chaud. Nora ne l'a pas revu depuis dix jours mais il garde un œil sur lui.

Côté BRS Conseil, l'étau se resserre. Rojas est l'appât ultime pour coincer l'anguille David Bartels. Les avocats d'European G. Tobacco multiplient les recours pour contrer les charges qui pèsent sur lui. Ils ignorent qu'ils ne doivent leur succès qu'au fait que Nora met tout en œuvre pour repousser son incarcération. L'énigm Monsieur X et le braquage du 28 juillet 1986 lui restent en travers de la gorge.

Cette partie-là du dossier *Route de la Nicotine* continue de lui échapper. Les révélations sur la relation qu'entretenait Hélène Thomas avec Stéphane Guérin n'ont eu aucun effet visible. L'enquête sur l'ammoniac ne sera pas rouverte. Scelci s'y oppose. Il refuse de compromettre son procès pour une vieille obsession et des soupçons hasardeux. Ses arguments ne varient pas d'un iota : « Que pèsent sept morts face à plusieurs millions de victimes du tabac chaque année dans le monde ? »

Nora se tortille pour apercevoir le type qui est à la barre. Inconnu au bataillon. Il se penche vers sa voisine de droite qui prend fiévreusement des notes sur un calepin. Le badge qu'elle arbore stipule *Journaliste – Le Parisien – France*.

— Qui est l'heureux élu du jour ?

La femme lève un sourcil.

— Un député du parti social-démocrate d'Allemagne, un ancien activiste de la coalition rouge-verte de Schröder, je crois.

Nora hoche la tête. Il consulte sa montre, 10 h 26. Le député allemand prend la parole dans sa langue maternelle. Nora perd le fil. La journaliste lui indique en souriant le casque disponible pour la traduction ainsi que le bouton pour choisir la langue et régler le volume. Nora la remercie. Il finit par trouver le bon canal audio au moment où Scelci entre dans le vif du sujet.

— Avez-vous subi des approches de la part des cigarettiers ?

Le député se lance dans une longue diatribe. Nora réajuste ses écouteurs.

— Oui, cela se fait de façon très intense. Je ne suis pas contre le lobbying quand il est fait normalement. Les groupes d'intérêt ont le droit de faire connaître leur point de vue en sollicitant des rendez-vous avec des parlementaires. Mais une fois que vous avez dit non, il ne faut pas revenir en permanence à la charge. Or là, avec la directive tabac, ils se livrent à du harcèlement.

Scelci relance :

— Cela se traduit comment ?

— Ces derniers mois, après que le Parlement a décidé de reporter le vote sur la directive tabac à propos des mentions obligatoires sur les paquets, ma messagerie a été inondée d'e-mails rappelant les argumentaires des fabricants. Plusieurs fois par jour, mes assistants répondent à des appels téléphoniques réclamant des rendez-vous. On tient bon, mais d'autres députés craquent. Peu avant Noël, j'ai reçu au courrier une grosse boîte en métal contenant du tabac en vrac, comme si on me signifiait que l'on pouvait me faire des cadeaux si je le souhaitais.

Les avocats d'European G. Tobacco lèvent les yeux au ciel. Le juge Gantzmann les fusille du regard. Nora réprime un bâillement. Scelci colle ses lèvres au micro pour parler plus fort.

— Avez-vous reçu ces lobbyistes à Bruxelles ?

— Une fois, par courtoisie.

— Que s'est-il passé ?

— Ils m'ont expliqué que si on changeait le packaging des paquets, avec l'apparition de nouveaux avertissements pour la santé, on risquait de faire le jeu de la contrefaçon de cigarettes. C'était assez confus. Je n'ai pas donné suite.

Scelci fouille dans ses papiers.

— Selon des documents internes obtenus sur perquisition en 2002, vous êtes classé *rouge*, comme *fervent opposant à l'industrie du tabac*…

Nora sourit. Il reconnaît le contenu de l'un des fichiers récupérés chez BRS Conseil sur le disque dur de l'ordinateur de David Bartels.

Le député s'emporte :

— Ce type d'annotation personnelle sur un député en exercice est scandaleux ! J'ai un mépris profond pour leur jugement. Mais je ne me cache pas de défendre la santé des concitoyens face au danger du tabac et d'être en faveur de cette directive…

Les avocats poussent des cris d'orfraie. Ils tapent des mains sur leurs pupitres en signe de protestation. Le juge Gantzmann menace de suspendre l'audience. Les avocats se rassoient. Le traducteur s'emmêle les pinceaux. Nora perd la fin de la réponse du député allemand. Scelci brandit un nouveau document.

— Je vois ici qu'une autre députée de votre groupe est classée *bleue*, avec ce commentaire : *Très favorable, va envoyer des messages positifs auprès du président de la commission « tabac »*. Qu'en pensez-vous ?

— Cela fait partie de leur stratégie. Je connais bien cette députée. Elle m'a affirmé qu'elle leur avait dit ça pour avoir la paix, mais elle n'a pas cherché à me convaincre. Cela étant dit, je regrette que mon groupe politique ait voté en faveur du report de la directive antitabac, car on perd du temps.

Nouvelle vague de désapprobation côté avocats de la défense. Le portable de Nora se met à vibrer avec insistance. Il consulte l'écran. Un message vocal de ses collègues d'Interpol.

Le juge Gantzmann joue du marteau. Le vacarme dans la salle monte d'un cran. Nora se bouche l'oreille pour écouter son téléphone. Il capte des bribes de phrases : ... *police monténégrine a retrouvé votre homme... mort par balles... l'assassin des journalistes Luka Zupan et Rade Danilo.*

Nora dévale les escaliers. Son contact à Interpol France décroche à la troisième tentative.
— C'est bien lui ?
— Les empreintes et les photos correspondent.
— Comment ça s'est passé ?
— Une exécution à bout portant. En pleine nuit, dans une chambre d'hôtel, au centre-ville de Podgorica. Une balle dans l'abdomen, deux dans la tête. Le meurtrier a disparu. La police locale pense que...
Nora le coupe :
— Ils ont un nom ?
Le flic se racle la gorge.
— Il avait un passeport sur lui, au nom de Pavle Modrić, probablement un faux, ainsi qu'un billet aller simple pour l'Argentine. Rien d'autre.
— Quand ?
— Le 4. Il y a neuf jours.
Il étouffe un juron.
— Il est où ?
Nora passe les portiques de sécurité du bâtiment. La ligne grésille. La voix du flic à l'autre bout du fil devient inaudible. Nora déboule sur l'esplanade du palais. La liaison téléphonique se rétablit.
— Dans un tiroir, à la morgue de l'hôpital public.
Nora hèle un taxi. Le chauffeur pile à son niveau et baisse sa vitre. Nora lui demande de l'emmener à l'aéroport de Luxembourg-Findel. Il s'engouffre à l'arrière et reprend son interlocuteur, essoufflé :
— Je veux le voir.

Le flic hésite, puis :
— Il n'y a rien à voir. Il est mort.
Le pouls de Nora s'emballe.
— Je cherche ce type depuis dix-sept ans, officier. Jusqu'à aujourd'hui et jusqu'à preuve du contraire, ce Pavle Modrić n'est qu'une succession de photos, de rapports balistiques et de suppositions. Je suis comme saint Thomas. Je veux le *voir*. Je veux le *toucher*. Je veux le *sentir*. Je veux enfoncer mes doigts dans ses plaies au ventre et à la tête. Je veux m'assurer qu'il s'agit bien d'un être de chair et de sang. Là, et seulement là, je *croirai* !

Le flic se marre. Il prend sa tirade pour une blague. Il répond :
— Amen.

Nora lui raccroche au nez. Il tourne la tête et croise son propre regard halluciné dans le rétroviseur central. Il le fixe, sans ciller.

Pavle Modrić, Monsieur X ou peu importe son véritable nom. Durant ces seize dernières années, son enquête tout entière tourne autour de lui. Un homme sans identité. Ni tout à fait mort ni tout à fait vivant. Nora pense : *Un putain de zombie.*

76

Paris, 14 janvier 2003.

Hôpital de la Pitié-Salpêtrière. Santé, générosité et ingérence éhontée : le lancement en grande pompe du projet de l'Institut du cerveau et de la moelle épinière, une fondation reconnue d'intérêt public soutenue par l'industrie du tabac.

Le champagne coule à flots. Les généreux donateurs privés et leur marraine, l'actrice Zihan Sûn, se congratulent. Des pontes bienfaiteurs d'European G. Tobacco trinquent avec des industriels influents, des représentants du ministère de la Santé et des chercheurs de renommée mondiale.

David Bartels passe d'un convive à l'autre. Il distribue des sourires et des poignées de main en cherchant à identifier celui qui lui plantera un couteau dans le dos.

Emil Sdenaj l'a appelé en personne, dix jours plus tôt, sur son portable. Il était 9 h du matin. Bartels assistait à une réunion du conseil d'administration de la Confédération nationale des buralistes en compagnie d'Eduardo Rojas.

— Comment avez-vous eu ce numéro ?

Sdenaj a simplement dit :

— Ça a été un plaisir de faire affaire avec vous.

Bartels soupire. La mort d'Anton Muller l'a libéré d'un poids énorme. Le sang de Guérin a séché sur ses mains. Valentina a trahi, Muller a payé : l'équilibre est en train d'être rétabli.

Un serveur s'approche pour lui proposer une coupe. Eduardo Rojas surgit derrière lui. Bartels le fixe d'un air satisfait en savourant son champagne.

— Tu n'as pas trop la cote en ce moment, tu devrais éviter les réunions publiques et les gestes déplacés.

Rojas lui empoigne le bras.

— Et pourquoi je ferais ça ?

Bartels se dégage sèchement. Sa coupe lui échappe et se brise au sol. Le contenu gicle sur les Weston et le revers du pantalon de Rojas.

— Parce que maintenant qu'Anton Muller est mort le capitaine Simon Nora a besoin d'un nouvel os à ronger. Mon petit doigt me dit qu'il est à tes trousses et qu'il a flairé l'odeur de la peur.

Rojas encaisse l'information sans broncher.

— Si je tombe, tu tombes.

Bartels affiche une moue de mépris. Rojas le bouscule et s'éloigne à grands pas. Bartels le suit du regard. Il aperçoit Zihan Sûn à l'intérieur. Sa colère diminue d'un cran.

Elle est occupée à vamper le P-DG Gauthier. Elle porte une longue robe noire moulante et un gilet jaune extravagant. Le miroir déformant de la baie vitrée affine sa silhouette au point de la rendre évanescente. Gauthier lui passe la main dans le dos et lui murmure quelque chose à l'oreille. Zihan penche la tête sur le côté d'un air mutin et détourne les yeux.

Bartels se déplace de façon à entrer dans son champ de vision. Leurs regards se croisent brièvement. Zihan se lisse les cheveux du bout des doigts et esquisse un sourire pudique. Il lui adresse un clin d'œil. Elle lui renvoie un sourire énigmatique.

Les portes de l'ascenseur s'ouvrent. Bartels déboule dans le parking souterrain de l'hôpital. Des pneus crissent quelque part dans l'une des rampes d'accès. Bartels sort son carnet d'adresses, le feuillette un instant et compose le numéro personnel du procureur Giuseppe Scelci.

— Qui est à l'appareil ?
— Je suis David Bartels.

Un bref silence, puis :

— Vous ne manquez pas d'air.

Des portières claquent, un moteur rugit, un groupe d'aides-soignantes en blouses blanches passe devant lui en riant. Bartels se réfugie entre deux voitures et s'accroupit pour mieux entendre.

Scelci :

— Qu'est-ce que vous voulez ?

La connexion est mauvaise. La ligne grésille et saute par moments. Bartels se déplace sur la droite et change le téléphone d'oreille.

— La commission antitabac est dans une impasse. Le monde n'est pas prêt à arrêter de fumer. Votre procès est voué à l'échec et vous le savez. Le capitaine Nora est hors course. De notre côté, nous avons fait le ménage. La « Monténégro Connexion », c'est fini. Mes employeurs sont prêts à faire *amende honorable*. Serait-il possible de nous rencontrer en privé pour discuter de l'éventualité d'un accord gagnant-gagnant ?

Un autre silence, plus long. Bartels s'impatiente.

— Monsieur le procureur, vous êtes toujours là ?

La voix de Scelci lui revient en boomerang.

— Je vais y réfléchir.

77

Fresnes, 17 janvier 2003.

12 h 30. Parloir numéro sept : un box cradingue et minuscule de quatre mètres carrés au sous-sol d'un bâtiment en béton greffé comme une excroissance contre l'imposante enceinte de la maison d'arrêt des hommes. Planté au centre, immobile, le capitaine Simon Nora.

La gardienne l'observe un instant, l'air absent, puis elle pousse Valentina à l'intérieur, referme derrière elle et tire le verrou. Nora désigne une chaise du menton. Valentina secoue la tête avec dégoût.

— Ils ne prennent même pas la peine de nettoyer entre chaque visite.

Nora la dévisage sans répondre. Elle allume une cigarette et s'adosse au mur. Des cris stridents leur parviennent depuis le parloir voisin. Un bruit de clef dans une serrure, un grincement de porte, puis le silence à nouveau. Nora jette une enveloppe en papier kraft sur la table. Valentina s'avance pour la ramasser. Elle déchire le rabat, étale le contenu sur la table, un rapport d'autopsie dans une langue incompréhensible et un jeu de photos. Elle recule, prise de vertige.

Elle voit : Anton Muller, un cadavre à la peau marbrée et

grise allongé sur un plateau métallique, paupières closes, une cicatrice grossière qui court de la partie inférieure de la mâchoire jusqu'au sternum, une autre à l'abdomen, circulaire. Le souffle coupé, elle lit un nom, *Pavle Modrić*, et une date, *4/1/03*.

L'information progresse jusqu'à son cerveau et redescend en piqué le long de ses terminaisons nerveuses. Elle lâche sa cigarette et tend les doigts en direction du visage de Muller. Des larmes coulent sur ses joues. Nora dit :

— Donnez-moi son nom.

Elle relève la tête et fronce les sourcils, comme si elle prenait seulement conscience de sa présence, revient aux photos. Le néon au-dessus de leur tête clignote, puis se stabilise. Elle fouille dans ses poches et se rallume une cigarette d'un geste machinal.

Nora reprend :

— Ça s'est passé à l'hôtel Crnogorska Kuća de Podgorica, vers 2 h du matin, il y a deux semaines.

— C'est supposé m'évoquer quelque chose ?

— À vous de me le dire.

Il tire une feuille imprimée qu'il lui tend.

— Il avait sur lui un billet d'avion pour Buenos Aires et des faux papiers sous un nom d'emprunt.

Valentina avale bruyamment sa salive.

— Je ne le connais pas.

— Nous savons tous les deux que si.

Elle porte la cigarette à sa bouche. Un tic nerveux agite sa main. Elle inspire lentement en fixant le bout incandescent, avant de remonter sur Nora.

— Tu m'as très bien entendue.

Nora rafle les documents et les fourre en vrac dans l'enveloppe.

— C'est David Bartels, le responsable.

Valentina écrase sa cigarette sur le rebord de la table.

— Bartels n'est qu'un symptôme! On ne meurt pas d'un symptôme. Ce sont les maladies qui nous tuent. Les maladies et les malades comme toi qui les laissent proliférer en préférant courir après des symptômes.

78

Paris, 10 mars 2004.

Live-Events, c'est du réchauffé. Aucun journaliste ne fait le siège du tribunal de grande instance. Service minimum. Le procès de Sophie Calder est expédié entre deux affaires mineures.
Le major Rey s'est fait porter pâle. Nora n'a pas pris la peine de se déplacer. Ni Bartels ni Rojas ne sont présents. Aucun représentant d'European G. Tobacco non plus.
Le lieutenant Brun est arrivé en avance. Il a menti à Hélène Thomas pour qu'elle ne quitte pas l'appartement. Il s'est installé dans le fond de la salle d'audience et il attend, les bras croisés.
15 h 35. Sophie Calder fait son entrée, flanquée d'un gardien de la paix et de ses trois avocats. Sa métamorphose physique est impressionnante. Brun en a la chair de poule.
Elle vient de fêter ses quarante-cinq ans. Elle ne fait ni plus ni moins. Elle porte un tailleur sobre gris anthracite, une chemise blanche boutonnée jusqu'au col et des ballerines. Ses cheveux sont courts, poivre et sel, une mèche blanche lui retombe sur le front. Sa silhouette s'est arrondie, ses joues se sont creusées. L'absence de maquillage adoucit ses traits, mais ses yeux, d'un bleu féroce, trahissent une colère profonde.
On lui retire les menottes, elle s'assoit. Brun retient son

souffle. Le juge Couraux suit le réquisitoire du procureur. Il écoute le laïus débité par ses avocats, ne les interrompant que pour des questions de détail, puis il tranche. Cinq ans de prison ferme pour proxénétisme aggravé. Moins les remises de peine pour bonne conduite et la détention provisoire : encore trois ans à tirer.

Le jugement a pris moins de quarante-cinq minutes. Sophie Calder a fait le boulot. Elle n'a pas ouvert la bouche, elle n'a donné personne, elle a assumé toutes les charges qui pèsent contre elle. Elle n'a même pas cillé à l'énoncé du verdict.

Brun capte son attention un instant, tandis qu'on lui passe les menottes pour la reconduire en cellule. Sophie Calder sourit d'une façon arrogante. Son regard semble lui dire : *C'est tout ?*

79

Monza, 4 septembre 2005.

Cinquante-sixième Grand Prix d'Italie. La fête est gâchée. La salle de la conférence de presse est pleine à craquer. Les organisateurs sont sur les dents. Des hordes de journalistes excités débordent jusque dans les couloirs. David Bartels se tient au milieu de la foule, stoïque, une cigarette éteinte aux lèvres.

Un cataclysme vient de s'abattre sur le monde la Formule 1. Le tribunal de Monza interdit à Ferrari toute publicité en faveur du tabac dans l'enceinte du célèbre autodrome. Les techniciens de Maranello sont tenus de supprimer les références à European G. Tobacco sur les Formule 1 et sur les supports officiels. Les *umbrella girls* doivent porter des vêtements neutres.

Les antitabac ont encore frappé. Cette décision fait suite à un recours déposé contre la Scuderia le 31 mai 2004 par CODACONS, une association italienne de consommateurs. Jusque-là, Ferrari contournait la loi en payant une amende symbolique.

Peu importe. Bartels se marre. Il y a eu les premières Lotus frappées du logo *Gold Leaf,* suivies de trente-sept ans d'un jeu de cache-cache permanent entre la loi, les cigarettiers et le tout-puissant monde de la F1. Il y a eu le code-barres de Marlboro supposé évoquer le logo de la marque, les slogans de substitution de l'équipe Jordan, remplaçant la mention Benson & Hedges par le très cool *Be on Edge*. Il y a eu BRS Conseil et la multiplication des Grands Prix dans des pays moins sensibles aux délires liberticides de l'OMS : Bahreïn, Turquie, Malaisie ou Chine. Il y a eu la valse des tergiversations et l'hypocrisie caractérisée des grandes puissances européennes qui savent qu'il n'y a pas de meilleure vitrine pour l'industrie du tabac et qu'un tiers des budgets annuels des écuries automobiles provient de la manne des cigarettiers. Renault et BAR-Honda ont annoncé que leurs contrats avec les cigarettiers arrivaient à échéance à la fin de la saison 2006, soit à la date fixée par l'OMS. Les écuries Jordan et Ferrari restent évasives. Seuls Toyota, Williams, Sauber, Red Bull ou Minardi font de la résistance.

Aujourd'hui, il y a l'embarras de la Commission européenne et les négociations serrées, entamées dans le plus grand secret avec le procureur Scelci depuis un an. Les juristes d'European G. Tobacco et de BRS Conseil dénicheront une nouvelle faille. Bartels inventera une autre parade. Les choses rentreront dans l'ordre, comme toujours.

La nouvelle a fait la une de *L'Équipe* et de *La Gazzetta dello Sport*. Le jeudi 1er septembre, le quotidien *Le Monde* titrait « Les temps changent – Premier gros revers automobile pour le géant Big Tobacco ».

Demain, leurs articles démonteront près de vingt ans d'un travail de lobbying acharné et le traîneront plus bas que terre, mais Bartels ne ressent ni colère ni déception. Il ignore les mines courroucées et suspicieuses. Il est toujours *chez lui*.

Les bolides démarreront à l'heure prévue. Devant leur poste TV, les cent cinquante millions de téléspectateurs que touche la course chaque année verront toujours en surimpression subliminale les couleurs de la marque Big Tobacco. Le boulot a été fait. Bartels n'a aucun doute là-dessus. Il n'éprouve qu'une vague nostalgie vis-à-vis de l'époque bénie où Valentina et son équipe d'escorts délurées et joyeuses officiaient sur les circuits.

Bartels mâchonne le filtre de sa cigarette. Ses fils sont assis à ses côtés. Zihan Sûn les a accompagnés jusqu'à l'aéroport d'Orly, avant-hier, en fin d'après-midi, avant de s'envoler pour Pékin – «Amusez-vous bien, les chéris!» Ils se sont longuement embrassés sur le seuil de la porte des départs. Les voyageurs tout autour n'avaient d'yeux que pour eux.

Bartels couve Raphaël et Sébastien du regard avec fierté. Les journalistes, la polémique, le mot *tabac* sur toutes les lèvres, tout cela, c'est son œuvre. Il peut les regarder dans les yeux et leur dire : «C'est moi, David Bartels, qui ai déclenché cette tempête, à force de travail et d'abnégation. Mesurez mon pouvoir! Voyez ce que votre père accomplit lorsqu'il retrousse ses manches! La fête n'est pas gâchée, croyez-moi. Elle ne fait au contraire que commencer.»

Soudain, toutes les têtes se tournent. Le Taureau des Asturies fait une entrée fracassante. Bartels sourit. Il jouit du spectacle sur mesure. Il connaît son numéro par cœur.

Hier, le Colombien Juan Pablo Montoya a battu le record du circuit sur McLaren-Mercedes. Il a été chronométré à près de 372,6 km/h. *El Toro* Fernando Alonso fulmine. Il n'a jamais fait mieux que huitième en Italie. Il a une revanche à prendre.

Casquette rouge vissée sur le crâne, le pilote espagnol monte à la tribune. Il est entouré par quatre filles qui font une tête de plus que lui. Le tableau est saisissant. Une ode au sexe et aux grosses cylindrées : chevelures au vent, pantalons de cuir moulant, strings noirs qui dépassent, blousons à fermeture éclair dézippée jusqu'au nombril, talons aiguilles. Et du rouge, omniprésent, qui hurle aux caméras du monde entier : *Fumez!*

Alonso s'assoit et se penche vers le micro. Les mannequins prennent la pose. Le temps suspend son vol, tout le monde retient son souffle. Il dit :

— Monza est un circuit très spécial.

Bartels allume sa cigarette. Il tire une bouffée et murmure à l'oreille de Raphaël :

— Ce type-là est le meilleur.

— Il plafonne, papa. Il a terminé quatrième au général l'an passé, loin derrière Villeneuve. Il a trop de retard. Il ne sera pas champion du monde cette année. Impossible.

Bartels secoue la tête.

— Il ne suffit pas de terminer premier sur le circuit pour gagner.

— Quoi d'autre, alors ?

— Il faut de la lucidité, un bon sponsor et tout faire pour le garder. Écoute !

Raphaël lève les yeux au ciel. Sébastien fait *chut!* de l'index. Alonso poursuit, comme s'il attendait le feu vert de Bartels :

— Le développement de notre voiture est à la limite. Nous étions plus rapides et nous avons fait de notre mieux en début de championnat mais, depuis Imola, les McLaren sont plus rapides. Alors, nous devons nous adapter. En Turquie, notre stratégie agressive nous a permis de bien terminer. Le freinage et la traction, deux points forts de la Renault, sont les clefs d'un bon résultat. Aujourd'hui encore, nous attaquerons.

Le sourire de Bartels s'élargit, puis disparaît. Il sent une présence sur sa droite. Il pivote sur lui-même d'un mouvement brusque. Le sang se fige dans ses veines. Il aperçoit fugitivement la silhouette d'Anton Muller, appuyée contre le mur, les bras croisés.

Bartels se lève d'un bond. Sa cigarette file dans les airs. Des cris de protestation fusent derrière lui – « Dégage, Ducon ! » Il enjambe son fils et progresse jusqu'à l'allée centrale. Il bute contre le sac d'un journaliste et s'affale par terre. Quand il se redresse, la silhouette est toujours là, mais elle est floue.

Un journaliste le pousse en avant – « Casse-toi ! » Bartels se raccroche à sa veste. L'homme l'insulte et l'envoie promener. Bartels vacille et se relève. Des fourmis lui courent dans les pieds. Ses mains tremblent. Il avance en titubant jusqu'au type et se plante devant lui. L'image redevient nette, puis se teinte de rouge. Le type n'est pas Muller.

Il balbutie :

— Je vous ai pris pour quelqu'un d'autre, désolé.

Les murs tanguent. Il se frotte les yeux pour s'assurer qu'il ne rêve pas. Ses oreilles bourdonnent. Il perd à nouveau l'équilibre.

Le type qu'il a pris pour Muller le rattrape de justesse par les bras.

— Hé, ça ne va pas, mon vieux ?

Bartels se dégage. Son cœur se crispe violemment. Les visages alentour se mettent à tournoyer. Il écarquille les yeux, porte la main à sa poitrine et s'effondre pour de bon.

80

Nanterre, 16 novembre 2005.

Simon Nora s'est enfermé dans son bureau de la brigade financière. Il s'use les yeux sur les documents du bureau F4 des douanes et les rapports qui lui parviennent depuis le neuvième étage de l'OLAF à Bruxelles. Ça dure depuis tant d'années qu'il ne parvient même plus à savoir quand ça a réellement commencé.

Les vers ont terminé de sucer les os de Pavle Modrić. Sophie Calder purge sa peine sans faire de vagues. L'audition publique d'Hélène Thomas en septembre accable Eduardo Rojas, minore le rôle joué par European G. Tobacco et dédouane David Bartels.

Ce dernier continue de lui échapper. Il le nargue depuis sa tour d'ivoire. En juin dernier, il lui a envoyé deux billets VIP pour un concert que le groupe U2 donnait au Stade de France, le 10 juillet, accompagnés d'un petit mot : *La musique adoucit les mœurs.*

Retour illico à l'expéditeur : « Vous n'espérez tout de même pas que je vous coffre pour tentative de corruption, si ? »

La courbe du temps vibre et ondule autour de lui. Des émeutes nées dans un transformateur électrique de Clichy-sous-Bois gagnent le pays et excitent les esprits. La lutte antitabac du procureur Scelci n'est plus la priorité depuis que Chirac explique avoir gagné la bataille en faisant diminuer les ventes de cigarettes de près de 20 % et que son nouveau soldat au ministère de la Santé, Philippe Douste-Blazy, clame haut et fort que « le tabac n'est plus synonyme de virilité ou de liberté ».

Nora bute contre les lobbies et la hargne des parlementaires européens protabac. Partout le même refrain : *Le tabac, c'est secret.* Le même dogme : *L'entreprise, c'est secret.* La même morgue : *Le fric du tabac, c'est tabou.*

Scelci fléchit. Il prône à présent la solution la plus souple et pragmatique. Les poches des industriels du tabac débordent de pognon. À quoi bon les mettre en prison pour quelques années, quand on peut les faire cracher au bassinet !

Il a des arguments imparables. Le tabac rapporte gros. L'État et l'Europe se fichent des cadavres et des camions d'ammoniac pourvu que les industriels du tabac passent à la caisse. Les taxes sur la cigarette, c'est la moitié de celles sur le carburant et le cinquième de l'impôt sur le revenu. Le chiffre d'affaires des cigarettiers augmente de près de 30 % chaque année, celui du Trésor public de plus de 140 %.

Après la loi Évin, place au Grand Arrangement entre amis raisonnables. On diminue les ventes d'un côté, on augmente les taxes et les prix de l'autre, simple question de dosage des coûts. Le tout au nom du combat pour la santé des Français.

Tout le monde y gagne : quatre-vingts paquets de cigarettes écoulés à la seconde, quatorze milliards d'euros de taxes dont trois milliards de TVA, onze milliards reversés à l'Assurance maladie, deux milliards pour les cigarettiers et un milliard aux buralistes. Bartels est un truand – et alors ? Pavle Modrić a tué pour lui – et après ? Vingt-quatre mille litres d'ammoniac liquide ont disparu un matin de juillet 1986 – qui s'en soucie ?

Nora cherche la faille, mais ne la trouve pas. Des mignonnettes vides de soixante centilitres de Johnnie Walker Red Label et J&B fleurissent à nouveau dans le tiroir du bas de son bureau. Il suce des pastilles de menthe pour donner le change. Ses collègues pincent le nez dès qu'il a le dos tourné.

Les cartes sont sur la table, la règle du jeu est connue, la partie peut continuer. Nora a analysé et décortiqué les chiffres. Il a amassé une quantité phénoménale de preuves. Il a révélé leur stratégie au grand jour.

Chaque année, quatre fois par an, les fabricants envoient leurs émissaires aux douanes avec leur liste de prix. Leurs tarifs sont validés et transmis au ministère du Budget qui signe l'arrêté d'homologation publié au *Journal officiel* trois semaines après. Au bout du compte, on obtient un parfait alignement des prix. Plus tard, les députés votent la paix des braves sans sourciller, prétendant lutter contre le tabagisme. Plus de quatre cents références sur le marché qui alignent leurs prix, au centime près : incroyable mais vrai. Dans le monde impitoyable du tabac, on se déteste, on tue, on exploite, on organise la contrebande, on n'est d'accord sur rien, mais on pratique l'entente sur les prix.

Certains parlementaires sont de bonne foi et se font enfumer en beauté. Beaucoup ferment les yeux. D'autres fêtent ça à la table de David Bartels. Nora s'arrache les cheveux. Sa mission initiale était de faire cesser cette arnaque. Maintenant, son boulot consiste à trouver quatorze milliards pour que le scandale puisse éclater au grand jour.

— Tenez bon, monsieur le procureur. Pensez à la trace que vous laisserez dans l'histoire si nous gagnons ce coup-là.

Scelci répond, la main sur le cœur :

— Pensez au pouvoir d'achat de nos pauvres concitoyens !

Le ministre de l'Intérieur Sarkozy tranche par voie de presse :

— Vous connaissez un autre produit de consommation courante où l'État demande aux industriels d'augmenter leurs prix de 6 % par an ? Ne cherchez pas, il n'y en a pas !

Nora se bat contre des moulins à vent.

Les titres des rapports d'experts fournis par les avocats d'European G. Tobacco lui donnent le tournis. Tous voués à la cause *tabac + santé = fric*. La liste de leurs spécialistes est infinie. Experts en : addiction, éthique biomédicale, cardiologie, radiologie diagnostique, épidémiologie, étiologie des incendies, hypertension, souscription de contrats d'assurance, éthique juridique et du droit, marketing, tabagisme maternel, oncologie, oto-rhino-laryngologie, pathologie, pédiatrie, intégrité des produits, pharmacologie, psychologie, pneumologie, sociologie, toxicologie, analyse des risques.

Nora les épluche les uns après les autres jusqu'à la nausée, puis il rédige des synthèses qu'il compulse et ajoute à son dossier *Route de la Nicotine*.

Il arrête de courir. Sa consommation de whisky augmente. L'alcool noie ses insomnies et l'empêche de réfléchir.

Nora se bat contre des voyous.

Dans la nuit du 19 au 20 novembre 2005, les bureaux bruxellois de l'European Public Health Alliance, du SmokeFree Partnership et de l'OLAF sont mystérieusement cambriolés.

Il se rend immédiatement sur place pour constater les dégâts. La porte du bureau E915 a été fracturée. Des ordinateurs contenant l'avancée des travaux sur le procès European G. Tobacco ont disparu. Les caméras de vidéosurveillance n'ont détecté que des ombres. Le vigile n'a rien vu. Ses collègues haussent les épaules, désolés.

Nora appelle Scelci sur-le-champ pour que l'OLAF se porte partie civile. Le procureur ironise :

— Allons-y et nous en reparlerons dans vingt ans quand vous aurez enfin réuni les preuves suffisantes. Mais suis-je bête, nous serons tous à la retraite à ce moment-là, non ?

Nora pose son index sur la touche pour raccrocher, mais se ravise.

— Ils vous ont acheté ?

Scelci manque de s'étrangler.

— Je vous demande pardon ?

— Vous avez bien entendu.

Un bref silence, suivi d'un raclement de gorge.

— Je comprends votre frustration, mais nous avons déjà gagné. La contrebande a été stoppée, leur réseau mafieux démantelé. L'implication de BRS Conseil et de Live-Events a été prouvée. Sophie Calder a été jugée et condamnée. Ce sera bientôt le tour d'Eduardo Rojas, grâce au travail de fourmi que vous avez accompli. Des têtes sont tombées au sommet de la pyramide European G. Tobacco, d'autres tomberont bientôt, mais nous ne les empêcherons pas de continuer à vendre leur tabac.

— Et Bartels ? Quand tombera-t-il ?

Scelci ricane.

— Ça n'arrivera pas. Pas dans le monde dans lequel nous vivons, je le crains.

— Pourquoi pas ?

— Ne soyez pas si mélodramatique. Pourquoi ? Parce que nous ne sommes pas comme lui. Nos armes sont la loi et notre pugnacité. Ni l'une ni l'autre ne peuvent rien contre lui cette fois-ci. C'est un fait. Je devine les mauvaises pensées qui vous habitent.

Nora tire une flasque de J&B de la poche intérieure de sa veste et en boit une rasade.

— Sauf votre respect, vous n'êtes pas dans ma tête.

Scelci éclate de rire.

— Vous risqueriez votre carrière pour un type comme lui ?

Nora ne trouve aucune réponse adéquate. Il lève la flasque, contemple un instant le liquide ambré et siffle deux gorgées supplémentaires.

Scelci dit :

— Bonne fin de journée, Simon.

La communication est coupée. Nora rempoche la flasque. Ses doigts butent contre la crosse de son arme de service. Ses mauvaises pensées deviennent une idée fixe.

Nora prend le dernier train pour Paris. Il passe l'essentiel du trajet au wagon-restaurant à se soûler de mauvaise bière coupée au J&B et à se gaver de cacahuètes. Arrivé chez lui, il prend une longue douche. Le jet d'eau brûlant le dessoûle en partie.

Son idée fixe ne disparaît pas pour autant.

Il se rhabille, il dépose son arme de service sur la table basse du salon et appelle une société de taxis pour réserver une course. Il remplit ensuite un unique verre d'Aberlour sec qu'il sirote une partie de la nuit. La dose d'alcool est suffisante pour envoyer une charge d'adrénaline dans ses veines et le maintenir éveillé. Il n'y en a pas assez pour qu'il renonce.

2 h sonnent. Le taxi se pointe à l'heure dite. Nora rafle son arme, une lampe torche et se fait déposer à deux rues du domicile de David Bartels. Il termine le chemin à pied. Il a le code d'entrée de l'immeuble et un double des clefs. Il connaît les lieux. Ses perquisitions l'ont amené à y passer des journées entières durant l'année 2002. Il sait où se situent chaque placard et chaque tiroir. Il se contrefiche de ce qu'ils contiennent. Il n'est pas là pour ça.

Le code n'a pas changé. Nora grimpe jusqu'au troisième étage. La tête lui tourne. Il ferme les yeux, prend une inspiration et les rouvre. La clef glisse à la perfection dans la serrure.

Nora s'introduit dans l'appartement, referme derrière lui. Le faisceau de sa lampe torche le guide jusqu'à la chambre de David Bartels. Personne. Il fait demi-tour et avance dans le couloir. Une lueur ténue filtre sous la porte du salon. Il dégaine son arme de service, tourne la poignée et ouvre en grand.

La pièce est vide. Le téléviseur est allumé. Le son est coupé. Une bouteille de whisky écossais et un verre à moitié vide traînent au pied du canapé. Nora se penche et saisit la bouteille.

La porte grince sur ses gonds, puis la lumière jaillit. Nora lâche la bouteille qui se brise sur le parquet et fait volte-face. Bartels se tient sur le seuil du salon. Il porte un peignoir de chambre ridicule et tient une canne à la main. Son visage est émacié, il est d'une maigreur cadavérique. Ses yeux font des allers-retours entre le canon de l'arme et les bris de verre par terre.

— Vous ne ferez pas ça, capitaine.

Nora reste figé. Des voix surgissent des brumes de son cerveau et lui hurlent : *Tire. Ne l'écoute pas. N'écoute pas Giuseppe Scelci. Tue-le. Ne le laisse pas s'en sortir.* Sa main tremble. Il raffermit sa prise sur la crosse de l'arme et lève le bras. Les tremblements diminuent mais ne cessent pas. L'arme pèse des tonnes. Il relâche sa prise et baisse le bras.

Bartels se rapproche en boitant. Il respire par saccades. Il contourne lentement Nora, s'assoit dans le canapé, puis il sort un paquet de Chesterfield de la poche de son peignoir et allume une cigarette.

— Maintenant, vous allez rentrer chez vous, capitaine, et nous oublierons tous les deux ce qui vient de se passer.

81

Paris, 19 juin - 31 juillet 2006.

Luxe, tabac et volupté. Après les fortes hausses des prix des années 2003-2004 s'ouvre une nouvelle période faste. La «méthode Bartels» a fait ses preuves. La France se transforme en une véritable mine d'or. L'érosion des ventes est largement compensée par la hausse modeste mais régulière des prix. Les cigarettiers, les buralistes et le Trésor public se frottent les mains.

BRS Conseil a été placé en liquidation judiciaire. Eduardo Rojas est arrêté le matin du 19 juin et placé en détention. Les médias font un tapage de tous les diables sur ses activités de contrebandier et de proxénète notoire.

Des pancartes antitabac fleurissent devant la brigade financière de Nanterre. Les fanatiques du Comité national contre le tabagisme, d'Alternatives tabac et de l'Office français de prévention contre le tabagisme font le pied de grue devant le bâtiment. Ils scandent des slogans à caractère politique de type *Députés corrompus, Jean-Louis Borloo démission, Droits des non-fumeurs*. Ils sont téléguidés par les juristes et les communicants d'European G. Tobacco qui leur ont envoyé des extraits croustillants de l'acte d'accusation.

Rojas fait un bouc émissaire idéal. Il met moins de

quarante-huit heures à le comprendre. Le 21 juin, une heure avant le terme de sa garde à vue, il profite de l'inattention d'un policier pour se défenestrer du cinquième étage. Les CRS évacuent les manifestants à coups de grenades lacrymogènes. Rojas meurt d'une hémorragie cérébrale dans l'ambulance qui le conduit à la Pitié-Salpêtrière. Le légiste constate le décès à 9 h 03.

David Bartels contemple l'agitation de loin. Il s'est remis au travail après une longue convalescence. L'infarctus qui l'a terrassé à Monza en septembre 2005 l'a marqué au fer rouge. Le neurologue et les kinés sont optimistes. Il a repris du poids. L'hémiplégie qui l'affecte, côté droit, s'atténue sensiblement, mais un rictus étrange lui barre à présent le visage.

Il boite. Il ne bande plus. Il se déplace peu. Il ne se sépare plus de sa canne. Il a fêté ses quarante-neuf ans au Père Claude, avenue de la Motte-Picquet, en compagnie de ses fils.

Zihan Sûn n'a pas réussi à se libérer. Elle passe des auditions pour le prochain long-métrage de Quentin Tarantino. Elle parle d'interrompre sa carrière. Elle rêve de se consacrer à la musique et à la peinture. Leurs échanges platoniques génèrent frustrations et malentendus. Au téléphone, à des années-lumière de lui :

— Je me sens si jeune, David, si tu savais…

Le soir, dans son appartement, Bartels se repasse en boucle des scènes de son dernier film. Il était présent sur le tournage. Il se souvient de la moiteur de son corps et de la douceur de ses mains. Il fait des arrêts sur image à chaque gros plan. Il scrute l'étincelle dans ses yeux quand elle sourit. L'odeur de sa peau lui manque. Ils ne se sont pas vus depuis des semaines. Ils n'ont plus tenté de faire l'amour depuis le 31 décembre 2005.

L'histoire ne s'arrête pas là. Bartels a pris du galon. La mort d'Eduardo Rojas lui laisse le champ libre. Il officie désormais dans les locaux parisiens flambant neufs de Big Tobacco France, d'où il pilote la cellule de résistance face aux projets de lois liberticides et scélérates antitabac. Ses collègues du service du marketing stratégique l'ont baptisé M. Gagnons-du-temps.

11 décembre 2005. La déferlante «Interdiction de fumer dans les lieux publics» produit ses ultimes soubresauts avant application définitive. La SNCF règle ses montres à l'heure Scelci. Les trains Corail deviennent non-fumeurs. Ils suivent de près les Transilien et les TGV. Bartels dépose sa canne contre son bureau, allume une cigarette et décroche son téléphone pour lancer la contre-offensive.

Il contacte des sociétés de fabricants d'extracteurs de fumée. Le 29 juin, il envoie une délégation d'industriels au ministère de la Santé, avenue Duquesne. Leurs ingénieurs débarquent en camion, déchargent leurs équipements et lancent une démonstration dans le grand hall – «Nous sommes prêts à équiper tous les bars et les restaurants de France.»

En parallèle, il souffle le chaud et le froid à ses amis députés : «Votez une mesure antitabac, vous ne deviendrez pas populaire pour autant. Les non-fumeurs s'en fichent et vous aurez tous les fumeurs contre vous. Pensez aux électeurs que vous retrouverez à la sortie de la messe, au bar-tabac du village, quand vous réintégrerez votre circonscription en fin de semaine.»

Bartels est un vieux briscard. Il manie la rhétorique politicienne avec l'expérience de celui qui a détourné les lois passées et qui lit l'avenir dans des boules de cristal. Les parlementaires qui votent contre les mesures touchant les fumeurs ne défendent pas l'industrie du tabac. Ils servent les intérêts de Big Tobacco parce qu'ils sont convaincus de se battre pour la liberté individuelle et la protection du petit commerce. Ils ne se lèveront pas dans l'hémicycle en s'exclamant : «Ne votez pas cette mesure, elle va réduire de 2 % la marge des fabricants de tabac !», mais parce qu'ils croient que l'interdiction de fumer mettra les bars-tabacs sur la paille. Défendre le petit commerce, c'est le créneau de l'extrême droite. En 2006, les élus locaux ne lui laisseront pas exploiter le sentiment d'abandon qui l'affecte.

Bartels prend son bâton de pèlerin et retourne en boitant hanter les couloirs du palais Bourbon. Le 2 juillet, il rédige une note qu'il envoie à plus de cent cinquante parlementaires de tous bords élus aux dernières législatives avec une faible majorité.

Il leur soumet son théorème mathématique : « 11 millions de fumeurs en France, soit 19 000 voix par circonscription, sachant que : 1) l'élection se joue à 100 ou 200 voix près, et 2) il suffit que 1 % d'entre elles se reporte contre le député favorable à une mesure antitabac. Quelle est la solution la plus raisonnable ? Se taire ou perdre son siège à l'Assemblée nationale ? »

Ses efforts paient. Sur le premier semestre 2006, European G. Tobacco réalise des bénéfices records. L'argent recommence à couler à flots, sauf pour les employés des usines françaises qui voient les sites de production délocalisés en Pologne et en Bulgarie. L'Europe entière apprend que la France est le paradis ultralibéral des cigarettiers et l'enfer sur terre de leurs salariés. Le directoire exulte.

Bartels, magnanime :

— Accordons-leur encore dix ans de répit avant de fermer nos sites de production et de transformation de Sarlat, de Riom et de Tonneins.

28 juillet 2006. Vingt ans déjà. Bartels s'enferme dans son appartement et demande à ne pas être dérangé. Sa hanche droite lui fait un mal de chien.

Sur la table basse du salon, des billets pour le grand retour des Rolling Stones au Stade de France, le soir même. Ils sont rangés dans une enveloppe libellée à l'intention de Marion Szabo, Guilherand-Granges. L'adresse est rayée. La mention manuscrite *Retour à l'expéditeur* a été ajoutée au feutre rouge. L'enveloppe n'a même pas été décachetée.

Bartels l'ouvre. À l'intérieur, le chèque de cinq cents euros et le petit mot qu'il a glissés pour sa fille. *Pour tes 18 ans, de quoi venir voir ton vieux père malade du cœur, écouter de la musique de croulants dans un lieu grandiose et/ou t'offrir un beau voyage avec ta mère. À toi de voir. Tu es majeure, maintenant. Tout mon amour.* Il froisse le tout et le balance dans la corbeille à papier.

82

Nanterre, 10 novembre 2006.

— Toutes mes félicitations, commandant !

Nora est nommé au grade supérieur en catimini. La cérémonie est brève. Elle a lieu dans le salon de réception de la préfecture de police, en présence du préfet des Hauts-de-Seine et de sa hiérarchie directe. Le major Rey et le lieutenant Brun ont fait le déplacement.

Il est 9 h 30 du matin. Le commandant de police Simon Nora empeste le mélange whisky-pastilles mentholées. Le préfet qui lui remet son nouvel insigne plisse le nez d'un air dégoûté.

Nora n'a pas décuvé depuis le 7 novembre, date de fin de sa mission auprès de l'OLAF et de la signature à Bruxelles du traité entre l'Union européenne, European G. Tobacco et les trois autres majors de l'industrie du tabac du continent.

Le hold-up du siècle.

L'accord porte sur près de deux milliards d'euros d'amende. Officiellement pour lutter contre le commerce illicite du tabac en Europe. Officieusement pour éviter un procès qui en aurait rapporté cinq à dix fois plus au contribuable, ainsi qu'une condamnation retentissante pour les fabricants de tabac impliqués dans la contrebande et le crime organisé.

Nora a perdu.
Eduardo Rojas, Pavle Modrić sont morts pour rien.
Sophie Calder moisit à Fresnes.
David Bartels et Big Tobacco ont gagné.
Fin de l'histoire.

À l'issue de la cérémonie, Nora se rue aux toilettes pour se passer la tête sous l'eau. Quand il se relève, le lieutenant Brun se tient dans l'encadrement.

Les deux policiers s'observent un instant en silence, puis Nora baisse les yeux, glisse la main à l'intérieur de la poche de sa veste et en sort une flasque à demi pleine de J&B. Il la décapsule, la porte à ses lèvres, hésite une seconde, puis en boit une longue rasade, avant de la tendre à Brun qui secoue tristement la tête.

— Ils s'en sont sortis, finalement.

Nora ricane. Il effleure du bout des doigts son nouvel insigne et siffle une autre gorgée.

— Ils s'en sortent toujours.

83

Paris, 1ᵉʳ février 2007.

Interdiction de fumer dans les lieux affectés à un usage collectif. La nouvelle fait la une de tous les JT. Le décret entre en vigueur sur tout le territoire français. Il épargne bizarrement les cafés, bars, discothèques, restaurants jusqu'au 1ᵉʳ janvier 2008.

David Bartels se lève à l'aube et enfile son plus beau costume. Il est le premier à débarquer dans les locaux d'European G. Tobacco France. 7 h 05. Il allume sa première cigarette de la journée.

— La loi ne s'applique pas ici, parce que, ici, la loi, c'est moi.

Les employés embauchent au compte-gouttes jusqu'à 10 h. Des volutes de fumée envahissent les lieux. Les sonneries des téléphones retentissent à l'unisson. Les secrétaires courent dans tous les sens, des piles de dossiers sur les bras. Les cadors du marketing stratégique déboulent à midi dans son bureau en tir groupé. Ils affichent des mines de déterrés, leurs yeux sont cernés de poches noires – «Vous avez écouté la radio, ce matin ? On ne peut plus fumer dans les lieux publics!»

Bartels ne les écoute pas. Il ne les voit pas. Il a les yeux rivés sur son poste de télévision.

Le son est coupé. Le plateau du journal de LCI s'efface. Il laisse place à un plan large de Zihan Sûn posant sur le tapis rouge de Cannes en 2004. Elle rayonne. Elle porte une robe Dior noir et argent outrancière qui dévoile les contours de sa poitrine. Le plan de la caméra se resserre. Un sourire désabusé se dessine sur ses lèvres. Le crépitement des flashs éclaire son visage de mille reflets changeants. En toutes lettres, en surimpression : **L'ACTRICE ZIHAN SÛN MET FIN À SA CARRIÈRE.**

Son portable vibre. Bartels presse une touche. L'écran s'allume, un message apparaît.

Tu dois être au courant à présent.
J'arrête et je recommence autrement. J'ai ouvert les yeux, l'air s'est mis à vibrer autour de moi et ça a été comme une illumination. Ces sept dernières années à tes côtés ont agi comme un révélateur. J'ai avalé une bouffée de liberté pure, mon reflet s'est stabilisé dans le miroir et j'y ai vu la femme que je voulais devenir.
Je suis désolée, David, et je suis si heureuse à la fois.
Ta Zihan, pour l'éternité.

84

Fresnes, 2 février 2007.

Une sonnerie stridente, suivie d'un léger bruit métallique. La porte s'ouvre. Le gardien lui lance un regard de biais. Valentina inspire un grand coup. Elle réajuste la capuche sur sa tête, puis franchit le seuil de la maison d'arrêt.

Elle hume l'air en clignant des yeux. Un flot d'émotions contrastées se déverse aussitôt. La luminosité aveuglante du ciel, le froid mordant de l'hiver, la brise sur la peau de son visage, le vacarme automobile, l'odeur infecte de ses vêtements et sa soif de revanche, toujours intacte. Le réveil brutal de ses sens lui fait mal et la soulage en même temps.

Elle a survécu.

David Bartels se tient de l'autre côté de la rue, appuyé sur une canne. En arrière-plan, la portière ouverte d'un taxi. Valentina soupire et s'avance jusqu'à la limite du trottoir. Une rafale de vent fait tournoyer un sac plastique à ses pieds. Elle jette un œil à droite, à gauche, et elle traverse tranquillement la chaussée.

David lui tend la main.

— Faisons la paix.

DU MÊME AUTEUR

Aux éditions Gallimard, collection « Série Noire »
LA VIE EN ROSE, *prix Arsène-Lupin 2019*, 2019
SALUT À TOI Ô MON FRÈRE, *prix des lycéens 2019 de Villeneuve-sur-Lot*, 2018
LA GUERRE DES VANITÉS, *prix Mystère de la critique 2011*, 2010

Aux éditions Flammarion, collection « Ombres Noires »
ILS ONT VOULU NOUS CIVILISER, 2017
EN DOUCE, *prix Transfuge 2016, prix Mezeray 2016*, 2016
AU FER ROUGE, 2015
L'HOMME QUI A VU L'HOMME, *prix Amila-Meckert 2014*, 2014
DANS LE VENTRE DES MÈRES, *prix virtuel du polar 2013*, 2012

Chez d'autres éditeurs
AUCUNE BÊTE, In8, coll. «Polaroïd», 2019
MON ENNEMI INTÉRIEUR, Éditions du Petit Écart, 2018
LUZ, J'ai Lu, 2016
NO MORE NATALIE, In8, «Polaroïd», 2013
LA VIE MARCHANDISE (essai), coécrit avec Bernard Floris, La Tengo, 2013
LES VISAGES ÉCRASÉS, *trophée 813 du meilleur roman francophone 2011, grand prix du roman noir 2012 du Festival international du film policier de Beaune, prix des lecteurs du Festival de polar de Villeneuve-lès-Avignon*, Le Seuil, «Roman noir», 2011
MARKETING VIRAL, Au Diable Vauvert, 2008
MODUS OPERANDI, *prix Plume Libre 2008*, Au Diable Vauvert, 2007

Déjà parus dans la même collection

Jean-Bernard Pouy & Marc Villard, *La mère noire*
Parker Bilal, *Les divinités*
Pierre Pelot, *Les jardins d'Eden*
Dolores Redondo, *La face nord du cœur*
Sébastien Raizer, *Les nuits rouges*
William R. Burnett, *Good-bye Chicago, 1928*
William R. Burnett, *Little Caesar*
Jacques Moulins, *Le réveil de la bête*
Deon Meyer, *La proie*
Jean-Patrick Manchette, *L'affaire N'Gustro*
Jørn Lier Horst, *Le disparu de Larvik*
J.-P. Smith, *Noyade*
Dror Mishani, *Une Deux Trois*
Sébastien Gendron, *Fin de siècle*
Parker Bilal, *La cité des chacals*
Vlad Eisinger, *Du rififi à Wall Street*
Danü Danquigny, *Les aigles endormis*
Neely Tucker, *Seules les proies s'enfuient*
Marc Villard, *Barbès Trilogie*
Caryl Férey, *Paz*
Mike Nicol, *L'Agence*
Jo Nesbø, *Le Couteau*
Tom Piccirilli, *Dernier murmure dans le noir*
Bryan Reardon, *Le Vrai Michael Swann*
Chantal Pelletier, *Nos derniers festins*
Marin Ledun, *La vie en rose*
Elsa Marpeau, *Son autre mort*
Jorn Lier Horst, *L'usurpateur*
Patrick Hoffman, *Chaque homme, une menace*

Éric Maravélias, *Au nom du père*
Thomas Cantaloube, *Requiem pour une République*

*Composition : APS-ie
Achevé d'imprimer
sur Roto-Page
par l'Imprimerie Floch
à Mayenne, le 16 février 2021.
Dépôt légal : février 2021.
Numéro d'imprimeur : 97784.*

ISBN 978-2-07-287581-6 / Imprimé en France

360725